KB274807

한국 근대의
학문론과
어문 교육

한국 근대의 학문론과 어문 교육

허재영

지식과교양

●●●● **머리말**

이 책은 지식과 교양 출판사에서 발행한『근대 계몽기의 교육학 연구와 교과서』(2012)와 함께 기획했던 저자의 연구서이다. 국어교육사에 관심을 기울이면서부터 근대 계몽기는 저자에게 매우 흥미로운 시대로 다가왔다. 이 시기는 근대 사상의 도입뿐만 아니라 학문론, 과학론, 교육학 등 다양한 이론적 스펙트럼이 형성되는 시기이다.

처음 이 책을 기획할 때에는 기초 자료를 충실히 조사하고 교육 문제와 관련한 사적 흐름을 세부적으로 고찰하고자 하는 의도를 갖고 있었다. 자료의 발굴과 정리는 근대 연구에서 매우 중요한 의미를 갖는다. 그렇기 때문에 근대 한국 교육과 관련한 선행 연구를 바탕으로, 이 시기의 신문과 잡지, 단행본 등을 중심으로 기초 자료를 정리하였다.

자료집을 출간하고 근대의 어문 문제 및 교육 현상과 관련한 세부 주제별 심층적인 연구를 진행하고자 하였으나, 계획은 뜻대로 실행되지 못한 면이 많다. 그 과정에서 몇 가지 새로운 사실을 밝힌 것도 있고, 새로운 분석을 시도한 것도 있다.

여기 수록한 제3장의 '근대 계몽기 교육학과 어문 교육'은 『한민
족문화연구』 제36집(한민족문화학회)에 게재한 것을 수정한 글이며,
제4장의 '근대 계몽기 교과 교육과 교수법'은 『한국민족문화』 제
45집(부산대학교 한국민족문화연구소)에 게재한 '근대 계몽기의 교과
론과 교육학, 교수법 자료 연구'를 수정·보완한 것이다. 또한 제5
장의 '언문일치의 본질과 국한문체의 유형'은 『어문학』 제114집(한
국어문학회)에 수록했던 글을 다듬은 것이며, 제6장의 '근대 이후의
야학 운동과 교재'는 『어문논집』 제51집(중앙어문학회)에 수록했던
논문이다. 또한 제7장은 논문으로 발표하지는 않았으나 한글학회
에서 주최한 '조선어학회 70돌 행사 기념식'에서 했던 강연 원고를
수정한 것이다. 이와 함께 그동안 자료집을 내면서 포함하지 않았
던 '학문론'과 '국어 교육' 관련 자료 일부를 정리하여 수록한다.

　학문 연구에서 중요한 것은 자료의 수집과 정리, 그리고 그에 대
한 체계적인 해석이다. 그런데 근대 계몽기 연구 과정에서 빈번히
부딪히는 문제는 기존에 소홀했던 자료를 새로운 시각에서 보아야
할 경우가 많아진다는 점이다. 어찌 본다면 이 문제는 저자 이전의
연구자들도 수없이 고민했던 문제일 수도 있다. 이런 고민은 국어

교육사에서 근대 계몽기 자료를 찾는 방법을 알려 주셨던 박붕배 선생님께서도 비슷한 말씀을 하셨던 기억이 난다. 늘 정신없이 자료를 찾아 헤매며 어쭙잖은 글을 남기면서도 감사의 말씀을 써 놓는 것이 선생님의 학문에 누가 되는 것은 아닌지 모르겠다. 원고를 넘기기로 한 약속 시간이 거의 일 년이나 지났다. 아쉬운 점이 많지만, 약속을 지키는 것만큼 중요한 문제는 없다고 여겨 보잘것없는 원고를 탈고하기도 하였다. 책을 출판해 주시는 윤석원 사장님, 편집 관계자 여러분께도 감사드린다.

2013년 5월 12일

허재영

제3장 근대 계몽기 교육학과 어문 교육

제4장 근대 계몽기의 교과교육과 교수법

제7장 일제의 동화 정책과 조선어학회의 항쟁

자료

제 1 장

계몽 시대의 학문론
연구 대상과 방법

한국 근대의 학문론과 어문 교육

1. 연구 목적

이 연구는 근대 계몽기(1880~1910) 신문, 학회보, 교과서류 등에 나타난 학문 일반론을 중심으로 이 시기 교육학과 어문 문제가 어떤 방향으로 연구되었는지, 또한 그 수준은 어느 정도였는지를 살펴보는 데 목표가 있다.

이 연구에서 지칭하는 근대 계몽기는 1880년대부터 1910년까지의 시기를 의미하는데, 이 시기는 개항 이후 각종 개화 지식과 신문물이 수입되면서 전통 사상과 신문명 사이의 혼란이 가속되던 때라고 할 수 있다. 이 시기에 '근대'라는 역사 용어를 사용할 수 있는가는 또 다른 논점이 될 수 있으나 이에 대해서는 박붕배(1987), 이종국(1992), 윤여탁 외(2005)를 비롯한 국어 교육사 연구자들이 사용한 바 있고, 최근에 와서는 일부 국어사학자들도 '현대 극어'의 시기 설정 문제를 재검토하면서 이 시기의 국어를 '근대 국어'에 포함하자는 논의가 활발히 이루어지고 있으므로, 이 논점에 더한 논의는 피하기로 한다. 다만 허재영(2009, 2010)에서도 밝힌 바와 같이 이 시기의 사상적 특징 가운데 하나가 '계몽성'에 있었으므로 '근대 계몽기'라는 용어를 사용하기로 한다.

근대 계몽기는 각종 신학문이 도입되던 때였다. 우리나라에 신학문이 도입된 시점은 1880년대 『한성순보』나 『한성주보』의 논설류로 보인다. 그러나 갑오개혁 이후나 『독립신문』 등의 신문에 등장하는 각종 논설류는 엄밀히 말하면 신학문이나 신교육의 실시를 주장하는 논리가 중심을 이룰 뿐, 구체적인 학리를 도입한 것으로 보이지는 않는다. 그러나 1900년대를 전후하여 각종 교과서나 신문에는 서구 학문의 구체적인 내용이 소개될 뿐 아니라 각종 학문의 연구 방법, 교육 방법 등이 소개되기 시작한다. 특히 1905년 이후의 각종 학회보에서는 유학생들을 중심으로 각 방면의 학문을 번역 등재하거나 역술한 형태의 논문을 게재한다.

그러나 선행 연구에서는 이 시기의 각종 논문에 대한 체계적인 자료 조사 및 분석 시도가 미흡했던 것으로 보인다. 이 시기 국문 관련 논설에 대한 이응호(1973), 하동호(1986), 허재영(2009)와 같은 시도나 국어학사나 국어 운동사의 관점에서 이 시기 저술에 대한 분석이 없었던 것은 아니지만, 교육사나 교육학사의 관점에서 이 시기의 논문을 분석한 사례를 찾아보기 어렵다.

이러한 배경에서 이 연구는 이 시기 교육 관련 논문을 중점적으로 조사하고, 이들 논문에 나타난 이 시기 교육학 연구의 경향 및 어문 교육의 특징을 살피는 데 목표를 둔다. 특히 이 연구에서 중점적으로 다룰 대상은 학리가 반영된 논문류이다. 이는 『독립신문』이나 『협성회 회보』, 『미일신문』 등과 같이 초창기의 신문이나 학회보에는 신학문과 교육의 필요성을 강조하는 논설이 매우 많은데, 이들 논설류는 대부분 학리보다는 필요성을 주장하는 수준에서 쓰인 것들이다. 따라서 전수 조사의 차원에서 이들 논설류를 모두 조사하고, 분석할 경우 이 시기 교육학이나 어문 교육의 경향 연구에 큰 도움이 되지 않을 수 있기 때문이다.

2. 연구 대상과 방법

이 연구에서 대상으로 삼은 문헌은 근대 계몽기의 신문과 학회
보에 실린 학문론, 교육학, 국어 교육 관련 논문 및 교과서류이다.

첫째, 이 시기 신문 발행 상황을 살펴볼 필요가 있다. 자료를 중
심으로 한국 신문사를 연구한 이해창(1971)을 참고하면 이 시기 발
행된 신문으로는 다음과 같은 것들이 있다.

발행지	신문명	발행 기간		사용 문자	발행인	신문 발행 주의 (이해창 참고)
		창간	종간			
국내	漢城旬報	1883.10.1.		순한문	박문국	開國進取·國民啓發
	漢城週報	1886.1.25.		순한문, 국한문	박문국	忠君愛國·國民啓發
	獨立新聞	1896.4.7.		순국문, 영문판	독립협회 (서재필)	民主思想의 培養·官民啓發·自主獨立
	협성회 회보	1898.1.1.		순국문	협성회 (서재필)	學究心과 愛國心 昂揚
	京城新聞	1898.3.2.	1898.4.4. (10호)	순국문	윤치소	知識啓發·開明人民志向
	대한 황셩신문	1898.4.6.		순국문	경성신문의 후속	上同
	민일신문	1898.4.9.		순국문	협성회	文明進步의 基礎 役割
	대한신보	1898.4.10.		순국문	광무협회	知識의 普及과 義務遵守精神 培養

발행지	신문명	발행 기간		사용 문자	발행인	신문 발행 주의 (이해창 참고)
		창간	종간			
국내	뎨국신문	1898.8.10.		순국문	이종일· 이승만	民族的 自主精神 培養, 大衆의 知識啓發
	皇城新聞	1898.9.5.	1910.9.30. (강제병합 이후에는 漢城新聞 으로 改題)	국한문	남궁억 사장 (박은식, 유근, 장지연, 남궁훈, 신채호 편집위원)	國民知識의 啓發· 外勢侵入에 抗爭
	時事叢報	1899.1.22.		국한문 (순국문 번역)	발행인 홍중섭, 편집인 장지연	知識의 普及 向上· 國家政事에의 補益
	大韓 每日申報	1904.7.16.		국한문, 영문	E.T.Bethell (裵說), 양기탁	排日思想의 鼓吹, 迅速한 報道, 大衆啓蒙
	萬歲報	1906.6.17.		국한문 병용	오세창, 손병희	國民智識의 啓發· 新文化의 吸收消化
	京鄕新聞	1906.10.19.		순국문	프랑스 신부 Demange (안세화)	報道의 公正· 智識의 普及
	朝陽報	1906.6.25.		국한문	심의성	(잡지 형태임)
	大韓民報	1909.6.2.		국한문	오세창, 장효근	民族의 思想 統一· 民族의 團結, 民族의 指導啓發· 知識의 普及
	慶南日報	1909.8.12.		국한문	경남 진주군 인사들	최초의 지방 발행 신문
해외	신죠신문 (新朝新聞)	1904.3.27.		국문	하와이 호놀룰루: 최윤백, 김익성, 최영만	智識 普及 및 文盲退治

발행지	신문명	발행 기간		사용 문자	발행인	신문 발행 주의 (이해창 참고)
		창간	종간			
해외	한인시사·親睦會報·電興協會報	1905	1907	국문	하와이 친목회: 김성권, 김규섭 등	文盲退治와 智識 普及
	共立新報	1905.11.14.		국문	샌프란시스코: 안창호, 송석준	재미 동포를 대상으로 한 자주 정신과 독립 정신 고취, 119호부터 신한민보로 제호 변경
	大同公報	1905.12.9.		국문	남가주 페시디아 지방: 김우제, 장경, 이병호 등	대동보국회, 대한인국민회 등으로 명칭 변경
	국민보	1913.8.1.		국문	하와이	한인합성신보에서 제호를 변경함

이밖에도 근대 계몽기 기독교계 신문으로『죠션 크리스도인 회보』(1897.2.2. A.G.Appenzeller),『그리스도 신문』(1897.4.1. H.G.Underwood),『예수교 신보』(1907.12.10. J.S.Gale) 등이 더 있으며, 일본인이 운영하던『조선신보(朝鮮新報)』(1881.12.10. 日文, 大石德夫),『조선시보(朝鮮時報)』(1894.2. 熊本縣人),『조선매일신문(朝鮮每日新聞)』(1904.12.),『조선일보(朝鮮日報)』(후에 朝鮮時事新報, 釜山日報로 제호 변경, 1905.2. 葛生修吉·上田黑潮子),『인천 경성 격주상보(仁川·京城 隔週商報)』(후에 朝鮮新報로 변경, 인천 지역의 일본 거류민 신문) 등과 같이 다수의 일본어판 신문도 존재했던 것으로 보인다.

이 가운데 주목할 만한 대상으로는『황성신문(皇城新聞)』,『뎨국신문』,『대한매일신보(大韓每日申報)』,『만세보(萬歲報)』등이다. 왜냐하면『독립신문』이나『협성회 회보』와 같은 초기의 신문에 실린 '학문론'은 대부분 '학문=개화 지식을 배우는 일'과 같이 단순 논리를 전파한데 비해 이들 신문에 실린 논설이나 논문은 비교적 체계적인 학리(學理)를 담고 있다. 따라서 이 연구에서는 단순 논리를 설파한 학문론이나 교육론을 제외한, 학문 연구 방법 또는 교육학 원리 등을 다룬 글만을 대상으로 하였다.

둘째, 근대 계몽기의 각종 학회나 단체에서 발행한 학회보를 참고할 수 있다. 이 시기 각종 단체나 학회 조직 상황에 대한 종합적인 연구 보고가 미흡하기 때문에 전수 조사 차원의 모든 자료를 섭렵하기는 어렵다. 그러나『만세보』1907년 3월 30일자 '논설'을 참고하면 이 시기 활동한 각종 학회와 단체가 대략 40개 이상에 이르는 것으로 보인다. 이들 단체의 명칭을 살펴보면 다음과 같다.

[1907년 당시의 각종 단체]
(전략) 近日 我國 民族의 智識이 漸次 開進ᄒᆞᄂᆞᆫ 現狀이 有ᄒᆞ야 各般 社會를 組織홈이 雨中竹筍과 如ᄒᆞ니 其名目을 略擧ᄒᆞ건ᄃᆡ
自彊會, 一進會, 國民敎育會, 東亞開進敎育會, 萬國基督靑年會, 懿法會, 西友學會, 漢北學會, 同志親睦會, 法案硏究會, 普仁學會, 大東學會, 天道敎會, 天主敎會, 基督敎會, 淨土敎會, 佛宗會, 神籬敎會, 眞理敎會, 神宮敬奉會, 婦人學會, 女子敎育會, 國債報償會(各種), 養正義塾討論會, 普專親睦會, 實業硏究會, 殖産奬勵會, 商業會議所, 手形組合, 農工銀行, 漢城銀行, 天一銀行, 韓一銀行, 合名彰

信會社, 湖南鐵道會社, 東洋用達會社, 紳商會社, 少年韓半島社, 夜
雷雜誌社, 朝陽雜誌社, 大東俱樂部, 官人俱樂部 …(하략)

－『만세보』1907.3.30.

이들 단체에서는 대부분 여러 종류의 기관지를 발행하였는데,
그 가운데 주목할 대상은 학술 단체에서 발행한 학회보이다. 이 연
구에서는 한국학문헌연구소(1977)에서 펴낸 '한국 개화기 학술지'
를 주된 대상으로 삼았다. 주요 대상은 다음과 같다.

[한국학 문헌 연구소(1977) 편 '개화기 학술지']

권수	학회명	학회보명	수록 권수	비고
1	대한 자강회	大韓自强會報(上)	1호(1906.7) -7호(1907.1.)	장지연, 윤정효, 심의성 등이 조직한 구국 단체
2		大韓自强會報(下)	8호(1907.2.) -13호(1907.7.)	
3	대한협회	大韓協會報(上)	1호(1908.4.) -6호(1908.9.)	대한학회 후신
4		大韓協會報(下)	7호(1908.10.) -12호(1909.3.)	
5	서우학회	西友(上)	1호(1906.12.) -9호(1907.8.)	서북지방 인사들이 중심이 되어 조직한 학회
6		西友(下)	10호(1907.9.) -17호(1908.5.)	
7	서북학회	西北學會月報(上)	1호(1908.6.) -7호(1908.12.)	서우학회와 한북학회를 합처 만든 학회
8		西北學會月報(中)	8호(1909.1.) -13호(1909.6.)	
9		西北學會月報(下)	14호(1909.7.) -19호(1910.1.)	

권수	학회명	학회보명	수록 권수	비고
10	기호 홍학회	畿湖興學會月報(上)	1호(1908.8.) -6호(1909.1.)	정영택, 이우규, 이광종 등 기호 지방 중심의 학회
11		畿湖興學會月報(下)	7호(1909.2.) -12호(1909.7.)	
12	독립협회	大朝鮮獨立協會會報	1호(1896.11.) -18호(1897.8.)	우리나라 최초의 잡지
13	태극학회	太極學報(壹)	1호(1906.8.) -7호(1907.2.)	일본 유학생 중심의 학술 단체: 친목회, 제국청년회 이후 본격적인 단체임
14		太極學報(貳)	8호(1907.3.) -14호(1907.10.)	
15		太極學報(參)	15호(1907.11.) -20호(1908.4.)	
16		太極學報(肆)	21호(1908.5.) -26호(1908.11.)	
17	호남학회	湖南學報	1호(1908.6.) -9호(1909.3.)	호남 인사 중심 (강엽, 백인기 등)
18	대한학회	大韓學會月報(上)	1호(1908.3.) -6호(1908.7.)	일본 유학생 단체
19		大韓學會月報(下)	7호(1908.8.) -9호(1908.11.)	
19	대한 유학생회	大韓留學生會學報	1호(1907.3.) -3호(1907.5.)	일본 동경 유학생회 (유승흠, 최남선 등)
20	대한 홍학회	大韓興學報(上)	1호(1909.3.) -5호(1909.7.)	일본 동경 유학생 중심
21		大韓興學報(下)	6호(1909.10.) -13호(1910.5.)	
22	대동 학회	大東學會月報(上)	1호(1908.2.) -9호(1908.10.)	사학 육성, 학보 발간을 위해 조직한 단체로 대동전문학교를 병설 운영함
23		大東學會月報(下)	10호(1908.11.) -20호(1909.9.)	
24	교남 교육회	嶠南敎育會雜誌	1호(1909.4.) -12호(1910.5.)	박정동, 이하영 등의 교육자 중심의 학회

이밖에도 『수리학 잡지(數理學雜誌)』(1905.12.), 『가뎡잡지』(1906.6. 창간, 1908.1. 신채호 속간), 『소년 한반도(少年韓半島)』(1906.11.), 『소년(少年)』(1908.11.), 『교육월보(敎育月報)』(1908.6. 남궁억), 『야뢰(夜雷)』(1907.2. 종합지 성격) 등의 잡지가 있으나, 이들 잡지는 종합지여서 학술적인 면이 크게 드러나지 않는다. 이를 고려하여 이 연구에서는 한국학 문헌 연구소(1977)의 학회보를 중심으로 자료를 조사하였다.

셋째, 이 시기 발행된 학문론이나 교육학 관련 교과서류이다. 이 시기 교과서에 대해서는 강윤호(1973), 박붕배(1987), 이종국(1992), 윤여탁 외(2005), 허재영(2009) 등의 선행 연구가 있다. 특히 이종국(1992)에서는 이 시기의 교과서 발행 상황을 비교적 자세히 연구한 바 있는데, 1895년부터 1910년 사이에 발행된 교과서의 종류는 대략 560종에 이르는 것으로 집계한 바 있다. 다음은 이종국(1992: 166)에서 정리한 교과서 발행 상황이다.

[교과용 도서의 교과별 범위]

구분교과	전기: 1895-1905	후기: 1906-1910	계
修身	4	14	18
國語	6	13	19
文法	1	13	14
漢文	3	43	46
國史	11	19	30
外國史	13	17	30
韓國地理	4	12	16
外國地理	11	14	25
算術	11	53	64

구분교과	전기: 1895–1905	후기: 1906–1910	계
物理	4	24	28
化學	5	15	20
動植物	1	15	16
音樂		3	3
美術	3	10	13
體育	2	4	6
外國語	8	33	41
家政		3	3
政治		14	14
法律	3	30	33
經濟		12	12
農業	3	14	17
商業	3	11	14
生理衛生(醫藥學)	3	13	16
其他	7	55	62
계	106	454	560

이 표에서 확인할 수 있듯이 이종국(1992)의 조사에서는 '학문론'
이나 '교육학'과 관련된 교과서를 별도의 항목으로 처리하지 않았
다. 그러나 이종국(1992: 138)에 포함한 유옥겸(1908)의 『간명교육
학』(우문관), 최광옥(1907)의 『교육학』(면학회), 학부 편집국(1910)의
『보통교육학』(학부), 윤태영(1907)의 『사범교육학』(보성관), 임경직
(1908)의 『쇼ᄋ교육(小兒敎育)』(휘문관) 등은 수신서가 아니라 학리
나 교육 원리를 밝히는 교육학 교과서류이다. 이뿐만 아니라 김상
연(1908)의 『간명교육학』(이 책은 현재 이화여자대학교 중앙도서관에
소장되어 있음)이나 장지연(1908)의 『간명교육학』이 발행되었으며,
『대한매일신보』 1906년 6월 6일 평양 종로 대동서관 주인의 광고
를 참고할 때, 『윤리교과 범본(倫理敎科範本)』, 『교수법 원리(敎授法

原理)』, 『논리학(論理學)』, 『논리학 강요(論理學綱要)』, 『교육사(敎育史)』, 『교육심리학(敎育心理學)』, 『각과 교수법(各科敎授法)』 등의 학문론이나 교육학 관련 서적명이 더 보인다. 엄밀히 말해 이들 교육학 서적이 어떤 성격을 갖고 있는지 자세히 알기는 어려우므로 연구자가 확보하여 살핀 교육학 교과서 가운데 기무라지치[木村知治](1896)의 『신찬교육학(新撰敎育學)』(大阪活版製造所), 유옥겸(1908)의 『간명교육학(簡明敎育學)』(우문관)을 중점적인 연구 대상으로 한다. 기무라(1896)은 한문에 한글을 현토한 교과서로 비록 일본인이 저작자이며 오사카에서 발행되었지만 국내에 유통된 최초의 교육학 교과서로 보인다. 또한 유옥겸(1908)은 근대 계몽기 교육학 연구 수준을 집약적으로 보여주는 성과라고 할 수 있다.

이 연구에서는 이상의 주요 자료를 대상으로 학문론이나 교육학 관련 논문 자료를 찾아 목록을 만들고, 그 가운데 주요 논문을 한글로 입력하여 별도의 자료집을 작성한다. 이들 논문은 목차에서 제시한 주요 주제에 따라 분류하며, 논문을 독해하여 이 시기 교육학과 어문 교육 관련 논문의 내용을 분석한다. 특히 이 시기 신학문이 도입되면서 신구 학문이 어떻게 절충되는지, 그리고 각종 학문을 도입하는 과정에서 국문이 어떻게 변용되며, 이를 통해 교육학에 어떤 변화가 일어나는지를 중점적인 분석 대상으로 삼는다.

3. 선행 연구

이 연구와 관련된 선행 연구 분야는 '교육학사', '국어 교육사', '국어사' 분야라고 할 수 있다. 그런데 교육학사의 경우 아직까지 학문적 체계가 뚜렷이 정립되지 않은 만큼 연구 성과가 충분하다고 보기는 어렵다. 이 분야의 선행 연구로는 이원호(1987), 한기언(1989) 등이 있으나 기존의 교육학사 연구가 '교육 사상사'와 '교육학사'를 구분하지 않는 경향이 있으므로, 이에 대한 논의는 별도로 진행하지 않으면 안 될 것으로 보인다. 그러나 '교육의 역사'와 '교육학의 역사'는 구분하여 논의하지 않으면 안 된다. 이 점은 '교육학사'에 대한 보편적인 정의를 통해서도 확인할 수 있다. 다음은 브리태니커 사전(daum 백과사전)의 '교육학의 역사'에 대한 설명 가운데 일부이다.

[교육학의 역사]

교육의 역사는 인류의 역사만큼이나 긴 것이기 때문에 교육에 관해 논하기 시작한 역사도 매우 깊지만, <u>교육학이 하나의 학문으로 등장한 것은 늦은 편</u>이다. 서양에서 교육학은 16세기 봉건사회의 붕괴 과정에서 급속하게 늘어나는 교육의 요구에 적응하기 위하여 발생한 것이다. 교회나 법률이나 의학만을 위한 전문적 훈련과는 별도의 보통교육에 대한 요구는 16세기의 반항적 부르주아와 더불어 최초로 일어나게 되었으며, 종교개혁과 정치적 자유를 추구하는 운동과 밀접히 관련되어 있었다. 17~18세기에도 보통교육은 인정받기 위해

투쟁해야만 했다. <u>코메니우스, 루소, 페스탈로치</u> 등 초기의 교육가들은 저명한 철학자요 개척가였으며 봉건질서의 이데올로기를 타파하는 데 많은 역할을 했다. 그러나 일단 산업자본가들이 권력을 잡게 되자, 보통교육을 확대하려는 그들의 열정은 이내 사라져 버리고, 오히려 대중교육이 지나치지 않도록, 그리고 불온한 사상이 주입되지 않도록 배려하게 되었다. 이렇게 되자, 이번에는 산업노동자계급이 권력을 잡기 위한 길로써 교육을 요구하게 되었고, 각종 노동운동에 있어서 교육에 대한 요구가 중요한 부분을 차지하게 되었다.

체계화된 학문의 형태로서의 교육학의 시조로 보통 <u>J. F. 헤르바르트</u>(1776~1841)를 꼽는다. 그는 교육의 목적과 관련하여 윤리학을, 교육의 과정과 방법을 위하여 심리학을 기초과학으로 삼았다. <u>E. 뒤르켐</u>(1858~1917)은 교수학을 넘어 교육과학을 강조하고, 인간과 교육은 본질적으로 사회적인 것이기 때문에 사회학적인 연구가 중요하다고 강조했다. 그후 이들의 연구 전통은 다양한 형태로 계승·변화되어 오늘날의 교육학은 다양하고 복잡하게 발달하였다.

<u>1945년 이전에는 일제의 이론적 탐구 불필요 정책 밑에서 고육이론과 학설의 탐구가 억제되었으며, 소수의 일본 교육학의 번역 소개가 있었을 뿐이다.</u> 따라서 해방 이전까지는 교육학연구전사(敎育學研究前史) 시기로 볼 수 있다.

해방과 동시에 일제 식민주의 교육론이 중단 내지 배척되었고, 일본 지향적인 교육학의 사회체제도 붕괴되기 시작하였다. 한국의 교육학 연구는 해방과 더불어 갑자기 그리고 일시에 닥쳐온 교육에 대한 막대한 필요에 따라 응급적으로 시작되었으며, 외래적인 것은 곧 진보적인 것이고 한국적인 것은 곧 보수적인 것이라는 해방기의 정신적 상황 속에서 그리고 미군정과 그후의 미국 원조 체제하에서 시

작되고 전개되었다. 해방 후에야 비로소 대학에 교육학과가 설치되었고, 교육학이 하나의 독립된 학문으로 연구되기 시작했다. 한국의 교육학은 주로 해방 이후 후발성 학문으로 발달하게 되었으며, 해방 초기에는 일반교육학도 번역을 통하여 약간 소개되었으나, 전반적으로 서구 의존성이 강하며 특히 대미 의존성이 강했다. (하략)

이 진술은 서구의 교육학사나 한국 교육학사의 주요 경향을 정리한 것으로 볼 수 있다. 서구에서도 교육학의 학문적 정체성 확립이 교육의 역사에 비해 뒤늦었으며, 한국의 교육학 발전 과정은 근대 이후의 식민 상황에서 상대적으로 더 지체될 수밖에 없었다. 이러한 흐름은 광복 이후의 교육학 연구에서도 비슷했던 것으로 보이는데, 이는 교육 연구가들조차도 학문적 차원의 교육 이론 발달보다는 교육 현안 문제를 해결하는 것이 더 급했기 때문으로 보인다.

이와 같은 흐름에서 근대 계몽기에 소개되었던 각종 교육 이론에 대해 주목하는 학자들도 거의 없었던 것으로 보인다. 다만 이 시기의 교육 문제에 대해서는 정책이나 제도, 교과서 등과 관련한 관심이 집중되었으며, 이들 자료에 관심을 기울인 학자들도 역사학, 국어사학, 국어 교육학, 국문학 분야의 연구자들이 중심을 이루었다. 이들 각 학문 분야의 학자들이 근대 계몽기의 어문 문제나 교육 문제에 접근하는 관점이나 태도도 매우 이질적이다. 예를 들어 국어사의 관점에서는 이 시기 교과서나 성경 또는 소설 등의 국어를 분석하여 '현대 국어 확립 과정'을 규명하는 데 관심을 기울이게 되고, 국어학사의 관점에서는 이 시기 저술된 문법서 분석에 치중하게 된다. 이 자리에서 이 시기 국어사와 국어학사의 연구 성과를 모두 정리할 수는 없지만 이 두 학문 분야의 연구 경향을 살펴볼 때,

국어사의 관점에서는 갑오개혁 이후의 국어를 '현대 국어'로 설정하고 이 시기의 음운·어휘·문법의 특징을 밝히는 데 주력하 왔다. 이에 비해 국어학사 연구에서는 유길준, 주시경 등의 국어 문법 연구를 중심으로 국어학의 성립 과정을 밝히고자 하였으며 그 과정에서 국어의 표준화·규범화 문제를 집중적으로 연구하여 왔다. 문학 연구자의 경우는 전근대 문학과 근대 문학의 발달 과정이나 전통 단절과 연속의 관점에서 이 시기를 바라보는 경우가 많으며, 이러한 연구에 나타나는 국어 문제는 '문체 형성'이나 근대 문학의 특성을 밝히고자 한 성과가 축적되어 있다. 특히 최근 일부 연구자들에 의해 이 시기 문학 작품을 대상으로 한 근대적 글쓰기론이 주된 연구 대상으로 부각된 점도 특징이라고 할 수 있다.

이에 비해 교육학 분야에서는 이 시기 도입된 학제 분석이나 학교 설립 과정, 교육 사상사 연구에 많은 노력을 기울여 온 것으로 보인다. 이러한 흐름은 교육학이 본격적으로 연구되기 시작하던 1950~1960년대부터 비롯된 것으로 보이는데, 한국 교육사를 연구한 이만규(1949)는 근대 계몽기의 교육을 '신교육 태동기'로 명명한 뒤 학제 도입과 교육 사조를 정리하였으며, 박상만(1959)에서도 '근세'의 '새교육'으로 명명하고 이 시기 교육학자인 이승훈과 남궁억을 소개하는 데 중점을 두었다. 학제나 학교 설립과 관련된 연구는 그 이후에도 지속적으로 이어져 이해명(1991)의 '개화기 교육 개혁'에 관한 연구 성과가 나오기도 하였다. 또한 강윤호(1973), 이종국(1992)와 같은 교과서 연구, 이응호(1973)과 같은 한글 운동사 연구, 박붕배(1987), 윤여탁 외(2005)와 같은 국어 교육사 연구 등의 성과가 종합되어 근대 계몽기의 어문 문제나 국어 교육사가 재구되기도 하였다.

　그럼에도 이 시기 어문 문제나 어문 교육의 성격, 교육학 도입의 실태 등과 관련된 연구 성과는 충분하지 않은 것으로 보인다. 특히 교육학과 관련하여 제도나 사상사 중심의 연구는 사실태로서의 자료 정리와 이에 대한 해석의 관점에서 어느 정도 성과를 거두었다고 할지라도 '어문 교육학'의 관점을 고려할 때 학문적 차원의 체계적인 분석이 이루어졌다고 하기는 어렵다. 그렇기 때문에 이 시기의 어문 문제나 교육학 관련 기초 자료를 정리하고 분석하는 작업이 좀 더 체계적으로 이루어져야 한다고 믿는다.

참고문헌

강윤호(1973), 『개화기의 교육용 도서』, 교육출판사.
국사편찬위원회(2011), 『한국 근대사 자료집 2: 개화기의 교육』, 탐구당문화사.
박붕배(1987), 『국어교육전사』 상·중·하, 대한교과서주식회사.
박상만(1959), 『한국 교육사』 상·중·하, 중앙교육연구소 대한교육연합회.
성준덕(1955), 『한국신문사』, 신문학회.
윤여탁 외(2005), 『국어 교육 100년사』, 서울대학교출판부.
이만규(1949), 『조선교육사』(1991, 거름출판사에서 다시 펴냄)
이원호(1987), 한국 교육학사의 이론과 전개, 『한국교육사학』9, 한국교육학회.
이응호(1973), 『개화기 한글 운동사』, 성청사.
이종국(1992), 『한국의 교과서』, 대한교과서주식회사.
이해명(1991), 『개화기 교육 개혁 연구』, 을유문화사.
이해창(1971), 『한국 신문사 연구』, 성문각.
임한영(1959), 『교육사상사』, 박우사.
한기언(1969), 『한국교육사상사 연구』, 서울대학교출판부.
한기언(1989), 한국 교육학사의 연구, 『사대논총』38, 서울대학교 사범대학.
허재영(2009), 『근대 계몽기 어문 정책과 국어 교육』, 보고사.
허재영(2009), 『통감시대 어문 교육과 교과서 침탈의 역사』, 경진

제2장 근대 계몽기의 학문론과 어문 문제

한국 근대의 학문론과 어문 교육

1. 서론

근대 계몽기 신문이나 교과서, 학회보, 논저 등을 종합해 볼 때 우리나라에 서구 학문이 본격적으로 소개된 것은 유길준(1895)으로 보인다. 이 저서는 비록 일본의 교순사(交詢社)에서 발행되었지만, 이른바 '태서 학술'에 대하여 구체적으로 설명하고 있다. 이 점은 『한성주보』의 '치도약론(治道略論)'이나 '논학정(論學政)', '광학교(廣學校)'와 같은 논설류에서 서구 학제의 각급 학교 학과목에 해당하는 학문 분야를 언급한 것과는 다르다.

문제는 유길준(1985)에서 언어 문제를 언급하면서 '칠서 언해의 법을 본받아 아문(我文: 국문=한글)과 한자(漢字)를 혼집(混集)한 문장 체제'를 사용했다 하더라도, 당시의 어문 생활에 견주어 볼 때 자연스러운 지식 보급으로 이어지지 못했다는 점이다. 이뿐만 아니라 당시 '신구학(新舊學)의 대립'과 관련된 다수의 논문에서 확인할 수 있듯이, 신학문이 유학의 전통과 쉽게 어우러지지 못한 까닭에 『서유견문』이 쓰인 1890년대부터 1910년 사이의 각종 학문이 우리 실정에 맞게 뿌리를 내리지 못한 면이 있었던 것으로 보인다.

이처럼 근대 계몽기 학문 체계가 성립되면서 전통적인 학문과 서구 학문의 관계는 일제의 식민 정책과 맞물리면서 다양한 갈등을 낳기도 하였다. 이러한 관점에서 이광린(1980)에서는 신학과 구학의 갈등이 갖는 의미를 고찰하였으며, 김재현(2002)에서는 서양

---

1 고려대 소장본의 『서유견문』을 해제한 이한섭(2000)에서는 이 책이 1885년부터 1892년 사이에 집필되었을 것으로 추정한 바 있다.

철학 수용 과정을 살핀 바 있다. 또한 양일모·홍영두(2008)에서는 이 시기 윤리관과 전통적 지식인의 태도에 대해 살폈으며, 박정심(2008)에서는 박은식의 격물치지설이 갖는 근대적 함의를 찾고자 하였다. 특히 최근 근대 계몽기에 대한 관심이 높아지면서 역사학, 국어학, 국어 교육뿐만 아니라 정치학, 경제학 등의 학문 분야에서도 이 시기의 학문이 갖는 의미에 대해 전문적으로 연구하고자 하는 흐름이 생겨나기도 하였다.

그렇지만 아직까지도 이 시기의 학문론이나 교육학에 대한 연구는 미흡한 것으로 보인다. 특히 학문론은 철학적인 관점에서 신학문과 구학문의 갈등 또는 서구 학문의 수용 차원에서 접근한 사례가 많기 때문에, 이 시기의 계몽론이 학문 전반에 어떤 영향을 미쳤는지를 규명하는 데는 실패한 것으로 보인다. 특히 신학문이 도입되는 과정에서 제기된 어문 문제를 어문 운동의 차원으로 접근할 경우, 근대적 학문론이 갖는 의미를 규명하는 데 어려움을 겪는다. 이를 고려하여 이 글에서는 근대의 학문론과 어문 문제를 살펴보고자 한다.

2. 근대의 학문론과 어문 문제

2.1. 갑오개혁 이전의 학문론과 한문체

개항 이후 근대 학문의 도입 과정에서 학문의 필요성을 논의한 글들은 대부분 한문으로 쓰였다.[2] 대표적인 글로 김옥균(1882)의 '치도약론(治道略論)'이다.[3] 『한성순보』 1884년 7월 3일자에 실린 이 글은 '실사구시'를 중심으로 한 학문의 필요성을 제기한 이 글에서 김옥균은 '위생(衛生), 농상(農桑), 도로(道路)'가 정치·기술의 핵심을 이루어야 한다고 주장하면서 '치도국(治道局)' 설치의 필요성을 피력하였다. 그런데 김옥균은 이 글에서 일본에서 함께 온 치도사(治道師) 3명을 고용하여 기술을 배울 것을 주장하였다. 이러한 입장에서 '치도약론'은 실학의 전통과 개항이라는 시대 상황에서 비롯된 실사구시의 학문의 필요성을 제기하였을 뿐, 근대적 의미의 학문을 소개한 것이라고 보기는 어렵다. 이러한 흐름은 『한성주보』 제1호(1886.1.25.)~제3호(1886.2.15.)에 연재된 '논학정(論學政)'도 비슷하다. 다만 이 글에서는 서구의 학제를 소개하면서 각종 근대적 학문이 존재함을 밝혔다는 데 의의가 있다. 이 글에 나타난 '학제'

---

2 서구 학문의 도입과정에서 가장 먼저 소개된 것은 지리를 비롯한 서양사정이었다. 『한성순보』에는 '지구도해(地球圖解)' 제1회를 비롯하여 각 대륙의 지지(地誌)가 실렸고, 각종 기사나 논설에서 서양의 정치·사회를 소개했다. 특히 서양 학문의 원류나 과학 이론과 관련된 다수의 논설이 실렸는데, 이들은 모두 한문체로 쓰였다.

3 『한성순보』 1884년 7월 3일(제26호)에서는 이 글이 광서 임오년(1882에 쓰였음을 밝힌 바 있다.

를 살펴보자.

(1) '논학정'의 학제[4]

(전략) 현재 구주의 여러 나라들이 유독 부강을 과시하고 있는 것은 전혀 교화를 나라 다스리는 요점으로 삼은 때문이 아니라고 할 수 없다. 구주의 여러 나라들은 반드시 학교를 3등으로 나누어 설립한다.

소학교는 여정(閭正) 사이에 설립하는데 그 교육의 내용은 보통적인 것이다. 즉 모든 백성들이 보통적인 도움을 받을 수 있다는 뜻이다. 토지의 넓이와 호구의 번성에 따라 한 고장에 하나, 또는 두세 개의 학교를 설립하기도 한다. 남녀 귀천을 막론하고 5세에서 13세까지 모두 취학하게 하며 특별한 사고가 없는 한 감히 회피하거나 그만둘 수 없다. 소학교에 입학할 나이를 학령이라고 한다.

중학교는 부현(府縣)에 각각 2~3개 학교를 설립하는데 14세 이상으로 소학교의 과정을 수료한 자를 취학시킨다. 또 농학, 공학, 상학, 어학 등의 학교가 있는데 각기 한가지씩을 전문으로 연구하여 생리(生利)에 도움을 주게 한다.

대학교는 국도(國都)에 설립한다. 여기에는 이학(理學), 법학(法學), 의학(醫學), 병학(兵學) 등 제과(諸科)가 있고 그 생도는 총명하고 재능이 있어 치국경세에 뜻을 둔 사람들이다. …(중략)…

지금 유럽의 학제는 학과를 분류하여 각각 한 가지씩 전문적인 것을 성취하게 하고 있다. <u>소학교의 경우</u>에는 세상의 실용에 필요한 학문으로 유익한 점이 적지 않다. 그 학과가 14문이 있는데 아래와 같

---

4 『한성순보』와 『한성주보』는 재단법인 관훈클럽(1883)에서 영인하여 보급하였다. 이 영인본에는 정진석의 해제가 실려 있으며, 한문으로 발표된 기사를 한글로 번역하였다. 여기에 옮긴 글은 관훈클럽(1883)에서 번역한 글이다.

다. 學文, 習字, 加減乘除, 地理初步, 世界誌略, 生物初步, 本國史略, 各國史略, 比例算, 利息算, 級數算, 仁義學初步, 農工商等學大意, 畵學大意

이외에도 대학, 중학 등 학교가 있는데 모두 학과를 분류하고 있다. 학교가 점점 높아질수록 학업도 점점 번다해진다. 근래 살펴보면 일본도 유럽의 제도를 모방하여 직공학교(職工學校)를 설립하였는데 해교(該校)를 졸업하면 역시 공인(工人)이 되는데 불과하다. 그러나 그 학과는 4년만에 완성하는 것으로 입학한 첫해에 교습하는 학과가 8문이다. 8문은 이러하다. 대수학, 對數用法, 幾何學, 三角術, 물리학, 화학, 畵學, 畵法幾何學

그 위 3년은 化學工藝와 機械工學의 구별이 있는데 학생으로 하여금 그 중 하나를 독학(獨學)하게 한다.

화학공예는 학과가 모두 11문이 있는데 아래와 같다. 무기화학, 유기화학, 분석화학, 응용화학, 重學, 畵學, 職工經濟學, 簿記學, 實地講習, 修身學

기계공예는 학과가 모두 13문인데 아래와 같다. 수학, 物質强弱論, 手操工具論, 機巧工具論, 發動機論, 重學, 畵學, 製造所用器械論, 工場用圖, 職工經濟論, 修身學, 簿記學, 實地講習

유럽의 대학 중학 소학에서는 모두 본국의 문자와 언어로 가르치는데 사물에 대해 모르는 것이 없다고 한다. 그들의 글자는 26자인데 자모가 상련(相連)되어 단어를 만들고 분합에 따라 소리가 달리 생기는 것이 우리나라의 언문(諺文)과 조금도 다르지 않다. 이 글자로 초학자들을 교습시켜 2-3개월만 되면 즉시 책도 읽고 글도 지을 수 있으며, 이 글자로 모든 서적을 기술하기 때문에 당초에 송독의 노력을 들이지 않아도 의리(義理)를 분명히 이해할 수 있다. (하략)

(1)에서는 서구와 일본의 직공학교에서 배우는 교과목이 언급되어 있으며, 이러한 교과목 수업에서 자국어 중심의 수업이 이루어지고 있음을 소개하고 있다. 이 점에서 '논학정'은 학교 제도와 교과에 대한 소개가 주된 목적이며, 학문 연구보다 교육을 통한 지식 보급의 중요성을 강조한 논설이라고 볼 수 있다.

(2) 박영효 개화상소문[5]

六日 教民才德文藝以治本…

> 教者猶磁石也 人在大洋或沙漠之中 雖不能辨南北 然有磁石
> 卽可辨之 故磁石卽通四方就文明之要具也 人生而無知其所以
> 知者敎育也 子生卽父母先敎之而導之 開其知識 而次入學校
> 以成其學 故設校之事 天下之急務也 要務也
> 一 設小中學校 使男女六歲以上 皆就校受學事
> 一 設壯年學校 以漢文 或以諺文 譯政治 財政 內外法律 歷史 地
> 理 及 算術 理化學 大意等書

이처럼 개항으로부터 갑오개혁 이전까지의 서구 학문 소개는 학교 제도와 교과에 대한 안내가 중심을 이루었다. 이러한 흐름은 유길준(1892)의 경우도 비슷하다. 『서유견문』 제9편의 '교육하는 제도'는 '시작하는 학교', '문법학교', '고등학교', '대학교'를 대상으로 하였으며, 그 과정에서 각 학교의 교과목을 열거하였다. 그럼에도 유길준(1892)가 주목되는 이유는 제13편에 수록된 '태서 학술의 내력'과 '학업하는 조목'이 들어 있기 때문이다.

---

5 이 자료는 『일본 외교문서』 제21권에 수록된 것으로, 국사편찬위원회(2011), 『한국 근대사 기초 자료집 2: 개화기의 교육』(탐구당문화사)에 실려 있다.

먼저 '태서 학술의 내력'은 서양 학문의 발전 과정을 소개하고자한 장으로, 서양의 학문사뿐만 아니라 학문하는 목적이나 방법에관해서도 언급하고 있다. 다음을 살펴보자.

(3) 태서 학술의 내력

二千七百餘年前 時代로브터 希臘國에 學士가 輩出ᄒ니 詩에ᄂ 胡邁[호머]와 喜時遨[히시옷]와 扁道[핀더]의 諸人이오 文에ᄂ 喜老道[히로도타스]와 秋時伊[츄싯이듸스]와 杜娛道[듸오도라스]와 弸婓台[풀누타치]의 諸人이며 (중략) 西曆 一千二百年 時代[六百餘年前]에 英吉利國人 裵昆[베큰]이 博洽ᄒ 智識과 宏傑ᄒ 才操로 學術의 衰頹ᄒ 世間에 出ᄒ야 古今의 相傳ᄒᄂ 道를 不足ᄒ다 ᄒ고 乃實驗ᄒᄂ 理術을 倡起ᄒ야 天文學에ᄂ 望遠鏡을 作ᄒ며 化學에ᄂ 萬物의 性質을 探願ᄒ야 其 分析과 和合ᄒᄂ 理致를 議論ᄒ고 又醫學과 器械學의 大綱을 發明ᄒ니 一時의 大學者라 稱ᄒ나 此時ᄂ 猶草昧ᄒ 世界라. 如此ᄒ 大學者로도 神仙의 荒唐ᄒ 道를 信ᄒ야 鍊丹ᄒᄂ 法에 其 工을 徒費ᄒ며 又 星辰의 來往ᄒᄂ 軌度르 人事의 吉凶을 判斷ᄒ야 迂怪ᄒ 理論이 有ᄒ니 此ᄂ 姑捨ᄒ고 尤其 慘酷ᄒ 者ᄂ 此時에 人民의 知識이 晦暝ᄒ며 政府도 學術에 蒙昧ᄒ야 裵昆의 高明ᄒ 學業을 不信ᄒ고 妖術이라 指目ᄒ야 裵昆 及 其 友人 麥那秀를 嚴刑ᄒ니라. (중략)

大抵 泰西 學術의 大主意ᄂ 萬物의 原理를 硏究ᄒ며 其功月을 發明ᄒ야 人生의 便利ᄒ 道理를 助ᄒ기에 在ᄒ니 諸學者의 日夜로 苦心ᄒᄂ 經綸이 實狀은 天下人을 爲ᄒ야 其用을 利케 ᄒ고 因ᄒ야 其生을 厚ᄒ게 ᄒ며 又 因ᄒ야 其德을 正ᄒ게 홈이니 學術의 功效와 敎化가 엇디 不大ᄒ리오. 泰西 學者의 言에 曰ᄒ딘 人의 才智ᄂ 古今

이 無異ᄒ니 後人이 前人을 不及ᄒ다 홈은 學業에 怠慢ᄒ야 病世ᄒ
ᄂ 議論이라. 然ᄒ 故로 人이 世에 生홈에 當然히 學問을 務ᄒ야 古人
의 不發ᄒ 者를 發ᄒ야 不及ᄒ 者를 補ᄒ고 又 新工을 想出ᄒ야 前人
이어셔 駕高홈이 是可ᄒ다 ᄒ니 此 言을 潛究ᄒ면 自恃ᄒᄂ 癖이 有
ᄒ 듯ᄒ나 然ᄒ나 修學ᄒᄂ 人을 向ᄒ야ᄂ 最美ᄒ 意思라. (하략)

『서유견문』에서 언급한 학문의 방법은 '만물의 성질을 탐구하
여 분석하고 종합함으로써 이치를 밝히는 것'이라고 할 수 있다. 이
러한 논술은 학문 연구가 진리 탐구에 있음을 의미하며, 그 목적이
'만물의 원리를 연구하여 인생의 편리한 도리를 보조하는 것'에 있
음을 고려할 때 보편타당한 원칙에 입각한 것이라고 할 수 있다. 더
욱이 그가 제시한 '조목'은 근대적 서구 학문의 일반 분야를 의미한
다. 그가 제시한 학문 분야는 모두 20개이다.

(4) 條目[6]

農學, 醫學, 算學, 法律學, 格物學, 化學, 哲學, 礦物學, 植物學,
動物學, 天文學, 地理學, 人身學, 博古學, 言語學, 兵學,
器械學, 宗敎學

(4)의 학문 분야는 현대의 학문 분야를 고려할 때 학문 분류 체계
나 전문성 등에서 견줄 바는 아니다. 더욱이 유길준(1892)에서 제시
한 학문 분야는 명칭 면에서도 통일성을 보이지는 않는다. 예를 들
어 학문사를 진술하는 과정에서는 '철학'이라는 용어 대신에 '성리

---

6 학업하는 조목은 학문 분야명만 제시하였음.

학(性理學)'이라는 용어를 사용하였고, '격물학(格物學)' 대신에 '궁리학(窮理學)'이라는 용어를 사용하였다. 이처럼 분류 체계나 용어가 불분명한 것은『서유견문』이 말 그대로 '견문'에 입각해 있기 때문이다.[7] 달리 말해 철저한 고증과 논리를 바탕으로 한 연구서가 아니라 당시의 서구 사정을 소개하는 데 목적이 있었기 때문이다. 이러한 한계에도 불구하고『서유견문』의 출현이 갖는 의미는 적지 않다. 왜냐하면 이 책은 본격적으로 서구 사정을 소개한 책이며, 교과서가 발달하지 않았던 이 시기 교과서 대용으로도 쓰이기도 했기 때문이다.

2.2. 지식 보급을 위한 학문론

'학문(學問)'의 사전적 정의는 '어떤 분야를 체계적으로 배워 익힘. 또는 그런 지식'이라고 할 수 있다. 이 말에는 여러 가지 의미가 포함되어 있는데 그 가운데 대표적인 것은 '배움'과 '체계적 지식'이다. 그런데 근대 계몽기에는 학문의 본질이 '체계적 지식 탐구'보다는 '해당 분야의 지식을 배우는 것'을 더 중시하는 경향이 있었다. 이 점에서 근대의 학문론은 곧 교육론과 불가분의 관계를 맺는다.

이와 같은 관점에서 1895년 이후『독립신문』이나『협성회보』,『미일신문』,『독립협회 회보』등에 나타나는 학문 관련 논설은 교육 보급을 주장하는 내용으로 이루어져 있다.

---

7 유길준 이전의 서양학문에 대한 소개는『한성순보』1884년 3월 8일(제14호)의 '태서문학원류고(泰西文學源流考)', 3월 18일(제15회)의 '각국학업소향(各國學業所向)',『한성순보』1887년 2월 28일(제52회)의 '서학원류(西學源流)', 3월 7일(제53호)의 '속록서학원류(續錄西學源流)' 등이 있으나, 모두 한문으로 쓰였으며, 내용의 체계도 미흡하다

(5) 학문=교육

ㄱ. (전략) 지금 셰계 신학문은 실샹을 붉아가지 안이 ㅎ는 것이 업는 지라 <u>텬문학 디지학 산슐 측산학 격물학 화학 즁학 졔죠학 정치 학 법률학 부국학 병학 교셥학과 밋 기타로 동물과 식물과 금셕 거림과 풍뉴와 농샹 광 공 등학이 무비 나라를 부강홀 실디 학문 이라</u> 엇지 이러흔 실학을 보고 안이 비호고 한갓 구습에 오히려 져져셔 아교로 붓친 것을 쩌혀 옴기지 못 ㅎ리오 지금 우리 나라 학부대신은 고금을 셥렵ㅎ고 스리를 통달 ㅎ시는 분이라 응당 <u>다 잘 교육 ㅎ시련이와 아즛 쩌가 못되얏는지</u> 이 시급흔일이 샹금것 확쟝이 못 되는 것은 알슈업더라 　　　　 —『미일신문』 1898.11.5.

ㄴ. 夫 <u>學術이란 者는 一身의 輕寶오 一國의 貴器</u>라. 修齊治平이 다 學術로 從出흠으로 子弟가 以是而勤ㅎ며 國家가 是以而育ㅎ야 其 才藝를 擴充흔 後이면 自然 需用에 適合ㅎ야 貴福을 享ㅎᄂ 니 (중략) 況 此時는 古昔과 特異ㅎ야 世界 各國이 文明을 相尙 ㅎ야 雖 一夫一婦라도 <u>學術을 敎習지 못ㅎ면 開進上에 大關係 가 有흠으로 國家에셔 學校를 葱立ㅎ고 敎育을 專務ㅎ는디</u> 官 民中 富厚흔 者는 資金을 優合ㅎ야 私立學校를 設ㅎ고 …(중 략)… 今日이라도 國內의 貴富家에셔 資力을 鳩集ㅎ야 <u>學校를 多設ㅎ고 子弟를 敎育ㅎ면</u> 前日 放逸흔 氣質이 變ㅎ야 粹央흔 資品을 作홀 쑨 아니라 一身 輕寶가 一國 重器에 合用ㅎ리니 國 家의 萬幸흔事를 엇지 速圖치 아니들 ㅎ시오.

　　　　　　　　 —『황성신문』 1899.4.4. 논설

(5)와 같이 1895년부터 1900년 초까지는 '학문=배움=지식 보급= 교육'으로 인식한 논설이 매우 많다. 이러한 논설은 대체로 학리에

대한 연구, 곧 지식의 탐구보다는 지식 보급을 위한 교육(학교 설립)을 강조한다. 비록 유길준(1892)에서 학문이 '만물의 성질을 탐이하여 분석과 화합하는 이치를 의논하는 일'이라고 밝혔더라도, 지식 탐구보다는 실용적인 지식 습득이나 보급에 초점을 맞춘 것은 서구 지식의 충격 속에서 생겨난 자연스러운 현상일 수도 있다. 이러한 경향은 '언어학'의 경우도 마찬가지이다.

(6) 유길준(1892)의 언어학

言語學: 此學은 <u>他邦 言語를 學習ㅎ는 事를</u> 謂홈이니 天下 各國의 言語와 文字가 不一ㅎ야 人生의 交際ㅎ는 大道에 一條 不便흔 欠典이라. 然흔 故로 仕宦ㅎ는 者가 此工이 無ㅎ면 其 職에 或窘ㅎ고 商賈ㅎ는 者가 此工이 無흔 則 其業을 獲遂 ㅎ기 甚難ㅎ며 學者의 知識에도 關係가 不淺ㅎ니 四海가 一家又치 相通ㅎ는 世界에 生ㅎ야 此學을 不修ㅎ면 其 情 義를 何道로 相通ㅎ며 才技를 何道로 相勸ㅎ며 又 他諸般 事理를 何道로 以ㅎ야 其 相違ㅎ는 方便을 立ㅎ리오. 然호 딕 此에 不止ㅎ고 人生의 學業에 重要흔 關係가 有ㅎ니 <u>各 國의 言語를 比較ㅎ야 其 根本의 異同을 考究홈이라.</u>

-유길준(1892),『서유견문』제13편

(6)에서의 '언어학'은 '언어 학습'과 동의어로 쓰였다. 비록 '각국의 언어를 비교하여 그 근본을 연구하는 것'이라는 진술이 나타나기는 하지만, 근대 계몽기의 언어학과 언어 학습은 동일한 개념으로 사용되었다. 이 점은『대한매일신보』1909년 3월 2일에 실린 '어학을 논함'(장우생이라는 필명의 기고문)이나 같은 신문 1910년 4월

10일자의 논설인 '어학계의 추세' 등도 마찬가지이다. 전통적으로 어학은 통역학을 의미했으며 강점 직전의 통감시대 외국어학은 일본어 학습으로 인식되었으므로, 이 신문에서는 이러한 현상을 경계하기 위해 '어학도들'에게 경고하는 논설을 빈번히 게재하였다.[8]

---

8 언어학이나 국어학이 과학적인 학문으로 인식된 것은 1910년 이후의 일로 보인다. 예를 들어 안확(1915)의 '조선어의 가치', 연구생(1916)의 '조선어학자의 오해' 등이 『학지광』에 실린 바 있으며, 권덕규(1919)에 이르러 언어 학습으로서의 어학, 언어 규범화를 위한 어학, 학문으로서의 어학 등의 개념이 정립된 것으로 볼 수 있다.

3. 서구 학문 도입과 국어 문제

3.1. 서구 학문의 도입 과정

학문을 '단순한 앎이 아니라 한 사회가 연구·교육·학습할 만한 가치가 있다고 설정한 지식의 체계적인 집합'으로 규정하고 동양의 학문 체계와 이념을 연구한 이성규(1994)에서는 전통적인 학의 범위와 체계를 도서와 교육 과정을 기준으로 삼아 연구한 바 있다. 이성규(1994)에 따르면 동양의 도서 분류는『한서(漢書)』'예문지'를 출발점으로 삼을 수 있는데, '육예(六藝), 제자(諸子), 시부(詩賦), 병(兵), 술수(術數), 방기(方技)'의 6대 항목을 기준으로 하였다.[9] 이성규(1994)에서는 중국의 서류 분류는 시대에 따라 다양한 형태로 나타나며, 교육 과정을 기준으로 하였을 때 '소학(小學)과 대학(大學)', 사설 교육 기관 중심의 효과적인 교학을 위한 지식 체계화 등

---

[9] 동양의 도서 분류 체계나 교육 과정 분류 체계는 이성규(1994)를 참조할 수 있다. 이성규(1994)에서는 중국의 각 시대별 도서 분류와 교육 과정을 논하면서 근대 이후 서구 학문을 수용하는 과정까지 서술하였다. 특히 이성규(1994)에서는 중국의 경우 "자기 변혁의 원리를 자신의 존립을 위협하는 선진 문명에서 수용하지 않을 수 없는 상황을 성실하고 처절하게 고뇌하였다."라고 결론지으면서, 우리의 경으 "19세기 말 개화파와 위정척사파의 갈등 이후 한 번도 이 문제를 주체적으로 심각하게 고민해 보지 못한 채 일제의 강점과 함께 교육권이 상실되어 공식 교육 기관에서 전통 학문이 철저하게 배제되었고, 해방 이후 이른바 근대 학문의 본격적인 시작과 함께 학계는 물론 각급 학교의 교육 과정에 피동적으로 주어진 서양 학문이 범람하면서 심각한 전통 문화 단절 상황에 처하게 되었다."라고 언급하였다. 이러한 지적은 이 연구에서 밝히고자 하는 근대 계몽기의 학문론과도 밀접한 관련이 있다. 엄밀히 말해 근대 계몽기 서구 학문의 도입 과정과 이에 대한 논란이 오늘날까지도 철저히 규명되지 못한 면이 많기 때문이다.

이 시도된 바 있었음을 지적하고, '전통적인 학문의 특징과 한계'를 설명한 바 있다. 특히 동양의 학문이 "학문을 위한 학문이 발전하기 어려웠으며, 창조보다는 해석에 치중하고, 지나치게 수기(修己)를 강조할 경우 현실과 유리된 지식인을 산출할 수 있음"은 동양 학문의 한계라고 할 수 있다.

이처럼 동양 학문이 '수기(修己)'를 강조하는 '불기(不器)의 학(學)'[10]에 치중하면서 사물의 이치를 따지는 '학문을 위한 학문'의 발전이 이루어지지 못했다는 지적이 많다. 이러한 흐름에서 근대 계몽기의 '격치학(格致學)'은 전통적인 격치학에 서구의 물리학을 도입하는 논리로 이어졌다. 이러한 흐름은 유길준(1892)에서도 자라 나타난다.

(7) 『서유견문』의 '격치학(格致學)'

格物學: 此學은 萬物의 本體를 窮究ᄒ야 其 理致와 功用을 議論홈이니 其 條目을 浩繁ᄒ지라. 略抄ᄒ야 其 例를 示ᄒ건디 鐵類의 强緻柔脆ᄒ 者의 力은 其 理由를 解釋ᄒ고 人物의 發音과 天地萬物의 引力과 聲光의 速度와 風雨霾霆 及 霜露의 深妙ᄒ 理窟을 探頤ᄒ며 物體의 方圓長短을 因ᄒ야 其 發用ᄒᄂ 力과 散合ᄒᄂ 機를 議及ᄒ야 尺寸의 違註가 無ᄒ고 此外에 何物을 當ᄒ든지 格知ᄒ기로 準的을 立ᄒ니 泰西 諸國의 富盛ᄒ 根本이 此學을 從하야 成實ᄒ 者라.

-『西遊見聞』第十三編, 學業ᄒᄂ 條目

---

10 이 말은 군자불기(君子不器)를 의미하며, 특정 지식과 기능에 얽매이지 않고 전체적인 식견과 판단력을 갖출 것을 뜻했는데, 차츰 실무 능력이 부족한 관료를 합리화하는 말로 쓰였다고 한다. 이 점에서 청초(淸初) 이후의 경세학(經世學)에서는 '도(道)', '체(體)', '기(器)', '용(用)'의 합일을 강조했다고 한다.

(7)은 서구의 물리학을 소개한 것으로 전통적인 성리학 중심의 '인격 수양의 학문'을 벗어난 신지식에 해당하는 것이라고 볼 수 있다. 특히 '만물의 본체를 연구하여 이치와 공용을 따지는 것'은 '수기치인'의 전제 조건으로 이루어지는 '격물치지(格物致知)[11]와는 성격이 다르다.

이처럼 1890년대 이후에 서구의 물리학이 소개되면서 전통적인 격치학이나 성리학의 한계를 극복해야 한다는 주장이 다수 나타나기 시작한다. 다음은 이러한 예들이다.

(8) 격치학의 기능에 대한 논설

ㄱ. 歐洲에 古今 著名한 人이 甚多ᄒ되 其 最著함이 英國 拜肯[12]만
콤 大한 子ㅣ 無한지라. 蓋 拜肯 氏ᄂ 舊章에 率由함을 貴히 넉
이지 안코 現在 實效로써 貴ᄒ다 ᄒ며 ᄯ 古今 各國 事蹟을 搜探
ᄒᄂ 것으로 貴홈을 삼아 凡人에게 有益한 者를 반다시 巧究ᄒ
더니 西曆 一千六白六十年에 英人 某가 ᄯ 其意를 推廣ᄒ야 各
國 博學人을 集ᄒ야 每年에 其 新知한 格致의 治를 講求크져 함
이 國王이 ᄯ한 喜ᄒ야 立會ᄒ기를 許ᄒ니 其 章程인즉 總辦 一
人과 贊襄(찬양) 二十人이라. (중략) 然홈으로 凡 大碼頭諸處가
ᄯᄒ 此에 有益홈을 知ᄒ야 每年에 捐助金 若干으로써 此 博學

---

11 '격물'에 대한 『대학』의 "大學之道 在明明德 在親民 在止於至善 知止而后有定 定
而后能靜 靜而后能安 安而后能慮 慮而后能得 物有本末 事有終始 知所先後 則近道
矣. 古之欲明明德於天下者 先治其國 欲治其國者 先齊其家 欲齊其家者 先修其身 欲
修其身者 先正其心 欲正其心者 先誠其意 欲誠其意者 先致其知 致知在格物 物格而
后知至 知至而后意誠 意誠而后心正 心正而后身修 身修而后家齊 家齊而后國治 國
治而后天下平."이라는 표현을 참고할 때, 동양의 학문에서는 격물치지가 수기치인
의 전제 조건이었음을 알 수 있다.
12 배긍(拜肯): 베이컨.

人의 <u>格致 新學 創立훔을 助호니</u> 自 此 以後로 各處에 輪流聚會
호야 初會時에는 來者가 三十人에 不過호더니 今에는 三千人에
己逾혼즉 蓋 國家가 此를 因호야 <u>格致의 益이 甚大훔</u>을 知호는
<u>故로 如此히 踊躍爭先</u>홈이라더라.　　　　　　－『황성신문』1899.4.4.

ㄴ. <u>我國 學問이 格致上에 不用工호며 研究上에 不着力호야 格外에</u>
<u>異常物形이 現有호면 輒曰 怪變이라 災異라</u> 호야 慨歎도 호며
尋常束閣도 호며 又或 罕有혼 例 件事로 歸호느니 人事 邊으로
만 論홀지라도 假令 一胎에 三男一女를 生홈이 有호면 地方官
이 啓聞은 호되 例事로 歸호며 陰陽器가 俱存혼 非男非女人도
有호며 腎囊의 位置가 倒着혼 人이 有호다 호며 野史에 鷄頭人
身도 有호고 一目人도 有호다 호되 <u>變怪 災異로만 稱호고 博士</u>
나 醫士가 理源을 解釋호며 病根을 推思홈은 未聞호얏스니 此
는 格致上의 不用工호며 研究上에 不着力호는 證案이라. 泰西
人은 不然호야 格致와 研究호기를 微茫難測혼 極境과 深奧難解
혼 窮源을 搠到호는 故로 變怪니 災異니 口頭에 傳播호며 心窩
(심와)에 疑惑홈이 無혼지라. 是以로 西曆 一千八百七十四年 北
美 蘇多州 仙都 浦蘆市에 一大漢이 生호니 名은 衛繁斯오 年今
二十六歲인딕 其 長身이 九尺(我國 木尺計)이오 體量은 四千三
百六十八兩重이라. 法國博士 馬里 氏가 究解호기를 此 大男의
現症은 甚重혼 病源인딕 十八歲붓터 三十五歲선지 現出호는 病
이라 호고 且名曰 奄馬婆樓라 호는 大女子가 有호니 (중략) <u>我韓</u>
<u>도 格致上에 用工호며 研究上에 着力호야 變怪라 災異라 호는</u>
誇張浮幻함을 且止홀지어다.　　　　　　－『황성신문』1899.5.22.

(8ㄱ, ㄴ)은 서구의 물리학사에 관한 지식을 바탕으로 격치학의

중요성을 강조한 논설이다. 이러한 글들은 근대 과학자인 베이컨의 업적을 소개한 점이나 물리학회의 결성과 같이 서구의 학문사를 바탕으로 쓰였으므로, 이 시기 다양한 경로를 통해 서구의 학문이 도입되었음을 확인할 수 있다. 특히 (8ㄴ)에서는 우리나라도 격치학을 더 많이 연구하여 그동안 변괴라고 여겼던 일들을 합리적으로 이해하지 않으면 안 된다는 주장을 펼치고 있다.

사실 1890년대에는 이러한 서구 학문은 연구 대상뿐만 아니라 연구 방법 면에서도 다양하게 도입된 것으로 보인다. 예를 들어 기무라지치[木村知治](1896)의 『신찬교육학(新撰教育學)』[13]에는 지식 교육과 관련하여 '추리력'과 '귀납법', '연역법'을 소개하였다. 이를 참고해 보자.

(9) 추리력, 귀납법, 연역법

ㄱ. 推理者는 普關智識中에 最複雜高尙矣니 其定義는 乃謂認識二
　　個之斷定으로 結論一個新斷定之作用也라. 例如言人必不免於
　　死者와 釋迦도 亦人也者ㅣ로다. 人必死者는 卽推理作用也니
　　稱死之槪念識이 則被包含於類似之關係也요, 而稱死之槪念識
　　中에 又曰釋迦도 人也者는 則被包含於所謂釋迦亦死之槪念中
　　이라. 然則以此二條斷定之關係로 應推理於釋迦도 亦必死也요,
　　且推理者ㅣ 有正面與反面ᄒ니 例如人必死也而釋迦도 人也故
　　로 不能免於死者는 卽正面推理也요 人必死也로딕 石非人也故

---

13 기무라지치(1896)은 저작자가 기무라[木村知治]이며, 발행자는 마에가와[前川善兵衛]로 일본인이다. 이 책은 조선 경성부 남대문 근명례방(筋明禮坊)에서 인쇄되었으며, 한문에 한글을 현토한 교육학 교과서이다. 이 책이 이 근대 계몽기의 교과서로 쓰였음은 『대한매일신보』1906년 6월 10일 평양 대동서관의 광고를 통해서 확인할 수 있다.

로 不死云者는 卽反面推理也라. 詳論此關係된 論理學之所關也
ㅣ니 世人에 日常所話者ㅣ 無非此命題集合故로 忽有投新聞之
號外ㅎ며 揭國旗而祝戰勝者ㅎ니 盖平壤牙山九連城戰勝之際[14]
에 發刊新聞號外而報焉이라. 雖然이나 日常之事每易誤也ㅣ니
新聞號外에 豈特報戰勝而無報他事哉아. 若非曩之推理下斷定
之力이면 往往有誤謬也ㅣ라. 故로 欲無誤謬인된 不可不硏究推
理力也니라.

ㄴ. 歸納法者는 自數多枝葉的事物로 納得一定根本的事物之法也니
例如當學博物之料에 聚其各種爲一科ㅎ고 彙其各科爲一類ㅣ
是也요, 演繹法者는 全與歸納法으로 相反ㅎ야 而自根本的으로
分類之ㅎ며 又分其一類而爲數科數種ㅎ니 謂以自然而散布範圍
ㅎ야 而後에 入于詳細也ㅣ라. 故로 於文章於談話에 隨機應變ㅎ
야 自歸納으로 進于演繹ㅎ고 自演繹으로 赴于歸納已矣니 所以
歸納法中에 有演繹ㅎ고 演繹法中에 有歸納也ㅣ라. 例如當試一
場之修身談ㅎ야 自其修身之要領으로 分岐而入于事實之談은
卽演繹法也요, 而又集其事實而爲溫習的格言ㅎ야 而供于兒童
記臆之便은 卽歸納法也ㅣ니라.

–기무라지치(1896)의 『신찬교육학』에서

(9)는 당시 지육론(智育論)에서 '추리력'과 '추리력을 기르는 방
법'을 소개한 부분이다. (8ㄱ)에서는 둘 이상의 단정적인 지식을 활
용하여 하나의 결론을 얻는 방법을 추리라고 하고, 그 예로 오늘날
흔히 사용하는 가설 연역법의 간접 추리법을 소개하였다. (9ㄴ)에

---

14 평양 아산 구연성 전승지제(平壤牙山九連城戰勝之際): 1894년 청일 전쟁 당시 일
본의 전승 지역을 의미함.

서는 귀납법과 연역법의 개념과 특징을 소개하였는데, 귀납법은 경험을 일반화하는 방법이라고 할 수 있고 연역법은 근본 원리를 적용하는 방법이라고 할 수 있다. 특히 교육에서는 이 두 가지 방법을 적절히 사용해야 한다고 주장하였는데, 이러한 논리는 오늘날의 학문 일반론과도 크게 다르지 않다.

이처럼 근대 계몽기 서구 학문이 도입되면서 각종 학문 분야와 방법론이 알려졌음에도 불구하고 우리 학문이 지속적으로 발전하지 못했던 이유는 무엇 때문일까? 여기에는 매우 다양한 요인이 작용하고 있을 것으로 보인다. 그러한 요인들로는 서구 학문 도입의 주된 경로가 일본이었다는 점도 작용했겠지만[15], 전통 학문과의 부조화, 그리고 신지식 보급 과정에서 봉착한 국어 문제 등이 있다.

3.2. 신구 학문의 대립

근대 계몽기 학문론의 전개 과정에서 과학적 방법론은 재일 유학생들을 중심으로 본격적인 논의가 전개된 것으로 보인다. 이는 유길준(1892)나 기무라(1896)과 같이 단순한 서구 학문의 소개가 아니라 대상을 인식하고 분석하며 이를 종합하여 이론화를 추구하는 방법을 의미한다. 이러한 예로 장응진(1906)의 '과학론(科學論)'은 주목할 만하다. 이 논문에는 당시의 학문 분야에 대한 소개뿐만 아

---

15 이 시기 학교 보급 과정에서 일본인의 영향이 컸음은 새삼 논의할 필요가 없을 것으로 보인다. 특히 교과서 편찬이나 역술 과정에서 일본인이 직접 관여했거나 그들에 의해 편술된 교과서가 다수를 이루는 점도 이를 증명한다. 이러한 입장에서 근대 계몽기 지식 보급 과정에서 일본인들의 역할에 대한 객관적인 고찰이 더 이루어질 필요가 있다. 다만 이 연구에서는 이러한 주제를 포괄적으로 다룰 여력이 없으므로 논의의 대상에서 제외한다.

니라 '관찰', '분류', '설명'이 과학의 주요 방법임을 명시하고 있다.

(10) 장응진(1906)의 '과학론'

(전략) 此等 現象에 對ᄒ야 吾人의 知識이 經驗上 大槪 一定ᄒ 法則으로 從出ᄒ을 推想ᄒ지니 此等 種種의 現象을 吾人이 事實로 硏究ᄒ야 此間에 一定ᄒ 共通의 法則을 發見ᄒᄂ 者를 自然科學 或 事實科學이라 稱ᄒᄂ니 天文學, 地理學, 博物學, 物理學, 化學, 心理學, 其他 種種의 區別이 有ᄒ고 ᄯ 吾人 人類가 社會生活上 必要ᄒ 種種의 規則(規範)을 製定ᄒ고 標準을 立ᄒ 後에 種種에 事實을 此等 標準에 對照ᄒ야 善惡 正不正 好不好 等에 區別을 精神上으로 判斷ᄒ미 此等 學을 規範的 科學이라 稱ᄒᄂ니 倫理學, 政治學, 美學, 論理學 等은 다ㅣ 規範的 科學이라. (중략)換言ᄒ면 如何ᄒ 要件을 俱有ᄒ 然後에 科學의 要件을 滿足ᄒ고 ᄒ면 左擧 三條를 俱備ᄒ 然後에야 實로 科學의 性質을 盡備ᄒ엿다 謂ᄒ리로다.

一. 觀察 二. 分類 三. 說明(중략)

以上 說來ᄒ 數多에 科學으로 硏究ᄒᄂ 各種에 現象은 個個 特殊ᄒ 意義를 有ᄒ이 아니라 其間에 互相 深密ᄒ 關係가 有ᄒ미 結局 此等 現象界에 總 範圍를 다ㅣ 包含ᄒ야 一大 躰系 卽 宇宙 全躰가 組成된 것시니 此 宇宙 全躰를 躰系的으로 說明ᄒ은 實로 哲學의 目的이라. 各 科學의 硏究ᄒᄂ 躰系ᄂ 定限ᄒ 範圍가 有ᄒᄂ 哲學에 硏究ᄒᄂ 躰系ᄂ 全宇宙를 包容ᄒ야 各 科學의 究極的 說明을 供給ᄒᄂ 者니 此로써 觀ᄒ면 哲學은 科學 以上의 科學이라 稱ᄒ리로다. 然이ᄂ 哲學의 硏究가 哲學의 領域에 達ᄒ연 其 理也ㅣ 玄妙ᄒ고 其 義也 深遠 無窮ᄒ야 古來 幾多 哲人 明士의 腦漿을 絞搾不絶ᄒᄂ 者ᄂ 所說이 都是 主觀的 思想에 不過ᄒ고 其 玄玄ᄒ 秘密

은 依然黑暗 中에 伏在ᄒ니 吾人의 不完全ᄒ 頭腦와 不完全ᄒ 感官
이 到底 宇宙에 秘密ᄒ 眞相을 窺破홀 能力이 無ᄒ가.

(10)에서는 학문을 경험을 중시하는 자연 과학(사실 과학)과 사회
생활의 규범을 중시하는 규범 과학으로 나누고, 이들 학문이 과학
으로 성립하기 위해서는 '관찰, 분류, 설명'의 과정을 거쳐야 함을
주장하였다. 또한 철학과 과학의 관계를 규정하여, 과학이 한정된
범위 내의 연구를 의미한다면 철학은 우주 전체를 체계적으로 연
구하여 과학 연구를 돕는 학문으로 설명하였다. 이러한 재일 유학
생들의 과학 방법론 도입은 전통 학문과 신학문 사이의 갈등을 낳
기도 하였으며, 이로 인해 1906년 이후에는 신학문과 구학문의 관
계에 대한 다양한 주장이 제기되기도 하였다. 그 가운데 하나가 다
음 논설이다.

(11) 구학문과 신지식의 관계

我國現出盛行之名詞에 有兩句語ᄒ니 曰 舊學問與新學問이라.

夫學問者ᄂ 本無新舊之可別者也라. 今我讀上古之歷史ᄒ야도 其
所讀者ᄂ 雖舊代史나 吾將以舊史로 發吾之新知오 今我考究儒之學
說ᄒ야도 其所考者ᄂ 雖舊儒說이나 吾將以舊說로 闡新理니 謂之新
而可棄언딘 舊史舊說도 皆可不觀이오 昨日에 有某人이 刱一新法
ᄒ니 吾將學之ᄒ리라 ᄒ면 卽 吾所學者ㅣ 是新而非舊乎아. 曰否라.
自今日觀之ᄒ면 昨日이 已舊日이오 上午에 有 某人이 造一新械ᄒ
니 吾將效之ᄒ리라 ᄒ면 卽吾所效者ㅣ 非舊而是新乎아. 曰 否라.
… 故로 學問者ᄂ 因舊而生新ᄒ고 除舊而布新ᄒ야 法無一不舊로
딘 我心은 無時不新이오 … 今觀國內現象에 螢見이 各殊ᄒ고 衆口

가 不齊ᄒ야 或曰 ①<u>我自有我法</u>ᄒ고 <u>彼自有彼法</u>ᄒ니 我何必效彼리오 … 或曰 五帝가 不同禮ᄒ고 三王이 不同樂ᄒ니 古今이 殊宜에 …②<u>舊學으로 爲體ᄒ고 新學으로 爲用ᄒ야 以彼之長으로 補我之短</u>이라 ᄒ니 … 或曰 優勝劣敗ᄂᆫ 天演公例라 舊代學術이 固不適宜於今日이오 舊時代人物이 固不適用於今時니 … ③<u>頑固思想과 腐敗學問은 一切摧陷而廓淸之ᄒ야 無復遺蹟之可尋이라야 此國此民을庶可拯救</u>라 ᄒ니 … 或曰 ④<u>舊學은 有舊學之特長ᄒ고 新學은 有新學之特長ᄒ니 於舊於新에 斟酌損益ᄒ야 以定一代之新規ᄒ면</u> …⑤<u>其他 或者ᄂᆫ 謂今之可取가 只有器械而已라 ᄒ며 或者ᄂᆫ 謂今之可取가 只有法律而已라 ᄒ며 或 國家亡이언정 道不可亡이라 ᄒ며或者ᄂᆫ 以頭可斷이언정 髮不可斷이라</u> ᄒ야 千流萬波에 或東或西ᄒ며 …於是에 全國 靑年은 益悵悵不知所適ᄒ야 聞諸東家之老丈ᄒ면 …茫茫四顧에 吾將何適고. …學問은 本無新舊之可別이라. 只是適合時宜者를 可謂學問이오 只是啓發智識者를 可謂學問이로딕 現今有志學問者ㅣ 便曰 何者ᄂᆫ 是舊學問이오 何者ᄂᆫ 是新學問이라ᄒ니 其所謂 新者ㅣ 果新乎며 其所謂 舊者ㅣ 果舊乎아. …(하략).

－『황성신문』1907.5.11.－12.

(11)에서는 이 시기 성행하는 명사로 '구학문과 신학문'이 있었음을 밝히고, 양자의 관계에 대한 여러 가지 태도를 명시하고 있다. 특히 학문은 옛것으로부터 새것이 생성되며 옛것을 제거하여 새것을 펼치면 옛것 아닌 것이 없다고 하면서, 당시에 존재하던 양자에 관한 견해를 다섯 가지로 정리하고 있다. 곧 ①과 같이 '우리에게는 우리의 법이 있고 저들에게는 저들의 법이 있다'는 주의, ② 구학으로 본을 삼고 신학으로 실용을 삼자는 주의, ③ 완고 사상과 부패

한 학문을 모두 버려야 한다는 주의, ④ 구학은 구학대로의 장점이 있고 신학은 신학대로의 장점이 있다는 주의, ⑤ 기타 '기계', '법률', '도학'만을 가히 취할 수 있다는 주의 등이 그것이다.

이처럼 신학문 도입 과정에서 나타난 신구 학문의 대립은 학문 발전 과정에서 필연적으로 나타날 수밖에 없는 현상이었지만, 일제 강점기 이후 각종 학문 연구나 과학 발전에 관한 주체적인 논의가 좌절될 수밖에 없었던 것으로 보인다. 예를 들어 1910년대 유학생 잡지였던 『학지광』의 경우 과학과 철학에 관한 논문이 일부 게재되기도 하였지만, 근대 계몽기의 학문론에 비해 크게 진전된 것이라고 보기 어려운 면이 많다. 특히 1910년 4월 20일에 발행된 『대한흥학보』 제12호[16]에서는 이 시기 유학생들을 '협견(狹見)', '학교 만능주의(學校萬能主義)', '지나친 자부심(自負心)'을 가진 세 부류의 사람들로 비판하고 있는데, 일제의 강점은 이러한 의식 구조를 자생적으로 극복할 수 있는 기회마저 박탈해 버렸다고 할 수 있다.

3.3. 학문과 국어 교육 문제

근대 계몽기의 학문 연구에서 가장 심각한 문제는 '국어' 문제였다. 이는 '학문=교육'이라는 인식뿐만 아니라 '학문을 위한 학문'의 관점에서도 마찬가지였다.

교육 보급을 위해 국문의 필요성을 강조한 예는 박영효(1384)의

---

16 이 논설은 '日本에 在훈 我韓 留學生을 論함'이라는 제목으로 이보경(李寶鏡)이 쓴 것이다. 이보경은 이광수의 아명(兒名)이다. 이 논설에서 필자는 당시 유학생들을 '이상이 높은 자', '자기 생존 위치를 보호 유지하려는 자', '부득이 공부해야 한다고 여기는 자'의 세 부류로 나누고 이들의 사상이 보이는 폐단을 '협견', '학교 만능주의', '지나친 자부심'이라고 하였다.

개화 상소문을 비롯하여 각종 국문 관련 논설[17]에서 빈번히 찾아볼 수 있다. 허재영(2009: 89-122)에서 살펴본 바와 같이, 이 시기 국문론은 주로 '국문 통일'을 비롯한 문자사용과 관련된 것이 많았으며, '언문(諺文)'을 '아문(我文)'에서 '국문(國文)'으로 격상하고 국어 연구와 문자 통일을 통하여 '국문위본(國文爲本)'의 국어 생활을 영위해야 한다는 주장으로 이어졌다. 특히 '국문: 한자(한문)'의 비교를 통하여 국문위본의 국어 생활이 왜 필요한가를 논증하는 데 많은 노력을 기울였다. 그 결과 이 시기의 국어 생활에서 순국문의 신문이 다수 발행되었으며, 교과서를 비롯한 교육용 서적에서 국문의 사용 빈도가 높아졌다.

그러나 신학문 도입 과정에서 대부분의 지식은 일본이나 중국을 경유하였다. 그 과정에서 과도기적 상황으로 한자 사용이 늘어났고, 다종의 국한문체가 생성되기도 하였다. 이 시기 국한문체는 현토체를 비롯하여, 한자음 부속 문체, 국문 음 부속 문체, 국문 훈 부속 문체, 일선한 부속 문체 등의 다종이 있었다.[18]

이러한 상황에서도 각종 국문학교가 설립되기도 하였으며, 국문 교육의 원칙이 천명되기도 하였다. 다음을 살펴보자.

(12) 선교국문(先敎國文)

農商工部에서 各地方 郡守에게 發訓ᄒ되 切惟 國力의 鞏固ᄒ과 實業의 發達ᄒᆷ은 京鄕間의 愚夫愚婦를 開導ᄒᆷ에 在흔 바 其 <u>開導ᄒᄂ 道ᄂ 必先文字를 通曉ᄒ야 簡易흔 書籍과 緊要흔 新聞誌를 讀閱ᄒ야 其聞見을 擴張ᄒ고 智識을 開發ᄒ지어날</u> 我國의 婦人과 勞動ᄒ

---

17 이에 대해서는 이응호(1973), 하동호 편(1986), 허재영(2009)를 참고할 수 있다.
18 국한문체의 유형에 대해서는 김영민(2010), 허재영(2011)을 참고할 수 있다.

는 社會가 類皆 蠢蠢 無識ᄒᆞ온ᄃᆡ 其中 農家가 尤甚ᄒᆞ와 老死에 至
ᄒᆞ도록 姓名을 記ᄒᆞ고 事情을 通치 못ᄒᆞᄂᆞᆫ 者가 不少ᄒᆞ니 웃지 農理
를 通解ᄒᆞ야 作業의 興旺홈을 望ᄒᆞ리오. 本職이 農業의 主務를 猥當
ᄒᆞ와 開進ᄒᆞᆯ 方針을 熟講ᄒᆞ온즉 本國 農民이 其 幼少ᄒᆞᆫ 時에 學校
의 敎育이 旣無ᄒᆞ야 深奧ᄒᆞᆫ 文理를 急迫히 透解ᄒᆞ기 甚難ᄒᆞ온즉 <u>其
便宜ᄒᆞᆫ 方法이 我 國文을 學習케 홈에 不外홈으로 其 敎授에 關ᄒᆞᆫ
各節을 左開ᄒᆞ노니</u> 貴府尹 郡守ᄂᆞᆫ 分憂의 責任을 旣擔ᄒᆞ야 農政의
刷新을 宜圖ᄒᆞᆯ지라. 本 事件에 對ᄒᆞ야 拾分 注意ᄒᆞ고 辨法을 另究
ᄒᆞ야 期於實施ᄒᆞ되 農家ᄲᅮᆫ 아니라 一切 大小 人民에게 普徧 行用ᄒᆞ
거니와 文明을 啓導ᄒᆞ고 幸福을 增進케 ᄒᆞ라 ᄒᆞ얏ᄂᆞᆫᄃᆡ 其 條件이 如
左ᄒᆞ니

一. 我國에 通用ᄒᆞᄂᆞᆫ 國文은 雖僻鄕曲巷이라도 一二人의 能解ᄒᆞ
　　ᄂᆞᆫ 者가 必有ᄒᆞᆯ지니 其 人으로 敎師를 另定ᄒᆞ야 男子ᄂᆞᆫ 男敎
　　師로 女子ᄂᆞᆫ 女敎師로 敎訓ᄒᆞ되 女敎師가 無ᄒᆞ거든 昺子 中
　　年老ᄒᆞᆫ 者로 擇定홈

一. 男女의 老少를 勿論ᄒᆞ고 各其 作業ᄒᆞᄂᆞᆫ 餘暇 或 飯後예 幾時
　　式 就學케 홈

一. 我國 風俗에 中等 以上의 女子ᄂᆞᆫ 男子에게 受學코자 아니ᄒᆞᆯ지
　　니 下等 女子를 先敎ᄒᆞ야 通解ᄒᆞᄂᆞᆫ 境에 至ᄒᆞ면 中等 以上의
　　女子가 必皆自恥ᄒᆞ야 向學ᄒᆞᄂᆞᆫ 心이 發生케 홈

一. 敎習이 實施된 後 에 視學員 一人을 實ᄒᆞ야 敎課를 視察ᄒᆞ되
　　家諭戶說ᄒᆞᆯ 것이 아니라 大槪 國文의 字句로 行路ᄒᆞᄂᆞᆫ 男女
　　에게 試問ᄒᆞ야 對應 不能ᄒᆞ면 該村里의 敎師와 不學ᄒᆞᆫ 男女
　　ᄂᆞᆫ 相當ᄒᆞᆫ 罰金에 處홈

-『황성신문』1907.12.22.

(12)의 기사는 갑오개혁 이후 '국문위본'이 천명된 이후로 정부 기관이 의무적으로 국문 교육을 하도록 한 사례이다. 이 훈령에서 국문 교육을 하고 이에 불응할 경우 벌금을 부과할 수 있음을 밝힌 점은 주목할 만하다. 그러나 이 시기 국문이 통일되지 않은 상태에서 이러한 훈령이 어느 정도 효과를 거두었는지는 확인할 길이 없다.

이러한 차원에서 근대 계몽기는 서구 사상의 도입뿐만 아니라 국어 문제 해결이나 국어 연구의 차원에서 정체된 시기라고 단정해서는 안 된다. 더욱이 이 시기 장응진(1907)의 '심리학상으로 본 언어'나 이훈영(1907)의 '유쾌한 처세법', 이춘세(1909)의 '독서법' 등과 같이 국어 교육과 밀접한 관련을 맺는 논문이 발표된 점도 주목할 만하다.

먼저 장응진(1907)에서는 '언어의 특징과 기원'을 중심으로 '언어의 의미와 효능', '언어의 기원', '합의적 언어'를 다루고 있다. 이를 좀 더 구체적으로 살펴보자.

(13) 언어(言語)의 의미(意味)와 효능(效能)

吾人이 如何흔 一新 事物을 他人에게 傳達코져 홀 時에는 몬져 其人이 以前 經驗으로 熟知호는 事物中에셔 種種흔 要素를 引用호야 組織홈과 갓치 吾人이 如何흔 一新物名을 他人에 通知코져 홀 時에 萬一 其人에게 直接으로 其名을 發音호야 聞知케 못홀 境遇(其人이 聾者든지 或 遠距離에 在홀 時)에는 吾人은 其人이 曾前에 知覺호야 十分 熟知호는 文字等의 助力을 借호야 此를 結合호야써 其新發音을 生케 호는 外에 方法이 更無호니 <u>卽吾人의 思想交換은 知覺上에 묻흔 事物을 一定흔 已知要素로 分解호야 此로써 種種이 結合흔 者를 謂홈이오</u> 此와 갓치 言語의 使用은 事物을 共通흔 要素로 分

解ᄒ야 此共通要素로써 自由構造를 作ᄒᄂ 者ㅣ니 假使吾人이 가
리비ᄋ라 ᄒᄂ 一新物名을 他人에게 傳通코져홀 時에ᄂ 其人이 萬
一 諺文을 已知ᄒ면 其中에셔 가, 리, 비, ᄋ等과 如ᄒ 各 要素로 組
織成字ᄒ야 新發音을 生케홈이라 <u>故로 言語ᄂ 思想活動으로 從ᄒ
야 生혼 者이ᄂ 쏘ᄂ 思想發展의 緊重혼 機械요 感官上에 知覺혼
者를 思想上에 表現홀 時에 注意를 留케 ᄒᄂ 最適當혼 手端이며
其思想上表現이 抽象的이 될슈록 言語의 必要를 感홈이 益切ᄒᄂ</u>
니 故로 言語ᄂ 말ᄒᄂ 人의 自身心內에ᄂ 其人이 自己思想上에 注
意를 向케 ᄒᄂ 手端이 되고 言을 듯ᄂ 者에 對ᄒ여ᄂ 말ᄒᄂ 人의
思想에 表現혼 事物에 注意를 留케 ᄒᄂ 手端이 되ᄂᄂ라

-장응진(1907), 심리학상으로 본 언어, 『태극학보』 제9호

  (13)은 언어는 '기지 요소로 분해하여 결합하는 방식'을 사용하는 '사상 교환'의 수단이라고 명시하였다. 여기서 '분해'와 '결합'은 분절 요소를 합쳐 구조를 형성하는 과정을 의미하며 '사상 교환'은 '의사소통'을 의미한다. 또한 문자와 발음의 관계를 뚜렷이 함으로써 음성 언어와 문자 언어가 다름을 명백히 하였다. 이러한 인식은 이 논문 이외에도 유길준(1904)의 『조선문전』이나 주시경(1906)『대한국어문법』, 주시경(1908)『국어문전음학』 등의 논리와도 크게 다르지 않다. 이는 이 시기 국어 연구가 국어 통일뿐만 아니라 과학적인 면에서도 급속히 발전하고 있음을 의미한다. 특히 장응진(1907)에서는 지각과 언어 표현의 관계를 고려하여 '언어의 기원'을 설파하였으며, 음성 기호의 생성 과정에 대한 추론을 제시하기도 하였다. 이러한 논의는 '어문사상일체관'의 관점에서 국문의 중요성을 논하거나 지식 보급의 차원에서 국문의 필요성을 역설한 다른 논설

과는 차이를 보이는 점이다.

다음으로 주목할 만한 것은 이훈영(1907)의 '유쾌한 처세법'이다. 사전적인 의미에서 '처세'는 사람들과 사귀며 살아가는 일을 뜻한다. 이 점에서 이 논문은 의사소통의 태도나 방법을 주제로 삼은 것이라고 할 수 있다. 이 논문은 '人에게 對ᄒᄂᆫ 法', '言動上의 作法', '人을 觀ᄒᄂᆫ 法', '交際上의 大禁物', '他人과 談話ᄒᆯ 時' 등으로 이루어져 있다. 여기서 '인을 대하는 법'은 인간관계를 형성하는 원리를 의미하며, '언동상의 작법'은 의사소통에서 사회적 상호 작용의 중요성을 의미하는 것이라고 볼 수 있다. 특히 '타인과 담화할 시'는 이 시기 화법 교육의 한 면을 보여주는 예라고 볼 수 있다.

(14) 他人과 談話ᄒᆯ 時

談話術은 社交上에 가장 必要ᄒᆫ 것이라. 그러ᄂᆞ 其 要訣을 知ᄒᄂᆫ 者 實노 鮮少ᄒ도다. 談話ᄒᆯ 際에ᄂᆫ 決코 스스로 判決치 말고 他人의 意見을 聽ᄒ라. 他人의 語ᄒᄂᆫ ᄇᆞ를 一一 批評ᄒᄂᆫ 者 有ᄒ나 此ᄂᆫ 誤謬홈이라. 自己ᄂᆫ 單히 同情의 有無를 表ᄒ얌즉ᄒᆫ 言을 ᄒ면 足ᄒ고 是非의 評은 此를 他人에게 位ᄒ라. 設或 他人이 批評을 請ᄒ랴ᄂᆫ 時라도 輕率ᄒᆫ 擧動을 作치 말고 <u>談話時에ᄂᆫ 可成的 黙黙히 聽ᄒ고 恭敬ᄒ야 點頭ᄒᄂᆫ 것이</u> 最良의 策이니라.

<u>傾聽은 談話보ᄃᆞ도 難ᄒᆫ 줄노 思ᄒ라.</u> 大抵 ᄉᆞ람은 獨히 스스로 言ᄒ고 他人의 言은 毫末도 耳를 傾ᄒᄂᆫ 者 少ᄒ여 他人의 語ᄒᆯ 餘地ᄭᅡ지라도 授與치 안ᄂᆫ 者 有ᄒ나 此ᄂᆫ 談話術에 拙ᄒᆫ 者라. 些少ᄒᆫ 處에라도 他人에 惡感情을 起치 말ᄂᆞ. 愚者를 對ᄒ야 愚者라 ᄒ고 無學者를 見ᄒ고 此를 輕蔑ᄒᄂᆫ 것은 禮에 合ᄒᄂᆫ 것이라고 謂치 못ᄒᆯ지니 憤怒ᄒᆫ 人을 接ᄒᄂᆫ 데 憤怒로써 ᄒ면 憤怒ᄒᆫ 人은 漸益

怒氣를 增加홀지니 溫和흔 言動으로 彼의게 接ᄒ라.(하략)

　　　　　　　　　　-이훈영(1907), 유쾌한 처세법, 『태극학보』 제8호.

　(14)에 나타난 바와 같이 사회적 상호 작용을 위한 담화의 원리는 '상대방을 존중하는 것'과 '경청'에 있음을 의미한다. 이 논문은 근대 계몽기 '계몽'의 수단으로 강조되었던 웅변이나 연설과는 달리 '처세'를 위한 '담화 태도'에 주목했다는 점에서 가치를 부여할 수 있다. 그러나 이 논문에서도 워싱턴의 좌우명을 제시하여 '처세'가 '세상을 이롭게(또는 약게) 살아가는 방법'이라는 느낌뿐만 아니라 '말하기·듣기'의 본질적인 가치보다는 '말하기의 기술(화술)'에 치중하는 느낌을 준 점은 본격적인 화법 연구로 이어질 수 없는 한계로 보인다.

　이와 함께 이춘세(1909)의 '독서법'도 주목할 만하다. 이 논문은 독서의 가치와 독서의 방법을 주제로 한 과학적인 논문이다. 논문의 내용은 '독서의 이익', '독서의 쾌락', '독서의 정칙', '독서법의 연혁'으로 이루어져 있다. 특히 독서의 정칙에서는 로크[19]의 독서법을 소개하고 있는데 그 내용은 다음과 같다.

(15) 讀書의 定則

(전략) 英國 哲學家 陸克 氏가 諸大家의 說을 詳採ᄒ야 讀書者의 詳細흔 法則을 定ᄒ야스니 今에 其 最著흔 者 諸條를 左에 据ᄒ건뒤

　一, 有益흔 書籍을 精選ᄒ야 專攻홈을 務홀 事

---

19 이 논문에서는 로크를 '陸克'으로 표기하였다. 이 시기 차자 표기 원칙이 정해져 있지 않기 때문에 차자 인명을 구체적으로 증명하기는 어려우나 유근(1906)의 '교육학 원리'에서도 로크를 '륙극(陸克)'으로 차자한 예가 있다.

二, 著者의 文詞에 拘拘치 말고 其 意義를 瞭解키를 力求홀 事

三, 其識論의 有無 紕繆(비무)을 玩味홀 事

四, 其 讀書能力(卽 理解력, 思巧力, 註意力, 記憶力)을 培養홀 事

五, 疑惑處가 有ᄒ거든 識者에게 立質홀 事

六, 序, 跋, 凡例ᄂ 其書의 內容을 發明ᄒ 者이니 當先細讀홀 事

七, 題目과 論說 中 適要의 思想과 關係의 思想과 關係의 輕重을
　　區別ᄒ야 何如ᄒ 依据가 有홈을 推究홀 事

八, 諸科의 書籍을 幷讀홀진딕 其 連絡ᄒ 意義가 有ᄒ 者에 當就
　　ᄒ야 先後의 次序를 以爲홀 事

九, 力의 能讀홀 者라도 多讀홈를 當勉홀 事

十, 心氣가 平和ᄒ고 精神이 健爽홀 時에 當讀홀 事

右ᄂ 一般으로 常히 留意홀 事項을 略示홈이오 其 詳別은 次章 下에 發明ᄒ노니 盖 讀書의 法則은 讀者 效力의 一定 方法을 指示홈에 不外ᄒ니라.

-이춘세(1909), 독서법, 『기호흥학회월보』제11호

이상과 같이 빈번하지는 않지만, 근대 계몽기 각종 국문론과 함께 언어나 국어가 학문적인 연구 대상이 되었을 뿐만 아니라, 처세법이나 독서법과 관련된 논문이 등장한 점은 주목할 만한 일이다.

4. 서구학 도입의 한계

근대 계몽기의 학문 발전 과정은 학교 제도의 도입과 교과 개념의 확립, 서구 학문의 영향 등에 힘입은 면이 있었다. 특히 '학문=교육'이라는 등식 아래 '학문을 위한 학문'에 관한 논의가 등장하고, 과학적인 연구 방법론이 소개되기 시작한 점은 주목할 만한 일이다.

그럼에도 불구하고 이 시기 학문 발전에는 제약이 많았다. 그 가운데 대표적인 것은 전통적으로 학문하는 사람들이 '정치'나 '철학(성리학)'에 관심을 기울이거나 관료를 지향하는 경우가 많았고, 전통과 서구 학문을 융합하여 신학문론을 제기할지라도 번역 편술(譯述) 수준의 지식 소개에 그친 경우가 많았다는 점 등을 들 수 있다. 전자의 경우는 이 시기 학문론을 주창하는 사람들의 글에서도 빈번히 확인된다. 다음을 살펴보자.

(16) 당시 학문 풍토와 관련된 글

ㄱ. 我國과 如혼 新進國도 先進 諸國과 激甚혼 舞臺를 比踏ᄒᄂ 以上에야 其 主要가 一二에 不止ᄒ겟거늘 今日까지 <u>我 韓人은 哲理政治에만 熱心을 奔馳ᄒ고 科學 實學上에ᄂ 輕向을 妄置ᄒ야 學問이라 言ᄒ면 治國平天下만 但思ᄒ여 法律, 政治 等 學問만 修得ᄒ기에 熱中ᄒ고 實業은 捨而不顧홈으로</u> 實際와 實力을 未樹ᄒ고 空理와 空論에만 浮動ᄒ믜 國民 子弟가 無非空論家를 馴成ᄒ야 悲慘혼 現象을 演出ᄒ엿나니 (중략) 以上 所言을 摘要

ㅎ면 今日은 國民의 常識을 急急히 獎勵 發達홈이 可ㅎ되 此를 實行ㅎ쟈면 空理空論을 沒數排斥ㅎ야 實學을 尊尙ㅎ라. <u>實學은 卽 科學이니 故로 科學의 普及이 今日 急務라 謂홀지라.</u> 近來 各 郡에 學校 設立이 搖搖 蜂起ㅎ야 少年 國民과 有志人 社會間에 芳美흔 大觀念을 相交ㅎ니 亦是 鎖古의 主義를 比肩ㅎ자면 幸 福됨이 無量ㅎ지만은 此는 普通學 卽 言論上 學問뿐이오 實際 上 進展이 아닌즉 余의 所見으로는 急急히 實學을 鑽究ㅎ고 科 學을 發達홀 目的으로 特殊主義의 實學校가 多數 設立ㅎ기를 企望ㅎ노라.

-김영재(1908), 과학의 급무, 『태극학보』제20호.

ㄴ. 其在海外留學之日엔 有時乎討論演說之際에라도 堂堂 儀表와 箇 箇 英雄으로 明目張膽ㅎ며 揮拳拍案에 滔滔河舌이 莫非袁弘之 碧血이며 盡是袁安之淚라. 開口則全球를 可吸이오 擧足則北海 를 可超ㅎ야 忠肝義血이 頃刻五步ㅎ니 誠若此時此言이면 於我 國計에 何難之有리오만은 惜乎라. 人心之朝夕이여. <u>泛彼玄海ㅎ 야 入我靑邱之日也엔 已往之滿口盟語는 盡歸於浮雲流水之外 ㅎ고 目前之百般運動이 只在於參書局長之間ㅎ야 營營苟苟에 乞哀昏夜ㅎ야 或爲鄙夫之機關ㅎ며 或爲外人之倀鬼ㅎ야 幸得 一奏任 一判任之職이면 自以請得志라 ㅎ야 紗帽洋杖으로 醉步 紅塵에 眼下無人ㅎ야 爲同胞之虎狼ㅎ고 爲他人之鷹犬ㅎ니 是 以로 新聞 雜誌에 警告留學生之論說이 繽粉於耳朶ㅎ고 街兒村 童의 新日本人之語句가 浪藉於閭巷ㅎ니 誠寒心哉로다.</u> (하략)

-文尙宇(1908), 경고 아 금일 유학생 제군,
『대한흥학회월보』제2호.

(16ㄱ)은 이 시기 우리나라의 학문 풍토가 '철리정치(哲理政治)'에만 관심을 기울이고, 과학을 등한시한다는 비판이 실려 있다. 이러한 풍토는 전통적인 성리학 중심의 학문 풍토나 관료 지향주의와 무관하지 않을 것으로 보인다. 더욱이 (16ㄴ)에서는 재일 유학생들의 풍토를 비판하면서 '주임이나 판임의 직책을 얻는 것'으로 뜻을 세우는 일을 비판하고 있다. 이와 같은 풍토는 과거(科擧)를 목표로 한 조선시대 선비들의 학풍이 관직을 지향하는 학업 풍토로 이어지고 있음을 의미하며, 이로 인해 학문을 위한 학문의 발전이 장애되고 있음을 의미한다.

이뿐만 아니라 이 시기 상당수의 학문론이 재일 유학생 중심의 학술 단체 회원에 의해 발표되었으며, 그 가운데 상당수는 번역 편술 수준의 지식 소개에 그친 경우가 많았다는 점도 근대 계몽기 학문론의 한계라고 볼 수 있다. 적어도 한 학문이 성립되기까지는 구체적인 연구 대상과 연구 방법의 확립은 필수적이다. 그럼에도 이 시기 학문론은 유길준(1892)로부터 1910년에 이르기까지 여러 학문 분야가 있으며, 각종 추리의 방법이 존재함을 소개할 뿐 그것을 바탕으로 어떻게 구체적인 연구를 진행할 수 있는가를 제시하는 수준으로 발전하지는 못했던 것으로 보인다. 더욱이 역사적으로 볼 때 1910년의 일제 강점은 내재적인 학문 발전의 기회를 박탈한 셈이었고, 또 식민 지배에 이르기까지 국어의 표준화가 이루어지지 못한 상태에서 근대 계몽기에 제시된 학문론의 지속적 발전을 기대하기는 어려운 상황이었다고 볼 수 있다.

참고문헌

관훈클럽(1983), 『한성순보·한성주보』, 관훈클럽.(정진석 해제)

김영민(2009), 「근대 계몽기 문체 연구」, 『동방학지』제148집, 연세대학교 국학연구원.

김재현(2001), 근대적 학문 체계의 성립과 서양 철학 수용의 특징, 『한국문화연구』3, 이화여자대학교 한국문화연구소.

박정심(2008), 박은식의 격물치지설의 근대적 함의, 『양명학』21, 양명학회.

소광희 외(1994), 『현대의 학문 체계』, 민음사.

양일모·홍영두(2008), 근대 계몽기의 윤리관과 전통적 지식인, 『철학연구』106, 대한철학회.

이광린(1980), 구한말 신학과 구학의 논쟁, 『동방학지』23, 연세대학교 동방학연구소.

이기준(1980), 『한말 서구 경제학 도입사 연구』, 일조각.

이한섭 편(2000), 『서유견문』, 박이정.

임형택(1996), 20세기 초 신·구학의 교체와 실학, 『민족문학사연구』9-1, 민족문학사연구회.

허재영(2009), 『근대 계몽기 어문정책과 국어 교육』, 보고사.

허재영(2011), 근대 계몽기 언문일치의 본질과 국한문체의 유형, 『어문학』제114호, 한국어문학회.

제 3 장

근대 계몽기 교육학과 어문 교육

한국 근대의 학문론과 어문 교육

1. 머리말

우리나라에서 근대 계몽기는 대체로 1880년대부터 1910년대를 일컫는 용어로 사용된다. 개항 이후 갑오개혁, 통감시대를 거치며 급변해 온 이 시기에 형성된 주요 사상 가운데 하나는 '교육입국론' 이다. 이른바 근대 계몽기 초기에는 '문명개화'를 위한 교육입국이 필요하며, 통감시대에는 '자주독립'을 위한 교육입국이 절실히 주 창되었다. 그렇기 때문에 초기의 신문인『한성순보』,『한성주보』를 비롯하여『독립신문』,『협성회보』,『매일신문』,『제국신문』,『만세 보』,『황성신문』,『대한매일신보』 등의 언론 매체에서는 '교육'과 관련된 글을 싣지 않은 적이 없으며, 1900년대 결성된 각종 학회나 연구회에서도 교육 관련 논문이나 논설은 빠진 적이 없다.

그러나 교육의 필요성을 역설하는 것과 체계적인 교육을 실시하 는 것은 큰 차이가 있다. 적어도 교육을 학문적인 연구 대상으로 설 정하고, 그에 따라 교과의 하나로 운영하는 일은 체계적인 교육을 위한 전제 조건이라고 할 수 있다. 왜냐하면 학문이란 경험이 체계 화되어 이론과 법칙을 정립하는 과정이며, 그와 같은 이론과 법칙 이 현실에 적용되는 과정이기 때문이다. 이러한 차원에서 근대 계 몽기 교육학과 교과의 상관성을 연구하는 일은 의미 있는 일이라 고 할 수 있다.

이 연구의 목적은 근대 계몽기 교육학이 어문 교육에 미친 영향 을 탐구하는 데 있다. 이 시기 어문 교육은 1895년 근대식 학제 도 입으로부터 본격화된다. 1895년 '소학교령'에 따른 '소학교 교칙 대강'에서는 교과목으로 '수신, 독서, 작문, 습자, 산술, 체조'를 설정하였는데(심상과) 이때 설정된 '독서, 작문, 습자'는 성격상 국어 교과로 분류할 수 있기 때문이다. 그러나 교과가 설정되었다고 국어과 교육이 체계적으로 이루어졌다고 보기는 어렵다. 왜냐하면 교과의 목표나 교육 내용의 선정과 조직, 교수·학습 방법, 평가의 원리 등이 체계화되지 않았기 때문이다. 이러한 체계를 반영하는 것이 교과서라고 할 수 있는데, 이 시기 처음 개발된 교과서는 학부에서 편찬한『국민소학독본』이었으므로, 개별 교과에 해당하는 교과서 개발이 없었을 뿐만 아니라 이에 따른 교육 내용의 선정과 조직, 교수·학습 방법, 평가의 원리가 구현될 수도 없었다.

그러나 1900년대에 이르러서는 교과명이나 교과서 개발이 이전 시대보다 좀 더 체계를 갖추기 시작하였으며, 교수·학습과 평가의 원리도 점차 개선되기 시작한 것으로 보인다. 물론 이러한 개선은 통감시대 일본인들의 학정 잠식이나 교육학 지식의 일본 의존도를 고려할 때 내재적인 한계를 보이기도 한다. 그렇지만 근대식 학제 도입 이후 사범 교육에도 많은 변화가 일어나기 시작하였으며, 그 결과 사범학교에 설정된 '교육' 교과목(1895년 한성사범학교 교칙)은 다른 교과의 발전에도 적지않은 영향을 준 것으로 보인다.

이를 고려하여 이 연구에서는 근대 계몽기 교과학의 등장 이후(대략 1905년 이후로 추정할 수 있음)에 쓰인 각종 학회보에 실린 교육학 관련 논설 및 유옥겸(1908)의『간명교육학』(우문관), 학부 편찬(1910)의『보통교육학』(학부)을 대상으로 이 시기 교과학과 어문 교육의 관련성을 고찰하고자 한다.

2. 근대 계몽기 교육학의 위상

2.1. 근대 계몽기의 교과학과 교육학

교과(敎科)란 "학교에서 교육의 목적에 맞게 가르쳐야 할 내용을 계통적으로 짜 놓은 일정한 분야"라고 할 수 있다. 이와 비슷한 개념으로 '학과(學科)'가 있는데, 이 용어는 학문 연구 분야를 고려한 용어라고 할 수 있지만 대부분 교과와 같은 개념으로 사용되었다. 근대 계몽기 교육학의 위상은 교과학과 불가분의 관계에 있다. 왜냐하면 교육학이 교육 현상에 대한 체계적인 이론과 법칙을 규명하는 학문이라고 할 때 교육 현상의 기본은 학교 제도와 교과를 대상으로 하기 때문이다. 이 점에서 근대 계몽기의 각종 교육 관련 논문은 학교 교육을 전제로 교육의 목적, 학제, 교수 및 교과 관련 내용으로 이루어져 있음을 확인할 수 있다. 허재영(2010)에서 정리한 바와 같이 이 시기 학회보에 실린 교육 관련 논설은 약 130편이며, 그 가운데 논문 형태로 쓰인 것이 40편이다. 이 40편의 논문을 분석하면 '교육 목적 및 일반론'과 관련된 것이 20편, 교육 정책이나 학제와 관련된 것이 12편, 교육학의 본질과 관련된 것이 6편, 교수 및 교과와 관련된 것이 4편으로 이루어져 있다.

이들 각각의 논문은 분량이나 내용 면에서 다소의 차이가 있다 하더라도 궁극적으로는 교육의 목적을 확인하고 학제를 정립하며, 그 과정에서 교과의 개념을 명확하게 하는 데 초점을 맞추고 있다. 특히 유근 역술(1906), 장응진(1907), 서북학회월보(1909) 등은 교과 개념 정립 과정에서 중요한 의미를 지닌 논문이라고 할 수 있는데, 단순히 교과의 개념이나 필요성만을 역설한 것이 아니라 교과의 성격과 갈래를 체계화하고자 하였기 때문이다.

(1) 근대 계몽기 교과 관련 논문의 주요 내용

필자	내용
유근	五. 敎科의 種類 　敎科라는 者는 敎授原理와 其形式을 表ᄒ야뻐 人心을 開發의 具라. 今에 其種類를 析ᄒ야 縷述ᄒ노라. 　昔希臘의 敎科는 體操와 音樂을 專重ᄒ고 柏拉圖의 定(共和國)흔 敎科는 始로 數學 幾何學 天文學 物理學(卽格致學)으로뻐 加ᄒ고 阿里土士德은 一大學校를 立ᄒ야 更히 哲學 美術로뻐 加ᄒ고 中世에 凡七科를 分ᄒ니 曰拉丁文法이오 曰倫理學(卽名學)이오 曰修辭學이오 曰數學이오 曰幾何學이오 曰天文學이오 曰音樂이라 ᄒ고 近世에 至ᄒ야 倍根이 出흠이 自然科學이 發然히 繁興ᄒ니 倫理 語學 作文 地理 歷史 數學 物理學 化學 動物學 植物學 習字 圖畫 體操 手工 音樂 諸科가 有ᄒ니 此는 歐州 敎科變遷의 大槪라.(중략) 故로 今日에 맛당히 敎科라 承認흘 者는 倫理 語學 作文 地理 歷史 數學 物理學 化學 動物學 植物學 習字 圖畫 體操 手工 音樂 諸科니라. 　但 此等 敎科로뻐 普通敎育을 삼는 者는 必 高等專門의 知識이 有흠이 아니라 惟 團體 自治의 品性을 養ᄒ야 ᄒ여곰 一 公民이 되야뻐 個人의 義務를 盡흘 뿐이니(하략)
장응진	(전략)敎授上에 最必要흔거슨 其時代精神에 最適合흔 敎科材料를 精選ᄒ메 在흔지라 萬一 智識의 多量을 注入흠으로뻐 爲主ᄒ야 心的陶冶를 不顧ᄒ고 다못 雜多흔 材料를 機械的으로 蓄積ᄒ면 其人의 人格을 高尚케 못흘뿐만 아니라 習得흔 知識도 活用키 無路ᄒ야 敎授의 本意가 無效에 歸ᄒ리니 然則 心的 修錬을 쏘흔 輕視치 못흘거시라.(중략)然則 普通敎育을 施ᄒ는데 敎科는 如何흔 標準을 因흘고ᄒ면 第一敎科는 國民開化의 全範圍를 包含흔 總要素를 撰擇흘거시오 敎授의 材料는 國民開化的 生活의 全範圍에셔 撰擇치아니ᄒ면 現在를 正當히 理解키 不能ᄒ고 敎授의 目的을 達키 不能ᄒ리니 此等要素는 大槪 今日所謂科學과 技術에 包括흠을 得ᄒ깃스ᄂ 此等科學技術도 學校에셔 直接으로 敎授ᄒ는 敎科와 直接으로 敎授키 不

---

1 유근(1906)의 '교육학 원리'는이 시기 서구의 교육학 관련 논문을 참조하여 번역한 논문이다. 이 논문은『대한자강회월보』제6호로부터 제12호까지 연재되었는데 분량 면을 고려할 때 이 시기 다른 교육학 저서에 버금가는 많은 양으로 이루어져 있다.

필자	내용
장응진	能ᄒ야 各自自由로 習得ᄒᄂ 科目이 不無ᄒ니 槪言ᄒ면 敎科ᄂ 各 國이 當時의 狀況을 顧察ᄒ야 取捨撰擇ᄒᄂ 거시오 坐 敎科ᄂ 開化 의 全般을 包括치 아니치 못ᄒ거신則 科學도 坐혼 心的科學과 物的 科學이 適宜히 調和ᄒ야 統一혼 世界觀을 得케 ᄒᄂ거시 必要ᄒ도 다 然이ᄂ 各國의 狀況이 各異ᄒ야 敎科撰擇의 方法이 亦不一ᄒ되 大槪主要혼 科目을 次第로 擧論ᄒ면 左와 如ᄒ니라.(하략)
서북학회	現今 我國 敎育情況이 稍稍 興期혼다 云ᄒ나 地方 各校의 內容을 觀察ᄒ건딕 不完全 不規則의 欠點이 居多혼지라. 此를 改良 進步케 홈이 實是急務인 故로 玆에 先進國에셔 制定혼 中學校 課程表를 參 攷 譯載ᄒ야 一般 敎育家의 模範될 材料를 供憲ᄒ노라.(하략)

(1)에 나타난 것처럼 이 시기 교육학은 교과에 대한 재인식이 이루어졌다는 점에서 의미를 찾을 수 있다. 특히 전통적인 교육과는 달리 교과의 개념이 명료해짐으로써 교육의 목적과 본질을 구현할 수 있는 길이 열린 셈이다. 이러한 경향은 이 시기의 교육학 저서[2]에서도 확인된다. 이 시기 교육학 저서로는 유옥겸(1908), 김상연(1909)[3], 학부 편찬(1910) 등이 있다. 이 가운데 유옥겸(1908)과 학부 편찬(1910)의 교과 개념을 살펴보면 다음과 같다.

---

2 근대 계몽기 처음 등장하는 교육학 서적은 일본인인 기무라(木村知治, 1896)의 『신찬교육학(新撰教育學)』으로 보인다. 이 책은 당시의 서적 광고에 자주 등장하는데, 서울대학교 국어교육연구소 이정찬 씨가 일본 중앙도서관 소장본의 자료를 확보한 바 있다. 필자인 기무라는 일본 효고현(兵庫縣) 거주자로 당시 조선에 체류 중이었다. 윤치호의 제자(題字)가 들어 있으며 한문에 한글 토를 부가한 책이다.

3 이 책은 현재 이화여자대학교 중앙도서관에 소장되어 있는데, 학자들에 의해 구체적인 분석이 이루어진 적은 없는 것으로 보인다. 또한 이 시기 광고에 등장하는 장지연(1908)의 『신찬교육학』도 있으나 실물이 확인되지 않은 상태에 있다.

(2) 교육학 저술에 나타난 '교과'의 개념

저자	내용
유옥겸	敎授롤 行코져 홀진되 <u>必其 材料 卽 敎材가</u> 有ᄒ여야 可ᄒ니 然則 如何혼 敎材롤 選擇홈이 可홀가 云ᄒ건되 先次 敎科의 分類롤 就看 홀지라. 然而 此方法을 人을 隨ᄒ야 相異ᄒ고 又 歷史的 變遷이 多 大혼 故로 頗히 複雜혼지라 今에 最히 簡明 適宜ᄒ다 思惟ᄒᄂ 者롤 取擧ᄒ노니 卽 빌만 氏의 法이라 此롤 圖示혼 後에 說明코져 ᄒ노라. 교수의 재료 구분: 　　　　　　　　　　　　人的　　人的兼物的　　物的 一 基本的 敎科 (實質的 形式的)　宗敎　哲學　數學 敎授의 材料 二 副貳的 敎科 (實質的)　歷史　地理 雜識　理科 三 技能(形式的)　音樂　圖畵 手工　體操 基本的 敎科라 홈은 諸科學習의 基本되ᄂ 敎科롤 云홈이오 副貳的 敎科라 홈은 人的 或 物的의 材料에 因ᄒ야 吾人의 思想界롤 豊富케 ᄒᄂ 學科롤 云홈이니라. 然則 又 其 人的 物的 及 人的兼物的이라 稱홈은 何롤 標準홈인가. 云ᄒ건되 凡 吾人의 敎材ᄂ 人類界와 自然 界로브터 供給ᄒᄂ니 其 人類 相互의 關係로브터 生ᄒᄂ 事項, 人類 가 社會롤 構成홈에 對ᄒ야 可爲홀 事項 及 人類가 理性이 有ᄒ야 生物됨으로 因ᄒ야 作爲혼 事項은 卽 人類界로브터 來ᄒᄂ 材料니 此롤 人的 敎科라 稱ᄒ고 其 自然의 現象 及 其 基因ᄒᄂ 理法은 卽 自然界에서 供給ᄒᄂ 知識인 故로 物的이라 稱ᄒ며 人的及物的은 卽 人類界 及 自然界의 知識을 幷具혼 者롤 語홈이라.
학부	普通學校에서 <u>敎授홀 事項을 敎授의 材料 又ᄂ 略ᄒ야 敎材</u>라 ᄒ며 此롤 各其 性質에 從ᄒ야 各科에 彙類혼 것을 敎科目이라 ᄒ나니 普 通學校令 第六條에 依ᄒ건되 普通學校에서 學徒에게 學習케 홀 敎 科目은 修身, 國語及漢文, 日語, 算術, 地理, 歷史, 理科, 圖畵, 體操 (女兒에게ᄂ 手藝롤 加홈) 等으로 ᄒ야 此롤 必修科目으로 ᄒ얏고 又 時宜롤 因ᄒ야 唱歌, 手工, 農業, 商業의 一科目 又ᄂ 數科目을 加 홈도 得혼다 ᄒ얏시니 此ᄂ 隨意科目이라 云ᄒᄂ니라. (하략)

이 시기 교육학 저서에 나타난 교과의 개념은 '가르쳐야 할 사항, 곧 교수 재료를 조직한 것'이라고 할 수 있다. 이는 오늘날의 교과

개념과 크게 다르지 않다. 또한 교과학이 정립됨에 따라 필요에 맞게 교육 내용의 선정과 조직이 이루어지도록 하였다. 특히 교과 설정에서 '기본적 교과: 부이적 교과: 기능적 교과' 또는 '필수 교과: 수의 교과'의 구분이 이루어짐으로써 학교 교육의 체계화가 이루어질 수 있도록 하였다.

2.2. 교육학의 성격과 학문적인 위상 논의

근대 계몽기 교육 관련 논의는 학문적인 차원보다는 '교육 입국'이라는 관념적인 차원이나 시급한 교육 보급의 필요성에 부합하는 면이 많았다. 그러나 근대 계몽기 '교육'이 학문적 성격을 띠고 있었음은 초기의 교육학 서적에서도 확인된다. 예를 들어 기무라(1896)의 『신찬교육학』 제1장 서론에서는 '학술의 요의(要義)'을 밝히면서 논의를 시작하고 있다.[4] 또한 (1906)이나 유옥겸(1908)의 논저에서도 이 시기 교육학 연구가 학문적인 성격을 띠고 있음을 보여준다.

먼저 유근(1906)의 '교육학 원리'는 교육의 목적과 방법에 관한 논의를 하기 전에 학문으로서의 교육학이 어떤 의미를 갖는지 서술하고 있다.

(3) 유근(1906), 교육학 원리의 '총론'

<u>教育學이란 者</u>는 何科學인고. 盖今東西에 敎育의 事를 硏究ᄒ야

---

4 기무라(1896)에서는 학술의 개념을 " 今夫當敎育之任者ㅣ 先可以辨學與術之二端也니 二者는 猶車之有兩輪乎ㄴ저 有學而無術ᄒ고 有術而無學이면 則不可行이니 是故로 欲施敎育之術者ㅣ 不可不修其學이라 學能修之면 術亦得達焉이니 所謂學者는 敎育之理요 術者는 敎育之法也니라."라고 서술하였다.

其系統을 繹ᄒ야 組織ᄒᆫ 者니 其性質이 雜駁ᄒᆫ 故로 曰 自然科學
(自然의 狀態를 硏究ᄒᄂᆫ 者를 自然科學이라 謂ᄒ니 倫理學, 心理
學 等이 是라.)을 可히 原理의 下에 括홈만 不如홀지라. (중략)

敎育의 目的과 方法을 明코져 홀진ᄃᆡ 必四種의 科學으로써 補助
홀지니 卽 倫理學 社會學(二者ᄂᆫ 其 目的을 示홈이라) 心理學 生理
學(二者ᄂᆫ 其 方法을 示홈이라)이 是라. 古來로 敎育學을 組織ᄒᄂᆫ
者ㅣ 但 黑排梯을 從ᄒ야 倫理學으로 目的을 삼으며 心理學으로써
方法을 삼고 社會學과 生理學을 借助치 아니ᄒᄂᆫ 故로 尙 殘缺不全
ᄒ야 美善의 域에 不造ᄒ니라.

敎育學이 此四種의 科學을 得ᄒ야 其目的과 方法을 明히 ᄒ 後에
健全ᄒ 敎育의 原則을 可定홀지니 此ᄂᆫ 卽 洛失苛來智의 謂ᄒ 바
醫學에 類ᄒ야 一種 規範科學을 成ᄒ다 홈이니 特히 事實을 說明홀
쑨 不是오 其 標準을 探求ᄒ야써 其餘를 例홈이라. 故로 敎育學의
原理가 有二ᄒ니

　(一) 敎育의 目的 及 其 所以 成立ᄒᄂᆫ 原理오
　(二) 其 目的 實行의 方法 及 其 形式의 原理라 約言ᄒ 則

敎育學이란 者ᄂᆫ 敎育의 目的과 其 方法을 硏究ᄒᄂᆫ 科學이니 必
倫理學과 心理學과 社會學과 生理學을 次ᄒᄂᆫ니 補助上으로 言ᄒ
則 可히 混合科學이라 謂홀지오 性質上으로 言ᄒ 則 規範科學이라
謂홀지니라　　　　　　-柳瑾(1906), 敎育學原理, 『大韓自强會報』第6號.

유근(1906)은 교육학이 '교육과 관련된 현상을 연구하는 것으로
그 계통을 연역하여 조직한 것'이라고 규정하고, 윤리학, 사회학,
심리학, 생리학의 혼합과학[5]이라고 규정하였다. 비록 자연과학이
라는 명칭이 적절히 사용되었는지에 대해서는 논란의 여지가 있지

만, 이 논문에서는 교육학의 원리로 '교육 목적과 성립 원리'와 '목적 실행의 방법과 형식의 원리' 두 가지가 있음을 명확히 하였다.

유옥겸(1908)에서는 '학'과 '술'에 대한 좀 더 근본적인 문제를 제기한다. 이 저서에서는 교육학을 다음과 같이 규정하고 있다.

(4) 유옥겸(1908)의 '학'과 '술'

(전략) 夫 科學이란 者는 凡 吾人 知識의 對象되는 者 卽 現象에 關혼 吾人의 知識을 明晰 統一호야 體系가 有케 호는 者니 略言호면 普遍 貫徹혼 吾人의 知識이라. 然홈으로 吾人의 知識을 二에 分호야 一은 經驗的 知識이라 호고 一은 科學的 知識이라 云호느니 前者는 吾人이 或種의 事를 遭遇호야 生호는 斷片의 知識이오 廣大히 事物을 觀察호고 精密히 硏究호야 得호는 知識이 아니니 要言호면 不精密 不正確혼 바 十分 信憑치 못홀 知識이오 後者는 科學을 組織호는 學理라. 故로 科學的 知識을 成立호는 條件을 略擧혼 則 第一 槪括혼 知識됨을 要호고 第二 體系가 有혼 知識됨을 要호고 第三 確實혼 知識됨을 要홈이니 斯 三個의 性質이 具備혼 然後에야 眞實혼 科學的 知識이라 謂홀지니라.

然則 敎育學은 果然 科學을 成立홀 諸 條件은 具備혼가. 從來 諸 學者의 科學이 아니라 認홈은 大槪 敎育은 實際 敎育을 施호는 術에 不過호는 者라 云홈이니 此는 後에 詳陳홀 바이며 又 敎育學의 成立됨이 其 目的은 倫理學을 資호고 方法은 心理學에 基호거늘 此 兩 科學이 皆 幼稚를 不免혼다 홈에 由홈이라. (중략) 然혼 則 敎育

---

5 교육학을 혼합과학이라고 한 것은 오늘날 '종합과학'이라고 보는 관점과 유사한 것으로 보인다. 다만 혼합은 단순히 합친 것이라는 의미로 해석될 수 있는데, 종합과학은 여러 학문이 내적 질서를 유지하며 통합된다는 의미로 풀이할 수 있다.

의 原理 原則을 論究홈은 何國 何時代를 勿論ᄒ고 同一ᄒ야 一般的
이라 可謂홀지로ᄃᆡ 若 其 內容上 <u>目的 又 方法을 取ᄒ야 一個의 敎
育學을 作成코져 ᄒᄂᆫ 時ᄂᆫ</u> 今日에ᄂᆫ 到底히 不可能의 事에 屬ᄒ
者라 謂홀지니라. 如右히 敎育學이 비록 一般的 價値를 有케 ᄒ기ᄂᆫ
不能ᄒ나 旣已 一種 科學을 成立ᄒ 者인 則 科學 分類 中 何에 屬홀
가 ᄒ건대 大凡 科學은 種種의 觀察點을 因ᄒ야 分類홈이 不一ᄒ지
라. <u>第一 硏究의 對象으로브터 精神科學 自然科學에 分ᄒ고 第二
硏究의 方法에 因ᄒ야 說明的 科學 規範的 科學에 分ᄒ고 第三 他
關係로브터 純正科學 應用科學에 分ᄒᄂ니 此 分類 方法에 依ᄒ 則
敎育學은 精神科學 規範的 科學, 又 應用科學</u>에 屬ᄒ니라.

　右에 敎育의 學은 槪陳ᄒ 故로 夏히 敎育에 當ᄒ 術에 論及코져
ᄒ노니 凡 <u>術은 實行에 關ᄒ 事를 謂홈이니</u> 詳言ᄒ면 實行 中 複雜
困難홈을 不拘ᄒ고 此를 達ᄒᄂᆫ 特別의 知識과 鍊熟이라. 是以로 如
何ᄒ 科學을 勿論ᄒ고 恆常 術을 要ᄒᄂ니 卽 <u>學理ᄂᆫ 一般을 規定
ᄒ 者오</u> 一一히 特別의 境遇에 適合케 ᄒᄂᆫ 者가 아니어늘 實際에ᄂᆫ
每常 變化가 百出ᄒ야 單히 理論으로ᄂᆫ 到底히 良好ᄒ 結果를 可收
치 못ᄒ고 其必 實際家의 臨機應變ᄒᄂᆫ <u>善 手段을 要ᄒ며 又 其 手
段은 眞正ᄒ 科學的 知識을 必須ᄒ야 完全홈을 可得홈이라.</u> 是以로
學과 術의 關係ᄂᆫ 極히 親密ᄒ야 學은 術을 因ᄒ야 始行ᄒ고 術은
學을 因ᄒ야 成功홈을 可知홀지니라. (하략)
　　　－유옥겸(1908), 제5장 '敎育의 學 及 術', 『簡明敎育學』(右文舘)

이 저서에서는 '과학'의 성격을 규정하고, 교육학을 '정신과학, 규
범적 과학, 응용과학'이라고 규정하였다. 이 과정에서 일반적 지식
을 '학'과 '술'로 나누어 학리적인 지식과 기술적인 지식을 구분하

고, 교육학의 가치가 학리를 규명하여 기술적으로 응용할 ⊃ 있도록 하는 데 있음을 명확히 하였다.[6] 이러한 차원에서 유옥겸(1908)에서는 교육학이 인접 학문과 긴밀한 관계를 유지하고 있음을 상세히 설명한 바 있는데 그 가운데 주요 내용을 정리하면 다음과 같다.

(5) 유옥겸(1909)의 '교육학과 다른 과학의 관계'

敎育學이 科學으로 成立홈을 得ᄒ나 恆常 他 科學에셔 旣決흔 知識을 參據 利用홈이 多흔 故로 玆에 其 關係가 有흔 諸 科學에 就ᄒ야 論述ᄒ노니 盖 人類는 孤立ᄒ야 生活ᄒ는 者가 아니오 恆常 社會를 團結ᄒ는 者라. 然흔 則 人類를 養成ᄒ는 敎育에 至ᄒ야 반다시 個人과 社會의 兩 方面으로브터 觀察ᄒ야 써 敎育과 社會의 間에 如何흔 關係가 存在홈을 定흔 後에 敎育의 立脚地가 堅固홀지라. 故로 <u>敎育學을 硏究홈에 當ᄒ야 社會를 對象이라 ᄒ는 科學이 重要흔 則 社會學을 硏究홈</u>이 可ᄒ며 又 敎育學은 비록 倫理學 及 心理學의 集合 科學은 아니나 <u>敎育의 目的을 論홈에는 人生의 目的을 論ᄒ는 倫理學을 捨흔 則 其 要點을 難得홀지오</u>, <u>敎育의 方法을 論홈에는 人의 心意生活의 規則을 論ᄒ는 科學 卽 心理學의 幇助를 不得</u>ᄒ면 硏究의 眞確홈을 難得홀지라. 是以로 敎育學은 社會學, 倫理學, 心理學으로써 最 必要흔 補助科學을 作홈은 明白흔 者라. 然ᄒ나 敎育의 完全함을 得함은 但히 將次 發育ᄒ려 ᄒ는 幼作의 精神쑨 아니오 <u>亦 其 身體에 及ᄒ야 心身을 共 皆 發育케 함에 在흔 則 生理 發達의 次第를 硏究ᄒ는 生理學</u>도 硏究ᄒ야 其 知識을 藉함이 可ᄒ며 又 心身이 相離함이 不可흔 關係로브터 心理學의 硏究를 爲

---

6 이러한 태도는 근대 계몽기 교육학 관련 논문이 교육의 필요성뿐만 아니라 교과론, 교수법, 교육사 전반에 걸쳐 쓰였다는 점에서도 확인할 수 있다.

ᄒᆞ든지 抑 且 生理學의 硏究를 爲ᄒᆞ든지 其 必 <u>身體狀態의 惡傾向</u>을 <u>豫防ᄒᆞᄂᆞ 衛生學의 智識</u>이 必要ᄒᆞ며 此外에 又 <u>歷史學 論理學 審美學</u>도 敎育學에 巨大ᄒᆞᆫ 關係가 有ᄒᆞ야 敎育의 事業을 幇助흠이 不少ᄒᆞ며 且 行政學은 敎育管理의 上에 關係됨이 非常ᄒᆞᆫ지라. 今에 其 關係의 最 重要ᄒᆞᆫ 点을 畧히 擧示ᄒᆞ노라.(하략)

-유옥겸(1908), 제6장 敎育學과 他科學의 關係,

『簡明敎育學』(右文舘)

이 글에 나타난 것처럼 유옥겸(1908)에서는 교육학 연구를 위해 사회학, 윤리학, 심리학, 생리학, 위생학, 역사학, 논리학, 심미학 등의 제반 과학의 지식이 모두 필요함을 역설하였다. 이는 유근의 혼합과학이라는 개념보다 좀 더 진보한 것이라고 할 수 있다. 특히 각 학문이 교육학의 어떤 면에 도움을 줄 수 있는지를 명시하여 단순 혼합이 아닌 종합과학으로서의 교육학이 갖는 가치를 높이고자 한 점은 근대 교육학이 현대 교육학의 토대가 될 수 있는 가능성을 제시해 주는 것으로 보인다.

이처럼 근대 계몽기에 이르러 교육 현상을 학리적인 면과 기술적인 면으로 나누어 체계화하고자 한 시도는 교육의 목적과 원리, 교육 내용의 선정과 조직, 교수법 등이 체계화될 수 있는 가능성을 열어주었다. 특히 교육학을 '혼합과학' 또는 '규범과학', '응용과학'으로 규정하고 윤리학, 사회학, 심리학, 생리학 등의 제반 과학과 긴밀한 관계에 있음을 밝히고자 한 노력은 교육학뿐만 아니라 제반 교과교육의 목적과 교수법에 큰 영향을 준 것으로 보인다.

3. 교육학과 어문 교육

3.1. 어문 교과의 성격

근대 계몽기 교육학의 체계화는 어문 교육에도 적지 않은 영향을 미친 것으로 보인다. 이는 1895년 '독서, 작문, 습자' 시대와는 달리 교과학이 발달한 이후 어문 교과에 대한 인식의 변화를 통해서도 확인할 수 있다. 유근, 장응진, 서북학회, 유옥겸 등에서 논의한 어문 교과의 개념을 표로 정리해 보면 다음과 같다.

(6) 근대 계몽기 어문 교과의 개념과 성격[7]

	교과목	내용
유근 (1906)	어학	語學이란 者는 本國語와 外國語를 不論ᄒ고 其要가 <u>知識을 交換ᄒ난 媒介오 品性을 陶冶ᄒᄂ 資料</u>라 其敎科中에 在ᄒ야 殆히 倫理로 더부러 均히 各科의 基礎가 되ᄂ니 注意홈이 最宜ᄒ니라
	작문	作文은 卽 <u>己의 思想을 表ᄒ고或 人의 意志를 解ᄒ야</u> 操守를 培養ᄒ야 他日에 出世餘地를 삼나니 盖語學의 受動ᄒᄂ 밧 者ㅣ 發ᄒ야 能動ᄒᄂ 者ㅣ 됨으로써 此科를 敎授홈이 맛당히 語學으로 더부러 表面相應홀지니라
	도화 습자	習字와 圖畵ᄂ 手眼의 知覺을 練習ᄒ야 筋肉으로 ᄒ야곰 自由로써 實用을 供ᄒ야 <u>審美의 興味를 得케</u> 홀 ᄇ 者니 其學校 敎科中에 在ᄒ야ᄂ 비록 附屬科가 되나 其敎育에 價値ᄂ 固히 甚卑치 아니ᄒ니 感化篇(卽 情育篇) 美育一節에 見ᄒ니라

---

7 이 표는 허재영(2010)에 수록된 것과 동일함.

	교과목	내용
장응진 (1907)	언어과 (국어급 외국어)	言語修養과 <u>心的陶冶</u>는 密接훈 關係를 有훈 거시니 普通 敎育上에 言語의 修養은 最必要훈 거시라 吾人은 言語로 뻐 <u>意思表示와 思想發展</u>의 重要훈 手端으로만 用훌 뿐이 아니라 此로 由ᄒ야 人類發展의 經路와 國民開化에 多大 훈 影響을 及훈 許多훈 記錄을 理解키 能ᄒ나니 故로 上 古로브터 敎育設備上에 最初에는 言語를 敎授ᄒ야 書冊 을 讀케ᄒ고 또 此義意를 理解흠으로뻐 重要훈 科目을 삼 앗스니 此는 必竟 此等學習으로뻐 時代國民의 心的生活 을 保有케ᄒ고 또 普通敎育의 基礎를 作흠에 由흠이라 今日普通敎育을 施ᄒ는 學校에셔 程度의 如何를 不問ᄒ 고 <u>一般 自國語로 중심을 삼는 거슨</u> 세계각국이 일반이라 古昔人道主義가 復興훌 時代에는 古語를 硏究ᄒ야 古人 의 遺書를 利害흠으로뻐 惟務ᄒ고 外國語를 自國語보다 도리혀 尊重히 훈 弊端이 有ᄒ엿스나(我國의 從來敎育이 我國國文은 卑賤ᄒ다 ᄒ야 排斥不用ᄒ고 漢文만 典尙ᄒ 엿스며 漢文에도 또 古字篆字와 窮僻훈 文字등을 多數探 究ᄒ야 古書를 多解흠으로뻐 學識의 尊卑를 比較흠과 如 흠) 此等謬見은 過去時代에 已屬ᄒ고 各國이 다ᅵ 그 自 國語로뻐 敎育의 中心을 삼나니 此는 卽國民으로 ᄒ여금 各自의 義務를 盡케코져ᄒ면 일즉히 國家名義에 同情을 表ᄒ야 愛國의 情을 喚起케훌 거시오 또 國語는 其國民 의 思想感情을 表出ᄒ는거시미 同胞를 結合흠에 最有力 훈 方便이라 如此히 國民學校程度에셔는 다못 自國語로 뻐 國民現時의 狀況을 了解흠으로뻐 滿足훌거시나 萬一 一層을 更進ᄒ야 此硏究理解의 力을 深遠케코져ᄒ면 其 由來의 沿革을 明察ᄒ고 他國의 開化를 比較ᄒ며 他國民 의 思想感情을 探究훌 必要가 有ᄒ도다 然則 <u>國民學校以 上程度되는 學校에셔 國語를 課ᄒ며 外國語를 課ᄒ는거 슨 不得已훈 理勢라</u> 特히 他國의 文化를 受入ᄒ야뻐 自 國의 發展을 供給ᄒ는 國에셔는 一層 그 必要를 見ᄒ나 니 故로 現時에는 何國을 勿論ᄒ고 中學程度以上되는 學 校에셔는 自國과 最密接훈 關係가 有훈 一二個外國語를 課케으고 此와 同時에 自國文學을 一層 더 硏究ᄒ야 自 國文學의 眞髓를 翫味ᄒ며 特質과 妙味를 感得케ᄒ야 <u>演 說과 文章上</u>에 精巧를 極ᄒ게 務圖ᄒ는거시라
서북학회 (1909)	국한문부 작문습자	最初에는 <u>國語와 漢文</u>에 <u>區別이 無ᄒ다가</u> 漸進훈 後에 <u>各異훈 敎科書</u>로 敎ᄒ며 授業時間은 第一二三年級에는 每週 講讀 五時間 <u>文法 作文</u> 一時間 <u>習字</u> 一時間 都合 七 時間인데 其<u>材料</u>는 現代 著述家의 平易훈 記事 敍事文 演說 談話書 牘及 新體詩 等(中略)이오 第四學年級에는 古文 史記 蒙求 論語의 一端 國文學史 等을 敎授호딕 時 間은 五年級 第二學期ᄭ지는 每週 講讀이 五時間이며 全 第三學期는 每週 三時間式 敎授ᄒ야 卒業케 ᄒ느니라

	교과목	내용
유옥겸 (1908)	기본적 교과	此科는 他科의 學習호는 基本되는 者인 故로 古로브터 今에 至호기 凡 如何혼 處든지 學校에셔 敎授치 아니홈이 無호며 又實質的 形式的 兩方面의 價値를 具有혼 者라. 我國 現時의 敎則規에 定혼 科目으로 言혼 則 修身, 國語, 外國語, 數學 等이 是에 屬호니 蓋 何時 何處를 勿論호고 讀書算 三者는 恒常 他 敎材의 增減을 不拘호고 採用치 아니혼 者가 曾有치 아니호니 是는 何를 學호든지 반다시 國語의 媒介와 數의 觀念을 藉홀 쑨더러 言語 文章의 現 호는 思想과 數題의 示혼 事物에 因호야 實質的으로 知 識을 擴大호는 同時에 又 正確히 思想을 發表호며 整頓 호는 形式的 效果가 巨大호며 且 日常의 生活上에도 亦 極必要호니라. 就中 讀書는 吾人 人類는 歷史的 人間인 則 過去의 文物을 承繼호야 現在에 發達호고 未來에 傳 授호는 功效가 有혼지라. 是以로 國語 數學은 初等의 學 校로브터 高等學校에 至호기 皆 緊要혼 者오 外國語는 外國 又 世界上의 諸種 事物을 學호는 基本이오 又 外國 人의 交際 及 世界的 生活을 營爲호는 方便이 되는 者이 나 初等 敎授에는 直觀法을 務行호며 又 現時代는 國民 生活의 時代인 則 國語는 國家獨立을 保維호는 精神이 存在혼 者어늘 幼稚에게 外國語를 敎授홀진딕 自國語도 未解호는 者에게 向호야 外國語를 理解호게 홈은 實로 不 可能의 事오 又 或 愛國精神을 減損홀 虞慮가 有혼 則 初 等敎育에는 用호기 不可호며 …(하략)

이 자료에서 확인할 수 있듯이, 이 시기 교과명은 통일되어 있지 않다. 그러나 이전의 '독서', '작문', '습자'라는 명칭이 학습 활동을 고려한 명칭이었던 데 비해, '어학', '언어과', '국한문과'와 같은 명칭은 학습 활동을 떠나 교육 목표와 자료 등을 반영한 교과목명이라고 볼 수 있다.[8] 더욱이 유근(1906)에서는 어학 교과가 '지식 교환의 매개', 또는 '품성 도야'를 하는 학과로 인식되었다는 점어 서 '도

---

8 근대식 학제가 도입된 직후 1895년 소학교의 국어 관련 교과는 '독서, 작문, 습자'였다. 이들 명칭이 '국어'로 통합된 것은 1906년 보통학교령 시행 이후이다. 근대 계몽기 국어 교과 형성 과정에 대해서는 허재영(2005)를 참고할 수 있다.

구 교과의 성격'과 '정서 수양의 성격'을 동시에 추구하는 것으로 볼 수 있다. 다만 유근(1906)에서는 '습자'를 '도화'와 함께 심미적 교과로 다룸으로써 글씨쓰기가 작문의 범주보다는 미술과의 한 영역으로 다루어질 수 있음을 제시하였다.[9] 또한 장응진(1907)에서는 어학 교과의 특징을 '심적 도야'와 '의사 표시', '사상 발전'이라는 말로 표현되었다. 서북학회(1909)의 논의는 외국의 학제를 소개한 것이므로, 그 성격을 어떻게 규정하고 있는지를 찾는 것은 무의미하나, 국어와 한문 교과에 '강독', '문법', '작문', '습자'가 함께 들어 있다는 점에서 국어교과의 활동 내역을 짐작하게 한다. 또한 유옥겸(1908)에서는 '국어'와 '외국어' 교과가 기본적 교과임을 천명함으로써 기초 교과 또는 도구 교과로서의 기능을 명시하고 있다.

어문 교과를 기초 교과로 인식한 것은 교과의 개념 정립 과정에서 교육학의 체계적인 지식이 정립되어 갔기 때문으로 보인다. 특히 교육의 목적과 내용, 방법을 체계화한 교육학 이론은 보통교육과 전문 교육에 설정되어야 할 교과를 구분하게 하고, 보통교육에서도 기초 교과(도구 교과)와 전문 교과를 나누어 위계화가 가능하도록 하였다.

3.2. 어문 교수법

근대 계몽기 교육학의 도입 과정에서 체계적으로 교수법을 소개하고자 한 점은 교육학 발달의 차원에서 큰 의미를 갖는다.[10] 교수

---

9 근대 계몽기 이후 일제강점기, 미군정기를 거치면서 습자는 심미적 교과로 인식되었다. 그러나 습자의 주요 내용이 한자, 일본어, 한글의 글꼴과 글씨쓰기인 점을 고려하면 이 교과도 국어과와 무관하지 않다고 볼 수 있다.

법에 관한 대표적인 논의는 유근(1906), 유옥겸(1908) 등의 교육학 이론에서 비교적 자세히 나타난다.

먼저 유근(1906)의 교수법은 '교수의 형식'에서 자세히 소개되었다. 이 부분을 옮겨보면 다음과 같다.

(7) 유근(1906)의 '교수의 형식'

古來로 敎授의 法이 千差万別ᄒ야 悉數를 終키 難ᄒ나 權ᄒ야 分컨딕 一則 曰 <u>注入主義</u>니 곳 各種 事物노뼈 兒童의 腦中에 灌輸ᄒ야 永矢ᄒ야 入케 ᄒᄂ 者오 一則 曰 <u>開發主義</u>니 곳 各種 事物노뼈 其 自然 發達의 心意를 開發ᄒ야 觸類旁通케 ᄒᄂ 者라. 注入主義ᄂ 苦히 學ᄒ야 鍛鍊홈을 專重히 하고 開發主義ᄂ 興味가 淋漓(임리)홈을 專重홈이니 表面으로부터 觀ᄒ면 二者가 相輔하야 行홈과 如히 偏廢키 不可하나 然하나 心理學上에 徵ᄒ 則 開發主義ᄂ 有益코 無損홀지오 注入主義ᄂ 有益코 亦 有損홀지니 開發主義ᄂ 實노 近世敎育이 中世 上世 敎育으로 더부러 特異ᄒ 點이니라.

<u>開發의 法이 有二</u>ᄒ니 一則 旣有에 觀念界를 分解홈이니 敎育의 目的을 依ᄒ야 其繁을 刪ᄒ고 其簡에 就홈은 名學 中 謂ᄒ 바 <u>分解敎授法</u>과 猶홈이오 一則 新觀念을 舊觀念界에 擴加홈이니 其類를 充ᄒ고 其盡을 至ᄒ야 博通宏達케 홈은 名學 中에 謂ᄒ 바 <u>總合의 敎授法</u>과 猶홈이라. 此 二法은 科學으로 硏究ᄒᄂ 者의 必需홀 비 되니 敎育에 施ᄒ면 足히 뼈 人에 心性을 開發케 홈이 綽綽(작작)홀지니라.

若 夫 <u>敎授法의 階級이 通常에 三段을 分</u>ᄒ니 曰 豫備니 곳 敎授

---

10 근대 계몽기 이후 국어과 교수·학습 이론 변천 과정에 대해서는 허재영(2006)을 참고할 수 있다.

者의 散慢흔 知識으로 ㅎ여곰 敎授의 中心點에 集注케 ㅎ는 者오 曰 授與니 곳 新材料로써 授ㅎ야 其 集註의 觀念界를 恢張ㅎ는 者오 曰 應用이니 곳 其 新舊 觀念을 聯合ㅎ야 自由應用을 得케 ㅎ는 者라. (중략)

敎授의 主義와 其 階級은 前에 旣略述ㅎ얏거니와 然ㅎ나 其 主義를 實行ㅎ는 所以와 其 階級의 方法은 尙 未及흔지라. 今에 其要를 枚擧ㅎ야 論ㅎ노니

(第一) 則 <u>問答法</u>이 是니 此中에 비록 疑問을 發ㅎ야써 難흠과 互히 問答ㅎ는 別이 有ㅎ나 要컨딕 皆 受敎育者의 觀念界를 察ㅎ야 其 不明흔 者면 則 開케 ㅎ고 明코 未達흔 者면 則 通케 ㅎ야써 新材料를 灌入흘지라. 昔 希臘 大賢 梭格拉底가 此法을 創始흔 故로 又 名을 梭格拉底法이라 ㅎ니 彼嘗曰 余는 知識을 授ㅎ는 者ㅣ 아니오 乃 知識을 生케 ㅎ는 産婆라 ㅎ니 此를 觀컨딕 其 眞意를 可知흘지라. 此法을 敎授흘 時에 開發主義 中의 分解法 敎授 階級 中 豫備와 應用으로써 最宜를 삼음이오

(第二) 則 <u>談話法</u>이 是니 此中에 비록 細目의 可分흠이 有ㅎ나 要컨딕 其 事實을 講明ㅎ야 受敎育者로 ㅎ여곰 豁然(활연)히 開朗케 흠은 一이라. 但 此法이 修辭 論辯의 學에 精흔 者 아니면 往往히 平庸 一派에 流入ㅎ야써 人을 動케 ㅎ기 難흔 故로 敎授흘 時에 開發主義 中의 總合法과 敎授 階級 中의 聯合과 結合으로써 最宜를 삼느니라.　　　 ─유근(1906), '四. 敎授의 形式', 『대한자강회보』제7호.

이 논문에서는 교수의 방법을 '주입주의'와 '개발주의'로 나누고, 개발주의를 다시 분해 교수법과 총합 교수법으로 나누었다. 교수의 단계는 '예비, 수여, 응용'의 삼분법을 중심으로 오분법까지 소

개하였는데, 이러한 이론은 서구의 교육학 이론을 번역 소개한 것이라고 할 수 있다. 특히 교수의 단계를 실행하는 방법으로 '문답법'(소크라테스[사격납저(梭格拉底)]의 문답법과 산파술)과 '담화법'을 소개한 점도 주목할 만하다.

유옥겸(1908)의 교수법은 『간명교육학』 제3편 방법론(1)과 제4편 방법론(2)로 구성되어 있다. 제3편의 방법론은 '교수론(敎授論)'이며 제4편의 방법론은 '훈육론(訓育論)'이다. 이 가운데 '교수론'은 다음과 같이 구성되었다.

(8) 유옥겸(1908)의 '교수론'
第一章 敎授의 意義 及 目的
第二章 興味
第三章 敎案의 意義
第四章 敎材의 選擇
第五章 敎材의 排列
第六章 敎材의 聯關
第七章 敎授細目 及 日課案
第八章 敎授의 段階
第九章 敎授의 方式
第十章 敎授를 確實케 ᄒᆞᄂᆞᆫ 方法

-유옥겸(1908), 『簡明敎育學』(石文舘)

이 가운데 '교수의 의의와 목적'과 '흥미'에서는 '교수', '훈육', '양호'를 구분하여 세 가지 개념 사이에 차이가 있음을 명확히 하고, 교수 과정에서는 흥미를 부여하지 않으면 안 된다는 사실을 강조한 점이 특징이다. 이러한 교수법 이론은 전근대식 교육 방식과는 큰 차이가 있는 것으로 이 시대 교육학의 진전된 모습이라고 할 수 있을 것이다. 또한 교안을 작성하는 원리와 방법이나 교재 선택의 원리, 배열 방식에 관한 논의도 체계적으로 이루어진 점을 고려하면 교육학의 도입과 발전이 비교적 체계적이었음을 확인할 수 있다. 특히 '교수의 재료'를 기준으로 교과(敎科) 개념을 도입하였는데 기본적 교과, 부이적 교과, 기능적 교과의 단계를 설정한 점도 눈여겨 볼 만하다.

유옥겸(1908)에 나타난 '교수의 계단'은 심리학에 토대를 둔 교수 순서를 의미한다. 이 장에서는 헐버트, 칠너, 라인, 빌만 등의 단계설을 소개하고 이를 종합하여 '직관의 단계', '개념의 단계', '응용의 단계'를 설정한 뒤, 각 단계별 활동 사항을 세밀하게 정리하고 있다. 이를 정리하여 소개하면 다음과 같다.

(9) 유옥겸(1908)에서의 '교수의 단계'

단계	세부 항목	특징
直觀의 階段	豫備	新事項을 兒童에게 授홈에는 必 其 旣知흔 事項의 關係를 求ᄒ야써 旣得의 舊觀念을 喚起ᄒ야 新觀念을 把住ᄒ는 基礎를 作成홈이 可ᄒ니(중략) 敎師가 學徒에게 問答的 敎式을 行ᄒ야써 舊時에 敎授흔 바를 覺케 ᄒ거나 又 經驗ᄒ야 知흔 바를 씁케 흔 後에 或 訂正ᄒ며 補綴ᄒ야 其 觀念을 一層 整理 明確케 ᄒ야 將次 提示흘 新事實을 容易히 受領케 홀지니라.
	提示	豫備가 終흔 後에는 兒童에게 新事實을 與ᄒᄂ니 此 乃 提示라. (하략)
槪念의 階段	連結	提示에 因得흔 新觀念은 此와 關係가 有흔 舊觀念과 比較 對照ᄒ야 分解 抽象ᄒ야 同異를 考ᄒ고 且 其間의 聯絡을 講究ᄒ야 各部 又 全體에 就ᄒ야 互相 連結케 ᄒ야써 意識上의 融和를 成케 홀지니(하략)

단계	세부 항목	특징
	摠括	類似한 新舊 觀念을 比較 抽象한 上은 一步를 進하야 此等의 要領을 統合하야 玆에 新槪念 又 法則을 作ㄴ하야 써 簡單한 表明을 成홈이 可하니 此段은 敎授上 極히 必要한 者라 (하략)
應用의 階段		前段에 得한 槪念 又 法則을 他의 類似한 事項에 活用홈을 應用이라 云하느니 盖 吾人이 如何히 瞻富한 知識을 貯藏홀지라도 此를 自手로 運用하야 實際에 適應하야 生活에 補益홈이 無홀진디 是는 死知를 有홈에 不過하는 故로 知識은 多를 貴치 아니하고 唯 其 活動을 重히 하는 지라(하략)

이와 같이 교수의 순서는 모두 다섯 단계로 이루어져 있다. 이뿐만 아니라 유옥겸(1908)에서는 각 단계를 적절히 운용하여 효과를 거둘 수 있도록 유의해야 함을 강조한다.

'교수의 방식'에서는 유근과 마찬가지로 '주입주의'와 '개발주의'를 나누고, '직관', '사고', '응용'의 단계에 적용해야 할 교수 방식을 체계화하였다. 직관의 단계에서는 직접 직관의 '지시법(指示敎式)'과 간접 직관의 '서술법(敍述敎式)', 사고의 단계에서는 명목 이회(理會)의 '강연법(講演敎式)'과 실질 이회(理會)의 '발전 교식(發展敎式)', 응용의 단계에서는 지식을 확실하게 하기 위한 '발문 교식(發問敎式)'과 지식의 단련을 위한 '과제 교식(課題敎式)'을 설정하였다. 이와 같은 교수의 순서와 적용 방안을 토대로 여러 가지 방식을 소개하였는데 대표적인 것이 '암송(暗誦), 제창(齊唱), 복습(復習)'이다. 암송은 기억법과 깊은 관련이 있으며, 제창은 정밀한 연습을 위한 방법이라고 하였다. 또한 복습은 학도가 망각하지 않도록 견고하게 하는 방안으로 제시하였다.

이와 같이 근대 계몽기 교육학 이론에서 소개한 교수법은 어문 교과의 교수 방안에도 적지 않은 영향을 준 것으로 보인다. 그 가운데 대표적인 것이 학부 편찬(1910)의 『보통교육학』[11]이다. 이 책은 보통교육 전반에 관한 내용을 담고 있지만, 제2편 '교육의 방법'에 '각과 교수법(各科 敎授法)'을 둠으로써 마치 오늘날의 교육과정 해설서와 비슷한 역할을 하도록 하였다. 이 책의 각과 교수법 가운데 '국어급한문과 교수법(國語及漢文科 敎授法)'의 주요 내용을 표로 정리해 보면 다음과 같다.

(10) 학부 편찬(1910)의 국어급한문과 '교수법'

영역	내용	비고
讀法	玆에 所謂 讀法敎授는 國語讀本을 爲ᄒ야 日常必須의 文字 文章을 知케 ᄒ고 又 其 文章의 記ᄒ 事項을 理解케 ᄒ야 智德을 啓發키 爲홈이라 漢文讀本을 敎授ᄒ는 方法에 至ᄒ야는 後에 說明ᄒ노라 讀本은 徒히 文字 文章을 誦讀케 홀 ᄲᅮᆫ 아니라 其 內容의 意義도 十分 理解케 홀지며 其 意義가 分明치 못ᄒ면 文字 文章도 ᄯᅩᄒ 決코 理解치 못홀 者이라 我國의 學徒는 讀本을 誦讀홈에 文字의 形象과 其 發音에만 注意ᄒ고 頭를 搖ᄒ면셔 一種의 調節을 附ᄒ야 高聲으로 朗讀ᄒ고 其 意義의 如何에는 注意치 아니ᄒ는 弊風이 有 ᄒ니 此는 從來의 敎授法이 適當치 못ᄒ 結果라 特히 諸 學校에 盛行ᄒ는 齊讀은 其 弊風을 馴致홀 ᄲᅮᆫ만 아니라 他 學級의 敎授를 防害ᄒ는 事이 甚ᄒ니 一日이라도 早速히 矯正ᄒ야 學徒로 ᄒ야금 正當ᄒ 讀書法과 理解를 得케 홀지라 但 齊讀은 一語句의 發音을 短時間에 全學級의 學徒에게 練習케 홀 時나 又는 學徒가 倦怠ᄒ야 注意가 散亂홀 時에 用ᄒ야 效力이 有ᄒ 者이니 如此ᄒ 境遇에는 可成的 一學級의 學徒를 二三部에 分ᄒ야 順次로 齊讀케 홀지니라 如此히 홀 時는 他 學級의 修業을 妨害ᄒ는 事는 小ᄒ	1.국문독본과 한문독본의 구분. 2. 송독과 이해를 목적으로 함. 3. 제독 (함께읽기의 폐단) 4. 송독, 이해, 설명 (개요말하기, 문답하기, 내용 쓰기)

---

11 허재영 편(2005)에서는 이 책을 포함하여 7종의 자료를 영인한 바 있으며, 국어급 한문과 교수법 관련 표는 허재영(2010)에 소개한 것과 같은 자료이다.

영역	내용	비고
	고 其效를 可得홀지니라 讀本은 又 此를 理解ᄒ며 誦讀케 홀 쑨 아니라 其 理解혼 事項을 口語로 明瞭히 說明케 홀지라 其法 은 所教혼 事項을 遺漏가 無히 詳細 談話케 ᄒᄂ 事 도 有ᄒ고 或은 其 大要를 一括ᄒ야 簡單히 談話케 ᄒᄂ 事도 有ᄒ고 又ᄂ 間或 讀本을 見ᄒ면셔든지 又ᄂ 讀本을 閉ᄒ고든지 其 便宜를 從ᄒ야 談話케 ᄒ며 又 問答體로 記述혼 教材와 如혼 것은 學徒를 其 主客으로 假定ᄒ야 互相問答케 ᄒᄂ 等은 興味 가 多ᄒ고 有效혼 一 方法이니라 讀法教授에ᄂ 書取를 廢치 못홀지니 書取ᄂ 文字 와 語句의 記憶을 明確히 ᄒ고 又 此를 任意로 應 用ᄒᄂ 能力을 養ᄒᄂ 者이라 然則 教科書 中에 在 혼 文字 語句를 書取케도 ᄒ려니와 此等의 文字 語 句를 應用ᄒ야 各種語句를 作케ᄒ며 或은 漢字로 書혼 者를 諺文으로 書ᄒ며 諺文으로 書혼 者를 漢 字로 書케 ᄒ며 或은 漆板上에 缺字가 有혼 文章을 示ᄒ고 學徒로 ᄒ야금 此를 補塡케 ᄒᄂ 等의 各種 方法에 依ᄒ야 可成的 多히 ᄒ며 可成的 屢次로 書 取케 홈이 可ᄒ니라	
	讀法教授의 教順은 如左ᄒ니라 (一) 豫備 1. 目的을 指示혼 후에 新教材를 理解케 홈에 必要 혼 旣得의 文字語句及事項을 問答ᄒ야 此를 練 習홈. 2. 萬若 教材가 前者의 繼續혼 者이거든 前에 教授 혼 바를 復習ᄒ야 豫備로 홈. (二) 教示 1. 教授홀 事項이 學徒가 旣知ᄒᄂ 者이거든 直時 讀法을 行홀지며 不然ᄒ거든 實物繪畵 等을 用 ᄒ야 難字 難句를 漆板上에 摘書ᄒ면셔 其 事項 의 大要를 豫說ᄒ고 然後에 文章의 讀法을 教授 홀지니라. 2. 初步의 學徒에게ᄂ 教師가 몬져 範讀을 教授ᄒ 고 後에 學徒로 ᄒ야금 讀케 홀지나 漸次로 進ᄒ 야ᄂ 學徒로 ᄒ야금 黙讀豫習케 ᄒ고 其後에 二 三 學徒를 指名ᄒ야 讀케 홈이 可ᄒ니라 此 境遇 에ᄂ 教師의 範讀은 過半의 學徒가 大略 讀홈을 得홀 時에 行홈을 適當타 ᄒᄂ니라. 3. 二三學徒에게 讀케 혼 後에 書中의 難語難句를 指摘ᄒ야 其意義를 教ᄒ고 更히 一二次를 讀케 혼 後에 全文의 意義를 詳細히 說話케 ᄒ고 更	1. 예비학습 (목적 제시, 기득문자어 구사항 문답) 2. 교시(실제수업) 3. 응용

영역	내용	비고
	히 此롤 再讀케 ᄒᄂᆫ 等과 如히 讀法과 意義의 說話롤 互相交錯ᄒ야 行케 ᄒᆯ지니라 4. 此時에 旣知ᄒᆫ 事項及 字句, 文則과 新히 敎ᄒᆫ 者로 比較케 홈이 可ᄒ니라. 5. 讀本을 不見ᄒ고 今에 學ᄒᆫ 바 大意롤 略說케 ᄒᆯ지니라 6. 重要ᄒᆫ 文字語句의 書取롤 行케 ᄒᆯ지니라 (三) 應用 1. 新히 敎授ᄒᆫ 字句롤 應用ᄒ야 短句短文을 作케 ᄒ며 又ᄂᆫ 敎師가 作ᄒ야 此롤 讀케 ᄒ거나 或은 書取케 ᄒᆯ지니라 2. 文章의 文脈을 明白히 ᄒ고 其中의 語句롤 變換ᄒ며 又ᄂᆫ 轉置ᄒ야 各種의 章句로 作換케 ᄒᄂᆫ 事이 有ᄒᆯ지니라. 3. 內容의 事項에 關ᄒᆫ 應用은 修身, 地理, 歷史, 理科 等의 敎授에 依準ᄒᆯ지니라.	
綴法	綴法은 國語科中 思想發表의 方法을 敎ᄒᄂᆫ 一分科이니 讀法 書法 及 其他의 敎科目과 恒常 密接ᄒᆫ 關係가 有ᄒᆫ 者이라 綴케 ᄒᆯ 文字ᄂᆫ 可成的 讀法 其他에셔 學得ᄒᆫ 者로 應用케 홈이 可ᄒ고 綴케 ᄒᆯ 事項(作文題目)은 (一) 國語漢文 又ᄂᆫ 他敎科目에셔 敎授ᄒᆯ 事項 (二) 兒童의 日常見聞ᄒᆫ 事項 (三) 處世上 必要ᄒ고도 學徒가 興味롤 感ᄒᆯ 事項 等에 對ᄒ야 選擇ᄒᆯ지며 從來의 作文敎授롤 見ᄒ건딕 學徒의 旣知事項 與否롤 不察ᄒ며 又 學徒의 學力 程度에 適合與否도 不省ᄒ야 敎師가 任意로 文題 롤 選擇ᄒ야 漫然히 揭出ᄒ고 學徒의 自働 委棄ᄒ 야 不顧ᄒ며 甚ᄒ 者ᄂᆫ 長成ᄒᆫ 者도 困難ᄒᆯ 高尙ᄒ 論說을 幼少ᄒᆫ 學徒에게 試홈은 古來로 漢學者間 에 行ᄒᄂᆫ 弊風이오 綴法敎授의 目的을 誤ᄒᆫ 者이 라 普通學校에 行ᄒᆯ 綴法은 他敎科目의 應用이니 他敎科目으로 學ᄒ야 旣爲學徒의 知識으로 된 事 項을 字句의 形으로 表出ᄒᄂᆫ 方法을 敎ᄒᄂᆫ 者이 라 決코 未知ᄒᄂᆫ 事項을 千思萬考ᄒ야 構成ᄒᆯ 者 이 아니니 敎育者ᄂᆫ 深히 注意ᄒᆯ지니라[普通學校 施行規則 第八條 第二號 第六項 參照] 文體에ᄂᆫ 漢文國文(國漢文)의 二種이 有ᄒ나 普通 學校에셔ᄂᆫ 漢文을 作케 ᄒᆯ 필요가 無ᄒ고 又 國文 을 課홈에도 決코 世上 文人墨客의 饗(빈)을 模倣 ᄒ야 優美莊重威嚴 又ᄂᆫ 冒頭抑揚頓挫와 如히 文 章의 結構와 修辭의 巧拙 等은 關重히 ᄒᆯ 바 아니 오 其要ᄂᆫ 達意에 全在ᄒᆯ 뿐이라 然則 俗語롤 混入	1. 철법교과의 특성 : 사상발표의 방법을 가르침 2. 철법교과 재료 3. 철법교과의 요지 : 행문으로 누구든지 자신의 생각을 명료히 이해하도록 함 4. 수준에 맞게 지도

영역	내용	비고
	ᄒ야 書ᄒ야도 可ᄒ고 又는 諺文만으로 綴ᄒ야도 可ᄒ니 其要는 行文으로 平易히 其旨趣를 何人이든지 明瞭히 了解ᄒ도록 自己가 言코자 ᄒ는 바를 遺憾업시 言ᄒ면 足ᄒ지라 …	
	綴法敎授의 方法이 甚多ᄒ나 此를 大別ᄒ야 甲) 共作法 乙) 助作法 丙) 自作法의 三으로 ᄒ나니라 (甲) 共作法敎師學徒가 互相協力ᄒ야 共히 文을 作成ᄒ는 法이니 其順序 方法이 如左ᄒ니라(一) 豫備 … (二) 記述 … (三) 成績의 處理 … (乙) 助作法 幼少흔 學徒는 記述事項을 整理ᄒ며 其順序 結構를 組成ᄒ기 不能흔지라 故로 敎師 此를 扶助ᄒ야 豫先히 考案을 定ᄒ게 ᄒ고 然後에 筆을 執케 ᄒ는 法이니 普通學校에셔는 應用의 範圍가 最廣ᄒ니라 … (丙) 自作法學徒로 ᄒ야금 他人의 扶助를 不借ᄒ고 各自 任意로 作文케 ᄒ는 法이라…	교수학습법 1. 공작법 2. 부조법 3. 자작법
書法	書케 흘 敎材는 旣往에 讀本 又는 其他에셔 學흔 中으로 選擇흘지며 讀法과 意義를 知치 못ᄒ는 新文字를 書케 흠은 其本旨가 아니라 然而 其書體는 楷書 行書 一種 又는 二種으로 ᄒ야 … 文字의 結構 運筆의 方法을 分明히 ᄒ고 手腕을 練習흠에는 大字로 始흠이 最便宜ᄒ나 實際生活上에는 大字보다 細字가 緊흔지라 … 書法에 三要點이 有ᄒ니 正確, 明瞭, 迅速이 是라 …	정확, 명료, 신속하게 글씨를 쓸 수 있도톡 함
	書法敎授의 敎順은 如左ᄒ니라 (一) 豫備… (二) 敎示… (三) 練習…	

　이 표에서 확인할 수 있듯이, 각과 교수법에 소개한 '독법', '서법', '철법'의 교재와 교수법, 그리고 교수 순서는 근대 계몽기의 교수법보다 훨씬 구체적이다. 이와 같은 교수 이론이 실제 교수·학습 상황에 어느 정도 반영되었는지는 확인할 길이 없으나 적어도 교육학 이론이 교과의 개념 정립이나 어문 교과의 교수 이론과 긴밀한 관련을 맺고 있음은 틀림없다.

4. 근대 계몽기 국어 교육의 한계

교육학이 본격적으로 도입된 근대 계몽기는 이미 일제에 의해 학정이 잠식된 통감시대 이후의 일이다. 이 점에서 과학으로서의 교육학 도입이 지니는 의미는 매우 제한적일 수밖에 없다. 왜냐하면 교육학의 발전은 교육 목표, 교육 내용의 선정과 조직, 교수·학습 방법, 평가의 전반에 걸친 발전을 의미해야 하는데, 이 시기 교육 목표와 내용은 이미 식민 지배정책의 연장선에서 설정되었기 때문이다. 특히 일본인이 학정을 주도하고 일본인 교사를 고용하며, 일본인 주도 아래 교과서를 개발하는 등 우리의 자주적인 교육 발전을 도모하기는 어려운 상황이었다.

이와 같은 상황에서 교과학 또는 교육학의 발전이 교과서 개발을 비롯하여 실제 교수 상황에 어느 정도 반영될 수 있었는지를 확인하기가 쉽지 않다. 특히 교과서의 역사적 변천 과정에서 1908년 8월 공포된 '교과용 도서 검정 규정' 및 '교과서 조사 사업'의 결과 자주 독립국으로서의 어문 교육 발전은 거의 막혀버린 상태가 되었음을 확인할 수 있는데, 이를 고려하면 교육학의 본질인 교육 목적과 내용 선정 면에서 교육학의 도입이 어문 교과의 발전에 미친 영향은 제한적일 수밖에 없다고 볼 수 있다. 다만 교재의 편제 방식이나 교수법 면에서는 어느 정도 긍정적인 영향을 준 면도 있다고 할 수 있다. 이러한 상관성의 문제는 이 시기 어문 교과의 교과서나 교육 자료를 구체적으로 분석해 가며 증명해야 할 과제이다.

참고문헌

강진호·허재영 편(2010), 『일제강점기 조선어과 교과서』, 제이앤씨.
김상연(1908), 『신찬 보통교육학』, 발행지 불명(이화여대 소장본).
서북학회(1909), 「학과의 요설」, 『서북학회월보』제9호. 서북학회. 1-5쪽.
유근(1906), 「교육학 원리」, 『대한자강회월보』제7호. 대한자강회. 19-35쪽.
유옥겸(1908), 『간명교육학』, 우문관.(이화여자대학교 소장본)
이종국(1991), 『한국의 교과서-근대교과용도서의 성립과 발전』,대한교과서
        주식회사.
______(2002). 『한국의 교과서 출판 변천 연구』, 일진사
장응진(1907), 「교수와 교과에 대하여」, 『태극학보』14집. 태극학회. 27-32쪽.
조선총독부(1015), 『교과용도서일람』, 조선총독부.
한국교과서연구재단(1998), 『교과서의 수집 정리 방안』, 한국교과서연구재단
                (2001), 『한말 및 일제강점기의 교과서 목록 수집 조사』,
        한국교과서연구재단.
                (2002), 『한국의 검인정 교과서 변천에 관한 연구』, 한
        국교과서연구재단
허재영 편(2005), 『최재학의 문장지남 외』, 올린책상.
허재영(2005), 「근대 계몽기 국어 교과 성립 과정 연구」, 『중등교육연구』
        53-1. 경북대 중등교육연구소. 127-165쪽.
______(2006), 「국어과 교수·학습 이론 변천사」, 『어문론총』제44호, 한국문
        학언어학회. 67-99쪽.
______(2009), 『일제강점기 교과서 정책과 조선어과 교과서』, 경진.
______(2010), 『국어과 교육론』, 역락.
木村知治(1896), 『新撰敎育學』(谷口默次 印刷: 大阪 活版製造所).

제4장

근대 계몽기의
교과교육과 교수법

한국 근대의 학문론과 어문 교육

1. 서론

사전적 의미에서 교과란 "학교 교육에서 교육 목적에 맞게 가르쳐야 할 내용을 계통적으로 짜 놓은 일정한 분야"를 말한다. 교과의 개념은 시대에 따라 달리 해석되어 왔는데, 근대식 학제가 도입된 이후에는 학교 교육에서 가르쳐야 할 과목을 의미하게 되었다.

교육이 이루어지는 일련의 과정(過程)을 고려할 때 교과(教科)는 교육 목표에 따른 교육 내용을 의미하게 된다. 이영덕(1990)에서는 교육이 이루어지는 과정(過程)에는 네 가지 기본 요소가 있다고 하였는데, '교육 목표', '학습 경험의 선정(교육 내용)', '학습 경험의 조직(학습 과정)', '평가'가 그것이다. 이 과정에서 교육 목표를 설정하는 방법이나 내용의 선정 및 조직 등은 시대와 사회적인 풍토에 따라 달라진다. 특히 학교 교육이 발달한 이후로 '교과(教科, subject matter)'의 개념이 확립되면서, 교과중심 교육과정관이 성립되었다. 이에 대해 가영희 외(2011: 20~21)에서는 "교과라는 개념은 시대에 따라서 또는 교육과정관에 따라서 상이한 의미를 가져왔다. 예를 들어 교과중심 교육과정관에서는 교과를 가르쳐야 한다고 했고, 그 교과란 인류가 역사를 통해서 축적해 온 문화유산들을 체계적으로 잘 정리해 놓은 것으로서 학생들이 공부해야 할 주제, 배워야 할 기능, 외워야 할 사실들을 의미하는 것이었다. 이와 대조적으로 경험중심 교육과정관에서는 아동의 흥미나 필요에 기초하여 부딪히는 문제들을 해결해 나갈 수 있도록 아동들의 경험을 교과에 담아야 한다고 보았다. 한편, 학문중심 교육과정에서는 각 학문의 내용 또는 기본 개념들을 각 학문의 탐구 방법이나 논리에 따라 조직한 교과를 가르쳐야 한다고 보았다."라고 정리한 바 있다.

가영희 외(2011)에서 설명한 세 가지 교육과정관을 종합해 볼 때, 교과의 기본 개념을 '가르쳐야 할 교육 내용'을 의미한다. 이 점에서 교육이 존재하는 곳에서는 언제나 교과 현상이 존재할 수 있음을 의미한다.

여기서 주목할 점이 '교과 현상'과 '교과 교육학'의 차이이다. 교과 현상은 교육의 진행 과정에서 가르쳐야 할 내용을 어떻게 선정하고 조직하며 운영하는가와 관련을 맺고 있는데 비해 교과 교육학은 교과 현상을 학문적으로 규명하는 일을 의미한다. 이 점에서 양자의 개념을 구분하고자 한 박인기(2011: 16)의 설명은 주목할 만한다. 박인기(2011: 16)에서는 "교과는 자신이 다루는 특정 범주의 지식 내용을 포함하여 그 밖의 여러 자질의 요소들이 여러 층위에서 살아 움직이는 현상으로 보는 것이 적절하다. 그리고 교과 교육학은 그러한 교과 현상에 여러 가지 차원에서 상호작용하는 상위적 설명 체계이고, 상위적 생성 체계이고, 상위적 추동 체계로 보는 관점이 필요하다."라고 강조하고 있다. 이러한 주장은 교과에 대한 이른바 '생태학적 인식'을 강조하고자 한 표현인데, 이 관점에 대한 동의 여부를 차치하더라도 교과 현상과 교과 교육학을 구별하여 접근해야 한다는 주장은 충분히 공감할 여지가 있다.[1] 달리 말해

---

1 박인기(2011: 17)에서는 국어 교과(학)과 관련하여 "교과 현상(교과교육학 현상을 포함한)에는 1) 교과가 현존하는 체계 현상으로 ① 교육 목표 현상 ② 교육 내용 현상 ③ 교육 방법 현상 ④ 교육 평가 현상 등의 하위 현상이 있을 수 있고, 2) 학문 맥락 또는 학제 현상으로 ① 국문학의 맥락 ② 국어학의 맥락 ③ 심리학의 맥락 ④ 사회학의 맥락 ⑤ 교육학의 맥락 ⑥ 커뮤니케이션학의 맥락 ⑦ 문화 이론의 맥락 ⑧ 철학(미학)의 맥락 등등의 영역들이 국어 교과에 일정한 상호성을 가지고 작용해 올 것이다. 또 3) 교과가 교육 제도 속에서 운용되는 현상으로 ① 교사 현상 ② 장학 현

학교 교육에서 특정 교과가 설정되기 위해서는 무엇을 교육 목표로 삼을 것인가, 그에 따라 어떤 내용을 선정·조직할 것인가 등이 결정되어야 한다. 이 점에서 각 학교의 교과목을 어떻게 결정할 것인가는 정해진 답이 있을 수 없다. 이에 대해 황정규 외(1998)에서는 "교과에 의한 교육 내용의 체계화 방식은 인류의 교육사와 궤를 같이한다. 원래 인간의 교육은 생활 그 자체를 가르치고 배우는 것이었다. 그러나 교육은 점차 형식적, 제도적, 집단적 성격을 띠며 발전하였고, 이에 전달하고 가르쳐야 할 생활과 영역의 폭이 넓어지고 양적으로 많아지며 질적으로 복잡다양하게 되었다. 따라서 이것들을 가르치기 위해 서로 유사하거나 동질적인 것, 같은 종에 속한다고 판단되는 것끼리 묶어 가르칠 필요가 발생했고, 이것이 곧 교과의 발생이 되었다."라고 진술하였다. 이를 고려할 때 교과는 교육 내용의 체계를 의미하며, 이 체계를 확립하기 위해서는 교육 내용을 구분할 수 있는 준거가 필요하고, 그에 대한 교육적 가치를 찾아낼 수 있어야 한다. 가영희 외(2011)에서 설명한 교과의 너 가지 특징[2]은 교과 발생 이후 지금까지 자연스럽게 존재해 온 교과 현상의 하나라고 할 수 있는데, 학교 제도의 성립 이후 무엇을 교과로 설정할 것인가에 대한 논의는 시대와 사회에 따라, 또한 학교 제도

상 ③ 정책/행정 현상 ④ 발달 현상 등이 있을 수 있다. 그밖에도 국어 교과의 외연 맥락에 놓여 있는 ① 문화 현상 ② 출판 현상 ③ 미디어 현상 ④ 가치 현상 ⑤ 국어 관련 각종 수요 현상 등등이 관련을 맺고 국어 교과 현상에 들어온다."라고 진술하였다.

2 가영희 외(2011)에서는 ① 교과란 문화에서 선정된 문화 요소라는 점, ② 교과란 막연히 성립되는 것이 아니라 논리적으로 구분이 가능한 독특한 준거나 근거를 갖고 성립된다는 점, ③ 교과는 그 가치를 인정해 온 사회적 지지와 그 교과의 지위 향상을 위해 노력하는 학문 공동체 또는 권위 집단에 의해 유지·존속된다는 점, ④ 교과는 다양한 문화 요소에서 선택되며 그 과정에는 그 권한을 행사할 수 있는 사회적 권위가 존재한다는 점 등을 교과의 특징으로 설명하였다.

에 영향을 미치는 요인에 따라 매우 다른 양상을 보이게 된다.

이러한 입장에서 근대식 학교가 나타난 이후의 교과 교육은 교과 현상의 차원과 교과 교육론의 차원을 나누어 접근할 필요가 있다. 달리 말해 개항 이후 각종 학교가 설립되면서 어떤 교과목이 존재했으며, 왜 그러한 과목이 필요했는가를 살피는 것은 교과 현상에 관한 이해라고 볼 수 있다. 이에 비해 학교 제도가 확립된 이후 '사범 교육'의 차원에서 논의된 '교과론'은 후자의 입장에 가깝다고 할 수 있다.

2. 근대 계몽기의 교과 현상

2.1. 교과의 도입

우리나라에서 교과목으로서의 교과 개념이 도입된 것은 1880년대 초반으로 보인다. 근대 한국 교육사에 대한 박득준의『조선근대교육사』(1989, 한마당)[3]의 논의를 종합하면, 우리나라 최초의 근대식 학교는 개화파가 통역관 양성을 목표로 세운 '통변학교(영어학교)'였다. 박득준(1989)에 따르면 통변학교는 1883년 3월 통리교섭통상사무아문(외아문) 안에 설립하였는데, 수업 연한은 1년, 학과목은 '영어'를 위주로 하고 '역사', '지리', '법률', '정치'를 배우도록 하였다.[4] 이 학교는 1884년 3월 첫 졸업생 20명을 배출하고 갑신정변으로 인하여 문을 닫았다. 또한 1883년 6월에는 통리교섭통상사무아문의 주사 전혜시가 덕원 내의 지식층을 모아 학사를 설립하였는데, 그 후 이름을 바꾸어 '원산학교'로 불렀다. 이 학교는 문예반 50명(1학급), 군사반 200명(4학급)으로 편성하였으며, 문예반의 학과목은 각종 역사와 경서, 군사반의 학과목은 각종 병서, 공통 과목

---

3 이 책은 1988년 북한사회과학출판사에서 간행된 것으로 보이는데, 1989년 한마당 출판사에서 북한연구자료선 15번으로 출간하였다. 한마당 출판사의 책에서는 원전에 대한 해제가 없어서 정확한 저술 연대를 알기 어렵다.

4 김윤식(金允植)의 일기인『음청사(陰晴史)』1882년 11월 21일을 참고하면, 이 학교는 동문학교(同文學校)라는 이름으로 1882년에 설립된 것으로 보인다. 이는 서울대 규장각 도서 15323·15324의 『통리교섭통상사무아문장정(統理交涉通商事務衙門章程)』에서도 확인할 수 있다. 그러나 이 학교의 '교과'에 대해서는 구체적인 내용을 확인하기 어렵다.

으로 '산술, 격치(발물), 농업, 양잠, 채광'을 포함하였으며, 점차 '외국어, 법률, 지리, 만국공법'을 보충하였다.

이러한 과정은 이만규(1947)의 『조선교육사』(1991년 거름 출판사에서 재간행)에도 일부 등장하는데, 특히 이 책에서는 '신교육 태동기(1884~1894)'로 불린 개항기에 설립한 '배재학당(1885, 미국 북감리회 선교부의 아펜셀러)'의 규칙과 '육영공원(1886, 내무부)', '경신학교(1886, 미국 북감리회 선교부)', '이화학당(1890, 미국 북감리회 선교부의 여선교부)' 등의 설립 과정에 대해 소개한 바 있다.

이처럼 개항 이후 각종 학교가 설립되면서 해당 학교에서 어떤 과목을 가르치는가에 대한 논의도 활발해졌는데, 이에 대한 논의는 『한성순보』와 『한성주보』에서 빈번히 찾아볼 수 있다. 예를 들어 『한성순보』 제15호(1884.3.18.)의 '學校'에서는 서양 제국에 학교가 설치되지 않은 곳이 없다고 하면서, 소학교와 중학교 제도에 대해 설명하였으며, 제32호(1884.8.31.)의 '태서각국소학교'에서는 국가가 소학 교육에 힘쓰는 것이 '자립적인 사회생활'과 '부국강병을 위한 것'임을 밝혔다.[5] 그러나 학제나 학정에 대한 논의 자체가 교육의 목표와 내용 선정·조직을 전제로 한 교과 구분의 기준으로 작용한 것은 아니었다. 이 시기 설립된 각종 학교에서 교과목을 설정하는 특정한 기준을 찾아내기는 어렵다. 다음과 같은 기사를 참고해 보자.

(1) 國內私報

ㄱ. 英語學徒近況: 通商衙門設有同文學英語學塾 募集生徒昨年七

---

5 이에 대해서는 차석기(1999: 109~112)를 참고할 수 있다.

月 請來英人亥來百士 爲敎師兼通日語 且有學術敎授得宜 生徒
漸有進益現額爲二十九人　而都講時或有稱爲優等者　自本衙門
捄給飯菜薪水及燈燭仍使之寄宿　塾中無一遊學者紙筆墨　生徒
自辦而書本及西國紙筆　自衙門備給故晝夜攻苦一無懈意　其敎
學規例諸生徒分半焉 半則午前敎之 半則午後敎之 <u>一日敎長語
短語及文字解用變通之義　一日不敎長語只敎短語　繼以西國筆
算</u> 日漸長進將次派遣諸處 以廣其耳目也(통상아문에서 동문학
영어학숙을 개설하여 생도를 모집한 것이 작년 7월이니 영국인
해래백사(할리팩스, T.E.Hallifax)를 초빙하여 교사 겸 일어 통역
을 맡기니 또한 학술이 있고 교수 방법이 마땅하여 생도들이 점
점 진보하는 데 유익하니 현재 29인에 이르고 있다. 모든 강의가
끝난 뒤 우등생도 나왔으므로 본 아문에서 반채, 신수, 등촉을 대
주고 기숙사에서 기숙하게 하고 있는데 한 사람도 유학한 자가
없다. 지필묵은 생도 자신이 준비하고 서본과 서양 지필은 본 아
문에서 대주는데 주야로 공부에 열중하여 조금도 게으르지 않
다. 교학 규례는 생도를 반으로 나누어 반은 오전에 가르치고 반
은 오후에 가르치는데 하루는 긴 글과 짧은 글을 모두 가르치고,
문장을 해독하고 변통하는 방법을 가르치며, 하루는 긴 글은 빼
고 짧은 글과 서양의 필산을 가르치는데 날로 진보하고 있어 앞
으로 각 곳에 파견하여 견문을 넓히게 할 예정이다.)

－『한성순보』제15호(1984.3.18.)

ㄴ. 日本語學生徒: 日本陸軍省派遣生徒五六人於我國京城使習我語
兼修漢文 而該生徒中有高山篤志者學識最優而亦夙通我語 至本
年六月罹病而死　日本官商無不愛惜之至　此外小昌貞治　赤羽平
太郎 樋口將一郎　上野茂一郎　亦俱已學成語幷於本月十三四日

之交學行卒業試驗之際 皆致優等 故近日自日本陸軍省將召還本
國 令任官於該省云 彼生徒輩萬里就學攻苦數年 而成效卓著可
貴也已(일본 육군성에서 생도 5·6명을 우리나라 경성에 파견하
여 우리나라 말을 배우게 하고, 아울러 한문을 수학하게 하였는
데, 해당 생도 가운데 高山篤志라는 자가 학식이 가장 뛰어나고
또한 일찍이 우리말에 능통하였으나 본년 6월에 병에 걸려 죽었
다. 이에 일본 관인과 상인들이 애석하게 여기지 않는 자가 없었
다. 그 외에 小昌貞治, 赤羽平太郎 樋口將一郎 上野茂一郎도 또
한 배움을 이루어 말을 할 수 있으며 본월 13·4일에 졸업시험을
거행할 때 모두 우수한 성적을 거두었다. 그러므로 근일 일본 육
군성에서 이들을 본국으로 소환하여 그 省의 관리로 임용한다고
한다. 이들 생도는 만리(萬里)에 취학하여 수년간 힘들게 학문을
이룬 것으로 그 성과가 탁월하니 가히 귀한 일이라 할 따름이다.)

ㄷ. 釜山學校: 我國釜山港租居日本商民議新設一學校 令幼少男女
皆就學於此云 查該港自古多有日本商民 故已設小學校 令兒童
就學 雖無異於日本國內 而高等學校未之設焉 是以今設該校 令
教習英學 漢學 及 日本學 兼 學算術而現今生徒合計三十餘人
云 右係釜山來信(우리나라 부산항에 세금을 내고 거주하는 일
본 상민들이 한 학교를 설립하여 유소 남녀가 모두 이 학교에 취
학하게 하였다고 한다. 조사해 본 결과 이 항구에는 옛날부터 일
본 상민이 많이 거주하여 이미 소학교를 설립하고 아동으로 하
여금 일본 국내와 다르지 않게 취학하게 하였는데, 고등학교는
아직 설치하지 않았다. 그런 까닭으로 이번 해당 학교를 설립하
여 영학(英學), 한학(漢學) 및 일본학을 교습하고, 아울러 산술을
배우게 하는데 지금 생도가 모두 30여인이라 한다. 이상은 부산

에서 온 서신이다.)

－ 이상은 『한성순보』 제36호(1884.10.9.)

(1ㄱ)은 우리나라 최초의 학교로 일컬어지는 통변학교(동문학교)의 운영 방식을 보여주는 기사이다. 이에 따르면 교사는 영국인 할리팩스였으며, 교과목으로 '영어'와 '필산'이 있었음을 알 수 있다. (1ㄴ)은 1884년 10월 9일자 『한성순보』의 '국내사보(國內私報)'로, 이 시기 일본 육군성에서 한국에 어학도를 파견하였으며 그들에게 한국어를 가르쳐 졸업시험을 보았으며, (1ㄷ)은 부산항에 일본 상인들이 설립한 소학교의 교과목이 '영어, 중국어, 일본어, 산술' 등이었음을 밝히고 있다. 이처럼 이 시기의 교과는 학교 설립의 목적에 부합하는 교과를 두었다. 통변학교의 경우 통역을 위한 '영어'를 중심으로 하였으며, '서법'이나 '산술' 등이 부가되었다. 이와 같은 교과 설정은 개항 이후 일본 학제의 영향을 받은 것으로 볼 수 있는데, 이는 (1ㄴ, ㄷ)의 기사를 통해서도 짐작할 수 있다.[6] 박득준 (1989, 한마당 출판)에서 밝힌 바와 같이 원산학사나 육영공원의 교과도 마찬가지였다. 육영공원의 학과목은 '독서, 습자, 학해자법, 산학, 사소습산법, 지리, 학문법'을 기본으로 하고, 초학을 마친 사람에게는 '대산법, 각국 언어, 제반 학법첩경역각자, 격치만물(의학, 농리, 지지, 천문, 기기), 각국 역사, 정치(각국 사이의 제조약법 및 부국용병지술), 금수초목'을 가르쳤다.[7] 이러한 사실을 바탕으로 할 때,

---

6 박득준의 『조선근대교육사』에서는 '통변학교' 설립 과정에서 개화파인 김옥균이 절대적인 역할을 하였음을 밝혔다.

7 이에 대해서는 박득준(1989, 한마당: 31)을 참고하였음. 이 시기 내무부에서 교과 운영과 관련된 『학절목참작서』라는 문서를 만든 것으로 알려져 있다. 이에 대해서는 『고종실록』권23, 고종 23년 8월 1일의 기사를 참고할 수 있다.

개항 직후 설립된 각종 학교의 교과목은 학교에 따라 달랐으며, 개화파와 관련된 학교의 경우 개화에 필요한 언어 능력과 개화에 필요한 지식을 중심으로 하였고, 육영공원과 같은 정부 학교의 경우는 전통적인 성리학적 지식에 개화 지식을 가미한 교과를 운영했던 것으로 볼 수 있다.

2.2. 근대식 학제의 도입

우리나라에서 공식적으로 근대식 학제가 성립된 것은 1895년(개국 504년) 7월 19일에 '소학교령'을 공포하면서부터라고 할 수 있다. 이 시기 학제 도입 과정에 대해서는 박붕배(1987: 6~36)에서 비교적 상세하게 서술한 바 있는데, 이 책에서는 천주교 도입기인 1800년대 초기부터 1894년 갑오개혁까지를 '민간주도기', 갑오개혁으로부터 1905년까지를 '정부 주도기(전기)', 을사늑약 이후를 '정부 주도기(후기)'로 나누어 기술하였다. 특히 갑오개혁 이후의 정부 주도기에서 홍범 14조(1895.1.8.)의 반포와 국왕의 윤음(1895.1.9.), 교육입국조서(1895.2.2.) 등의 의미를 분석하고, 그 이후 공포된 '한성사범학교령'(1895.4.9.), '외국어학교 관제'(1895.5.10.), '성균관 경학과 규칙'(1895.8.12.), '소학교령'(1895.7.19.) 등의 학제 도입 과정을 구체적으로 설명하였다.

박붕배(1987)의 설명과 『구한국 관보』 등의 자료를 종합해 볼 때, 근대식 학제 도입에 필요한 관제 개혁, 사범교육, 소학교, 중학교 제도와 관련된 주요 법령을 정리하면 다음과 같다.

(2) 근대 계몽기 교육 관제 및 각급 학교 관련 법령

연대	해당 사항	발포일	형식	제목(내용)	출처	사용 언어
갑오 개혁 이후 1895 ~ 1905	서고문 칙령	1894.12.12.	宗廟 誓告文	十四條洪範誓告	官報 開國 503.12.12.	한, 국한, 국문
		1894.12.13.	綸音	서고문에 따른 윤음	官報 開國 503.12.13.	한, 국한, 국문
		1895.2.2.	詔勅	서고문에 따른 詔勅	官報 開國 504.2.2.	국한
	관제	1895.3.25.	勅令 46號	學部 官制	官報 開國 504.4.21.	한
		1895.4.25.		學部 分課規定		국한
	사범 교육	1895.4.16.	勅令 79號	漢城師範 學校官制	官報 開國 504.4.19.	국한
		1895.7.23.	學部令	漢城師範 學校 規則	官報 開國 504.7.24.	국한
	소학교	1895.7.19.	勅令 144號	小學校令	官報 開國 504.7.22.	국한
		1895.8.12.	學部令 3號	小學校校則 大綱	官報 開國 504.8.15.	국한
	중학교	1899.4.4.	勅令 11號	中學校官制	官報 第1228號	국한
		1900.9.3.	學部令 12號	中學校 規則	官報 第1673號	국한

(2)에서 근대 계몽기의 교육과정과 관련하여 주목할 것은 1895년 8월 12일 학부령으로 공포된 '소학교 교칙 대강'이다. '교칙(敎則)'은 가르칠 때 규범으로 삼아야 할 조항을 의미하는 것으로, '소학교 교칙 대강'은 '소학교령(小學校令)'의 제8조, 제9조에 설정한 교과목의 교육 목표와 내용을 구체화한 것이다. 다음을 살펴보자.

(3) 소학교령과 소학교 교칙 대강

ㄱ. 小學校令(칙령 제145호)

(前略)

第八條 小學校의 尋常科 敎科目은 修身 讀書 作文 習字 算術 體操로 홈

時宜에 依ᄒ야 體操를 除ᄒ며 또 本國地理 本國歷史 圖畵 外國語의 一科 혹은 數科를 加ᄒ고 女兒를 爲ᄒ야 裁縫을 加ᄒ믈 得홈

第九條 小學校 高等科의 敎科目은 修身 讀書 作文 習字 算術 本國地理 本國歷史 外國地理 外國歷史 理科 圖畵 體操로 ᄒ고 女兒를 爲ᄒ야 裁縫을 加홈

時宜로 外國語 一科를 加ᄒ며 또 外國地理 外國歷史 圖畵 一課 或 數科를 除ᄒ믈 得홈

第十條 第八條 第九條에 依ᄒ야 小學校의 敎科目을 加除ᄒ기는 其 監督者가 學部大臣의 許可를 受홈(下略)

ㄴ. 小學校 敎則大綱

(前略)

第二條 修身은 敎育에 關ᄒ 詔勅의 旨趣에 基ᄒ고 兒童의 良心을 啓導ᄒ야 其 德性을 涵養ᄒ며 人道를 實踐ᄒᄂ 方法을 授홈을 要旨로 홈

尋常科에ᄂ 孝悌 友愛 禮敬 仁慈 信實 義勇 恭儉 等 實踐ᄒᄂ 方法을 授ᄒ고 別로히 尊王愛國ᄒᄂ 士氣를 養홈을 務ᄒ고 또 臣民으로써 國家에 對ᄒᄂ 責務의 大要를 指示ᄒ고 兼ᄒ야 廉恥의 重홈을 知케 ᄒ고 兒童을 誘掖ᄒ야 風俗과 品位의 純正에 趨홈을 注意홈이 可홈

女學生은 別로히 貞淑흔 美德을 養케 홈이 可홈

修身을 授ㅎ는 時에는 近易흔 俚言과 嘉言과 善行 等을 例

證ㅎ야 勸戒를 示ㅎ고 敎員이 몸소 兒童의 模範이 되어 兒

童으로 ㅎ야곰 浸潤薰染케 홈을 要홈

第三條 讀書와 作文은 近으로 由ㅎ야 遠에 及ㅎ며 簡으로 由ㅎ야

繁에 就ㅎ는 方法에 依ㅎ고 몬져 普通의 言語와 日常須知

의 文字 文句 文法을 讀方과 意義를 知케 ㅎ고 適當흔 言

語와 字句를 用ㅎ야 正確히 思想을 表彰ㅎ는 能을 養ㅎ고

兼ㅎ야 知德을 啓發홈을 要旨로 홈

尋常科에는 近易適切흔 事物에 就ㅎ며 平易ㅎ게 談話ㅎ

고 其 言語를 練習ㅎ야 國文의 讀法 讀書 綴字을 知케 ㅎ

고 次第로 國文의 短文과 近易흔 漢文 交ㅎ는 文을 授ㅎ

고 漸進ㅎ기를 從ㅎ야 讀書 作文의 敎授時間을 分別ㅎ는

디 讀書는 國文과 近易흔 漢文 交ㅎ는 文과 日用書類 等

을 授홈이 可홈

讀書와 作文을 授ㅎ는 時에는 單語 短句 短文 等을 書取

케 ㅎ고 或 改作ㅎ야 國文使用法과 語句의 用法에 熟ㅎ게

홈이 可홈

讀本의 文法은 平易케 ㅎ야 普通國文의 模範됨을 要ㅎ는

故로 兒童이 理會ㅎ기 易ㅎ야 其 心情을 快活 純情케 홈

을 採홈이 可ㅎ고 쏘 其 事項은 修身 地理 歷史 理科 其他

日用生活에 必要ㅎ고 敎授에 趣味를 添ㅎ미 可홈

作文 讀書와 其他 敎科目에 授흔 事項과 兒童의 日常 見

聞흔 事項과 及 處世에 必要흔 事項을 記述호딕 行文이

平易ㅎ고 旨趣가 明瞭케 홈을 要홈

言語는 他敎科目의 敎授에도 항상 注意ᄒᆞ야 練習케 홈을
要홈

第四條 習字는 通常文字의 書ᄒᆞᄂᆞᆫ 法을 知케 ᄒᆞ고 運筆에 習熟케
홈을 要旨로 홈

尋常科에ᄂᆞᆫ 國文과 近易ᄒᆞᆫ 漢字를 交ᄒᆞᄂᆞᆫ 短句와 通常의 人
名 物名 地名 等의 日用文字와 及日用書類를 習케 홈이 可홈
高等科에ᄂᆞᆫ 前項의 事項을 確ᄒᆞ며 日常適切ᄒᆞᆫ 文字를 增加
ᄒᆞ고 坐 日用書類를 習케 홈이 可홈

漢字의 書體ᄂᆞᆫ 尋常科에ᄂᆞᆫ 楷書 혹 行書로 ᄒᆞ고 高等과에ᄂᆞᆫ
楷書 行書 草書로 홈

習字를 授ᄒᆞᄂᆞᆫ 時에ᄂᆞᆫ 別로히 姿勢를 定ᄒᆞ고 執筆과 運筆을
正케 ᄒᆞ야 字行은 正行히 ᄒᆞ며 運筆은 힘뼈 速케 홈을 要홈
他敎科目의 敎授에 文字를 書ᄒᆞᄂᆞᆫ 時에도 坐ᄒᆞᆫ 其 字形과
字行을 正ᄒᆞ게 홈을 要홈

第五條 筭術은 日用計筭에 習熟ᄒᆞ게 ᄒᆞ고 兼ᄒᆞ야 思想을 精密케 ᄒᆞ
고 坐ᄒᆞᆫ 生業上에 有益ᄒᆞᆫ 智識을 與홈을 要旨로 홈

尋常科에ᄂᆞᆫ 最初에ᄂᆞᆫ 十位 以下 數의 範圍內에 置ᄒᆞᄂᆞᆫ 計筭
法과 加減乘除를 授ᄒᆞ고 漸次로 數의 範圍를 擴ᄒᆞ야 萬以下
數의 範圍內에 置ᄒᆞᄂᆞᆫ 加減乘除와 通常小數의 計筭法을 授
홈이 可홈

初年으로붓터 漸次로 度量衡 貨幣와 時刻의 制를 授ᄒᆞ고 是
를 日用事物에 應用ᄒᆞ야 其計筭에 習熟케 홈이 可홈

尋常科에ᄂᆞᆫ 筆算과 珠算을 用ᄒᆞ고 坐 筆算珠算을 倂用홈은
土地의 情況이[依홈이 可홈

高等科에ᄂᆞᆫ 筆算珠算을 倂用호ᄃᆡ 珠算은 加減乘除를 練習

ㅎ고 筆算은 初에ㄴ 度量衡 貨幣와 時刻의 計算을 練習ㅎ게
ㅎ고 漸進ㅎㄴ듸로 簡易ㅎ 比例問題와 通常分數 小數ㄹ 併
ㅎ야 授ㅎ며 ㅼㅗ 學校의 修業年限에 應ㅎ고 다시 複雜ㅎ 比
例問題 等을 授홈이 可홈

筭術을 授홈이 理會力을 精密케 ㅎ고 運筭에 習熟ㅎ야 應用
에 自在ㅎ기ㄹ 務ㅎ고 ㅼㅗ 항상 正確ㅎ 言語ㄹ 用ㅎ야 運筭
의 方法과 理由ㄹ 說明케 ㅎ고 ㅼㅗ 暗筭에 熟達케 홈을 要홈

筭術의 問題ㄴ 他의 敎科目에서 授ㅎ 事項을 適用ㅎ고 ㅼㅗㄴ
土地의 情況을 斟酌ㅎ야 日常適切ㅎ 者ㄹ 擇홈이 可홈

第六條 本國地理及外國地理ㄴ 本國地理及外國地理의 大要ㄹ 授ㅎ
　　　야 其生活에 關ㅎㄴ 事項을 理解케 ㅎ고 兼ㅎ야 愛國ㅎㄴ
　　　精神을 養홈을 要旨로 홈

　　　敎科에 本國地理ㄹ 加ㅎㄴ 時에ㄴ 鄕土의 地形 方位 等과
　　　兒童의 日常 目擊ㅎㄴ 事物에 就ㅎ야 端緒ㄹ 開ㅎ고 漸進ㅎ
　　　ㄴ 듸로 本邦의 地形 氣候와 著名ㅎ 都會와 人民의 生業 等
　　　의 槪略을 授ㅎ고 地球의 形狀과 水陸의 分別과 其他 兒童
　　　의 理解ㅎ기 易ㅎ고 重要ㅎ 事項을 知케 홈이 可홈

　　　高等科에ㄴ 本國地理ㄴ 前項에 準ㅎ야 稍詳히 授ㅎ고 다시
　　　地球의 運動과 晝夜 四時의 原由ㄹ 解케 ㅎ고 外國地理ㄴ
　　　大洋大洲 五帶의 分別과 各大洲의 地形 氣候와 産物 人種
　　　과 及 日本 支那의 關係에 重要]ㅎ 諸國地理의 槪略을 授홈

　　　地理ㄹ 授홈이 實地의 觀察에 基ㅎ고 ㅼㅗ 地球儀와 地圖 寫
　　　眞 等을 示ㅎ고 兒童의 熟知ㅎㄴ 事로 比較ㅎ야 碻實ㅎ 智
　　　識을 得케 ㅎ고 ㅼㅗ 항상 歷史의 事實에 連絡케 홈을 要홈

第七條 本國歷史ㄴ 國體에 大要ㄹ 알게 ㅎ야 國民된 志操ㄹ 養홈을

要旨로 홈

教科에는 本國歷史를 加ᄒᆞᆫ 時에는 鄉土에 關ᄒᆞᄂ 史談으로붓터 始ᄒᆞ야 漸漸 建國의 體制와 贄君의 盛業과 忠良賢哲의 事蹟과 開國由來의 梗槪를 受ᄒᆞ야 國初로붓터 現時에 至ᄒᆞ기ᄭᆞ지 事歷의 大要를 知케 홈이 可홈

高等科에는 前項의 準ᄒᆞ야 稍詳히 國初로붓터 現時에 至ᄒᆞ기ᄭᆞ지 事歷을 授홈이 可홈

本國歷史를 授ᄒᆞ미 兒童으로 ᄒᆞ야곰 當時 實狀을 想像ᄒᆞ기 易홀 方法을 探ᄒᆞ고 人物의 言行 等에 就ᄒᆞ야ᄂ 是를 修身에 授혼 格言 等에 照ᄒᆞ야 正邪是非를 分辨케 홈을 要홈

第八條 理科ᄂ 通常의 天然物과 現想의 觀察을 精密케 ᄒᆞ고 人生에 對ᄒᆞᄂ 關係의 大要를 理會케 홈을 要旨로 홈

最初ᄂ 主ᄒᆞ기를 學校 所在地方에 植物 動物 鑛物 及 自然혼 現像에 就ᄒᆞ야 兒童이 目擊홈을 得ᄒᆞᄂ 事實을 授ᄒᆞ고 其中 重要혼 動植物의 形狀 及 生活發育ᄒᆞᄂ 狀態를 觀察케 ᄒᆞ야 其大要를 理會케 ᄒᆞ고 進ᄒᆞ야ᄂ 動植物과 人生에 對ᄒᆞᄂ 關係되ᄂ 것과 物理化學의 現像과 兒童의 目擊ᄒᆞᄂ 器械의 構造作用 等을 理解케 ᄒᆞ고 兼ᄒᆞ야 人身의 生理와 衛生의 大要를 授홈이 可홈

理科를 授ᄒᆞ미 實地의 觀察에 基ᄒᆞ고 或 標本模型圖畫 等을 示ᄒᆞ고 쏘 簡單혼 試驗을 施ᄒᆞ되 明瞭히 理解케 홈을 要홈

第九條 圖畫ᄂ 眼과 手를 鍊習ᄒᆞ야 通常의 形體를 看取ᄒᆞ고 正ᄒᆞ게 畫ᄒᆞᄂ 能을 養ᄒᆞ고 兼ᄒᆞ야 意匠을 練ᄒᆞ고 形體의 美를 辨知케 홈을 要旨로 홈

尋常科에 圖畫를 加ᄒᆞᄂ 時에는 直線 曲線 及 其單形으로붓

터 始ᄒ야 時時로 直線曲線에 基흔 諸形을 習ᄒ야 畵케 ᄒ고 漸進ᄒᄂᆫ 디로 簡單흔 形體를 畵케 홈이 可홈

高等科에ᄂᆫ 初에ᄂᆫ 前項에 準ᄒ고 漸進ᄒᄂᆫ 디로 諸般의 形體에 移ᄒ고 實物과 或 畵本에 就ᄒ야 畵케 ᄒ고 쏘 時時로 自己의 意思로쎠 立題케 ᄒ고 兼ᄒ야 簡單흔 用器物의 畵를 授홈이 可홈

圖畵를 授ᄒ미 他의 敎科目에 授흔 物體와 兒童의 日常 目擊ᄒᄂᆫ 物體中에 就ᄒ야 畵케 ᄒ고 兼ᄒ야 淸潔을 好ᄒ고 精密을 尙ᄒᄂᆫ 習慣을 養홈을 要홈

第十條 體操ᄂᆫ 身體의 成長을 均齊健剛케 ᄒ며 精神을 快活剛毅케 ᄒ고 兼ᄒ야 規律을 守ᄒᄂᆫ 習慣을 養홈을 要旨로 홈

最初에ᄂᆫ 適宜흔 遊戲를 ᄒ게 ᄒ고 漸次로 普通體操를 加ᄒ되 便宜흔 兵式體操의 一部를 授홈이 可홈

高等科에ᄂᆫ 兵式體操를 主ᄒ야 受홈

女學生에 授ᄒᄂᆫ 體操ᄂᆫ 適宜케 折衷홈

土地의 狀況에 依ᄒ야 體操敎授時間 外에도 適宜흔 戶外 運動을 ᄒ게 홈이 可홈

體操敎授에 依ᄒ야 習成흔 姿勢ᄂᆫ 항상 是를 保케 홈을 要홈

第十一條 裁縫은 眼과 手를 鍊習ᄒ야 通常衣服의 縫法과 裁法을 熟習케 홈을 要旨로 홈

尋常科의 敎科에 裁縫을 加흘 時ᄂᆫ 爲先 運針法을 授ᄒ고 漸次로 簡易흔 衣服의 縫法과 通常衣服의 補綴을 授홈이 可홈

高等科에ᄂᆫ 最初에ᄂᆫ 前項에 準ᄒ야 漸漸 通常衣服의 縫法과 裁法을 授홈이 可홈

裁縫의 品類ᄂᆫ 日常所用의 物品을 選拔ᄒ야 授흘 際에 用

具種類와 衣類保存과 洗濯方 等을 敎示ᄒ고 항상 節約 利
用의 習慣을 涵養홈을 要홈
第十二條 敎科에 外國語를 可홈은 將來 生活上에 其 知識의 緊要를
因홈이라 近易ᄒ 單語 短句 談話 文法 作文을 授ᄒ고 外國
語로뻐 簡易ᄒ 會話 及 通信 等을 解케 홈이 可홈
外國語를 授홈이 항샹 其 發音과 文法에 注意ᄒ고 正確ᄒ
國語를 用ᄒ야 義解케 홈을 要홈

'소학교 교칙 대강'은 모두 15조로 이루어져 있는데, (3ㄴ)에 소
개한 바와 같이 각 교과목의 교수 요지 및 교육 내용과 방법을 서
술하였다. 이에 대해 박붕배(1987: 41)에서는 '독서와 작문', '습자'
의 진술을 중심으로 국어과의 '취급 요령', '목표', '내용', '유의점'을
분석한 바 있다. 이에 따르면 교칙 대강의 교육과정은 학년 수준과
계열적 내용 체계가 정리되지 않았으나, '교과적 사명'과 '학습 요
소'에 대해서는 어느 정도 과학적인 인식을 하고 있음을 알 수 있
다. 그러나 '교칙 대강'의 교과 인식이 교과학을 전제로 한 것은 아
니었다. 이는 소학교 개교 이후 고시된 다음의 학부 고시를 통해서
도 확인된다.

(4) 學部告示 第四號

敎育은 開化의 本이라. 愛國의 心과 富强의 術이 皆學文으로붓터
生ᄒᄂ니 惟國의 文明은 學校의 盛衰에 係ᄒ지라. <u>今에 二十三府에
學校를 아즉 다 設始치 못ᄒ엿거니와 爲先 京城 內에 小學校를 壯洞
과 貞洞과 廟洞과 桂洞 四處에 設立ᄒ야 兒童을 敎育ᄒᄂ듸 貞洞뼈
外三處에 在ᄒ 學校 屋子가 狹隘ᄒ기로 壯洞은 梅洞 前觀象監으로</u>

廟洞은 前惠民署로 桂洞은 齋洞으로 移設ᄒ고 學徒를 八歲 以上으로 十五歲ᄭ지 增集ᄒ야 <u>其科程은 五倫行實로붓터 小學과 本國歷史와 地志와 國文과 筭術과 其他 外國歷史와 地志 等 時宜에 適用흔 書冊을 一切 敎授ᄒ야 虛文을 祛ᄒ고 實用을 尙ᄒ야 敎育을 務盡케 ᄒ노니</u> 夫 外國學校에 規程을 第念컨딘 兒童이 學校에 入學치 아니ᄒᄂ 者ᄂ 其父兄을 罰ᄒᄂ 例도 或 有흔지라. <u>本國에ᄂ 此項規程을 아즉 設擧치 못ᄒ엿스ᄂ</u> 兒童의 父兄되ᄂ 者ᄂ 其子弟를 帶同ᄒ고 本部에 來ᄒ야 許入狀을 受흔 後 學校에 赴ᄒ야 學業을 務修ᄒ되 或 懈惰ᄒ야 間斷ᄒᄂ 弊를 無케 홈을 望홈. 開國五百四年 九月 二十八日學部大臣 徐光範

　–『官報』第一百七十五號, 開國五百四年 九月 三十日(1895.9.30.)

　(4)에서는 소학교령 공포 이후 서울에 4개의 소학교가 개교하였으며, 이들 학교의 교과목과 교육과정이 '교칙 대강'을 엄격하게 따르고 있지 않았음을 드러낸다. 달리 말해 초기의 소학교에서는 교과 개념이나 교과서 개발이 미진하였으므로, 전통적인 소학 교육과 근대식 소학 교육이 복합된 형태로 진행되었다. '오륜행실'로부터 '소학', '본국 역사'와 '지지', '국문'과 '산술' 등의 교과목이 병행되었으며, 특정 교과서가 없는 상태에서 "시의에 적용한 서책을 일체 교수"하는 형태로 진행된 셈이다. 이러한 모습은 이 시기 학교와 관련된 신문 기사에서도 확인된다.

(5) 학제 도입 직후의 교과 관련 기사

ㄱ. 대묘동 사름들이 학부에 청원 ᄒ야 인가를 맛하 가지고 견슌청 뒤에다 쇼학과를 샤립 ᄒ야 어린 ᄋ희들을 모화 ᄀᄅ치려 ᄒᄂ

디 학도는 <u>칠셰 이샹으로 십오셰</u>싯지 쌉고 과정은 한문과 여러
가지 <u>글넑기와 글 짓기와 글즈 익히기와 산슐과 죠션 력스와 디
지로</u> 정 ᄒ고 혹 <u>수신 ᄒ기와 테죠 ᄒ기와 외국 말</u>도 ᄀᄅ치고 글
칙은 이 학교에서 쥐여 준다 ᄒ는디 빅호고져 ᄒ는 쟈는 셩명과
년셰와 거디를 자셔히 긔록 ᄒ여 음력 십이월 이십일안으로 본
학교에 모화 이달 이십 삼일노 긔학 ᄒ다 ᄒ엿스니 이 일노 밀우
여 볼진디 대묘동에셔 이 <u>샤립 쇼학교 주쟝 ᄒ는 사룸들</u>은 참 기
명 진보 ᄒ기에 크게 쥬의 ᄒ는 사룸들이라 인진를 교훅 ᄒ야 쟝
춧나라를 돕고 빅셩을 인도 ᄒ야 부국 강병홀 의취에 나어 가겟
스니 엇지 곰압지 아니 ᄒ리요 다른 사룸들도 다 이런 사룸의 본
을 밧으면 죠흘듯 ᄒ다고 ᄒ더라   -『독립신문』1897.1.28.

ㄴ. 평양 소학교에셔 론을 지어 학부로 보닉엿스미 학도 권면ᄒ는 훈
령과 시무에 맛당혼 셔칙을 좌와 ᄀᆺ치 나려보닉엿다더라 <u>공법회
통 두질 틱셔신스 국한문 다셧질 셔유견문 한권 즁일스략 열권
아라샤 스략 이십권 심샹소학 열질 대한국디도 두복 젹은 디구
그림 두복과 열흘 문제를</u> 쎠 보닉엿다더라.

            -『데국신문』제1권 70호, 광무2년(1898) 11월 2일

ㄷ. 學部에셔 平安南道 公立小學校에 訓令혼 草本을 左에 記ᄒ노라.

　　向日 接讀修身論 諸編에 入門이 頗正ᄒ니 足見 留心聖學에 爲
斯文幸이 多矣로다. 然이나 本部ㅣ 職司敎育에 玆 將學業大槩
ᄒ야 爲諸生誦之ᄒ노라. 夫幼而學之는 欲壯而行也라. 然則 立
說著書가 俱要實踐寔踏이오 不可但以空言無補而已라. <u>故로 泰
西諸國學校之制가 設有小學中學大學之等級ᄒ야 其年幼者는 先
入小學校而敎授之法이 極其淺近易曉ᄒ야 但求通文算並地球
史學等書ᄒ며 或兼 習他國言語文字ᄒ고 至十五歲以後則所習</u>

者ㅣ 天文 側算 格物 化學 重學 製造學 政治學 法律學 富國學
交涉學이오 並 傍通 動物 植物 金石 繪畵 音樂 農商礦工 等 各
學ᄒ야 學成則 升大學校ᄒ니 其所學은 與 中學校로 大略 相同
而工之淺深이 特相異ᄒ고 惟是精益求精ᄒ야 期臻絶頂ᄒᄂ니
所以此學이 一經卒業ᄒ면 卽可以出則事君澤民에 邦國이 安於
磐石ᄒ고 入則理産居富에 家産이 飽于樂歲ᄒ야 國日以强ᄒ고
民日以饒ᄒ니 若觀西國近史ᄒ면 其梗槪를 可一目瞭然이거늘
我國則不然ᄒ야 爲士者ㅣ 徒尙虛文ᄒ야 自幼至老에 所讀者ᄂ
不過 四書三經 及 漢唐史記而已오 所知者ᄂ 詩賦表策이라. 及
其臨事決謀에 動稱聖賢而實則胸無主宰ᄒ야 東西를 不辨ᄒ니
若曰天下形勢와 國家盛衰ᄂ 不但分毫莫曉이라. 並妄作妄行에
觸處錯誤ᄒ야 國民이 危如累卵而視若秦越ᄒ고 父母가 貧至凍
餒而漠無活計ᄒ되 尙欲强詞奪理ᄒ야 自稱讀書之道라 ᄒ니 何
不思之甚也오. 大抵推原其故ᄒ면 不過徒能讀古書ᄒ고 不知達
變通權故耳라. 然則處今之世ᄒ야 欲行今之道ㅣ딘 不如一變舊
習ᄒ고 以就新法而已라. 其變之之法이 維何오. 曰 我國習尙風
俗이 其來古矣니 欲令一朝에 改從他轍이면 不亦憂憂乎難哉아.
然이나 若果欲變之ㅣ딘 亦不難也라. 今泰西各國之富强이 超出
遠古而究其實則百餘年前 其國之榛狉蠻荒이 有不堪言狀而幸
名人達士ㅣ 苦心孤詣ᄒ고 窮理盡心ᄒ야 方有今日ᄒ니 所以開
化之久云者ᄂ 不過四五十年이오 其近者則乃數三十年이라. 由
此觀之면 如彼者ㅣ 尙能驟進如此여든 況我國은 異於是ᄒ야 四
千年來箕聖之化ㅣ 尙有遺存ᄒ고 及至我朝ᄒ야 尤復講而明之
ᄒ야 文學 政治가 超越百國에 足爲世界矜式이오 惟向來閉關自
守에 拘於見聞ᄒ야 不能達觀時變이니 此則不爲之過오 非不能

也며 若其人物之秀傑則 乙支文德은 以孤軍으로 殲隋帝二百萬
衆ᄒ고 李舜臣은 以輕舸數百으로 破秀吉狼貪之師ᄒ며 此外에
高尙如崔致遠과 經濟如黃喜와 賢如李齊賢 姜邯贊 金庾信과 忠
如鄭夢周 成三問 義如三學士 林敬業 諸公은 皆天下之英豪而求
之世界萬國ᄒ야도 罕有其人ᄒ며 又若其山川則處在亞洲樞要之
地라. 試觀甲午戰爭ᄒ라. 東學之初期論者ㅣ 擧曰 此是國內小
亂이라 無足爲外國重輕이라 ᄒ더니 豈料寮起于我而淸日이 相
關ᄒ야 淸則一敗塗地ᄒ고 日亦無所利焉ᄒ며 此外에 英俄法德
奧意諸大國이 鐵艦水雷가 霧聚雲集于海上ᄒ야 莫不瞠目該心
에 殺氣ᄂ 達于宵漢ᄒ고 羽檄은 遍于地球ᄒ야 皆欲伺寮先發ᄒ
며 制人死命而已라. 若不幸而事至滋蔓이런들 擧萬國而將大亂
也리니

　然則 我邦之關係于天下가 豈不大哉아. 夫以如此之國으로 人
物이 爲天下最ᄒ고 山川이 又據要衝ᄒ야 若及今大修德政ᄒ야
以致富强則雖不能朝諸戎而有天下라도　儼然强國氣象이　當與
歐亞諸邦으로 相伯仲ᄒ리니 豈不偉哉아. 然而富强之道ᄂ 寔係
于整頓國政이오 整頓國政은 莫急於學校而又尤在於實心做實學
ᄒ야 期與各西國으로 並駕齊驅ᄒ야 建萬世不拔之基ᄒ고 立五
洲獨立之業이니 此豈非諸生之責而本部之望諸生者豈淺尠哉아.
然이 今觀諸生論說諸篇ᄒ니 言固可觀而但襲古人皮毛ᄒ야 粉
飾外樣ᄒ고 絶無實用工程ᄒ니 此可謂近來迂儒緖餘라. 旣無補
於當世ᄒ고 又無益於身家ᄒ며 且工法이 如出一口ᄒ야 甲乙兩
班이 雖少有工拙之分而或借手成章ᄒ며 代筆寫冊ᄒ야 其中執
眞執贗을 莫可明辨ᄒ야 恰如場屋中擧子十數輩가 俱曰 應試나
實則寫手巨擘兩人이 作之書之而已오 脫令無借無代ᄒ고 親書

親作이라도 如此尋章摘句之習을 烏可長也리오. 現今 更張之餘
에 又踏此轍則非但虛實相蒙ᄒ야 眞才를 難以復見일 쑨더러 將
年少後生이 習慣成俗ᄒ야 無以獎拔其志氣오 恐徒成懶惰之風
ᄒ리니 豈不慨然가. 現今 本部諸般이 猶屬草創ᄒ야 敎科等書
를 全不備라. 兹先將 <u>公法會通 二秩 泰西新史國漢文 各五秩, 西
遊見聞 一冊, 中日略史 十冊, 俄國略史 二十冊, 尋常小學 十秩,
大韓圖 二幅, 小地球圖 五幅</u>을 齎送ᄒ야 以便習讀而其法則隨
其年才差等ᄒ야 授以冊子難易ᄒ고 <u>並寄問題十數條ᄒ야 使諸
生으로 訓令到付後限 三個月准九十日內에 逐條著論送部ᄒ야
俾作刮目之資ᄒ며 既不許倩人作寫</u>ᄒ고 且不必强意全用漢文ᄒ
며 其以國漢文交用이 實爲可合而其全用國文도 亦無不可ᄒ야
惟任其意興所到에 暢達意見ᄒ라. 盖本部敎導之職이 全在於發
達進步ᄒ야 使人智見이 日開ᄒ며 其於文章之浮華와 虛飾之外
套ᄂ 不但不欲勸勉이라. 並當禁而戒之ᄒ야 以至實事求是ᄒ야
使國家로 轉弱爲强ᄒ고 民習이 回詐返淳이니 凡在校諸生은 務
遵此訓ᄒ야 毋負本部期望之心이 可也라.

−『皇城新聞』光武二年(1898) 十一月 四日~五日

(5ㄱ)은 1897년 당시의 사립 소학교의 모습을 보도한 기사이다.
이 기사에서 확인할 수 있듯이, 소학교령 공포 이후에도 각 지역
의 소학교 설립이 충분하지 않았으므로, 지역 유지가에 의해 설립
된 소학교의 경우 일정한 교육과정이 존재하지 않았다. 이는 '소학
교 교칙 대강'이 모든 학교에 일률적으로 적용되지 않았음을 의미
하며, 따라서 각 지역의 사정 및 필요에 의해 교과목이 운용되었
을 가능성이 높음을 의미한다. 이러한 사정은 관립이나 공립 소학

교의 경우도 비슷했던 것으로 보이는데, (5ㄴ, ㄷ)은 1898년 11월 학부에서 평양의 공립 소학교에 교과서와 함께 보낸 훈령이다. 이 훈령에서는 태서 각국의 학제와 교과 운용에 비해 우리의 실정이 그에 미치지 못하므로, 공법회통(公法會通) 2질, 태서신사국한문(泰西新史國漢文) 각 5질, 서유견문(西遊見聞) 1책, 중일약사(中日略史) 10책, 아국약사(俄國略史) 20책, 심상소학(尋常小學) 10질, 대한도(大韓圖) 2폭, 소지구도(小地球圖) 5폭을 보내면서 가르쳐야 할 내용을 문제로 만들어 보냈음을 알 수 있다. 이는 이 시기의 교과 운용이 '교칙 대강'을 엄격하게 지킬 수 있는 상황이 아니었음을 보여준다.

이러한 사정은 소학교령과 교칙 대강이 공포될 시점의 교육 상황과도 무관하지 않다. 달리 말해 갑오개혁 이전의 학교 교육은 정부 주도하에 발전한 것이 아니라 서구의 교육 사상이 도입되면서 민간 주도로 이루어졌으며, 갑오개혁기의 학제 도입 과정에서도 교육과정 개발이 충분하지 않은 상황이었음을 의미한다. 이 점에서 이해명(1991)에서는 '개화기 교육과정 개발 단계'를 세 단계로 나누어 기술한 바 있는데, 1880년대부터 1894년까지를 '교육 사상 도입기', 1895년부터 1905년까지를 '교육 제도 개편기', 1906년부터 1910년까지를 '교육과정 개발기'로 나누었다. 특히 '교육 사상 도입기'의 교육과정은 학년과 학년, 학교급의 교육 내용 구분이 없었는데[8], 이는 교육과정의 개념이 체계화되지 않았음을 의미한다. 이러한 경향은 교육 제도가 개편된 이후에도 어느 정도까지는 지

---

[8] 이해명(1991)에서는 '교육 사상 도입기'의 경우 '실용 중심의 신교육 이념'이 중시되었고, 따라서 학년과 학년 사이, 초등과 중등 사이의 학습 내용 구분이 없었던 점이 특징이라고 하였다.

속된 것으로 보이는데, 다음은 이를 증명한다.

(6) 소학교와 고등 소학교의 혼란

ㄱ. 이달 십일일 교동 고등 쇼학교에셔 슈하동 관립 쇼학교 학도 열
   두명을 밧아 드린즉 고등 학도 삼십여명이 말 ᄒ되 우리 고등 학
   도가 엇지 쇼학교 학도와 등급이 ᄀ흐랴 ᄒ고 일졔히 학교에셔
   물너 갓다더라   -『독립신문』 1897.1.14.

ㄴ. 젼일에 슈하동 쇼학교 학도 십여인을 교동 고등 쇼학교에셔 밧아
   드린다 ᄒ여 고등 학도 이십여인이 일졔히 퇴학 ᄒ엿다가 그 교원
   이 츄후로 효유 ᄒ야 모든 학도를 불은즉 학도들이 쇼원딕로 ᄒ여
   줄가 알고 도로 학교에 들어 간즉 교원 리교승씨가 학도들을 낫낫
   치 달쵸 삼도식시벌 ᄒ더니 나죵에ᄂ 교원이 스스로 것고 셔며 모
   든 학도들을 딕 ᄒ야 말 ᄒ기를 내가 교원이 되야 학도들을 잘 ᄀ
   ᄅ치지 못ᄒ 벌이 잇스니 또ᄒ 달쵸 ᄒ여 달나 ᄒ나 어느 학도가
   감히 교원을 치리요 리교승씨가 학부에 청원셔를 ᄒ다더라.

                                            -『독립신문』 1897.1.23.

(6ㄱ, ㄴ)은 1897년 당시 고등소학교에 소학교 학생을 수용하도록
한 데서 발생한 사건을 보도한 기사이다. 소학교령에서는 심상과와
고등과를 구분하고 있으나[9] 실제로 심상과와 고등과를 엄격하게 구

---

9 소학교령 제8조에서는 "小學校의 尋常科 敎科目은 修身 讀書 作文 習字 算術 體操
로 홈. 時宜에 依ᄒ야 體操를 除ᄒ며 또 本國地理 本國歷史 圖畵 外國語의 一科 혹
은 數科를 加ᄒ고 女兒를 爲ᄒ야 裁縫을 加홈믈 得홈."이라고 규정하였고, 제9조에
서는 "小學校 高等科의 敎科目은 修身 讀書 作文 習字 算術 本國地理 本國歷史 外
國地理 外國歷史 理科 圖畵 體操로 ᄒ고 女兒를 爲ᄒ야 裁縫을 加홈. 時宜로 外國語
一科를 加ᄒ며 또 外國地理 外國歷史 圖畵 一課 或 數科를 除홈믈 得홈."이라고 규
정하였다.

분하여 운용하지 못했음을 의미한다. 이뿐만 아니라 학제 적용의 범위에서 내국인과 외국인(특히 일본인)의 구분이 모호했으며, 사립학교의 경우 초등과 중등의 구분이 없었다.[10] 다음을 살펴보자.

(7) 외국인의 소학교 운영

ㄱ. 지금 세계 각국에서 모다 학문을 슝상ᄒᄂᆫ 것은 말ᄒ기를 기듸리지 안코도 가히 짐작ᄒ거니와 어느 나라이던지 개명ᄒᆫ 나라와 개명치 못ᄒᆫ 나라에 학교 정황을 슬피건듸 그 나라 인민이 학교에 만이 다니고 젹게 다니ᄂᆫ 것을 보면 즈연 짐작ᄒᆯ 것이라. <u>지금 우리나라 인구 보고 공ᄉ립학교 학도를 샹고ᄒ여 보건듸 지금 도성 ᄂᆡ로 말ᄒ더ᄅᆡ도 이십만 인구에 학도가 불과 쳔여명이 지나지 못ᄒ즉 이빅분지 일이 될낙말낙ᄒ니</u> 학문을 비홀 ᄋ히들이 업셔셔 그런 것도 아니오 글 비홀 학교가 업셔셔 그런 것도 아니오 다만 그 부형되ᄂᆫ 사ᄅᆷ들에 학문이 부죡ᄒ야 그 즈뎨들을 무식ᄒ고 어듭도록 만들 뿐만 아니라 나라을 ᄉ랑ᄒᄂᆫ 마음이 부죡ᄒᆫ 연고이라. ᄆᆡ양 한탄ᄒ기를 마지 안ᄂᆫ 바이어니와 남의 일을 본즉 더구나 경탄홈을 익의지 못ᄒ러로다. <u>대뎌 인쳔항구의 일본 거류민의 슈효가 이쳔여명에 지나지 못ᄒ거늘 일젼에 인쳔항구 일인의 공립소학교 학도를 시험ᄒ엿ᄂᆫ듸 그 학원 즁 슈험싱과 급뎨싱의 슈</u>

---

10 학부에서 사립학교와 관련하여 규칙을 제정한 것은 1900년 4월 전후로 보인다. 이에 대해 『뎨국신문』 1900년 4월 14일자에서는 "학부에셔 각쳐 ᄉ립학교 규측 여섯 가지를 만들어 각 ᄉ립학교 교쟝되ᄂᆫ 안영상 신퇴규 량씨에게 지령ᄒ엿ᄂᆫ대 자와 갓다더라. 일은 각쳐 소학교 학원을 삼십인 이상으로 모집ᄒ야 갈ᄋ칠 일이오, 일은 각 항 과뎡은 관립학교 규측을 의지홀 일이오, 일은 ᄆᆡ월 월즁에 학원 슈효를 됴샤 홀 일이오, 일은 ᄉ계삭에 학업을 시험홀 일이오, 일은 각항 ᄉ건을 교장이 판단ᄒ 고 학부로 직접ᄒ지 못홀 일이오, 일은 교ᄉ가 퇴만ᄒ거든 교장과 학무국장이 그 경즁을 ᄯ라셔 면칙도 ᄒ고 시벌도 홀 일이라."라고 보도하였다.

효가 통합ᄒ야 류빅이십인이니 그 거류민 슈효보고 그 학도보면 사ᄅᆞᆷ 셰명에 학도가 일명식이 되엿스니 그리ᄒ고 본즉 그 인민이 엇지ᄒ야 학문이 늘지 아니ᄒ며 엇지ᄒ야 지식이 늘지 안이ᄒ며 그 학문과 그 지식이 그럿케 늘 지경이니 엇지ᄒ야 그 나라이 부강치 아니ᄒ리오. 나라의 강약셩쇠가 인민이 학교에 만이 다니고 젹게 다니는 듸 잇고그 인민의 ᄌᆞ뎨들을 ᄉᆞ랑ᄒ고 미워ᄒ는 것이 그 ᄌᆞ뎨들을 학교에 만이 보뇌고 젹게 보뇌는듸 잇는 줄노 밋노라.

–『뎨국신문』광무4년(1900) 12월 27일

ㄴ. 사ᄅᆞᆷ이 무삼 일을 경영ᄒ던지 당쟝에는 젹은 일이라도 불가불 쟝원ᄒᆫ 렴녀가 업슬 슈 업는듸 홈을며 나라를 위ᄒ야 영원무궁ᄒᆫ 복록을 누리고져 ᄒ는 크고 큰 일이야 닐너 무엇ᄒ리오. 가량 학교로 말ᄒᆞᆯ 지경이면 인ᄌᆡ를 교육ᄒ야 나라에 동량보필도 될여니와 사ᄅᆞᆷ마다 그 긔지를 변화ᄒ야 악ᄒᆫ 사ᄅᆞᆷ의 셩품이 착ᄒ게도 되고 어리셕은 사ᄅᆞᆷ이 슬긔롭게도 되고 약ᄒ던 사ᄅᆞᆷ이 강건ᄒ게도 되며 나틔ᄒ던 사ᄅᆞᆷ이 근실ᄒ게도 되나니 그 허다ᄒᆫ 효력을 리로 말ᄒᆞᆯ 슈 업거니와 첫지 사ᄅᆞᆷ이 학문이 업고는 셰샹에 무삼 일이 되는 슈가 업나니 그런즉 그럿케 크고 쟝대ᄒᆫ 일을 갈ᄋᆞ치는 사ᄅᆞᆷ이나 빈호는 사ᄅᆞᆷ이 엇지 쟝구ᄒᆫ 렴려가 업시 ᄒ로잇흘 일노 알고 범연이 녁이는 것이 가ᄒ리오. 우리나라에 공ᄉᆞ립 학교가 젹지안어 인ᄌᆡ를 교육ᄒ는 일이 미샹불 크고 쟝구한 경영이 아님이 아니로듸 근일 각 학교 형편을 슬펴보건듸 ᄀᆞᆯᄋᆞ치는 사ᄅᆞᆷ들은 다만 벼슬에나 월급에 미여셔 빙빙 과거ᄒ는 일이 단코 빈호는 ᄉᆞ람들은 크고 깁흔 학문을 빈화 일후에 크게 쓸 싱각은 일호도 업고 다만 한두달 이삼년에 효험볼 경영뿐이니 사ᄅᆞᆷ마다 그 모양으로 싱각ᄒᆞᆫ즉 나라에 학문 잇는 사ᄅᆞᆷ은 한나도 업고 무식하

고 어리셕은 사름만 만흔즉 무삼 슬긔와 무삼 학력으로 나라이 부강하며 무삼 슈단으로 남의 나라 슈치와 압제를 면ᄒ리오. 지금 세계 지금 세계 각국에셔 교육에 힘쓰는 것은 말하지 안어도 사름마다 가히 짐작하려니와 비단 그 나라 안에셔만 교육에 힘쓸 쑨 아니라 해외 교육이라고 남의 나라신지 가셔 외국 사름들을 글ᄋ치기에 열심하야 각쳐에 학교를 셜시하고 아모죠록 글ᄋ쳐 주기로 ᄒ나니 어리셕은 소견으로 보게드면 그 ᄯ듥을 알 슈가 업슬 듯ᄒ되 그 실샹을 궁구ᄒ야 보게드면 그도 ᄯᅩ흔 리익의 큰 것이라. 외국 사름을 교육ᄒ야 무엇이 ᄌ긔나라에 유조ᄒ리오만은 타국에 가셔 첫지 쟝ᄉᄒ는 권리를 엇는 것이 리익이오 둘지 교육ᄒᆞ는 권리를 엇는 것이 리익이라. 샹권의 리익은 이무가론이어니와 교육권을 엇게드면 그 나라 사름의 감정이 샹ᄒ지 아니ᄒ고 ᄌ연 권리가 도라오나니 그것이 ᄯᅩ흔 리익이라. 그런고로 지금 일로 보더리도 미국 사름은 교회를 쥬쟝ᄒ야 우리나라 각쳐에 학교를 비셜ᄒ고 일본셔는 일어를 글ᄋ치기로 각쳐에 학교를 셜립한 것이 십여 쳐인되 사름마다 그 학교에셔 교육을 밧게드면 불가불 그 교ᄉ나 그 나라 사름과 ᄌ연즁 감정이 될 것은 필연한 리치라. 이제 외국인의 해외교육에 열심한는 일을 의론하건되 일변 싱각ᄒ면 한심흠을 익의지 못홀 터이나 일변 싱각ᄒ면 그 ᄯᅳᆺ이 깁고 멀고 넓으기가 한량이 업기로 대강 말하거니와 명동 경성학당을 일본사름의 해외 교육회 학교인되 여러해 전부터 본국 사름을 교육하기로 ᄌ본을 구쳐하야 학당장과 교두와 여러 교ᄉ의 월급을 주고 학원의 지필묵을 비급하며 열심으로 교육ᄒ미 본국 공ᄉ립 학교에는 학원들이 적어셔 심지어 미일 샹학ᄒ는 학원의 슈호가 불과 일이명신지 되는 되가 잇셔도 그 학당에는 학원이 날노 늘어셔 나죵에는 학원을 모다 퇴하기신지 하얏스니 그 일노 보다리도 그 신둙을 가히 짐작홀 것이어니와 지금 학당쟝 도뢰샹길 씨는 일본 교육가의 유명흔 사름인되 그 학당을 더 확쟝하기를 경영하는되 미양 일본 사름이 말하기를 그럿케 크게 확쟝홀 것이 업는 것이 죠션 사름은 깁고 큰 학문 비홀 싱각은 한 명도 업고 다만 말마되나 비호게 드면 그만이오 탕건개 쓰면 학문을 전폐하나니 그렁뎌렁 지니는 것이 됴타는 공론이 잇거늘 도뢰샹길 씨는 자탄하고 말하기를 그럿치 안은 것이 학교를 확쟝하야 굴으치기를 만이만 하게 드면 빅명에 하나이던지 이빅명에 한 명은 필경 깁흔 학문 비호는 사름이 잇슬 터이니 그렇케 하기를 마지 아니하면 그 빅명이나 이빅명 즁 한 명이 교육에 열심하야 쏘 멋빅명을 교육하야 그럿케 한나식 둘식 늘게드면 전국에 학문 비홀 사름이 졈졈 만어질 터이오 지금 학문에 열심 안 하는 것은 죠션에 교육가가 업셔 인도하기를 잘흐지 못흐는 신둙이라 하고 이에 경성학당 확쟝홀 방침을 예찬흐얏는되 즈본금은 이빅만원 가량으로 긔한은 삼십년으로 작뎡흐야 우션 토디를 사셔 농업학 과를 셜시흐고 유지한 니들을 모아 농업 실디 학문을 굴으친 후 에 계셔 졸업흔 사름으로 교스들을 식혀셔 곳마다 지학교를 셜시 흐게 하되 그 교스의 월급은 십오원식 작뎡흐되 뎐토를 사셔 소 츌을 것어먹게 하되 만일 곳마다 학교를 셜시치 못홀 디경이면 졸업싱 즁 교육에 열심흐는 사름을 퇴하야 각쳐로 파송하야 뎐교 하기를 교인 젼도하웃키 농학칙이던지 셩업칙이던지 가지고 다 니며 사름 모인 곳이면 어되던지 그 칙을 가지고 연셜하야 아모 죠록 인민이 열니도록 힘쓰기로 작뎡하고 도뢰 씨가 월젼에 일본 에 가셔 큰 교육가들을 보고 말흐미 모다 됴흔 복덕이라 하고 방

장 보조금을 구취하는듸 게칙이 틀니지 안을 모양이라고 한다 하
니 엇지 놀납고 붓그럽고 한심치 안으리오. 쯧잇는 쟈ㅣ 일을 맛
참늬 닐운다 ᄒ니 사룸이 무삼 일을 경영ᄒ던지 그런 심모원려가
잇슨 후에야 비단 즈긔일만 셩취가 될 쑨 아니라 나라 일이 날노
열녀갈진뎌.　　　　　　－『뎨국신문』광무5년(1901) 6월 27일 '論說'

(6ㄱ)은 1900년 당시의 인천 소재 일본인 소학교 학원수가 나타
나며, (6ㄴ)은 1901년 경성학당 확장 계획이 상세하게 드러난다.
이 두 기사에 나타난 바와 같이, 이 시기 소학교는 내국인뿐만 아니
라 외국인에 의해 운영되는 경우도 많았으며, 이들이 운영한 소학
교의 교과가 '교칙 대강'의 원칙을 준수했던 것으로 보이지는 않는
다. 이는 사립학교도 마찬가지인데, 선교사들이 운영했던 배재학
당, 경신학교, 이화학당, 정신학교 등의 교육과정은 신학문과 구학
문이 섞여 있었다.[11] 이처럼 학제 도입기의 교과 운용은 학제에 따
라 운영되는 관립·공립학교뿐만 아니라 선교사나 일본인이 설립

---

11 이해명(1991: 140~144, 괄호 안의 숫자는 해당 연도)에 나타난 배재학당의 교육과
정은 '영어, 지리, 산수, 맹자, 물리, 화학(1889)'을 기본으로 '실기, 음악, 미술, 특별
활동'과 관련된 학칙을 제정하였으며(1890), 이화학당은 '영어(1886), 언문(읽기,
쓰기, 작문), 생리(1898), 반절, 한문, 영어, 수학, 역사, 지리, 과학, 음악(1892), 체조
(1893), 재봉, 자수(1896)' 등의 교과를 두었다. 경신학교는 '한문, 영어, 성경, 오락,
습자(1890), 체조, 작문, 문법, 독서, 철자법, 산수, 역사, 받아쓰기, 작문, 번역, 필
기, 지리(1891)', 정신학교는 '언문, 한문, 성경, 산수(1887), 성경, 한문, 역사, 지리,
산수, 미술, 습자, 체조, 음악, 가사, 침공, 생리(1890)'를 교육과정으로 하였다. 이들
학교의 교과 과정은 신문에 광고되기도 하였는데, 예를 들어 『미일신문』1898년 9
월 14일자 광고에는 배재학당의 개학 광고가 실려 있다. 이 광고에는 "비진학당 기
학 광고 = 본 학당에셔 본월 이십일(음력 팔월 초오일)에 기학ᄒ는듸 셔국 교ᄉ가
이인이오 부교ᄉ가 ᄉ인이오 한문 교ᄉ가 이인이라 영문 한문 국문 디지 력ᄉ 산
학과 외타 졔종 학문을 ᄀ르칠 터이니 다들 와셔 공부ᄒ시오. 광무 이년 구월 십ᄉ
일 비진학당 총교ᄉ 아편셜라."라고 하여, 이 학교에서 주로 가르치는 과목이 무엇
인지를 알 수 있다.

한 경우도 많기 때문에 통일성을 보이지 않는다. 선교사들의 학교에서는 '성경'을 기본 교과에 포함하였으며, 일본인이 설립한 학교에서는 '일본어'를 포함하였다.[12]

2.3. 중학교 관제와 교육과정 문제

근대 계몽기의 교육과정에서 초등과 중등의 학교급 분화는 1899년 4월 6일 중학교 관제가 공포되면서 조금씩 변화를 보이기 시작한다. 이 관제에서는 "實業에 就코져 ᄒᆞᄂᆞᆫ 人民에게 正德利用厚生ᄒᆞᄂᆞᆫ 中學校育을 普通으로 敎授ᄒᆞᄂᆞᆫ 處로 定홈이라."(제1조)라고 하여, 중학교가 실업 교육을 목표로 하였음을 밝혔다. 이 관제 공포 후 발표된 '중학교 규칙'(1899.9.7.) 제2관에서는 '학과 급 정도'를 다음과 같이 규정하였다.

(8) 第二款 學科 及 程度

第一條 中學校 尋常科의 學科ᄂᆞᆫ 倫理 讀書 作文 歷史地誌 算術 經

---

12 현재까지 근대 계몽기 일본인에 의해 설립된 학교를 대상으로 한 연구 성과는 보이지 않는다. 그러나 개항 이후 일본 외무성이나 육군성에서 일본인을 조선에 파견한 사례가 수차례 있었고, 부산이나 인천 등의 상업 지역에서 일본 거류민이 설립한 학교가 다수 있었다. 예를 들어『독립신문』1896년 4월 25일자의 "회동에 한성학당은 일본 사름이 스셜한 학교라 학도 오십여명을 모하 멋늘젼에브터 기학 ᄒᆞ엿난듸 일본국문을 몬져 ᄀᆞ라치고 지필묵을 다각기 논하 쥰다더라."라는 기사나 『협성회보』1898년 2월 12일자의 "이월 이일에 경성학당 학원들과 교동 스범학교 즙목회 회원들과 공동 소학교 기연회 회원들이 경성학당에 모혀 ᄒᆞᆫ 회를 셜립ᄒᆞ고 회면은 광무회라 ᄒᆞ엿다더니 초륙일은 곳 일요일이라 회원들이 다시 모혀 문명 기화ᄒᆞ라면 신을 직히ᄂᆞᆫ 것이 가ᄒᆞ다ᄂᆞᆫ 문뎨를 가지고 토론ᄒᆞ엿시며 또 십삼일 오젼 열시에 다시 모힐 터인듸 독립신문샤쟝 제손 씨와 젼 협판 윤치호 씨를 쳥ᄒᆞ엿다 ᄒᆞ니 우리는 그런 회들이 국즁에 만히 싱기여 어두운 빅셩들을 열니게 ᄒᆞ기를 깁히 브라노라."와 같은 기사는 일본인 설립 학교의 활동 사항을 보여준다.

濟 博物 物理 化學 圖畵 外國語 體操로 定흠이라

第二條 中學校 高等科의 學科ᄂ 讀書 算術 經濟 博物 物理 化學 法

律 政治 工業 農業 商業 醫學 測量 體操로 定흠이라

但 時宜에 依ᄒ야 前項 第一條 第二條 各科 或 一二科目을

增減도 흠이라

第三條 尋常高等 各學科에 必要흔 機械와 物品을 購置ᄒ야 實地見

習케 흠이라

第四條 學科의 敎授時間은 體操와 實習 時間을 除ᄒ고 每日 五時間

으로 定ᄒ딗 短晷를 隨ᄒ야 推移改定흠이라

(8)에 따르면 중학교는 심상과와 고등과로 구분하였으며, 심상과
는 '윤리, 독서, 작문, 역사·지지, 산술, 경제, 박물, 물리, 화학, 도
화, 외국어, 체조'를 교과로 정했으며, 고등과는 '독서, 산술, 경제,
박물, 물리, 화학, 법률, 정치, 공업, 농업, 상업, 의학, 측량, 체조'를
교과로 하였다. 그러나 중학교 관제 공포와 동시에 이들 교과가 자
연스럽게 운용된 것으로 보이지는 않는다. 다음을 살펴보자.

(9) 論中學校課程

我國에 學校를 廣設ᄒ야 敎育을 實施흔다 ᄒ야도 尋常 普通科에
不過흔 小學校와 師範學校 幾處而已러니 聖化ㅣ 隆洽ᄒ시고 治敎
ㅣ 休明ᄒ샤 中學校를 命設ᄒ실ᄉᆝ 巨額의 國金을 消費ᄒ며 宏暢흔
黌宇를 建築ᄒ고 通明흔 敎師를 簡拔ᄒ며 聰雋흔 吉士를 敎授흠이
需時匡世之器를 陶鎔ᄒ야 春風生輝之化를 報答ᄒ기를 全國이 願望
ᄒ나니 其作人의 效ᄂ 敎育之方에 在흠이어늘 近日 敎育ᄒᄂ 課程
을 槪聞흔즉 現習 地志로 論ᄒ건ᄃᆡ 論水則激浪奔波가 飜銀簸雪이

니 紅蓼碧波에 游鷗(유구)가 往來ᄒ나니 論山則曰 棧畔悲風(잔반비풍)이 虛嘯와 如ᄒ며 峽間古木은 龍蟠(용반)과 彷佛이라 ᄒ는 全篇 文意가 演稗句法이라 其 文彩를 可取언뎡 地志라 ᄒ기는 不可ᄒ며 一次 閱覽은 可ᄒ지언뎡 課程이라 ᄒ기는 不可ᄒ 것이 一也오, 物理 經濟로 論ᄒ건듸 飜譯ᄒ 冊子를 面面에 攤開(탄개)홈이 現無ᄒ고 外國 敎師가 心傳口授ᄒ며 提耳面命홈을 雖爲努力이나 言語를 不 通ᄒ는 學員들이 採聽이 不慣ᄒ고 隨聞記述홈이 十百文意가 各自 不同ᄒ니 毫釐之差에 千里之繆(천리지무)가 恐有ᄒ 것이 二也오, 筭學으로 論ᄒ건듸 尋常科 卒業生이 多ᄒ즉 加減乘除는 稍解홀 것 이어늘 筭學 初程을 同一 敎習ᄒ면 工程의 遲滯ᄒ는 獘가 不無홈이 三也오, 畵學으로 論ᄒ건듸 梅菊蘭竹과 翰毛析枝(한모석지)도 三昧 妙境을 造得ᄒ얏스면 一技라 足稱홀 것이로듸 鳳眼이니 介字이니 全心ᄒ기는 不緊홈이 四也오, 語學으로 論ᄒ건듸 日語로 起頭ᄒ야 不過 幾日에 英語로 換面ᄒ니 又過 幾日이면 德語로 代遞홀ᄂ지 漢 語로 交換홀ᄂ지 學員이 衆心이 未能專一홀가 可慮가 五也오, 無欠 ᄒ 課程은 讀書 一科라 ᄒ니 是亦 萬幸이어니와 諸般 課程의 弊端 을 思惟컨듸 敎育의 方과 作成의 效가 一朝一夕에 躁進獵等홈을 企 望홈이 不是라. 升堂入室에 門戶를 以正ᄒ여야 來頭效驗을 可히 期 待홀 것이어늘 或於 敎授之際에 或 天圓地方이란 議論도 有ᄒ고 或 地球自動이란 議論도 有ᄒ야 初學者의 疑端이 不無ᄒ니 何樣旨義 를 從ᄒ던지 不易之論을 確立ᄒ여야 混屯ᄒ 玄竅를 鑿明홀지라. 學 部 諸公은 敎育方針을 另立ᄒ야 作成을 勉勵ᄒ며 敎師 諸位는 課程 을 改良ᄒ고 敎導를 一定ᄒ야 天下一樂을 幸勿孤負ᄒ고 學員諸氏 는 勤勤孜孜ᄒ며 洞洞屬屬ᄒ야 勿謂今日不學而有來日ᄒ고 勿謂今 年不學而有來年ᄒ라. 歲不我延이니 靑春이 幾何오. 況今內勢貧弱

ᄒ고 外侮鷙張ᄒ야 岌岌業業ᄒ 存亡之秋라. 學問의 資用홈이 時日이 甚急ᄒ니 高枕安眠ᄒ야 寸陰인들 虛送홈이 豈可ᄒ리오, 勉之哉어다. 勗之哉어다.　　　　　－『皇城新聞』광무4년(1900) 12월 28일

(9)에는 중학교 규칙 이후 중학교의 교육과정 운영과 관련된 실태가 드러난다. 이에 따르면 '독서' 한 과목을 제외한 지지, 물리, 경제, 산학, 화학(畵學) 등의 모든 교과가 문제점을 안고 있는데, 이러한 문제는 대부분 교육 내용의 오류나 교과서의 미흡에서 기인한 것이다. 그뿐만 아니라 학교 제도가 정착하기까지 존재했던 각종 구습(舊習)도 학과 개념이 정착되는 데 장애가 되었던 것으로 보인다. 다음은 1900년대 학교 제도의 모순을 통박한 논설의 일부이다.

(10) 論敎育發達之策

ㄱ. (前略) 其學課程式도 不必以經學一科로 爲專門ᄒ고 參以內外國 古今歷史와 地誌 筭術 等 諸般 才藝와 以至政治 時務 窮理 格物之學으로 定立學課ᄒ야 使之體用兼備케 호ᄃᆡ 必由階進級ᄒ야 普通 卒業 然後에 付之實職ᄒ고 試取時에 所謂 色目京鄕 家數 等 區別分排之習과 關節奔競之獘ᄂᆞᆫ 一切痛抑ᄒ야 以公試選之路然後 庶可望培養作成之效矣오. 其外 如師範 中學 小學 語學 等 諸校도 宜資勸敎務之實ᄒ야 毋踏如前漫沌習套ᄒ고 其 大小進學次序도 亦以變通磨鍊而近日各校 上學之人이 不知本邦宗敎之爲重ᄒ며 未聞道德之爲本故로 於他國之敎에 隨意侵入ᄒ야 爲敎不一ᄒ고 卒業受証云者ㅣ 諸凡外國語學文字及地誌 筭術 等 淺近 敎課에ᄂᆞᆫ 雖云粗解向方이나 扣之以聖賢經術

道德之學則茫然不知爲何如ᄒ야 馴致一段浮薄之習而不解道德
之爲貴ᄒ니 此ᄂ 由其培養敎訓之未備也니 諸校學課 中에 宜添
入經學一科ᄒ야 使之培養其道德之性而闡明吾邦之宗敎然後에
免致流入於異敎ᄒ며 跌墮於浮薄ᄒ야 日後에 成就有體有用之
材矣며 其卒業選取之後에ᄂ 亦宜付之實職ᄒ야 隨材試用호ᄃᆡ
其選取任用之方을 必須改正新制ᄒ야 凡各府部判任之職을 以
卒業人中 敍任ᄒ야 以之次次陞遷으로 定爲規制施行然後에 庶
其有需用之實而人人이 皆競勵於學矣오.

ㄴ. 盖韓人昧野痼閉之習을 不能一朝變化則其變化之術은 惟係敎育
之大本而近日各府郡中에 往往公私小學校之設立者나 不但其敎
育之方에 奧奔漫患어라. <u>子弟 就學者ㅣ 甚尠ᄒ야 校務零星ᄒ니
究其曲折則曰富豪子弟ᄂ 沉痼於舊套ᄒ며 狃安於驕逸ᄒ야 斥
之開化的學校而不欲就學ᄒ며 寒畯貧家ᄂ 拘於貲財之不贍ᄒ야
不得就學ᄒ며 又其兩班世族은 每以驕傲로 欲浚踏使氣ᄒ야 恥
與吏屬常賤子弟로 當儕(?)流向學ᄒ야 不欲就學ᄒ고 且科擧廢
止以後로 爲士者ㅣ 謀鑽求仕之捷徑ᄒ야 雖不學無識者라도 於
仕路에 無碍求得ᄒ고 所謂文學經術之士와 英材魁奇之人과 學
校中卒業優等之生이라도 未必見用於時而擧皆沉屈潦倒ᄒ니 何
必孜孜辛苦於學校之中而虛費光陰耶아.</u> (中略)

ㄷ. 宜自朝家로 增築鉅額ᄒ야 <u>令各府各郡으로 一體設立學校호ᄃᆡ
以鄕校로 定爲學校ᄒ고 修葺增擴ᄒ며 其觀察府及濟州牧 等處
ᄂ 兼立高等大學校ᄒ고 又令府郡으로 勸奬人民ᄒ야 從前撤廢
之書院遺址에 皆許令設立書齋講堂等院宇ᄒ야 (中略) 其八歲
以上 學課ᄂ 只以國漢文 讀書 作文 體操 等과 歷史 地誌 筭術
等으로 爲科ᄒ고 其十五歲 以後ᄂ 分各種新學問ᄒ야 以爲分科</u>

<u>教習</u>ㅎ며 (下略)　　　-『皇城新聞』1902.12.10.~12.11.~12.12.

(10)은 『황성신문』에 연재된 '논학교발달지책(論學校發達之策)'이라는 논설의 일부이다. (10ㄱ)에서는 교과 설정의 원칙으로 기존의 경학 일과를 벗어나 '내외국 고금 역사와 지지, 산술 등 제반 재예', '정치, 시무, 궁리, 격물학' 등을 참고하여 학과를 정립할 것을 주장하였다. 특히 '체용겸비(體用兼備)'와 '계진급(階進級)'을 주장하여 이론과 실제를 겸하고, 단계별 교육을 주장하였으며, 졸업 후 시취(試取)를 통한 실직(實職) 부여를 강조하였다. (10ㄴ)에서는 이 시기 취학 풍토의 모순을 간략하게 서술하였는데, 부호 자제는 구습에 빠져 교만 안일하여 '개화적 학교'에 취학하지 않고, 한준빈가(寒畯貧家)의 자제는 학비를 부담할 수 없으며, 양반세가 자제는 이속(吏屬)이나 평민 자제와 함께 학교에 다니는 것을 수치로 여겨 취학하지 않으며, 과거제 폐지 이후 술수로 벼슬자리나 구하는 풍토에서 학교 제도가 쉽게 정착하지 못하고 있음을 통탄하였다. 이러한 폐단을 극복하기 위해 (10ㄷ)에서는 각 부군에 모두 학교를 설립하도록 하고, 8세 이상의 학과(學課)로 '독서, 작문, 체조, 역사, 지지, 산술'을 필수로 하며, 15세 이상의 학과에서는 신학문에 따라 분과 교습할 것을 주장하였다. 이처럼 중학교 관제 공포 이후에는 학제 정착과 단계별 교육과정 개발의 필요성과 관련된 논설이 비교적 자주 발표되었다.

2.4. 보통학교령 이후의 교과 과정 개발과 한계

근대 계몽기에서 '초등', '중등', '전문'에 따른 학제가 전면적으로 실시된 것은 1905년 이후로 보인다. 이른바 '한일협상조약(韓日協商條約)'(1905년 11월 17일 외부대신 박제순과 일본 특명전권공사 하야시의 조인으로 성립된 조약)으로 명명된 을사늑약 이후로 통감부가 설치되고, 이에 따라 학부 관제가 바뀌면서 각종 학교에 대한 규정이 공포되었다. 이 시기 공포된 학교 관련 주요 법령은 다음과 같다.

(11) 통감시대의 학교 규정

통감시대 1906~1910	관제	1905.3.1.	勅令 22號	學部官制	官報 號外	국한
	사범학교	1906.8.21.	勅令 41號	師範學校令	官報 第3546號	국한
		1906.9.1.	學部令 20號	師範學校 施行規則	官報 第3547號	국한
	보통학교	1906.8.21.	勅令 44號	普通學校令	官報 第3546號	국한
		1906.9.4.	學部令 23號	普通學校 施行規則	官報 第3549號	국한
	고등학교	1906.8.21.	勅令 42號	高等學校令	官報 第3546號	국한
		1906.9.3.	學部令 21號	高等學校 施行規則	官報 第3548號	국한
	고등여학교	1908.4.2.	勅令 22號	高等女學校令	官報 第4037號	국한
		1908.4.10.	學部令 9號	高等女學校令 施行規則	官報 第4044號	국한
	사립학교	1908.9.1.	勅令 62號	私立學校令	官報 第4065號	국한
		1908.9.1.	學部令 44號	私立學校 補助規定	官報 4065號 附錄	국한
	기타	1908.9.1.	勅令 63號	學會令	官報 第4065號	국한
		1908.9.1.	學部令 16號	敎科用圖書 檢定規定	官報 4065號 附錄	국한

(11)에 나타난 바와 같이 통감시대의 학교 제도는 '보통학교', '고등학교/고등여학교', '사범학교'뿐만 아니라 '사립학교'까지도 일정한 규칙 아래 운영되도록 하였다는 점이다. 이는 교육의 목표, 내용, 교과 설정 등에서 일률적인 규정이 적용됨을 의미한다.

먼저 초등교육에 해당하는 보통학교령 제2장 '교과 급 편제'에서는 수업 연한을 4년으로 규정하고, 보습과를 둘 수 있으며, 교과목으로 '수신', '국어', '일어', '산술', '지리·역사', '이과', '도화', '체조', '수예'를 두고, '창가', '수공', '농업', '상업'을 부가할 수 있도록 하였다. 각 교과의 요지 및 교육 내용은 '시행 규칙' 제9조에서 규정하였는데, 그 내용은 다음과 같다.

(12) 第九條 普通學校 各教科目의 要旨는 左와 如흠이라
一 修身 : 學徒의 德性을 涵養호고 道德의 實踐을 指導흠으로 要旨를 흠이라

實踐에 適合혼 近易事項에 依호야 品格을 高케 호며 志操를 固케호며 德義를 重히호는 習慣을 養흠을 務흠이라
二 國語 : 日常 湏知의 文字와 文體를 知케 호며 正確히 思想을 表彰호는 能力을 養호며 兼호야 德性을 涵養호고 普通 智識을 敎授흠으로 要旨를 흠이라

發音을 正케 호고 日常 必須혼 文字의 讀法과 書法을 知케 호며 又 正當혼 言語를 練習케 흠이라

作文 及 習字는 各其 敎授 時間을 區別호딕 특히 注意호야 相互 聯絡케 흠을 要흠이라

作文은 國語 漢文과 其他 敎科目에셔 敎授혼 事項과 學徒의 日常 見聞혼 事項 及 處世에 必要혼 事項을 記述케 호딕 其行文은

平易케 ᄒ고 趣旨를 明瞭케 흠을 要흠이라

習字에 用ᄒ는 漢字의 書體는 楷書와 半草書의 一種이나 或 二種으로 흠이라

他敎科目을 敎授ᄒ는 時에도 每常 言語鍊習에 注意ᄒ며 文字를 書ᄒ는 時에는 其字型 及 字行을 正케 흠을 要흠이라

三 漢文 : 普通의 漢字 及 漢文을 理會ᄒ며 兼ᄒ야 品性을 陶冶흠에 資흠으로써 要旨를 흠이라

賢哲의 嘉言 善行을 記述흔 것과 及 人世에 膾炙흔 文士로 學徒가 理會홀 만흔 것을 敎授흠이라

國語와 聯絡흠을 務ᄒ야 時時國文으로 繙譯케 흠이라

四 日語 : 近易흔 會話와 簡易흔 文法을 理會ᄒ며 쏘 作文케 ᄒ야 實用의 資를 要흠이라

近易흔 會話로 始ᄒ야 簡易흔 口語文의 讀法과 書法과 作法을 幷授흠이라

實用을 爲主ᄒ야 學徒의 知識 精度를 隨ᄒ야 日常 須知의 事項을 撰敎ᄒ며 쏘 發音에 注意ᄒ야 正當흔 日語를 熟習케 흠을 務흠이라

國語와 連絡흠을 務ᄒ야 時時로 國文으로 繙譯케 흠이라

五 筭術 : 日常計筭에 習熟케 ᄒ야 生活上 必要흔 智識을 與ᄒ며 兼ᄒ야 思量을 正確케 흠으로 要旨를 흠이라

初에는 簡易흔 數의 計法과 書法 及 加減乘除를 敎授ᄒ고 漸進ᄒ야 通常의 加減乘除 幷 小數 及 分數의 呼法과 書法 及 加減乘除를 敎授ᄒ고 漸次 度量衡 貨幣의 時制大要를 敎授흠이라

筆算을 爲主ᄒ야 用흠이 可ᄒ나 或 土地情況에 依ᄒ야 珠算을 幷用흠도 得흠이라

理會를 正確히 ᄒ고 運筭에 習熟케 ᄒ고 且 心算 及 速筭에 習熟
케 홈을 要홈이라

問題는 他敎科目에셔 敎授ᄒ 事項 及 土地의 情況을 斟酌ᄒ야
日常適合ᄒ 것을 選홈이라

六 地理 : 地球의 表面 及 人類生活의 狀態에 關ᄒ 知識 大略을 知
得케 ᄒ며 本邦 及 隣邦 國勢의 大要를 理會케 홈으로 要旨를 홈
이라

本邦의 地勢 氣候 劃 都會 産物 交通 等의 大要를 理會케 ᄒ고
漸進ᄒ야 世界의 地勢 氣候 區劃 交通 等의 槪略 及 隣邦의 重要
ᄒ 都會 産物 人情 風俗 等을 知케 홈이라

實地 觀察에 基因ᄒ야 地球儀 地圖標本과 寫眞 等을 示ᄒ야 確
實ᄒ 知識을 得케 호ᄃᆡ 特히 歷史 及 理科의 敎授事項과 聯絡케
홈을 要홈이라

七 歷史事蹟의 大要를 敎ᄒ야 國民의 發達과 文化의 由來와 隣邦의
關係 等을 知得케 홈으로 要旨를 홈이라

圖畵 地圖標本 等을 示ᄒ야 當時의 實狀을 想像키 易케 ᄒ되 特
히 修身과 地理의 敎授事項과 聯絡케 홈을 要홈이라

<u>地理歷史는 特別ᄒ 時間을 定치 아니ᄒ고 國語讀本 及 日語讀本</u>
<u>에 所在ᄒ 바로 敎授ᄒᄂ니</u> 故로 讀本 中 此等 敎授材料에 關ᄒ
야는 特히 反復丁寧히 說明ᄒ야 學徒의 記臆을 明確히 홈을 務
홈이라

八 理科 通常의 天然物 及 自然現象에 關ᄒ 知識의 大略을 通得케
ᄒ야 其物物間 互相 關係와 밋 人生에 對ᄒᄂ 關係의 大要를 理
會케 ᄒ며 兼ᄒ야 觀察을 精密히 ᄒ고 自然을 愛ᄒ야 共同生存
의 精神을 養홈으로 要旨를 홈이라

植物 動物 礦物 及 自然現象에 就ᄒ야 學徒의 目擊을 得ᄒᄂ 事項을 敎授호ᄃᆡ 特히 重要ᄒ 植物 動物의 形狀과 效用 及 發育의 大要를 知케 홈으로 爲主ᄒ고 ᄯᅩ 通常의 物理 化學上 現象과 人身의 生理衛生의 大要를 敎授ᄒ며 特別히 土地情況에 依ᄒ야 農事 水産 工業 家事 等에 適合ᄒ 關係가 有ᄒ 事項을 敎授ᄒ며 植物 動物 礦物 等을 敎授홀 時에ᄂ 此種物로 製ᄒᄂ 重要ᄒ 加工品의 製法과 效用 等의 槪略을 知케 홈이라

實地 觀察에 基因ᄒ거ᄂ 或 標本模型圖畵 等을 示ᄒ며 又 簡單ᄒ 實驗을 施ᄒ야 明瞭히 理會케 홈을 務要홈이라

九 圖畵 通常의 形體를 看取ᄒ야 眞像을 畵홀 能力을 得케 ᄒ고 兼ᄒ야 美感을 養홈으로 要旨를 홈이라

簡單ᄒ 形體로브터 漸進ᄒ야ᄂ 實物 或 畵帖에 就ᄒ야 敎授ᄒ고 又 自己의 透理로 畵케 ᄒ고 或 簡易ᄒ 幾何畵法을 敎授홈도 有홈이라

他 敎科目에셔 敎授ᄒ 物體와 日常 目擊ᄒᄂ 物體 中에 就ᄒ야 畵케 ᄒ며 兼ᄒ야 淸潔홈을 好ᄒ고 綿密홈을 尙ᄒᄂ 習慣을 養홈에 注意홈이라

十 體操 身體의 各部를 均齊히 發育케 ᄒ며 四肢의 動作을 機敏케 ᄒ야 全身의 健康을 保護 增進ᄒ고 精神을 快活 剛毅케 ᄒ며 兼ᄒ야 規律을 守ᄒ고 協同을 尙ᄒᄂ 習慣을 養홈으로 要旨를 홈이라

初에ᄂ 遊戲를 適宜케 ᄒ고 漸次 規律的의 動作을 行ᄒ고 普通 體操를 加授ᄒ며 ᄯᅩ 協同的 遊戲를 作케 호ᄃᆡ 時宜를 從ᄒ야 體操 敎授時間의 一部나 或 敎授時間 外에 適宜ᄒ 戶外 運動을 行케 홈이라

體操의 敎授에 依ᄒ야 習成ᄒ 姿勢를 居常保有홈을 務홈이라

十一 手藝編織 刺繡 通常 衣服類의 縫法과 裁法 等을 習熟케 ᄒ며 兼ᄒ야 節約利用과 勤勞의 習慣을 養홈으로 要旨를 홈이라

編織 刺繡의 初步의 運針法으로브터 漸進ᄒ야 複雜ᄒ 物과 衣服類의 縫法과 裁法과 補綴法에 及홈이라

材料ᄂ 日常 所用物로써 ᄒ며 敎授홀 時에 用具의 使用法과 材料의 品類 性質 及 衣服類 保存法과 洗濯法 等을 敎示홈이라

十二 唱歌 平易ᄒ 歌曲을 唱케 ᄒ야 美感을 養ᄒ고 德性의 涵養을 資홈으로 要旨를 홈이라

歌詞 及 樂譜ᄂ 平易雅正ᄒ야 理會키 易ᄒ고 且 心情을 快活純美케 홀 것을 選홈이라

十三 手工 簡易ᄒ 物品을 製作ᄒᄂ 能力을 得케 ᄒ야 思量을 精確키 ᄒ고 勤勞를 好ᄒᄂ 習慣을 養홈으로 要旨를 홈이라

紙絲 粘土 麥稈 木竹 金屬 等의 其 土地에 適合ᄒ 材料를 用ᄒ야 簡易ᄒ 細工을 敎授홈이라

敎授할 際에ᄂ 用具의 使用法과 材料의 品類 性質 等을 知케 홈이라

十四 農業 農業에 關ᄒ 普通知識을 得케 ᄒ야 農業의 趣味를 知케 ᄒ고 勤勉利用의 心을 養홈으로 要旨를 홈이라 土地情況에 依ᄒ야 農事 或 水産을 敎授호ᄃ 農事와 水産을 幷爲 敎授홈도 有홈이라

農事ᄂ 土壤 水利 肥料 農具 耕耘 栽培 養蜜 牧畜 等에 就ᄒ야 土地情況에 適合ᄒ 것을 理會케 ᄒ고 且 改良홀 事項 等을 敎授홈이라

水産은 漁撈 養殖 製造 等에 就ᄒ야 其 土地 業務에 適合ᄒ 것

을 敎授흠이라

農業은 特히 地理 理科 等의 敎授事項과 聯絡ᄒ야 時時로 土地
實際 業務에 就ᄒ야 敎示ᄒ야 其 知識을 確實케 흠을 務흠이라

十五 商業 商業에 關흔 普通知識을 得케 ᄒ며 勤勉 敏捷ᄒ고 且 信
用을 重히 ᄒᄂᆫ 習慣을 養흠으로 要旨를 흠이라

學校 所在 地方에 賣買 金融 運輸 保險 其他 商業에 關흔 重要
事項으로 學徒가 理會ᄒ기 易흔 것을 擇ᄒ야 筭術 地理 理科
等의 敎授事項과 關聯ᄒ야 敎授ᄒ며 쏘 簡易흔 商業簿記를 敎
授흠이라.

(12)에 나타난 바와 같이, 이 규정에서는 '국어'를 독립된 교과로
설정하고 '한문'을 별도의 교과로 하였으며, 일본어를 강조한 점이
특징이다.[13] 특히 소학교령 시행 규칙과는 달리 이 시행 규칙에서
는 '교수 요지'를 구체화하고, '인가 사항의 보고 의무'를 강화하였
다. 이는 통감부의 학정에 대한 전면적 통제를 의미하는 것으로, 일
본인 교사 고용 및 일어로 된 소학교 교과서 편찬 등을 통해 대한
제국을 식민화하고자 한 것이었다.[14] 이러한 상황에서 '보통학교
시행규칙'의 교과 설정이 근대 계몽기 우리나라 교육의 본질적 발
전을 의미하는 것으로 보기는 어렵다. 이러한 실정은 다음 자료에

---

13 근대 계몽기 국어 교과의 성립 과정에 대해서는 조희정(2004), 허재영(2005, 2010)
등을 참고할 수 있다.

14 통감부에서는 1906년 6월 '이민 조례'를 공포하고, 본격적으로 식민 계획을 수립하
였다. 이와 함께 1906년 초부터 학부 참여관 시데하라[幣原坦]를 중심으로 초학용
일어 교과서 편찬을 시도하였는데, 이에 대해서는 『대한매일신보』 1906년 3월 29
일자 논설 '申論敎科書', 4월 3일자 잡보 '敎科改良', 4월 13일자 잡보 '敎科質辨', 4
월 13일~14일자 血淚生의 奇書 '論日語敎科書', 6월 6일자 논설 '敎育禍胎', 6월 27
일~28일자 喜懼生의 寄書 '警告大韓敎育家' 등의 비판적 논설과 기사를 끊임없이
게재하였다.

서도 확인된다.

(13) 寄書 平安南道 順川 時務小學校 十四歲 生徒 李觀一

　近來 各道郡에 學校가 日增加ᄒ다ᄂ 所聞를 每於各新聞上에 多見ᄒ니 大端 感謝ᄒ도다. 本 郡도 小學校 設立된 지가 數年인ᄃ 學徒가 漸進ᄒ야 男女 並 六十餘人이 熱心 受學ᄒ나 但切 歎者ᄂ 教科書 一疑也오 妨害的 一疑也라 우리나라에셔 教科書 刊出者가 曾無흠으로 各學校 規則이 圓一치 못ᄒ야 教師가 各各意見ᄃ로 教育이라고 ᄒ니 此學校에셔ᄂ 此教科書를 教導ᄒ고 彼學校에셔ᄂ 彼教科書를 教導흠으로 層節이 만은 中 或 其教師가 舊習이 未解ᄒ이ᄂ 古俗ᄃ로 初學이니 千字文이나 비와줄가 唐詩句나 가라칠가 ᄒ고 낫슬 잇ᄂ 學徒ᄂ 通鑑이나 小學卷이나 비와줄가 ᄒ고 어리셕은 學徒에 父親덜은 國文本意를 아지 못ᄒ고 學校에셔 國文을 가라쳐 준다고 비謗이 滋甚ᄒ며 兼ᄒ야 無識無義ᄒ 悖類ᄂ 處處之有ᄒ야 學生 募集也와 損金義助也에 妨害가 無雙ᄒ니 此를 教育上 大毒蟲也라 이것져것 흘 거 업시 다 뉘에 허물이라 흘진ᄃ 不可不 責在於 政府로다.

　學府에셔 一分만치라도 精神이 有ᄒ고 보면 爲先 學校에 初門은 何許讀本 何許歷史 何許地理를 教科흘지 國漢文으로 速키 發刊ᄒ야 十三道 各郡 學校에 教科規則이 同一케 ᄒ야 日就月將ᄒ면 此ᄂ 可謂初門之指南也요 以萬國地圖로 言之면 當初에 淸國刊行者와 日本刊行出者뿐이니 各各 方音이 不同흘 거시고 우리나라에셔 刊出흔 거시란갓도 淸日 兩國 出刊者를 依ᄒ야 흔 거시니 其發音된 것시 多誤ᄒ야 우리나라 教科에ᄂ 不合ᄒ니 此亦 國漢文으로 分明히 改良ᄒ여야 될 거시고 學部에셔 已則 發刊흔 書籍이라 ᄒᄂ 거슨 古

談陳設된 거시 만을여니와 合이 幾冊이 되지 못ᄒ니 此亦 國漢文으로 多數 發刊ᄒ야 人民에 智識을 發達케 ᄒᄂ 거시 亦可謂 文明上開進也라 生은 本是 오官이 分明치 못ᄒ 一聾일 ᄲᆞᆫ더러 兼하여 年幼今十四歲라 鄙家內에 叔姪 兄弟가 學校를 設立ᄒ고 晝夜熱心ᄒ다가 國事排日홈을 痛憤이 녀겨 各國으로 留ᄒ이나 ᄒ야 보ᄌ고 一叔은 今往 法國 波里京ᄒ고 一叔은 今在日本東京ᄒ고 二叔二兄과 八歲兒 一弟ᄭᅡ지 今在北美華盛頓ᄒ야 渾家가 各處散在ᄒ얏고 只 五官이 分明치 못ᄒ야 耳聾幼年生이 在ᄒ야 학교 事務라고 보ᄌ노라니 貧寒ᄒ 학교에 本無 財政ᄒ고 救助허여 쥬ᄂ 스람은 一個 半個가 無ᄒ니 支過ᄒ야 가ᄂ 슈도 업거니와 但 隻身이 兼身奴僕ᄒ야 朝則汲水燃火ᄒ고 暮則房屋戶庭을 쇄掃홀 有隙之時에 다만 一字라도 비와볼나 泊沒奔走도 ᄒ여니와 國家와 校況이 日益蕭條홈을 想覺ᄒ니 切痛無地ᄒ도다 鄕里에 年老ᄒ시다ᄂ 尊丈님네들은 무슨 일이 이러틋 奔走ᄒᆫ지 已前에ᄂ 꿈으로 세상을 지니엿거니와 今日은 不可不 좀 精神차려 國事도 근심ᄒ고 學校事도 保全ᄒ야 靑年子弟를 좀 敎育시켜 보ᄌᄂ 성각들 좀 ᄒ야 쥬시오 今日이 昨日갓고 明日이 今日갓고 보면 우리 大韓國名字도 멧날이 못되여 업셔질터이고 上部에 계신 近日 大官님네들은 前夢이 尙未醒홈인지 視務에 泊沒無暇홈인지 方今 敎育을 經營ᄒ여 보ᄌ고 싱각 中인지 아진ᄂ 못ᄒ되 어서 밧비 꿈도 쌔고 妄作ᄒᄂ 視務도 停止ᄒ고 敎育 좀 ᄒ여 보ᄌᄂ 一端 精神을 收拾ᄒ여 먼첨 上部 職任를 極盡이 ᄒ고 府郡間 不美 學務와 民間敎育 妨害를 急速히 視務ᄒ야 쥬시오 不此之實 爲ᄒ고 此時此日에 長作 虛위ᄒ야 權利之事이 不息ᄒ고 黨派之作이 日起ᄒ면 我韓은 永無後圖홀지라 權利之爭도 無所用ᄒ고 黨派之作도 無所用ᄒ 거시 年來에 晝夜所爭權利가 終歸於何網害ᄒ며

彼此所分黨派가 在於誰手弄고 胡爲乎若此無知之甚也오.

-『大韓每日申報』1906.10.31.

(13)의 비판과 같이, 이 시기 교과의 혼란이나 교과서 문제를 해결하겠다는 학부의 의도는 별반 실현된 것이 없을 뿐만 아니라, 우리의 실정에 맞는 교과 운용이나 교과서 문제가 해결되지 않은 상태라고 하였다. 더욱이 '상부 직임을 극진히 하고 부군간 불미 학무와 민간 교육 방해를 급속히 시무'해 주기를 요청한 것은, 학교령과 시행 규칙이 민간 교육 통제의 수단이었음을 의미하는 것으로 볼 수 있다. 이와 같은 통제는 '교과서 검정 규정'이나 '사립학교령', '학회령' 등을 통해 구체화된다.

3. 교과론과 교수법

3.1. 글 배우기와 교과론

근대 계몽기의 교과론은 학문론과 밀접한 관련을 맺고 있다. 이
는 근대의 교육입국론이 학문 보급을 통한 국가 발전을 전제로 한
것이었으며, 따라서 학제 도입 과정에서 서구 학문의 체계가 교과
설정에 중요한 영향을 미쳤다. 다음 자료를 살펴보자.

(14) 학문과 교육

ㄱ. 하늘이 사룸을 닉실 찌에 다 각기 오힝의 성품은 주셧스나 비호
　지 안코 일을 알기신지는 그런고로 성인을 닉샤 님군과 스승을
　삼아 세상사룸을 굴ㅇ치게 ㅎ셧다는 것은 성현에 유훈이라. 그런
　즉 사룸마다 비호지 안코는 일을 알 슈 업고 알 슈가 업슨즉 <u>아니</u>
　<u>비홀 슈 업는 것은 학문</u>이라. 그런고로 학교를 힘쓰는 나라은 사
　룸마다 지식이 널녀서 문명부강ㅎ고 학교를 힘쓰지 안는 나라은
　사룸마다 무식ㅎ야 지식이 업셔셔 고루빈약홈을 면치 못ㅎ나니
　비호는 사룸이 만코 젹은 것으로 나라의 강약을 의론ㅎ기 위ㅎ야
　각국 사룸의 학문 비호는 슈효를 상고ㅎ건대 셔양각국에 물론 남
　녀귀쳔ㅎ고 칠팔세로붓터 다 학교에 들어가서 십오세신지 닐으
　도록 비혼 것으로 소성이 되는대 젼국 인구의 믹 빅 명즁에 유무
　식을 론지ㅎ야 <u>능히 글즈를 일고 일을 긔록ㅎ는 자</u>를 계슈ㅎ건딕
　덕국 사룸은 믹 빅명에 구십스인이 남고 미국은 구십인 남여오

영국은 팔십팔명이오 법국은 칠십구인이오 일본은 그 주셰흔 됴사슈효를 몰으거니와 오륙십명은 지날 것이오 쳥국은 십명이 차지 못ᄒ고 지어 본국ᄒ야ᄂ 쳥국만도 못ᄒᆯ디니 그 학문의 셩쇠가 곳 나라의 강약을 볼 것이 (중략) 그런고로 졍부에셔 관립학교를 셜시ᄒ고 관민이 공동ᄒ야 공립학교도 셜시ᄒ고 의리 잇ᄂ 인민이 주비ᄒ야 ᄉ립학교도 셜시ᄒ야 아모됴록 어린 사ᄅᆷ들을 ᄀᆯᄋ쳐 ᄌ긔가 하날게 품슈흔 셩품도 회복ᄒ고 ᄌ긔 일신상 싱게도 작만ᄒ도록 ᄒ엿거늘 근일 각쳐 공ᄉ립 학교가 잇스니 그 근쳐에ᄂ ᄌ여뎨질이 업ᄂ 사ᄅᆷ만 모여 사ᄂ 곳도 아니오 그 학교에셔 교육을 잘못 ᄒᄂ 것도 아니엿만은 사ᄅᆷ마다 ᄌ여뎨질을 집안에셔 놀니면셔도 학교에ᄂ 보ᄂ지 아니ᄒ니 그ᄂ 달음이 아니라 구습이 그져 잇ᄂ 연고라. (중략) 이제 <u>소학교 학도로 말ᄒᆯ 디경이면</u> 규측이 잇셔셔 시간을 차ᄌ다닌즉 ᄋ시부터 신을 공부ᄒᄂ 것이오 <u>디지 력ᄉ를 공부흔즉 내나라 ᄉ젹을 알 것이오</u> 시험ᄒ야 등급을 츌쳑흔즉 학문의 호승지심이 싱길 것이오 <u>운동 톄조를 죵죵ᄒ니 위싱에</u> 유익흔 것이오 ᄋ시부터 셩명이 공문상에 들어난즉 몀계가 세상에 낫하날 것이오 즁학교 대학교로 올나간즉 공명 길이 용이ᄒᆯ 것이오 셔칙 지필묵의 군식흠이 업슨즉 싱비가 될 것이오 <u>슈학을 공부흔즉 경위 분명ᄒᆯ 것이오 기타 범빅ᄉ위가 모다 유익ᄒᆯ 것</u>이어늘 엇지ᄒ야 ᄀᆯᄋ치지 아니ᄒᄂ지 ᄌ손을 놀니고 ᄀᆯᄋ치지 안ᄂ 사ᄅᆷ은 하날이 앙화를 주실 듯ᄒ더라.

-『데국신문』1902.4.26.

ㄴ. 무릇 학문이라 ᄒᄂ 거슨 사ᄅᆷ이 업지 못ᄒᆯ 거시 사ᄅᆷ이 학문이 업스면 눈과 귀와 입이 업ᄂ 것과 갓도다. 엇지 일름인고. 무어슬 보아도 알 슈가 업스니 보지 못ᄒᄂ 것과 흔 모양이요 무슴 말을

널너도 리치를 아지 못ᄒ니 듯지 못ᄒᄂ 것과 ᄒ 모양이니 본 것
업고 드른 것 업ᄂ 사ᄅ이 입이 녈인들 무ᄉ 말을 ᄒ리요. 이러
ᄒᆷ으로 일즉이 무ᄉ 학문이든지 공부ᄒ야 내가 아ᄂ 거ᄉ 극진히
힝ᄒ며 여러 사ᄅ의게 젼슈ᄒᄂ 거시 엇지 큰 ᄉ업이 아니리요.
넷 사ᄅ이 말ᄒ기를 봄에 ᄒ낫 곡식을 심어셔 가을에 만기 씨를
거두라 ᄒ엿ᄂ니 사ᄅ마다 비호ᄂ 공이 엇지 크다 이르지 아니ᄒ
리오 우리나라에 급히 힘쓸 거시 학교라 국즁에 여러 가지 학교
를 광국 교ᄉ들을 련빙ᄒ야 인민들을 힘써 가라치면 쟝ᄒ고외 이
거시 이른바 봄에 곡식 심으ᄂ 것과 갓ᄒ여 불과 긔년이면 그 엇
ᄂ 리가 젹지 아니ᄒ리니 지금은 경비가 만히 들고 나ᄂ 거ᄉ 업
ᄂ 것 갓ᄒ나 그 졸업되ᄂ 날 가셔 거두ᄂ 리가 엇지 젹으리오.
(중략) 사ᄅ이 학문을 말미암아 긔명ᄒ 것이오 나라히 긔명ᄒ 사
ᄅ을 말미암아 부강ᄒ 거시니 우리ᄂ 삼년 묵은 이엽을 구ᄒ지
말고 어셔 ᄒ로 밧비 이엽을 엇어 삼년을 묵이량으로 싱각ᄒ야
국즁에 학교를 만히 두고 인민을 교육ᄒ여 사ᄅ마다 긔명ᄒ여 나
라히 부강지역에 이르게 ᄒ 거시니 쓸듸업ᄂ 권리 닷톰이나 ᄒ고
지각업시 자위신모나 ᄒ다가 필경에 약 못 엇어 병 못 곳치ᄂ 디
경에 이르지 말기를 바라오.　　　　　　　－『ᄆ일신문』1901.3.10.

　(14)의 교육론에 나타나는 '학문'은 글을 배우는 것을 의미한다.
(14ㄱ)에서는 소학 교육에서 글을 읽고 쓰는 능력을 갖추는 것이
학문의 기본이며 교육의 기초를 이룸을 강조하였고, (14ㄴ)에서는
'학문하는 것=공부하는 것'이라는 등식 아래 학문과 교육을 통한
개명을 강조하였다. 이처럼 학제 도입 이후의 교육은 '학문=글 배
우기'의 의미를 갖고 있었으며, 이때 배워야 할 글은 '지리, 역사,

수학' 등을 비롯한 '지식'을 의미하였다. 이처럼 학제 도입 초기에는 교과 개념이 불분명하였으며, '배워서 유익한 지식'이라면 어떤 것이든 교과의 범주에 포함할 수 있는 것으로 보았다.

그러나 교과과정에 대한 논의가 본격화되면서부터 교과의 범주에 '신지식' 또는 '신학문'으로 일컬어지는 지식의 체계가 작용하기 시작한 것으로 보인다. 이러한 흐름은 1900년대 초기의 각종 학문 소개 과정에서 확인할 수 있다. 다음을 살펴보자.

(15) 1900년대 전후의 각종 학문론

ㄱ. 무릇 사름이 비호지 안인ᄒ고 범ᄉ에 잘ᄒᄂ 리치ᄂ 업ᄂ지라 (중략) <u>만국이 교통ᄒ야</u> 세계가 종횡ᄒᄂ지라. 아모 나라든지 학문이 졍밀치 안이흔 것이 안이언만 졍흔듸 더욱 졍흔 것을 구ᄒ야 날마다 나흔듸로 나아가 셔로 부강홈으로 닷토거늘 우리나라를 가져 남의 나라에 비교ᄒ면 셔로 닷토기ᄂ 시로히 소양(宵壤)이 현격ᄒ야 가히 ᄒ로에 갓치 의론홀 슈 업스나 그러ᄒ나 져나라의 부강흔 것도 다름업시 젼혀 인민의 학문 가온듸로 좃차 나아온 것지라. 그러ᄒ고 본즉 <u>학문은 불가불 시일이 급ᄒ게 가르쳐야 홀 것인듸 학문도 다 여러 길이 잇스니 이젼에 우리나라에서 슝샹ᄒ든 사셔삼경과 시부표칙 론의심은 지금 형편에 덜 맛가져 허문이 만코 경졔샹에ᄂ 실효가 젹으니</u> 이쩌에ᄂ 잠시 놉흔 집 우희 묵거 두엇다가 태평무ᄉ홀 쩌에나 강론홀 학문이오 <u>지금 셰계 신학문은 실샹을 붊아가지 안이ᄒᄂ 것이 업ᄂ지라. 텬문학, 디지학, 산슐, 칙산학, 격물학, 화학, 즁학, 졔죠학, 정치학, 법률학, 부국학, 병학, 교섭학과 밋 기타로 동물과 식물과 금셕거림과 풍뉴와 농샹광공 등학이 무비 나라를 부강홀 실디 학</u>

문이라. 엇지 이러흔 실학을 보고 안이 빈호고 안갓 구습에 오히려 져져셔 아교로 붓친 것을 써혀옴기지 못흐리오. 지금 <u>우리나라 학부대신은 고금을 셥렵흐고 스리를 통달흐시는 분이라 응당다 잘 교육흐시련이와 아즉 쩌가 못 되얏는지 이 시급흔 일이 샹금것 확장이 못 되는 것은 알 슈 업더라.</u> -『미일신문』1898.11.5.

ㄴ. 셰샹 학문을 이로 다 빈홀 슈도 업고 빈혼다고 다 알 슈도 업거니와 그 즁에 우리 인싱 쳐흐는 디구에 <u>디리학</u>이 여러가지가 잇스며 히득흐기도 미우 어려오니 짜속에 불과 물과 바람과 금과 은과 동과 쳘과 돌과 슷과 보셕과 슈졍과 옥과 외타 여러가지 종류를 이로 낫낫치 드러 말흐기 어렵거니와 <u>격치가와 화학가</u>의 말노 보면 짜 속에 잇는 모든 물건이 차차 오릭면 변흐는 것도 잇스며 이리져리 변쳔흐는 것도 잇셔 디진도 흐며 히일도 흐며 화산도 터지느니 (중략) 종요로온 것은 디리 실학을 강구흐는 디 잇스니 디리 실학을 한번만 강구흐야 보면 그 허탄흔 어림업슨 풍슈지셜은 당쵸에 귀안에 드러오지 아니흘지라. 제 아모리 속이랴 흔들 어딕로 좃차 말을 발뵈리오. 원흐건딕 감예 풍슈 됴화흐는 여러 동포들은 디리 실학을 좀 강구들 흐시오.

-『미일신문』1899.2.27.~28.

ㄷ. 쳥국에 유지각흔 사룸이 말흐기를 현금에 통달흔 사룸과 지식 잇는 션빈가 동양치안흘 방칙을 근심흐는지 다 글으딕 법을 변흐여야 흔다 법을 변흐여야 흔다 흐며 법을 변흔다 흐는 쟈는 다 글으딕 태서 졍치를 급히 힝흐여야 흔다 흐야 이에 억믹여 붓과 먹을 허비흐며 반복흐야 의론흐는 말이 학교를 맛당히 셜립흐여야 흔다 과거를 맛당히 변흐여야 흔다 관졔를 맛당히 곳쳐야 흔다 젼폐를 맛당히 뎡흐여야 흔다 의원을 맛당히 긔셜흐여야 흔다 농샹

공을 맛당히 흥왕ᄒ게 ᄒ여야 흔다 병션을 맛당히 졍리ᄒ여야 흔
다 기타 <u>셕학 광학 젼긔학 화학 동식학 즁학 광산학 격치학 제죠
학 텬문학 산학 어학 교셕학 형률학</u>을 맛당히 발켜야 흔다 ᄒᄂ
니 슬푸다 이 모든 말ᄒᄂ 쟈이 다 인인군ᄌ의 째를 편안이ᄒ고
세상을 교구ᄒ랴ᄂ 고퉁에셔 나아와 ᄒ다 못ᄒ야 필셜에다가 올
니ᄂ 고로 (하략)   -『ᄆᆡ일신문』1899.3.4.

ㄹ. 학문이라 ᄒᄂ 것이 별것이 아니라 각식 물건과 싱물과 ᄌ연흔
리치를 ᄌ세히 아ᄂ 것인듸 오늘은 외국인에 <u>싱물학</u>을 론란ᄒ야
학문상에 유조흔 말을 긔지ᄒ거니와 위션 싱물학을 말ᄒ건듸 <u>싱
물학</u> 속에 세 가지 등분이 잇스니 첫직ᄂ 금슈요 둘직ᄂ 초목이
오 셋직ᄂ 금셕 등물이라 오늘은 금슈붓터 말홀 터인듸 금슈도
자라고 살고 죽고 초목도 자라고 살고 죽으나 금슈ᄂ 초목과 달
은 것이 움작이며 씌달으며 싱각이 잇거니와 초목은 그것이 업
고 (중략) ᄉᄌ란 것은 이푸리가 ᄶ와 아세아 디방 셔남간에 잇
ᄂ듸 호랑이 갓치 사룸을 보면 ᄌ조 덤베지ᄂ 아니ᄒ나 달은 즘
싱은 만이 잡아먹ᄂ고로 (하략)

-『뎨국신문』1900.12.11.~15.(5회 연재)

ㅁ. 세상 학문이 ᄎᄎ 변셩흠으로 사룸의 지식이 졈졈 널버지고 사룸
의 지식이 붉음으로 ᄯ흔 달나지고 ᄉ업이 달나짐으로 고금 력듸
의 졍치가 ᄯ흔 다른 거시라. (중략) 반ᄃ시 이젼 학문의 쓸듸업
ᄂ 거슨 다 ᄇ리고 실디샹 ᄉ업을 공부홀진뎌.
우리가 텬문학 흔가지로 녜젹 사룸의 학문을 요젼 십삼호 신문에
긔지ᄒ엿거니와 오늘은 지금 사룸의 문견을 대강 말ᄒ야 고금이
엇더케 다른 거슬 분별ᄒ노라. 지금 션비의 말은 ᄶ덩이가 둥글
며 쥬야로 흥샹 해룰 에워싸고 도라간다 ᄒ고 해ᄂ 흔덩어리 큰

불이니 그 전톄가 동글고 크기는 짜덩이보담 일빅이십륙만 빅가 된다ᄒ고 짜에셔 해까지을 나가는 샹거는 삼만일쳔팔빅오십말 리라 ᄒ며 또 글ᄋ되 (중략) 이졔 뎨일 됴흔 원시경으로 구시ᄒ야 보게되면 젹은 별이 합흔 것슬 가히 알니라 ᄒ엿시니 이샹 여러 가지 말은 다 지금 사름에 새로 발명흔 학문이라. 지극히 큰 쳔리 경으로 ᄌ세히 보고 말흔 거시니 엇지 녜젹 사름의 가르법으로 지어낸 학문과 갓ᄀ리오. 이로좃차 보건되 사름은 불가블 새 학 문을 빅와야 될 줄 아ᄂ니다.　　　　 －『뎨국신문』1901.1.19.~20.

(15)에서는 1900년대 신문에 소개된 각종 학문론의 실체들이다. (15ㄱ)에서는 '천문, 지리, 산술, 측산, 격물, 화학, 중학, 제조학, 정치학, 법률학, 부국학, 병학, 교섭학, 동물학, 식물학, 금속학, 풍류학(음악), 농상공학' 등의 제반 학문을 소개하고 이들 학문이 실학이므로 이를 교육해야 한다고 주장하였다. (15ㄴ)은 '지리, 격치, 화학' 등의 학문이, (15ㄷ)에서는 '석학, 광학, 전기학, 화학, 동식학, 중학(重學) 광산학, 격치학, 제조학, 천문학, 산학, 어학, 교석학, 형률학' 등의 학문이 언급되었다. 여기서 '석학'이나 '교석학'과 같이 현대의 학문 체계로 볼 때 그 내용이 무엇인지 짐작하기 어려운 것들도 있으나[15] 이들 용어를 통해 유길준의『서유견문』이래로 각종 서구 학문이 도입되고 있음을 짐작할 수 있다. (15ㄹ)은 '생물학' 특히 '동물학'을 구체적으로 소개한 글이며, (15ㅁ)은 천문학을 소개한 글이다.

---

15 유길준의『서유견문』제13편 '學業ᄒᄂ 條目'에서는 "農學, 醫學, 算學, 法律學, 格物學, 化學, 哲學, 礦物學, 植物學, 動物學, 天文學, 地理學, 人身學, 博古學, 言語學, 兵學, 器械學, 宗教學"을 소개하였다. '석학'과 '교석학'은 이 자료에서만 나타나는 용어여서 정확한 연구 내용과 분야를 알기 어렵다.

이처럼 1900년대 전후에는 서구 학문이 활발하게 도입된 것으로 보이나, 지식 유통이 활발했던 것은 아니었다. 이는 광무 3년(1899) 의 학부 광고를 통해서도 짐작할 수 있다.

(16) 學部 廣告

天文 及 筭學은 爲推測開明之本이라. 在各種 物理學 中에 爲最切 急 且 我而韓人士가 素踈於此學이기 今擬設校敎育而非先覺이면 無以爲師요 亦無以定立課程이니 仰中外紳士儒士에 有宿講天[天文 은 非舊日災祥之學이오 乃推步之學也라] 筭之學ᄒᆞ고 或游歷外國 ᄒᆞ야 窺解奧妙者어던 湏惠顧本部ᄒᆞ야 討究設學牖蒙之方이 幸甚.
光武三年 三月 二日 學部   —『官報』1899.4.25.

(16)은 1899년 3월 2일자로 학부에서 낸 광고인데, '산학'과 '각 종 물리학'을 가르칠 교사가 없으므로 과정(課程)을 정립할 수 없는 실정임을 밝히고 있다. 이에 중외 신사나 유학자 가운데 천문학과 산학을 연구하고 강의할 수 있는 사람, 또는 외국 유학을 하여 이 분야에 능통한 사람을 구하는 내용인데, '산학은 개명의 근본'으로 규정하고, '천문은 과거의 재앙이나 상서로움을 논의하는 학문이 아니라는 점'(이는 앞의 『뎨국신문』 천문학과 같은 맥락임)을 명시함으 로써, 이 시기 신학문으로서의 '산학'과 '천문학'이 중요하게 여겨 졌음을 의미한다.

이처럼 1900년대 전후의 사정은 서구 학문이 소개되었지만, 구체 적인 연구나 교육이 이루어지지 못한 상황이었다. 이는 이 시기 출 판된 교과서 및 서구 학문 관련 서적이 빈약한 데서도 확인할 수 있 다. 교과서의 경우 1895년 학부 편찬『국민소학독본』이 나온 이후

1905년까지 발행된 교과서는 '독본' 및 '역사'에 불과하며, 그 밖의
학문에 대한 서적 출판은 거의 이루어진 바 없다. 다음을 살펴보자.

(17) 1900년대 전후의 서적 유통 실태

ㄱ. 근릭에 학부에서 황명교령이란 칙 일빅 질을 긔간ᄒ야 대니로 드
  려갓ᄂᆫ되 그 칙인즉 명나라 쩍에 각식 장뎡과 규칙 시힝ᄒ던 칙
  이오 믹질에 열 권식 합 일쳔 권인되 의졍부 참졍 윤용션 씨 쥬관
  이라더라.   ─『뎨국신문』1898.9.28.

ㄴ. 평양 소학교에셔 론을 지어 학부로 보니엿스미 학도 권면ᄒᄂᆫ 훈
  령과 시무에 맛당ᄒᆫ 셔칙을 좌와ᄀᆺ치 나려보니엿다더라 공법회
  통 두질 퇴셔신스 국한문 다섯질 셔유견문 한권 즁일ᄉ략 열권
  아라샤 ᄉ략 이십권 심샹소학 열질 대한국디도 두복 젹은 디구
  그림 두복과 열흘 문제를 뻐 보니엿다더라.

                                                    ─『뎨국신문』1898.11.2.

ㄷ. 我國의 書冊이 汗牛充棟ᄒ야 聖經賢傳以外에도 天下의 遺文古
  史가 畢集치 아닌 者ㅣ 無ᄒ되 唯獨 時文이 不足ᄒ야 官人과 百
  姓이 世界의 形便과 交際의 本旨를 明達치 못ᄒᄂᆫ 故로 外人을
  對ᄒᆷ이 井底蛙를 免치 못ᄒ야 ᄒ상 有志者의 深歎ᄒᄂᆫ 빅 되더
  니 甲午 以後에 學部에셔 前人의 未發ᄒᆫ 바를 發ᄒ야 如干 時局
  의 緊要ᄒᆫ 者를 摘ᄒ니 近日 公法會通과 萬國地誌와 黄國歷史
  와 朝鮮地誌와 朝鮮歷史와 泰西新史와 中日略史와 俄國略史와
  種痘新書와 尋常小學과 國民小學讀本과 興載撮要와 黄國年契
  와 地球略論과 近易筭術과 簡易四則과 朝鮮地誌와 世界地圖와
  小地球圖 等冊이 是라. 此ㅣ 비록 大方家에ᄂᆫ 見笑ᄒ나 또ᄒᆫ 足
  히 褊邦의 見聞을 略開할지라. 是以로 各 學校牖蒙들이 日課月

習ᄒᆞ야 其進就홈이 鳥의 數飛홈을 佇待ᄒᆞ되 但 <u>各國約章</u>을 未遑 刊出ᄒᆞ야 租界의 定段과 交易의 收征을 口岸官民이 尙未灼知ᄒᆞ야 交涉通商의 利害가 懸殊ᄒᆞ니 此ᄂᆞᆫ 無他라 該約章을 人民들이 得見치 못혼 故ㅣ라. 然혼 故로 外部에셔 某某 高官들이 商議ᄒᆞ고 日美德俄法奧 各約과 各港租界 章程과 現行 細則을 上下編으로 彙集ᄒᆞ야 現己 完刊ᄒᆞ엿스니 民國의 有益홈이 此에 過홀 冊子가 無혼지라. 맛당히 人人 閱覽ᄒᆞ야 依約准行이라야 이에 可히 開明國이라 稱홀 것인즉 該部에셔 맛당히 各新聞에 廣告ᄒᆞ야 全國 人民에게 通知홈이 先覺의 主旨어늘 今에 官報에만 揭載하고 價金 八十錢을 懸錄ᄒᆞ야 顧覽者로 ᄒᆞ야곰 本部에 來ᄒᆞ야 請購ᄒᆞ라 ᄒᆞ엿스니 全國에 新聞보ᄂᆞᆫ 者와 官報 보ᄂᆞᆫ 者가 孰多孰少ᄂᆞᆫ 豫質치 못ᄒᆞ거니와 大抵 官報보ᄂᆞᆫ 者ᄂᆞᆫ 擧皆 官人이오 新聞보ᄂᆞᆫ 者난 擧皆 平民이니 然則 約章을 官人만 見ᄒᆞ고 平民은 見치 못ᄒᆞ게 홈인지 其主義ᄂᆞᆫ 知치 못ᄒᆞ거니와 此 約章의 施行홀 者ᄂᆞᆫ 民이 아니고 誰오. (下略)

-『皇城新聞』1899.1.14.

ㄹ. 비지학당에셔 작년 납월 방학훈 시이에 영셔 셔칙 슈빅권을 견실ᄒᆞ엿ᄂᆞᆫ대 칙 일홈을 좌에 긔록ᄒᆞ오니 쳠군즈ᄂᆞᆫ 그런 셔칙을 어듸셔든지 보시거든 본 학당으로 긔별ᄒᆞ시면 특별히 그 후의를 갑겟소. 비지학당쟝 아편셜라

<u>카펜터스 을리더(北米與亞細亞地誌)</u>, <u>파퓨라 싸인쓰(博物誌)</u>, <u>퍼스트 을리더(第一讀本)</u>, <u>씨큰 을리더(第二讀本)</u>, <u>더드 을리더(第三讀本)</u>

<u>포드 을리더(第四讀本)</u>, <u>핍드 을리더(第五讀本)</u>, <u>디어그러피(地誌學)</u>, <u>히쓰토리(史記)</u>　　　　-『뎨국신문』1900.2.7.

(17)에는 1900년대 전후 각 학교에서 사용했던 교과서명이 나타 난다. (17ㄱ)에서는『황명교령』, (17ㄴ,ㄷ)에서는 학부 편찬의『공법 회통(公法會通)』,『만국지지(萬國地誌)』,『만국역사(萬國歷史)』,『조선 지지(朝鮮地誌)』,『조선역사(朝鮮歷史)』,『태서신사(泰西新史)』,『중일 약사(中日略史)』,『아국약사(俄國略史)』,『종두신서(種痘新書)』,『심상 소학(尋常小學)』,『국민소학독본(國民小學讀本)』,『여재촬요(輿載撮 要)』,『만국연계(萬國年契)』,『지구약론(地球略論)』,『근이산술(近易 筭術)』,『간이사칙(簡易四則)』,『조선지지(朝鮮地誌)』,『세계지도(世 界地圖)』,『소지구도(小地球圖)』와 유길준의『서유견문』, 외부(外部) 에서 편찬한『각국약장(各國約章)』 등이 나타난다.[16] 이들 교과서 는 법률(공법회통), 지지(만국지지, 조선지지, 여재촬요, 지구약른, 소지 구도), 역사(만국역사, 조선역사, 태서신사, 중일약사, 아국약사), 산술(근 이산술, 간이사칙), 의학(종두신서), 독본(심상소학, 국민소학독본) 등으 로 나눌 수 있는데, 신학문 도입 과정을 고려할 때 매우 빈약한 수 준으로 볼 수 있다. (17ㄹ)에서는 배재학당에서 분실한 책명이 나 타나는데, 주로 '지지', '박물', '독본', '역사'류의 서책들이었다.

서적과 지식의 유통은 1905년 이후 좀 더 활발해진 것으르 보이 는데, 이 시기의 서책은 일본에서 수입한 것, 학부 편찬의 교과서,

---

16 이들 교과서 가운데『국민소학독본』(1895, 학부),『소학독본(심상소학)』(1895, 학 부),『신정심상소학』(1896, 학부),『조선역사』(1895, 학부),『조선역대사략』(1895, 학 부),『동국역대사략』(1899, 학부),『대한역대사략』(1899, 학부)은 아세아문화사에서 간행한 '개화기교과서총서'에 들어 있다.『공법회통』(1895, 학부)은 한국학군헌연구 소 편 아세아문화사의 영인본(1981)이 존재하며,『만국지지』(1895, 학부),『태서신 사국한문본』(1897, 리제마태, 학부),『중일약사합편』(1898, 학부),『여재촬요』(1894, 오홍묵, 학부),『세계만국연계』(1894, 학부),『지구약론』(간행 미상, 학부),『근이산 술상하』(1895, 학부),『간이사칙문제집』(1895, 학부)은 국립중앙도서관어 소장되 어 있다. 다만『종두신편』의 성격은 알 수 없는데 1993년 이회문화사에서 영인한 '신편총서집성' 46번 내의 '종두신편'이 이 책으로 추정된다.

외국 서적을 번역·편술한 것 등의 다양한 유형이 존재했던 것으로 보인다. 이는 서적 광고를 통해서도 확인할 수 있는데, 1900년대 전후의 신문에서는 『관보』를 제외하면 서적 광고가 잘 나타나지 않는다.[17] 그러나 1906년 이후에는 서적 광고가 빈번히 나타나는데 다음을 참고해 보자.

(18) 『萬歲報』 1906년 7월 11일자 광고

ㄱ. 本社 新聞은 購覽의 便利를 爲ᄒ야 左開 諸處에 發賣所를 置ᄒ오니 僉君子ᄂ 照亮ᄒ시오. 會洞洞口 泰一號, 小廣橋 高裕相 書肆, 布廛屛門 金相萬 書肆, 罷朝橋 朱翰榮 書肆, 鐘路 大東書市, 中署洞口內農圃 鄭禹澤家, 南門外 停車場 三光會社. 本社 告白

ㄴ. 廣告 活版印刷機具

一. 各種活字一. 諺文活字 (中略)

目下 出張所ᄂ 新設中이니 左記處로 來臨 相議ᄒ시옵

　　　京城南署會洞 八十四統 十戶 吳台煥 方

　東京 江川活版製造所 韓國出張所 (下略)

ㄷ. 廣告: 弊館에셔 石油活動機를 設ᄒ고 諸般 印刷器具를 一新히

---

17 『독립신문』이나 『미일신문』에는 남대문 안의 이문사 광고가 나타나는데, 이는 인쇄 관련 광고이다. 『관보』에는 『법규유편(法規類編)』(의정부 총무과)과 같은 정부 간행 도서에 대한 광고가 나타난다. 『뎨국신문』에도 인쇄소 광고는 간혹 등장하나 책 광고는 찾기 어려우며, 『황성신문』의 경우 1905년 이전까지 개별 광고보다는 의미 있는 서적을 발간할 때마다 논설 형태로 소개했던 것으로 보인다. 예를 들어 『황성신문』 1902년 5월 19일자의 '廣文社 新刊 牧民心書'나 1903년 11월 30일자의 '敍訖法氏所撰大東紀年'(헐버트가 지은 대동기년) 등이 이에 해당한다. 이에 비해 1906년 이후의 각종 신문에는 서점이나 책 광고가 빈번히 나타나는데 『萬歲報』, 『大韓每日申報』에는 김상연의 '만국사'가 빈번히 나타나며, 해당 신문사의 발수(發售) 장소도 자주 광고하였다. 이는 이 시기 신문과 도서가 상품으로 널리 유통되기 시작했음을 의미한다.

準備ᄒ와 各項 書籍을 精密 迅速히 刊行ᄒ오니 四海 僉君子는 如雲來議ᄒ심을 務望홈.

營業目: 敎科書, 譜牒, 褒證狀, 領收證, 通文, 廣告, 帳簿, 名刺 其他 印刷物도 隨請酬應이오며 且 我國의 初有特異ᄒ 附屬國文을 設備ᄒ얏ᄉ옵고 代金은 與他廉歇홈을 注意홈. 普文館

－『**萬歲報**』1906.7.11.

(18)의 광고를 통해 이 시기 신문이나 서책 간행뿐만 아니라 유통 과정을 대략 짐작할 수 있다. 특히 개인이 운영하는 서사(書肆)가 많아졌으며, 일본인의 인쇄업 진출과 보문관의 인쇄업을 확인할 수 있는데, 이는 이 시기 신문과 서책 유통이 단순한 지식 보급의 차원만이 아니라 다양한 이권과 연계되어 있으며, 아울러 일본인의 식민 정책과도 밀접한 관련을 맺게 됨을 의미한다.

이와 같은 지식 유통 상황에서 서구 학문에 기반을 둔 다양한 서책이 유통되었으며, 교육이나 경제상의 요인에 따라 교과서 및 전문 서적이 수입 또는 번역되기 시작하였다. 이러한 상황은 『대한매일신보』1906년 6월 6일자 평양 종로 대동서관 주인의 책 광고를 통해서도 확인할 수 있다.

(19) 平壤 鐘路 大同書館主人告

國民讀本, 小學讀本, 世界독本, 普通新智識독本, 蒙學독本, 女子新독本, 尋常小學독本, 蒙學修身敎科書, 蒙學經訓修身敎科書, 蒙學文法敎科書, 蒙學漢文敎科書, 文學初階, 蒙學東洋歷史敎科書, 蒙學萬國地理敎科書, 蒙學生理敎科書, 蒙學衛生敎科書, 蒙學植物敎科書, 蒙學動物敎科書, 蒙學礦物敎科書, 蒙學天文敎科書, 蒙學地文敎

科書, 蒙學地質敎科書, 蒙學格致敎科書, 蒙學化學敎科書, 初等物理敎科書, 初等理化學新編, 博物學大意, 蒙學毛筆習畵帖, 蒙學 習字帖 各種, 蒙學筭術敎科書, 蒙學珠算敎科書, 蒙學體操敎科書, 蒙學世界地圖 以上 蒙學用 (34종)

高等小학한文독本, 高等小學理科敎科書, 高等小學西洋歷史敎科書, 高等小學地理敎科書, 高等小學博物敎科書, 高等小學生理敎科書, 高等小學衛生敎科書, 高等小學遊戱法敎科書, 理化學大意, 高等小學幾何學敎科書, 高等小學萬國地理敎科書, 倫理敎科範本, 修身唱歌書, 小學修身敎科書, 筆算新法, 高等小學毛筆習畵帖, 小學體操圖 以上 高等小學用 (17종)

中흑 修身敎科書, 中學文法敎科書, 商業校本, 修學編, 學生讀書法, 中等敎育倫理學, 中等法律學敎科書, 中外故事讀本, 普通商業敎科書, 習字範本, 中等倫理敎科書, 中等世界地理교과셔, 中等之리교과셔, 東西洋歷史교과셔, 最新代數흑교과셔, 最新實驗化흑, 흑교遊戱法, 生리흑敎本, 普通動物흑교과셔, 新撰博物흑교과셔, 中等博物敎本, 名흑교과셔, 中흑文粹全篇, 萬國史綱, 代數흑, 平面幾何흑, 立體幾何흑, 計흑, 熱흑, 力흑, 水흑, 氣흑, 쟈학, 天文학, 動電학, 聲學, 靜電학, 地質학, 地文학, 生리학, 普通礦物교과셔, 植物학교과셔, 用器畵교과셔, 格致학교과셔 以上 즁等용 (43종)

大학堂講義全篇, 微積학 以上 高等用 (2종)

교授法原리, 학校官리법, 小학교實驗管리術, 論리학, 新리교授法, 唱歌敎授法, 교育史, 敎育學, 論리학綱要, 敎育心理學, 各과敎授法, 速成師範講義蒐錄, 東京遊學要覽, 漢文敎授法, 新稅교수학, 몽師箴言, 德育論, 國民교육론, 德育及體育, 敎育論新史全篇, 實心교수법, 統轄학교론, 女子敎育說, 家庭학, 心리교육, 精神之교육, 學校衛生

학, 百과교수指南 以上 敎育家 及 師範用(29종)

(19)에 나타난 책명이 구체적으로 어떤 종류의 것들인지 확인하기는 어려우나, 1906년 당시의 서적 유통 현상에 대한 단면을 보여주는 데는 무리가 없다. 이 시기는 한국 거류 일본인, 재일 유학생, 번역·저술가의 증가에 따라 서울뿐만 아니라 지방 대도시를 중심으로 도서 유통이 활발하게 이루어진 것으로 보이며, 그 과정에서 교과서의 번역·편술도 활발해졌음을 알 수 있다.[18]

이와 같은 배경에서 1906년대 이후에는 각종 학교의 보급과 함께 신학문 중심의 교과로 개편되어 가는 경향을 보인다. 다음 자료를 살펴보자.

(20) 신학문 중심의 교과

ㄱ. 古人이 云호딕 不敎民而戰을 謂之棄民이라 ᄒ니 嗚呼라 (中略)
　　敎育二字ᄂ 今日 有口者ㅣ 皆言이오 義務敎育 四字ᄂ 今之有
　　耳者ㅣ 皆聞이나 觀乎我敎育界에 皆不勝悶然ᄒ노니 噫라. 我韓
　　敎育之普及이 果何日也오 請以普相須太仁 氏之事業으로 祝我
　　敎育界之諸君ᄒ고 亟將義務敎育ᄒ야 申申告之ᄒ노니 (中略)
　　維願敎育之主權者와 及其他各道州郡觀風之吏ᄂ 毋躊躇回顧ᄒ
　　며 毋因循依違ᄒ고 以此義務敎育 四字로 汲汲自擔ᄒ야 絶叫疾

---

18 교과서 역술(譯述)과 관련하여 『皇城新聞』1906년 4월 11일자 논설 '賀敎科書籍之
譯述'에서는 학부대신 민영기의 '일본 백과전서' 및 '기타 신발명한 동서 각종 서
적'을 번역·편술한 사례를 소개한 바 있고, 5월 30일자 논설 '各種 敎科書之精神'
에서는 유지 교육가들의 외국 서적 구입과 교과서 번역 편찬 사업이 홛발하게 이
루어지고 있음을 논하면서, 우리 실정에 맞는 교과서의 개발이 시급홈을 강조한
바 있다. 또한 1907년 6월 28일자 논설 '外籍譯出의 必要'에서는 번역 출판을 위한
기구를 설립할 것을 주장하기도 하였다.

唱에 誓作昏衛之列炬ᄒ고 俾我鄕黨州閭之間에 皆定學區ᄒ야 一時文運이 不闡에 全國民智가 大開ᄒ면 今此列强이 孰敢侮余리오. 不勝切切血祝也ᄒ노라. (中略)

然이나 通鑑史略이 非蒙學之良規也오 詩文策論이 非經世之要務也라. 大局이 旣已全變에 學問도 不可泥古니 喚醒愛國之精神ᄒ고 輸入各種之實學ᄒ야 以從事競爭之事業이라야 始得生存之道라. 其誰以結繩干戚으로 呶呶於斯世者오 去惡習을 勿吝ᄒ고 求新學을 勿怠ᄒ야 懇懇至誠이 透到金石ᄒ면 不必患書籍之未備라. 泰西鴻哲之學說도 皆將渡海飛來오 不必慮敎師之難得其人이라 從此 大敎育家도 莫不次第生出ᄒ야 爲我韓放一大光明ᄒ리니 勉之哉어다. 凡我三千里內에 一一劃成學區ᄒ야 家塾黨庠이 相望櫛比ᄒ되 須有一定之規模秩序ᄒ야 幾家式 各出資本에 合設一校ᄒ며 (下略)

-義務敎育,『皇城新聞』1906.12.5.~12.7.(3회 연재)

ㄴ. 一進會演說 敎育發達論, 劉裁漢

夫敎育은 何謂也오. 曰人材를 養成ᄒ이오 人材를 養成ᄒ은 何謂也오. 曰學問을 敎育ᄒ이라. 故로 學問은 文明의 機關이 되고 人材ᄂ 國家에 棟梁이 되나니 敎以學問ᄒ야 智慧를 發達ᄒ고 人材를 養成ᄒ야 基礎를 鞏固ᄒᄂ지라. 我韓이 東方禮義之邦으로 五百餘年 文治之風이 冬夏에 敎以詩書ᄒ고 春秋에 敎以禮樂ᄒ야 典章法度가 燦然具備로되 世遠人降ᄒ야 虛飾에 惡習이 率多ᄒ고 浮華에 文具를 徒尙ᄒ야 人智가 未開ᄒ고 政治가 頹敗ᄒ니 此我同胞여. 此世가 何世며 此時가 何時오. 世界則六洲가 互通ᄒ고 列强이 競進ᄒᄂ 世오 時代則人智가 漸明ᄒ고 文明이 日輪ᄒᄂ 時라. 其文明이 何로 由ᄒ고. 曰新學問이라. 新學問者ᄂ 其綜論

을 槪ᄒ오리다. <u>學에 無形學이 有ᄒ고 其中에 關係學 其物學이
有ᄒ며 또 有形學이 有ᄒ고 其中에 關係學 其物學이 有ᄒ니 關係
學 中에 世態學이 有ᄒ지라. 其中에 國家 政治 法律 農商工諸般
之學이 有ᄒ니 小學 普通學 專門學을 修業ᄒᄂ 거시오 敎育이 三
種이 有ᄒ니 曰 家庭敎育 學校敎育 社會敎育이 是라.</u>(下略)

-『**皇城新聞**』1906.10.5.

(20ㄱ, ㄴ)은 1906년 이후 전통적인 '통감', '시문책'을 버리고 '신학문' 중심의 교육이 이루어져야 함을 강조한 논설이다. (20ㄱ)에서는 의무교육을 위한 학구(學區) 제정을 촉구하면서 신학문을 교육 내용으로 삼을 것을 촉구하여고, (20ㄴ)에서는 학문을 가르치는 것이 교육의 기초이며, 학문에는 무형학과 유형학이 존재하는데 유형학에 속하는 국가, 정치, 법률, 농상공 제반 학문을 소학, 보통학, 전문학에서 공부하는 것이 교육이라고 하였다.

이처럼 통감시대 학제 개편 이후에는, 신학문의 세력이 급증하고 영어나 일본어와 같은 외국어가 득세하는 분위기에서 교육의 중요성이 더욱 강조되었다. 특히 정규 학교의 설립이 불가능할 경우 '야학과'나 '특수학교' 형태의 교육기관이 늘어났는데[19], 그 과정에서 중요한 문제로 대두된 것 가운데 하나가 '교사(敎師)의 부

---

[19] 김형목(2001)에서는 1906년부터 1910년까지 각 지역의 야학 실태를 조사하였는데, 이에 따르면 서울 지역 95개소, 경기 78개소, 충청 49개소, 경상 51개소, 전라 24개소, 황해 49개소, 평안 122개소, 강원 37개소, 함경 52개소의 야학 기관이 나타난다. 이는 1906년 이후 야학이 미취학 아동이나 노동자·농민 교육의 주요 수단이었음을 의미한다. 비슷한 시기인 1909년 11월 11일 『대한매일신보』에서는 관립 고등학교 6, 관립 실업학교 4, 관립 보통학교 103, 사립고등학교 1, 사립 실업학교 5, 사립 보통학교 15, 보조지정학교 23, 기타 각종학교 1226, 보조학교 31, 종교학교 828, 학회 28로 총 2236교가 있었다고 보도하였다.

족'이었다. 다음 자료를 살펴보자.

(21) 1906년 전후의 교사 문제

ㄱ. 敎員 速成科: 學部에셔 臨時 敎員 速成科를 設ᄒᄂᄃᆡ 敎官 一人 書記 一人 講師 五人이니 學部 官員 中으로 兼任ᄒ고 生徒 四十 名을 敎授ᄒ기로 議決ᄒ고 度支部에 照會하되 <u>該部에셔 敎育을 擴張홈에 充用ᄒ기 爲ᄒ야 臨時 敎員 速成科를 設備</u>ᄒ고 敎員 을 養成하깃습기 該所人經費를 別紙列錄ᄒ야 玆枯聯仰佈ᄒ오 니 該豫算額一千六百七十八圜中으로 特爲支撥하라 하얏더라.

−『皇城新聞』1906.5.9.

ㄴ.西友學會 師範夜學: <u>西友學會에셔ᄂᆫ 師範夜學校</u>를 該會館內에 設立ᄒ고 學員을 多數히 募集ᄒ야 敎授ᄒ기로 決定ᄒ얏ᄂᆫᄃᆡ 卒 業ᄒ 後에ᄂᆫ 黃海 平安 兩道內 各 私立學校에 派送홀 計劃이라 더라.　　　　　　　　　　　　　　　−『만세보』1906.12.12.

　(21)과 같이 교원 부족을 위한 해결책으로는 속성과를 두는 방법과 야학과를 설치하는 방법 등이 있다. (21ㄱ)의 교원 속성과나 (21ㄴ) 의 사범 야학은 신학문 중심의 교육을 담당할 교사가 부족함을 의 미하며, 이러한 배경에서 1906년 이후에는 교육학과 관련된 관심 이 높아진다. 특히 이 시기 결성된 각종 학회의 학회보에서는 '교육 란'을 특설하여 교육학과 관련된 글을 번역 소개하였고, 1908년 이 후에는 개인 저술의 교육학 서적이 다종 발간되기도 하였다. 달리 말해 1906년도의 교육학 연구는 '교사 양성'을 목표로 한 연구의 성격이 짙었음을 의미하는 것이다.

3.2. 교사 양성을 위한 교육학

교사는 교육이 존재하기 위한 가장 기본적인 요소이다. 근대 계몽기의 학제 도입 과정에서도 소학교령 공포 이전에 사범학교령을 먼저 공포하고, '한성사범학교 규칙'을 제정한 것도 교사가 교육에서 차지하는 역할이 중요함을 의미하는 것이라고 볼 수 있다.[20] 그러나 근대 계몽기 교사 양성을 위한 사범 교육이 정착되기까지는 상당한 시간이 필요했으며, 교사 교육을 위한 교과 편성이나 교재 개발도 충분하지 못했다. 이러한 모습은 『황성신문』 1899년 7월 11일자의 논설에도 나타난다.

(22) **論說**

　國家에셔 各地方에 學校를 設ᄒ고 敎員을 任ᄒ야 別定훈 課程으로 鄕家 子弟를 敎育훔은 其 蒙愚함을 解ᄒ고 開達한데로 就ᄒ야 一國으로 ᄒ야곰 文明에 躋케 함이라. 故로 殘窘한 金額을 傾ᄒ야 敎俸과 校費를 按月支撥ᄒ니 學校에셔 맛당히 此 國家의 眷念ᄒᄂ 意를 體ᄒ야 學ᄒ기를 倦치 아닐지니라. (中略)

　今에 <u>各地方 學校의 詳寄를 更聞훈즉 設校 以來로 學徒가 朝三暮四ᄒ야 規模가 懈弛훌 뿐더러 國漢文 交用 文字를 開化者의 學으로 歸ᄒ야 原定課程을 眼外로 視之ᄒ되</u> 校師ᄂ 一分도 勸勵훔이 無ᄒ

<u>20</u> 한성사범학교 규칙 제정 당시에도 교원 속성과가 있었다. 한성사범학교는 1895년 5월 1일 개교하였는데, 당시 『官報』(1895.4.19.)에는 "勅令으로 頒布되ᄂ 漢城師範學校가 五月 一日로붓터 設始ᄒ니 本科 學生(二個年 卒業) 一百名과 速成科生(六個月 卒業) 六十名을 勸赴ᄒ니 入學ᄒ기 願ᄒᄂ 者ᄂ 本月 二十五日內에 稟告ᄒ고 二十七日에 本部로 進ᄒ야 入學試驗을 受ᄒ미 可훔. 開國 五百四年 四月 十九日 學部"라는 師範學員 勸赴 廣告가 게재되었다.

고 如何케 學ㅎ던지 <u>一月만 送ㅎ면 俸給을 例索</u>ㅎ니 或者ㅣ 言ㅎ기
를 各校 敎員들이 學徒 敎育에 董督ㅎ기를 其俸 董督홈과 ㄳ치 ㅎ
얏스면 學徒의 進就가 時月을 可期ㅎ리라 ㅎ니 此言이 其 激發흔 듸
셔 出홈이로다. (下略)　　　　　　　　　　　　　－『皇城新聞』1899.7.11.

(22)의 논설에서는 각 지방의 학교 설립 이후로 학도가 조삼모사
하여 규모가 해이하고, 원래 정한 과정을 도외시하거나 (학도가)
어떻게 공부하든지 한 달을 보내면 봉급이나 열심히 탐내므로 학
도의 진취가 불가능하다고 비판하였다. 이러한 경향은 사범 교육
의 미비에서 비롯된 것으로 보이는데, 이 시기 사범 교육의 실태를
알 수 있는 자료가 거의 남아 있지 않다.[21]

이와 같은 상황에서 기무라지치[木村知治](1896)의 『신찬교육
학(新撰敎育學)』(前川善兵衛 發行, 谷久默次 印刷)과 같은 교재가
1900년대 이전의 사범학교 교재로 사용되었을 것으로 추정된다.[22]

---

21 『독립신문』1896년 6월 11일자 잡보에서는 "샤범 학교 학도들이 학부에 청원셔들
을 ㅎ고 모도 퇴학 ㅎ겟다고 ㅎ엿ᄂ듸 ᄉ듦인즉 ᄉ로흔 <u>학부 대신이 말ㅎ기를 죠
션 사름들이 죠션 글을 빅호ᄂ거슨 사름를 즘승을 믄드ᄂ게라</u> 흔 연고더라 우리
싱각에ᄂ 그 지각업ᄂ 사름의 말을 탄홀거시 업시 학도들이 학부에 가셔 대신의
게 연셜들을 ㅎ여 쑴을 좀 ᄉ여 주ᄂ거시 맛당 홀쏫 ㅎ더라."라는 기사가 실려 있
다. 이 기사는 학부대신 신기선이 '조선 글을 쓰지 말 것', '양복을 입지 말 것' 등을
내용으로 하는 상소를 한 데(같은 신문 1896.6.4.) 대한 사범학교 학도들의 반발을
보도한 것으로, 신기선의 상소에 대해서는 『독립신문』1896년 6월 4일자, 6월 11
일자 논설에서도 비판한 바 있다.

22 기무라 지치[木村知治]의 『신찬교육학』은 1896년 일본 오사카에서 발행된 교육
학 교과서이다. 이 교과서가 어떤 목적에서 편찬되었는지를 알 수는 없으나 『대한
매일신보』1906년 6월 6일 평양 종로 대동서관 주인의 서적 광고에 이 책명이 등
장하는 것으로 볼 때, 근대 계몽기 사범학교용 교과서로 쓰였음을 확인할 수 있다.
일본인이 저술한 교과서이지만 한문에 한글 현토를 하여 당시 재일 유학생이나 국
내 사범학교에서 쓸 수 있도록 한 것으로 보인다. 더욱이 책의 앞부분에 윤치호가
헌사를 남겼으며, 발매소가 조선 경성부 남대문 근명례방인 점을 고려할 때 교육
학 교과서가 충분하지 않던 근대 계몽기에 이 책을 교과서로 사용한 학교가 다수

이 책은 모두 6장으로 구성되었으며 제1장 서론에서 '학술의 요의(要義)'와 '교육의 종류', '정부의 책임', '교육학의 성격(혼합학)'을 서술하고, 제2장의 총론에서는 '교육의 목적', '범위', '효능', '구별', '덕육', '지육', '체육' 등을 설명하였다. 제3장의 '지육론'과 제4장 ~ 제5장의 '덕육론', 제6장의 '체육론'은 각론에 해당하는 것으로, 한문에 한글 현토를 한 문장으로 서술한 점이 특징이다. 이 책에서는 교육의 세 분야를 '지덕체(智德體)'로 보았으며, "교육의 목적은 원만한 덕을 양성하는 데 있으니 의사와 좋은 지식으로 서로 조화를 이룸으로써 그 목적을 달성하는 방법이 된다. 그러므로 교육을 담당하는 자는 학도의 품성을 만들어 가는 데 전심하여 이로써 지극함을 완성함을 목적으로 한다."고 하여 지정의(智情義)의 통합을 교육의 목적으로 삼았다. 이 교재에서 주목할 점은, 교육을 맡고 있는 자는 학과 술의 근원을 분별해야 하는데, 교육의 학은 교육의 이치이며, 교육의 술은 교육의 방법이라고 규정하였다. 여기서 '교육을 맡고 있는 자'가 누구인지 구체적으로 언급하지는 않았지만, '교육의 종류'(실업교육, 미술교육, 농업교육, 상업교육, 초등교육, 중등교육, 보통교육, 전문교육) 및 '정부의 책임'(국가의 교육) 등을 고려할 때, 교육을 맡고 있는 자는 교사와 교육 정책 담당자들이라고 할 수 있다. 달리 말해 이 교재는 교사와 정부의 교육 정책 담당자들을 위해 교육의 학리와 기술을 설명하고자 한 책이라고 볼 수 있다.

근대식 학제 도입 이후 교육학이 본격적으로 도입된 것은 1906년

있었을 것으로 추정할 수 있다. 저자인 기무라에 대한 기록은 찾기 어려우나 일본 효고현(兵庫縣) 거주자로 조선에 체류 중이었던 것으로 볼 수 있다. 발행 연월일은 1896년(일본 明治 28年) 9월 15일이며 발행자는 오사카 동구에 거주했던 마에가와[前川善兵衛]로 나타난다. 책의 내용은 허재영 편(2012)의 『근대 계몽기의 교육학 연구와 교과서』(지식과교양)를 참고할 수 있다.

이후의 일이다. 제3장에서 설명한 바와 같이, 1906년 이후 각종 학회보에는 교육학 일반 원리, 가정교육론, 사회교육론, 여자교육론, 교육사 등의 다양한 논문이 역술 등재되었다. 특히 유근(1906~1907)의 '敎育學原理', 김수철(1907~1908)의 '家庭敎育法'과 같은 논문에서는 교육의 방법에 관해 비교적 자세한 논의를 진행하고자 했는데, 이러한 방법론을 중시한 이유도 사범 양성과 무관하지 않은 것으로 보인다. 이 시기 교사 문제와 관련된 다음 논문을 살펴보자.

(23) 1906년 이후의 교사 문제

ㄱ. (前略) 然則 何로써 國家 發達의 大目的을 遂홀고. 余는 答ㅎ되 敎育이라 ㅎ노니 何者오. 非他라. <u>敎育은 國民的 意識을 能히 根底브터 統一ㅎ야 그 國体 民性에 適應ㅎ는 國民精神을 陶冶ㅎ는 大力을 管有흔 所以니 然則 此 敎育을 掌握ㅎ는 者는 誰오. 小學校 敎員이 아닌가.</u> 嗚呼라. 國本培養의 正路를 當ㅎ야 第二 國民되는 幾多의 兒女를 薰陶 養育ㅎ는 小學校 敎員의 幸福이여. 君 等은 榮譽의 天爵을 享受ㅎ엿고 無形의 桂冠을 領有ㅎ엿도다. 假令 其 地位는 低下ㅎ며 名望은 淺薄ㅎ야 所得의 俸給으로써 一家의 生活을 維持키 難ㅎ다 홀지라도 吾人은 君等을 崇尊仰慕홈에 誠衷을 傾渴ㅎ리로다.

<u>世人은 通常 小學校 敎員을 指目ㅎ야 學校 先生이라는 尊號를 上ㅎ면셔도 一個 嘲笑的 格言 資料를 삼느니 噫라. 此는 다만 金錢上 問題로 打算흔 者가 아니냐.</u> 誤哉過哉라. 小學校 敎員이 神聖흔 거시 아니냐. 만은 世人이 彼들을 冷笑ㅎ고 侮辱ㅎ야 待遇홈만은 何故뇨. 必也 彼等의 腐敗흔 所以가 有홈이니 左에 그 大綱을 記述ㅎ여 볼가. 怪常토다. 現今의 小學校 敎員들이여. 大槪

輕佻浮薄ᄒ야 商賈的 營利的으로 一己를 愼謹흠에 正重흔 行動이 無ᄒ고 子弟들을 敎導흠에 親愛를 不施ᄒ고 威喝을 縱行ᄒ야 純良흔 幼年의 良心을 全數히 懦弱케 ᄒ고 俸給의 多寡를 因ᄒ야 進退出入에 軌範이 無定ᄒ고 俗吏小人의 奴隷를 自甘ᄒ야 假善僞良의 現狀을 綻路(탄로)ᄒᄂ니 果然 如此ᄒ면 隱避치 못홀 卽事오 否定치 못홀 過責이라. 엇지 長太息 流涕홀 者가 아니리오. 故로 余輩ᄂ 彼들의게 正當히 訓責홀 바를 要ᄒ리라.(中略)

莫大흔 國家를 建設홀 <u>第二 國民을 養成흠은 小學敎員의 職分이니 宜當히 國民의 先覺者로써 自任홀 거시오 子弟를 率홈에ᄂ 口로써 ᄒ지 말고 道로써 ᄒ라.</u> 古人이 云ᄒ되 我ᄂ 道로써 天下를 救援ᄒ리니 王覇의 分道가 道와 手의 相異ᄲᆫ이라. 術로써 人을 弄ᄒ고 智로써 世를 馭(어)ᄒ며 自己의 誠意를 根因치 아니ᄒ고 一身의 實行을 爲本치 아니흠은 다 道로써 흠이 아니오 手로써 흠이니 道라 흠은 心을 原ᄒ고 理를 從흠이라 ᄒ엿슨즉 人物을 養成코져 ᄒᄂ 小學敎員이여 此言을 深亮ᄒ라.

<u>敎育의 目的은 人物을 養成흠에 在ᄒ고 富貴와 顯榮을 贏得(영득)</u>ᄒ려 흠이 아니니 大抵 人은 神과 寶를 兼全키 不能흔 者라. 萬一 富貴를 致코져 ᄒᄂ 者ᄂ 敎育의 事業을 罷棄ᄒ고 米商을 寧作ᄒ며 料理를 營業ᄒ라. 如此흔 奴輩가 神聖흔 小學敎員의 職務를 携帶흔 거슨 敎育界의 汚辱이오 侮恥니 速去速去홀지어다.(下略)

― 小學敎員의 天職, 浩然子,『太極學報』제17호,
융희 2년(1908) 1월 24일

ㄴ. 小學校 敎員의 良否ᄂ 普通敎育의 弛張에 關ᄒ고 普通敎育의 弛張은 國家의 隆替에 係ᄒᄂ니 其任이 重ᄒ고 大ᄒ다 謂홀지라. 今에 만일 小學敎員에 其人을 未得ᄒ야 普通敎育의 目的을

達ᄒ며 人으로 身을 修ᄒ고 業을 就케 아니ᄒ면 何를 由ᄒ야 國을 愛ᄒ고 君을 忠ᄒᄂ 志氣를 振起ᄒ고 風俗을 淳美케 ᄒ며 民生을 富厚케 ᄒ야써 國家의 安寧 福祉를 增進케 ᄒ랴. (중략)

一. 人을 引導ᄒ야 善良케 홈은 智識을 廣博케 홈보다 더욱 緊要홀지니 故로 敎員된 者ㅣᄂ 道德敎育上에 全力을 用盡ᄒ야 生徒로 ᄒ여곰 國을 愛ᄒ고 …

一. 智心敎育의 目的은 專혀 人으로 ᄒ여곰 智識을 廣博히 ᄒ고 才能을 助長케 ᄒ야 其 本分을 必盡케 홈이 適富홀지라. 엇지 聲譽만 徒取ᄒ고 奇功만 貪求ᄒ랴. 故로 敎員된 者ㅣᄂ 宜當히 此를 體認ᄒ야 生徒 智心上의 敎育을 從事ᄒ랴.

一. 身体敎育은 다만 体操로만 依著홀 거시 아니니 맛당히 恒常 校舍를 淸潔케 ᄒ고 光線 溫度의 適宜와 大氣의 流通에 留意ᄒ며 또 生徒의 健康을 妨害홀 習癖에 汚染될 거슬 豫防ᄒ야 從事홀지어다. (이하 13개조는 생략함)

(23)은 1906년 이후 소학교원의 임무를 강조한 논설이다. (23ㄱ)에서는 이 시기 소학교 교원에 대한 일반인과 교원들의 태도를 비판하면서 교원으로서의 책임감을 강조하였고, (23ㄴ)에서는 소학교 교원들이 '지식을 광박케 함'보다 '선량한 도덕 교육'과 '체육 위생'을 중시해야 함을 강조하였다. 이는 당시의 교원들이 '금전상의 문제=봉급'에 너무 많은 관심을 기울이고, 또 '지식 위주'의 교육에 치우침을 비판한 것이라고 볼 수 있다. 이러한 상황에서 교사 양성을 위해 일본에 유학생을 보내거나 강사 친목회를 조직하는 등의 활동도 전개되었다. 예를 들어 『태극학보』 제26호(1908.11.24.)에 게재된 '師範養成의 必要'(秋醒子)라는 논설에는 평양의 김제현 씨가

청년회를 조직하고 의연을 수합하여 일본에 유학생을 보냈으며, 박천의 모씨도 학교 기금을 분할하여 청년 재자 송욱현 씨를 일본에 유학케 했다는 내용이 실려 있다. 또한『황성신문』1909년 8월 3일자 잡보 '果好消息'에서는 원영의, 장지연 등이 발기하여 휘문의숙에서 강사 친목회를 개회한다는 기사가 실려 있다. 이처럼 사범 양성의 필요가 급증한 상황에서 유옥겸(1908)의『간명교육학』(우문관),『소학교수법』, 김상연(1908)의『간명교육학』(이화여대 소장본), 최광옥(1907)의『교육학』(면학회), 학부 편집국(1910)의『보통교육학』(학부), 윤태영(1907)의『사범교육학』(보성관), 임경직(1908)의『쇼ᄋ교육(小兒敎育)』(휘문관) 등이 나왔다. 이처럼 1908년 이후 교육학 서적이 역술 편찬되면서 교과 교육론과 교수법 소개가 활발해진 것으로 볼 수 있는데, 그 가운데 주목할 만한 것은 교수법 도입이다.

3.3. 교수법 도입과 발전

교과의 개념이 불분명했던 학제 도입 초기의 교수법에 대해서는 별반 알려진 것이 없다. 다만 학부에서 평안남도 공립소학교에 보낸 훈령에 해당 교과서와 관련된 시험문제 견본이 실려 있어, 교수 내용을 평가하는 기준이 무엇인지를 짐작할 수 있다.

(24) 學部에셔 平安南道 公立小學校에 訓슈흔 草本을 左에 記흐노라.
　　(中略)
玆先將 公法會通 二秩 泰西新史國漢文 各五秩, 西遊見聞 一冊, 中
日略史 十冊, 俄國略史 二十冊, 尋常小學 十秩, 大韓圖 二幅, 小地
球圖 五幅을 齎送흐야 以便習讀而其法則隨其年才差等흐야 授以冊

子難易ᄒ고 並寄問題十數條ᄒ야 使諸生으로 訓令到付後限 三個月
准九十日內에 逐條著論送部ᄒ야 俾作刮目之資ᄒ며 旣不許倩人作
寫ᄒ고 (中略)

〈問題〉

• 法國이 何故 大亂ᄒ며 拿破崙 第一皇은 何如ᄒ 英雄고.

• 英國은 何以興盛ᄒ야 世界 一等國이 되며 政治善不善이 我國에
比ᄒ면 何如ᄒ고. 隱諱치 말고 據實直書홈이 可홈.

• 印度國은 何故로 英屬國이 되야 至今ᄭ지 自主치 못ᄒᄂ고.

• 普法戰爭에 普國은 何以勝이며 法國은 何以敗오.

• 奧地利 皇帝 飛蝶南은 何故 遜位ᄒ며 今에ᄂ 其國 情形이 何如오.

• 意太利國 史記 中 拿破螺師王 飛蝶南 第二가 其民을 暴虐ᄒ다가
各國에게 見侮ᄒ얏스니 其情形과 是非가 何如오.

• 俄國이 政治와 拓地홈과 所得 屬地國民을 何以待之며 其國과 深
交홈이 何如ᄒ고.
　　　　　　此ᄂ 我國略史를 熟覽ᄒ고 條對홈이 可홈.

• 突厥國은 何如ᄒ 國인고. 其政治 善不善을 言홈이 可홈.

• 美國은 世界 中에 敎化와 各情形이 何如ᄒ다 홈고.

• 新政이 興ᄒ 後 世界가 比前ᄒ면 何如오.

• 我大韓은 何政治를 用ᄒ여야 世界 一等國이 되며 ᄯᅩ 舊習은 不改
ᄒ면 何境에 將至홈고. 昭昭明白히 著論홈이 可홈. (完)
　　　　　　以上 問題ᄂ 다 泰西新史를 先讀ᄒ고 條對홈이 可홈

-『皇城新聞』, 1898.11.4.~5. 別報

(24)의 문제는 학부가 평안남도 공립소학교에 『공법회통』, 『태서
신사국한문』 등의 교과서를 보내면서, 『아국약사(俄國略史)』 및 『

태서신사』와 관련된 문제 10여 조항을 만들어 송부한 기사이다. 이
들 문제를 살펴보면 이 시기 교육 내용은 교과서의 내용 이해를 전
제로 개인의 의견을 서술하는 형태였을 것으로 추정된다.

이처럼 문답식 교수법을 적용한 형태의 교수 자료는 1906년 이
후 여러 교과에서 다수 발견된다. 국어과의 경우 주시경(1906)의 유
인본 『대한국어문법』이 전형적인 문답 방식을 취하고 있는데, 이
는 주시경이 상동 청년학원에서 강의한 내용을 바탕으로 한 것이
기 때문이다.[23] 이 책의 편제 방식은 다음과 같다.

(25)『대한국어문법』의 문답식 서술

1. 말과 글 (모두 22문과 답)

　　일문 : 말이 무엇이뇨

　　답 : 뜻을 표ᄒᄂ 것이니이다

　　이문 : 말이 쓸ᄃᆡ가 무엇이뇨

　　답 : 인류가 셔로 인연되여 사ᄂᆫ고로 그 뜻을 셔로 통ᄒᄋᆞ야 홀 것
　　　　인ᄃᆡ 말은 그 쓿을 통ᄒᄂᄃᆡ 쓰는 것이니이다.

　　삼문 : 말로 뜻을 엇더케 달은 사람에게 통ᄒᄂ뇨

　　답 : 말은 곳 뜻을 구별ᄒᄋᆞ여 표ᄒᄂ 소ᄅᆡ니 그 소ᄅᆡ로 달은 사람에
　　　　게 젼ᄒᄂ이다

---

23 『皇城新聞』1906년 7월 18일자 잡보에서는 "尙洞 靑年學院 敎師 周時經 氏가 <u>比年
以來로 國文硏究를 精密히 ᄒᄋᆞ야 爲先 冊子를 編輯ᄒᄋᆞᆺᄂᄃᆡ 其音義에 明白ᄒᆷ과 綴
合에 精緻ᄒᆷ이 可謂 我東國文에 指南될 듯</u>ᄒᄋᆞ다고 稱賀ᄒᆫ다더라."라는 기사를 수
록하였는데, 이 기사의 '책자'가 『대한국어문법』으로 보인다. 김민수·고영근·하동
호 편(1977)의 '역대한국문법대계'(탑출판사)에서는 "이와 거의 같은 책으로 <국
문문법>이란 사본이 따로 있는데, 이것은 1905년 6월경 상동 청년학원 학생이었
던 유만겸의 필기장으로 짐작되는 것인데, 문법부문이 더 있어 주목된다."라고 풀
이한 바 있다.

> 수문 : 이 소리를 쪄 사람이 엇더케 알수 잇느뇨
> 답 : 소리자(는) 공긔를 타고(가울리는 파동이) 퍼져 나가서 져 사
>   람 귀청을 울려 듯는 경락으로 들어가면 신이 쌔듯고 아느니
>   젼어 통으로비교ᄒ여 볼 만ᄒ니이다.(하략)

(25)의 문답식 전개는 각각의 질문과 그에 대한 해답이 연계되어 있다. 이는 질의·응답을 통해 가르치고자 하는 내용을 체계적으로 접근하고자 한 방식을 적용한 셈이다. 이러한 방식은 다른 교과에서도 찾아볼 수 있는데, 『태극학보』 제11호(1907.6.24.)에 실린 '少年 百科叢書－童蒙 物理學 講談'이나 제13호(1907.8.24.), 제14호(1907. 9.24.), 제15호(1907.10.24.), 제16호(1907.11.23.)에 연재된 浩然子의 '理科 講談(小學校 敎員 參考ᄒ기 爲ᄒ야)', 제14호에 실린 '天文學 講座'(仰天子라는 筆名)도 이에 해당한다.

이 시기에 이르러서는 이론적인 면에서 교수법을 연구한 사례도 다수 나타난다. 이는 크게 세 가지 유형으로 나누어 볼 수 있는데, 학회보에 실린 교수법 이론, 교육학 교과서에 나타나는 교수법 이론, 교수법 관련 저서 등이 그것이다.

먼저 학회보에 나타난 교수법 이론으로는 유근(1907)의 '교육학 원리'에 들어 있는 '사상 발달의 통례'가 있다. 이 논문에서는 서구 교육사상가들의 이론을 소개하면서, 교수의 비결이 흥미 계발에 있다고 주장하였다. 특히 헤르바르트[黑排梯]의 '관념 동화설'을 소개하면서, '일치율', '대비율', '근사율'의 관념 연합법과 흥미 계발 단계를 자세히 설명하였다. 이뿐만 아니라 교수의 형식을 '주입주의'와 '개발주의'로 나누고, 개발주의는 다시 '분해 교수법(기존의 관념계를 분해하여 교육의 목적에 따라 번잡한 것을 삭제하고 간략한 것을

취하는 방식)'과 '총합 교수법(신관념을 구관념계에 확장 가미하는 것)'으로 나누었다. 이러한 방식을 적용하여 교수의 단계를 제시했는데, '관찰 → 사고 → 응용'의 3단계설(特弗立特 及 活特梯)24, '명료 → 연합 → 계통 → 방법(應用)'의 4단계설(黑排梯 及 徐爾拉), '예비 → 수여 → 연합 → 결과 → 응용'의 5단계설(來因)이 그것이다. 이를 바탕으로 '문답법'(소크라테스의 문답법), '담화법'과 같은 교수법이 있음을 밝혔다. 이러한 교수법은 교과마다 다소의 차이가 있을 수 있는데, '情育의 方法'이나 '意志 訓練의 通例' 등은 智育과 다른 차원의 교수 방법이 있음을 의미하는 것이다.

이러한 맥락에서 『태극학보』 제18호(1908.2.24.)부터 제26호(1908. 11.24.)에 연재된 김수철의 '가정교육론'도 주목할 만하다. 특히 제26호(1908.10.24.)와 제27호(1908.11.24.)에는 '知育'의 개념과 방법이 소개되어 있는데, 지각 작용에 대한 심상으로 '지각'과 '기억'을 제시하고 '언어 연습'과 '완구 수여'를 지육의 방법으로 제시하였다. 이뿐만 아니라 『기호흥학회월보』 제7호(1909.2.25.)에는 정영택의 '교육의 한계'가 실려 있는데, 비록 완결된 논문은 아니지만 제5장에 '敎育術과 敎育論'을 두어 교육과 관련된 경험과 이론의 관계를 규명하고자 하였다.25

다음으로 개인 저술의 교육학 교과서이다. 앞에서 소개한 기무라지치(1896)에서도 교수법과 관련된 내용이 나타나지만, 유옥겸(1908)에서는 제3편 '방법론(1)-교수론', 제4편 방법론(2)-훈육론',

---

24 유근(1907)의 '교육학 원리'가 어떤 교재를 역술한 것인지는 밝혀져 있지 않다. 특히 이 논문의 인명 차자는 이 시기 다른 교육학 관련 논저와 차이가 있다. 3단계설의 '特弗立特'이나 '活特梯'가 누구인지는 알 수 없다.

25 이 글에서 소개한 자료는 허재영(2012)에서 정리한 바 있다.

제5편 방법론(3)-양호론'을 두어 구체적인 교수 방법을 소개하였다. 제3편에 소개한 교수법은 '흥미'와 '교안(敎案)', '교재(敎材)'와 관련된 것으로 '흥미'를 지식적 흥미(경험)와 감정적 흥미(교제)로 나누고 전자를 이론적 인식(자연에 관한 것으로 경험적 흥미, 개념에 관한 것으로 추구적 흥미, 개인에 대한 것으로 동정적 흥미), 선과 미의 실지적 판정(심미적 흥미)로 구체화했으며, 후자의 경우 사람에 대한 것(사회적 흥미)과 신에 대한 것(종교적 흥미)로 나누었다. 여기에 나타난 흥미는 곧 피교육자의 관심사를 의미하는 것으로 교육의 효과를 높이기 위해서는 피교육자의 흥미를 유발하는 것이 가장 중요한 셈이다. 교안의 구성이나 교재의 배열 등도 교수법과 관련하여 매우 중요한 의미를 갖는데, 유옥겸(1908)에서도 이 문제를 구체적으로 서술하였다. 훈육의 방법에서 '시범', '감시', '명령 및 금지', '포상 및 징벌' 등을 설명하였으며, 양호의 방법에서 '신체적 연습', '과업', '감관의 연습' 등을 제시한 점도 기존의 교수법에서 발전된 면을 보인다. 이러한 흐름은 김상연(1908)을 비롯한 다른 교육학 교과서도 비슷할 것으로 추정된다.

이와 함께 교수법만을 다룬 저서도 존재했음을 확인할 수 있다. 이는 일제 강점 직후인 1915년 조선총독부에서 교과용도서를 조사하면서 '불인가 교과용도서'로 진희성(陳熙星, 1908)의 『신편소학교수법(新編小學敎授法)』(義進社, 융희2년 6월 초판), 윤태영(尹泰榮, 1907)의 『사범교육학(師範敎育學)』(普成館, 광무11년 6월 28일 초판), 狩野應力(1902)의 『실용신교수법(實用新敎授法)』(金港堂, 明治34年 3月 31日 초판, 일본어판), 최광옥(1907)의 『교육학(敎育學)』(勉學會, 융희 원년 11월 10일) 등을 제시한 데서 확인할 수 있다. 다만 이들 교육학 서적에 대해서는 아직까지 자료 발굴 및 분석 작업이 이루어지지 못한 상태이다.

4. 결론

개항 이후 우리나라의 교육 현상은 근대식 학교 제도의 도입과 교과 과정의 정립이라는 복합적인 문제를 안고 있었다. 1880년대 『한성주보』의 '논학정'이나 박영효의 '개화 상소문' 등에서 근대식 학제의 필요성이 언급되었고, 갑신정변이라는 변혁기를 거치면서 '통변학교'나 '원산학사', '육영공원', '배재학당', '경신학교', '이화학당' 등이 나타나지만, 이들 학교의 교육 과정이 체계적으로 운영된 것은 아니었다.

1895년 근대식 학제의 도입과 함께 '한성사범학교령', '소학교령'이 공포되고, 1899년 '중학교령'이 공포되면서 이들 학교령을 뒷받침하는 '시행 규칙'에서 교과 과정을 구체적으로 정해 놓았지만, 학교의 보급이 더디고 실제 교육 현장에서 이를 시행할 만한 충분한 준비가 갖추어지지 못한 상황에서 교과 과정을 운영하는 일도 쉽지 않았다. 특히 학교 확장의 필요성에 맞추어 1898년 이후부터는 다양한 야학과나 야학교가 설립되며, 기술학교도 늘어났다. 이러한 학교 현상의 다양성은 교과 과정의 혼란상을 의미하기도 한다. 이러한 현상은 이 시기 교육 문제를 접근하는 태도도 매우 다양한 데서 기인하는데, 선행 연구를 종합할 때 '근대 계몽기의 교육 사상=교육 입국론 또는 교육 만능론'으로 규정하는 경향이 있지만, 엄밀히 살펴보면 이 시기의 교육 사상에서도 '기술주의' 또는 '기능주의' 교육론이 등장하기도 하였고, 또 학교 설립 자체가 계층적·경제적 실리와도 밀접한 관련을 맺고 있었다.

이와 같은 상황에서 근대 계몽기의 교과 현상을 하나의 범주 내에서 종합하는 일은 결코 쉽지 않다. 이를 고려하여 이 글에서는 근대 계몽기의 교과 현상을 통시적으로 기술하고, 교과론과 교수법의 도입 과정을 정리하는 데 중점을 두었다. 이 글에서 논의한 바를 정리하면 다음과 같다.

첫째, 근대 계몽기 교과 과정에 대한 논의는 1880년대부터 시작되나 근대식 학제 도입과 함께 교과 과정이 도입되었다. 특히 1895년 소학교 교칙 대강은 이 시기 소학교의 학과목의 요지와 교육 내용을 규정하였다. 그런데 이 교칙 대강에서는 학년 개념이나 교육 내용의 위계 문제 등은 고려되지 못했다. 교과 과정이 체계화된 것은 1906년 보통학교령 이후의 일이나 이 시기는 통감부의 학정 잠식과 함께 교육 통제가 전면적으로 이루어진 시기였으며, 교과 과정의 개발은 교육 통제를 위한 수단으로 기능하였다.

둘째, 초기의 교과론은 대부분 '학문=글 배우기'라는 관점을 취하고 있다. 이는 지식 보급이 '개화' 또는 '부국강병'의 전제 조건이라는 인식에서 비롯된 것으로, '학교 교육 = 학문 교육 = 글 배우기'라는 관점을 중시하였다. 이 과정에서 학교의 교과 과정은 '신학문'을 중심으로 한 교과가 되어야 한다는 생각이 주류를 이루기 시작하였고, 『서유견문』 이후로 각종 신문이나 학회보를 통한 신학문 소개가 활발해졌다. 그러나 이 시기는 교과 과정의 미비뿐만 아니라 학교 부족, 교사 부족 등의 근본적인 문제는 쉽게 해결되지 못했다. 이러한 배경에서 근대 계몽기의 교육학은 사범 양성을 위한 방편으로 활용되었으며, 1906년 이후 각종 학회보 및 개인의 교육학 관련 저술이 나타나기 시작하였다.

이처럼 근대 계몽기의 교과 현상은 매우 다양한 면모를 보이는

데, 이에 대한 종합적인 연구를 위해서는 지속적인 기초 자료의 발굴과 정리가 필요할 것으로 보인다. 특히 1915년 조선총독부에서 불인가도서로 규정한 다종의 교육학 관련 저술은 현재까지 발굴하지 못한 상황이어서, 1900년대의 교육학이 갖는 의미를 종합적으로 규명해 내는 데 한계가 있다.

참고문헌

가영희 외(2011), 『교과교육론』, 동문사.

김영민(2009), 근대 계몽기 문체 연구, 『동방학지』148, 연세대학교 국학연구원. 391-428.

김종진(2004), 개화기 이후 독본 교과서에 나타난 노동 담론의 변모 양상-노동야학독본과 중등교육조선어급한문독본을 중심으로-, 『한국어문학연구』42, 한국어문학회, 57-78.

김항인 외(2011), 『교과교육과 문화, 어떻게 소통할 것인가』, 지식과 교양.

김형목(2000), 한말·1910년대 여자야학의 성격, 『중앙사론』14, 한국중앙사학회. 28-29.

김형목(2001), 『1910년 전후 야학운동의 실태와 기능』, 중앙대학교 사학과 박사학위 논문.

김형목(2005), 한말 야학 운동의 기능과 성격, 『중앙사론』21, 중앙대학교 중앙사학연구회. 394-424.

박득준(1989), 『조선근대교육사』(1989 한마당 출판사에서 다시 간행한 판).

박인기(2011), 교과의 생태와 교과 진화, 『교과는 진화하는가』, 지식과 교양.

박붕배(1987), 『국어교육전사』(상), 대한교과서주식회사.

유길준전서 편찬위원회(1982), 『유길준전서』, 일조각.

유동준(1987), 『유길준전』, 일조각.

윤여탁 외(2005), 『국어교육 100년사』, 서울대학교출판부.

이만규(1947), 『조선교육사』(1991년 거름출판사에서 다시 간행한 판)

이영덕(1990), 『교육의 과정』, 배영사.

이종국(1991), 『한국의 교과서: 근대교과용도서의 성립과 발전』, 대한교과
　　　　서주식회사.
이해명(1991), 『개화기 교육개혁 연구』, 을유문화사.
조선총독부(1915), 『교과용도서 일람표』, 조선총독부.
조희정(2003), 근대 계몽기 어문 교과 형성에 관한 연구, 『국어교육학연구』
　　　　16, 국어교육학회.
차석기 외(1999), 『한국 민족주의 교육의 생성과 전개』, 태학사.
허성일(2005), 『유길준의 사상과 시문학』, 한국문화사.
허재영(2005), 근대 계몽기 국어 교과의 성립 과정 연구, 『중등교육연구』
　　　　53-1, 경북대 중등교육연구소.
허재영(2010), 『통감시대 어문 교육과 교과서 침탈의 역사』, 경진.
허재영(2012), 『근대 계몽기의 교육학 연구와 교과서』, 지식과 교양.
황정규 외(1998), 『교육학개론』, 교육과학사.

제5장

언문일치의 본질과 국한문체의 유형

한국 근대의 학문론과 어문 교육

1. 서론

1880년대 이후 국어의 문자사용 방식에서 주목할 만한 사항이 있다. 그 가운데 대표적인 것이 '언문일치'의 문제이다. 근대 계몽기의 언문일치 문제와 관련하여 많은 선행 연구에서는 문체의 문제로 규정하는 경향이 있었다. 그렇기 때문에 이 시기 대두된 언문일치 문제가 주로 '국한문 혼용'인가 '순국문'인가의 논란으로 이어지는 경향이 있었다. 이는 근대 계몽기 어문 문제를 대상으로 한 논설도 마찬가지이다. 이 시기 주된 어문 문제를 '국문 사용 여부'와 동일시하는 경향이 있었고, 국어 문체 연구가 활발해진 이후로도 이 시기의 국어 문제가 '개화기의 문체=국한문체'로 한정되는 경향이 있었다. 예를 들어 하동호 편(1985)은 '국문론 집성'이라는 책명을 사용하였으며, 고영근(1998)에서도 '한국 어문의 표준화 내력'을 중점적으로 고찰하였다. 이는 언문일치의 차원보다는 '국문'의 개념이나 범위가 어떠한가와 한글 표기를 어떻게 규범화할 것인가가 이 시기의 주요 어문 문제였음을 의미한다.

이러한 차원에서 근대 계몽기 이후의 국어 문제에서 가장 관심사가 되었던 문제는 '한자'의 성격에 관한 것이었다. 『ᄉ민필지』의 첫장(머리말에 해당하는 부분)이나 『독립신문』 창간호 논설부터 광복 이후까지 '국어 문제=한글 전용론과 한자 혼용론'으로 간주되는 경향이 있었고, 그 과정에서 '언문일치=한자 폐지'라는 관념이 생겨나기도 한 것으로 보인다. 이와는 반대로 '한자도 국문의 하나'라는 주장도 강하게 대두되었다. 이러한 생각은 1907년 여규형에 의해 조직된 '한문 연구회'나 '한자 통일회'를 출발점으로 한다. 이들의 생각은 "我國 敎育上에 漢文을 全廢하고 諸般 敎科書를 國文으로 編成하야 國民을 敎ᄒ면 學業成就의 速力이 今日보다 逈殊ᄒᆯ 것", "(한자는) 淸國과 交涉ᄒᄂᆫ 文字와 日本과 交涉ᄒᄂᆫ 文字"(『만세보』제280호, 1907.6.12.)임을 내세워 한자 폐지를 반대하는 논리를 확립하고자 하였다.

그러나 근대 계몽기의 국문론이나 광복 이후 오늘에 이르기까지의 문체 연구를 종합해 볼 때, '언문일치'와 '한자 사용 여부'의 문제는 분리하여 다루지 않으면 안 될 것으로 보인다. 왜냐하면 '언문일치'는 '말과 글의 일치'를 의미하는 것으로, 근대 계몽기 이후 우리말과 일치하는 글의 범위를 어떻게 규정할 것인가를 고려하지 않으면 안 되기 때문이다. 더욱이 이 시기 국문 문제에서 '규범화·표준화'뿐만 아니라 '한자음'의 문제도 시급해 해결하지 않으면 안 될 문제였으며, 그 과정에서 여러 유형의 '국한문체'가 출현했기 때문이다.

2. 언문일치의 본질

2.1. 언문일치의 개념

하동호 편(1985), 허재영(2010)에 수록된 근대 계몽기의 국문 관련 논설을 종합해 볼 때, 이 시기 논설 가운데 '언문일치(言文一致)'라는 용어가 사용된 논설은 1906년 이후에 나타난다. 다음이 대표적인 논설이다.

(1) 근대 계몽기의 언문일치 관련 논설

ㄱ. 今設身爲一學生ᄒ야但知國文ᄒ고不識漢文ᄒ면 則未免菽然不足之想也리니試看日本國人컨ᄃᆡ 雖引車之夫와 賣餠之婦라도 鮮有不識字者ᄒ니 今取讀日本新學書籍則其譯述字義 – 㝡屬明確ᄒ고 且於漢字右側에 附書假名ᄒ야 雖婦女兒童이라도 易於曉解라唯我國文國語之組成이幸與日文日語로大體相似而但國漢文混用之法이止於語尾ᄒ야遂使俗者로仍然不能讀書ᄒ니何不效附書假名之例ᄒ야務使言文一致ᄒ야雅俗共讀乎아今擧其例하야開列于左ᄒ노라.

　一 天地之間萬物之中唯人최貴 純漢文誘雅者讀

　二 텬디ᄉᆞ이 만물가운ᄃᆡ 오직 ᄉᆞ람이 가장 귀ᄒᆞ니 純國文俗者讀

　三 天地之間萬物之中에唯人이최貴ᄒᆞ니 今之國漢文交用法俗者伋不能讀

四 天地之間萬物之中 에唯 人 이最 貴 ᄒ니
틴디스이만물가운딕오직 사름 가장귀 漢字側附書諺文雅
俗共讀

–이능화(1906), 國文一定意見書,

『황성신문』제2615~6호. 1906.6.1.~6.2.

ㄴ. (前略) 大抵 世界列國이 各其自國의 國語와 國文으로써 自國의
精神을 完全히 ᄒᄂ 基礎를 삼거날 惟此 韓國은 自國의 國文을
不取ᄒ고 他邦의 漢文을 專尙홈으로 自國의 國語싯지 失却ᄒ
者가 許多ᄒ니 엇지 能히 自國精神을 保有하리오 盖其國文을
不取ᄒ고 漢文을 專尙ᄒ 痼弊를 大略 言之라도 數段에 不下ᄒ
지라

一曰 國文을 不學ᄒ고 但히 漢文을 學홈으로 言文이 不能一致
아야 用工이 甚難이라 自非 平生專門者이면 不能人人皆學일식
國民의 普通知識을 開發ᄒ 道가 甚狹ᄒ고 一曰 學之甚易ᄒ고
用之極便ᄒ 國文을 抛棄ᄒ고 學之甚難ᄒ고 用之不便ᄒ 漢文을
攻苦홈으로 靑春下帷(하유)ᄒ야白首窮經하되 慧두가 愈塞하고
實效가 愈蔑ᄒ야 自家의 經濟도 不能ᄒ거니 엇지 國民을 富强
케 홀 能力이 有리오

–'國文報 幷刊', 『대한매일신보』1907.5.14.

(1ㄱ)은 일본의 사례를 들어 '국어'와 '국문'을 구분하고 한문체
와 일본어의 가나를 부서(附書)하는 방식을 설명한 논설이다. 이 논
설에서 주목할 점은 '국어'와 '국문'을 구분하고, 양자의 일치를 '언
문일치'로 본 점이다.[1] 달리 말해 '국어'와 '국문'의 구분은 '구어'와
'문어'의 구분을 의미하며, 언문일치는 구어와 문어의 일치를 의미

하는 셈이다. (1ㄴ)의 경우도 마찬가지이다. 이 논설에서는'국문 불학'과 '언문 불일치'라는 개념을 사용하여, 국문을 사용하는 것이 언문일치의 정신과 동일함을 역설하고 있다.

그런데 여기서 주목할 점은 근대 계몽기의 국어 문제에서 가장 먼저 봉착한 문제가 '구어로서의 국어'보다 '문어로서의 국문'에 있었다는 사실이다. 이는 개항 이후 등장한 각종 문헌에서 지식 보급을 위해 '번역'이 필요함을 역설한 데서도 확인할 수 있다. 이와 같은 번역의 문제는 개항 이후 체결된 각종 조약을 통해 확인할 수 있는데, 이 시기 서구 열강과 체결한 각종 조약의 언어는 '영문'과 '중국어'를 기준으로 하였다. 다음을 확인해 보자.

(2) 국문 번역 문제[2]

ㄱ. 右 證據로서 各 全權委員은 上記한 바를 仁川港에서 署名 捺印하고, 同一 內容 및 日字의 英韓 各文 三通式으로 作成되고 그 批准은 調印日로부터 1年內에 交換될 것이며 그 卽時 本 條約은 …(하략).   —1883.5.19. 한미통상수호조약

ㄴ. ① 本 條約은 英中 兩國語로 作成하며 該 兩譯文은 同一한 內容을 가진다. 그러나 解釋上 異義는 英文을 參照하여 決定할 것을

---

1 국어가 '어'와 '문'으로 이루어져 있음을 지각한 것은 이보다 훨씬 전의 일이다. 훈민정음 창제 당시에 『國之語音異乎中國』이라는 표현이나 유길준의 필사본 『조선문전』 (1898년에서 1904년 사이의 저술로 추정) 등에서도 '어'와 '문'을 구분한 바 있다. 그러나 근대 계몽기 초기까지의 '어문' 구분이 국어생활에서의 어문일치 운동으로 이어진 것은 아니다. 이러한 관점에서 조희정(2005: 32~43, 윤여탁 외 2005 수록)에서는 근대 계몽기의 '구어 교육'과 '문어 교육'에 대한 인식을 토대로 '국어 교과'의 성립 과정을 고찰한 바 있다. 이 논문에서는 『태극학보』제13호(1907)에 실린 장응진의 '교수와 교과에 대하여'에 주목한 바 있다.
2 이 글에 옮긴 조약은 국회도서관 입법조사국(1965)에서 번역한 조항임. 각 조약이 체결 될 때 조약문은 한문(중국문)과 영문, 또는 해당국 언어로 작성되었음.

이에 協定한다.

② 英國 當局이 朝鮮 當局에 發送하는 모든 公式 書信에는 當分間 中國 譯文을 添附한다.

-1884.4.28. '한영수호통상조약' 제12조.

ㄷ. ① 本 條約은 獨逸文, 英國文 및 中國文으로 作成하되 모든 譯文은 同一한 意味를 가진다. 그러나 이의 解釋上의 異義는 英文 本文을 參照하여 決定한다.

② 當分間 獨逸 當局이 朝鮮國當局에 發送하는 一切 公用 通信에는 中國文 譯文을 添附하여야 한다.

-1884.11.18. '한독통상수호조약' 제12조.

(2)는 이 시기 체결된 각종 통상 조약의 조약문에 관한 규정이다. 흥미로운 것은 1876년 체결된 한일수호조규에는 조약문의 언어 문제가 규정된 바 없으나 서구 열강과의 조약에서는 영문과 해당국의 문자, 중국문으로 문서를 작성하도록 했다는 사실이다.[3] 그 이유는 조약문에 명기된 '중국문'을 '한문'과 같은 것으로 볼 경우, 일본과 한국의 공동 문어로 볼 수 있음을 의미한다.

그러나 중국문이나 한문으로 이루어진 문장이 당시의 개화 지식을 수용하는 데는 많은 한계가 있었다. 그렇기 때문에 1880년대부터 '국문'에 대한 인식과 '번역' 문제가 지식인들 사이에서 중요한 문제의 하나로 대두되기 시작하였다. 이러한 사상은 『한성순보』와 『한성주보』에 실린 글을 통해서도 확인할 수 있다.

---

3 이는 같은 해 체결된 '한로통상조약(韓露通商條約)'이나 1884년 체결된 '한이통상조약(韓伊通商條約)'도 마찬가지이다.

(3) 『한성순보』, 『한성주보』의 역문 관련 기사

ㄱ. (前略)朝廷開局設官廣譯外報幷載內事頒示國中派分列國名曰旬
報以之廣開聞見辨衆惑裨商利中西之官報申報郵便交詢其義一也
(下略)   -『한성순보』1883.10.31.

ㄴ. 週報序: 洪惟我 聖上叡智天縱規謨宏遠旣通和列國 命統理衙門
設博文局 置管掌其事紀內政 譯外報頒示 (하략)

-『한성주보』1886.1.25. '주보서'

ㄷ. 凡歐洲大中小學校皆敎以本國文字言語事物無有所沮而其文以二
十六字母相連相生分合成聲 與我國諺文毫無珠異 以之敎習初學
者費工二三朔便可讀書作文　以之記迷凡百書籍初不用力於誦讀
亦可曉解義理　或爲貧民無資者雖學一朔文辭足用比於東洋學制
則便否不啻脣壤也 然則我國設立學校　亦當以諺文敎習學生　自
孔孟聖賢之書以至歐人殖貨之術 皆用諺文繙誦之數十年 就學無
累於家計者則 …(중략)… 況於近時始開之學術敎之諺書則學士
大夫擧皆恥於入學矣. 惟願秉軸諸公議自政府特設飜譯處盡以諺
文記迷各種學科 …(하략).

-『한성주보』1886.2.15. '論學政'

(3ㄱ, ㄴ)은 조정에서 국을 개설하여 외보를 번역하였음을 밝힌
글이며, (3ㄷ)은 학정(學政)을 논하면서 구미 각국에서 (로마자) 25
자모로 상련하여 소리를 이루게 함을 강조하면서 우리의 언문과
다르지 않음을 소개하고, 이를 바탕으로 우리나라도 학교를 설립
할 때 당연히 언문으로 학생들을 가르쳐야 한다고 주장한 글이다.
특히 (3ㄷ)에서 '구주의 대중소학교에서 모두 본국 문자 언어로 가
르쳐 사물이 막힘이 없음'을 강조한 부분은 '언문일치' 사상의 단초

를 제공한 구절로 볼 수 있다. 비록 (3ㄱ)의 순보에는 언문으로 이루어진 기사가 전문하지만, (3ㄴ)에서는 외보를 중심으로 순국문 또는 국한문체를 사용한 이유가 (3ㄷ)에 드러나 있는 셈이다.

그러나 이 시기까지의 '언어'와 '문자'에 대한 인식은 주로 문자 문제를 대상으로 하였으며, 이 과정에서 '국문'이 무엇인가에 대한 논의가 관심의 대상이 되었다. 이러한 흐름은 다음과 같은 경우에서도 잘 나타난다.

(4) 국문의 범위

ㄱ. 凡國內外公私文字遇有外國國名地名人名之當用歐文者俱以國文
飜譯施行事.   -『구한국관보』1894.7.9.

ㄴ. 法律勅令總以<u>國文爲本漢文附譯或混用國漢文</u>.

-勅令 第一號 公文式 十四條.『구한국관보』1894.11.21.

(4ㄱ)은 내외 공사 문자에서 외국 국명, 지명, 인명을 사용할 때 국문으로 번역하여 시행할 일을 규정한 것이며, (4ㄴ)에서는 법률과 칙령에서 '국문위본'을 천명한 것이다. 특히 (4ㄴ)에서는 '국문'을 '한문'이나 '국한문혼용'과 대립하는 개념으로 파악한 점이 주목할 만하다. 달리 말해 '국문'은 '언문'으로 불리던 한글을 의미하는 것으로 한문이나 한자를 혼용하는 것과 다른 개념으로 파악했다는 뜻이며, 이는 같은해 12월 12일『구한국관보』에서 '종묘서고문'을 세 가지 문체로 게재한 데서도 확인된다.

2.2. 근대 계몽기 언문일치의 성격

역설적이지만 언문일치 사상은 '구어(口語)'의 발견과 밀접한 관련이 있다. 우리의 언어생활에서 일차적인 수단은 구어이지만, 그것이 문어와 구별된다는 점을 명확히 인식하기는 쉽지 않다. 비록 훈민정음 창제 당시에도 '국지어음'을 인식하고 있었고, 근대 계몽기에 '국문'이 우리의 말을 기록하는 수단으로 적합한 문자라는 인식이 확산되고 있었음에도 담화 차원에서의 '구어'의 존재를 인식하는 일은 쉽지 않았다.

'구어'는 일상의 담화를 의미한다. '국문=한글 자모'라는 등식만으로는 일상의 담화와 일치하는 표기 수단을 갖는 일이 쉽지 않다. 담화 상황을 기록하는 표기의 원리나 문법의 원리를 정리하지 않고서는 구어와 일치하는 문어를 찾아낼 수 없다. 그렇기 때문에 '언문 사용'과 '언문일치'는 별개의 차원으로 인식될 수밖에 없다. 다음을 살펴보자.

(5) 구어와 문어

ㄱ. In the writing of Korean, two forms of character are used the native Ernmun and the Chinese. In all official correspondence, philosophical books, and in fact in nearly all books of real value, the Chinese character is used, the native Ernmun being relegated to a few trashy love stories and fairy tale. <u>This difference in the written language, has led to the assertion that there are two language in Korean, sometimes hear foreigners talks of "speaking in Ernmum." There are not</u>

two language and this expression is wrong, for the "Ernmun" is simply a system of writing, and it would be as sensibles to talk of "speaking in Munson's system of short hand." The idea that there are two languages in Korea is strengthened by the fact, that foreigners, who are perhaps tolerably well acquainted with words purely Korean, have, when they heard conversations carried on between officials and scholars, been unable to understand what was said.

-H.G.Underwood(1890: 4~5), An Introduction
to the Korean Spoken Language, Yokohama Seishi Bunsha.

ㄴ. I offer the following to the Presbyterian Mission as the result of my efforts in accordance with works set apart for me by the annual meeting of 1892-93.

By way of introducatona I may say that until one has learned the force of verbal endings and connectives in Korean, it is an impossibility to do translation work or even to use the common spoken forms correctly.

Standard enmoun literature is confined to the translation of the Chinese classics, and consequently does not include all the expression in the spoken language.(하략)

- J.S.Gale(1894), Korean Grammatical Form
(辭課指南, ᄉ과지남), Trilingual Press Seoul. Preface.

(5)는 1890년대에 저술된 대표적인 선교사들의 한국어 문법·회화서이다. (5ㄱ)에서는 한국의 문자 생활에 두 가지 유형이 있음을

밝히고, 공적인 언어생활이나 철학서 등의 가치 있는 서적에서는 한문을 사용하는 데 비해, 고유한 문자인 언문은 가벼운 연애담이나 동화 등에만 사용되어, 마치 두 개의 언어가 존재하는 것으로 인식하는 사람들이 있으나 이것은 잘못된 생각이라고 지적하고 있다. 책명에서 Spoken Language라는 표현이 나타나듯이, 이 시기 언어 연구나 언어 교육에서 '구어'가 대상이 되고 있음을 의미한다.[4] (5ㄴ)에서는 표준 언문 문자가 한문 고전을 번역하는 데 한계가 있으며, 따라서 구어의 모든 표현을 포함하기 어렵다고 지적하였다. 이들 선교사들의 인식을 통하여 '언문=구어, 한문=중국 문어'라는 등식을 확인할 수 있으나, 외국인의 입장에서 한국어를 버우고자 할 때 '구어'와 '문어'의 불일치에서 오는 어려움을 어떻게 극복할 것인가는 언문일치의 필요성을 자각하게 하는 계기가 되었을 것임은 분명하다.[5]

이러한 맥락에서 '구어'의 발견은 '국문 사용'을 주장하는 일부 논설에도 등장한다. 다음과 같은 예가 있다.

(6) 국문론에서의 '구어'

ㄱ. 나라에 국문이 잇서셔 힝용ᄒᆞᄂᆞᆫ 거시 사ᄅᆞᆷ의 입이 잇서셔 말ᄉᆞᆷᄒᆞᄂᆞᆫ 것과 ᄀᆞᆺᄒᆞ니 말ᄉᆞᆷ을 ᄒᆞ되 <u>어음</u>이 분명치 못ᄒᆞ면 남이 닐으기

---

4 언더우드(1890)의 『한영문법』이 갖는 의미는 구어 중심의 문법 연구라는 점에 있다. 이보다 앞선 시기에 저술된 로스(1877, 1878) 등에서는 한국어 학습을 위해 담화 차원의 구어보다 한글 낱자나 어휘를 주요 대상으로 하였다.

5 이러한 생각은 1886년에서 1892년 사이에 저술되었을 것으로 추정되는 육영공원 교수 헐벗의 『ᄉᆞ민필지』에도 나타난다. 이 책의 머리말에 해당하는 앞부분에서는 "이러므로 외국 용우ᄒᆞᆫ 인믈이 죠션말과 언문ㅅ법에 익지 못ᄒᆞᆫ 거스로 붓그러움을 니져ᄇᆞ리고 특별히 언문으로써 텬하각국 디조와 이문목견ᄒᆞᆫ 풍긔를 대강 긔록ᄒᆞᆯ시"라는 구절이 나온다. 자신을 낮추어 '용우ᄒᆞᆫ 인믈'로 표현하였지만 '죠션말'에 필요한 '언문ㅅ법'이 필요함을 간접적으로 암시한 셈이다.

를 반 벙어리라 홀 뿐더러 졔가 싱각ᄒ야도 반 벙어리오 국민이
잇스되 힘ᄒ기를 젼일ᄒ지 못ᄒ면 그 나라 인민도 그 나라 국문
을 귀즁ᄒ 줄을 모르리니…(하략)

—지석영(1896), 국론론, 『대한독립협회보』 제1호.

ㄴ. (전략) 글ᄌ라 ᄒ는 거슨 단지 말과 일을 표ᄒ자는 거시라 <u>말을
말노 표ᄒ는</u> 거슨 다시 말ᄒ잘 거시 업거니와 일을 표ᄒᄌ면 그
일의 ᄉ연을 자셰히 말노 이약이를 ᄒ여야 될지라.(하략)

— 쥬상호, '국문론' 『독립신문』 1897.4.22.

ㄷ. 내가 월젼에 국문을 인연ᄒ야 신문에 이약이ᄒ기를 국문이 한문
보다ᄂ 미우 문리가 잇고 경계가 붉으며 편리ᄒ고 요긴홀 뿐더러
영문보다도 더 편리ᄒ고 글ᄌ들의 음을 알아보기가 분명ᄒ고 쉬
운 것을 말ᄒ엿거니와 …(중략)』 이째ᄭ지 <u>죠션 안에 죠션말의
법식</u>을 아ᄂ 사름도 업고 또 죠션 말의 법식을 비우ᄂ 칙도 ᄆ들
지 아니ᄒ엿스니 엇지 붓그럽지 아니ᄒ리오. 다힝히 근일에 학교
에셔 죠션말의 경계를 궁구ᄒ고 공부ᄒ여 적이 분셕ᄒ 사름들이
잇스니 …(하략)   —쥬상호, '국문론', 『독립신문』 1897.9.25.

(6)은 1896년 이후에 쓰인 것으로 '조선말'을 쉽게 쓰기 위해 '국
문'을 사용해야 함을 천명한 논설들이다. 이들 논설은 '국문의 중요
성'을 강조하는 데 기조를 두고 있으나, 이 과정에서 '어음', '말로
표하는 것', '조선말'의 존재를 전제로 하고 있다.

그러나 진정한 언문일치는 '구어'와 '문어'의 일치를 의미한다.
이는 근본적으로 말의 문화와 글의 문화가 일치함을 의미한다. 이
점에서 근대 계몽기의 언문일치가 확립되기까지는 '국문 표준화·
규범화'가 선결되어야 한다. 이는 단순히 '한자인가, 국문인가'의

논의[6]를 떠나서 국어 문법이나 화법 연구가 성숙되지 않으면 안 된다. 이와 같은 차원에서 근대 계몽기의 문법서에 나타난 '구어'와 '문어'의 관계를 살펴볼 필요가 있다.

(7) 근대 계몽기의 문법서에 나타난 '구어'와 '문어'

ㄱ. 凡人이 耳가 有ᄒᆞ야 뼈 聽ᄒᆞ며 目이 有ᄒᆞ야 뼈 視ᄒᆞ고 又 其視聽ᄒᆞᄂᆞᆫ 바ᄂᆞᆫ 腦에 感ᄒᆞ야 思想을 構成ᄒᆞᆫ 則 其思想은 聲音 及 狀體로뼈 發現ᄒᆞᄂᆞ니 聲音은 卽 言語며 狀體ᄂᆞᆫ 卽 文字로ᄃᆡ 又 文字ᄂᆞᆫ 其實이 聲音의 符標며 言語의 形迹이라 蓋聲音은 天然의 出ᄒᆞᆫ 言語 及 文字ᄂᆞᆫ 人爲에 屬ᄒᆞ니 故로 聲音은 人物을 通ᄒᆞ야 皆同ᄒᆞ거니와 言語文字ᄂᆞᆫ 邦國種族을 隨ᄒᆞ야 各異ᄒᆞᆫ 則 英吉利人은 英吉利의 言語文字가 有ᄒᆞ며 法蘭西人은 法蘭西의 言語文字가 有ᄒᆞ고 伊太利人은 伊太利의 言語文字가 有ᄒᆞ니 是乃 吾朝鮮人이 亦朝鮮의 言語文字가 自有홈이라 吾人의 言語ᄂᆞᆫ 卽 吾人의 日用常行間에 萬般思想을 表現ᄒᆞᄂᆞᆫ 聲音이며 吾人의 文字ᄂᆞᆫ 卽 吾國文의 簡易精妙ᄒᆞᆫ 狀體니[俗所謂 諺文이 是라] 吾人이 旣此 一種言語를 自有ᄒᆞ고 此 一種 文字를 自有ᄒᆞᆫ 則 亦其 應用ᄒᆞᄂᆞᆫ 一種文典이 不有ᄒᆞ면 不可ᄒᆞ도다 夫 言語가 旣有ᄒᆞᆫ 以上은 自然 其 文典이 亦有ᄒᆞ거늘 吾人이 先民以來로 漢土의 文字를 借用ᄒᆞ야 本國의 言語와 混合ᄒᆞ미 國語가 漢文의 影響을 受ᄒᆞ야 言語의 獨

---

[6] 근대 계몽기의 '국문론'의 특징은 '구어'의 존재를 인식했더라도 근본적으로는 '언문'으로 불린 '국문 사용의 중요성'을 강조하는 내용이 중심을 이룬다. 『황성신문』 1898년 9월 28일자 논설인 '국문한문론(國文漢文論)'이나 『독립신문』 1899년 5월 20일자의 '타국 글 아니라' 등이 대표적이다. 이러한 흐름은 1900년대 이후의 논설도 마찬가지이다. 다만 1900년대의 논설에서는 '한자 사용'을 '과도기'로 인식하는 경향이 우세했다. 이 시기 국문론에 대해서는 하동호 편(1985), 허재영(2010)을 참고할 수 있다.

立을 幾失ᄒ나 語法文典의 變化ᄂ 不起ᄒ 故로 文典은 別立ᄒ 門
戶를 保守ᄒ야 外來文字의 侵蝕을 不被ᄒ 則 若吾文典을 著ᄒ야
써 朝鮮의 固有言語를 表出홀진딕 國文漢文의 區別이 自劃홀 ᄲᆫ
더러 漢文에 國語의 範圍內에 入ᄒ야 我의 利用될 ᄯ롬이니 彼
英法國의 語도 厥初ᄂ 他國의 文言과 混和ᄒ 者로딕 各其 文典의
採用ᄒ 바 되야 今日의 純然ᄒ 一體를 成홈이라 (중략) 今其大方
諸家에 向ᄒ야 願ᄒᄂ 者ᄂ 純然ᄒ 我國文字로 我國言語의 字典
을 著ᄒ야 써 我國民의 思想聲音을 世界에 表出홈에 在ᄒ노라

−유길준(19898~1904),『조선문전』'서'(필사본)

ㄴ. 말과 글

일문: 말이 무엇이뇨.

답: 뜻을 표ᄒᄂ 것이니이다.

이문: 말이 쓸 딕가 무엇이뇨.

답: 인류가 셔로 인연되여 사는 고로 그 뜻을 셔로 통ᄒ여야 홀
　　것인딕 말은 그 뜻을 통ᄒᄂ 딕 쓰ᄂ 것이니이다.

삼문: 말로 뜻을 엇더케 달은 사람에게 통ᄒᄂ뇨.

답: 말은 곳 뜻을 구별ᄒ여 표ᄒᄂ 소릭니 그 소릭로 달은 사람에
　　게 젼ᄒᄂ이다.

사문: 이 소릭를 져 사람이 엇더케 알 수 잇ᄂ뇨.

답: 소릭는 공긔가 울리는 파동이 퍼져 나가셔 져 사람 귀졍을 울
　　려 듯ᄂ 경락으로 들어가면 신이 깨듯고 아ᄂ니 젼어통으로
　　비교ᄒ여 볼 만ᄒ니이다.

오문: 말을 ᄯᅩ 무슨 달은 것으로 남에게 통홀 수 잇ᄂ뇨.

답: 글로 통홀 수 잇ᄂ이다. (하략)

−주시경(1906),『(유인) 대한국어문법』

　(7)은 유길준과 주시경의 초기 저작에 등장하는 '음성언어' 관련 진술이다. 두 사람의 초기 저작에서 '문자'에 대립하는 '언어'와 '글'에 대립하는 '말'의 존재를 인식한 것은 '음성언어'로서의 '구어'를 인식한 것이라고 볼 수 있다. 이 음성언어와 일치하는 문자언어로 국문을 사용해야 한다는 인식은 1880년대 이후의 국문론과 크게 다르지 않다.

　그런데 진정한 언문일치는 단순한 표기의 문제에만 국한되는 것은 아니다. 언문일치는 언어와 문장의 일치, 곧 담화 상황을 글로 표현할 때의 일치를 의미한다. 특히 국문 표준화가 이루어지지 못한 상태에서의 언문일치는 문자사용 문제로 귀결될 수밖에 없었고, 그로 인해 일상 생활어나 문학어에서 현대어에 근접한 국어생활을 이루어내기까지는 더 많은 시간을 소요하지 않으면 안 되었다.

　이와 같은 관점에서 문자사용 방식에 대한 논의가 진행될 수밖에 없었고, 그 과정에서 과도기적 상황으로 여러 가지 문체가 등장하게 되었다. 이 과정은 일본의 언문일치 운동[7]과도 밀접한 관련이 있으며, 언문일치 운동이 진행되는 과정에서도 일본의 상황과 유사한 면이 있었다. 그렇기 때문에 김채수(2002: 23~24)에서는 1907년 이후 관심사가 된 '연설법'이나 일본 유학생들의 구어체 문장(육당과 춘원을 포함한 일본 유학생들, 그리고 『학지광』의 필자들) 이후에

---

7 이에 대해서는 김채수(2002), 이연숙 저/고영진·임경화 역(2006) 등을 참고할 수 있다. 김채수(2002)에서는 일본의 언문일치 운동이 1750년대 화란어와의 접촉 과정에서 제기되었으며, 후쿠자와 유키치(1834~1901)와 같은 양학 출신의 진보적 계몽주의자들에 의해 발전했다고 한다. 이러한 언문일치 운동은 1885년 간다 다카히라[神田孝平]에 의해 '언문일치'라는 용어의 탄생으로 이어졌고, 모즈메 다카미[物集高見]에 의해 단행본 『언문일치(言文一致)』의 저술을 낳게 하였다고 정리하였다. 일본의 언문일치 운동의 핵심은 '화한혼합문(和漢混合文)'으로 불린 '한자'와 '가나' 사용의 문제라고 할 수 있으며, 그 과정에서 '후리가나'로 불린 부속 문체가 출현하기도 하였다.

본격적인 언문일치가 이루어진 것으로 판단하고 있다. 이와 같은 맥락에서 배수찬(2008)에서는 글쓰기 이론이 전환된 1910년 전후의 문장 모델과 문체에 주목한 바 있으며[8], 문혜윤(2008)에서는 '문장을 어떻게 써야 할까?'에 대한 고민을 중심으로 1920년대~30년대 우리글의 정비 과정을 거치고서야 사회어와 문학어의 근대화가 이루어진 것으로 보고 있다.[9]

　이러한 논의들을 종합해 볼 때 '언문일치'는 '구어'의 재인식을 기반으로 하며, 본질적으로 문자 문제와 연계된다. 그러나 문자 문제는 단순히 한자냐 한글이냐를 넘어서 문장 수준에서 말과 글이 일치하는 표현이 가능한가로 이어지지 않으면 안 된다. 이러한 단계에 이르기 위해서는 국어의 규범화·표준화가 필연적인 전제 조건일 수밖에 없고, 한자와 한글을 어떤 방식으로 써야 할 것인가에 대한 다양한 논의와 시도가 이루어질 수밖에 없다. 그렇기 때문에 한문체, 국한문체, 국한문 병용체, 부속문체 등과 같은 문자사용 방식에 따른 다양한 문체의 출현은 언문일치의 완성 과정에서 필연적으로 나타나는 과도기적 현상이었다고 볼 수 있다.

---

8 배수찬(2008: 35)에서는 "대체로 독립신문의 순국문체가 황성신문 등의 국한문체와 공존하다가 조선일보 등을 거치면서 근대적 언문일치로 전환하였다고 보는 것이 통념인데, 이는 독립신문에 과도한 의미를 부여하는 일일 뿐만 아니라 황성신문의 국한문체가 오늘날의 국한문 혼용 언문일치체와 어떻게 다른지를 보지 못하게 할 위험성이 있다고 여겨진다."라고 진술하면서, 순국문체가 문체 발달이나 논설문 형식의 틀을 짜는 데 크게 기여하지 못했음을 지적한 바 있다.

9 이러한 흐름에서 문혜윤(2008)은 1910년대 이후의 '시문독본'류와 1930년대의 한글 통일 과정에 주목하고 있다.

3. 국한문체의 유형과 성격

3.1. 근대 계몽기의 문장 형식

근대식 학제가 도입된 이후 '독법'과 '작법'에 대한 관심이 높아지면서 '국문론'을 중심으로 한 언문일치가 중요한 국어 문제로 대두되었다. 이 문제는 근대적 지식 수용 과정에서 더 중요한 문제로 부각되었다.

(8) 근대적 지식 수용과 언어 문제

ㄱ. (전략) 其國의 事物을 欲知홈애 其 文字를 不解홈이 不可ᄒ고 其 文字를 欲解홈애 其 言語를 不學ᄒ면 不得ᄒ디니 此는 累載의 肆習을 從ᄒ야 其功을 獲奏ᄒᄂ 者오…我文과 漢字를 混集ᄒ야 文章의 體裁를 不飾ᄒ고 俗語를 務用ᄒ야 其意를 達ᄒ기로 主ᄒ니 …是는 其故가 有ᄒ니 一은 語意의 平順홈을 取ᄒ야 文字를 畧解ᄒᄂ者라도 易知ᄒ기를 爲홈이오 二는 余가 書를 讀홈이 少ᄒ야 作文ᄒᄂ 法에 未熟ᄒ 故로 記寫의 便易홈을 爲홈이오 三은 我邦 七書諺解의 法을 大略 倣則ᄒ야 詳明홈을 爲홈이라. (하략)　　　　　　　　　－유길준(1895), 『서유견문(西遊見聞)』 '서'

ㄴ. 寄書-加平 閔泳純:天地間에 人爲人은 彼此一般이어늘 … 言必稱 學問 學問이라 하되 伊來 數十年間에 新學問을 講究하야 人民을 警醒하는 者 其人이 久無터니 何幸 有志 僉君子가 熱力 運動하야 巨額의 財政을 特出하야 印刷機와 各樣 活字을 一新 準

備하야 新報社와 活版所을 刱設하니 新聞의 目的은 道德上 涵
育과 經濟上 實況과 政治上 得失을 直筆說去하야 日日 報道ᄒ
니 此紙를 一報에 文明이 一步 進ᄒ고 此紙를 二報에 文明이 二
步 進ᄒ리니 此報를 豈可 一日二日而止哉아. 今歲붓터 始ᄒ야
一歲二歲로 至于萬歲로 傳而無窮홀 新報라. 故로 命名호ᄃᆡ 萬
歲報라 ᄒ니 此ᄂᆞᆫ 國民의 大學校요 活版所의 主義는 文明에 補
益이 有ᄒᆞ 書籍과 圖화를 印刷ᄒ야 <u>人民의 知識과 邦家의 風化</u>
<u>를 補益하기로 義務를 作하니 其文法은 國漢文으로 交作하야</u>
<u>人人 易解케 하고 其 書類는 今文 古文을 無論하고 注文者의 志</u>
<u>願을 依하야 酬應하는 故로</u> 普文館이라 名稱ᄒ니 此는 國民敎
育의 高等 博士라. (하략)   －『만세보』1906.6.28.

(8ㄱ, ㄴ)은 다소의 시대 차이가 있지만 근대적 지식 수용 과정에
서 '문자사용'이 중요한 문제의 하나임을 밝힌 점에서는 비슷한 점
이 있다. (8ㄱ)은 '문장의 체재[10]'를 논하면서 국한문체를 사용한
이유를 세 가지로 밝힌 부분이다. 여기서 주목할 점은 '한자 혼집,
문장 체재 불식, 속어 무용'의 문체이다. 흔히 국한문 혼용체로 알
려져 있는 '서유견문 문체'는 한문에 토를 달아놓은 듯한 유형의 문
체를 의미한다. 이는 이 책의 '범례'에 해당하는 '비고(備考)'의 문
장을 살펴보아도 쉽게 짐작할 수 있다.[11] 이 점에서 『서유견문』의
문체는 언문일치라고 보기 어렵다.

---

[10] 체재(體裁)는 형식이나 됨됨이를 의미하는 말이므로 문장의 됨됨이, 곧 문장의 형
식을 의미한다.

[11] 예를 들어 "一 是書의 作이 我文과 漢字를 混用ᄒ니 其緣由는 序文에 論出홈이 已
有홈"(서유견문 비고)과 같이 현토 부분을 없애면 한문 구조와 유사함.

그러나 근대적 지식 수용 과정에서 독법과 작법에 대한 관심이 높아지고, 국문 표준화가 덜 이루어진 상태에서 여러 유형의 문장 형식이 나타난다. 이에 대해 초기의 작문법 교재인 이각종(1911)에서는 다음과 같이 진술하고 있다.

(9) 文章通論 第一章 總論

(전략) 朝鮮에 現用ᄒᄂᆫ 朝鮮 文章에ᄂᆫ 三種이 有ᄒ니 其一은 漢文이오 其二ᄂᆫ 諺이오 其三은 新體文 卽 諺漢字交用文이니 今에 其 性質功用을 論ᄒᆯ진딕 (一) 簡勁雄健ᄒ야 是非得失을 一言에 判ᄒ며 治亂興廢를 數句에 決ᄒ고 或은 古今을 須臾에 觀ᄒ며 四海를 一瞬에 撫ᄒ고 天地를 紙上에 籠ᄒ며 萬物을 墨下에 寫ᄒ야 紛紜浩蕩ᄒ며 跳躍峻拔의 神에 至ᄒ야ᄂᆫ 不得不 漢文에 一指를 首屈ᄒᆯ지오 (二) 古雅俊美ᄒ야 逼近히 人情을 敍ᄒ고 叮嚀히 世態를 說ᄒ며 或은 纏綿婉約 或은 彬蔚幽閑ᄒ며 或은 淸麗悲哀ᄒ며 或은 炳然爛漫ᄒ야 讀者로 ᄒ야곰 一唱三歎케 ᄒ고 聽者로 ᄒ야곰 俯仰徘徊케 ᄒᄂᆫ 妙에 至ᄒ야ᄂᆫ 諺文의 右에 出ᄒᆯ 者ㅣ 無ᄒ며 (三) 大小精粗를 觸事應物에 縱橫自在ᄒ야 可記치 못ᄒᆯ 바ㅣ 無ᄒ고 可論치 못ᄒᆯ 바ㅣ 無ᄒ며 且 曲暢旁通ᄒ야 其細ᄂᆫ 毛髮을 可析ᄒ며 其大ᄂᆫ 天地를 可包ᄒ야 文章의 至便至利ᄒᆫ 者로ᄂᆫ 新體文이 是라.(중략) 以上 說明ᄒᆫ 三種에 就ᄒ야 世에 通用ᄒᄂᆫ 者를 觀ᄒ건딕 左의 區別이 有ᄒ니

　一. 學而時習之不亦悅乎.

　二. 學而時習之면 不亦悅乎아.

　三. 學ᄒ야 此를 時로 習ᄒ면 또ᄒᆫ 悅치 아니ᄒᆫ가.

　四. 學[비]와셔 此[이]를 時[쌔]로 習[익]키면 亦[쏘]ᄒᆫ 悅[깃브]지 不[아]니ᄒᆫ가.

五. 빈와셔 이것을 쎠마다 익키면 쏘흔 깃브지 아니흔가.

今에 右에 對ㅎ야 更論ㅎ면 一은 漢文이오 三은 新體文이요 五는 諺文이며 二는 漢字와 諺字를 交用ㅎ엿스되 其[면]及[아]는 格外의 助用이요 原意 成立에는 無關ㅎ야 비록 此를 拔去ㅎ여도 文의 意義에 無害ㅎ고 獨立흔 漢文을 成ㅎ는 故로 此를 쏘흔 漢文이라 稱홀지오 四는 諺字의 漢字를 交用ㅎ엿스되 其 漢字의 用을 不成ㅎ고 卽 漢字를 諺字로 代用홈과 同ㅎ니 故로 此를 諺文이라 稱홀지니라. 然ㅎ느 通俗으로는 此를 區別ㅎ기 爲ㅎ야 二는 此를 漢文 懸吐文이라 ㅎ고 四는 諺文傍註文 又는 言文一致體라 ㅎ느니라.

–이각종(1911), 『실용작문법』(1917년판 박문서관)

(9)는 이 시기 통용되던 문장 형식을 다섯 가지 유형으로 나누어 설명한 글이다. 이 글에 따르면 이 시기 문장 형식은 '한문체, 한문현토체, 신문체(국한문 교용=국한문 혼용), 언문방주문(언문일치체), 언문'의 다섯 가지 유형이 존재한다. 여기서 주목할 점은 각 문장 형식마다 적합한 글의 내용이 존재한다는 생각과 '언문방주문'을 '언문일치체'로 규정한 점이다. 이는 이 시기 한자 사용 방식과 지식 유통 과정이 밀접한 관련이 있었음을 의미하며[12], 한자로 표기했는가 아니면 순국문으로 써야 하는가는 언문일치를 판단하는 기준이 아님을 의미한다. 이처럼 한자어에 대한 한자 표기 여부를 언문일치의 조건으로 보지 않은 이유는 부속한 문자가 한자의 훈에 해당하는 우리말(이하 한자 훈 부속)이었기 때문이다. 그러나 이 시기 부속

---

12 이러한 성격은 앞에서 살펴본 언더우드나 로스의 저작물에서 공적 성격이나 철학서 등과 같은 서류에서는 중국 글자(한문)를 사용하고 연애담이나 동화와 같은 이야기에서는 언문을 사용하고 있다는 기록과도 일치한다.

문자에는 여러 유형이 있었다. 이각종(1911)에서는 현토체 한문과 마찬가지로 부속 문장에서 한자를 제거하면 언문과 동일해진다는 점만을 고려하여 언문방주문을 설정한 셈이라고 할 수 있다.

3.2. 부속 문자 유형

1894년 칙령 제1호에서 '국문위본'을 천명한 뒤로, '한믄: 국한문: 순국문'의 세 가지 대립 개념이 생겨난 이후에도 순국문 위주의 언문일치가 성립되지 못한 이유는 여러 가지가 있다. 배수찬(2008), 문혜윤(2008) 등에서 고찰한 바와 같이 『독립신문』을 전후하여 순국문체 문장이 사용되었을지라도 근대적 지식 수용과 작문 풍토에서 순국문 위주의 언문일치를 실현하기에는 제약이 많았을 것이다. 이러한 차원에서 '한자 혼용'은 자연스러운 현상으로 인식되었으며, 이를 '과도기적 현상'으로 인식하는 경향이 우세했다. 이러한 예는 다음과 같은 논설에서도 확인된다.

(10) 국한문의 성격

ㄱ. 現今의 我韓形勢를 蠡測ᄒ니 母論 實業, 政治及其他各種事物이 한아도 過渡時代에 處치안인 者 無ᄒ니 此時에 萬一 秋毫를 誤ᄒ면 難醫의 痼疾을 作ᄒ지라 엇지 貴重코 危險흔 時代가 아니리요 우리 國文도 역시 此時代에 參與ᄒ얏도다 <u>國文의 過渡關係</u>는 如左三者니 <u>一, 國文을 專廢ᄒ고 漢文을 專用할가 二, 國文과 漢文을 並用할가 三, 漢文을 專廢ᄒ고 國文을 專用할가</u> 以上三者中 詳密히 利害關係를 斟酌商量ᄒ야 一을 定치 아ᅵ치 못흘지라 (中略) 此ᄂ 以上에 開論흔바이며 쏘 日本某學者ᄂ 言論ᄒ

딕 愛國精神의 根源은 國史와 國文에 在하다하니 如何한 境遇로 論之하야도 不可홀 것이요 二, 國文과 漢文을 幷用할가 現今 我邦各敎科書와 新報紙가 採用하ᄂ 자니 則漢文으로 經을 삼고 國文으로 緯를 삼ᄂ 者라 此ᄂ 비록 漢文을 專用함보다ᄂ 優하리로딕 亦是 漢文不可不學의 廢가 有ᄒ니 其宜를 得ᄒ얏다 하지 못하리로다 假定한 三者中 二者ᄂ 이믜 否定되얏스니 不可不 第三을 採用하리로다 國文을 專用하고 漢文을 專廢ᄒ다함은 國文의 獨立을 云함이요 絶對的 漢文을 學하지 말나함이 아니라 此萬國이 隣家와 갓치 交通ᄒᄂ 時代를 當ᄒ야 外國語學을 硏究홈이 學術上 實業上政治上을 勿論ᄒ고 急務될 것은 異議가 無홀 바이니 漢文도 外國語의 一課로 學홀지라 此重大ᄒ 問題를 一朝에 斷行ᄒ기ᄂ 不可能ᄒ 事라 할듯ᄒ나 遷廷히 세월을 經ᄒ야 新國民의 思想이 堅固케 되고 出刊 書籍이 多數히 되면 더옥 行ᄒ기 難ᄒ리니 一時의 困難을 冒ᄒ야 我邦文明의 度를 速ᄒ게 함이 善策이 아닌가 玆의 淺薄ᄒ 意見을 陳ᄒ야 有志同胞의 注意를 促ᄒ며 幷ᄒ야 方針의 講究를 願ᄒ노라.

　　　　－이보경(1908), '國文과 漢文의 過渡時代', 『태극학보』제21호.

ㄴ. (前略) 權然後에 知輕重ᄒ고 度然後에 知長短이니 寧莫如姑從權度ᄒ야 有國文專用者ᄒ며 有國漢文幷用者ᄒ고 無漢文純用者ᄒ야 特其國文發達而抛斥漢文者 － 其惟次序也 － 니 初等小學은 以國文으로 專爲課程ᄒ고 其次에可用漢文字學이나 然이나 以千字文爲蒙學初階者ᄂ 誤謬舛錯이 莫此爲甚이라 周興嗣之選此文也 － 非爲蒙學而作也니 句語字義가 雜出於窮經僻書書ᄒ야 雖能於屬文者라도 遂難曉得이어든 使學語小兒로 鳥能解其字義乎아 爲學究者 － 未通其情ᄒ고 苛責鈍質ᄒ야 專以荊

楚로 亂加頭腦ᄒ야 徒損其精神而己라 <u>敎育上妨애가 莫此爲甚</u>
<u>焉ᄒ니 千字文은 亟宜소閣ᄒ고以天地父母東西南北春夏秋冬江</u>
<u>山草木等易曉易解之字學으로 爲課ᄒ고其次에 或以國文專用ᄒ</u>
<u>며或以國漢文幷用호되 謂天曰穹窿謂甲曰閼逢謂妻曰荊布譽兒</u>
<u>曰跨竈等奇僻異常之文字ᄂ 一切廢閣ᄒ고 惟以實地實名으로</u>
<u>簡率取用ᄒ면 國文程度가 自爾發達ᄒ리니 有志敎育者ᄂ 母失</u>
<u>秩序ᄒ며 無忽方針</u>이어다.

─이승교(1908), '國漢文論', 『서북학회월보』제1호.

(10)에 나타난 바와 같이 이 시기 발표된 상당수의 국한문론에서
논자들은 한자 혼용을 과도기로 인식하거나 국문 발달의 과정으로
인식하는 경우가 많다. 이러한 인식 속에는 (10ㄱ)과 같이 한문을
외국어의 한 과목으로 인식하거나 (10ㄴ)과 같이 교육상 필요에 의
해 한자를 병용해야 한다고 주장한다. 여기서 주목할 점은 '과도기'
또는 '국문 정도의 발달'을 위해 한자를 어떤 방식으로 써야 할 것
인가에 있다. 이를 해결하는 과정에서 여러 형태의 부속 문체가 출
현한다. 그러나 부속한 문자에도 여러 유형이 있으므로, 이를 고려
하여 부속 문체의 유형을 설정하면 다음과 같다.

(11) 부속 문체의 유형

ㄱ. 음 부속 국문체(音附屬 國文體)

ㄴ. 훈 부속 국문체(訓附屬 國文體)

ㄷ. 부속 한자체(附屬 漢字體)

ㄹ. 부속 국문·가나[假名]체(附屬 國文假名體)

이와 같은 부속 문체가 쓰인 시점은 1906년 발행된 『만세보』로 보인다. 이 신문은 1906년 6월 17일 제1호 창간호부터 부속 문체를 사용하였는데, 당시의 지식인들은 이러한 문장 형식도 국한문 혼용의 하나로 인식하였던 듯하다. 다음을 살펴보자.

(12) 祝辭

今 於萬歲報社와 普文館之設에 余甚嘉悅而深視也로라. (中略) 東洋諸國蒙昧之政이 何如矣러니 自數十年來로 因新聞之記刊ᄒ야 槪知何國爲善이오 何人爲惡이러니 至於今日 <u>本社之設ᄒ야ᄂ 其因活字가 以國漢文으로 交行케 ᄒ니 此ᄂ 使宇內之人으로 易知而易覺ᄒ고 易見而易聞케 ᄒᄂ 注意라.</u> (下略)

- 春史生 朴圭淳, 『만세보』1906.6.17.

(12)는 이 신문 창간호에 실린 축사로 신문 전체가 부속 문자를 사용하였음에도 '국한문 교용'으로 인식하고 있다. 흥미로운 것은 창간호의 부속 문자가 한자의 음뿐만 아니라 훈도 포함되어 있다는 사실이다. 예를 들어 '국문독자구락부(國文讀者俱樂部)'에는 "文明[문명]ᄒ 國[나라]에 家家[집집]13이 大學校[대학교]를 設始[설시]ᄒ얏다 ᄒ니 何[무엇]이오."라는 문장에서 '文明, 大學校, 設始'는 한자 음을 부속하였고, '國[나라], 家家[집], 何[무엇]'은 훈을 부속하였다. 이처럼 순수한 음 부속 원칙이나 훈 부속 원칙보다는 음과 훈을 뒤섞어 부속한 경우가 많은 이유 는 언문일치에 대한 인식과 무관하지 않다. 다음을 참고해 보자.

---

13 부속 위치는 한자 상단임. 상단에 표시하기 곤란하여 [ ]에 처리하였음.

(12) 吉聲

本報는 吉聲으로 名을 作ㅎ믹 國民이 國家 萬歲롤 唱ㅎ고 萬歲報를 購覽ㅎ니 萬口에 萬歲오 萬目에 ᄯᅩᄒᆞᆫ 萬歲이라. 一紙 萬歲報가 …(중략)… 昨日ᄭᅡ지 漢文을 不識ㅎᄂᆞᆫ 者가 東方에 日出ㅎ고 飯盂가 充滿ㅎ면 樂世로 認ㅎ던 劣等 人物이라도 自今 以後로 國文을 習ㅎ면 上才ᄂᆞᆫ 一日의 工을 費ㅎ야 通ᄒᆞᆯ 것이오 비록 下才라도 十數日이면 必也 能通ᄒᆞᆯ지니 然後에 本報를 購覽ㅎ면 外國 形勢도 知ᄒᆞᆯ 것이오 我國 情況도 知ᄒᆞᆯ 것이라. 政治家를 對ㅎ면 能히 政談에도 參與ᄒᆞᆯ 것이오 敎育家를 對ㅎ면 能히 敎育談에도 生쇼치 아니ᄒᆞᆯ지라.

若 夫 如此ㅎ즉 純正ᄒᆞᆫ 新知識이 오히려 漢文學者 찰頑固보다 百勝ᄒᆞᆯ지라. 何를 謂ᄒᆞᆷ인고. 曰 찰 頑固ᄂᆞᆫ 文明的에 氷炭갓치 背馳ㅎ야 劣等地로 陷入ㅎᄂᆞᆫ 者라. 世界文運이 進ᄒᆞᆯ슈록 劣等人種은 減縮ㅎᄂᆞ이라.

本報의 活字ᄂᆞᆫ 附屬國文이 有ㅎ고 文法은 言文一致를 用ㅎ고 目的은 社會進步的 主義라 日日 警世鐘을 作ㅎ야 同胞의게 告ㅎ노니 吉聲이 此에 過ᄒᆞᆷ이 無ㅎ다 ㅎ오.　　　　　—『만세보』1906.7.25.

'길성'이라는 제목 아래 쓰인 이 사설에서는 이 신문에 쓰인 활자를 '부속 국문 활자'로 명명하고, 이러한 활자를 쓴 이유를 '언문일치'와 연관 지어 설명하고 있다. 이를 고려할 때 부속 국문체에서 음과 훈을 섞어 쓴 이유는 우리말로 정착된 한자어와 그렇지 않은 한자를 나누고자 한 의식이 반영되었기 때문으로 보인다. 달리 말해 이각종(1911)과 마찬가지로 우리말로 정착된 한자어의 경우 한자로 표기할 것인지 아니면 순국문으로 표기할 것인지는 언문일치의 준거와 무관하다는 점이다. 이 점은 부속 문체의 유형과 성격을 규명하는 데 중요한 단서가 된다. 김영민(2009)에서 지적한 것처럼, 유길준의 『노동야학독본』에 등장하는 부속 문체는 일본의 부속 문체[후리가나]와는 다르다.[14] 다만 김영민(2009)에서는 『노동야학독본』이 한글체로 쓴 것을 부속 문체로 바꾸어 인쇄했다는 주장은 문법 구조 이외의 다른 논거를 찾기 힘들다.

이러한 입장에서 부속 문체 또한 순국문체로의 과도기에서 나타나는 문장 형식의 하나로 파악하는 것이 온당할 것으로 보인다. 왜냐하면 한자의 훈을 부속할 경우 같은 한자에 서로 다른 글자를 부속해야 할 경우가 많은데, 이러한 불편을 감수하면서 한글체를 부속체로 바꾸어 인쇄했다는 주장은 수긍하기 어렵기 때문이다. 비록 어문민족주의적인 관점에서 볼 때에는 비판의 대상이 될 수 있으나 일본의 부속 문자사용 방식이 국문의 부속 문자사용 방식에도 어느 정도 영향을 주었을 것은 틀림없어 보이며[15], 이는 과도기적 상황에서 자연스럽게 출현한 것으로 보인다. 이러한 인식은 유길준의 다음 글에서도 확인할 수 있다.

---

14 김영민(2009: 408~410)에서는 이기문(1984), 고영근(2004) 등의 논의를 바탕으로 유길준의 『노동야학독본』에 사용된 부속 문체가 한글체를 전제로 이루어졌음을 논증한 바 있다.

15 이는 『만세보』의 주필이 이인직이었다는 점, 유길준도 후쿠자와 유키치의 학문과 밀접한 관련을 맺고 있었다는 점 등을 고려할 때 자연스럽게 추측할 수 있다. 다만 일본의 부속 방식과 우리말의 부속 방식에는 많은 차이가 있어 일본의 부속 방식을 그대로 수용한 것이라고 보기는 어렵다. 일본의 부속 문자나 우리의 부속 문자는 모두 '한문 → 혼용문(부속문) → 순국문'으로 이행해 가는 과정에서 자연스럽게 출현한 문자 사용 방식으로 보는 것이 마땅할 듯하다.

(13) 小學 敎育에 對ᄒᄂᆞᆫ 見解

(전략) 盖 國語로 以ᄒᄂᆞᆫ 所以ᄂᆞᆫ 兒童의 講習의 便易케 ᄒᄂᆞᆫ 同時에 自國의 精神을 養成ᄒ기 爲홈이라. 故로 大韓 兒童의 敎科書籍은 大韓 國語를 用홈이 可ᄒ거널 近日 行用ᄒᄂᆞᆫ 小學書籍을 觀ᄒ건딕 國漢字를 混用ᄒ야시나 漢字를 主位에 寘ᄒ야 音讀ᄒᄂᆞᆫ 法을 取ᄒ고 國字ᄂᆞᆫ 附屬이 되야 小學用으로ᄂᆞᆫ 國文도 아니고 漢文도 아인 一種 蝙蝠 書籍을 成ᄒ지라 是以로 滿堂ᄒ 小兒가 敎師의 口를 隨ᄒ야 高聲喧鳴ᄒ고 或 其文意를 叩ᄒ 則 茫然히 雲霧 中에 坐ᄒ야 其 方向에 迷ᄒ 者가 十의 八 九에 是居ᄒ니 此ᄂᆞᆫ 國中 子女에게 鸚鵡 敎育을 施홈이라. 善美ᄒ 效果를 豈得ᄒ리오. 故로 曰 小學敎科書ᄂᆞᆫ 國語를 專用치 아님이 可치 안타 ᄒ노라.

今 我小學敎育에 對ᄒ야 最難最大의 問題ᄂᆞᆫ 一. 國文專主 二. 漢文全廢 (中略) 然則 小學敎科書의 編纂은 國文을 專主홈이 可ᄒ가 曰然ᄒ다. 然則 漢字ᄂᆞᆫ 不用홈이 可ᄒ가. 曰否라. 漢字를 烏可廢리오. 漢文은 廢ᄒ되 漢字ᄂᆞᆫ 可廢치 못ᄒ나니라. 曰 漢字를 用ᄒ면 是乃 漢文이니 子의 全廢라 ᄒᄂᆞᆫ 說은 吾人의 未解ᄒᄂᆞᆫ 바이로라. 曰 漢字를 連綴ᄒ야 句讀을 成ᄒ 然後에 始可曰文이니 字字別用홈이 豈可曰漢文이리오. 此夫 吾人이 漢字를 借用홈이 己久ᄒ야 其同化ᄒ 習慣이 國語의 一部를 成ᄒ야시니 苟且 訓讀ᄒᄂᆞᆫ 法을 用ᄒ 則 其形이 雖曰漢字이나 卽吾 國文의 附屬品이며 補助物이라. (중략) 然則 小學敎科書의 書籍은 國漢字를 交用ᄒ야 訓讀ᄒᄂᆞᆫ 法을 取ᄒ면 可ᄒ거니와 此에 對ᄒ야 國中 父兄의 參考에 供ᄒ 者ᄂᆞᆫ 言語의 種類이니 盖 世界가 廣ᄒ고 人類가 衆ᄒ되 其行用ᄒᄂᆞᆫ 言語를 文典上으로 分析ᄒ 則 一. 錯節語이니 卽 漢語 英語갓티 上下 交着ᄒ야 其義를 表示ᄒᄂᆞᆫ 者 二. 屈折語이니 卽 我國語 及 日本語갓티 直下ᄒ야

<u>其意를 表示</u>ᄒᄂ는 者 人이 其 思想을 聲音으로 表示ᄒᄂ는 者ᄂ는 言語이며 形象으로 表示ᄒᄂ는 者ᄂ는 文字이라. <u>今에 國漢字交用ᄒᄂ는 書에 錯節體法을 用ᄒ면 是ᄂ는 文을 不成흠이 漢文에 直節體法을 行흠과 同흔지라.</u> 是以로 音讀ᄒᄂ는 文이라도 此를 務避ᄒ여야 可ᄒ니 訓讀흔 然後에 此弊가 自絶흘지라. (下略)   -『황성신문』1908.2.29.

(13)에서 유길준은 소학 교육에서 국문 위주의 교과서 편찬을 주장하면서도 '한자 전폐'가 불가능할 뿐 아니라 '동화의 습관'을 고려할 때 국문의 부속품이며 보조물이라고 주장하였다. 이 글에서 주목할 점은 세계 언어를 '착절어'와 '굴절어'로 구분하고, 국한문 교용에서 착절체법을 사용하면 한문에 직절체법을 행하는 것과 같아서 문을 이루지 못한다고 하였다. 여기서 '착절'은 고립어로서의 성격을 의미하는 것으로 보이며, 국한문 교용에 착절체법을 쓴다는 것은 한자 낱글자의 음독을 부속하는 것을 뜻하는 것으로 볼 수 있다. 한자 낱자가 동화된 상태가 아닐 경우 낱자의 음을 취하는 것은 구어와 상당한 거리가 있다. 그렇기 때문에 유길준(1908)에서는 '음독을 피하고 훈독을 해야' 이 폐단을 줄일 수 있다고 한 셈이다. 이러한 생각은 우창 주완(1920)에서도 확인할 수 있다.

(14) 朝鮮文의 原理와 朝鮮語의 正則

兹[이]에 우리의 文[글]의 原理와 語의 定則에 對ᄒ야 所謂 硏究ㅣ라는 그 幾[몇] 가지를 <u>書[씨]하고겨</u> 하는데 硏究한 그것보담 그것을 書[씨]는 文[글]을 <u>漢字의 榜[옆]</u>에 우리의 文[글]을 附[붙]이어 書[씨]는 것 更言[다시 말]하면 漢字를 음으로만 用[쓰]지 않고 <u>訓[싁임]으로도 用[쓰]게 한 其[그] 理由</u>를 先[먼저] 說[말]하지 않을 수-가 無[없]읍니다. (中略)彼[져]덜이 日[날]마담 學[배우]고 讀[닑]고 하는 漢字의 音으로 用[쓰]는 法보담 聞[듣]지도 돈하고 見[보]ㄹ 수도 無[없]는 漢字의 音과 訓[싁이]ㅁ 二가지로 用[쓰]는 것 卽 此[이]에는 書[씨]ㄴ 此文法[이 글법]의 例를 種種 見[보]ㄹ 수가 有[있]읍니다. 이것은 他[달으]ㅁ 이 않입니다. 漢字를 音으로만 우리의 語[말]에 適[맞이]어 用[쓰]게 한 것은 우리의 語[말]의 原理에 違反되는 作文法인 故로 아모리 强制할지라도 아두 私情이 無[없]고 天眞이 爛漫한 그덜의 頭[머리]에셔는 漢字를 우리의 語[말]에 適[맞히]어 用[쓰]는 原理가 天然的으로 發[피]어 出[나]는 것입니다. (中略) 卽 漢字의 傍[옆]에 假名[가나]를 附[붙]이어 書[씨]는 日本文[글] 그것이 此[이]와 쏘 同[같]은 理由를 雄辯으로 證明하는 것이라고 할 뿐입니다. 然[그러]나 이것도 永久的인 것은 않이오 우리의 文[글]을 羅馬字 그것과 如[같]히 橫[갈]이로 書[씨]는 法이 全盛할 其時[그 때]까지는 어떤 方面으로 見[보]든지 此[이]와 如[같]이 漢字를 知[알]으시는 니든지 知[알]지 몯하시는 니든지 皆[다] 共[한가지]로 讀[닑]을 수가 有게 된 此[이] 法을 用[쓰]는 것이 可[옳]다고 主張하는 바입니다. 唐突한 罪를 赦[놓]으시고 嚴正한 批評을 加하시는 光榮을 賜[주]시옵기를.(下略)

— 又倉 朱玩, 朝鮮文의 原理와 朝鮮話의 正則,

『매일신보』1920.5.20.-6.30.

　(14)는 1920년대에 쓰인 문법 논문 가운데 한 부분이다. 우창이라는 호를 쓰는 주완이 어떤 사람인지 구체적으로 알 수는 없으나, 이 논문에서도 한자의 음만으로 쓰지 않고 훈으로도 쓴 이유를, 음만 사용할 경우 우리말의 원리에 맞지 않기 때문이라고 설명하였

다. 이러한 차원에서 만들어진 과도기적 상황의 부속 문자는 일본에서도 볼 수 있으며, 로마자와 마찬가지로 횡서하는 법이 전성할 때까지는 쓰는 것이 옳다고 주장하였다. 이 논문에서 주장한 '음독'만의 폐단도 유길준과 마찬가지로 동화되지 않은 한자 낱자의 음을 지칭하는 것으로 볼 수 있다. 이처럼 훈 위주의 부속 문자를 사용하는 이유는 동화되지 않은 한자음보다 훈이 언문일치에 가깝기 때문이다. 다만 부속 문자를 사용할 경우 단일 문자를 사용할 때보다 문자 생활이 불편할 수밖에 없다. 더욱이 여러 유형의 부속 문자가 사용되면서 국문(한자음과 훈)·가나를 동시에 부속하는 이른바 '일선한(日鮮漢)' 부속 문체도 출현한다. '부속 국문·가나 문체'는 1907년『구한국 관보』의 광고문에서부터 나타나기 시작하여 1910년대 여러 문헌에서 쓰였다. 이러한 문체를 사용한 이유는 일본인과 조선인을 동시에 독자로 삼고자 한 의도에서 비롯된 것으로 보이나, 결과적으로 식민 조선에서 일본어를 보급하는 효과를 가져왔다. 일제 강점기의 수많은 '일선한 대역(日鮮漢 對譯)' 문헌이나 '국문·가나 부속 문체'는 일본어 보급 정책과 밀접한 관련을 맺고 있으며, 이는 결과적으로 조선어의 언문일치를 저해하는 요인이 되었다.

4. 결론

이 글은 근대 계몽기 언문일치 사상과 여러 유형의 부속 문체가 지니는 성격을 고찰하고자 하는 목적에서 쓰였다. 이 시기에는 국문 통일이 이루어지지 못한 상태에서 다양한 근대 지식이 유통되었고, 그 과정에서 '언문일치'에 관한 다양한 논의가 이루어져 왔다. 그럼에도 기존의 근대 계몽기 어문 정책 연구에서는 이 시기의 어문 문제를 '국문론'에 한정하여 파악하는 경향이 있었다. 그 결과 이 시기의 어문 문제가 '문자 사용' 또는 '국한문체의 출현' 등과 같이 제한적으로 연구되는 경향도 있었다.

그러나 근대 계몽기의 어문 문제는 본질적으로 언문일치 사상과 불가분의 관계를 맺고 있으며, 이는 '구어의 발견'과 밀접한 관련을 맺는다. 1880년대 이후 선교사들의 저작에서 확인할 수 있듯이, 당시의 조선에서는 공식적인 문헌이나 철학서와 같은 가치 있는 글에서는 구어와 전혀 관련이 없는 한문을 사용하였으며, 연애담이나 동화와 같은 이야기에서만 구어를 바탕으로 한 언문을 사용하였다. 이를 고려할 때 근대적 지식 유통에 필요한 언문일치의 문장 형식의 창조는 필연적일 수밖에 없었고, 국문의 표준화·규범화를 바탕으로 한 언문일치 문장이 보편화되기 전 단계에서 '국한문체'와 다양한 '부속 문체'가 출현한 셈이다. 이러한 상황을 종합해 볼 때 이 시기 사용되었던 문장 유형은 다음과 같이 정리할 수 있다.

(15) 근대 계몽기의 문장 유형

ㄱ. 순국문체: 한글로만 이루어진 문장.

ㄴ. 한문체: 근대 이전부터 계승되어 온 한문 문장.

ㄷ. 현토체: 근대 이전부터 한문 해독을 위해 국문이나 약체자 구결로 토를 표기한 문장.

ㄹ. 국한문체: 이각종(1911)에서 '신체문'으로 지칭한 국한 교용 문장.

ㅁ. 음 부속 국문체: 국한문체에서 한자 옆에 한자음을 국문으로 부속한 문장.

ㅂ. 훈 부속 국문체: 국한문체에서 한자 옆에 훈을 국문으로 부속한 문장.

ㅅ. 부속 한자체: 국문을 위주로 문장을 쓰고 한자어 옆에 한자를 부속한 문장.

ㅇ. 부속 국문·가나체: 국문과 가나를 함께 부속한 문장.

이밖에 일부 문헌에서는 한자를 괄호에 병기(倂記)한 사례도 발견된다. 한자 병기는 한글 문식성과 해당 어휘의 의미 파악이라는 두 가지 필요에 의해 만들어진 것으로 오늘날까지도 지속되는 표기 형식의 하나이다.

근대 계몽기의 다양한 문장 형식은 언문 불일치에서 언문일치를 지향하는 다양한 문체 실험의 결과로 나타난 것이라고 할 수 있다. 특히 국어의 통일 이후 이러한 문장 형식이 사라지고 점차 순국문 또는 한자 병용의 문장이 보편화된 것도 국어생활에서 점진적으로 언문일치가 이루어진 결과라고 할 수 있다.

참고 문헌

고길섶 외(2010),『민족의 언어와 이데올로기』, 박이정.

고영근(1998),『한국 어문운동과 근대화』, 탑출판사.

고영근(2004),「유길준의 국문관과 근대 사상」,『어문연구』32-1. 한국어문교육연구회. 405-426.

국회도서관 입법조사국(1965),『구한말 조약 휘찬』(상중하), 동아출판사 공무부.

김영민(2009),「근대 계몽기 문체 연구」,『동방학지』제148집, 연세대학교 국학연구원. 391-428.

김채수 외(2002),『한국과 일본의 근대 언문일치체 형성 과정』, 보고사.

김형철(1987),『19세기 말 국어의 문체·구문·어휘의 연구』, 경북대 박사학위 논문.

김형철(1994),「갑오경장기의 문체」,『새국어생활』4, 국립국어연구원. 100-129.

김형철(1997),『개화기 국어 연구』, 경남대 출판부.

남기심(1977),「개화기 국어 문체에 대하여」,『연세교육과학』12, 연세대학교. 10-15.

문혜윤(2008),『문학어의 근대』, 소명출판.

민현식 외(2007),『미래를 여는 국어교육사』1. 서울대학교출판부.

박갑수 편저(1994),『국어 문체론』, 대한교과서(주).

박붕배(1987),『국어교육전사』(상), 대한교과서주식회사.

배수찬(2008),『근대적 글쓰기의 형성 과정 연구』, 소명출판.

사이토 마레시 지음, 황호덕·임상석·류충희 옮김(2010),『근대어의 탄생과 한문』, 현실문화.

송철의 외(2008),『한국 근대 초기의 어휘』, 서울대학교출판부.

유길준(1895),『서유견문』, 교순사(이한섭 편저(2000),『서유견문』, 박이정).

유길준(1908),『노동야학독본』, 경성일보사.(아세아문화사 개화기 교과서 총서 수록).

유길준전서 편찬위원회(1971),『유길준전서』Ⅰ-Ⅳ. 일조각.

윤여탁 외(2005),『국어교육 100년사』, 서울대출판부.

이각종(1911),『실용작문법』, 박문서관.(1917년판)

이경우(1994),「갑오경장기의 문법」,『새국어생활』제4권 제4호, 국립국어연구원. 74-99.

이기동(1994), 「갑오경장이 어문 생활에 끼친 영향」, 『새국어생활』제4권 4호, 국립국어연구원. 171-185.

이기동(1994), 「개화기 교과서의 표기와 음운 현상」, 『한국학연구』6, 고려대 한국학연구소. 157-179.

이기문(1973), 『개화기 국어연구』, 탑출판사.

이연숙 저, 고영진·임경화 역(2006), 『국어라는 사상: 근대 일본의 언어 인식』, 소명출판.

이연숙, 고영진·임경화 역(2006), 『국어라는 사상』, 소명출판.

이응호(1975), 『개화기의 한글 운동』, 성청사.

정길남(1997), 『개화기 교과서의 우리말 연구』, 박이정.

주시경(1906), 『유인 대한국어문법』(역대문법대계 1-07, 탑출판사).

하동호 편(1985), 『국문론집성』(역대문법대계 3-06), 탑출판사.

허재영(2010), 『근대 계몽기 어문 정책과 국어 교육』, 보고사.

허재영(2011), 「국어사에서 근대 계몽기의 설정과 사전 편찬의 필요성」, 『한국사전학』제17호, 한국사전학회. 267-288.

헐벗(1886~1992), 『ᄉ민필지』(출판사 불명).

현병주(1925), 『웅변 전능 연설법 대방』, 경성 동양대학당.

H.G.Underwood(1890: 4~5), *An Introduction to the Korean Spoken Language*, Yokohama Seishi Bunsha.(역대문법대계 2-1, 탑출판사).

J.S.Gale(1894), *Korean Grammatical Form*(辭課指南, ᄉ과지남), Trilingual Press Seoul.(역대문법대계 2-14, 탑출판사).

J.Ross(1877), *Corean Primer*, American Presbyterian Mission Press, Shanghai.(역대문법대계 2-02, 탑출판사).

J.Ross(1878), The Corean Language, *The China Review: Notes and Queries on the far East*. Vol Ⅵ. Hongkong.(역대문법대계 2-03, 탑출판사).

제6장

근대 이후 야학 운동과 교재

한국 근대의 학문론과 어문 교육

1. 서론

근대식 학제가 도입된 이후 보통 교육 또는 학교 교육의 보급이 미진한 상태에서 야학은 사회교육을 대신하는 용어처럼 쓰여 왔다. 사실 우리나라에서 야학이 언제부터 시작되었는지 알기는 어렵다. 이 문제에 대해 역사학자들은 주로 농민 운동의 차원에서 접근한 것으로 보이는데 강동진(1970), 조동걸(1978) 등이 이를 대표한다. 또한 일제 시대를 배경으로 한 야학에 대해서는 이명실(1987), 최근식(1993), 조연주(1986) 등의 석사학위 논문과 조정봉(2001)의 박사학위 논문이 나온 바 있다. 그렇지만 야학의 출발점이 되었던 근대 계몽기의 야학에 대한 연구는 상대적으로 미진한 형편이다. 이 점에서 김형목(2001)은 '한말 야학 운동의 기능과 성격'에 대한 체계적인 연구 성과로 볼 수 있다. 이에 따르면 근대 교육기관으로서 야학은 1890년대 중반에 시작된 것으로 설명하였다. 이 시기 야학은 '교육입국론'의 하나로서 제기되었으나 큰 실효를 거두지 못한 것으로 알려져 있다.

김형목(2005)에서 밝힌 바와 같이 우리나라에서 야학이 활성화된 시점은 1906년 이후의 일로 보인다. 예를 들어 1906년 함남 함흥군 주서면의 '보성야학'과 1907년 경남 마산의 '노동 야학'이 그것이다. 그런데 이러한 야학이 본격적으로 조명을 받은 이유는 러일전쟁 이후의 국권 침탈에 대한 위기의식 때문으로 보인다. 왜냐하면 국권 침탈의 위기에서 국가를 구할 수 있는 방책은 일반 국민을 대상으로 한 지식 보급에 있었고, 지식 보급의 주요 방편은 서적 간행과 국민 개학(皆學)에 있었기 때문이다. 이러한 흐름은 이 시기『대한매일신보』나『황성신문』에서 서적 수집과 간행, 학습자의 수준에 맞는 교과서 편찬, 일반 국민이 이해할 수 있는 어문 정리, 여자 교육이나 사회교육의 필요성을 제기하는 논설을 수시로 싣고 있는 점에서도 확인된다.

여기서 주목할 점은 야학의 성격과 대상이다. 일반적으로 학교 교육을 대용하는 야학의 경우 미취학 아동을 대상으로 하나 문맹 퇴치 및 지식 보급 차원에서 '성인', '농민', '여성' 등을 중심 대상으로 한 야학도 다수 존재한다. 이처럼 야학의 대상에 따라 교육 방식이나 교육 내용이 달라질 수 있다. 이러한 입장에서 야학에서 어떤 교재를 사용했는가를 살펴보는 것도 의미 있는 일이다. 선행 연구에서는 대체로 유길준의『노동야학독본』이나 최재학 저술로 추정되는『몽학필독』에 대한 관심이 높았다. 전자의 경우 김종진(2004), 배수찬(2006), 김영민(2009) 등이 있고, 후자의 경우 강남욱(2005)이 있다. 그러나 이 시기 야학이 야학과나 야학교, 강습소, 국문학교, 노동야학회 등과 같이 다양한 형태를 띠고 있듯이, 이들 기관에서 사용했을 것으로 추정되는 교재들도 다양했을 것으로 보인다.

이 글은 근대 계몽기 야학 운동의 전개 과정과 야학에서 사용했을 것으로 추정되는 교재의 성격을 밝히는 데 목표가 있다. 이를 위해 1898년부터 1910년 사이의 야학 운동이 어떻게 전개되었으며, 이들 야학 운동에서 사용한 교재를 유형화하고자 한다.

2. 야학 운동의 전개

2.1. 야학과·야학교 및 강습소

근대 계몽기의 야학 운동에 대해서는 김형목(2001)의 연구가 돋보인다. 이에 따르면 근대 교육의 성립과 함께 주·야간 겸설 학교의 형태로 시작되었다고 볼 수 있다. 김형목(2001)에서는 이러한 형태의 학교로 1898년 설립된 '사립 흥화학교'를 들고 있는데, 이 시기 신문의 '잡보란'에는 이와 관련된 기사가 빈번히 실렸다. 김형목(2001: 78)에서는 『독립신문』, 『미일신문』, 『황성신문』, 『시사총보』를 대상으로 1905년 이전에 설립된 14개의 야학교를 조사한 바 있다. 이에 따르면 이 시기의 야학교로는 '흥화학교, 흥화학교지교, 우산학교, 배영의숙, 세천야학교(한양학교), 재동소학교 부설 야학교, 도동학교(해동신숙), 시무학교(중교의숙), 광성학교(광성상업학교), 광흥학교, 일어야학(경성일어학당내), 한어야학(수하동소학교내), 일어야학(재동관립소학교내), 조안의숙' 등이 있었음을 알 수 있다. 이뿐만 아니라 『데국신문』에도 다음과 같은 야학 관련 기사가 나타난다.

(1) 『데국신문』 야학 기사

ㄱ. 합동 죠이의숙을 기명ㅎ야 덕용학교라 ㅎ고 학과는 셔젼과 밍즈와 법규 약장 공법 지디 등셔오 작문은 훈령 지령 보고 질품 청구 청원 공함 등속이오 야학에는 일어와 산슐을 ㄱ르친다더라.

—『데국신문』1900.11.29. '잡보'

ㄴ. 샹동 광셩샹업학교에서 년죵학긔 시험을 셜힝ᄒ엿ᄂ딕 <u>쥬학 갑</u>
<u>반</u>에ᄂ 죠대희 씨와 <u>야학 갑반</u>에ᄂ 윤형즁 김의균 김셩대 졔씨
가 우등이오 을반에ᄂ 안경삼 씨와 은힝부긔 시험에ᄂ 죠틱호
죠원빅 윤형즁 김의쥰 졔씨가 우등에 피션ᄒ엿다더라.

　　　　　　　　　　　　　　　　　　－『뎨국신문』 1901.2.12. '잡보'

ㄷ. 싀문 밧 광흥학교에셔 영어 야학과ᄅ 셜시ᄒ고 ᄆ일 하오 팔시에
시작ᄒ야 구시ᄭ지 교수ᄒ기로 ᄒ다더라.

　　　　　　　　　　　　　　　　　　　　－『뎨국신문』1901.4.9.

ㄹ. 싀문 밧 광흥학교에셔 영어 야학과ᄅ 셜시ᄒ엿다더라.

　　　　　　　　　　　　　　　　　　　　－『뎨국신문』1901.4.20.

　(1)의 '죠이의슉' 관련 기사는 다른 신문에서는 확인할 수 없는
기사이며, '광셩상업학교'와 '광흥학교'는 1900년 이전에 설립된 야
학이 어떻게 운영되고 있는지를 알려주는 기사이다.[1] 이들 기사에
서 확인할 수 있듯이, 이때의 야학은 '주간반'에 병설한 '야간반'으
로 운영되었음을 알 수 있다. 이는 김형목(2001: 73)에서 설명한 것
처럼, "단순한 문맹퇴치 차원이 아닌 교육입국의 이념과 더불어 야
학이 시작되었음"을 의미하는 것이다. 이 점은 1900년대의 야학이
갖는 특징이라고 볼 수 있는데, 학교 설립이 부진한 상태에서 교육
보급책의 하나로 '야학과(夜學課)' 또는 '지학교(支學校)'를 운영한
것이라고 할 수 있다. 이는 야학이 정규 학교 부족에서 기인한 것으
로, 운영 목적이나 운영 주체가 매우 다양함을 보여준다.

---

1 김형목(2001: 78)에 따르면 '광셩학교'는 『황셩신문』1899년 5월 3일자에 처음 나타
나며, '광흥학교'는 『황셩신문』1898년 8월 9일에 처음 나타난다.

　야학이 본격화된 것은 1906년 이후로 보인다.[2] 이 과정에서도 야학교나 야학과 또는 강습소는 야학 운동의 주류를 이루고 있다. 『만세보』의 다음 기사도 이를 증명한다.

(2) 1906년 당시『만세보』의 야학 관련 기사

ㄱ. 夜學講習所: 前議官 鄭象煥 氏가 近日에 필雲臺 半月亭에 數間의 茅屋을 買ᄒ야 日語夜學講習所를 設施ᄒ얏ᄂᆫ디 將次 半洋製로 식로 建築ᄒ고 渾室이 搬居ᄒᆯ 計劃이라더라.

－『만세보』1906.8.21.

ㄴ. 法學講習所 興旺: 國民敎育會館 內에 夜學課로 設立된 法學講習所ᄂᆫ 元來 다른 經費가 업고 學員의게 新貨 一圓式 月謝金을 徵收ᄒ야 維持ᄒᄂᆫ디 貧窶ᄒᆫ 人의게 如數히 收合지 못ᄒ야 經費가 窘拙ᄒ더니 講師 兪星濬 氏가 發論ᄒ야 每朔 月謝金 外에 幾何式 捐助ᄒ자 ᄒ고 氏가 먼저 每朔 十元式 願出ᄒᄂᆫ 故로 學員 閔衡植 氏가 또한 十元式 願助ᄒ고 其外 某某 諸氏가 各其 義捐ᄒ야 每朔 月謝金 並 百餘圓이 되ᄂᆫ지라 學校가 漸次 興旺ᄒ더라.

－『만세보』1906.9.25.

ㄷ. 普成夜學更設: 新門外 普成學校에서 其間에 廢地되얏든 夜學科를 更設하얏ᄂᆫ디 日語夜學習所라 名稱하고 朴台秉 尹世用 兩氏

---

2 김형목(2001)에서는 1906년부터 1910년까지 각 지역의 야학 실태를 조사하였는데, 이에 따르면 서울 지역 95개소, 경기 78개소, 충청 49개소, 경상 51개소, 전라 24개소, 황해 49개소, 평안 122개소, 강원 37개소, 함경 52개소의 야학 기관이 나타난다. 이는 1906년 이후 야학이 미취학 아동이나 노동자·농민 교육의 주요 수단이었음을 의미한다. 비슷한 시기인 1909년 11월 11일 『대한매일신보』에서는 관립고등학교 6, 관립 실업학교 4, 관립 보통학교 103, 사립고등학교 1, 사립 실업학교 5, 사립 보통학교 15, 보조지정학교 23, 기타 각종학교 1226, 보조학교 31, 종교학교 828, 학회 28로 총 2236교가 있었다고 보도하였다. 이 보도에서 기타 각종학교나 종교학교는 야학 운동과 밀접한 관련이 있었을 것으로 추정된다.

    가 名譽로 敎授ᄒ다더라.   -『만세보』1906.10.20.

ㄹ. 西友學會 師範夜學: 西友學會에셔는 師範夜學校를 該會館內에 設立ᄒ고 學員을 多數히 募集ᄒ야 敎授ᄒ기로 決定ᄒ얏는듸 卒業흔 後에는 黃海 平安 兩道內 各 私立學校에 派送홀 計劃이라 더라.   -『만세보』1906.12.12.

(2)에서는 1906년 전후의 야학이 강습소 형태로 운영되었으며, 주요 교육 내용이 '일어', '법학', '사범'과 같이 전문성을 띠었음을 보여준다. 이 가운데 '국민교육회'[3]나 '서우학회'와 같이 법률가나 교사 양성을 목표로 한 야학과는 근대 계몽기 교육입국 이데올로기와 밀접한 관련을 맺고 있으며, 정상환의 '일어야학강습소'나 보성학교의 '일어야학습소'는 통감시대 강화된 일본어의 세력 확장과 밀접한 관련을 맺고 있다.

이처럼 강습소 형태의 야학 운동이 갖는 특징은 특정 목적에 따라 강습 내용이 달라지며, 그 기간이 비교적 짧은 데 있다. 특히 법률, 사범, 일어, 측량 등과 같은 전문 지식을 짧은 시간에 강습하여 효과를 거두고자 하는 목적이 두드러졌는데, 이러한 흐름은 유학생 출신의 하기 강습 활동의 전통을 이루기도 한 것으로 보인다.[4]

---

3 국민교육회는 1904년 8월 24일 조직되어 1907년까지 활동한 교육 단체이다. 이에 대해서는 신혜경(1993), 최기영(1994)의 연구가 있다. 이 단체에서 편찬한 『초등소학』(1907년 10월)은 사립학교뿐만 아니라 야학과나 야학 운동의 교재로 쓰였을 것으로 보인다.

4 『대한매일신보』1907년 7월 20일에는 이 시기 교사의 부족과 일본인 교사 고용 상태에서 평북 철산의 창동학교 교주 오희원이 무료로 사범 강습소를 열고, 그의 자질(子姪)인 오성은, 오필은, 오상은이 본국에서 졸업했거나 일본에서 유학한 뒤 돌아와 이 강습소에서 분담 교수한 일을 기념하는 이유근(李維根)의 기서(寄書) '祝夏期講習所'가 실렸다.

2.2. 국문 야학과 노동 야학

야학교나 야학과에서 출발한 야학 운동은 1907년 이후 미취학 아동뿐만 아니라 성인 노동자를 대상으로 한 사회교육 운동으로 확산되었다. 다음 자료를 살펴보자.

(3) 社會敎育

敎育이 有三ㅎ니 曰 家庭敎育 曰 學校敎育 曰 社會敎育이 是也ㅣ라. 夫 吾人이 家庭에셔 父母兄弟의 訓戒를 受ㅎ야 倫理上 思想을 啓發ㅎ며 學校에셔 敎師의 薰陶를 被ㅎ야 學問智識을 養成ㅎ며 社會에셔 先進者의 敎導를 依ㅎ야 健全흔 精神과 確固흔 意思를 發揚ㅎ야 비로소 完全無缺흔 人物이 되ᄂ니 此 三者ᄂ 輕重의 差別이 無ㅎ도다. 引例而言之컨딘 學校에셔 舌爛口焦ㅎ도록 忠義를 講論ㅎᄂ 家庭에 在흔 父兄이 不忠不義를 敎ㅎ며 學校에셔 禮義 廉恥를 說明ㅎᄂ 社會風習이 貪饕(탐도)를 是尙ㅎ면 國民敎育이 何等 目的을 達ㅎ리오.

故로 歐米 各國에셔ᄂ 社會敎育을 熱心 是圖ㅎᄂ데 其 敎育機關이 具備ㅎ고 其 敎育方法이 完全ㅎ니 或 新聞 雜誌 等으로써 科學的 智識과 政治上 得失과 社會上 公論을 國民에게 敎誨ㅎ며 或 每日曜日에 諸先進家가 各處에 散在흔 敎會 及 學校 內에 講演會를 開ㅎ야 倫理上 觀念과 公共的 精神과 國家的 思想과 文藝上 精華를 國民에게 演明ㅎ야 自國 同胞로 ㅎ여곰 其 個人的 品性을 善良케 ㅎ며 其 國民的 人格을 高尙케 ㅎ야 自國의 目的에 適合ㅎᄂ 人物을 養成ㅎᄂ니라. 現今 我邦의 情況을 回顧ㅎ건딘 二三 有志士가 新聞 雜誌를 發刊ㅎ야 社會敎育에 注意를 不忘ㅎᄂ 아직도 其 機關

이 未備ᄒ고 其 範圍가 狹小ᄒ야 多數 國民을 指導ᄒ기 難홀 뜻ᄒ
도다. 靜言思之ᄒ니 我邦갓치 敎育이 未洽ᄒ 國家에ᄂ 더옥 社會敎
育의 必要가 有ᄒ 것은 非他라. 假令 學校를 擴張ᄒ야 敎育을 獎勵
ᄒ더라도 <u>三四十歲 以上人은 學校에 入ᄒ야 順序로 硏學ᄒ기 不能
ᄒ니</u> 爲先 社會敎育의 方策으로써 此를 一時 救急ᄒᄂ 것이 必要ᄒ
다 ᄒ야 我邦 諸先進에게 請告ᄒ노니 政治家 軍人家 法律家 文學家
實業家를 勿論ᄒ고 餘力을 利用ᄒ야 或은 文詞로써 ᄒ며 或은 言論
으로써 ᄒ야 無學ᄒ 同胞 兄弟를 啓發홀지어다.

—蔡奎丙, 社會敎育,『太極學報』第一號, 1908.8.24.

(3)에서는 교육의 종류를 '가정교육, 학교교육, 사회교육'으로 나
누고, 사회교육의 주요 대상이 성인임을 밝혔다. 그뿐 아니라 사회
교육의 방법으로 '신문·잡지 보급'과 '강연회'가 있음을 강조하였
는데, 이러한 주장은 이 시기 각종 신문과 잡지에서 빈번히 찾아볼
수 있다. 이처럼 1907년 이후의 야학 운동은 '본업 이후의 공부'라
는 점을 중시하였으며, 성인을 대상으로 한 경우가 많아졌다.

(4) 1907년 이후의 야학 경향

ㄱ. 業餘夜學: 吉州郡 <u>泰成商會 內에 學校를 附設</u>ᄒ고 商業界에 從
事ᄒᄂ 靑年 子弟를 募集 敎育ᄒᄂ딕 科目은 <u>國文, 筭術, 史誌
等과 商業에 必要 書籍으로</u> 敎導ᄒ야 現今 學員이 五十餘名이
頗有成績ᄒ야 該校監 金子文 金秉淵 梁泰運 諸氏의 熱誠所致
라더라.　　　　　　　　　　—業餘夜學,『皇城新聞』雜報, 1907.8.26.

ㄴ. 國民夜學: 有志紳士 <u>李昌植, 崔在學, 趙重吉</u> 三氏가 <u>國民夜學校
를 發起</u>ᄒ고 其趣旨를 頒布홈이 如左ᄒ니 盖目猩徘旣變ᄒ며 番

蠻始叏으로 東西四千載之間에 國於全球者 孰非以學問으로 致
其富强ᄒ며 興其文明也리오. 是以로 西人之言에 曰 將來 世界
가 落在敎育家之手中이라 ᄒ니 今天下有其國有 其家有 其身者
果不以此爲務 而苟莽也 昧昧也 則爲智者强者之所食은 不待多
言而辨이라. 噫我韓이 當今日之岌業ᄒ야 將何策而挽回리오. 問
諸耘兵竈婢而曰敎育이라 ᄒ며 問諸三尺之童而亦無異辭ᄒ고
必曰敎育이라 ᄒ리니 然則將設法律政治之專門이 可乎아. 只設
農工業大學校而止可乎아. 抑或有一般人民의 普及敎育之方이
可乎아. 彼所謂富强邦國者亦不在乎幾個人幾十人之高等學問이
오 必擧國男女가 皆有普通知識然後에 乃可言也니 竊念吾輩ᄂ
人微識淺ᄒ야 雖不可而自擔此責이나 馬馱千斤ᄒ며 蟻負一粒
이 亦一其義일ᄉ 乃玆에 設立一夜學校ᄒ고 名曰 國民夜學校라
ᄒ니 盖其趣旨ᄂ 必募集其一般勞動同胞ᄒ야 喚醒我祖國精神
而貫徹其腦髓ᄒ야 以之以奮發ᄒ며 以之而生活ᄒ며 以之而動
作ᄒ야 盡國民之義務而已러니 凡我勞動同胞之能謀自由計活者
ᄂ 樂爲之願學也어니와 叏願士大夫及營業家의 床奴婢夫與雇
傭人은 非惟聰其一二時干ᄒ야 許其夜學이라. 亦復勸之誘之ᄒ
며 責之勉之ᄒ야 曉得其普通學問ᄒ야 不失乎國民之義務ᄒ며
庶幾爲國家之幸福이라 ᄒ노라.

-『皇城新聞』隆熙二年 二月 二十日(1908.2.20.)

(4ㄱ)에서는 태성상회[5]에서 상업계에 종사하는 청년자제에게
'국문, 산술, 사지, 상업에 필요한 지식'을 가르칠 목적으로 야학교

---

5 태성상회가 어떤 단체인지는 알 수 없으나 이 기사를 바탕으로 할 때 상업을 목적으
로 설립한 민간 단체였을 것으로 추정된다.

를 부설했음을 알 수 있다. (4ㄴ)에서는 이창식, 최재학, 조중길 세 사람이 '국민야학교'를 발기했음을 알 수 있는데[6], 그 목적이 "부강한 나라는 몇 십 인의 고등 학문을 가진 자에 의해 이루어지지 않으므로, 일반 노동 동포를 모집하여 우리의 조국 정신(祖國精神)을 뇌수에 관철하고, 보통의 학문을 익혀 국민의 의무를 잃지 않고 국가의 행복을 도모하기 위해서"라는 점을 뚜렷이 하였다.

이러한 흐름에서 1907년 이후의 야학 운동은 두 가지 변화된 모습을 보인다. 첫째는 국권 침탈의 위기에서 발생한 '국민 야학' 또는 '국문 야학'이다. 이러한 운동은 교육입국론을 실현하고자 한 의도와 관련이 있었던 것으로 보인다. 다음 자료를 살펴보자.

(5) 국문학교 관련 논설

ㄱ. 國文學校의 日增: 邇來 敎育風潮의 增進홈을 隨ㅎ야 國文의 發達을 愈催ㅎ눈되 或 國文 專科로 <u>樵兒 牧童을 敎授ㅎ눈 學校</u>도 有ㅎ며 <u>或 晝夜學을 分ㅎ고 夜學에눈 國文 壹科만 講習ㅎ눈 學校</u>도 有ㅎ며 或 各科 中에 國文 壹科만을 特置흔 學校도 有ㅎ야 각처에서 來到ㅎ눈 信函與傳說을 本報가 幾乎應接不暇의 美觀이 有ㅎ니 記者가 此等 雜報를 揭載홈에 趣味가 每曉ㅎ도다. (下略)

-『大韓每日申報』1908.1.26.

ㄴ. 韓國勞動界의 新紀元:隆熙二年 新開幕ㅎ지 五十日이 못되야 此

---

6 이 가운데 최재학은 국민야학운동을 뒷받침하기 위해『몽학필독(蒙學必讀)』이라는 교재를 편찬한 것으로 알려져 있다. 이에 대해서는 강남욱(2005)의 연구가 있는데, 판권을 확인할 수 없기 때문에 이 교재의 성격을 단정할 수는 없으나 선행 연구를 종합할 때 최재학의 저서라는 데는 이견이 없다. 강남욱(2005)에서 밝힌 바와 같이 이 교재는 초학자용(初學者用) 학습서로 국민야학운동을 전개하기 이전에 집필된 것일 수도 있다.

國內에 三大喜消息이 天來 福音갓치 轟傳ᄒᄂᄃᆡ第一 <u>各道 各郡</u>
<u>에 國文學校가</u> 逐日 增加ᄒ니 此ᄂ 韓國人의 國粹主義라 一大
歡迎ᄒᆯ 消息이오 第二 畿湖人士가 興學會를 組織ᄒ고 兩道內
文化를 展을 計圖ᄒ니 此ᄂ 畿湖 人士의 勉强 進步라 一大 讚頌
ᄒᆯ 消息이오 第三 西北人의 勞動 諸氏가 <u>西北學會에 夜學을 請</u>
<u>願</u>ᄒ며 繼又 畿湖人의 勞働諸氏가 <u>畿湖學會에 夜學을 請願</u>ᄒ얏
스니 此ᄂ 勞働界 諸氏의 破天荒이니 一大 拍掌叫奮發ᄒᆯ 消息
이로다. 此를 喜흠으로 但只 <u>該 國文夜學校</u>를 爲ᄒ야 喜흠이 아
니며 該 興學會를 爲ᄒ야 喜흠도 아니며 該 勞働諸氏를 爲ᄒ야
喜흠도 아니라, 便是 韓國의 前途를 爲ᄒ야 大舞蹈ᄒ며 大贊成
ᄒᆯ 바라.(下略)

　　　　　　　　　－韓國勞動界의 新紀元,『大韓每日申報』1908.2.26.

ㄷ. 遣家僮ᄒ야 入國文夜學校: 余家에 一小僮이 有ᄒ야 八九歲붓터
余의 使喚을 被ᄒ고 養育을 受ᄒ야 髮髮이 漸長에 今至成童이
라. 生來에 一字를 不讀흠으로 目不識丁ᄒ야 蠢蠢然禽獸若이러
니 一日은 國文夜學校의 設立됨을 聞ᄒ고 躍然而喜ᄒ야 使家人
으로 紹介而請ᄒ되 晝則服役ᄒ고 夜則學校에 往ᄒ야 國文 受學
ᄒ기로 願ᄒᆫ다 ᄒ거늘 余卽許之ᄒ고 帽子 及 鞋를 爲之備給ᄒ
야 使之入學케 ᄒ고 … 今에 爾도 上天의 賦予ᄒ신 性分이 有ᄒ
者이며 我大韓國民의 職務가 有ᄒ 者ㅣ 안인가.

　　　　　　　　　　　　　－岳下山人,『皇城新聞』1908.3.15.

(5)에서는 전국 각지에 국문학교가 발흥하고 있으며, 특히 '서북
학회'나 '기호흥학회'와 같이 계몽 인사들이 중심이 된 학회나 각
지방의 학교 설립자에 의해 추진된 야학 운동에서 국문 보급을 중

심 사업으로 삼고 있음을 주목하고 있다. 이러한 야학 운동은 교육 입국론의 전통을 이은 것으로 야학의 주체가 계몽 운동가들이며, 야학의 내용은 국문 해독 능력에 있었다. 앞서 언급한 최재학 저술로 추정되는『몽학필독』이나 국민교육회의『초등소학』, 강화석의『부유독습(婦幼讀習)』과 같은 교재는 이러한 배경에서 나온 교재들로 추정된다.

둘째는, 1907년 이후 일부 이익집단에 의해 이루어진 노동 야학 운동이다. 이 시기의 야학 운동이 노동자를 대상으로 한 야학 운동으로 변화한 데에는 노동 계급의 분화가 중요한 요인으로 작용했을 것으로 보인다. 엄밀히 말하면 노동 계급의 분화는 통감시대 이전부터 지속적으로 진행되어 왔으나, 식민 지배를 위한 이민(移民) 문제가 본격화된 1907년부터[7]는 각종 상공업 지식과 토지 측량술에 대한 관심이 높아졌다. 이러한 배경에서 일어난 야학 운동은 국문 보급보다는 실업 지식이나 일본어를 강조하는 경향이 있었다. 대표적인 단체가 유길준이 고문으로 참여했던 노동야학회이다.

(6) 노동야학회 관련 자료

ㄱ. 勞動학會: 去 日曜日에 勞動야學會에셔 中橋義塾늬에 開會ᄒ고
     任員을 組織ᄒ얏ᄂ듸 會員總合이 一千二百餘에 過ᄒ고 희 會任

---

7 통감시대 토지 수탈 기구는 동양척식회사였다. 이 회사는 1908년 3월에 시작하여 9월에 설립 위원회를 조직하였는데, 일본은 이 회사가 등장하기 전부터 토지 수탈 방법을 강구해 왔다. 이에 대해서는『대한매일신보』는 지속적으로 '이민 문제(移民問題)'와 관련한 논설을 싣고 있는데, 그 가운데 하나가 1907년 10월 7일과 8일자에 연재된 '移民於韓國'이다. 이 논설에서는 일본 허랄드 신문에서 한국 내에 매년 30만 명의 일본 이민자 증가를 주장하였음을 근거로 한국을 강제 병합하기 위한 준비를 하고 있음을 경계하였다. 특히 동양척식회사 설립 이후 일인의 토지 겸병 과정에서는 측량 지식을 적절히 사용했는데, 그 결과 이 시기 각종 측량학교가 유행처럼 설립되었다.

員 諸시가 出席 視務曰 비록 下等社會로 勞動爲業ᄒ나 當此時
代ᄒ야 不可不 學問上에도 注意 아니치 못홈으로 到底 說明ᄒ
니 滿場 諸衆이 莫不深感 喝采ᄒ얏다더라.

-『大韓每日申報』1908.3.26.

ㄴ. 勞動懇親會: 勞動夜學會에셔 <u>京셩에 거류ᄒᄂ 木工, 土工, 石工
과 蓋瓦匠, 塗빅匠, 擔軍, 役夫 等 萬有餘名이 入會</u>ᄒ고 내 日曜
日 下午 一時에 任員 懇親會를 明月館에셔 開催ᄒ다더라.

-『大韓每日申報』1908.4.3.

ㄷ. 勞動會費: 本日 明月館에셔 勞動夜學 懇親會를 開ᄒ다ᄂ 說은
已爲 報道어니와 該會 任員 諸氏와 顧問 兪吉濬 張博 趙희淵 等
諸氏가 參席ᄒ다ᄂ대 <u>當日 費用은 四百圓 假量</u>이라더라.

-『大韓每日申報』1908.4.5.

ㄹ. 勞働學會 任員 懇親: 勞動夜學會에셔 京城 居留ᄒᄂ 木工, 土
工, 石工, 蓋瓦匠과 塗背匠, 擔軍 與 役夫ᄭ지 萬有餘名이 入會
ᄒ고 任員 懇親會를 來 日曜日(四月 五日) 下五 一時에 明月館
에 開催ᄒ다더라.　　　　　-『皇城新聞』1908.3.30.

　(6)을 통해 볼 때, 유길준이 관여했던 노동야학회는 1만 명 이상
이 참여한 단체로, 임원 대부분이 친일 단체인 '일진회' 회원이었
다. 강재순(2004)에 따르면 노동야학회는 1908년 3월에 조직되었
으며, 임원은 총재 임시병, 부총재 이봉래, 회장 최영년, 부회장 서
정주, 총무 한영균, 평의장 강영균, 고문 유길준, 장박, 조희연으로
구성되었다. 그렇기 때문에 교사(校舍)가 협소하여, 회장인 윤시병
이 상동 교회 내에 설립한 '국문야학교'를 노동야학회에 부속하려
하자 학생들이 반발하여 무산시킨 것으로 알려져 있다. 디 학교는

‘학회령’ 공포 이후 ‘노동회’로 명칭을 변경한다.[8] 이러한 흐름을 고려할 때 국문 야학과 노동 야학은 그 성격이나 운영 방식에서 상당한 차이가 있었을 것으로 보인다.

---

8 『大韓每日申報』1908년 5월 14일 잡보에서는 “夜學罷工: 尙洞 敎堂내에 設호 國文 夜學校에셔 商工業에 勞動호는 人員을 爲호야 特設호지 四五朔만에 學業이 勤實호더니 一進會長 尹始炳씨가 히校를 勞動學會에 附屬코져 호야 百般 勸誘호고 百般 計劃호나 히 學生 等이 這間에 愛國誠이 腦髓에 堅固호야 尹氏를 排斥호여 日本校는 獨立으로 特設호얏슨즉 一進會에 無關호니 國黨의 主管호는 학회에 安忍附屬호리오 호고 校長에 言을 反對호고 同盟罷工하얏다더라.”라고 하여 국문야학교를 노동야학회에 부속하려다 무산된 사건을 보도한 바 있다. 또한 노동야학회 개명에 대해서는 1908년 9월 10일자 잡보에서 “勞動夜學會 改名: 勞動夜學會에셔 會名을 勞動會라 改稱호엿는디 其裏由를 聞호 則 今番 학부에서 勅令으로 頒布호 學會令에 學會는 營利事業을 不得혼다 호미 若不得營利則財政이 無路홀깃고 如前營利則 勅令을 違反홀깃기로 會名을 改호고 學校는 壹個人의 資格으로 如前 敎育호기로 日昨 決議호얏다더라.”라고 보도하였다.

3. 야학 운동과 교재

3.1. 야학에서의 교재 사용 실태

근대 계몽기 전국 각지에 발흥했던 야학교나 야학과, 강습소, 국문 야학, 노동 야학 등에서 어떤 교재를 어떤 방식으로 사용했는지 규명하는 일은 쉽지 않다. 유길준의 『노동야학독본』이나 이원규의 『노성인 강습용 목민집설』은 교재 편찬의 목적이 야학이나 강습을 위한 것임을 알 수 있으나 그렇지 않은 교재들은 야학 교재로 사용되었는지 여부를 가려내기가 쉽지 않다. 이 점에서 김형목(2001)에서는 『노동야학독본』, 『교육월보』[9], 『유년필독』이 주요 교재로 사용되었을 것으로 추정한 바 있다. 이러한 추정은 이 시기 야학의 특성을 고려할 때 타당한 것이다. 예를 들어 『유년필독』의 경우 1907년 소학교용 교과서로 개발되었지만, 통감부의 지배를 받는 학부에서 교과용 도서를 검정하면서 이 책을 인가하지 않고 오히려 경시청의 압수 대상 서적으로 삼았다.[10] 이는 통감시대 교과용 도서

---

9 1908년 6월 25일 보성사에서 간행한 문맹퇴치용 한글 잡지. 남궁억 여병현 등이 한글 보급을 통한 실력 양성을 목적으로 간행하였으며, 이에 대한 기사는 『황성신문』1908년 7월 1일자 논설, 『대한매일신보』1908년 7월 3일자 논설에 자세히 나타나 있음.

10 『황성신문』1909년 3월 20일과 1909년 3월 31일자 잡보에는 당시 학부 검정 교과서 종목이 실려 있는데, 유년필독은 인가 대상이 아니었다. 오히려 이 책은 경시청의 압수 대상 서적이었는데, 이에 대해서는 『황성신문』1909년 5월 7일자의 다음과 같은 기사가 있다.

書籍押收: 警視廳에셔 昨日 巡査를 各 書鋪에 派送ᄒ야 押收ᄒ 書籍의 種類가 如左ᄒ니 東國史略, 幼年必讀 並 釋義, 二十世紀朝鮮論, 越南亡國史, 禽獸會議錄, 우순소리 等이라더라.

통제 정책에 따른 것이다.[11] 그렇지만 이 책은 1907년 이후 광범위하게 퍼져 있던 야학 운동의 주요 교재 가운데 하나였을 것으로 추정된다. 그 이유는 이 책의 '범례'에서 유년뿐만 아니라 노년도 대상으로 삼고 있음을 밝히고 있기 때문이다.

(7) 幼年必讀 凡例

一. 此書 專爲兒童敎科之用 都爲四卷 共分一百三十二課 以供小學校 二年 四學期 讀習

一. 每課字數由簡至繁 且一二卷則 多用國文以便肄習

一. 學堂每年 除署暇年暇與禮拜及各節日 則每年所敎 爲二百餘日 此書每年實得一百十餘課 以二日一計之 恰足二年之用

一. 我韓人 尙泥舊習昧於愛國誠 故 此書專以喚起 國家思想爲主 以歷史爲摠括 傍及地誌與世界事狀

一. 此書 雖曰幼年敎科 而其實 雖老年人亦不可不一讀 盖欲其知國家人民之關係

一. 此書 全篇 俱傍加國文者 使婦孺童叟易於披閱

一. 國人男婦 俱知國民義務然後 隨其知識程度 又當改撰規制 不可全以此書 爲永久敎科

一. 此外 另有釋義四卷 望敎師諸君子 一番讀過 先悉此書源委 以便敎授 兼養成兒少輩思想

一. 此書 雖不足供大家一粲 而作者苦心 妄祈垂覽 幷以指謬爲幸

(7)에 나타난 것처럼 이 책은 교과용 도서를 목적으로 하였으나

---

11 이에 대해서는 허재영(2010)을 참고할 수 있다.

유년뿐만 아니라 노년까지도 일독할 것을 권하고 있다. 국문을 부속한 것은 부유나 아동 노인까지 쉽게 읽을 수 있도록 한 것이며, 애국 사상을 환기하기 위하여 역사와 지지, 세계 사상(事狀)을 대상으로 하였다.

근대 계몽기 야학 운동에서 '일어', '법학', '사범' 야학과 같이 특정한 과목을 대상으로 한 야학교 및 야학과에서 사용한 교재는 해당 교과와 관련된 교과서류였을 것으로 추정된다. 예를 들어 일본어의 경우 학부에서 편찬한 일어독본 이외에 각종 일어 학습서가 발행된 것으로 추정되는데, 강점 직후인 1915년 조선총독부에서 인가하지 않은 일본어 교과용 도서만도 19종에 이른다.[12] 법학이나 사범 야학과의 경우도 이 시기 발행된 해당 교과서류가 야학과의 교재로 사용되었을 가능성이 높다. 다음을 살펴보자.

(8) 求書普成

曩日 普成專門學校에 一傳語客이 왔는디 風采도 人[남]만ㅎ고 言변도 人[남]만 ㅎ고 爲人이 敎科書 一卷을 求ㅎ러 왔는디 病身 구실을 ㅎ얏나 보더라. 碧洞 閔判書 丙奭 氏의 付託을 듯고 왔다 ㅎ는디 申載永 氏와 金重煥 氏를 차저온 貌樣이더라.

金重煥 氏는 普成小學校 校長이오 申載永 氏는 軍人이라. 兩氏가 皆普成專門學校에 잇는 人은 아니오 該校長은 學問家에셔 屈指ㅎ

---

12 일제 강점 초기인 1915년 조선총독부의 불인가 도서는 강제 병합과 관련된 사실을 반영하지 않은 것들도 포함되어 있다. 이를 고려할 때 1915년 실행한 불인가 도서는 대부분 1910년 이전에 발행된 것으로 추정할 수 있다. 예를 들어 孫鵬九의 『日語獨習』(1907년 초판), 渡賴常吉의 『日語雜誌』(미상, 1907년 이전부터 한국에서 계몽 야학을 펼쳤던 인물임), 鄭雲復의 『獨習日語正則』(1907년 초판), 朴重華의 『精選日語大海』(1909년 초판), 三士忠造의 『再訂 中等國文典』(1909년 新訂), 古谷知新의 『中學作文敎科書』(1909년 초판) 등이 모두 불인가 도서에 포함되어 있다.

는 申海永 氏러라. (中略) 該校 講師는 皆學問家이라. 人이 어리석은 言이 잇더리도 佛子가 衆生의 過를 드른 것 갓치 黙黙ᄒ거니와 事務員 中에 淸談을 好ᄒ던 人이 傳語客을 向ᄒ야 ᄒ는 言이 此學校에셔는 本來 冊 賣買ᄒ 事는 업섯스나 閔判書의 言이라 ᄒ니 一卷 파오리다 ᄒ니 傳語客은 놀님감이 된 것 갓티 顔[얼골]이 듯듯ᄒ야실러라.

其冊을 사러 보낸 曲折은 <u>閔判書 家에 講習所가 잇는딕 其講習所에셔 學習ᄒ든 冊은 兪星濬 氏의 飜譯ᄒ 法學通論이라.</u> 講習所 學生덜이 兪星濬 氏와 反對가 잇서셔 他冊으로 비우깃다 ᄒ는 問題로 이러는 事이라.

何를 因緣ᄒ야 反對가 잇셧던지 此 問題에는 等閒히 보지 말고 等閒히 듯지 말고 仔細 보고 깁히 硏究ᄒ면 國民程度를 볼 事가 잇슬러라.

<u>元來 國民敎育會에셔 講習所를 設施ᄒ얏는딕 時間은 夜學이오 敎師는 兪星濬 氏오 學徒는 北村 바닥의 家數에 가는 이만 會同ᄒ얏는딕 曾經 觀察使도 잇고 曾經 守令도 만코 曾經 司法官으로 今日 法律學徒가 되야 喬木幽谷이 倒着ᄒ 者도 잇섯다더라.</u>(下略)

-『萬歲報』1906.7.19.

(8)은 1906년 당시 판서였던 민병석의 집안에 강습소가 있었으며, 그 강습소의 교재가 유성준의 『법학통론』이었음을 보여준다. 특히 국민교육회에 야학 강습소가 있었음도 알 수 있는데, 이 야학에 참여했던 학도는 북촌 양반 자제들이었음을 알 수 있다. 이처럼 야학과나 야학교 또는 강습소에서는 개인 저술가에 의해 교과서로 개발된 교재들이 사용되었을 가능성이 높다.[13]

이와 함께 교재 개발이 충분하지 않던 시대의 야학 교재로 신문·잡지도 널리 활용되었을 것으로 추정된다.

(9) 신문·잡지 활용

日敎育焉ᄒ며 日敎育焉ᄒ야 有口者ㅣ 첩曰敎育이 爲急先務라 ᄒ되 敎育界의 現狀이 萎靡不振者ᄂ 何也오. 盖其施措也 自失順序故也니 嗚呼라 何國을 勿論하고 全體 人口가 成年 以上이 多ᄒ고 學齡 以下가 少홈은 理勢固然이니 若使成年人의 思想으로 敎育의 感覺이 初無ᄒ면 學齡人의 敎育志願이 膨脹혼들 烏可得乎아. 故로 吾人은 必曰 <u>敎育 順序가 必先社會始라</u> ᄒ나니 果自社會로 敎育을 發達코져 홀진된 如何혼 方法을 要홀고. 先從 各種 機關而着手矣리니 <u>如演說, 討論, 講義 等 會</u>와 新聞 雜誌 圖書 等이 是也라. 雖然이나 至若此郡ᄒ야ᄂ 僻在一隅ᄒ야 交通이 不便홈으로 各種 團體로써 機關을 成立키 容易치 못ᄒ야 志士에 遺憾이 不鮮ᄒ더니 何幸 新使君 沈宜性 君이 莅任 以來로 첩語人以<u>社會敎育之必要 故로 於是乎에 同志 諸君이 攜手相起ᄒ야 建設一機關ᄒ니 此新聞雜誌縱覽所之所由設也라.</u>(下略)

—坡州郡新聞雜誌縱覽所趣旨書, 『大韓每日申報』1907.8.30.

이 기사는 파주군에 설립된 '신문잡지종람소'의 유래를 밝힌 기

---

13 강습소용 교재의 경우 다소 전문적인 내용을 포함할 수 있다. 예를 들어 최재학(1909)의 『실지응용작문법』(휘문관)은 그가 휘문의숙에서 진행한 강습회에서 사용되었을 가능성이 있는데, 『대한매일신보』 1909년 11월 13일자 잡보에서는 '作文專習'에 대한 기사를 게재하고 있다. 이 기사는 "某某 敎育家 諸氏가 徽文義塾 內에셔 作文 專習所를 設立ᄒ고 漢文 及 作文法을 專門으로 敎授혼다더라."라고 기록하였다.

사이다.[14] 사회교육의 차원에서 신문·잡지를 함께 읽을 수 있는 단체를 창립한 것은 야학과 마찬가지로 신문과 잡지가 계몽 운동의 주요 교재로 활용될 수 있었음을 의미한다.

3.2. 교재의 유형

근대 계몽기 야학 운동의 교재는 야학의 목적이나 기관 등에 따라 다양성을 보이는데, 사회교육 차원에서 노동자나 농민 또는 여성을 대상으로 한 야학에서 사용했을 것으로 추정되는 교재류는, 초학용문자 보급 교재, 노동 야학을 중심으로 한 교재, 농민 야학이나 강습용 교재 등으로 유형화할 수 있을 것으로 보인다.

첫째, 초학용 교재 가운데는 그 용도를 알 수 없는 것들이 다수 있다. 그러나 앞의 민병석 강습소 기사에서 알 수 있듯이, 국민교육회에서 발행한 교재는 자연스럽게 야학용으로도 쓰였을 것으로 추정할 수 있다. 그뿐만 아니라 정윤수(1903)의 『초목필지』, 보성관 발행(연도 미상)의 『초등소학』, 장지연(1908)의 『녀ᄌ독본』, 정인호(1908)의 『최신초등소학』, 현채(1909)의 『최신초등소학』, 강화석(1908)의 『부유독습』, 작자 미상(연대 미상)의 『몽학필독』, 게일(1903)의 『유몽천자』 등과 같은 교과서도 야학용 교재로서 널리 활용되었을 것으로 추정된다. 이 가운데 『부유독습』은 부인과 동몽을 위한 교재임을 분명히 하였다.

---

14 신문 잡지 종람소는 『제국신문』 1902년 12월 14일 잡보에 경성학당의 종람소 기사가 처음으로 보인다. 이 기사에서는 "뎡동 경성학당에셔 신문 잡지 보는 쳐소를 셜시ᄒ야 각국 신문과 잡지 등을 모아노코 아모라도 학문에 유의ᄒ 사름은 드러가 보기를 허락ᄒ다더라."라고 하였다.

(10) 『婦幼獨習』上下, 앞부분(머리말에 해당함)

대뎌 텬디 만물 즁에 ᄀ쟝 귀흔 사름은 남녀가 일반인디 엇지ᄒ야 남ᄌ만 학문을 공부ᄒ고 녀ᄌ는 학문을 모로링호. 우리나라 녀ᄌ들을 구미 각국 녀ᄌ의게 비ᄒ면 령혼 육신이 잇는 즛흔 사름이라고 ᄒ기가 븟그럽도다. 그러므로 혹 가도가 빈한ᄒ야 학교에셔 공부홀 수 업ㄱ나 혹 나히 이삼십 되여 가ᄉ에 얽미여 <u>공부ᄒ기 어려운 어린 ᄋ희들이 집안혜 잇셔셔 혼자 공부ᄒ기 위ᄒ야 이칙을 내여 부인네와 동몽의게 일반 분이라도 유조ᄒ기를 ᄇ라읍</u>(下略)

─『婦幼讀習』上下, 책의 앞부분(머리말에 해당함)

(10)과 같이 일부 교재는 부녀자나 동몽을 위한 교재임을 분명히 밝힌 경우도 있는데, 이처럼 교재의 용도를 밝히지는 않았더라도 교재가 충분하지 않던 시대에 초학용 교과서는 대부분 야학용 교재로 사용되었을 것으로 추정된다.[15]

둘째, 노동 야학 교재로는 유길준(1908)의 『노동야학독본』이 있다. 이 독본은 유길준이 고문으로 참여했던 노동야학회의 교재였다. 이 교재가 몇 권으로 개발되었는지 알 수 없으나 현재 남아 있는 권1은 '국민의 권리와 의무', '애국', '노동의 가치', '노동 연설', '노동자의 자질' 등을 주요 내용으로 하였다. 이 교재는 국문 부속 문체를 활용하여 노동자가 쉽게 읽을 수 있도록 편찬한 점이 특징이다.[16]

---

15 1915년 조선총독부의 불인가 도서명을 살펴볼 때, 初等小學(國民敎育會), 最新初等小學(정인호), 幼年必讀(현채), 국문독본(조원시, 미이미 교회), 牖蒙千字(게일), 녀ᄌ독본(장지연), 實地應用作文法(최재학), 實地應用朝鮮語獨學書(弓場重榮, 內藤 健) 등의 인가서는 1910년 이전에 발행된 것으로 야학용으로도 쓰였을 것으로 추정된다.

셋째, 농민 강습용으로 편찬한 교재가 있는데, 연구자가 확인한 것으로는 1911년 이원규가 편찬한 『노성인 강습용 목민집설』이 있다. 책의 저자인 회산 이원규(晦山 李元圭)가 언제 어디서 계몽 활동을 했는지 밝혀져 있지 않다. 그러나 책의 서문에 여러 사람이 그의 목민집설 편찬에 관하여 기록하고 있는데, 이를 통해 볼 때 그가 일제 강점 이전부터 계몽 운동을 전개해 왔으며, 이 책 또한 그 과정에서 만들어진 것임을 알 수 있다.

(11) 책의 서문에 나타난 사항

ㄱ. 晦山은 吾儕之志士ㅣ라 其爲志也ㅣ 雍谷而果斷ᄒ고 其爲學也ㅣ 尊主而庇民이러니 遭遇乎開新之世而踢蹐於童蒙之校ᄒ니 天之 賦材예 如斯而止乎아. <u>嘗著牧民集說 一編</u>ᄒ니 雖非廟謨之大經 이나 盖亦爲邦之固本ㅣ라.(下略)　　　　　　　**-慶州 后人 崔星瑂**

ㄴ. (前略) 晦山李友以文學經綸之士 <u>曾有所講究著牧民集說</u> 以爲老 成人講習之資其書也(下略)　　　　　　　　　　**-杏南 李義憙**

ㄷ. 晦山 李君은 卽吾儕 老成人의 畏友ㅣ오 多少靑年의 嚴師라. 先 生이 晝校와 夜塾에 熱心 從事ᄒ야 新進 後生의 向學心을 勸誘 ᄒ고 쏘 日曜의 餘暇를 利用ᄒ야 牧民集說을 著成ᄒ야 <u>老成人 講習用의 資를 供</u>ᄒ니 此書 目的은 老成人의 深夢을 攪喚ᄒ야 文明 新域에 共隮코져 홈을 爲홈이라.(下略)　　　　**-學川 金禎植**

(11)의 기록을 통해 볼 때, 이 책의 출판은 1911년에 이루어졌으나 저술은 그 이전에 이루어진 것으로 추정할 수 있다. 책의 표지와

---

16 유길준의 국문 부속 문체에 대해서는 김영민(2009)를 참고할 수 있다. 또한 근대 계몽기 언문일치 및 각종 부속 문체에 관해서는 허재영(2011)을 참고할 수 있다.

판권이 낙장이어서 정확한 사항을 알기는 어려우나, 윤수영과 한영복 등의 제호(題號)를 비롯하여 한문(漢文)으로 이루어진 홍양 이학규(洪陽 李學奎), 행남 이의덕(杏南 李義悳), 소원 이규재(篠園 李圭宰), 양천(陽川 許禬) 보성 후인 오충식(寶城 后人 吳忠植), 정희선(鄭熙宣) 등의 서문, 국한문으로 이루어진 경주 후인 최성진(慶州 后人 崔星瑨), 학천 김정식(學川 金禎植)의 서문, 일본문으로 이루어진 대동강반정당 산기삼랑(大同江畔靜堂 山崎三郎), 송악지록 매화훈처 추정(松岳之麓 梅花薰處 秋汀) 등의 서문이 실려 있다. 특히 대동강의 조용한 집을 의미하는 '대동강반정당'이나 송악산 기슭의 매화 향기를 의미하는 '송악지록 매화훈처'를 고려한다면 이 책이 쓰인 곳이 황해도나 평안도 지역과 관련이 있을 듯하다. 또한 일본인의 서문이 포함된 점은 김형목(2005)에서 밝힌 바와 같이, 근대 계몽기의 계몽 운동이 자주 독립 또는 구국 운동의 차원이라기보다 개량적인 지식 보급에 있었음을 알려 준다. 이 책의 특징은 이원규가 쓴 '효용 급 명의(效用及名義)'에서 잘 나타난다.

(12) 老成人講習用 牧民集說 效用 及 名義

此書는 何爲作也오. 專爲老成人講習而編成者ㅣ라. 幼年及靑年은 皆入學校ㅎ야 其修了等節이 各有定期어니와 至於老成人ㅎ야는 不啻年齡之不適이라. (中略)

一. 本書는 成年 以上 家産 或 其他 事務에 拘碍ㅎ야 晝學키 不能흔 老成人의 夜間 講習用에 供키 爲ㅎ야 著흔 바ㅣ라.

一. 本書에 牧民 事件으로써 硏究홈을 目的홈을 老成人이 地方自治와 行政機關에 關係를 保有흔 所以라.

一. 本書는 字牧通例와 法律과 地方制度와 興學과 勸農과 經濟 等

의 方針으로써 普通 涉獵홈을 爲홈이니 若欲詳細該備ᄂ딘 每一
條에 各各 幾千萬言을 敷延홀찌라도 涯岸이 無홀찌라 故로 玆
에 簡單抄述ᄒ야 講習의 速成을 企圖홈이라.

一. 本書ᄂ 但히 口調만 諺으로 懸ᄒ고 諺解文體를 用치 아니홈은
老成人이 自幼少로 習於純漢文ᄒ야 每於漢諺交用等 文字에 精
神이 不留ᄒ야 記誦키 甚困혼 所以로 舊慣의 閱覽을 便케 ᄒ기
爲홈이며 且 國語로 記載치 아니홈은 老成人이 國語를 解ᄒᄂ
者ㅣ 鮮혼 故로 國語로 以치 아니ᄒ고 其所慣知ᄒᄂ 漢諺으로
代ᄒ야 取覽홈을 誘因홈이라.

-明治四十四年 二月 二日 著者 書

(12)의 효용 급 명의에서는 이 책을 편술하고 일부 지인들의 의
견을 들었음을 밝혔으며, 책의 용도가 '노성인 야학 강습용'임을 분
명히 하였다. 주요 내용은 지방 자치와 행정 기관, 흥학, 권농, 경제
등으로 근대 계몽기와 일제 강점기 식민 지배 과정에서 일반 민중
이 꼭 필요하다고 생각되는 지식들을 중심으로 하였다. 그러나 이
때 편술한 지식과 사용한 문체는 당시 민중들에게 필요한 우리글
보급과는 거리가 있는데, 강점 직후 개인이 편술한 책임에도 일본
어를 '국어'로 지칭하고, 순국문체를 의미하는 언해문체 대신 국한
혼용에 해당하는 '한언문체'를 사용하고 있음을 밝혔다. 책의 내용
은 제일장 '목민통론', 제이장 '흥학', 제삼장 '권농', 제사장 '경제'로
이루어져 있다.

4. 결론

근대 계몽기의 야학 운동의 전개 과정은 매우 다양한 모습을 띤다. 이에 따라 야학에 사용되었을 것으로 추정되는 교재도 다양한 관점에서 분석할 필요가 있다. 이를 위해 야학교나 야학과, 강습소, 국문야학, 노동 야학, 농민 야학 등 다양한 형태의 야학에 대한 기초 조사와 함께 교재 분석을 시도할 필요가 있다. 이 글에서 논의한 바를 정리하면 다음과 같다.

첫째, 근대 계몽기의 야학 운동은 학교 보급이 미진한 상태에서 야학과나 야학교 또는 강습소의 형태로 출발하였다. 이러한 야학 운동은 사회교육 차원에서 학교 교육을 보완하는 의미를 갖고 있으며,야학 지원자들에게 일어나 영어, 실업, 사범 등의 지식욕을 충족하는 역할을 하였다. 그럼에도 1906년을 전후하여 각종 국문 야학이나 노동 야학이 등장하였는데, 국문 야학의 경우 미취학 아동에게 교육 받을 기회를 제공하는 의미를 갖고 있었지만 노동 야학의 경우 노동 계급의 분화라는 사회 변화와 밀접한 관련을 맺고 있다. 특히 유길준이 고문으로 참여했던 노동야학회의 경우 이 단체의 이권 활동과도 밀접한 관련을 갖는다.

둘째, 근대 계몽기 야학 운동의 교재는 야학의 목적이나 기관 등에 따라 다양성을 보이는데, 사회교육 차원에서 노동자나 농민 또는 여성을 대상으로 한 야학에서 사용했을 것으로 추정되는 교재류를 대상으로, 초학용문자 보급 교재, 노동 야학을 중심으로 한 교재, 농민 야학이나 강습용 교재 등으로 유형화하였다. 그 밖의 야학과·야학교 또는 강습소에서 사용한 교재는 강습 과목이 무엇인가에 따라 달라졌을 것으로 보이는데, 일어 야학의 경우 이 시기 개발된 일본어 교과서, 법학 강습소는 법학 관련 교재(예를 들어 유성준의 『법학통론』)를 사용했을 것으로 추정하였다.

이와 같이 근대 계몽기의 야학 운동은 다양성을 보이며, 야학용 교재 또한 매우 다양하다. 이를 고려할 때 근대 계몽기나 일제 강점기의 야학 운동이나 노동자 또는 농민을 대상으로 한 계몽 운동 연구는 '계몽=교육입국' 또는 '야학=구국 운동'이라는 편견에서 벗어나 객관적이고 실증적인 연구를 진행해야 할 것으로 보인다.

참고문헌

1. 기초 자료

경인문화사(1982), 『황성신문』1~21, 경인문화사.
사단법인 한국신문연구소(1977), 『大韓每日申報』1~6, 경인문화사.
이원규(1911), 『노성인 강습용 목민집설』(판권 낙장).
한국문화개발사(1907), 『독립신문』1~6, 명신문화사.
한국학문헌연구소(1977), 『개화기교과서총서』1~20, 아세아문화사.
한국학문헌연구소(1985), 『뎨국신문』상하, 아세아문화사.
한국학문헌연구소(1985), 『만세보』상하, 아세아문화사.
허재영 편(2012), 『근대 계몽기의 교육학 연구와 교과서』, 지식과교양.

2. 논문 및 단행본

강남욱(2005), 「<몽학필독>에 대한 해제」, 『선청어문』33, 서울대 국어국문학회, pp356-399.
강동진(1970), 「일제 지배하의 노동 야학」, 『역사학보』46, 역사학회. pp1-39.

강재순(2004), 「한말 유길준의 실업활동과 노동관」, 『역사와 경계』50, 부산경남사학회. pp1-32.

강태경(1994), 「동양척식주식회사의 농지 수탈의 목적」, 『일본학지』14, 일본연구학회. pp9-40.

김영민(2009), 「근대 계몽기 문체 연구」, 『동방학지』148, 연세대학교 국학연구원. pp391-428.

김종진(2004), 「개화기 이후 독본 교과서에 나타난 노동 담론의 변모 양상-노동야학독본과 중등교육조선어급한문독본을 중심으로-」, 『한국어문학연구』42, 한국어문학회, pp57-78.

김형목(2000), 「한말·1910년대 여자야학의 성격」, 『중앙사론』14, 한국중앙사학회. pp28-29.

김형목(2001), 『1910년 전후 야학운동의 실태와 기능』, 중앙대학교 사학과 박사학위 논문.

김형목(2005), 「한말 야학 운동의 기능과 성격」, 『중앙사론』21, 중앙대학교 중앙사학연구회. pp394-424.

배수찬(2006), 「노동야학독본의 시대적 성격에 대한 연구」, 『국어교육』119, 한국어교육학회, pp599-626.

신혜경(1993), 「대한제국기 국민교육회 연구」, 『이화사학연구』20·21합집, 이화여자대학교 사학연구회, pp147-187.

유길준전서 편찬위원회(1982), 『유길준전서』, 일조각.

유동준(1987), 『유길준전』, 일조각.

이명실(1987), 『일제하 야학의 민족 교육에 관한 연구, 1920년대를 중심으로』, 숙명여자대학교 석사학위 논문.

정용화(2004), 「유길준의 생애와 사상」, 『한힌샘연구』제17집, 한글학회. pp7-31.

조동걸(1978), 「조선농민사의 농민운동과 농민야학」, 『한국사상』16, 한국사상연구회. pp225-226.

조연주(1986), 『1920년대 야학의 교육적 저항에 관한 연구』, 연세대학교 석사학위 논문.

조정봉(2001), 『일제하 야학의 교육적 실천』, 경북대학교 박사학위 논문.

조정봉(2007), 「일제하 야학교재 <농민독본>과 <대중독본>의 체제와 내용」, 『정신문화연구』30-4, 한국학중앙연구원, pp63-87.

최근식(1993), 『일제시대 야학운동의 규모와 성격』, 고려대 석사학위 논문.

최기영(1994),「한말 국민교육회의 설립에 관한 검토」,『한국근현대사연구』
    1, 한국근현대사연구회, pp29-62.
최원규(2000),「동양척식주식회사의 이민사업과 동척이민 반대 운동」,『한
    국민족문화연구』16, 부산대학교 민족문화연구소. pp69-118.
허성일(2005),『유길준의 사상과 시문학』, 한국문화사.
허재영(2004),「근대 계몽기 이후 문맹퇴치 및 계몽운동의 흐름」,『국어교육
    연구』13, 서울대 국어교육연구소, pp577-605.
허재영(2010),『통감시대 어문교육과 교과서 침탈의 역사』, 경진.
허재영(2011),「근대 계몽기 언문일치의 본질과 국한문체의 유형」,『어문학』
    114, 한국어문학회. pp441-467.

(본문에 표시한 일차 자료의 경우 별도로 정리하지 않았음)

제7장

일제의 동화 정책과 조선어학회의 항쟁

한국 근대의 학문론과 어문 교육

1. 들어가기

이 글은 일제의 식민 정책이 갖는 특징과 이에 따른 조선어학회의 저항 정신의 특징을 기술하는 데 목표가 있다. 1910년 8월 29일 강제 병합이 이루어진 뒤 1945년 8월 15일까지 진행된 일본 제국주의의 식민 지배는 철저하게 계획된 동화 정책을 기반으로 한다.

우리나라에서 열강의 식민 정책에 대해 관심을 기울인 것은 일제의 강점 이전부터로 보인다. 예를 들어 『대한매일신보』 1906년 1월 18일부터 1월 21일까지 연재된 '식민 계획'은 일제의 이주민 정책 실행 이후 나타난 최초의 기사로 볼 수 있다. 이뿐만 아니라 일제 강점기 일본인들은 조선을 지배하면서 다양한 관점에서 식민 정책을 연구하기도 하였다. 예를 들어 가타[加田哲二](1940)의 『植民政策』(東京 ダイアモド社)에는 다수의 '식민정책 참고 문헌'과 '제국주의' 관련 저서가 열거되어 있다. 이를 고려할 때 '식민 정책'에 대한 관심은 피지배 민족보다 지배의 주체인 제국주의 세력이 더 먼저 관심을 기울였던 것으로 볼 수 있다.

피지배 민족(또는 국가)의 차원에서 식민 정책의 특징을 연구하고자 하는 노력은 광복 이후 다방면에서 진행되어 왔다. 특히 정치·경제, 역사적인 차원에서는 일제 강점기의 성격 규명이나 식민사관 극복 문제 등이 주요 과제로 대두되기도 하였다. 이는 국어학이나 국어 교육학, 국어 운동의 차원도 마찬가지이다. 이 분야에서도 일제 강점기에 대한 연구 성과는 비교적 다양하게 축적되어 왔다. 그럼에도 일제 강점기의 동화 정책과 이에 대한 저항 방식에 대해서는 아직까지 충분한 논의가 이루어진 것으로 보이지는 않는다. 더욱이 민중 지향적인 한글 운동 또는 문자 보급 운동의 사상적 기반에 관한 논의나 그것을 실천하는 과정에서 산출된 다종의 문헌 자료 수집 및 정리가 제대로 이루어졌다고 하기는 어렵다.

이 글은 일제의 동화 정책과 일본어 보급 이데올로기의 변천, 우리말과 글을 지키려는 주체로서의 조선어학회의 활동(한글 운동)을 기술하는 데 목표가 있으며, 이를 위해 근대 계몽기와 일제 강점기의 신문 자료를 활용하고자 한다.

2. 식민 정책 변화와 일본어 보급 이데올로기

2.1. 우민화 시기의 동화 정책

일본 제국주의의 식민 정책과 특성에 관해서는 역사학뿐만 아니라 경제학이나 사회학적인 차원에서 많은 연구가 이루어져 왔다. 특히 근대화와 관련하여 일제 강점기의 영향에 대한 견해 차이는 '식민지적 근대성' 또는 '내재적 발전론'이라는 특이한 역사 용어까지 산출한 것으로 보이는데[1], 엄밀히 말한다면 일제 강점기의 식민 정책은 피지배 민족인 우리 민족의 특성을 말살하여 동화(일본 제국의 부속화)하고자 하는 정책이었다. 그러나 일제의 동화 정책은 '동 등화'가 아닌 '노예화', '부속화'라는 특징을 지닌다. 식민 지배의 흐름에 따라 다소의 차이는 있을지라도 식민 정책의 핵심은 '황국신 민화'로 대변되는 '노예화'에 있었다.[2]

일본 제국주의의 식민 정책의 뿌리는 일본의 개항과 근대화 이

---

1 식민지적 근대성은 내재적 발전론에 입각한 일부 역사학자들의 이론을 수용한 문학 연구가들 사이에서 집중적인 관심을 보인 것으로 보인다. 내재적 발전론의 입장에서 일제 강점기를 해석하고자 한 경향은 나카쓰카[中塚明](1983)을 참고할 수 있다.

2 일제의 식민 정책에 대한 연구 성과는 짧은 논문에서 정리하여 소개하는 것이 불가 능해 보인다. 다만 식민 동화 정책의 성격에 대해서는 강동진(1980), 차기벽(1985) 등의 연구서를 참고할 수 있다. 특히 식민 정책 전개 과정을 통시적으로 간추려 놓은 성과로 유성회·박은경(1998)을 참고하였다. 이에 따르면 일제의 동화 정책은 '식민지 피압박 민족의 민족적 특성을 말살하고자 하는 정책'으로 규정할 수 있다. 박붕배(1987)에서는 일제 강점기의 교육을 '우민화 교육, 노예 교육, 동화 교육'으로 규정하였는데, 이 또한 이 시기 교육 정책이 식민 정책을 구체화하는 수단으로 사용되었기 때문이다.

후 형성된 다양한 이데올로기를 근간으로 하고 있으나, 그것이 본격적인 정책으로 실현된 시기는 1905년 '한일협상조약'(일명 을사늑약) 이후라고 할 수 있다. 이 조약은 외교권과 치안 유지권 박탈을 목적으로 한 것으로, 이 시점부터 일제의 식민 정책이 본격화된다. 이는 1894년 갑오개혁 이후 정치나 교육 분야 등에서 '고문'이나 '자문' 또는 일반적인 '고용인' 형태로 일본인이 이주해 오던 것과는 달리 계획적인 '식민'이 이루어짐을 의미한다. 다음은 이를 증명하는 자료이다.

(1) 殖民計劃

去 十一日 朝鮮 日日新聞의 對韓 移民經營을 論ᄒᄂ 槪意가 如左ᄒ니 政府計劃은 盛히 韓國에 農民을 利殖ᄒᆯ 方針이니 韓國은 商業國이 아니오 農業國에 適當홈을 知홈이라 商業 移民은 無望혼 故로 我國은 農業 移民으로 以ᄒ야 方針을 숨으니 全韓 面積 八萬二千方里인딕 一方里에 平均 人口 二百人 假量을 我國 每方里 三百十七人에 甚히 僅少ᄒ니 移民을 入ᄒᆯ 地積이 莫大혼지라. 然이나 韓民은 天涯孤島에 能히 散布ᄒ야 一處에 集ᄒ지 아니홈으로써 耕作ᄒᆯ 만혼 荒蕪地가 全國 到處에 夥多ᄒ니 且 河水의 汎濫을 恐ᄒ야 耕地를 抛棄ᄒ고 又天然的 灌漑의 利홈도 抛棄ᄒ얏스니 目今 韓國에 耕地가 少僅홈은 不得已혼 事實이라 然則 我邦民은 堤防을 築ᄒ고 溝渠를 穿ᄒ야 現今 所謂 荒蕪地를 耕作ᄒᆯ진딕 全羅 黃海 平安 各道에 最肥沃혼 廣漠경地를 現出ᄒ기 容易ᄒᆯ 쑌 아니라 韓人이 경作ᄒ야 天然沃土를 믠든 所謂 有地도 其價格이 低廉혼 거슨 我方人이 夢想에도 不及ᄒ얏든 事實이라 故로 韓에 對ᄒ야 農民移住를 장勵홈은 實로 我 方針에 得要혼 것이로다 韓國政府ᄂ 外人의게 土地

<u>所有權</u>을 <u>不許</u>ᄒ니 <u>此點</u>은 一時 我 移民의 非不是多少 躊躇이나 實
則 毫無差悶이로다.　　　　　－『대한매일신보』1906.1.18.–1.21. '잡보'

(1)은 을사늑약 이후 통감부의 보호 아래 진행된 일제의 식민 정책의 특징을 보여준다. 을사늑약에서 천명한 '보호'라는 명분 아래, 식민의 궁극적인 목표는 토지 및 인력 수탈을 전제로 한 것이었다. 1908년 9월 동양척식주식회사[3]를 설립한 이후 일제의 이민 정책은 더욱 심해졌는데, 1909년 12월에는 드디어 친일 이익단체인 일진회로 하여금 '합방 성명서'를 발표하게 하였다. 이 선언서의 주요 내용은 다음과 같다.

(2) 所謂 一進會의 合邦 聲明書 全文

(前略) 試思ᄒ라. 國民 二千萬口의 目前 戔業ᄒᄂ 現狀이 果然 何如ᄒ뇨. 欲生不得生ᄒ며 欲死不得死ᄒ야 奴隸 犧牲의 悲境에 墮落ᄒᄂ 今日에 坐ᄒ야 過去를 推ᄒ고 將來를 思ᄒᆯ지면 前途가 茫蒼ᄒ고 晨光이 憙迷ᄒᄂ 感念이 豈無ᄒ리오. 此ᄂ 天의 不恤 홈도 不是오 人의 自取라 謂ᄒᆯ지니 <u>甲午에 日本이 日清戰役을 起ᄒ야</u> 巨億의 戰費를 消ᄒ고 累萬의 戰士를 喪ᄒ야 淸國의 羈絆을 脫却ᄒ고 <u>我韓의 獨立을 確有ᄒ엿거날</u> 政治를 濁亂ᄒ고 好誼를 排擊ᄒ야 此萬世基礎를 善

---

3 통감시대 토지 수탈 기구는 동양척식회사였다. 이 회사는 1908년 3월에 시작하여 9월에 설립 위원회를 조직하였는데, 일본은 이 회사가 등장하기 전부터 토지 수탈 방법을 강구해 왔다. 이에 대해서는 『대한매일신보』는 지속적으로 '이민 군제(移民問題)'와 관련한 논설을 싣고 있는데, 그 가운데 하나가 1907년 10월 7일과 8일자에 연재된 '移民於韓國'이다. 이 논설에서는 일본 허랄드 신문에서 한국 나에 매년 30만 명의 일본 이민자 증가를 주장하였음을 근거로 한국을 강제 병합하기 위한 준비를 하고 있음을 경계하였다. 특히 동양척식회사 설립 이후 일인의 토지 겸병 과정에서는 측량 지식을 적절히 사용했는데, 그 결과 이 시기 각종 측량학교가 유행처럼 설립되었다.

守키 不能홈도 我韓人의 自取오 畢竟 <u>日露戰爭의 因果</u>를 媒介ᄒ야
<u>日本의 損害가 甲午에 十倍나 生홈</u>을 不顧ᄒ고 露人의 虎口에 一塊
肉을 免케 ᄒ고 東洋 全國의 平和를 維持ᄒ엿거날 (중략) 今日은 何
日인고. <u>外交 一款</u>은 旣히 讓與ᄒ 結果가 有ᄒ거니와 財政이 我에
<u>在ᄒ가 通信이 我에 在ᄒ가 法章이 我에 在ᄒ가. 所謂 條約</u>은 一死
物에 便歸ᄒ고 駸駸然 국氣 民命은 一死地에 自落ᄒ니 今日이 非復
昨日인즉 明日이 又安知非復今日이리오. (중략) 方今 <u>日本輿論의
主唱ᄒᄂ 根本的 解決</u>이라ᄂ 問題에 對ᄒ야 瀾을 방ᄒ며 波를 息ᄒ
고 我皇帝陛下와 大日本 天皇陛下의 天聰에 上徹ᄒᄂ 一團精誠으
로 哀訴ᄒ야 <u>我皇室의 萬歲尊崇ᄒᄂ 基礎</u>를 鞏固ᄒ며 <u>我人民의 一
等 待遇ᄒᄂ 福利</u>를 享有ᄒ야 <u>政府와 社會를 益益 展발</u>ᄒ기로 主唱
ᄒ야 一大 政治긔關을 成立홀지면 我韓의 保護 劣등에 在ᄒ 羞恥를
解脫ᄒ고 同等 政治의 在ᄒ 權利를 獲得ᄒᄂ 法律上 政合邦이라 謂
ᄒᄂ 一問題이라. (下略)　　　　　　　　　－『대한매일신보』1909.12.8.

(2)의 일진회 성명서는 친일 단체인 일진회에서 발표한 것이지
만[4], 실제로는 일제의 식민 정책을 대변한 것이라고 할 수 있다. 이
는 병합을 '일본 여론의 주창하는 근본적 해결'이라는 표현이 증명
할 뿐 아니라, 이 시기 발표된 일본 도쿄[東京] 소재 '조선문제동지
회'의 '선언서'와도 맥을 같이하기 때문이다.

---

[4] 이 성명서에 대해 한국 민중들을 다양한 방식으로 저항하고자 했는데, 이러한 사실
은『대한매일신보』의 1909년 12월 8일자 '再告韓國同胞', 12월 15일자 '嗚呼 兩魔
아', 1910년 1월 6일자 '韓日合邦論者에게 告홈' 등이나, 1909년 12월 10일자 '告國
民會', 1909년 12월 15일자 잡보 '大韓興學會 討國賊 一進會' 등에 잘 나타나 있다.

(3) 日人의 朝鮮問題同志會 宣明書

日本 東京에서 揭載혼 朝鮮問題同志會 宣言書를 得ᄒ야 左에 揭載
ᄒ노라.

> 帝國이 韓半島에 對혼 國是를 定홈이 已久혼딩 建國 以來로 凡
> 此 半島에 有事홀 際 未嘗不 此 國是에 準據ᄒ야 此 解決을 試치
> 아님이 업고 (중략) 盖 政策이 <u>萬一 國是에 戾ᄒ면 半島ᄂᆞᆫ 實로</u>
> <u>東洋 禍亂의 導火ᄒᄂᆞᆫ 根源地오 政策이 萬一 國是와 合ᄒ면 半島</u>
> <u>ᄂᆞᆫ 實로 東洋 平和의 楔子</u>라. 韓半島의 關係가 亦重且大ᄒ다謂홀
> 지로다. 顧컨딩 半島 保護權의 我에 歸홈이 무已 五箇 星霜이나
> (中略) 嗚呼라 如此 江山을 人에게 附홀진딘 已어니와 苟 帝國의
> 國是를 遂行ᄒ야 <u>東洋 幾億의 生民으로 平和의 幸福을 長享케 ᄒ</u>
> <u>고져 홀진댄</u> 吾人은 從來의 姑息 彌縫的 政策을 改ᄒ야 (中略)
> 右ᄂᆞᆫ 日本內韓日併合論의 一派라. 彼가 合邦을 唱홀진댄 <u>國을 夷ᄒ</u>
> <u>며 種을 奴ᄒᄂᆞᆫ 事ᄂᆞᆫ 藏ᄒ고 乃日韓人의 塗炭을 救혼다</u> ᄒ니 此가
> <u>一進會 聲明書와 同一의 口套</u>가 아닌가.(下略)
>
> −『대한매일신보』 1909.12.11.

(3)의 선언서에 등장하는 '동양 평화'와 '행복 장향(幸福 長享)'의
이데올로기는 대한매일신보의 논조에서 드러나듯이, '국(國)을 이
(夷)하고, 종(種)을 노(奴)하는 일'을 감춘 식민 지배 이데올로기일
뿐이었다. 이러한 상황에서 1910년 8월 29일의 강제 병합이 이루
어졌으며, 병합 직후에 시행된 무단 헌병 통치를 은폐하고자 하는
이데올로기로 '동화'라는 용어가 빈번히 사용되었다.

강점 초기인 1910년대의 식민 정책은 '헌병 정치', '무단 통치'로
요약할 수 있는데, 무력에 의한 강제 지배를 합리화하기 위해 '동양

평화'와 '복리 증진'을 슬로건으로 한 '동화 정책'을 표방하였다. 다음을 살펴보자.

(4) 강제 병합의 성격

ㄱ. 日韓 倂合 條約:韓國 皇帝陛下 及 日本國 皇帝陛下는 兩國間의 特殊히 親密흔 關係를 顧ᄒ야 <u>互相 幸福을 增進ᄒ며 東洋平和를 永久히 確保</u>ᄒ기 爲ᄒ야 此 目的을 達코져 ᄒ면 韓國을 日本國에 倂合흠에 不如흔 者로 確信ᄒ야 (중략)

　第六條 日本 政府는 前記 倂合의 結果로 全然 韓國의 施政을 擔任ᄒ야 <u>該地에 施行흘 法規를 遵守ᄒ는 韓人의 身體 及 財産에 對ᄒ야 十分흔 保護를 與ᄒ고 且 其福利의 增進</u>을 圖흠.(下略)

–매일신보, 1910.8.30.

ㄴ. 諭告: (前略) 凡政之要는 <u>生命 財産의 安固를 圖</u>흠에 急務가 無흔지라. 盖히 <u>殖産之法과 興業之途는 次此로 振作</u>케 흠을 得흠이라. 從來 不逞之徒와 頑迷之輩가 出沒 退邁ᄒ야 或 殺人命ᄒ며 或掠財貨ᄒ며 或企非謀ᄒ며 或起騷擾者ㅣ 有ᄒ니 是以로 <u>帝國 軍隊는 各道 要處에 駐屯ᄒ야 時變에 備ᄒ며 憲兵 警官은 普互都鄙ᄒ야 專혀 治安에 從事ᄒ고 又 各處에 法定을 開ᄒ며 公平無私흔 審判을 下케 務흠</u>은 本是 懲罰奸凶ᄒ여 芟除邪曲키를 爲흠이오. (下略)

ㄷ. 寺內總督의 演說(豫算委員會에셔): (前略) 玆에 倂合을 遂行ᄒ얏는듸 一日이라도 速히 兩國人의 協衷同化를 計흠이 必要ᄒ다는 韓國 政府의 希望을 依ᄒ고 陛下의 聖意에 基ᄒ야 大体의 市政方針을 定ᄒ고 諭告를 發ᄒ야 (中略) 韓國의 治安에 關ᄒ야 此를 疎忽히 흔 結果 或 血을 濺ᄒ는 等事 有ᄒ면 兩國에 影響

이 有홀 쑨 안이라 世界 各國에 對ᄒ야 帝國의 威信을 失墜ᄒ겟
기로 警察을 統一ᄒ야 警務總監部를 置ᄒ고 相當흔 警察을 配
置ᄒ얏ᄂᄃᆡ 憲兵은 僅히 二千을 增加ᄒ얏고 十三道의 警官은
一道에 不過 千人이오 (중략) 去十四年브터 日韓의 交際를 復修
흔 以來로 日本人의 移住흔 者가 十五萬餘인ᄃᆡ 這間 幾多의 變
遷을 經ᄒ고 縱橫錯綜흔 事情이 有ᄒ야 韓國人은 皆日本人을
歡迎흔다 謂키 難흔 狀態下에셔 倂合을 實行흔 故로 將來의 和
合同化를 計ᄒ기로 盡力ᄒ얏ᄂᄃᆡ (下略)

─『매일신보』1911.1.29. '동경전보'

(4)는 일제의 병합이 대외적으로는 '보호'를 명분으로 한 '동양
평화론'을, 대내적으로는 '복리 증진'을 명분으로 한 '화합 동화'를
내세운 강제 병합이었음을 의미한다. 특히 (4ㄷ)에 나타난 것처럼
갑오개혁 이후 일본인 이주자의 증가에 따른 실질적 식민화를 달
성하기 위해 '동화' 이데올로기를 표방하게 되었는데, 강점 직후
『매일신보』에 게재된 다음 논설은 이를 집약적으로 표현한다.

(5) 同化의 主意

我國之於日本에 壤地가 偏近ᄒ고 冠盖가 相望ᄒ여 交隣의 修好ᄂ
盖自王仁博士가 文字를 日本에 傳敎홈으로 始ᄒ엿도다. 其洲也ㅣ 同
ᄒ고 人種也ㅣ 同ᄒ고 人性也ㅣ 同ᄒ고 土地也ㅣ 同ᄒ고 殖産也ㅣ
同ᄒ여 一葦의 抗홀 地에 隔ᄒ여 消息이 相通ᄒ고 氣脈이 相連ᄒ여
脣齒의 勢를 作ᄒ엿스니 考諸歷史ᄒ여도 斑斑히 可考홀 쟈로다. (중
략) 我韓이 數年以來로 新風潮가 驅入ᄒ여 足跡이 相雜ᄒ고 智識을
相交ᄒ여 其長其短을 互相 勸起ᄒ니 人種의 權限이 可히 相等타 謂

홀지로다. 我國이 東洋 第一 中心地에 處ᄒ여 和意를 不酬ᄒ고 深契를 不許ᄒ면 <u>東洋一局의 平和主意를 永遠히 維持키</u> 難홀지어니 엇지 和衷으로 相告치 아니ᄒ며 (中略) 日本이 强ᄒ면 我國도 强ᄒ고 日本이 弱ᄒ면 我國도 弱홀 것은 <u>一家內에 兄則飽ᄒ며 弟則飢홀 理ᄂ 萬無타</u> 홀지니 可히 憂樂을 同ᄒ고 休戚을 共ᄒ여 <u>東洋의 安寧秩序을 共享홀</u> 것은 我 兩國間에 共同 企圖홀 자라. 是以로 兩國 主權者가 互相 主唱ᄒ여 合併을 約成ᄒ엿스니 此ᄂ 日本이 維新ᄒ 後에 我國도 維新ᄒᄂ 日이라. 今我 同胞ᄂ 如何ᄒ 思想을 抱有ᄒ여야 可홀가. 兩國 君主의 聖意를 體ᄒ여 敢히 違홀 바이 無ᄒ고 日本文明 施政에 涵泳ᄒ고 同化ᄒᄂ 域에 共ᄒ여 <u>極東의 平和主義를 永久勿棄</u>홀지어다.

-『매일신보』1910.8.30. 논설

(5)에서는 동화의 이데올로기가 일본과 한국이 같은 대륙에 있으며 같은 인종(여기서는 서양 인종에 대립하는 개념)이자 지리적 조건이 같고 식산이 같으므로, 병합이 동양 평화를 유지하는 길임을 강조하고 있다. 더욱이 일본과 한국이 병합함으로써 같은 집안의 형제와 같이 우락을 함께한다는 점을 강조하였다.

강제 병합에 따른 동화 이데올로기의 실천 방안에서 가장 중요한 것은 언어적 동화였다. 언어 동화 이데올로기는 열강의 식민 정책에서 필연적으로 나타나는 현상인데, 루이 장 칼베(1974, 이병혁 편저 1986)에서 지적한 바와 같이, 토착민의 언어를 경멸하고 군대·행정 관료·상인 집단의 이식을 통해 궁극적으로 피지배 민족의 민중 언어를 지배하고자 하는 방향으로 전개된다.[5] 특히 강점 초기의 언어 동화 정책은 '지배 언어인 일본어의 세력'을 강조하고, 일본어를 습득하여 의사소통을 원활하게 해야 한다는 논리를 바탕으로 하였다. 이 시기 언어 동화와 관련된 이데올로기를 좀 더 살펴보자.

(6) 언어 동화

ㄱ. 同化의 方法: 同化의 趣旨는 旣히 論述혼 者이어니와 <u>合倂의 效果를 完全케 ᄒ려면 彼我가 同化혼 然後에 其目的에 達홀</u> 것이니 此는 官與民이 同力協心ᄒᄂ듸 在ᄒ다 홈은 誰가 推知치 못홀 者리오마는 泛而言之ᄒ면 <u>俱是同淵同族으로 其文이 又同</u>ᄒ니 同化ᄒᄂ 域에 進就ᄒ기가 容易타 홀지나 幾千年을 國與國間에 相守ᄒ든 規模가 逈殊ᄒ야 <u>政治也ㅣ 異</u>ᄒ고 <u>法律也ㅣ 異</u>ᄒ고 <u>語音也ㅣ 異</u>ᄒ고 <u>衣制也ㅣ 異</u>ᄒ고 <u>飮啄也ㅣ 異</u>ᄒ고 <u>居處也ㅣ 異</u>ᄒ니 性情과 思想이 又是不同홀 것은 自然혼 勢라. 雖曰 彼我가 同文이라 ᄒ나 <u>文義의 差異와 措辭의 相殊는 各其 國文을 有</u>ᄒ야 語訓이 <u>相殊</u>ᄒ고 <u>句讀을 難解</u>ᄒ야 <u>書自書人自人</u>ᄒᄂ 歎이 有ᄒ니 <u>全然 同文이라 稱키 難</u>ᄒ리로다. (中略) 今日을 當ᄒ야 一國 人民을 作成혼 以上에는 親密혼 關係가 日日層生ᄒ야 踈코쟈 ᄒ야도 得치 못홀 것이오 遠코져 ᄒ야도 得치 못홀지니 <u>兩地 人民이 言語를 相通치 못</u>ᄒ야 同化上에 <u>不便혼 點이 必生</u>ᄒ리로다. 其性이 合ᄒ고

---

5 루이 장 칼베(1974)의 이론에 따르면 식민주의 언어 동화는 4단계로 진행된다. 첫째는 토착민의 언어를 경멸하고 지배 언어로 사물의 이름을 붙이는 단계, 둘째는 군대와 행정 관료 및 상인 집단을 이식하는 과정을 통하여 행정 언어를 장악하는 단계로 식민 권력과 가까운 피지배 민족의 지배 계급과는 달리 민중으로서는 알아들을 수 없는 이중 언어가 존재하는 단계, 셋째는 지배 언어와 피지배 언어의 수직적 관계가 형성되는 시기로 지배 언어가 피지배 민족 전체로 확산되는 단계, 넷째는 피지배 언어가 결정적인 죽음을 맞이하여 고고학적 흔적만을 남기거나 다언어 병용 상태로 남는 단계이다.(이병혁 편저, 1986 참고). 허재영(2011: 123-129)에서 살편 바와 같이, 일제 강점기의 일본어 보급 정책이나 조선어 교육 정책은 루이 장 칼베가 제안한 4단계 언어 동화 정책과 크게 다르지 않다.

其情이 同혼 後에야 一點 靈犀가 暗裏相照ᄒ야 膠漆의 誼가 生ᄒ고 斷金의 契를 成ᄒ면 彼我가 無分ᄒ야 同化를 期치 아니ᄒ여도 自然히 化ᄒ리라 ᄒ노니 其 方法은 何에 在ᄒ고. 心地를 相許ᄒ고 意思를 疏通케 ᄒ기ᄂ 語論酬酌의 在혼즉 同化의 急務ᄂ 語學이라 謂ᄒ올지나 一朝一夕의 事가 아닌즉 急遽히 圖謀ᄒ기ᄂ 得지 못홀 者이니 水와 如히 漸케 ᄒ야 今日에 解一語ᄒ고 明日에 解一語ᄒ야 久久 成習ᄒ면 不期然而然홀 者로다. 露國之於芬蘭과 獨국之於葡蘭에 言語를 急速히 變更코져 ᄒ야 强制力을 行ᄒ엿스니 此等의 行政은 當局者의 高見으로ᄂ 斷然히 行치 아니홀 것은 預料홀 者이나 萬一 急速히 行케 ᄒ면 意外의 反抗이 易生ᄒ야 統治上에 妨害를 致홀가 爲慮ᄒ노니 本記者ᄂ 取치 아니ᄒᄂ 者이로다. 古今 形像컨딘 敎育을 擴張ᄒ야 語學을 普及케 ᄒ고 磨以歲月ᄒ야 一般 人民으로 同化의 域에 齊進케 ᄒᄂ 것이 當局者의 第一 急務라 ᄒ노라.　　　　　　　　　　　－『매일신보』1910.9.14. 논설

ㄴ. 學校의 合倂: 朝鮮人의 日語敎育은 近來 非常혼 好成績을 呈ᄒ야 普通學校를 卒業혼 者ᄂ 充分치 못ᄒ나 日語를 大槪 引解홀 만치 發達되엿고 且 고등학교를 卒業혼 者에 至ᄒ야ᄂ 닌地人과 殆히 差異가 無히 日語가 熟達ᄒ야 昨今間 朝鮮人이 日本人 학교에 入學ᄒᄂ 者가 各地에 多有ᄒ고 京城에셔도 中等 以上되ᄂ 朝鮮人은 許多히 日本人 中學교에 入學ᄒ야 日本人의 敎育을 授ᄒᄂ 者가 不少혼지라. 朝鮮人 一同으로 ᄒ야곰 日本語를 普及케 ᄒ야 朝鮮人의 公私立學校를 廢止ᄒ고 日本人 學校와 合倂홈은 困難ᄒ다 ᄒ나 現時 狀況으로 觀ᄒ면 中等 以上의 日本 及 朝鮮人의 學校 合倂은 亦不遠ᄒ겟도다. (下略)

　　　　　　　　　　　　　　　－『매일신보』1910.10.5. '잡보'

(6ㄱ, ㄴ)은 강점 직후의 언어적 동화 이데올로기를 피력한 논설이다. 이 두 논설에 나타난 바와 같이, 일제의 언어 동화는 '심지(心地) 상허(相許)'와 '의사소통'을 이유로 내세웠으며, 점진적인 일본어 보급을 목표로 하였다. 일제 강점기 식민 지배 정책 홍보에 앞장섰던『매일신보』에는 이러한 논조의 논설이 수시로 게재되었는데, 1910년대의 논설은 병합의 결과 조선인이 일본인이 되었으므로 '일본어 = 국어(자국어)'라는 점을 강조하고, 일본어를 배워야 의사소통뿐만 아니라 지식 습득이 가능하다고 강조한다.[6] 곧 '지식 습득의 언어 = 일본어'라는 등식은 모든 교육을 일본어로 행하고 조선어는 단지 명분상 존치하도록 한 결과를 가져왔다. 그뿐만 아니라 일본어 보급은 '충군애국의 근본', '국수(國粹)의 원천'으로 간주되어 식민 지배에서 가장 중요한 정책으로 간주되었다.

2.2. 동화 이데올로기의 변화

일제 강점기 동화 정책은 '문화 정치'를 표방하면서 변화를 보인다. 3·1 독립 운동 직후 부임한 사이토 마코토[齋藤實]는 부임 직후 '문화 정치'를 표방하면서, 헌병 경찰 제도 대신 일반 경찰 제도를 도입하고, '선인(鮮人)과 내지인(內地人)'을 동일하게 취급하는 문화적 제도를 강구한다고 훈시하였다.[7]

---

6 일본어 보급의 필요성을 강조한『매일신보』의 논설로는 '國語(일본어) 硏究의 必要'(1911.2.23.), '敎員 講習會'(1912.8.25.), '日本語의 勢力'(1913.7.18.), '國語(일본어) 普及의 急務'(1913.11.2.-11.5. 2회 연재), '國民統一과 國語'(1917.2.28.), '鮮人同化'(1918.8.23.-8.25. 3회 연재) 등이 있다. 이뿐만 아니라 각종 강습회나 야학회에서 일본어 교육이 이루어졌으며, 조선총독부에서는 빠른 시일 내에 일본어를 습득할 수 있도록『速修國語讀本』과 같은 교재를 개발하기도 하였다.

이 '내지인과 동일한 취급'을 목표로 한 식민 정책은 '내선일체(內鮮一體)'라는 또 다른 형태의 동화 정책이라고 할 수 있다. 이 정책이 실행되는 과정에서 무단 통치기와는 달리 조선인의 관리 또는 교원 임용이 이루어지기도 하였고, 학교 확장 정책이 펼쳐지기도 하였으나, 그것은 강압 정책의 한계를 피하기 위한 것이었을 뿐, 일본과의 종적 관계를 바탕으로 한 동화 정책이 바뀐 것은 아니었다. 이는 문화 정치기의 식민 이데올로기가 '일시동인(一視同仁)', '내선융화(內鮮融和)', '공존공영(共存共榮)'을 표방한 데서도 확인할 수 있는데, 이러한 슬로건은 모두 조선인의 일본인화를 전제로 한 것이며, 무단 통치기의 '제국 신민화'보다 더 강화된 형태의 종속화를 의미한다. 이처럼 동화 정책의 강화를 위해서는 새로운 이데올로기가 필요했는데, 이른바 '일선 동원론(日鮮同源論)' 또는 '일선동조론(日鮮同祖論)'이나 '민족 개량론(民族改良論)' 등이 이에 해당한다.

(7) 日鮮同源史徵, 幣原坦

朝鮮과 內地의 關係는 他國의 植民地와 本國의 關係 等과는 相違가 有ᄒᆞ야 各種의 點으로 <u>純粹ᄒᆞᆫ 合理的 狀態에 在ᄒᆞ니 則 思想에 就ᄒᆞ야 此를 論ᄒᆞ건ᄃᆡ 共히 儒敎의 共通 觀念을 有ᄒᆞ얏고 宗敎에 作ᄒᆞ야도 朝鮮과 內地와 大ᄒᆞᆫ 區別이 無ᄒᆞᆫ</u> 것이니 內地에 全盛ᄒᆞᆫ 佛敎도 朝鮮셔는 李朝 以前ᄭᅵ지는 ᄒᆞ얏스나 李朝에 至ᄒᆞ야 此를 排斥ᄒᆞᆫ 것을 今日에 其跡이 亦然ᄒᆞ고 風俗 人情上으로 觀察ᄒᆞᆯ지라도 大部分 共通點을 有ᄒᆞ얏고 <u>人種으로도</u> 雙方 共히 諸族의 血液을 混合ᄒᆞ

---

7 사이토의 훈시는 『매일신보』 1919년 9월 4일자에 실려 있다. 이 훈시에 따라 두 차례 교육령 개정이 이루어졌는데, 특히 제3차 조선 교육령(신교육령)에서는 내선공학(內鮮共學)이 주요 문제로 대두되었다. 그러나 일본어 보급이 충분하지 않은 상황에서 단선학제 운영이 불가능했으므로, '일본어 상용 여부'에 따라 학제를 운영하였다.

얏스나 大體로 同一흔 特徵을 現ᄒ얏나니라. 더구나 <u>歷史 及 言語上</u>으로도 頗히 趣味 잇는 聯絡을 有흔 것은 學問 硏究者로 我 古記錄에 依ᄒ면 索盞嗚尊의 根의 國이 行ᄒ얏다는 事가 有흔듸 此 根의 國이 卽 新羅라는 것은 夙히 學者의 公認ᄒ는 바이라. 且 日本書紀의 一書에는 索盞嗚尊이 根國에 赴ᄒ야 '소시모리'에 居ᄒ얏다 ᄒ니 此 '소시모리'는 朝鮮語의 意味로 解釋ᄒ면 卽 牛頭山이라는 말이니 卽 江原道 春川이라 ᄒ나 其後 確考흔 바에 依ᄒ면 新羅의 都는 慶州인 事가 判明되야 此說은 當히 世間에 發表ᄒ얏는듸 今에는 大抵 異論이 無흔 듯ᄒ도다.(하략)　　　　　　　−幣原坦,『매일신보』1920.5.5.

　(7)은 1920년대부터 본격적으로 등장한 일선동원론의 한 부분이다. 이 글의 필자인 가네하라 히로시[幣原坦]는 1901년 중학교 교사로 한국에 들어온 뒤, 학부 참여관을 거친 식민 시대 조선 교육의 중요한 역할을 담당했던 인물이다. (7)에서는 조선과 일본의 식민 관계가 다른 나라와는 달리 '순수한 합리적 상태'를 유지하고 있으며, 그 이유는 '사상', '종교', '인종(혈통)'뿐만 아니라 역사와 언어에서도 같은 근원을 갖고 있기 때문이라는 것이다. 학문 연구의 성과를 빌려 동원론(同源論)을 주장하고자 한 사례는 훨씬 많으나 이러한 이데올로기가 식민 정책에 동원된 것은 1920년대로 보인다.

　동원론이나 동조론의 맥락에서 1920년대의 식민 정책 가운데 두드러진 특징은 '내선인 혼인 문제'와 '국어 상용 이데올르기'에서 찾을 수 있다.

　먼저 내선인 혼인 문제의 근원은 강점 초기부터 대두되었던 것으로 보인다. 그러나 강점 초기의 혼인 문제는 식민 지배자들보다 피지배 민족인 조선인의 입장에서 막연히 느꼈던 두려움을 표현한 것으로 보인다. 다음은 그러한 예를 보여준다.

(8) 風說誤人

　近日에 一種 風說이 飛行호야 <u>來月 一日이면 日本人의 子女와 朝鮮人의 子女로 互相 成婚호라는 法令이 有호다</u> 호야 不卜日 成婚호는 者가 多호딕 匂水로 成禮호는 者도 有호다는 說이 盛行호기로 本記者가 向日에 斷髮과 衣制를 改良호리라는 風說이 熾盛호야 物議가 沸騰홈으로 同胞의 疑眩을 闢破호기 爲호야 屢屢히 論述호 바어니와 至若婚禮호야는 其父母라도 或子女의 願을 從호야 成婚호는 事가 有호거든 況朝家에셔 威令으로 <u>彼此가 成婚호라는 法令이 有홀 理가 萬無호즉 엇지 此等의 風說을 信호고 婚娶上에 錯亂케</u> 호리오.(下略)　　　　　　　　　　　　　－『매일신보』1910.9.18. '잡보'

　1910년대에는 (8)에 나타난 '호상 성혼 법령'이 제정·공포된 적은 없었던 것으로 보인다. 그러나 강점 직후 우리 민중들은 막연하게나마 강압적 혼인 법령이 공포될지도 모른다는 두려움을 느꼈던 것으로 보인다. 문헌 자료상 이러한 두려움이 왜 생겼을지에 대해 확인하기는 어려우나, 적어도 1920년대 이후에는 '내선인 혼인 문제'가 본격적으로 대두되기 시작하였다.

(9) 1920년대 내선인 혼인 문제

　ㄱ. 內鮮人 通婚

　　多年의 懸案이든 <u>日鮮人 婚姻 法案</u>은 旣報와 如히 府令 第九十九號로셔 發布호야 共通法 第三條의 施行과 共히 其 實施를 見홈에 至호엿다. 切望컨딕 日鮮 兩民族이 倂合 以來로 <u>互</u>

相 融合을 徹底ᄒ고 一家內에셔 呼吸을 同히 ᄒ며 棲息을 共히 한지 十有二年의 星霜을 經ᄒ얏슴에도 不拘ᄒ고 尙히 徹底的으로 融合 同化의 實을 與홈에 至ᄒ지 못ᄒ 것은 專혀 血統的 關係가 罕少ᄒ얏슴에 由홈이니 個人과 個人間에 在ᄒ야도 婚姻의 關係ᄂ 疎ᄒ 者로 親케 ᄒ며 遠ᄒ 者로 近케 ᄒ며 扞格ᄒ 者로 疏通케 ᄒᄂ 것이라. (中略) 日鮮 兩民族은 歷史的으로 하던지 地理的으로 하던지 他裔他族이 아니오 同族이 될 것은 事實과 理論이 共히 合致ᄒ 것이니 古來 交通ᄒ 事實에 就ᄒ야 觀ᄒ면 其 關係가 甚히 複雜ᄒ야 一一히 其 實例를 擧ᄒ기 難ᄒ나 (中略) 最近에 至ᄒ야 日鮮人의 通婚이 漸次 增加ᄒᄂ 趨勢를 觀ᄒᄂ 今日에 從來 民籍 手續홈에 對ᄒ야 幾多의 不便홈과 缺陷이 有ᄒ야 遺憾이던 바임으로 (중략) 此 手續法 發布 前에도 日鮮人의 通婚이 頻繁ᄒ얏슨즉 今後에 至ᄒ야ᄂ 問치 아니ᄒ야도 一躍ᄒ여 其數를 激增ᄒ리라고 豫算ᄒᄂ 同時에 內鮮融和의 捷徑上 欣喜의 感을 不堪ᄒᄂ 바이로다.

-『매일신보』1921.6.16.

ㄴ. 調査及報告 統計: 內地人ト朝鮮人ノ配偶者數 調査: 昭和元年 十二月末日 現在ニ於ケル內地人ト朝鮮人ノ配偶者數 調査スルニ總數ハ四五九組ニシテ 內三五組ハ昭和元年中ニ結ハレタル配偶者數テアル 之ヲ種類別ヨリ觀レハ內地人ニシテ朝鮮人ヲ娶リタルモノ最モ多ク二二二組 亞イデ朝鮮人ニシテ內地人婦人ヲ娶リタルモノ二一九組朝鮮人ニシテ內地人ノ家ニ入婿シタルモノ一八組テアル次ニ最近五箇年ノ狀況ハ卽チ (下略)

-『조선총독부 관보』제192호, 1928.8.18.

(9ㄱ)은 1921년 이후 호적법을 정리하면서 일본인과 조선인의

혼인을 장려하고자 한 논설이다. 혼인 정책은 일선 동조론이나 동원론을 넘어서 ‘내선일체’, ‘내선융화’의 완결을 의미하는 것이라고 할 수 있는데, 일제의 식민 정책이 경제적 수탈을 넘어 민족 말살에 있었음을 의미하는 것이라고 할 수 있다. (9ㄴ)은 이러한 흐름에서 이루어진 혼인 관련 통계 조사 결과인데, 1927년까지 459쌍의 혼인이 이루어졌으며 그 가운데 일본인 남자가 조선인 여자와 결혼한 경우가 222쌍, 그 반대의 경우가 219쌍, 조선인으로 일본인 가정의 데릴사위가 된 경우 18쌍으로 나타났다.[8]

다음으로 일본어 상용 정책의 강화를 살펴볼 필요가 있다. 1920년대의 식민 통치는 문화 정치를 표방하면서 ‘조선 고유문화 존중’을 표방하였다.[9] 그러나 엄밀히 말하면 이때의 조선 고유문화는 강압적인 동화가 실효를 거두지 못하는 상황에서 점진적 동화를 위한 방편으로 천명한 것일 뿐, 일본어 보급을 통한 동화 정책의 기조가 변화한 것은 아니었다. 이는 신교육령 발포와 함께 이루어진 미즈노[水野] 정무총감의 담화를 통해서도 확인된다.

---

8 이 통계는 일제의 강점이 17년 지난 시점에서 이루어진 것임을 고려할 때, 혼인 동화는 그다지 심한 상태가 아닌 것으로 볼 수도 있다. 특히 인구 대비 일본인과의 혼인자 수를 고려한다면, 식민 정부의 혼인 정책은 효과를 거둔 것으로 보기 어려운데, 그 주된 이유는 식민 지배가 평등한 동화를 전제로 한 것이 아니라 노예적 동화를 전제로 한 것이기 때문이었을 것으로 보인다. 예를 들어 조선총독부관방문서과(朝鮮總督府官房文書課)에서 발행한 『조선』 1925년 10월호의 ‘朝鮮に於ける內地人農業移民’의 통계 자료를 보면, 1923년까지의 조선에 이주한 일본인 이민 호수는 11만 439호이며 이주민 수는 40만 3천 11명으로 나타나 있다. 이처럼 많은 수의 일본인이 조선에 이주하게 된 것은 식민 지배에 따른 경제적 이권 때문으로 보인다.
9 예를 들어 제3차 조선 교육령 개정을 앞두고 만든 ‘조선교육조사위원회’에서는 ‘一. 朝鮮 固有의 文化를 尊重 培養할 것, 二. 時代와 民度에 適合한 敎育을 施할 것, 三. 産業開發과 相侯하여 實用的 人物을 養成할 것, 四. 門戶를 洞開하여 可及的 日鮮共學으로써 根本的 融和를 期할 것’을 조선총독부에 건의하였다. 이에 대해서는 『매일신보』 1921년 12월 6일자 사설을 참고할 수 있다.

(10) 敎育令 發布에 就ᄒ야

新敎育制度는 <u>一視同仁의 趣旨에 依하야 差別 撤廢를 期하야 內</u> <u>地와 同一한</u> 制度에 依흠을 主義로 한 結果 舊令은 單히 朝鮮人에 對한 學制이얏섯스나 新令에는 朝鮮內에 對한 敎育에 人種的 區別 을 設치 아니하고 此 一法에 統合하게 된 것이라. 唯 朝鮮에 對한 國 民은 現狀으로는 <u>日常生活에 國語를 使用하는 者와 不然한 者가 有</u> <u>하야</u> 其 風俗 習慣 等에 對하야도 亦 不同한 者가 有함으로 普通敎 育에 對하야 全然 同一한 制度를 布하고 主義로 共學 卽 混合敎育 을 實行함은 適當치 안니흔 事情이 有한 故로 普通敎育에 限하야 <u>國</u> <u>語를 常用하는 者는 小學校 中學校 又는 高等女學校에, 國語를 常</u> <u>用하지 아니하는 者는 普通學校 高等普通學校 又는 女子高等普通</u> <u>學校에 入學흠을 本體</u>로 하야 唯 特殊한 事情이 有한 境遇에 限하 야 交互로 入學함을 得하게 한 것이라.(中略) 新히 <u>大學敎育 及 師範</u> <u>敎育을 加하얏스며 且 實業敎育 專門敎育 及 大學敎育은 全然 內地</u> <u>와 同一한 制度에 依하고 又 師範敎育은 朝鮮의 事情에 適應할 事</u> <u>를 期하야 內鮮共體의 新制度를 樹立한</u> 것이라. 此等의 敎育은 國 語를 常用하는 者와 否흔 者에 依하야 區別치 안이하고 總히 共學 卽 混合敎育을 施할 方針으로 된 것이라.　　　－『매일신보』1922.2.7.

　(10)에서 확인할 수 있듯이, 제3차 조선교육령은 '국어(일본어) 상 용 여부'를 기준으로 학제를 나누었다. 그러나 이는 보통 교육과 중 등 교육에 한정한 것이며, 전문 교육이나 사범 교육은 일본어만을 기준으로 하였다. 이는 문화 정치기의 '조선 고유문화 존중'이 동화 정책의 한계를 피하기 위한 방편이었을 뿐, 실질적인 문화 존중이 나 문화 발전과는 거리가 먼 정책이었음을 의미한다. 이러한 경향

은 문화 정치기 조선총독부의 시정 방침을 통해서도 확인할 수 있다. 예를 들어 1921년 당시 미즈노[水野]가 밝힌 통치상의 5대 정책은 '치안 유지, 교육 보급 개선, 산업 개발, 교통·위생 정비, 지방 제도 개혁'이었는데[10], 무단 통치의 실패 이후 문화 정치 하에서도 치안 유지 문제가 가장 중요한 문제로 다루어졌음을 의미한다. 이에 따라 1925년에는 '치안유지법'(1925.1.28.)을 제정·공포하였는데, 이는 이 시기 널리 퍼진 사회주의 사상과도 무관하지 않다. 치안유지법은 조선뿐만 아니라 일본 본토에서도 적용되었다. 그러나 조선에서의 치안 유지는 전면적인 언론과 사상 통제의 수단으로 작용하였다.

2.3. 일어 사용자 증가에 따른 동화 정책

문화 정치기의 '내선일체', '일시동인' 이데올로기는 일본어 사용자가 증가함에 따라 또 다른 방향으로 변화해 간다. 이는 일본어 보급이 점차 성과를 거두면서 단순한 경제적 수탈뿐만 아니라 노동력과 병력 수탈을 목표로 한 완전한 종속적 동화를 추구하는 방향으로 전개되었다. 특히 조선인을 대상으로 한 '군사 교육', '징용', '지원병', '징병' 문제가 순차적으로 등장하는데, 이는 일본어 보급과 밀접한 관련을 맺고 있는 것으로 보인다.

인적 수탈과 관련한 식민 정책의 변화는 조선인 학생에 대한 군사 교육 문제로부터 시작된다. 이 문제가 가장 먼저 나타나는 것은 1925년 전후로 보인다.

---

10 水野 政務總監(1921), 朝鮮統治上の五大政策, 『朝鮮』 1921年 4月, 朝鮮總督府 政務總監 水野鍊次郎(1921), 朝鮮統治の一轉機, 『朝鮮』 1921年 9月.

(11) 軍事敎育 實施 問題

多年 懸案이던 朝鮮의 軍事敎育 實施 問題는 內地의 今年度부터 實施 決定으로 全 朝鮮에도 此를 實施할 旨를 勅令으로써 公布하얏다 함은 昨紙 所報와 如한대 此에 對하야 總督府 當局은 語하되 朝鮮에 軍事敎育을 實施함에 先하야 硏究치 아니치 못할 問題가 有하니 卽 兵役의 務가 無한 朝鮮人 學生에게 對하야는 此를 如何히 할지? 兵役의 義務가 無하다는 點만으로 見하면 如何한 學校에 籍을 置하얏던지 朝鮮人 學生에게는 此를 課하지 못할 것이라 解釋할 것이나 法規의 形式은 如何히 되엇던지 一視同仁의 聖旨를 體하야 內鮮人의 差別 撤廢를 旨로 하는 朝鮮 施政의 根本 方針에 照하야 特히 敎育에만 此를 差別함은 果然 妥當타 할지? 此點으로 見하야는 內鮮人 學生을 勿論하고 此를 施行함이 正當하다고 解할 것이다. 그러나 軍事敎育이라는 軍事 二字는 兵役과 不可分의 意義를 有한 者로도 解釋되야 兵役과 如한 國民의 義務를 創設함은 此를 法律로써 制定할 바이며 決코 勅令으로써 左右할 바가 안인즉 法規를 다만 形式이라고 無視하고 事實만 尊重할 수도 업는 바이다. 解釋은 如斯히 兩面으로 分岐되야 各各 그 根據가 相當한 터인대 假量 兵役義務의 有無만으로 朝鮮人 學生에게 軍事敎育을 施할 수 업다는 一假定 斷案을 下하드라도 現在 共學制度에 在한 各 專門學校 高等學校 乃至는 事實로 中學校에 籍을 置한 朝鮮人 學生과 又는 高等普通學校 等에 在한 內地人 學生에 對하야는 特別한 取扱下에 此를 施치 아니하며 又는 課할지? (下略)　　　　　　　　　　　－『매일신보』 1925. 7. 5.

(11)에서 문제가 된 것은 조선인 학생에게 군사 교육을 실시할 것인가이다. 곧 군사 교육은 병역의 의무와 밀접한 관련을 맺고 있

으며, 당시까지 병역 의무를 부과 받지 않은 조선인 학생들에게 군사 교육을 하는 것이 타당한지를 논하고 있다. 이에 대해『매일신보』1926년 2월 25일자 기사에서는 체조 교육의 연장선에서 군사 교육을 실시하고 조선인 학생들은 자의에 맡기기로 하였는데, 그 과정에서 조선인은 병역의 의무가 없기 때문에 군사 교육을 실시하지 않는 것이며, 차별이나 무기 소지의 위험 때문은 아니라고 강변하고 있다.[11]

일제 강점기 인적 수탈이 본격적으로 이루어진 것은 1937년 중일 전쟁 이후이다. 이 시기의 동화 이데올로기는 '국체명징(國體明徵)', '대동단결(大同團結)'을 통한 '내선일체'의 공고화이다. '황국신민의 서사'가 제정되고, '신사 참배'를 강요하며, '창씨개명'과 '총후보국(애국기 헌납 운동, 각종 근로 동원령)' 등이 실행되었다. 이러한 정책의 실행 배경에는 일제 강점기 지속되어 온 동화 정책과 일본어 보급 정책의 성과가 있었다. 그 결과 1942년에는 본격적으로 징병제가 실시되었으며, 조선은 병참 기지이자 병력 충원지로 전락하게 되었다.[12]

11『매일신보』1926년 2월 25일자 '軍事敎育實施 決定'이라는 기사에서는 "(前略)內地人 學生만 軍事敎育을 課할 수 업는 것은 其 學校에 設備 等으로 見하야 當然한 바이라는대 以上과 如히 大體로 內地人校에셔만 軍事敎育을 課하고 朝鮮人 學校에셔는 此를 課치 안이하기로 決定의 理由는 上述과 如히 朝鮮人에서는 兵役의 義務가 無한 所以에서 出한 것이오 決코 敎育에 內鮮人을 差別하거나 又는 朝鮮人 學生에게 軍事上 器具를 所持케 함이 危險하다는 趣旨에서 出한 것은 안이라 하며 實施期는 來 新學期 卽 四月 一日부터이다."라고 보도하였다.

12 이와 같은 성격을 잘 보여주는 자료가 1941년 국민학교제 실시 이후의 교과목 변천이다.『매일신보』1941년 1월 4일에 보도된 '今年부터 初等學校에 新體制, 國民學校제 實施코'라는 기사에 나타난 '국민과'의 '수신', '국어(일본어)', '역사', '지리' 교과의 특징은 다음과 같다.

修身: (전략) 쏘한 교수 내용에 잇서서 '쌀', '우리집'류 이러한 구체적 사실을 집어너서 쌀은 어째서 소중하며 우리집에는 누구누구가 사는데 어쩌케 단란스럽게 사라간다든지 하는 사실을 가르켜 학교에서 배호는 것보다 실제로 집에 나

인적 수탈을 뒷받침하기 위해 필수적인 것은 의사소통 능력이
다. 이는 일본어 보급 정책의 강화로 나타나는데, 문화 정치기나
1930년대의 일본어 보급 정책이 학교 교육에서 조선어과의 말살이
나 문맹퇴치 차원에서 조선 언문 배척을 의미하지 않았던 데 비해,
1937년 이후의 '국어(일본어) 전해 운동'이나 '국어(일본어) 상용 운
동'은 조선어과의 말살과 조선 언문의 배척 형태로 진행되었다.[13]
특히 강압적 일본어 보급 정책의 결과 일어 사용자가 급증함[14]으
로써 각종 노동력 수탈이나 병력 수탈이 가능해졌던 것으로 보인
다. 달리 말해 일제 강점기의 동화 정책이 일본어 보급을 통한 노동
력과 병력 수탈로 이어지고 있음을 의미한다.

　　가서 알을 수 잇도록 하엿다.

國語: (전략) 특히 국민적 감격을 갓게 하기 위하야 교재(教材)에는 동화 가튼 것
　　을 집어너코 그 외에 일이학년부터 국방(國防)과 해외 발전 사상을 너허 시국
　　적 교수를 하게 되엿다.

歷史: 초등과 오년부터 가르켜서 조국(肇國)의 큰 리상을 가르켜 력대 천황의 놉흐
　　신 성덕과 국민의 충성, 근대적 영웅들의 실례를 들어 가르키고 한편으로 내선
　　일체의 큰 리상을 가르켜 신애협력(信愛協力)하는 마음을 갓게 하게 하얏다.

地理: 초등과 사학년부터 시작하야 소위 '환경의 관찰' 즉 지리를 배홀 준비부터
　　시작케 한다. 그리고 조선은 대륙병참기지(大陸兵站基地)라는 것을 깨닷게 하
　　며 세계적으로 웅비(雄飛)할 것을 지리를 통하야 아르키게 하얏다.

13 이에 대해서는 허재영(2011)에서 종합적으로 고찰한 바 있다.

14 이에 대해서는 허재영(2011: 119)를 참고할 수 있다. 이에 따르면 강점 초기인 1913
년 조선인으로 일본어를 해득하는 자의 수는 0.61%였으나 1938년말에는 12.38%,
1943년말에는 22.15%로 급증하고 있음을 확인할 수 있다.

3. 조선어학회의 항쟁

3.1. 국문 사상의 민중성과 저항성

일제 강점기의 각종 동화 정책에도 불구하고 우리 민족은 일본에 완전히 동화되지는 않았다. 비록 식민 지배가 남긴 상처를 쉽게 치유하기는 어려웠지만, 민족의 끈질긴 생명력을 유지할 수 있었던 데에는 우리 고유의 언어와 문자가 큰 역할을 하였다. 특히 갑오개혁 이후 형성된 '국문 사상'에 배어 있는 '어문 민족주의'와 이를 유지·발전시키고자 한 조선어학회 회원들의 노력이 컸다.

조선어학회는 1908년 8월 31일 상동 국어강습소(회장 김정진, 주시경은 강습소 강사였음) 제2기 졸업생들을 중심으로 창립한 '국어연구학회'에서 출발한다.[15] 이러한 역사적 사실은 일제 강점기 조선어학회 구성원들의 저항 정신이 어디에서 비롯되었으며, 어떤 성격을 띠고 있는지를 이해하는 데 중요한 단서가 된다. 달리 말해 조선어학회의 저항 정신은 주시경의 어문사상을 기반으로 하고 있다. 이는 1921년 조선어연구회 재건에 참여했던 권덕규, 장지영, 신명균의 논설이나 1927년 동인지 『한글』을 창간하고 운영했던

---

[15] 조선어학회의 창립과 연혁에 대해서는 김민수(1990)에서 본격적으로 다루어진 바 있다. 이에 따르면 학회 창립과 관련하여 '국문동식회설'(『한글』1-1, 1932.5.), '국문연구학회설'(『한글』10, 1934.1.), 1919년의 '조선어연구회설'(『신민』23. 1927.3.), 1921년 '조선어연구회설'(『동아일보』1921.12.3.) 등이 있으나 "치열한 항일전에서 영용한 의병장이 피흘리며 쓰러지던 1908년에 서대문 밖 무악재 서녘 봉은사에서는 뜻을 품은 국어학도가 모여 학회를 결성했다."라고 결론을 내리고 있다. 한글학회의 자세한 역사는 한글학회(2010)의 『한글학회 100년사』를 참고할 수 있다.

이병기, 최현배, 정열모(권덕규, 신명균 포함) 등의 논문에서 '주시경'이라는 이름이 빠짐없이 등장하고 있음을 통해서도 확인할 수 있다.[16] 이 점에서 일제 강점기 종속적 동화 정책에 맞서 한글을 정리하고 보급하고자 했던 조선어학회 회원들의 사상적 기반을 이루었던 주시경의 어문 사상을 살펴볼 필요가 있다.

주시경의 문법 이론에 관심을 기울였던 고영근(1987: 273)에서는 주시경이 '언어를 사회 형성의 힘'으로 간주하는 언어관을 지니고 있었다고 정리한 바 있다. 이를 잘 드러내는 주시경의 논설이 『보중친목회보』 제1호(1910.6.1.)에 실렸던 '한 나라 말'이다. 이 논설에서는 "말은 사람과 사람의 뜻을 통하는 것이라. 한 말을 쓰는 사람끼리는 그 뜻을 통하여 살기를 서로 돕아 줌으로 그 사람들이 절로 한 덩이가 지고 그 덩이가 점점 늘어 큰 덩이를 일우나니 사람의 데일 큰 덩이는 나라라. 그러함으로 말은 나라를 일우는 것인데 말이 오르면 나라도 오르고 말이 나리면 나라도 나리나리라.(하략)"라고 역설하였다. 여기서 주목할 것이 '뜻을 통함 → 덩이를 이룸 → 나라를 이룸'으로 이어지는 주시경의 언어관이다. 이때 뜻이 통하는 덩이로서의 '나라'는 정치적인 단위로서의 국가가 아니라 '민족'을 전제로 한 것이다. 이에 대해 '한 나라 말'에서는 "그 나라 말과 그 나라 글은 그 나라 곳, 그 사람들이 무리진 덩이가 텬연으로 이

---

16 주시경의 생애와 학문적인 업적에 대해서는 이미 많은 사람들의 연구가 축적되어 있다. 대표적인 것으로 김민수(1977)의 『주시경 연구』(탑출판사), 허웅·박지홍 엮음(1980)의 『주시경 선생의 생애와 학문』(과학사)가 있으며, 1988년 주시경연구소가 창립되어 『주시경학보』(탑출판사)를 발행하기도 하였고, 한글학회에서도 『한힌샘연구』를 발행하였다. 이러한 흐름에서 주시경의 이론이 후학들에게 어떤 영향을 미쳤는지에 대한 연구 성과는 짧은 논문에서 모두 정리하기 어려울 정도이다. 그런데 식민 언어 정책과 주시경, 또는 주시경의 후학들의 관계에 대한 논의는 거의 존재하지 않는 것으로 보인다.

땅덩이 우에 홀로 서는 나라가 됨의 특별한 빗이라.(하략)"라고 진 술하였다. 여기서 '턴연으로 이 땅덩이 우에 홀로 서는 나라'는 정 치적 단위로서의 국가관과는 거리가 멀다. 달리 말해 '턴연, 홀로 서는 나라'는 혈연 공동체이자 언어 공동체를 기반으로 하는 민족 을 의미하는 것으로 풀이할 수 있다. 이러한 사상은 주시경의 생애 전반에 걸쳐 나타난다. 그의 생애와 학문을 연구한 허웅·박지홍 (1980)에서는 주시경의 생애를 '날 때부터의 시련 → 문자 마술의 정 체 → 침식을 잊고 → 몸은 가루가 되어도 → 나라는 망해도 산하 는 남고 → 국어학의 업적 → 민족의 은인'이라는 부제를 붙여 정 리하였다.

일제 강점기 종속적 동화 정책에 대한 조선어학회 회원들의 저 항 정신은 '국문 존중'과 '민지 개발'을 특징으로 한다. 1921년 조선 어연구회 조직과 관련된 『동아일보』의 사설(1921.12.4.)에서 연구회 조직을 '문화 운동'으로 규정하고, "정치가(政治家)나 군인(軍人)이 필요(必要)하지 아니한 것은 아니나 그러나 오인(吾人)은 금일(今日) 에 재(在)하야 그 이상(以上)으로 학자(學者)와 농부(農夫)와 실업가 (實業家)를 존경(尊敬)하여야 할 것이라."라고 주장하고, "조선(朝鮮) 의 문화(文化)는 그 무엇으로써 기초(基礎)를 작(作)하며 그 무엇으 로써 전제 요건(前提要件)을 성(成)하려는가. (중략) 사회(社會)가 상 호(相互) 부조체(扶助體)이오 조직체(組織體)이며 차간(此間)의 의사 소통(意思疏通)의 유일(唯一)한 기관(機關)이 언어(言語)라고 하면 차 (此) 언어가 실(實)노 모든 문화운동(文化運動)의 근본 조건(根本條 件)이 되는 것은 물론이라.(하략)"라고 의미를 부여하였다.

이와 같은 문화운동의 뿌리는 주시경의 자국어 존중 사상과 저 항성을 이어받은 것으로 볼 수 있다. 주시경의 자국어 존중 사상은 그의 논설 어디에서도 빠진 적이 없지만, 그 가운데 '필상자국문언 (必尙自國文言)'은 그의 언어관과 저항성을 집약적으로 보여준다. 이 논문은『황성신문』1907년 4월 1일부터 6일까지 모두 6회에 걸쳐 연재된 것으로, '動物競爭, 人爲最强動物, 人以文言得享最强之 權, 人類競爭文言有關, 天下區域及人種之不同, 隨區域人種之不 同而文言亦不同'(이상 4월 1일자) 등과 같이 진화론적 언어관이 내 재되어 있다. 곧 인류는 언어를 사용함으로써 동물 가운데 최강의 권리를 갖고 있으며, 인류의 경쟁은 언어와 밀접한 관련을 맺고 있 음을 강조한다. 특히 천하의 각 구역마다 인종이 다르고 문언(文言) 이 동일하지 않음을 강조한다. 특히 민족어의 가치나 제극주의의 언어 침탈, 자국 문언을 숭상해야 하는 이유 등을 밝힌 부분은 주시 경이 단지 국어학자나 한글 운동가가 아니라 민족주의 사상가로서 의 면모를 보여준다. 다음을 살펴보자.

(12) 必尙自國文言

ㄱ. (전략) 自國文覺 爲自國特立之表而域被他弄則 其害之如何: 是 以혼 <u>自國의 言語文字</u>는 <u>天然的</u>으로 不同혼 <u>區域의 人衆</u>이 <u>天 然的</u>으로 一個 團體 <u>自由國</u>되는 特性이 <u>標準</u>이라 其 <u>社會 人衆 을 志意相通</u>호며 經營相助호야 一團體 되게 호는 言語가 他衆 之文言의 弄絡을 被호야 紊亂混雜호면 其衆의 思想과 團體도 紊亂分離호야 國家 自主의 保全을 期望키 不能호더라.

ㄴ. 廣文言以奪人國: 噫라 是以로 古昔 <u>羅馬</u>가 强盛홀 時에 其文言 을 <u>歐洲西亞北非列邦</u>에 播傳호야 <u>意以希威</u>호고 <u>或服或呑</u>호엿 고 <u>東亞</u>에 <u>支那</u>도 自古로 其文字를 四近各國에 傳習호야 <u>因以 壓頭</u>호고 <u>或附或拜</u>호는 獘가 史載에 歷歷호고 現今에는 此獘가

　　愈甚홈을 具眼者는 다 目睹ᄒ는 바더라. (중략)

-『황성신문』1907.4.2.

ㄷ. 我國文言: 我國 言語ᄂ 太古에 我半島가 初闢ᄒ고 人種이 祖産
홀 時붓터 此半島 區域의 稟賦ᄒ 時性으로 自然 發音되여 繼傳
ᄒᄂ 一種 言語요 其法은 格을 表ᄒᄂ 것이니 世界 優等語法에
一也오 我國 正音文字ᄂ 言語를 記用ᄒ라 ᄒᄂ 것이니 世界에
最便ᄒ 記音文字에 一也라.

ㄹ. 必修自國之文言: 隣國을 奪코자 ᄒᄂ 者ᄂ 隣國의 文言을 先衰
케 ᄒ고 倨國의 文言을 播傳ᄒ며 自國을 興盛코자 ᄒ거나 保全
코져 ᄒᄂ 者ᄂ 自國의 文言을 先修ᄒ여야 民智를 發達ᄒ고 團
合을 鞏固케 홀지니 是以 自國文言이 某國文言만 못홀지라도
不可不 自國文言을 愛護 改善ᄒ여 當用홈이 可ᄒ도다. (하략)

-『황성신문』1907.4.3.

　　(12ㄱ)에서 주시경은 '자국 언어문자'를 '천연 부동의 구역의 인
중이 천연적으로 일개 단체 되는 특성'으로 규정하였다. 이는 '자국
어 = 민족어'임을 의미하는 것이며, 이 언어·문자는 '사회 인중의
의사소통 수단', 곧 민중의 것임을 의미하는 것이라고 할 수 있다.
(12ㄴ)의 사상은 고대 로마나 중국이 그러했듯이, 언어·문자의 전
파는 그 국가의 힘과 관련이 있음을 강조한 것이며, 이는 (12ㄹ)과
마찬가지로 '인국(隣國)을 탈(奪)하고자 할 때', 달리 말해 제국주의
의 침략 과정에서 언어·문자의 박탈이 이루어짐을 자각한 것이라
고 할 수 있다. (12ㄷ, ㄹ)은 우리의 문언이 세계의 우등한 언어이
자 간편한 문자임을 강조하고, 민지 개발과 단합 유지를 위해 자국
문언(우리의 말과 글)을 애호·개선해야 함을 주장한 내용이다. 사실

주시경의 어문민족주의는 통감시대부터 강화되어 온 일제의 종속적 동화 정책에 저항하는 다른 애국계몽가들에게서도 찾아볼 수 있다.[17] 특히 '조선어학회 사건'으로 옥사한 환산 이윤재처럼[18], 근대 계몽기부터 국문학교나 국문 야학 운동[19]을 전개한 경우도 있었다. 그러나 1921년 조선어연구회가 조직될 당시의 주요 구성원은 대부분 주시경의 문하생이거나 그렇지 않더라도 간접적으로 주시경의 영향을 받았던 사람들이었다.[20]

이러한 흐름에서 조선어연구회에 참여했던 다수의 사람들은 민중 계몽을 통한 국어의 유지와 발전을 추구하였다. 그 가운데 주목할 만한 것으로 외솔의 '경도 유학생 하기 순회 강좌 원고'이다. 이 원고는『동아일보』1922년 9월 29일부터 9월 23일까지 '우리말과 글에 對하야'라는 제목으로 연재되었다.[21] 이 원고에서 외솔은 '우

---

17 통감시대부터 이루어진 동화 정책에 저항하는 입장에서 국어국문 독립론을 주장한 경우는 주시경 이외에도 다수 존재한다. 예를 들어『대한매일신보』1908년 8월 3일자 '國語國文獨立論'(拾蟲生 寄書),『대한매일신보』1909년 3월 23일자 논설 '同化의 悲觀' 등은 일본어를 비롯한 서구어 범람 상황에서 동화에 저항하기 위해 국어국문이 독립할 수 있는 조건을 만들어야 함을 주장한 대표적인 논설이다. 이에 대해서는 허재영(2010: 106-113)을 참고할 수 있다.

18 이윤재의 야학 활동은『대한매일신보』1908년 5월 26일 '잡보'에 "金海郡 沓谷涵 大學校 教師 리允宰 氏가 妙年 英才로 敎育上에 熱心ᄒᆞ야 城닉 普通學校에 夜學校를 設立ᄒᆞ고 勞動者를 多數 募集ᄒᆞ야 實地學文을 敎授홈이 不過 一旬에 學徒가 五十名에 達ᄒᆞ엿다고 該郡 來人이 稱頌ᄒᆞ더라."라는 기사가 실려 있다.

19 근대계몽기 국문야학에 대해서는 김형목(2000, 2001)을 참고할 수 있다

20 김민수(1990: 60)에서는 1921년 조선어연구회에 참여했던 22명의 인적 관계를 밝히고 있다. 이에 따르면 임경재, 최두선, 장지영, 권덕규, 이병기, 이규창, 신명균, 김윤경, 이원규, 최현배, 정열모, 이치규 등은 주시경의 문하생이었으녀, 박순용, 이상춘, 이윤재, 양건식 4인은 이병기와 교류했던 인물이라고 한다. 그 밖의 인물로 이승규(휘문고보 교원), 이호성(경성고보 11회), 심의린(경성고보 6회)과 남형우(보성전문 졸업, 강습회 원장), 이극로(김두봉 사사), 박현식(미상)이 있었다고 한다.

21 『동아일보』1922년 8월 29일자에서 최현배는 "이 글은 금번(今番) 경도(京都) 유학생(留學生) 하기 순회강좌(夏期 巡廻講座)에셔 내가 강의(講義)한 것을 그대로 정

리말과 글'에 대한 연구가 한 개인의 입장이 아니라 '민중의 장래'와 밀접한 관련을 맺고 있음을 강조하고, 발달된(피어난) 우리말이 되기 위해서 '낱말 수가 많을 것, 다른 나라의 말이 섞이지 않을 것, 규칙이 바르고 논리가 정밀할 것, 통일이 있을 것, 말하는 사람의 수가 많을 것, 문화나 정치상 진보한 말이 될 것' 등을 주장하였다. 그는 이를 실천하기 위해 '문자의 연구, 소리의 연구, 어법의 연구, 조선어 교육을 합리적으로 충분히 할 것, 고어의 연구, 표준어의 조사, 자전의 완성'을 과제로 제시하였다. 22회에 걸쳐 연재된 이 원고는 외솔의 원고로는 가장 먼저 이루어진 것으로 보이는데, 외솔의 삶은 이 원고에서 제시한 주제들을 해결해 가는 과정과 일치한다.[22] 그런데 이 논문이 주목되는 이유는 논문의 내용이 일제 강점기 규범 통일(한글마춤법통일안 등) 이후 활발히 전개된 '한글 운동'[23]의 논리적 기반을 제공하고 있다.

리(整理)한 것이외다. 나는 이째까지 스스로 지은 글을 남에게 보아 달라고 박아닌 일이 한 번도 업섯습니다. 그러나 이 글의 문제는 넘어도 우리 조선사람의 전체(全體)에 대(對)하야 긴절(緊切)하고 중대(重大)한 문제(問題)이라 한 사람이 홀로 이렷타 저렷타고만 하여서는 도저(到底)히 해결(解決)될 것이 아니요 쏘 여러분의 발표(發表)를 권(勸)하심도 잇기로 그 내용(內容)은 비록 완비(完備)치 못하나마 스스로 마지 못하는 책임(責任)의 감(感)과 의무(義務)의 심(心)으로서 감(敢)히 이를 신문지상(新聞紙上)에 발표(發表)하노니 우리 민중(民族)의 장래(將來)를 위(爲)하야 그 행복(幸福)과 번영(繁榮)을 도(圖)코자 사려(思慮)와 노력(勞力)을 앗기지 아니 하시는 同志 여러분은 이를 읽어 보시고 고명(高明)한 비평(批評)과 협동(協同)의 노력(努力)을 하여 주시기를 간절히 바라나이다."라고 밝힌 바 있다.

22 이에 대해서는 허재영(2011ㄴ)을 참고할 수 있음.

23 예를 들어 김윤경(1932)의 "최근의 한글운동"(『동광』제40호), 이극로(1936)의 "한글통일운동의 사회적 의의"(『조광』2-11호), 이극로(1938)의 "한글운동과 조선어 사전"(『조광』4-1호) 등의 논리는 이 논문의 논리와 크게 다르지 않다.

3.2. 한글 운동의 성격

일제 강점기 조선어학회의 저항은 일본어 보급 정책의 전개 과정과 대척점을 이룬다. 달리 말해 일본어 보급을 통한 종속적 동화가 '지배 계급'이나 '의사소통 권력'을 중심으로 진행되었다면[24], 조선어학회의 저항은 우리 고유의 정신을 유지·발전시켜 차대에 전하고자 하는 것이었다. 이러한 생각은 동인지 『한글』에도 빈번히 나타나는데, 그 가운데 하나로 정열모의 '조선어 연구의 정체는 무엇?'이라는 논문의 일부를 참고할 수 있다.

(13) 조선어연구의 정체는 무엇?

(전략) 입때까지의 世人은 所謂 朝鮮語硏究者의 正體를 모른 것이 事實이다. 그네는 朝鮮語硏究者를 指目하여 '새말을 지어내는 사람' 혹은 '없어진 말을 찾아 쓰는 사람' 혹은 '쉬운 말을 어렵게 쓰려는 사람'으로 알어온 것 같다. 그러나 이것은 마치 여러 盲人이 全象의 局部局部를 評함과 같아서 病身의 片見에 지나지 못한 즉 그 不當을 탓할 길도 없거니와 世人으로 그러한 妄斷에 빠지게 한 罪의 太半은 所謂 朝鮮語硏究者 自身이 引責하여야 할 것이다. (중략) 우리의 生命과 같이 貴重한 國語=[註] 言語學上으로 보아 어느 特殊한 體系를 갖훈 文法에 依하여 統一된 言語의 一團을 國語라 하나니 假令 英國과 米國과는 政治上 獨立한 兩個 國家이지마는 英語이라는 一個 國語를 使用하는 것이요 朝鮮語와 日本語는 그 文法上 體系가 다르므

---

24 이러한 경향은 앞에서 언급한 루이 장 칼베의 식민 언어 지배 이론과도 같은 맥락으로 이해할 수 있다. 이는 근대 계몽기 일본어의 세력 확장 과정이나 강점 직후 '황실령', '조선귀족령' 등을 통해 조선인 지배 계급을 회유하고, 다음 단계로 고등 지식인을 식민 질서에 편입하고자 한 정책과도 유사하다.

로 政治上 意味를 떠나서 兩個 國語가 되는 것이다=를 拒否 厭避하는 弊까지 생기게 하였다.(중략) 그러한 國語는 實로 먼 祖上에서 傳해준 國民 共有의 貴重한 遺産이니 이 遺産을 繼承하여 完全히 이것을 次代에 傳하여 주는 것은 우리의 責任이요 또 이것을 琢磨하여 더 좋게 만들어서 傳하는 것은 次代에 對한 責任일 것이다. (하략)

―鄭烈模(1927), '朝鮮語研究의 正體는 무엇?',
『한글』1권 2호. 한글사.

(13)에서는 일제 강점기에 쓰인 논문 가운데서는 드물게 '조선어 = 국어'라는 용어를 사용하고 있다. 특히 국어의 가치가 '조상이 전해 준 국민 공유의 유산'이라는 점을 강조하고, 이를 유지·발전시키는 것은 '차대에 대한 책임'이라고 강조하였다. 여기서 주목할 점은 '공유'의 사상과 '차대에 대한 책임 의식'이다. 이러한 사상은 대부분의 조선어학회 회원들이 공유했던 것으로 보이는데, 이를 실천하기 위한 방법이 한글 운동이라고 할 수 있다.

'한글 운동'이라는 용어가 언제부터 사용되었는지를 확언하기는 어렵다. 그러나 이 용어는 김윤경(1932)의 논문에 쓰인 바 있으며, '한글' 보급을 슬로건으로 한 운동은 1927년 『조선일보』의 '한글란' 신설에서도 찾아볼 수 있다. 그뿐만 아니라 조선일보사에서는 1929년부터 '문자 보급 운동'을 시작했는데, 이를 주도한 사람은 장지영이었다. 이를 고려할 때 '한글 운동'의 시작과 전개 과정을 일목요연하게 정리하기는 어렵다. 그러나 조선일보사나 동아일보사의 '문자 보급 운동'과는 달리 '한글 운동'이라는 용어는 '어문 정리'와 '보급'을 아울러 지칭하는 용어로 쓰였음을 확인할 수 있다. 이는 최현배(1934)의 "한글 난해의 심리 분석"(『신동아』 1934년 9월호), 이극로(1934)의 "한글 운동"(『신동아』 1934년 12월호), 이극로(1936ㄱ)의 "조선어문 정리 운동의 금후 계획"(『신동아』 1936년 1월호), 이극로(1936ㄴ)의 "조선어문 정리 운동의 현황"(『사해공론』 1936년 5월호), 이극로(1936ㄷ)의 "한글 통일 운동의 사회적 의의"(『조광』 1936년 11월호) 등을 통해 확인할 수 있다. 이들 논문에서는 한글 운동(또는 한글 통일 운동, 조선어문 정리 운동)이 '어문 정리'와 '보급'을 아울러 지칭하는 말로 쓰고 있다. 이 가운데 최현배(1934)의 '한글 난해 심리 분석'은 규범 통일에 따른 저항 세력을 계도하기 위한 목적을 갖고 있으며, 이극로(1934, 1936ㄱ, ㄴ, ㄷ)의 다수 논문들은 한글 보급의 방안과 관련된 내용을 담고 있다. 특히 한글 보급과 관련하여 이극로(1936ㄱ, ㄴ, ㄷ)에서는 "잡지 한글의 역할, 한글 강습회나 강연회, 문예가의 활동, 출판계의 협력, 대중의 총동원" 등을 대안으로 제시하였는데, 이와 같은 대안들은 전면적 일본어 사용을 정책으로 내세웠던 일제의 어문 정책과는 상반된 것이었으므로, 그에 따른 시련 또한 적지 않았다. 식민 지배 말기에 발생한 조선어학회 사건[25]은 그 가운데 하나였을 뿐이며, 문자 보급에 대한 방해[26]나 한글 서적 압수 또는 발행 제한 등이 지속적으로 이루어져 왔다.

이러한 상황에서도 조선어학회의 한글 운동이 가치를 발휘할 수 있었던 데에는 한글 운동의 민중성에 있었던 것으로 보인다. 이는 표준어 사정이나 사전 편찬과 같은 중대한 작업과 맞물려 있는 것이었지만, 이러한 사업을 진행하는 과정에서 전국 각지의 사투리

---

25 조선어학회의 시련과 조선어학회 사건에 대해서는 한글학회(1971: 12-19)를 참고할 수 있다.

26 예를 들어 『조선일보』 1930년 8월 29일자 '安邊 警察은 文字普及도 禁止'라는 기사 (정진석, 1999: 37)도 이러한 유에 해당한다.

나 지명 수집, 한글 사용에 대한 의문 해결 등의 사업이 진행되었다. 이는 학회 기관지 『한글』에 수록된 논문 및 자료의 분포를 통해서도 확인할 수 있다. 연구자가 작성한 데이터에 따르면 일제 강점기 발행된 『한글』 통권 제1호부터 통권 제93호(1932~1942)에 실린 논문과 자료의 편수는 대략 1192개이다.[27] 이를 분야별로 나누었을 때, 가장 많이 실린 자료는 어휘 수집과 관련된 자료이다(448편). 예를 들어, 땅이름이나 사람이름, 시골말과 관련된 자료가 이에 해당하는데, 이는 전국 각지의 『한글』 독자들이 자료를 수집하여 학회로 보내면, 학회 편집부에서 이를 선별하여 수록하는 방식을 취했다. 다음으로는 국어 정책과 관련된 논문이나 자료가 290편, 국어학과 관련된 것이 114편, 문예물 53편, 국어교육 관련 37편, 일반언어학 관련 20편 등의 순서로 나타난다. 글쓴이를 중심으로 보았을 때는 최현배(35), 전몽수(35), 이희승(34), 이극로(29), 이상인(25), 이석린(22), 이호성(20), 심의린(15), 이윤재(14), 김윤경(13), 최영해(11), 방종현(11)의 순서로 나타나며, 천혁(12), 정백운(11)과 같이 '시골말'과 '조선말 지명'을 꾸준히 수집하여 보낸 경우도 나타난다. 이처럼 한글 운동의 성격은 단순한 문자 보급만이 아니라 살아있는 언어로서의 우리말과 글을 수집·정리하여 보존하고 발전시키는 것을 주된 목표로 하였다. 이는 이 운동이 민중 지향적이었으며 대중성을 띠고 있었음을 의미한다. 그렇기 때문에 일본어 보급이 강화되고 일본어 상용이 강압되는 상황에서 조선어학회 사건과 같은 처절한 탄압이 이루어지기도 했던 것이다. 그러나 조선어학회의 저항 정신은 광복 이후 국어 회복의 기반이 되었음

---

[27] 이에 대해서는 허재영(2005)를 참고할 수 있다.

에 틀림없다. 광복 이후 속간된 『한글』 제11권 제1호(1945.4.)에서 고루 이극로는 다음과 같은 '머리ㅅ말'을 썼다.

(14) 머리ㅅ말

　광야의 풍파, 아니 세계의 풍파 속에 '한글'의 운명도 곱기 지낼 수는 없었다. 일본 제국주의의 말로에는 부소불위의 학정이 짚이었다. 그런 가운데 <u>한글 운동은 조선 독립 운동의 근본이란 죄명으로 조선어학회 사건이 생기었다</u>. 1942년 시월에 함경남도 경출부의 손에 걸리어서 회원 다수가 검거되어 함경 홍원 경찰서에서 취조를 당하고 함흥 형무소로 넘어가서 있었다. 그런 관계로 그 동안에 본회는 문을 닫고 지내다가 이번에 조선이 해방되는 동시에 우리들도 자유의 사람이 되었다. (하략)

　(14)의 진술과 같이, 일제 강점기 말기 우리말과 글을 지키려는 '한글 운동' 자체가 '독립 운동'으로 간주되어 조선어학회 사건이 발생하였다. 조선어학회 사건은 1942년 9월 5일 사전 편찬원 정태진이 함흥의 '영생여자고등학교' 학생 제자들의 증인으로 갔다가 고문으로 억지 자백서를 쓴 데서 시작된 사건으로 알려져 있다. 이 사건은 억지 자백에 의해 조작된 사건이지만, 이러한 사건이 발생하게 된 데에는 '일어 상용'을 강압하고, 우리말과 글을 전면 금지하고자 하는 총독부의 정책이 작용하였다. 더욱이 1942년 전후에는 창씨개명 강요, 사상범 예비 구금령, 한글 신문과 잡지 폐간 등이 이어졌다. 그러한 배경에서 친일 성격을 띤 『매일신보』나 극히 일부의 실용 정보 문서를 제외하면, 한글을 사용하는 것 자체가 저항적인 성격을 띤 운동으로 간주되었던 것이다.

4. 나오기

일제 강점기의 식민 지배 정책은 철저한 노예적·종속적 동화 정책을 근간으로 한다. 이러한 이데올로기는 1900년대 이후 나타난 '동양 평화론'을 시작으로, 경제적·인적 수탈을 합리화하기 위한 방향으로 전개되었다. 특히 통감시대를 전후로 일본인들은 조선의 식민 지배를 위해 다양한 연구를 진행하였으며, 그 결과물들은 통감시대나 강점기의 조선 지배에 다양하게 활용되었다. 이들의 지배 양식은 초기의 정치·경제적 지배에서 종속적 동화를 통한 물적·인적 자원의 수탈로 이어졌다. 그 과정에서 일본어 보급은 가장 중요한 정책의 하나로 간주되었음을 확인할 수 있다. 이 글에서 다룬 내용을 요약하면 다음과 같다.

첫째, 일제의 식민 정책은 통감시대를 전후하여 본격적으로 등장하였다. 특히 1906년 전후에는 '식민 계획'과 관련된 다수의 논저가 나타나기 시작했으며, 이러한 논리를 기반으로 동양척식주식회사의 경제적 수탈, 일진회 등의 합방 선언서 등이 나타나면서 국권 상실로 이어졌다. 강점 직후의 '헌병 정치', '무단 통치' 이데올로기는 이른바 '동양 평화론'을 기반으로 한 것이었으며, 동양 평화는 '복리 증진', '화합 동화'를 표방한 종속적 동화 이데올로기를 대변하는 식민 지배 이데올로기의 하나였다. 이러한 이데올로기의 실천 방안 가운데 가장 중시된 것은 '언어 동화 문제'였다.

둘째, 동화 이데올로기는 식민 지배 상황과 시대에 따라 변화를 보인다. 특히 1920년대의 '일시동인, 내선일체, 내선융화' 등의 이데올로기는 '일선동원론'이라는 새로운 이데올로기를 산출하였고, 그러한 분위기 속에서 '내선인 혼인 문제'가 등장하고 '일본어 상용'이 강압되었다.

셋째, 동화 정책의 변화에서 물적·인적 수탈은 일본어 사용자의 증가 현상과 밀접한 관련을 맺고 있다. 이 가운데 주목할 문제는 군사 교육과 병력 수탈 문제인데, 이 문제가 처음 등장한 시기는 1925년부터이다. 이 시기 조선인을 대상으로 한 군사 교육의 타당성 논란이 제기된 이후, 1937년부터는 일본어 사용자의 급증에 따라 각종 동원령, 지원병제, 징집제 등이 실시될 수 있었다.

넷째, 이러한 상황에서 민중 운동으로서의 항쟁성에 초점을 맞추어 조선어학회를 규명하고자 하였으며, 『한글』에 수록된 논문을 분석하여 이 시대의 한글 운동이 고유 정신과 민중의 말글을 지키고자 한 애국 운동이었음을 밝히고자 하였다.

결론적으로 일제의 식민 정책은 노예적·종속적 동화 정책을 근간으로 하였으며, 시대와 상황에 따라 다소의 이데올로기적 변화가 있었다. 그러나 이 모든 사실을 짧은 논문에서 모두 기술하는 일은 쉽지 않다. 이와 같은 문제를 적절하게 기술하고 해석하기 위해서는 통감시대부터 일제 강점기에 이르기까지 식민 지배와 관련한 기초 자료를 지속적으로 발굴하고, 현재까지 밝혀진 방대한 자료를 일목요연하게 연구할 수 있도록 데이터베이스화하는 것이 필요할 것으로 보인다.

참고문헌

1. 논저

강동진(1980), 『일제의 한국 침략정책사』, 한길사.
고영근(1987), 『국어문법의 연구, 그 어제와 오늘』, 탑출판사.
고영근(1994), 『국어학 연구사』, 학연사.
고영근(1998), 『한국 어문운동과 근대화』, 탑출판사.
고영근(2008), 『민족어의 수호와 발전』, 제이앤씨.
고영근, 김민수, 하동호 편(1977), 『역대문법대계』, 탑출판사.
국립국어연구원(2000), 『21세기 국어 정책』, 국립국어연구원.
국문연구소(1909), 『국문연구소의정안』(역대문법대계 3-10), 탑출판사.
국문연구소(1909), 『국문연구안』(역대문법대계 3-09), 탑출판사.
김규창(1985), 『고 김규창교수 유고논문집 – 조선어과 시말과 일어교육의
　　　　역사적 배경』, 김규창교수유고논문집 간행위원회.
김동환(2002), 「일제강점기 진학준비교육과 정책적 대응의 성격」, 『교육사
　　　　회학연구 제12권 제3호』, 한국교육사회학회.
김민수(1973), 『국어정책론』, 탑출판사.
김민수(1977), 『주시경연구』, 탑출판사.
김민수(1990), 조선어학회의 창립과 그 연혁, 『주시경학보』제5집, 주시경연
　　　　구소, 50-74.
김진두(1996), 『1910년대 매일신보의 성격에 관한 연구 – 사설 내용분석을
　　　　중심으로』, 중앙대 박사학위논문.
김형목(2000), 한말·1910년대 여자야학의 성격, 『중앙사론』14, 한국중앙사
　　　　학회. 28-29.
김형목(2001), 『1910년 전후 야학운동의 실태와 기능』, 중앙대학교 사학과
　　　　박사학위 논문.
김형목(2005), 한말 야학 운동의 기능과 성격, 『중앙사론』21, 중앙대학교 중
　　　　앙사학연구회. 394-424.
나카스카[中塚明](1983), 내재적 발전론과 제국주의 연구, 조선사연구회 엮
　　　　음, 『새로운 한국사연구』, 돌베개.
남창균(1995), 『일제의 일본어 보급정책에 관한 연구 – 일제말기(1937 ~
　　　　1945)를 중심으로』, 경희대 박사학위논문.

노영택(1979), 『일제하 민중교육운동사』, 탐구당.

민현식(2002), 개화기 국어 어휘 연구 방법의 재검토, 『동양학』제32호. 단국대 동양학연구소.

박병채(1983), 「국어 운동」, 『일제하 문화 운동사』. 현음사.

박붕배(1987), 『국어교육전사(상)』, 대한교과서주식회사.

박붕배(1988), 「교과교육학으로서의 국어과교육」, 『인산 김원경 박사 회갑기념논문집』, 김원경박사 회갑기념논문집 간행위원회.

박순애·배종각(2000), 「일제말 국어보급운동의 전말」, 『일본어문학 제12권』, 일본어문학회.

성주현(2002), 「일제의 동화정책과 종교계 동향」, 『식민지 조선과 매일신보 - 1910년대』, 신서원.

유성희·박은경(1998), 일본제국주의의 식민정책의 특징과 전개과정, 『인문사회과학연구』1, 용인대인문사회과학연구소. 141-157.

윤여탁 외(2005), 『국어교육 100년사』, 서울대출판부.

윤정일 외(1991), 『한국의 교육정책』, 교육과학사.

이기문(1976), 『주시경전집』(상,하), 아세아문화사.

이병혁 편저(1986), 『언어사회학 서설-이데올로기와 언어』, 까치.

이성연(1988), 『열강의 식민지 언어정책에 관한 연구』, 전남대 박사학위논문.

이연수(1985), 『일본의 식민지언어정책과 한국인의 대일의식』, 한국외대 박사학위논문

이응호(1975), 『개화기의 한글운동사』, 성청사.

이응호(1976), 『미군정기 한글운동사』, 성청사.

이응호(1994), 「갑오경장과 어문정책」, 『새국어생활』제4권 4호, 국립국어연구원.

이종국(1991), 『한국의 교과서-근대교과용도서의 성립과 발전』, 대한교과서주식회사.

이종국(2002). 『한국의 교과서 출판 변천 연구』, 일진사

이해명(1991), 『개화기 교육개혁 연구』, 을유문화사.

이현희(1991), 주시경 선생이 후세에 남긴 업적과 영향, 『주시경학보』제8집, 주시경연구소, 250-256.

임홍빈(1991), 주시경에 대한 전기적 기술에 대하여, 『주시경학보』제8집, 주시경연구소. 236-249.

장태진(1971), 「국가어의 개념 -언어사회학적 고찰-」, 『한글학회 50돌 기념

논문집』, 한글학회.

정용화(2004), 「유길준의 생애와 사상」, 『한힌샘 연구』제17집. 한글학회.

정인문(2006), 『1910·20년대의 한일 근대문학 교류사』, J&C. 9-65쪽.

정재철(1985), 『일제의 대 한국 식민지 교육정책사』, 일지사.

정준섭(1995), 『국어과 교육과정의 변천』, 대한교과서주식회사.

정진석(1999), 『문자보급운동교재』, LG상남언론재단.

정태수(1992), 『미군정기 한국교육사 자료집(상),(하)』, 홍지원.

조선어학회(1933), 『한글마춤법통일안 집성』(역대문법대계 3-20), 탑출판사.

조선총독부(1912), 『보통학교용 언문철자법』(역대문법대계 3-15), 탑출판사.

조선총독부(1930), 『언문철자법 – 제3차 개정안-』(역대문법대계 3-17), 탑
출판사.

조용만(1982), 일제하의 우리 신문화 운동, 『일제하의 문화운동사』, 현음사.

조정봉(1995), 「일제하 야학의 갈등구조에 대한 교육사적 연구」, 『교육철학
제13집』, 한국교육철학회.

차기벽(1985), 일본 제국주의 식민정책의 형성 배경과 그 전개 과정, 『일제
의 한국 식민 통치』, 정음사.

차석기(1999), 『한국 민족주의 교육의 생성과 전개』, 태학사.

최경봉(2008), 「일제강점기 조선어 연구의 지향」, 『제47차 한국어학회 전국
학술대회 자료집』, 한국어학회.

최옥경(1993), 『일제의 대한 식민지 언어정책의 배경과 언어관 고찰』, 전남
대 석사학위논문.

최현배(1940), 『한글갈』, (1960 정음사)

하동호 편(1977), 『국문론 논설 집성』, 탑출판사.

한글학회(1971), 『한글학회 50년사』, 한글학회.

한글학회(1976), 『동인지 한글 영인본(1927년 7월 창간호-1928년 10월 2권
2호)』, 한글학회.

허만길(1994), 『현대의 국어 정책』, 국학자료원.

허웅·박지홍 엮음(1980), 『주시경 선생의 생애와 학문』, 과학사.

허재영(2004), 「일제강점기 조선인을 대상으로 한 일본어 보급정책 연구」,
『일제강점기 일본어 보급 정책 자료』, 역락.

허재영(2005), 국어정보화와 전산 기초 자료 구축- 일제강점기 조선어학회
『한글』을 중심으로-, 『한글새소식』2005년 7월호, 한글학회.

허재영(2009ㄱ), 『근대계몽기 어문 정책과 국어교육』, 보고사.

허재영(2009ㄴ), 『일제강점기 교과서 정책과 조선어과 교과서』, 경진.
허재영(2010ㄱ), 『근대계몽기 어문 정책과 국어교육』, 보고사.
허재영(2010ㄴ), 『통감시대 어문교육과 교과서 침탈의 역사』, 경진.
허재영(2011), 『일제강점기 어문 정책과 어문 생활』, 경진.
헐버트(1886~1892), 『ᄉᆞ민필지』(복사본).
호사카 유우지(2002), 『일본제국주의의 민족동화정책 분석 – 조선과 만주,
　　　대만을 중심으로』, J&C.
홍웅선(1963), 「한글첫걸음 시대, 교과서, 교육과정」, 『국어교육』(현대교육
　　　학총서1), 현대교육학총서출판사.
홍윤표(1987), 「근대국어의 표기법」, 『국어생활』9. 87년 여름. 국어연구소.
황민호(2002), 「1910년대 조선총독부의 언론정책과 매일신보」, 『식민지 조
　　　선과 매일신보 – 1910년대』, 신서원.
加田哲二(1940), 『植民政策』, グイアモント社
乙竹岩造(1938), 『日本敎育學敎授法摘要』, 培風館.
帝國地方行政學會(1923), 『綜合敎育學敎科書』, 朝鮮印刷株式會社.

2. 자료

舊韓國時代 新聞類 : 『皇城新聞』, 『帝國新聞』, 『大韓每日申報』, 『萬歲報』
　　　影印本.
舊韓國時代 學會誌類 : 亞細亞文化史 影印本.
亞細亞文化史(1977), 『舊韓國 官報』, 亞細亞文化史.
日帝強占期 新聞類 : 『東亞日報』, 『朝鮮日報』.
朝鮮敎育會, 『文敎の朝鮮』, MT出版(總87冊 中 目次), 1925. ~1945.
朝鮮新聞社, 『朝鮮統治の回顧と批判』, 朝鮮新聞社. 1936.
朝鮮總督府, 『施政年譜』, 國學資料院(總24冊), 1910. ~ 1945.
朝鮮總督府, 『月刊朝鮮』, 高麗書林(總47冊), 1920. ~ 1945.
朝鮮總督府, 『朝鮮總督府官報』, 亞細亞文化社 (總 144冊), 1910.~1945).
허재영(2011), 『일본어 보급 및 조선어 정책 자료』, 경진.
허재영(2011), 『조선교육령과 교육 정책 변화 자료』, 경진.

자료

한국 근대의 학문론과 어문 교육

1. 근대의 학문론

1. 『西遊見聞』第十三編, 兪吉濬(1895), 交詢社.

2. 론셜, 믹일신문, 1898(광무2년) 4월 15일 뎨륙호 : 국문과 실학의 가치

3. 론셜, 믹일신문, 1898(광무2년). 11.5. 뎨 빅륙십일호 : 학문과 교육

4. 論說, 皇城新聞, 광무3년(1899). 4월 4일

5. 論說, 格致學의 緣起, 皇城新聞, 광무3년(1899). 4월 4일

6. 論說, 格致硏究學問之源, 皇城新聞, 광무3년(1899). 5월 22일

7. 론셜, 제국신문, 광무 2년(1898) 12월 6일 - 학문의 의미와 공맹자의 도

8. 론셜, 제국신문, 광무 4년(1900) 4월 9일

9. 론셜, 제국신문, 광무 4년(1900) 6월 7일

10. 론셜, 제국신문, 광무 4년(1900) 10월 5일, 10월 6일

11. 론셜, 제국신문, 광무 4년(1900) 11월 21, 23, 24, 26, 27, 28, 29일 7회 연재

12. 론셜, 제국신문, 광무 4년(1900) 11월 11, 12, 13. 14. 15일 5회 연재

13. 론셜, 제국신문, 광무 4년(1900) 12월 20일

14. 론셜, 제국신문, 광무 5년(1901) 1월 19, 20일

15. 론셜, 제국신문, 광무 5년(1901) 6월 25, 26일

16. 론셜, 제국신문, 광무 6년(1902) 8월 10일

17. 론셜, 제국신문, 광무 6년(1902) 12월 14, 15, 17일

18. 론셜, 제국신문, 광무 6년(1902) 12월 20, 21, 22, 24, 25, 26, 27일 7회 연재

19. 科學論, 張膺震, 太極學報 제5호, 광무 10년(1906) 12월 24일

20. 奇書, 新舊學會同說, 皇城新聞, 광무11년(1907). 1월 8일(옥동 유쟈우)

21. 論說, 舊學問과 新知識의 關係, 황성신문, 광무 11년(1907) 5월 11일, 12일

22. 論說, 舊學 改良의 意見, 황성신문 융희 3년(1909) 1월 30일

23. 論說, 舊學 改良이 第一 着手處, 황성신문 융희 3년(1909) 2월 13일

24. 新舊學辨, 朴海遠, 대한흥학회보 제2호, 융희 2년(1908) 3월 25일

25. 學問의 目的, 硏究生, 太極學報 제17호, 융희 2년(1908) 1월 24일

26. 科學의 急務, 金英哉, 태극학보 제20호, 융희 2년(1908) 4월 24일

27. 哲學初步, 學海主人, 태극학보 제21호 융희 2년(1908) 5월 24일

28. 哲學初步, 學海主人, 태극학보 제22호 융희 2년(1908) 6월 24일

29. 勸學論, 日本 大敎育家 福澤諭吉 古記, 金鴻亮 譯, 태극학보 제25호 융희 2년(1908) 10월 24일

30. 哲學과 科學의 範圍, 李昌煥, 대한학회월보, 제5호, 융희 2년(1908) 6월 25일
31. 諸學釋名 節要, 서북학회월보 제1권 제11호, 융희3년 4월(1909.4.)
32. 論說, 哲學爲羣學的頭腦, 황성신문 융희 3년(1909) 2월 26일
33. 我國將來에 必有大學問家出, 황성신문 융희 3년(1909) 2월 26일
34. 學問自由를 終不可得乎, 황성신문 융희 3년(1909) 4월 13일
35. 學問 研究의 要路, 竹圃生, 서북학회월보, 제1권 제14호, 융희3년 7월(1909.7.)
36. 物理學, 朴漢榮, 譯述, 서북학회월보, 제1권 제16호, 융희3년 10월(1909.10.)
37. 化學, 白成煥, 述, 서북학회월보, 제1권 제16호, 융희3년 10월(1909.10.)
38. 國民의 科學的 活動을 要흠, 挽洋生 韓興敎, 대한흥학보 제11호, 융희4년
    (1909) 3월 25일

◎ 兪吉濬(1895), 『西遊見聞』第十三編, 交詢社.

泰西學術의 來歷[1]

二千七百餘年前 時代로브터 希臘國에 學士가 輩出ᄒ니 詩에ᄂ 胡邁[호머][2]와 喜時遜[히시옷][3]와 扁道[핀더][4]의 諸人이오 文에ᄂ 喜老道[히로도타스][5]와 秋時伊[츄싯이듸스][6]와 杜娛道[듸오도라스][7]와 弼婓台[풀누타치][8]의 諸人이며 生物學에ᄂ 脫累秀[텔늬스][9]와 皮宅高[피틱코라스][10]의 諸人이오 道德學에ᄂ 偲嗜賴[스크렛즈][11]와 弼賴土[플네토][12]의 諸人이며 窮理學에ᄂ 阿利秀[아뤼스토틸][13]라. 數百年間에 文物이 光明ᄒ며 學識이 蕃盛ᄒ나 國運의 式微홈을 隨ᄒ야 學士의 風氣도 幾絶ᄒ더니 亞羅比亞[地名]의 諸人이 學業을 無ᄒ야 測量學과 醫學과 窮理學을 世에 傳홈으로 泰西學術의 一脈이 僅保ᄒ야 後代에 至홈이라. <u>西曆 一</u>

---

1 유길준의 『서유견문』은 1895년 交詢社에서 발행하였으나 집필 시기는 1885년부터 1892년(한규설의 집에 연금되었던 시기)으로 추정된다. 이 책의 13편은 서양 학문을 소개하고 있는데, '태서 학술의 내력'과 '학업 조목'이 이에 해당한다.

2 胡邁[호머]: 호머(기원전 700년 경). 그리스의 시인. 『오딧세이』 저작자로 알려져 있음.

3 喜時遜[히시옷]: 헤시오도스(기원전 700년 경).

4 扁道[핀더]: 핀더(기원전 522-443). 그리스의 서정 시인.

5 喜老道[히로도타스]: 헤로도토스(기원전 484-424). 그리스의 역사학자.

6 秋時伊[츄싯이듸스]: 투키디데스(기원전 471-401). 그리스의 역사학자.

7 杜娛道[듸오도라스]: 디오도루스(생몰 연대 미상). 그리스의 역사학자.

8 弼婓台[풀누타치]: 플루타르코스. 그리스의 철학자이자 전기 작가.

9 脫累秀[텔늬스]: 탈레스.

10 皮宅高[피틱코라스]: 피타고라스.

11 偲嗜賴[스크렛즈]: 소크라테스.

12 弼賴土[플네토]: 플라톤.

13 阿利秀[아뤼스토틸]: 아리스토텔레스.

千二百年 時代[六百餘年前]에 英吉利國人 裵昆[베큰][14]이 博洽
ᄒ 智識과 宏傑ᄒ 才操로 學術의 衰頹ᄒ 世間에 出ᄒ야 古今의 相
傳ᄒᄂ 道를 不足ᄒ다 ᄒ고 乃實驗ᄒᄂ 理術을 倡起ᄒ야 天文學
에ᄂ 望遠鏡을 作ᄒ며 化學에ᄂ 萬物의 性質을 探頤ᄒ야 其 分析
과 和合ᄒᄂ 理致를 議論ᄒ고 又 醫學과 器械學의 大綱을 發明ᄒ
니 一時의 大學者라 稱ᄒ나 此時ᄂ 猶草昧ᄒ 世界라. 如此ᄒ 大學
者로도 神仙의 荒唐ᄒ 道를 信ᄒ야 鍊丹ᄒᄂ 法에 其 工을 徒費ᄒ
며 又 星辰의 來往ᄒᄂ 軌度로 人事의 吉凶을 判斷ᄒ야 迂怪ᄒ 理
論이 有ᄒ니 此ᄂ 姑捨ᄒ고 尤其 慘酷ᄒ 者ᄂ 此時에 人民의 知識
이 晦瞑ᄒ며 政府도 學術에 蒙昧ᄒ야 裵昆의 高明ᄒ 學業을 不信
ᄒ고 妖術이라 指目ᄒ야 裵昆 及 其 友人 麥那秀[15]를 嚴刑ᄒ니라.

此後로 一千四百年 時代[四百餘年前]에 至ᄒ도록 世人이 學業
이 詩文을 崇尙ᄒ야 小說의 工夫를 務修ᄒ고 實用 잇ᄂ 學業을 怠
棄ᄒ더니 一千四百二十三年[四百六十五年前]에 及ᄒ야 泰西에
板刻ᄒᄂ 法이 始出홈으로 文學이 大振ᄒ야 性理學과 詩學과 史
學의 種類가 其盛홈을 極臻히 ᄒ나 惟窮理ᄒᄂ 學術에 至ᄒ야ᄂ
琢磨ᄒᄂ 新工이 無ᄒ고 古人 阿利秀의 遺緒를 株守ᄒ야 變通ᄒ
기 不能호ᄃ 諸國이 學校를 爭起ᄒ니 英吉利 太學에 其 學徒의 盛
홈이 四千人에 過ᄒ고 拔崙亞 太學에ᄂ 一萬人이오 佛蘭西 太學
에ᄂ 二萬五千人에 至ᄒ지라. 然ᄒ나 一千六百年 時代[二百八十
餘年前]에 至ᄒ야도 學問ᄒᄂ 道에 虛實이 猶且相蒙ᄒ야 理術이
不明ᄒ거ᄂ 此時에 布蘭施[프란세스][16]와 裵坤德[바콘데스][17]과

---

14 裵昆[베큰]: 로저 베이컨(1214-1294). 영국의 철학자이자 과학자. 프랜시스 베이
컨과는 다른 인물임.
15 麥那秀: 미상.

哥道壽[카데스]18의 諸學者가 文明혼 氣를 應호야 人間에 出혼지
라. 實用 잇는 學業을 修進호며 實像 잇는 理致를 證據호야 世人
의 醉心을 惺호며 夢境을 破호야 虛誕혼 風俗을 排斥호고 一千六
百六年[二百八十二年前]에 伊太利國人 葛逸人遜[칼닐늬오]19가
累年에 積苦혼 實工으로 地球의 旋轉호는 理를 始倡호야 世人의
知識을 廣博히 호고 一千六百六十六年에 英吉利 國人 婁富[루
푸]20가 醫學에 精明호야 人의 氣血의 循環호는 度를 議論호야 世
人의 知覺을 穩傳히 호니 人世의 學問이 大變호야 實理에 赴홈과
實用을 求홈이 皆此 諸人의 功이라.

　其後 六七十年을 經호야 英吉利國에 柳頓21이라 호는 大學者가
有호니 古今의 不世出호는 才操를 抱호고 學術의 日新호는 世界
에 生호야 時年이 二十四에 太空과 大地의 引力을 窮究호며 光線
의 功用과 物色의 根元을 論硏호고 萬物의 理를 格호야 造化의 深
妙혼 門戶를 披開호니 其 著述혼 書冊이 窮理學의 大本이라. 歐州
의 學者가 皆柳頓의 學을 崇호야 泰西의 學術이 又 一變호는 境에
至호니 此後로 自호야 文學이 日加호고 智識이 年增호야 今日의
文明혼 大機를 成홈이라. 百年 前後에 有名혼 學者의 姓名을 記호
노라.

---

16 布蘭施[프란세스]: 미상.

17 裵坤德[바콘데스]: 미상.

18 哥道壽[카데스]: 미상.

19 葛逸人遜[칼닐늬오]: 갈릴레오(1564-1642). 이탈리아 천문학자.

20 婁富[루푸]: 미상. 이 시기 혈액 순환론을 제기한 사람은 윌리엄 하비(1578-1657)
이었음.

21 柳頓: 뉴턴(1642-1727). 영국의 수학자이자 물리학자.

咸發妬[함볼트][22]	生物學	日耳曼國
惠質[헤젤][23]	窮理學	
來伯[릭빅][24]	化學	
趄比茹[규비여][25]	生物學	佛蘭西國人
禮排賴[레베뤼여][26]	天文學	
阿賴高[아뤠고][27]	天文學	
代排[쎄베][28]	化學	英吉利國人
解密敦[히밀튼][29]	性理學	
米逸[미일][30]	政治學	
親達[틴덜][31]	窮理學	
鶴瑟禮[학슬네][32]	生物學	
秀遍瑞[스펜서][33]	性理學	
毛御秀[모어스][34]	生物學	合衆國人
何伊士[하이엣트][35]	生物學	

---

22 咸發妬[함볼트]: 훔볼트(1769-1869). 독일의 생물학자.

23 惠質[헤젤]: 헤겔(1770-1831). 독일의 철학자.

24 來伯[릭빅]: 뢰빅(1803-1890). 독일의 화학자.

25 趄比茹[규비여]: 쿠비어(1769-1832). 프랑스의 생물학자.

26 禮排賴[레베뤼여]: 러버리어(1811-1877). 프랑스의 천문학자.

27 阿賴高[아뤠고]: 아라고(1786-1853). 프랑스의 천문학자. 채훈 역주에서는 영국인으로 번역함.

28 代排[쎄베]: 데이비(1778-1829). 영국의 화학자.

29 解密敦[히밀튼]: 해밀튼(1788-1856). 영국의 철학자.

30 米逸[미일]: 밀(1806-1873). 영국의 정치학자.

31 親達[틴덜]: 채훈 역주에서는 틴달(1409-1536, 영국의 철학자)로 번역했으나 문맥이나 시대상으로 볼 때에는 맞지 않는다.

32 鶴瑟禮[학슬네]: 헉슬리(1825-1895). 영국의 생물학자.

33 秀遍瑞[스펜서]: 스펜서(1758-1834). 영국의 철학자.

34 毛御秀[모어스]: 모어스(1838-1925). 미국의 생물학자.

35 何伊士[하이엣트]: 하이에트(1838-1902). 미국의 생물학자.

大抵 泰西 學術의 大主意는 萬物의 原理를 硏究ㅎ며 其功用을 發明ㅎ야 人生의 便利혼 道理를 助ㅎ기에 在ㅎ니 諸學者의 日夜로 苦心ㅎ는 經綸이 實狀은 天下人을 爲ㅎ야 其用을 利케 ㅎ고 因ㅎ야 其生을 厚ㅎ게 ㅎ며 又 因ㅎ야 其德을 正ㅎ게 홈이니 學術의 功效와 敎化가 엇디 不大ㅎ리오. 泰西 學者의 言에 曰호되 人의 才智는 古今이 無異ㅎ니 後人이 前人을 不及혼다 홈은 學業에 怠慢ㅎ야 病世ㅎ는 議論이라. 然혼 故로 人이 世에 生홈어 當然히 學問을 務ㅎ야 古人의 不發혼 者를 發ㅎ야 不及혼 者를 補ㅎ고 又 新工을 想出ㅎ야 前人이어서 駕高홈이 是可ㅎ다 ㅎ니 此 言을 潛究ㅎ면 自恃ㅎ는 癖이 有혼 듯ㅎ나 然ㅎ나 修學ㅎ는 人을 向ㅎ야는 最美혼 意思라. 今에 學術의 功德이 成就혼 바 人生에 有益혼 諸物을 若干 記錄ㅎ건되

火輪器械, 火輪車, 火輪船, 電氣信, 電氣燈, 炭氣燈, 紡績機械, 染色法,

牛痘法, 醫術器械, 避雷震法, 鍍金銀法, 摸本法, 裁縫器械, 農作器械, 化學器械,

窮理學器械, 天文學器械, 飮食除毒法

此는 其大槩를 指屈홈이라. (중략)

學業ㅎ는 條目

人이 學業을 不修ㅎ면 人의 人되는 職業과 責望을 盡ㅎ기 不能ㅎᄂ니 一身의 關係도 然ㅎ거니와 一家의 盛衰와 興亡이 其家人의 學業 有無에 在ㅎ고 一國의 富强과 貧弱은 其 國人의 學業 多少에 存ㅎ지라. 其道가 豈不大且重ㅎ리오마는 學業이 又 虛名과

實狀의 分別이 有ᄒ니 如何ᄒ 學業을 虛名이라 謂ᄒᄂᄀ가. 理致를 不究ᄒ고 文字를 是尙ᄒ야 靑春으로 白首에 至ᄒ도록 詩文의 工夫로 自娛호ᄃ 利用ᄒᄂ 策略과 厚生ᄒᄂ 方道ᄂ 無홈이오 又 實狀 잇ᄂ 學業은 如何ᄒ 者를 指홈인가 事物의 理를 窮格ᄒ야 其性을 盡ᄒ고 晝夜로 勸孜ᄒ야 百千萬條의 實用에 其意를 專홈이니 然ᄒ 故로 學業의 名稱은 彼此가 一般이나 其 虛實의 懸殊ᄂ 雲泥의 判異홈이라. 今에 泰西人의 學業ᄒᄂ 條目을 擧ᄒ건ᄃ 其 名號가 不一ᄒ야 門戶를 分ᄒ며 區域을 定ᄒ야 其 篤實ᄒ 工程과 勤懇ᄒ 性力이 一後에 其功을 成ᄒ기로 是務ᄒ고 多ᄒ기를 貪ᄒ야 不精ᄒ 弊가 無ᄒ니 見聞의 及ᄒᄂ 者를 抄騰ᄒ노라.

農學: 此學은 農作ᄒᄂ 理致를 窮究ᄒᄂ 學이니 其 秘奧ᄒ 理由ᄂ 條擧ᄒ기 不能ᄒ나 大約 說及ᄒ건ᄃ 如何ᄒ 地品에 如何ᄒ 穀이 宜ᄒ 者며 如何ᄒ 地와 如何ᄒ 穀에 如何ᄒ 肥料가 善ᄒ 者며 又 如何ᄒ 肥料ᄂ 如何ᄒ 肥料와 混合ᄒ고 又 如何ᄒ 肥料에 如何ᄒ 蟲災가 有ᄒ며 如何ᄒ 蟲災가 有ᄒ면 如何ᄒ 法으로 除ᄒᄂ 方法과 種子가 播栽ᄒᄂ 方이며 樹木의 栽種과 禽獸의 牧畜에 至ᄒ야 不具ᄒ 者가 無홈이라.

醫學: 此學은 醫藥의 術業을 修ᄒᄂ 學問이나 其術이 不一ᄒ야 一人의 兼行ᄒᄂ 事 아닌 故로 其門戶를 分ᄒ야 眼與齒 及 內治外治與婦女의 部를 各專ᄒᄂ지라. 大槩 醫術이 言ᄒ기ᄂ 容易ᄒ나 學ᄒ기ᄂ 極難ᄒ니 人命의 生死가 是係ᄒ 故로 學校에 入ᄒ야 其業을 卒ᄒ 後라도 大方家의 弟子되야 累年의 經驗으로 政府의 許施를 獲ᄒ 然後에 行術ᄒᄂ 醫士라 始稱ᄒ고 且 醫士ᄂ

人의 臟腑와 筋骨과 血肉의 排成혼 次序를 實地의 考驗이 無ᄒ
면 不可ᄒ니 此를 爲ᄒ야 泰西 諸國에 死屍 解剖ᄒᄂ 法이 有홈
이라. 或이 謂호디 此ᄂ 慘殘不忍혼 擧措라 ᄒ나 人의 異病을
治癒ᄒ기 不能혼 者ᄂ 其 根委를 明見ᄒ야 後人의 救疼을 供홈
이니 實狀은 死者 一人의 身에 慘殘혼 事를 行ᄒ야 來世 千萬
生靈의 大福을 取홈이라.

算學: 此學은 其理의 深妙홈을 淺近혼 議論으로 窮臻ᄒ기 不能호
디 一言으로 斷혼 則 人間 事物의 有形과 無形의 幾何를 量定
홈이니 人의 日用常行으로브터 天地의 玄秘혼 根窟에 至ᄒ고
又 各學의 理致도 此가 無ᄒ면 究格ᄒ기 不能ᄒ며 功用이 亦
此로 不以ᄒ면 著見ᄒ기 不能ᄒ니 人이 此世에 生ᄒ야ᄂ 此學
을 不修홈이 不可혼 者라.

政治學: 此學은 政事ᄒᄂ 經濟니 其 條目을 區別ᄒ야 政府의 一切
規模에 大小를 勿論ᄒ고 含包ᄒ며 又 收稅ᄒᄂ 法規와 生財ᄒ
ᄂ 方道와 費財ᄒᄂ 策略을 細陳ᄒ야 政府와 人民의 相與ᄒᄂ
事業으로 人間에 處ᄒ든지 必學ᄒᄂ 者ᄂ 一身으로브터 家國
天下에 至ᄒ야 各其 相合혼 經濟가 有혼 然故라.

法律學: 此學은 國中의 通行ᄒᄂ 法律를 學홈이니 立法ᄒᄂ 本意
와 犯法 못ᄒᄂ 道理와 犯法혼 者를 懲治ᄒᄂ 規模의 論述홈
으로 公平혼 制度와 細密혼 條目이 備具ᄒ야 上으로 人君이며
下로 人民이 皆 其一定혼 國規를 遵守ᄒ고 些少라도 不違ᄒᄂ
故로 國家의 泰平과 人民의 富勤이 此를 由ᄒ야 保全ᄒᄂ니

然ᄒ기 法官되기 願ᄒᄂ 者만 修ᄒᆯ ᄯᅳ름 아니오 如何ᄒᆫ 人民이
든지 其 國中에 居ᄒ야 其 國法을 不知ᄒ면 不可ᄒᆫ 則 必學홈
이며 又律師ᄂ 此學을 特別히 專修ᄒᄂ 者라.

格物學: 此學은 萬物의 本體를 窮究ᄒ야 其 理致와 功用을 議論
홈이니 其 條目을 浩繁ᄒᆫ지라. 略抄ᄒ야 其 例를 示ᄒ건ᄃᆡ 鐵
類의 强緻柔脆ᄒᆫ 者의 力은 其 理由를 解釋ᄒ고 人物의 發音
과 天地萬物의 引力과 聲光의 速度와 風雨雷霆 及 霜露의 深
妙ᄒᆫ 理窟을 探頤ᄒ며 物體의 方圓長短을 因ᄒ야 其 發用ᄒᄂ
力과 散合ᄒᄂ 機를 議及ᄒ야 尺寸의 違註가 無ᄒ고 此外에
何物을 當ᄒ든지 格知ᄒ기로 準的을 立ᄒ니 泰西 諸國의 富盛
ᄒᆫ 根本이 此學을 從하야 成實ᄒᆫ 者라.

化學: 此學은 萬物의 本元을 推究ᄒ야 離散變幻ᄒᄂ 妙理를 學홈
이니 其道의 玄妙홈과 精細홈을 數句의 糢糊ᄒᆫ 文字로 呑棗ᄒ
ᄂ 囫圇說話를 作홈이 不可ᄒ나 大紀를 擧ᄒ면 天地間 林葱ᄒ
物名을 擧홈애 數의 多ᄒᆫ 者로 以ᄒ야 萬에 强止ᄒᆫ 則 可히 極
夥ᄒ다 謂ᄒᆯ디로ᄃᆡ 實狀은 七十餘種의 元素가 多少 異同의 混
合으로 其 現在ᄒᄂ 形體를 湊成ᄒ기에 不過홈이오 又 此學을
從ᄒ야 物을 觀ᄒ면 人世의 何物이든지 消滅ᄒᄂ 者가 無ᄒ고
變易ᄒ야 其 形體를 幻ᄒᆯ ᄯᅳ름이니 此理의 明確ᄒᆫ 證據를 立
ᄒ기 爲ᄒ야 洋洋ᄒᆫ 彼水를 指論ᄒ건ᄃᆡ 酸素와 水素가 混合ᄒᆫ
者라. 萬若 水를 分析ᄒ야 二種 元素의 本位에 歸ᄒᆫ 則 水ᄂ
一點도 不存ᄒ고 形體 업ᄂ 元素되야 各散ᄒ며 又 二種 素를
調合ᄒ면 水를 復成ᄒ야 如前히 流漾ᄒᄂ니 水 一物이 獨然ᄒᆯ

쑨 아니오 假令 木을 燒ᄒ면 炭과 灰를 成ᄒ며 生物이 腐敗ᄒ
야도 其質이 變ᄒ고 其 輕淸ᄒ 元素는 散出홈이라. 然ᄒ 故로
化學이 格物學과 表裏되야 其 功效의 廣大홈이 涯涘를 不測이
니 器械를 造ᄒᄂ 者가 此學에 不通ᄒ면 其工을 不成ᄒ고 礦
物을 鑿ᄒᄂ 者가 此學에 未達ᄒ면 其利가 不博ᄒ고 染色ᄒᄂ
者, 農作ᄒᄂ 者, 釀酒ᄒᄂ 者 及 千事萬物에 各其 重要ᄒ 生
涯를 營逐ᄒᄂ 者가 此學의 知識이 無ᄒ면 其 成就ᄒ기에 盡
善ᄒ 道를 難必이오 又 人生의 食料와 藥材도 此學의 功을 借
ᄒ야 其 均適을 得中ᄒᄂ니 世界의 學을 究홈이 此에 過ᄒ 者
가 無ᄒ이라.

哲學: 此學은 智慧를 愛好ᄒ야 理致를 通ᄒ기 爲홈인 故로 其 根
　　本의 深遠홈과 功用의 廣博홈이 界域을 立ᄒ야 限定ᄒ기 不能
　　ᄒ니 人의 言行과 倫紀며 百千事爲의 動止를 論定ᄒ 者라.

礦物學: 此學은 各種 金石의 質과 用을 學홈이니 國家의 生財ᄒᄂ
　　大源이라. 山脈을 考ᄒ며 石脈을 審ᄒ야 何種의 礦物이 何方
　　에 蓄藏홈을 知ᄒ며 礦物의 諸種이 混合ᄒ 者는 各質을 分析
　　ᄒᄂ 法이오 此外에도 礦物에 關係ᄒ 諸事라.

植物學: 此學은 各種 草木을 學ᄒᄂ 工夫니 各其 部族을 分ᄒ며
　　門戶를 定ᄒ고 又 其 次序를 立ᄒ야 水中 及 寒地 熱地에 生成
　　ᄒᄂ 者의 性質과 形像이며 厚生ᄒᄂ 材料와 利用ᄒᄂ 體質을
　　昭然히 區別ᄒ야 如何ᄒ 草木이든지 新見ᄒᄂ 者면 其 體性을
　　窮究ᄒ고 窮究ᄒ면 解透ᄒᄂ니 此學을 植物이라 謂ᄒᄂ 者는

草木이 生命은 有ㅎ나 一處에 植立ㅎ야 自動ㅎ는 權이 無혼
然故라.

動物學: 此學은 各種 生物의 能히 自動ㅎ는 者를 學ㅎ는 工夫니
人으로브터 飛禽走獸와 蟲魚의 細微혼 者에 至ㅎ야 亦 其部族
門戶 及 次序를 分屬ㅎ니 其 條目이 浩繁ㅎ야 羽蟲 毛蟲 鱗蟲
介蟲의 學士가 各其 一門을 專主ㅎ야 其 專主ㅎ는 部族에 通
透ㅎ기를 務ㅎ고 物의 大小로 其 工課의 勤怠를 進退홈이 無
ㅎ니 此學이 亦 泰西人의 大方家 門戶를 立ㅎ는 者라.

天文學: 此學은 日月의 軌道와 星辰의 躔次를 學ㅎ는 者니 其 理
가 玄妙ㅎ고 其工이 深遠ㅎ야 算學에 不熟혼 者는 工夫ㅎ기
不能ㅎ고 又 算學에 習熟ㅎ야도 知識이 超越혼 者 아니면 成
就ㅎ기 無期ㅎ니 日食 月食의 期限으로브터 游星의 道와 恒星
의 位와 彗星의 循環ㅎ는 軌程과 四時 及 晝宵의 成功ㅎ는 理
에 至ㅎ야 精細혼 議論이 尺寸의 差繆도 不現혼 쑨더러 日月
星辰의 互相 間隔혼 遠近과 比較혼 大小와 推量혼 輕重에 至
ㅎ야도 細密히 測度ㅎ며 精繁히 酌定ㅎ야 如干 學者의 智慧로
는 能히 企及ㅎ기 不得ㅎ니 大槩 此學을 修ㅎ기에 器械의 費
用이 甚鉅혼 故로 政府가 觀象臺를 建ㅎ야 學者의 工程을 助
起ㅎ는 者라.

地理學: 此學은 地毬의 現成혼 妙理를 學ㅎ는 工夫니 其 條目이
亦繁ㅎ되 風水의 虛說로 人家의 吉凶을 占ㅎ는 道는 아니라.
地體의 大홈과 重홈을 測定ㅎ고 其必圓혼 理由를 立證ㅎ며 又

太陽을 附行ᄒ야 四序 晝夜의 迭代 成功ᄒᄂ 道와 太陽이 附
從ᄒ야 望朔의 虧盈ᄒᄂ 理며 遊星의 關係와 比量ᄒ 大小 遠
近 及 輕重을 議論ᄒ고 熱地와 寒地의 氣候며 火山 溫泉 地震
及 潮汐의 緣由와 風雲 雨露 霜雪 及 雷電의 起因이며 海水의
蓄泄ᄒᄂ 源委도 精細히 及ᄒ고 又 土壤의 間級과 巖石의 層
度로 地毬의 變成ᄒ 歷代를 酌定ᄒ며 地中石에 附化ᄒ 草木
禽獸 及 蟲魚의 形像과 石炭의 種類를 因ᄒ야 其 變成ᄒ 代數
를 論ᄒ니 此學에 亦 學者의 一大 門戶를 立ᄒᄂ 者라.

人身學: 此學은 人種의 合成ᄒ 現像과 原質을 學ᄒᄂ 者ᄂ 其 大
綱을 記錄ᄒ건ᄃᆡ 氣血의 循環ᄒᄂ 軌度와 臟腑의 排鋪ᄒ 位次
며 筋骨의 堅靭ᄒ 緣由와 耳目鼻口 及 手足의 相司ᄒ 職이며
皮肉의 肥瘠ᄒᄂ 原由에 至ᄒ고 又 飮食의 消化ᄒᄂ 大機와
滋養ᄒᄂ 大功이며 疾病의 緣起ᄒᄂ 根委와 感情도 微細히 說
及ᄒ고 人生의 最重ᄒ 腦髓에 至ᄒ야ᄂ 其 本質의 如何홈과
職分 及 關係의 如何홈을 講論ᄒᄂ니 大槩 腦髓라 ᄒᄂ 者ᄂ
頭腦의 髓라. 骨中의 軟柔ᄒ 者니 人의 智愚 及 聰鈍이 此를
由ᄒ야 有殊ᄒ며 又 千思萬慮의 大功德 大營爲가 流出ᄒᄂ 根
源인 故로 腦髓가 實狀은 人身의 主翁이니 此學은 蒙昧ᄒ면
人의 人되ᄂ 生理를 不解홈인 則 醫士만 修業ᄒᄂ 者 아니오
世人이 皆學ᄒᄂ 緣由라.

博古學: 此學은 古代의 遺物을 考究ᄒᄂ 學이니 其工이 利世ᄒᄂ
道에 關係가 似無ᄒ나 然ᄒ나 隱然ᄒ 中 其 功效의 施及홈이
不少ᄒ 者ᄂ 此를 因ᄒ야 後人이 前人의 文物과 習尚의 如何홈

을 知ᄒ기에 不止ᄒ고 今世의 才技를 補助ᄒᄂ 道가 多ᄒ며 天下 各邦의 人種의 根本을 深透ᄒᄂ니 其 工夫의 次第를 略擧ᄒ건ᄃ 上古 鴻濛ᄒ 時代에 行用ᄒ든 石造ᄒ 斧劍槍鏃과 世級의 漸降홈을 隨ᄒ야 錫造ᄒ 兵器 及 他諸具와 陶砂의 器皿으로 現代의 鐵造ᄒ 諸物에 至ᄒ야 其 相傳ᄒ 緖를 接ᄒ며 漸進ᄒ 階를 別ᄒ야 文明 開化의 步趨가 有進無退ᄒᄂ 證據를 立홀시 各物의 品質을 由ᄒ야 世代의 遠近을 考ᄒ고 各地의 部落을 定ᄒ야 人物의 盛衰를 溯ᄒ니 學問人의 尊尙ᄒᄂ 一條라.

言語學: 此學은 他邦 言語를 學習ᄒᄂ 事를 謂홈이니 天下 各國의 言語와 文字가 不一ᄒ야 人生의 交際ᄒᄂ 大道에 一條 不便ᄒ 欠典이라. 然ᄒ 故로 仕宦ᄒᄂ 者가 此工이 無ᄒ면 其職에 或 窘ᄒ고 商賈ᄒᄂ 者가 此工이 無ᄒ 則 其業을 獲遂ᄒ기 甚難ᄒ며 學者의 知識에도 關係가 不淺ᄒ니 四海가 一家ᄀᆺ치 相通ᄒᄂ 世界에 生ᄒ야 此學을 不修ᄒ면 其 情義를 何道로 相通ᄒ며 才技를 何道로 相勸ᄒ며 又 他諸般事理를 何道로 以ᄒ야 其 相違ᄒᄂ 方便을 立ᄒ리오. 然호ᄃ 此에 不止ᄒ고 人生의 學業에 重要ᄒ 關係가 有ᄒ니 各國의 言語를 比較ᄒ야 其 根本의 異同을 考究홈이라.

兵學: 此學은 將帥되ᄂ 法을 學ᄒᄂ 工夫니 綱領을 分言ᄒ면 水軍과 陸軍의 二道로 各條의 工課를 立ᄒ야 二者의 差異홈이 亦 有ᄒ지라. 陸軍의 學은 軍士 組練ᄒᄂ 諸法과 進退 攻守ᄒᄂ 陳法과 銃砲 分合ᄒᄂ 工과 騎馬用劍ᄒᄂ 手勢와 化學의 略干과 算學의 大綱과 測量 及 圖衛法이며 外國의 言語와 各國의

山川에 至ᄒ고 海軍의 學인 則 航海ᄒᄂ 法에 精細ᄒ 條目을 修ᄒ고 其他ᄂ 陸軍의 學과 大同ᄒ니 大槩 將帥되ᄂ 者가 工夫업시ᄂ 其 官爵을 居ᄒ기 不能ᄒ고 政府도 工夫업ᄂ 者에게 此職을 任授ᄒ지 아니ᄒᄂ 故로 政府가 海陸軍의 學校ᄅ 設ᄒ고 將帥의 材ᄅ 敎成ᄒ야 國家의 需用에 供ᄒᄂ니 泰西 諸國의 强盛홈이 此道ᄅ 由ᄒ야 致ᄒ 者라.

器械學: 此學은 各種 器械의 制度와 發用ᄒᄂ 規模ᄅ 學ᄒᄂ 者니 大槩 近日의 天下ᄂ 器械의 盛行ᄒᄂ 時代라. 器械가 千萬種이라도 其動ᄒ기ᄂ 蒸氣나 電氣의 力을 不借ᄒ면 不能ᄒ며 又 蒸電의 力이 能히 器械ᄅ 動ᄒ야도 炭水의 補助가 無ᄒ면 其 功을 不成ᄒᄂ니 器械ᄅ 造ᄒ기ᄂ 鐵을 必用ᄒᄂ 故로 上古에 石世界가 變ᄒ야 中古의 鐵世界가 되고 又 一變ᄒ야 吾人의 現在ᄒ 此時의 鐵世界에 至홈이라. 此學의 條目이 人生 日用의 關係가 不少ᄒ야 宮室의 築造와 舟橋의 制作과 鐵路 及 礦山의 工役이며 城堡 及 砲臺의 排建과 外 他千萬事物이 器械에 相關ᄒ 者ᄂ 此學을 修ᄒ 者 아니면 其 功을 成ᄒ기 不能ᄒ 故로 此學에 鍊達ᄒ 人을 必須홈이니 國家의 强弱과 貧富가 此學의 盛衰ᄅ 由ᄒ야 其 等級이 有홈이라.

宗敎學: 此學은 泰西 諸國에 通行ᄒᄂ 耶蘇敎와 天主學의 工夫ᄅ 謂홈이니 此學을 專修ᄒᄂ 者ᄂ 禮拜堂 敎正의 位ᄅ 希圖홈이라. 一言으로 蔽ᄒ건ᄃ 泰西에 他學이 無ᄒ고 宗敎學만 有ᄒ면 今日의 富盛ᄒ 基業과 文明ᄒ 開化ᄅ 致ᄒ기ᄂ 姑舍ᄒ고 大害ᄅ 反貽ᄒ야 貧弱 野鄙ᄒ 境域에 陷ᄒ야 救濟ᄒᄂ 方策이

無홀디니 宗敎學만 主張ᄒᄂᆫ 邦國은 設使 其 宗敎가 泰西의 宗敎에 比ᄒ야 百勝ᄒ야도 其國의 貧弱不振ᄒ기ᄂᆫ 自然ᄒᆫ 勢라. 是以로 佛敎ᄅᆯ 尊尙ᄒᄂᆫ 印度 諸邦이 英吉利의 羈絆을 不脫홈이라.

以上의 列記ᄒᆫ 各條 學術 外에 無數ᄒᆫ 名目이 枚擧ᄒ기 不遑ᄒ니 大槩 世事ᄂᆫ 日異月新ᄒ야 其端이 愈出홀ᄉ록 愈多ᄒᆫ 則 巧歷의 才라도 測定ᄒ기 不能ᄒ며 人은 一箇 血肉의 身이라. 百千萬 無窮ᄒᆫ 事爲ᄅᆯ 渺然ᄒᆫ 滄海一粟으로 兼行ᄒ기 不可ᄒᆫ 故로 各學 中에 一門을 專修ᄒ야 半道의 廢와 一簣의 虧ᄅᆯ 勿作ᄒ고 他學의 大綱을 兼修ᄒ기ᄂᆫ 人生의 切要ᄒᆫ 事理에 缺乏홈이 不可ᄒᆫ 者ᄅᆯ 爲홀 ᄲ름이로디 政治學을 專主ᄒᆫ 者ᄂᆫ 他學의 若干을 領略ᄒ야도 政治學士의 名號ᄅᆯ 有ᄒ고 法律學 或 器械學도 他學의 兼홈이 或 有호디 其 專主ᄒᆫ 學의 學士라 稱ᄒ야 諸學이 不然ᄒᆫ 者가 無ᄒ니 且 人世ᄅᆯ 顧ᄒ건디 大衆의 相與ᄒᄂᆫ 道가 其虧乏을 互資ᄒ고 便利ᄅᆯ 相換ᄒᆫ 則 諸學의 學士ᄂᆫ 各其 一能을 修ᄒ야 世界 事爲의 現像을 維持홈이라. 然ᄒᆫ 故로 各條 學術ᄅᆯ 幼少時에 修究ᄒ야 長成 後에 功用을 發ᄒᄂᆫ니 萬若 其 學이 實狀 잇ᄂᆫ 者 아니오 虛名 ᄲ름이면 其功을 成ᄒᆫ들 用處가 奚有ᄒ리오. 學業은 實用 잇ᄂᆫ 道 아니면 工夫ᄒᄂᆫ 性癖이 不堅ᄒ고 工夫ᄒᄂᆫ 性癖이 不堅ᄒ면 能히 其功을 成ᄒ기 亦難ᄒ니 國家의 最大ᄒᆫ 根本은 實用에 在ᄒ고 人民의 最大ᄒᆫ 實用은 工夫ᄒᄂᆫ 性癖에 在홈이라.

◎『ᄆᆡ일신문』, 1898(광무2년).4.15. 뎨륙호. 론셜.

대뎌나라이라 ᄒᆞᄂᆞᆫ거슨 교휵을 힘쓴후에야 부강ᄒᆞᆷ을 일우을지라 우리대한도 자고로밋쳐 ᄂᆡ려오ᄂᆞᆫ바 교휵ᄒᆞᄂᆞᆫ법이잇ᄂᆞᆫ쥴은 대소인민이다 아시ᄂᆞᆫ바이라 경셩에 ᄐᆡ학관이잇고 각골에 향교가잇고 연면촌촌이 셔ᄌᆡ가 잇셔 어린ᄋᆞ히로 텬ᄌᆞ와 동몽권을 ᄀᆞᄅᆞ쳐 삼강과 오륜에 힝실을 ᄭᆡ닷게ᄒᆞ고 장셩ᄒᆞᆫ자로 대학을 ᄀᆞᄅᆞ쳐 슈신졔가 치국평텬하 ᄒᆞᄂᆞᆫ대도를 알게ᄒᆞ니 이는 곳 션왕의 졔례요 성현의 유젹이시라 엇지정미치 아니타ᄒᆞ리오마는 이졔옴으로 법이 오ᄅᆡᄆᆡ 폐가ᄉᆡᆼᄒᆞ야 경셔ᄂᆞᆫ쇠잔ᄒᆞ고 교휵은 ᄒᆡᄐᆡᄒᆞᄆᆡ 엇지ᄀᆡ탄ᄒᆞᆯ ᄉᆞ이아니리요 우리나라

세죵대왕ᄭᅴ옵서 발명ᄒᆞ신 국문은학문상에 엿건으로 더져두워 쳔인과 아녀ᄌᆞ의 일시통정ᄒᆞᄂᆞᆫᄃᆡ 지나지 못ᄒᆞ고 소위 ᄐᆡ학과향교를보게드면 외면은 아직도 남어잇스나 실적은 뜬구름밧게 돌녀보ᄂᆡ고 한낫 당집에 다름없시 ᄶᅡ여진기와며 거친풀에 다못ᄉᆡ즘승의게 위ᄉᆡᆼ을 도올ᄯᆞ름이오 소위셔ᄌᆡ는 공립도잇고사립도두어일홈은 비록교휵에일홈을짓탕ᄒᆞ여가ᄂᆞ 실상을궁구ᄒᆞ면 침침 ᄒᆞᆫ밤에 길일ᄒᆞᆫ 소경의 모양ᄀᆞᆺ치 방침이 희미ᄒᆞᄆᆡ ᄇᆡᆨ발이 되도록 공부를 ᄒᆞᄂᆞ 글은 글ᄃᆡ로 잇고 사ᄅᆞᆷ은 사ᄅᆞᆷᄃᆡ로 잇스니 인셰사위상에 장ᄎᆞᆺ 무엇에 쓸ᄇᆡ리오 어려슬ᄯᆡ에는 허문만 슝샹ᄒᆞ다가 장셩ᄒᆞᆫ후에 ᄒᆞᄂᆞᆫ 일을 보게드면 삼ᄉᆞ친구로 작반ᄒᆞ야 츄월츈궁에 시흥이니 쥬흥이니 ᄒᆞ며 허랑방탕ᄒᆞᆷ을 일삼ᄂᆞᆫ 사ᄅᆞᆷ을 보게드면 이ᄂᆞᆫ 문장호걸이라 ᄒᆞ고 바둑장긔 골ᄑᆡ 소일과 쥬사 청누에 요희미쳡을 인연ᄒᆞ여 셰샹이 엇더케 되야 ᄀᆞᄂᆞᆫ지 모로ᄂᆞᆫ 사ᄅᆞᆷ은 풍뉴남자라 ᄒᆞ며 조상의 덕으로 다힝이 가벌이나 잘타서 밤낫디톄 자랑이나 ᄒᆞ고 협잡편ᄌᆡ

등사로 놈의 지물이느 흠드려 먹는거슬 상책으로 아는사룸을 보게
드면 남촌명사니 북촌명사니 ㅎ니 명사라ㅎ는 사룸의 힝위가 이러
ㅎ고 보면 그나라속에 명사디위의도 참녜 못ㅎ는사룸이야 일너 무
엇ㅎ겟소 슬푸다 국민의 통동ㅎ 풍속이 이러ㅎ고 보면왕ㅅ는 아무
키느 지니엿스니 구틔여 말ㅎ올것업거니와 이쩨가 어나쎄기에 오는
압일을 장ᄎᆞᆺ 엇지들ㅎ시려오 갑오경장ㅎ후로 지금 다셧ㅎ동안에
학교도 셜시ㅎ고 식학문도 광장ㅎ엿스나 실시는 경성에 지니지 못
ㅎ고 교과는 각국말 비우기에 면치못하엿스니 무정ㅎ 일월은 년긔
를 지쵹ㅎ미 쎄여쎄여 두 번오지 안을지라 근릭에 긔명부강ㅎ 나
라에 모든ㅅ업을 여어보게되면 그도 쏘ㅎ 사룸의 지식과 지룽으로
일우는 바이요 귀신의 죠화느 져졀노그리된거슨 아니라 사지빅톄
가 다갓흔 사룸이되고야 남ㅎ는일을 못ㅎ올리치가 잇슬비리요 우리
나라 신민들도 분긔ㅎ 무음을 발ㅎ야 문명국에 뎡교대략과 풍속에
진미흠을 한갈갓치 본쪄다가 긔명홀 긔쵸를 일신케ㅎ면 무삼어려
움이 잇스리요 …

◎ 『믹일신문』, 1898.7.29. 론셜

신진학이라 ㅎ는 사룸은 본릭 미쳔ㅎ 사룸인딕 텬픔이 총민ㅎ고
긔우가 헌앙ㅎ며 믹ㅅ에 부지런ㅎ고 학문샹에 대단히 유지ㅎ야 놉
흔 션싱이 잇다ㅎ면 불원쳔리ㅎ고 차자 가셔 뭇고 비호며 됴흔 셔
칙을 보면 즁가를 앗기지 아니ㅎ고 주고 사셔 닐그며 쏘 손 지됴가
잇셔 무슴 물건이던지 믄들면 다 정교ㅎ고 려력이 과인ㅎ야 두 팔
에 쳔근지력이 잇고 가산이 유여ㅎ야 량젼 슈만경이 잇는지라 고

딕광실에 금의와 육식으로 셰월을 보내는되 그 친구 ᄒᆞ나이 잇스니 셩명은 구완식이라. 본릭 명문거족인되 ᄎᆞᄎᆞ 침체ᄒᆞ야 이 사름에 니르러는 일초시도 못 엇어 ᄒᆞ고 가셰가 빈한ᄒᆞ야 노복이 다 다라나고 말이 못되엿는되 그 사름되음이 의졋ᄒᆞ고 졈잔ᄒᆞ며 례법을 슝샹ᄒᆞ고 고집이 대단ᄒᆞ야 이쳐로 곤궁ᄒᆞ야도 조곰도 변통샹이 업는지라. 신진학으로 더브러 피ᄎᆞ에 셩미는 조곰도 맛지 아니ᄒᆞ나 으희 째브터 쥭마고우라 그러ᄒᆞᆫ고로 유시호 신씨가 구씨를 심방ᄒᆞ되 구씨는 흔 번 가셔 찻지도 아니ᄒᆞ고 회샤ᄒᆞ는 법도 업는지라. 그러ᄂᆞ하 신씨는 조곰도 기의치 아니ᄒᆞ고 은근히 죠고도 만히ᄒᆞ야 지내더니 일일은 쟝마가 져셔 여러늘만에 기엿는지라 신씨가 구씨의 집에 차자 가니 집 대문짝은 쟝부가 썩어잣바지고 울타리는 삭어셔 문허지고 부억에는 기고리가 희산을 ᄒᆞ고방안에셔 하늘이 ᄲᆡ이는되 그러ᄒᆞ야도 구씨는 건너방 아랫목에 초방셕을 깔고 관 쓰고 창옷 닙고 도도 ᄭᅮ러안져 례긔를 랑독ᄒᆞ다가 신씨를 보고 니러 마져 한헌를 맛친 후에 (하략)

◎ 『믹일신문』, 1898.8.25. 론셜

엇더흔 친구가 론셜을 지어 본샤에 보닛기로 긔지ᄒᆞ노라.

현금 셰계 구미졔국 졍치가들은 분분히 말ᄒᆞ되 태셔 졍치만 올코 동양 졍치는 올치 못ᄒᆞᆫ고로 현금에 구미졔국 졍평은 일진 부강ᄒᆞ고 동양에 쳐흔 일이국은 날노 쇠약ᄒᆞ다 ᄒᆞ는 의론이 붕등ᄒᆞ믹 무론 귀쳔ᄒᆞ고 혹 외국에 유람ᄒᆞ얏다던지 외국 문ᄌᆞ를 열람ᄒᆞ엿다던지 외국 언어를 좀 비화 알앗다던지 이 세가지에 약간 열력만 잇스면 곳 양비대담ᄒ며 언언절절이 외국 정치되로만 의방ᄒ여야 부국병강ᄒ고 리용후싱이 ᄌ연 되야 구미제국에 일분 양두ᄒ 것이 업다ᄒ야 여ᄎᄒ 쥬의로 목뎍을 삼아 일들을 ᄒ랴 ᄒ고 아셰아의 정치가는 청국 셔젹 즁 시젼 셔젼이라든지 제ᄌ 국어 국칙 권이나 읽엇스면 일셰를 안공ᄒ야 ᄒᆼ샹 쥬론ᄒ기를 동아셰계의 정치가 몬져 문명ᄒ엿스니 션왕의 례계와 량법미규만 ᄒ야도 세계에 웃듬이 되겟다 ᄒ고 고집ᄒ니 어시호 기간에 슈구 기화 량당이 론화 졍톄 방침을 서로 되치ᄒ야 시시비비가 기일날이 업스미 (중략) 아셰아나 구라파 졍톄가 비록 다르나 합당ᄒ 법률을 확립ᄒ야 쥰슈 물실ᄒ는 것은 일반이니 태셔 신학이나 동양 구학이니 분별치들 마시고 샹하 일심ᄒ야 긔단ᄎᆔ쟝ᄒ시면 이는 은나라 슈릐를 타고 쥬나라 관을 쓰미니 (하략)

◎ 『미일신문』, 1898(광무2년).11.5. 뎨빅륙십일호. 론셜.

무릇 사름이 비호지 안이ᄒ고 범ᄉ에 잘ᄒ는 리치는 업는지라 이젼 성인이 혹 하늘이ᄂᆡ시샤 비호지 안이 ᄒ고도 성인이 되얏다 ᄒ는 것은 밋지 못ᄒ 말이라 공ᄌ 갓흔 성인도 삼십에 셔고 오십에야 텬명을 알앗다 ᄒ얏스즉 오십가지 공부ᄒ 징거가 소연 흔지라 일노 보아도 성인자픔 가진이도 이러ᄒ거든 하물며 그나마 평샹ᄒ 사름이아 엇지 비호지 안이 ᄒ리오 그러ᄒ고로 나라가 잇스면 몬져 학교를 셜립ᄒ야 인지를 교육 ᄒ는 것이 뎨일 급션무라 아모리 이젼에 관을닷고 언약을 슫어 ᄒ나라 안에셔만 지닐ᄯᅵ에도 경셩에

태학과 동셔남북 즁학이 잇고 외방에 향교가 잇고 또 경향가ᄂ에 스사글방이 벌어 잇셔 인ᄌ를 가르쳣거든 허물며 오날을 당ᄒ야 만국이 교통ᄒ야 셰계가 죵횡ᄒᄂ지라 아모 나르든지 학문이 졍밀치 안이 한 것이 안이 언만 졍ᄒᄃ 더욱 졍ᄒ 것을 구ᄒ야 날마다 나흔ᄃ로 나아가 셔로 부강홈으로 닷토거늘 우리 나라를 가져 남의 나라에 비교ᄒ면 셔로 닷토기ᄂ 싀로히 소양(宵壤)이 현격ᄒ야 가히 ᄒ로에 갓치 의론 홀슈업스나 그러ᄒ나 져나라의 부강흔 것도 다름업시 젼혀 인민의 학문가온ᄃ로 좃차 나아온것지라 그러ᄒ고 본즉 학문가온ᄃ로 불 시일이 급ᄒ게 가르쳐야 홀것인ᄃ 학문도 다 여러 길이 잇스니 이젼에 우리 나라에서 슝샹ᄒ든 사셔 삼경과 시부표칙 론의심은 지금 형편에 덜맛가져 허문이 만코 경졔상에ᄂ 실효가 젹으니 이ᄶ에ᄂ 잠시 놉흔집우희 묵거 두엇다가 태평무ᄉ홀ᄶ에나 강론홀 학문이오 지금 셰계 신학문은 실샹을 뷜아가지 안이 ᄒᄂ 것이 업ᄂ지라 텬문학 디지학 산슐 칙산학 격물학 화학 즁학 졔죠학 졍치학 법률학 부국학 병학 교셥학과 밋 기타로 동물과 식물과 금셕거림과 풍뉴와 농샹 광 공 등학이 두비 나라를 부강홀 실디 학문이라 엇지 이러흔 실학을 보고 안이 빈호고 한갓 구습에 오히려 져져셔 아교로 붓친 것을 써혀 옴기지 못 ᄒ리오 지금 우리 나라 학부대신은 고금을 셥렵ᄒ고 ᄉ리를 통달 ᄒ시ᄂ 분이라 응당 다잘 교육 ᄒ시련이와 아즉 ᄶ가 못되얏ᄂ지 이 시급흔일이 샹금것 확쟝이 못 되ᄂ 것은 알슈업더라

◎ 『미일신문』, 1899.1.25. 론셜

일젼 데국신문에 말혼 바 탁지 대신의 의견셔에 춍쥰즈데를 쏀 바 <u>구쥬 각국에 파숑ᄒ야 젼문학을 공부식혀</u>국가 슈용ᄒ자는 말을 그 신문에 남아지가 업시 론란ᄒ얏거니와 대신 자리에 안져셔 나라 일을 예산 교구ᄒ지 못홀 바는 아니언만 이는 학부 대신 ᄒ시는 이가 젼후 션부간에 타산홀 것이오 탁지 대신으로 말ᄒ는 것은 월죠 갓흔지라. 탁지부셰에 슈입 지츌과 예산 결과를 다 ᄒ얏스니신 한가혼 결을에 거긔신지 밋쳣던지는 모로거니와 학부대신은 응당 그 의견셔에 뒤ᄒ야 가부 타산이 다 잇슬는지 대뎌 <u>우리나라에 닉리 학문에들 몽민ᄒ다가 이 근릭에는 이러니 뎌러니 ᄒ야도 젼보다가는 학문 경계가 대단이 널너졋는지라 각국 어학은 이로도 말고 ᄉ관학이니 경무학이니 졔조학이니 긔계학이나 광산학이니 ᄒ야 비록 일기지학이라도 국닉에셔 슈용ᄒ랴</u> ᄒ면 그 사름들이 바이 업다고는 홀 슈가 업슨즉 젼일에 비교ᄒ면 미우 확쟝이 되엿스니 다만 그 <u>당직에 사름을 아니쓰는 것은 긔탄홀</u> 만ᄒ나 그러ᄒ나 그 즁에 어림업시 혹 정치학 죨업ᄒ엿다 ᄒ고 양비 대담ᄒ며 능히 빅의로 의정대신을 ᄒ드릭도 정부 우희 안져셔 보국치민을 잘 홀 것ᄀᆺ치 찰이니 이러혼 직목이 아죠 업다는 말은 아니로딕 정치라 ᄒ는 것은 일뎡혼 규범 방한이 업셔셔 씩 형셰를 싸라 맛당홀 딕로 좃칠지니 이는 본릭 긔국이 굉원ᄒ고 지략이 죵샹ᄒ며 엄위에 자비를 겸혼 연후에 신령혼 긔틀이 ᄆᆞ음에 항상 운젼ᄒ야 만리가 셤돌 압과 ᄀᆺ홀지라.이는 젼슈히 비화여삼 알 슈는 업는 것을 이 근릭 안져셔 큰 말이나 ᄒ고 글즈나 대강 ᄒ는 쳬ᄒ며 겸ᄒ야 외국 바람이나 혼두번 쏘이면 문득 남들이 몬져 속아셔 지목ᄒ기를 져 사름은 유명훈 정치가라 ᄒ면 제 ᄆ음에도 그만 사ᄃᆡᄒ야져셔 엄연이 정치가로 자쳐ᄒᄂ니 이ᄂ 져도 속고 남도 속ᄂ 일이라. 이 속ᄂ 바 람에 이러훈 사름이 만일 정치에 관셥이 되게되면 비ᄉ 다니되ᄂ 리치가 젹은지라. 이 말이 비록 모호훈 ᄃᆞᆺᄒ나 졍녕이 징즐훈 것이 잇스니 바라건ᄃᆡ 져도 속지 말고 남도 속지 말지어다. (잘못된 학 문 풍토 비판)

◎ 『미일신문』, 1899.2.27.[36]

셰샹 학문을 이로 다 비홀 슈도 업고 비혼다고 다 알 슈도 업거니 와 그 즁에 우리 인신 쳐ᄒ고ᄂ 디구에 디리학이 여러 가지가 잇스 며 ᄒᆡ득ᄒ기도 ᄆᆡ우 어려오니 ᄯᅡ 속에 불과 물과 바람과 금과 은과 동과 쳘과 돌과 슛과 보셕과 슈정과 옥과 외타 여러 가지 종류를 이로 낫낫치 드러 말ᄒ기 어렵거니와 격치가와 화학가의 말노 보 면 ᄯᅡ 속에 잇ᄂ 모든 물건이 차차 오ᄅᆡ면 변ᄒᄂ 것도 잇스며이리 져리 변쳔ᄒᄂ 것도 잇셔 디진도 ᄒ며 ᄒᆡ일도 ᄒ며 화산도 터지ᄂ 니 대개 샹젼이 벽ᄒᆡ도 되고 산쳔도 붕퇴 변역ᄒᄂ지라 그러훈 디 즁화픠가 죠셕 슌식에 잇셔 사름이 능히 츄칙ᄒ야 예산홀 슈 업거 늘 디리학도 모로면셔 디슐이라고 ᄒᄂ 것은 무삼 학을 종지ᄒᄂ 지 셜심부 몃쟝이니 보와 가지고 문득 디남쳘을 차고 거짓말을 ᄒ 야 사름을 속히ᄂ니 그 즁에 디각 잇ᄂ 사름은 속을 리가 업거니와 어리셕은 사름은 죵죵 속ᄂ 것을 면치 못ᄒ니 이 속ᄂ 리유ᄂ 다름

---

36 지리, 실학의 중요성을 강조한 논설.

이 아니라 산쇼에 발음이 되면 졔가 부귀 다 주손혼다 ᄒᄂ 욕심이 동ᄒ야 침침이 속ᄂᄃ 쌔지ᄂ지라 주고급금에 이에 속지 안이혼 사름이 몃치 되지 안이ᄒ니 엇지 탄식홈을 익의리오. 폐일언ᄒ고 부모가 죽으면 불가불 싸히 뭇지 안이홀 슈가 업슨즉 그 뭇ᄂ 바에ᄂ 굿ᄒ여 위험혼 ᄃ 뭇ᄂ 것은 인주의 도리가 안이라 샤틔날 곳이나 물에 엄몰홀 ᄃᄂ 피ᄒ고 갈희련니와 굿ᄒ여 부모에 빅골을 쟈죠 파셔 옴기ᄂ 것은 도리에 대단이 그르거든 그 욕심과 갓치 잘되기를 엇지 밋으며 부모에 바린 빅골을 일편 공산 일부토에다가 무더 놋코 그 주식은 제집에 도라가 안져셔 발음을 기ᄃ리ᄂ 것은 시험ᄒ야 싱각건ᄃ 엇지 어리셕고 못 싱기지 안이ᄒ리요.(미완)

◎『믹일신문』, 1899. 2.28. 론셜(젼호 연쇽)

그 쳐로 싱각ᄒ고 밋ᄂ 사름들은 사름이 세샹에 엇지ᄒ야 싱겻스며 엇지ᄒ야 죽ᄂ지 그 리치를 모로ᄂ 쑹달기라 텬디간 포틔 즁에셔 오힝 긔운과 각죵 셩질을 품슈ᄒ야 음양 샹합지리를 지음ᄒ야 사름의 ᄒ 몸이 싱겨나셔 어려셔부터 쟝셩ᄒ도록 음식과 한난을 맛갓게 ᄒ면 주연이 늘도록 무병 강건ᄒ고 화복이라 ᄒᄂ 것은 제 ᄆᄋᆷ 운젼ᄒᄂ ᄃ로좃차 ᄆᄋᆷ을 착ᄒ게 먹어 님스에 싸라 션ᄒ면 주연히 됴흔 일이 이르고 ᄆᄋᆷ을 괴픽ᄒ게 먹어 범스를 간악ᄒ게 ᄒ면 화가 문득 이르러 그림주가 형샹 좃ᄂ 것 갓ᄒ니 부귀홈과 빈쳔홈이 오죽 제 ᄆᄋᆷ의 션악 두 길노만 분별홀 것이라. (중략) 죵요로운 것은 디리 실학을 강구ᄒᄂ ᄃ 잇스니 디리 실학을 ᄒ 번만 강구ᄒ야 보면 그 허탄혼 어림업슨 풍슈지셜은 당쵸에 귀안에 드

러오지 아니홀지라. 제 아모리 속이랴 흔들 어디로 좃차 말을 발뷔
리오. 원흥건디 감예 풍유 됴화흐는 여러 동포들은 디리 실학을 좀
강구들 흐시오.

◎ **미일신문, 1899.3.10. 론셜**

　무릇 학문이라 흐는 거슨 사름이 업지 못홀 거시 사름이 학문이
업스면 눈과 귀와 입이 업는 것과 갓도다. 엇지 일름인고 무어슬
보아도 알 슈가 업스니 보지 못흐는 것과 흔 모양이요 무슴 말을
닐너도 리치를 아지 못흐니 듯지 못흐는 것과 흔 모양이니 본 것
업고 드른 것 업는 사름이 입이 녈인들 무슴 말을 흐리요. 이러흠으
로 일즉이 무슴 학문이든지 공부흐야 내가 아는 거슨 극진히 힝흐
며 여러 사름의게 젼슈흐는 거시 엇지 큰 스업이 아니리요. 녯 사름
이 말흐기를 봄에 흔낫 곡식을 심어서 가을에 만기 씨를 거두라 흐
엿느니 사름마다 비흐는 공이 엇지 크다 이르지 아니흐리오. 우리
나라에 급히 힘쓸 거시 학교라 국즁에 여러 가지 <u>학교를 굉국 교스</u>
<u>들을 련빙흐야 인민들을 힘써 가라치면</u> 쟝흐고외 이거시 이른바봄
에 곡식 심으는 것과 갓흐여 불과 긔년이면 그 엇는 리가 적지 아
니흐리니 지금은 경비가 만히 들고 나는 거슨 업는 것 갓흐니 그
졸업되는 날 가셔 거두는 리가 엇지 적으리오. 사름의 미려흐고 츄
악홈과 장되흐고 왜소홈은 각자 부동흐되 이목구비는 셰계 인종이
흔가지어늘 엇지흐여 힝흐는 일은 갓지 못흐리오. 이는 다른 연고
가 아니라 학문이 업슴이니 <u>학문이라 흐는 거슨 어늬 사름을 따로</u>
<u>쥬는 거시 아니라 비흐고 아니 비흐기에 잇는</u>지라. 알고 아니 힝흐

는 거슨 완고흔 벽회요 픠악흔 풍습이니 어늬날 남과 갓치 기명흐리오. 멋 빅년이 지나도 그 병은 나흘 슈가 업스리니 이거시 닐은바 닐곱히 알는 장병에 삼년 묵은 익엽 못 엇는 것과 갓흐니 이 말을 이러케만 흐면 밤 갓치 어두은 사름들이 가쟝 헤아리는 테흐는 말노 이르기를 병이 일곱히 갈 쥴은 모로고 미양 삼년 묵은 익엽을 구흐다가 차마 미루여 못 엇기도 쉽다 흐리니 엇지 이럿케 일은 말이리오. (중략) 국즁에 학교를 만히 두고 인민을 교육흐여 사름마다 기명흐여 나라히 부강지역에 이르게 홀 거시니 쓸듸업는 권리 닷톰이나 흐고 지각업시 자위신모나 흐다가 필경에 약 못 엇어 병 못 곳치는 디경에 이르지 말기를 바라오.

◎『皇城新聞』, 광무3년(1899). 4월 4일. 論說.[37]

夫 學術이란 者는 一身의 輕寶오 一國의 貴器라. 修齊治平이 다 學術로 從出흠으로 子弟가 以是而勤흐며 國家가 是以而育흐야 其 才藝를 擴充흔 後이면 自然 需用에 適合흐야 貴福을 享흐느니 此는 立身揚名흐야 榮을 父母에게 顯홀 뿐 아니라 忠君愛國흐야 功을 竹帛에 垂흐리니 其 學術의 根基로 國家의 關係가 果 何如흔 고. 然흐나 子弟를 敎育홈이 全혀 國家의 敎化를 被홈이나 其實은 其 父母의 誠勸을 由흐야 進就흐나니 何者오. 富貴흔 者는 其 多 銀多穀홈을 恃흐고 子弟가 工業에 勤苦홈을 愛惜히 넉이여 挽而 止之흐야 曰 吾家에 汝 平生 衣食之資는 足裕흐니 何必 若是勞惱

---

37 1900년대 초까지의 '학술'은 실용상 필요한 지식을 의미하며, 이를 가르치기 위해 학교 설립이 필요함을 역설한 논설.

 리오 야 遊逸放達로 敎育上 事業을 勉다가 必乃에 花費
博債가 日로 其家에 集 야 豊饒 財産을 一朝에 蕩盡니 其 父兄
인즉 年齒가 旣暮지라. (중략) 況 此時 古昔과 特異 야 世界
各國이 文明을 相尙 야 雖 一夫一婦라도 學術을 敎習 못면
開進上에 大關係가 有으로 國家에서 學校를 葱立고 敎育을
專務 딕 官民中 富厚 者 資金을 優合 야 私立學校를 設
고 …(중략)… 今日이라도 國內의 貴富家에서 資力을 鳩集 야
學校를 多設고 子弟를 敎育 면 前日 放逸 氣質이 變 야 粹
央 資品을 作 쑨 아니라 一身 輕寶가 一國 重器에 合用 리니
國家의 萬幸 事를 엇지 速圖치 아니들 시오.

◎ 格致學의 緣起,『皇城新聞』, 광무3년(1899). 4월 4일. 論說.[38]

 歐洲에 古今 著名 人이 甚多 되 其 最著함이 英國 拜肯[39]만
콤 大한 子ㅣ 無한지라. 蓋 拜肯 氏 舊章에 率由함을 貴히 넉이
지 안코 現在 實效로써 貴다 며 또 古今 各國 事蹟을 搜探
 것으로 貴을 삼아 凡人에게 有益한 者를 반다시 巧究더니
西曆 一千六白六十年에 英人 某가 또 其意를 推廣 야 各國 博學
人을 集 야 每年에 其 新知한 格致의 治를 講求코져 함 國王이
또한 喜 야 立會기를 許니 其 章程인즉 總辦 一人과 贊襄(찬
양) 二十人이라. 凡事를 此 二十人이 共商고 其外에도 凡 名望

---

38 격물치지의 학문(이학, 또는 자연과학) 발달 과정과 배경을 소개한 논설임. 영국의
　　베이컨과 왕실 물리학회 창립 과정을 소개함.

39 배긍(拜肯): 베이컨.

이 有호 者를 均請 入會호엿더라. 其後에 法俄 及 他國이 쏘호 此法을 照호야 格致의 會를 立호니 此會가 旣興호지 一百五十年에 歐洲 各國 名人들이 格致의 學이 國家 興衰에 大有關홈을 皆知호더라. 一千八白二十二年에 日耳蔓國에셔 各國 名人이 聚會에 皆至키 不能홈으로써 章程을 乃定호야 每年 聚會를 各히 一處로 定호고 會期를 預照호야 至日에 俱往호는되 諸會人들이 各히 其 所得호 格致新法을 言호야 써 比較홀식 其傍에 鈔胥(초서)를 設호야 議가 竣호고 會가 勘호 後이면 某某가 最等에 居홈을 可知홀너라. 一千八白三十一年에 英國이 쏘호 格致의 會를 設호는되 但 英京 一處뿐 아니라 各處에 散立호고 만일 某處에 名人이 有호야 約을 定호고 請호면 諸大家가 반다시 約日에 均赴호야 聚議호니 此會를 立호 者는 英國 宰相 博羅罕 氏이라. 其意가 徧國의 名宦과 名紳과 名牧師 及 著名호 讀書人으로 此 格致의 事를 同心辦理코져 홈인되 朝廷이 쏘호 此會의 多設홈을 准許홈은 人으로 호야곰 此會에 利益이 大홈을 知코져 홈일너라. 然홈으로 凡 大碼頭諸處가 쏘호 此에 有益홈을 知호야 每年에 捐助金 若干으로써 此 博學人의 格致 新學 創立홈을 助호니 自此 以後로 各處에 輪流聚會호야 初會時에는 來者가 三十人에 不過호더니 今에는 三千人에 已逾호즉 蓋 國家가 此를 因호야 格致의 益이 甚大홈을 知호는 故로 如此히 踊躍爭先홈이라더라.

◎ 格致研究學問之源, 皇城新聞, 광무3년(1899). 5월 22일. 論說.[40]

我國 學問이 格致上에 不用工ᄒ며 研究上에 不着力ᄒ야 格外에 異常物形이 現有ᄒ면 輒曰 怪變이라 災異라 ᄒ야 慨歎도 ᄒ며 尋常束閣도 ᄒ며 又或 罕有ᄒᆫ 例 件事로 歸ᄒᄂ니 人事 邊으로만 論ᄒᆯ지라도 假令 一胎에 三男一女를 生흠이 有ᄒ면 地方官이 啓聞은 ᄒ되 例事로 歸ᄒ며 陰陽器가 俱存ᄒᆫ 非男非女人도 有ᄒ며 腎囊의 位置가 倒着ᄒᆫ 人이 有ᄒ다 ᄒ며 野史에 鷄頭人身도 有ᄒ고 一目人도 有ᄒ다 ᄒ되 變怪 災異로만 稱ᄒ고 博士나 醫士가 理源을 解釋ᄒ며 病根을 推思흠은 未聞ᄒ얏스니 此ᄂᆫ 格致上의 不用工ᄒ며 研究上에 不着力ᄒᄂ 證案이라. 泰西人은 不然ᄒ야 格致와 研究ᄒ기를 微茫難測ᄒᆫ 極境과 深奧難解ᄒᆫ 窮源을 搠到ᄒᄂ 故로 變怪니 災異니 口頭에 傳播ᄒ며 心窩(심와)에 疑惑흠이 無ᄒ지라. 是以로 西曆 一千八百七十四年 北美 蘇多州 仙都 浦蘆市에 一大漢이 生ᄒ니 名은 衛緊斯오 年今 二十六歲인ᄃᆝ 其 長身이 九尺(我國 木尺計)이오 體量은 四千三百六十八兩重이라. 法國 博士 馬里 氏가 究解ᄒ기를 此 大男의 現症은 甚重ᄒᆫ 病源인ᄃᆝ 十八歲붓터 三十五歲ᄭᆞ지 現出ᄒᄂ 病이라 ᄒ고 且名曰 奄馬婆樓라 ᄒᄂ 大女子가 有ᄒ니 (중략) 我韓도 格致上에 用工ᄒ며 研究上에 着力ᄒ야 變怪라 災異라 ᄒᄂ 誇張浮幻함을 且止ᄒᆯ지어다.

---

40 우리나라에서는 비과학적 현상이 있을 경우 변괴 재변으로만 간주하고 근본적인 연구를 하지 않았음을 비판한 논설. 북미 이상 체구의 남녀에 대한 연구 사례를 제시하고 우리나라에서의 연구 태도 변화를 촉구함.

◎ 『제국신문』, 광무 2년(1898) 12월 6일. 논설.

정부에서 학교를 셜립ᄒ고 학도를 모집ᄒ며 국고의 ᄌ물을 허비ᄒ야 인ᄌ를 비양홈은 나라집을 위ᄒ야 동량의 ᄌ목이 그 가온디 날까 바롬이오 학원들이 촌음을 앗기며 근고를 달게 넉여 학문을 공부ᄒ며 지혜를 널니ᄂᆞᆫ거슨 어려서 비혼바를 쟈라셔힝코져 홈이라 인ᄌ를 교휵ᄒ야 학업을 맛친 후에 두어쟈 썩음이 잇심으로 그 ᄌ목을 쓰지 아니면 이거슨 봄과 여름에 풍우를 물롭쓰고 ᄌ본를 드려가며 농ᄉ를 힘쓰다가 곡식이 익은후에 츄슈를 ᄇᆞ림이오 경졔의 슐업과 도학의 근본을 공부ᄒ쟈ㅣ 샤욕에 부린바되야 불의에 일을 힝ᄒ면 이거슨 아ᄂᆞᆫ길에 평탄홈을 ᄇᆞ리고 굽은 길노 힝홈이라 근일에 각쳐 신문을 보던지 소문을 들은즉 죠가에 명가라 되야 빅리의 근심을 노ᄒᆞᄂᆞᆫ 슈령이 가현ᄒᆞᆫ 빅셩의게 불의로 ᄌ물을 토식ᄒ며 쳥쵹으로 공샤를 힝ᄒ야 민졍이 오오ᄒ다 ᄒ니 우리ᄂᆞᆫ 듯기에 실노 한심ᄒᆞᆫ지라 … (제1권 79호 광무2년 12월 6일)

◎ 『제국신문』, 광무 4년(1900) 4월 9일. 논설.

대뎌 학문이란 것은 무삼 글을 보던지 곳 그 요긴ᄒᆞᆫ 뜻을 취ᄒ고 무삼 말을 듯던지 곳 그 졍당ᄒᆞᆫ 행위를 숣혀서 힝ᄒᄂᆞᆫ 것이 가ᄒ거늘 도로혀 그 뜻은 취ᄒ지 안코 호번ᄒᆞᆫ 글만 보며 그 힝위ᄂᆞᆫ 직히지 안코 셰쇄ᄒᆞᆫ 말만 듯기 쉬우니 엇지홈인고. 녯젹에 진(秦)나라 님군이 ᄌ긔 ᄯᆞᆯ을 진(晉)나라 공자의게 시집을 보낼새 위의룰 갓쵸와 릉라금슈와 록의홍샹ᄒᆞᆫ 궁녀 칠십인을 다리고 진나라에 니른즉 진나라 사름이 그 궁녀는 사랑ᄒ고 님군의 ᄯ올은 쳔히 녁엿스니 그 궁녀는 시집을 잘 갓다고 ᄒ올 만ᄒ나 그 ᄯ올은 시집을 잘 갓다고 닐일 수 업겟고 쵸나라 사름이 졍나라에 가셔 구슬을 팔새 목란나무로 궤를 ᄶ고 계슈나무로 독을 몬든 후에 쥬옥으로 ᄭᆞᆷ을 ᄒ고 보픠로 쟝식ᄒ며 비취로 단쟝ᄒ얏는대 졍나라 사람이 그 독만 사고 구슬은 돌녀보내엿스니 그 독은 잘 팔엇다고 ᄒ올 만ᄒ나 그 구슬은 잘 팔엇다고 ᄒ올 슈 업겟도다. … <u>근일 학문은 젼보다 빅비나 되야 볼</u> 만ᄒ 글도 만코 드를 만ᄒ 말도 만흐니 젼릭ᄒ던 요슌지도와 공밍지셔와 로불지학과 병학이며 의학이 만커니와 신발명ᄒ 졍치학과 법률학이며 롱학 화학 의학 ᄉ관학 공쟝학이 잇는 고로 사름의 문견을 넓히기 쉬으나 슈분슈조ᄒ다고 슈십년식 공부ᄒ야 셩인의 도덕을 외오고 군ᄌ의 의리를 의론ᄒ되 그 치국평텬하ᄒ는 실디와 실수에 당ᄒ면 … 우리 싱각에는 <u>식학문이 녯글을 폐ᄒ라난 것시 아니오 녯글이 새학문을 막으려고 잇는 것시 아닌 줄노 아노니</u> 학문 잇는 사름끼리 서로 그 ᄯ슬 취ᄒ고 힝위를 직혀 진나라 쟝가든 쟈와 쵸나라 구슬 한 쟈의 긔롱ᄒ 말을 면ᄒ면 엇더ᄒ올는지.

◎ 론셜, 제국신문, 광무 4년(1900) 6월 7일

학문이란 것은 무론 무삼일이던지 모로는 것이 업셔야 ᄒ는 것이라. 가령 텬디 만물에 무삼 물건은 형용이 엇더ᄒ고 무삼 물건은 엇지ᄒ야 싱겻스며 사름의게 리히가 엇더ᄒ 것을 아는 것기라. 셔양 사름의 긔지ᄒ 바 싱물학을 보건딕각싴 즘싱과 버러지들의 리치를 말ᄒ다가 사름의 비속에 잇는 버러지를 말ᄒ엿는딕 ᄒ 번 우슬 만도 ᄒ고 알어둘 만도 ᄒ기로 대강 번역ᄒ거니와 사름의 챵쟈 속에 버러지가 잇ᄂᆫᄃᆡ 그즁 만은 것이 회츙과 촌빅츙인ᄃᆡ 회츙은 디룡이와 갓치 싱겻스되 다만 빗치 달으고 촌빅츙이란 것은 마ᄃᆡ가 여럿시로되 엇던 쌔에ᄂᆫ 마ᄃᆡ가 모다 흔ᄃᆡ 연속ᄒ야 사름의 챵쟈속에서 륙십쳑 기리가 되도록 길게 즈라ᄂᆫ 일이 잇ᄂᆫ지라 현미경을 가지고 그 긴 줄거리를 샹고ᄒ야 보게드면 그 즁 싯히닌 되강이가 잇고 되강이 근쳐로ᄂᆫ 쏠아먹ᄂᆫ 부리들과 곱으라진 발들이 닷녓ᄂᆫᄃᆡ 미양 사름이나 즘싱이나 육식ᄒᄂᆫ 동물이면 챵즈에 그 버러지가 잇나니라. … 대뎌 텬디 만물이 리치업ᄂᆫ 것이 업나니 가령 하늘은 엇더케 된 것이며 ᄯᅡ은 엇더케 된 것인대 물은 엇지ᄒ야 ᄯᅡ에서 소스나셔 졈졈 모여 필경 바다이 되엿스며 바다ᄂᆫ 엇지ᄒ야 한뎡 업ᄂᆫ 물을 밧아도 넘치지 아니ᄒ며 물은 줄곳 나와도 싯치 업고 각싴 슈목의 성질은 엇더ᄒ며 각싴 날즘싱 길즘싱과 날버러지 길버러지가 모다 엇지ᄒ야 싱기ᄂᆫ 리치와 무엇은 변ᄒ야 무삼 물건이 되고 무엇은 화ᄒ야 무삼 버러지가 되며 긔후가 엇던 곳에ᄂᆫ 무삼 즘싱이 만코 긔후가 엇던 되ᄂᆫ 무삼 곡식과 초목이 잘 되ᄂᆫ 리치와 뎐긔와 공긔란 것은 무엇이며 바람은 엇지ᄒ야 부ᄂᆫ 것이며 구름은 엇지ᄒ야 싱기ᄂᆫ 것이며 비ᄂᆫ 엇지ᄒ야 오ᄂᆫ 것이며 뢰뎡벽력은 엇지ᄒ야 되ᄂᆫ 것이며 세상 쳔만ᄉ의 근원을 궁구ᄒ야 아ᄂᆫ 것이 가위 학문이오 가위 션비라 홀지라. 그런고로 셔양 사름들은 그런 학문을 힘써서 격물치지ᄒᄂᆫ 공부가 대단ᄒ 고로 세상 물졍이 환연ᄒ야 몰을 것이 업ᄂᆫ 고로 세계에 횡힝ᄒ여도 걸닐것이 업거늘 우리나라 션비들은 그런 리치 알기ᄂᆫ 고샤ᄒ고 한문 글즈도 몰으면서 지쳐나 반반ᄒ고 일 아니ᄒ고 노ᄂᆫ 사름이면 왈 션비라 ᄒ나니 엇지 이뎍(夷狄)이라고 지목ᄒᄂᆫ 셔양 사름의게 굴복

ᄒᆞ지 안키를 바라리오. 아모됴록 사름마다 학문 공부 힘을 써서 견모말고 세계에 횡힝ᄒᆞ기를 힘쓰시기 바라오.

◎ **론셜, 제국신문, 광무 4년(1900) 10월 5일, 10월 6일**

일본의 유명ᄒᆞᆫ 복틱유길 씨는 나라의 ᄉᆞ업이 광쟝ᄒᆞ고 명망이 셰계에 들어는 사름이라. 그 힝젹을 가히 들을 만ᄒᆞ기로 대강 긔록ᄒᆞ노라.

복틱유길 씨는 일본 풍젼 ᄯᅡ 사름이오 금년에 나히 륙십륙셰라. 본딕 자긔 나라 국문과 한문을 빈ᄒᆞ고 그 다음에는 화락국 글을 빈ᄒᆞ는대 그 ᄶᅢ 화란국 사름이 쟝ᄉᆞ차로 일본 졍긔 ᄯᅡ에 와서 잇는지라. 복틱 씨의 나히 이십ᄉᆞ셰 되든 해에 강호(지금 동경) ᄯᅡ으로 다니며 한문과 화란국 글을 연습ᄒᆞ다가 이십륙셰 되던 해에 슈ᄉᆞ쟝관을 ᄯᅡ라 미국으로 건너가셔 ᄉᆡ로히 만든 영어칙을 만히 사 가지고 슈월만에 돌아왓더니 이십팔셰에 다시 구라파로 건너가셔 셔양 경치와 풍속을 슬펴보고 돌아올 ᄶᅢ에 ᄯᅩ 서양 셔칙을 만히 구ᄒᆞ야 가지고 돌아와서 일본글노 번역ᄒᆞ야 세샹에 젼파ᄒᆞ민 사름마다 그 칙 엇어보기를 다토더라. 그 ᄶᅢ에 대쟝군이 ᄉᆡ 학교를 강호 ᄯᅡ에 셜시ᄒᆞ고 복틱 씨를 연빙ᄒᆞ야 교ᄉᆞ를 삼아 학도를 ᄀᆞᄅᆞ치더니 삼십삼세에 닐으러는 복틱 씨가 스스로 학교를 셜시ᄒᆞ고 일홈을 경흥의슉이라 ᄒᆞ고 학도를 모집ᄒᆞ야 영어를 ᄀᆞᄅᆞ치민 ᄉᆡ로온 학문이 졈졈 늘고 ᄉᆡ 법이 졈졈 힝ᄒᆞ야 풍속이 날노 변ᄒᆞ는지라. 복틱 씨가 더욱 열심ᄒᆞ야 셔칙을 기간ᄒᆞ며 신문을 발간ᄒᆞ야 인민의 마음을 열니게 ᄒᆡ미 정부에서 그 공로를 가상히 녁여 벼슬을 식히되 죵시 ᄉᆞ양ᄒᆞ엿고 지금 이십팔년 젼에 일본 국닉의 인졍 풍토를 슬펴보고 스ᄉᆞ로 마음이 상흠을 익의지 못ᄒᆞ야 특별히 인민을 권면ᄒᆞᄂᆞᆫ 글 ᄒᆞᆫ 쟝을 지어 세샹에 광포ᄒᆞ얏ᄂᆞᆫ대 그 글에 굴ᄋᆞ대

사름과 즘싱이 다갓치 지각과 오쟝이 잇스되 오즉 사름이 만물 가운대 ᄀᆞ쟝 신령ᄒᆞ다 흠은 상뎨게셔 본대 령긔로온 마음을 쥬심이라. 무릇 령긔로온 마음을 가지고 능히 ᄉᆞ리의 올코 그른 것을 알고 ᄯᅩᄒᆞᆫ 그 부젹ᄒᆞᆫ 것을 알아셔 능히 유리ᄒᆞ고 복이 될 것을 구ᄒᆞ야 사름으로 더부러 교제ᄒᆞᄂᆞᆫ 것이니 더욱 가히 힘쓸 것은 그 신령ᄒᆞᆫ 마음을 ᄌᆞ유로 ᄒᆞᄂᆞᆫ 것인대 만일 사름에게 억믹여 그 신령ᄒᆞᆫ 마음을 ᄌᆞ유로 ᄒᆞ지 못ᄒᆞ면 모든 일이 다 ᄌᆞ유ᄒᆞ기를 엇지 못ᄒᆞᆯ 것이니라.

슯ᄒᆞ다 싱각건대 ᄌᆞ고이릭로 즁국과 일본의 군신과 인민이 모다 ᄌᆞ유의 공번된 리치에 붉지 못흠으로 문명진보ᄒᆞᄂᆞᆫ대 용밍을 닉지 못ᄒᆞᄂᆞᆫ도다. 대개 닐은바 ᄌᆞ유의 리치라 ᄒᆞᄂᆞᆫ 것은 사름이 능히 힘으로써 나를 핍박ᄒᆞ지 못ᄒᆞ고 내가 능히 힘으로써 다른 사름을 압제ᄒᆞ지 못ᄒᆞ고 각각 그 착ᄒᆞᆫ 것을 틱ᄒᆞ야 좃차 힝ᄒᆞ며 착ᄒᆞ지 못ᄒᆞᆫ 것을 알어셔 곳치고 그 ᄌᆞ연ᄒᆞᆫ 리치를 ᄯᅡ라 맛당히 힝ᄒᆞᆯ 것을 힝ᄒᆞᆯ ᄯᅡ름이라. 대개 사름이 오륜이 잇스믹 부ᄌᆞ와 군신과 부부와 형뎨와 붕우인대 이것을 미루어 쥬인과 노비와 ᄯᅩ 놉고 나즌 것과 귀ᄒᆞ고 쳔ᄒᆞᆫ 분별이 잇되 다 각각 그ᄌᆞ 쥬쟝ᄒᆞᄂᆞᆫ 것과 ᄌᆞ유 권리의 리익을 직히고 구ᄒᆞᆯ 것이오 일호라도 사름이 가히 남의 ᄌᆞ유의 간셥지 못ᄒᆞᆯ 것이니 무론 엇더ᄒᆞᆫ 사름이던지 달은 사름의 ᄌᆞ유를 간예ᄒᆞᄂᆞᆫ 쟈 잇스면 비단 죄를 사름에게 지을 ᄲᅮᆫ만 아니라 곳 하ᄂᆞᆯ 리

치를 억의는 것이니 죄를 상뎨께 엇느니라. 무릇 여간 죠금아흔 죄를 사름에게 짓는 것은 원정도 흐고 호소도 흐야 용셔홈을 엇는 슈가 잇스되 그 즁의도 스리가 즁대흐면 그 친흔 본졍을 싱각홀 슈가 업고 그 귀홈을 의론홀 슈 업는 것인대 홈을며 지극히 놉흐신 상뎨께 죄를 짓고야 엇지 용셔흐기를 바라리오. 내가 의론흔 바 즈유라는 리치는 진실노 사름에게 지극히 요긴흔 것이니 다만 흔 사름에 몸에만 말홀 것이 아니라 흔 집과 흔 나라이 다 맛당히 진심갈력흐야 즈유의 명분과 즈유의 리익을 보젼홀디여다.

가령 일국의 사름이 다 그 즈유지권의 명분을 일허바린즉 그 나라이 반다시 즈유지권 가진 나라이 되지 못흐야 능히 그 나라즈유의 리익을 보젼흐지 못홀 것이로대 사람마다 즈유지권이 잇슨즉 군신 샹하와 스농공샹이 다 각각 그 본분을 직희여 셔로 딕덕흐며 셔로 한흐는 마음이 업고 몸을 닥그며 집을 구죡히 흐며 나라를 가히 다스릴 것이라. 그런고로 세샹에 사름을 의론흐던지 집을 의론흐던지 나라를 의론흐는 사름이 귀쳔과 빈부와 강약을 가지고 말흐는 것이 아니라 다만 그 즈유지권이 잇고 업는 것을 보아셔 공경흐고 공경치 아니흐나니 대개 부부로 말흐게드면 인류의 뎨일 쳐음이라. 하늘이 사름을 닉실 쩌에 다 평등으로 뎡흐시고 남녀귀쳔의 분별이 업게 마련이어늘 즁국과 일본의 고금딕스긔를 샹고흐야 보건대 흔 지아비가 흔 안히를 두고 쏘다시 쳐를 두기도 흐고 쏘 쳡을 두는 쟈가 만흔데 그 쳐쳡을 노예갓치 보며 학딕흐기를 죄인 모양으로 도쟝속에 가두어 두는대 그 쳐쳡이 쏘흔 그 학딕와 그 슈모를 의례히 밧을 것으로 알고 죠금도 붓그럽게 넉인다던지 분흔게 넉이지 아니흐니 슮흐다. 사름이 쳐쳡을 이갓치 딕졉흐니 그 쳐

쳡의게셔 싱긴 즈식들이 엇지 감회ᄒᄂᆞᆫ 마음이 업다고 홀 것이며 ᄯᅩᄒᆞᆫ 그 즈식들이 그 어머니의 가비얍고 쳔ᄒᆞᆫ 것이 그 갓흠을 보앗슨즉 엇지 그 어머니의 교훈을 즐겁게 밧으리오. 이럼으로 일홈은 비록 어머니가 잇스나 실샹인즉 어머니가 업ᄂᆞᆫ 모양이라고 홀 만ᄒᆞ고 ᄯᅩᄒᆞᆫ 그 아바지된 사름은 항샹 집안에 잇셔셔 그 즈녀를 ᄀᆞᆯ♀칠 슈가 업ᄂᆞᆫ 바어늘 집안에ᄂᆞᆫ 다만 이갓치 쳔ᄒᆞᆫ 어미만 두엇스니 그 아들을 누구를 맛겨 ᄀᆞ올칠리오. 무릇 션비가 론어를 오히믹 사름이 맛당이 혼 지이비의 혼 쳐를 두고 죵신토록 변기치 못ᄒᆞᄂᆞᆫ 줄은 알고도 그ᄃᆡ로 좃차 시힝홀 줄은 아지 못ᄒᆞ니 군즈의도 부부에셔 비로소 ᄒᆞᄂᆞᆫ 뜻을 아지 못ᄒᆞᄂᆞᆫ도다. 녯적 사름은 부부간에 셔로 공경ᄒᆞ기를 손님갓치 ᄒᆞ고 보기를 됴흔 벗 갓치 본다 ᄒᆞ엿거늘 지금 사름은 혼갓 공경치 안키ᄂᆞᆫ 고샤ᄒᆞ고 스랑ᄒᆞᄂᆞᆫ 일도 업스니 공경ᄒᆞ지도 안이ᄒᆞ고 스랑ᄒᆞ지도 아니ᄒᆞ면 엇지 능히 그 집의 복록을 밧으리오. 함을며 쳡을 만히 둔 사름은 반다시 아바지ᄂᆞᆫ 갓고 어머니ᄂᆞᆫ 달은 즈식이 잇슬 터이니 음양이 비합에 일양일음이 업ᄂᆞᆫ지라. 그런즉 하늘 리치를 거역ᄒᆞᄂᆞᆫ 것이니 남즈가 이갓치 텬리를 거역ᄒᆞ게드면 남녀가 일반인ᄃᆡ 엇지 녀즈가 혼 지이비를 죵신토록 좃지 안ᄂᆞᆫ 것을 칙망ᄒᆞ리오. 남즈된 사름이 스스로 싱각ᄒᆞ건대 녀즈를 학ᄃᆡ홀 것이 아니어늘 오날날 남즈들이 녀즈를 학ᄃᆡᄒᆞ고 압제ᄒᆞᄂᆞᆫ 것을 다 무방혼 줄노 알아 그러ᄒᆞ니 엇지 가히 도를 비혼다 칭ᄒᆞ리오. 즁원 어느 성현ᄭᅴ셔 편즙ᄒᆞ신 셔칙 즁에 잇스되 그 ᄶᅴ에 사름이 쳐를 셔로 밧곤다 혼 구졀에 닐으러셔ᄂᆞᆫ 보ᄂᆞᆫ 쟈로 ᄒᆞ여곰 마음이 크게 샹ᄒᆞ고 ᄯᅩ 달은 셔칙 즁에도 셔로 도로킨 의론이 만으니 과연 츙셔의도 츙직ᄒᆞ고 졉어 싱각ᄒᆞᄂᆞᆫ 도에 합당ᄒᆞ다 홀ᄂᆞᆫ지 몰으거니와 나ᄂᆞᆫ 즁국 경셔를 능히 모다 통달치ᄂᆞᆫ 못ᄒᆞ엿거니와 의론흔 바가 혹 오착됨이 잇스니 심히 의심치 아니치 못홀디어다.
대개 ᄋ희의 본분을 의론ᄒ건대 부모를 잘 섬기ᄂ 것으로 효도라
ᄒ나니 그런고로 나라에도 효도를 권ᄒᄂ 글과 효하ᇰ을 포양ᄒᄂ
법뎐이 잇거니와 효도라 ᄒᄂ 것은 맛당이 참 마음과 셩실흔 쯧으
로 힝홀 것이오 츄호만쿰이라도 일홈과 리익을 위하ᄂ 마음을 두
지 말 것이오 또 흔가지가 잇스니 ᄌ식이 나미 삼년을 지닌 후에야
부모의 품속을 면ᄒᄂ 고로 부모가 죽은 후에 삼년 샹을 닙어셔 그
부무에게 삼년 졋먹은 은혜를 갑ᄂ다 ᄒ엿스니 그 말도 그럴 듯ᄒ
나 아조 리치에 합당ᄒ다고 홀 슈 업ᄂ 것이 ᄌ식이 부모의 샹례를
직희어 힝ᄒᄂ 것은 텬리 인ᄉ의 억월 슈 업ᄂ 당연흔 일이어늘 엇
지 은혜를 갑ᄂ다믄 말노 쥬쟝을 삼아 시변에 취리ᄒᄂ 사름 모양
으로 부모를 딕졉ᄒᄂ 것이 올타 ᄒ리오 ᄒ엿더라.

◎ 론셜, 제국신문, 광무4년(1900) 10월 18-19일. '호흡론' 연재

　사름이 불가불 일신샹 ᄌ양ᄒ고 못ᄒᄂ 리치를 먼져 알아야 홀
터인대 그 ᄌ양ᄒᄂ 리치ᄂ 먼져 호흡ᄒᄂ 리치를 알어야 ᄒ겟기
로 이제 어느 외국인의 호흡론을 자에 긔직ᄒ노라. (내용 생략)

◎ 론셜, 제국신문, 광무 4년(1900) 11월 10일(물론)[水論]

　셔양인의 물론
　물이라 ᄒᄂ 것은 무삼 물이던지 화학지료 원소 즁에 산소와 슈

소라 호는 것 두 가지가 합호야 싱기는 것인듸 화학의 방법으로 분석호여 보면 산소 일분과 슈소 일분을 갈나 닉나니 바다물이나 뭇물이나 다 갓흔 것이오 큰 물노 말호면 온 세샹에 삼분지 이나 되는 것이니 긔운이 되여셔는 공긔 가온듸 만히 잇는 것이오 크게 합호야셔는 짜 우희 잇는 것이오 쏘 동물과 식물에 대단이 요긴흔 것이 되나니 물을 분석호야 보랴면 무삼 물이던지 그 물에다가 뎐긔를 쏘이던지 소쥬고듯 고아보면 아나니 (하략)

◎ **론셜, 제국신문, 광무 4년(1900)**
　11월 21, 23, 24, 26, 27, 28, 29일 7회 연재[41]

11월 21일: 학문이라 호는 것은 세상 만스의 공부호지 안는 것이 업고 몰을 것이 업셔야 위 지식잇다 호는 것이라. 그런고로 <u>격물치지 공부붓허 흔 후에야 슈신졔가치국평텬하호는 도가 잇나니 그런고로</u> 외국 사룸들은 <u>물리학을 공부호지 안는니가 업나니</u> 물리학으로 말호게드면 세샹만물에 무엇이든지 공부 아는 것이 업시 모다 공부호는대 가령 초목 곤츙 갓흔 것이라도 예스로 보게드면 우스운 듯호고 리치기 업는 듯호되 모다 공부호기를 즈세히 홀 쩌에 비단 즈긔나라의 잇는 초목이며 버러지 갓흔 것을 잡아셔 말니기도 호고 싱으로도 가져다가 비쥰호야 갓흔 종류에도 모양 달은 것도 잇고 달은 종류가 모양이 갓흔 것도 잇는 것을 엇지호야 그러호며 긔후의 온링과 풍토에 이동

---

41 이 시기 서양의 물리학과 생물론을 번역하여 소개한 논설.

으로 물질이 달은 리치를 궁구ᄒᆞ야 엇던 긔후에ᄂᆞᆫ 무삼 버러지가 잇고 엇던 풍토에ᄂᆞᆫ 무삼 초목이 잘 되ᄂᆞᆫ 근인을 알아본 연후에야 가위 션ᄇᆡ라 학쟈라 학ᄉᆞ라 박ᄉᆞ라 칭ᄒᆞᄂᆞ니라. 그런고로 외국인의 ᄉᆡᆼ물론을 번역ᄒᆞ야 우리 신문 ᄉᆞ랑ᄒᆞ시ᄂᆞᆫ 쳠군ᄌᆞ의 이목을 가초고져 ᄒᆞ거니와 가령 날아다니ᄂᆞᆫ 버러지로 말ᄒᆞ더ᄅᆡ도 죵류가 만어셔 낫낫치 말ᄒᆞᆯ 슈 업거니와 대뎌 암컷은 그 ᄭᅩ리에 이상ᄒᆞᆫ 것이 ᄒᆞᆫ가지 잇나니 그것은 알을 낫ᄂᆞᆫ 그릇이라. 어느 ᄯᅢ던지 알을 나흘 ᄯᅢ에ᄂᆞᆫ 항상 그것이 나오고 알을 다 나흔 후에ᄂᆞᆫ 그것이 도로 옴으로지나니라. 그것은 맛당이 어느 곳에 나흘 만ᄒᆞᆫ대 알 낫ᄂᆞᆫ 것을 도아쥬어셔 잘 나게 ᄒᆞᄂᆞᆫ 것이니 버러지마다 각각 그 모양이 죠금식 달은지라. 엇던 것은 무삼 긔게를 나ᄉᆞ로 틀어 ᄲᅩᆸ아ᄂᆡ는 것ᄀᆞᆺ치 길게 ᄲᅩᆸ아ᄂᆡᄂᆞᆫ 것이 잇고 그 속은 무삼 통과 갓치 뷔엿ᄂᆞᆫ대 알을 나흘 ᄯᅢ에ᄂᆞᆫ 그 구멍으로 나오며 ᄯᅩ 그 구멍 밧그로 ᄉᆞᆺ히ᄂᆞᆫ 맛치 집게와 갓치된 긔계가 잇셔셔 알이 그 구멍을 나온 후에ᄂᆞᆫ 그집게로 알을 집어두엄즉ᄒᆞᆫ 곳에 두게 ᄒᆞ며 ᄯᅩ 그 알 난ᄂᆞᆫ 그릇이 맛치 바눌갓치 대단이 날카롭고 ᄲᅩ족ᄒᆞᆫ 것이 잇스되 그것도 ᄯᅩᄒᆞᆫ 속이 뷔고 알을 나흘 ᄯᅢ에ᄂᆞᆫ 그 구멍으로 나온 후에 그 ᄲᅩ족ᄒᆞᆫ ᄭᅳᆺ츠로 나무 닙ᄉᆞ귀 나무가지나 혹 흑을 ᄯᅮᆯ어 구멍을 내고 그 구멍에 알을 ᄒᆞᆫᄀᆡ나 두개를 나하두ᄂᆞᆫᄃᆡ ᄯᅩ 알만 낫ᄂᆞᆫ 것이 아니라 알을 나흘 ᄯᅢ에 그 ᄇᆡ속에 잇ᄂᆞᆫ 진ᄋᆡᆨ도 ᄂᆡ여보ᄂᆡ여 그 진ᄋᆡᆨ이 능히 나모가지나 닙ᄉᆞ귀에 병이 들게 ᄒᆞ야 무삼 혹이 돗치던지 맛치 사ᄅᆞᆷ의 몸에 죵긔가 난 것 갓흐니 그 알에셔 ᄉᆡᆨ기가 ᄭᆡ 나온 후에ᄂᆞᆫ ᄉᆡᆨ기가 그 병든 혹을 먹고 ᄌᆞ라셔 나죵에ᄂᆞᆫ 날아다니기ᄭᆞ지 ᄒᆞᄂᆞ니라. ᄯᅩ 나ᄂᆞᆫ 버러지 즁에 그 알을 낫ᄂᆞᆫ 그릇이 톱과 갓치 된

것도 잇나니 그 모양이 맛치 톱과 갓치 되고 미우 날카라온 것
이라. 그 톱은 흔나뿐 아니라 둘리 잇셔서 두 톱니가 셔로 마조
다아 엇걸니게 된 것이라 알을 나흐려 홀 쎄에는 먼져 그 톱으
로 나무나 닙스귀를 버힌 후에 그 버힌 즈리에다가 알을 낫코
또 알을 날 쎄에 그 빗속에 잇는 진익을 나여보뇌는대 그 진익
은 맛치 나무진과 갓흔 것인듸 셰 가지로 요긴히 쓰나니 흔가지
는 그 알을 나무에다가 단단히 붓쳐 쩌러지지 안케 ᄒ는 것이오
흔가지는 그 알을 보호ᄒ야 나무진이 알에 뭇어 알이 샹ᄒ지 안
케 ᄒ는 것이오 흔가지는 그 식기들로 ᄒ야곰 먹고 살게 ᄒ는
것이라. 또 흔가지 나는 버러지 즁에 모긔와 등이 갓흔 것은 그
식기를 물우에다가 나하셔 그 물에 잇는 것을 먹고 살게 ᄒ고
날아 다닐 쎄에는 물 우흐로 다니며 그 물에 눈 풀을 의지ᄒ야
알을 낫는대 압발 네슨 느러드리고 뒤발 둘노는 풀을 잡고 달녀
셔 그 풀에다가 알을 낫는듸 처음에 그 빗속에 잇는 진익을 죠
곰 늬여 풀에 붓치고 알을 나아 그 진익에 붓쳐 알이 쩌러지지
안케 ᄒ고 그 다음에는 그 알에다가 알을 붓쳐 물노 향ᄒ야 나
려가며 길게 붓치되 이빅기로 삼빅기ᄭ지 낫나니라. 그 붓치는
법은 처음에 알을 만히 붓쳐 즈리를 널쎄 ᄒ야 맛치 괴불주머니
를 것구루 달아 노흔 것 갓치 ᄒ고 버러지는 날아가나니라.

11월 22일: ⟨젼호 련속⟩또 나는 버러지 즁에 알을 나모나 그 열믜
에 맛치 구슬 쐬여 노흔 것 갓치 십여줄식 나하 셔로 단단이 붓
쳐두는 것이 잇는듸 그 빗속에 잇는 진익을 늬여 단단이 붓쳐
칼노 버혀도 잘 버혀지지 안케 ᄒ고 엄동을 당ᄒ여도 얼어죽는
폐가 업는 것이 잇고 또 흔가지 버러지는 알을 나흘 쎄에 먼져

어디던지 구멍 흔 기를 쑬으되 그 구멍 깁히가 이삼쳑 가량 되
게 흔 후에 <u>무삼 쏭을 굴녀 둥굴게</u> 흐고 그 속이 뷔게 흐야 알을
너허 두ᄂᆞᆫ디 그 알 너흔 쏭덩이를 뒤발 둘노 밀어 구멍 속으로
깁히 들여보ᄂᆡ되 흔 덩이를 그 버러지 둘이나 세시 굴녀 들여
보ᄂᆡ나니라. <u>또 나뷔라 ᄒᆞᆫ난 버러지</u>ᄂᆞᆫ 본릭 환퇴ᄒᆞᄂᆞᆫ 것이니 쳐
음에 버러지가 화ᄒᆞ야 나뷔가 되고 그 후에 알을 나아 그 알에
셔 버러지가 되고 그 버러지가 화ᄒᆞ야 또 나뷔가 되ᄂᆞᆫ디 버러지
가 되엿쓸 디에 먹ᄂᆞᆫ 것과 나뷔가 되엿쓸 디에 먹ᄂᆞᆫ 것이 갓지
안이ᄒᆞ야 <u>나뷔</u>에 먹ᄂᆞᆫ 것은 쏫봉아리에 잇ᄂᆞᆫ 진익이오 버러지
로 잇쓸 디에에 먹ᄂᆞᆫ 것은 나모 닙사귀나 혹 풀을 먹ᄂᆞᆫ다ㅣ 버
러지 썩에 먹ᄂᆞᆫ 디로 그 알을 낫나니 풀을 먹은 버러지ᄂᆞᆫ 환싱
ᄒᆞ야 나뷔가 된 후에 풀에다가 알을 낫코 나모 립을 먹ᄂᆞᆫ 버러
지ᄂᆞᆫ 나모 립혜다가 알을 삿ᄂᆞᆫ디 그 알이 싱셔 나뷔가 된 후에
ᄂᆞᆫ 풀을 ᄉᆞ랑ᄒᆞ지도 안코 풀을 먹지도 아니ᄒᆞ고 또 나두 립ᄉᆞ귀
도 먹지 아니ᄒᆞ나니 그ᄂᆞᆫ 달음이 아니라 그 볼톄가 화ᄒᆞ야 이젼
모양은 다 버셔 바린 연고니라. 그런즉 각식 버러지 즁에 나뷔가
데일 이샹흔 것이 알을 낫ᄂᆞᆫ 것을 아모디던지 그 싱 나오ᄂᆞᆫ 식기
가 먹고 살기에 합당흔 곳에 낫나지 혹 나모쏠이나 닙ᄉᆞ귀나 혹
무삼 쏭이나 물 우혜나 풀이나 어디던지 그 식기에게 합당흔 곳
에 낫나니라. 또 <u>나ᄂᆞᆫ 버러지 즁에 벌</u>이라 ᄒᆞᄂᆞᆫ 것은 이샹흔 일이
만흐니 (중략) 각식 <u>버러지의 몸된 것을 말ᄒᆞ건디</u> 이샹흔 것이
만흐니 그 몸을 각각 분ᄒᆞ야 보면 세 조각이니 첫직ᄂᆞᆫ 머리오 둘
직ᄂᆞᆫ 가삼과 등이오 셋직ᄂᆞᆫ 빅라. 머리에ᄂᆞᆫ 쏠과 눈과 입과 니와
혀가 잇나니 그 혀ᄂᆞᆫ 길고 쪄르고 크고 젹고 강ᄒᆞ고 유ᄒᆞ고 리롭
고 둔흔 것이 다 각각 뎌의들의 먹ᄂᆞᆫ 것에 합당ᄒᆞ게 싱겻ᄂᆞᆫ대 데

을 이상혼 것은 나뷔의 혀라. 그 모양은 미우 길고 속이 뷔여 무삼 통과 갓치 되고 가로 줄기가 고리갓치 둘녀 입으로 굽으리고 펴게 되여 깁고 엿혼 뒤 잇는 곳 속에 진익을 임의로 셜아먹는뒤 그 혀는 구멍 셋시 잇스니 자우 엽혀 두 구멍은 둥글게 된 것이니 호흡을 통흐기에 편리혼 것이오 가온뒤 혼 구멍은 모가져셔 무삼 진익을 셜아먹기에 편리혼 것이오 (미완)

11월 23일: <전호 련속> <u>나뷔의 니</u>는 형샹이 맛치 톱 갓치 된 것도 잇고 무삼 칼날 갓치 된 것도 잇고 밋돌과 갓치 셔로 갈니는 것도 잇나니 그는 다 무엇을 먹기에 편리흐도록 싱긴 것이오 쏘 그 쓸은 여러 마듸가 셔로 련흐야 굽으리고 펴기가 편리흐게 되엿는뒤 그 쓸이 능히 귀를 뒤신흐야 듯기도 흐고 음신을 통흐는 모양이 잇나니 <u>벌과 나뷔와 긔암이 갓흔 종류들은 다 그 쓸노써 셔로 듯나니라. 이젼에 영국에 엇던 격물학 공부혼 사룸이 벌의 듯는 리치를 알엇는대</u> 흐로는 벌통 압흐로 가 본즉 벌 흐나히 통속에셔 급히 나와 달은 벌 흐나을 맛나셔 그 쓸을 셔로 마조 뒤이고 잇더니 그 오던 벌이 챵황흐야 엇지홀 줄을 아지 못흐는 모양으로 잇다가 그 두 벌이 다 들어가더니 그 다음에는 모든 벌들이 다 나와셔 쓸들을 셔로 뒤이고 쳐음에 맛나던 벌과 갓치 대단히 창황혼 모양이 잇는지라. 그것을 보건뒤 아모리 젹은 곤츙의 일이라도 미우 이샹흐야 주셰히 슬펴본즉 그 쟝슈벌이 죽엇는대 처음에는 벌 흐나만 알고 그 소문을 쓸노 통흐야 슌식간에 여러 벌들이 다 알고 슯혼 모양이 잇슴이라고 흐엿고 <u>쏘 곤츙의 눈</u>은 다 각각 갓지 아니혼 것이니 엇던 것은 그 머리 자우에 각각 눈 여둛식 잇는 것도 잇고 엇던 것은 열두긔식 잇는 것

도 잇고 엇던 것은 스믈여듦기식 잇는 것도 잇는듸 (중략)

11월 24일: <전호 련속> 가령 나뷔로 말ᄒ여도 날기가 그런 비늘 갓흔 것이 만이 잇는듸 그 비늘 모양은 다 갓지 아니ᄒ야 모양 이 혹 쇅죽흔 것도 잇고 살쵹 갓치 쇅쪽ᄒ고 긴 것도 잇는듸 모 다 싱션 비늘이나 기와쟝을 덥흔 것 갓치 서로 련속ᄒ야 붓텃나 니라. <u>외국에 엇던 격물학 공부하는 사름이 나뷔 날기 흔나흘 스분에 ᄂᆞ어셔 그 일분을 됴흔 현미경을 듸고 본즉</u> 비늘이 구십 기식 칠십줄노 잇는지라 그럿을 통합ᄒ여 본즉 륙쳔삼빅기니 윈 날기 흔나에 비늘을 합ᄒ게드면 이만오쳔이빅기인듸 그 빗 츤 미우 션명ᄒ야 붉소 푸른 빗치 간간이 잇셔 삼릉경을 가지고 무삼 물건을 보는 것과 갓다 ᄒ엿더라. (하략)

11월 26일: <전호 련속> 또 버러지의 챵ᄌᆞ는 모다 갓지 아니흔 고 로 그 먹는 것도 쏘흔 갓지 아니ᄒ야 나모 닙스귀를 먹는 것도 잇고 나모 쏠이를 먹는 것도 잇고 나모 겁질을 먹는 것도 잇고 나모 속을 먹는 것도 잇고 풀을 먹는 것도 잇고 곡식을 먹는 것 도 잇고 나모즙을 먹는 것도 잇고 샹흔 나모를 먹는 것도 잇고 단단흔 나모를 먹는 것도 잇고 물은 나모르 먹는 것도 잇고 곳 슬 먹는 것도 잇고 곳혜가루를 먹는 것도 잇고 과실을 먹는 것 도 잇고 과실의 씨를 먹는 것도 잇고 죠희를 먹는 것도 잇고 헌 겁을 먹는 것도 잇고 가족과 털을 먹는 것도 잇고 실과 각식 비 단과 깁을 먹는 것도 잇고 고기를 먹는 것도 잇고 돌을 먹는 것 도 잇는듸 항상 그 먹는 것이 변치 아니ᄒ야 나모 닙스귀를 먹는 것은 나모 쑬이를 먹지 안코 나모 쑬이를 먹는 것은 나모 닙 스귀를 먹지 아니ᄒ야 죽기ᄭᆞ지 ᄒᆞᆼ샹 ᄒᆞᆫ기자만 먹나니 그는 다 그 챵ᄌᆞ가 서로 갓지 아니ᄒᆞᆫ 연고라. (중략) **** 이 시기 문장의 길이 연구 대상

11월 27일: <전호 련속> 버러지의 알 낫는 것은 나모닙스귀에 나키도 ᄒᆞ고 나모 겁질에 나키도 ᄒᆞ는대 그 알을 나하 붓친 곳이 다 부루러 올나서 혹갓치 되나니라. 그 알에 싴기가 ᄭᅡ 나온 후에는 제가 들어 잇던 겁질을 먹나니 그것은 곳 혹갓치 부푸러 올은 것인듸 그 모양과 빗츤 다 갓지 아니ᄒᆞ야 혹 큰 것도 잇고 젹은 것도 잇고 둥근 것도 잇고 납쟉ᄒᆞ고 편편ᄒᆞᆫ 것도 잇고 불근 것도 잇고 푸른 것도 잇나니라. (중략)

11월 28일: <전호 련속> 쏘 ᄒᆞᆫ가지 항렬을 차려 단니는 버러지가 잇스니 어듸로 가려면 항샹 규모가 잇셔 두셰줄노 늘어셔셔 단니고 어듸던지 무엇을 먹을 곳을 당ᄒᆞ면 ᄉᆞ방으로 훗터져셔 먹고 다 먹은 후에는 도로 ᄒᆞᆫ 곳으로 모여 여전히 항오를 차려 가지를 일호도 틀님이 업ᄉᆞᆫ듸 그 즁에 압헤 잇는 것이 간즉 뒤에 잇는 것들도 ᄯᅡ라가고 압헤 잇는 것이 굿친즉 뒤에 잇는 것도 굿치고 쳔쳔히 간즉 쳔쳔히 가고 급히 간즉 급히 나가나 그 규모가 대단이 엄슉ᄒᆞ고 정제ᄒᆞᆫ 것 갓흐니라. (중략) <u>외국의 엇던 격물학 공부ᄒᆞ는 사름이 각싴 버러지의 종류를 궁구ᄒᆞ야 구만 여 가지에 분별ᄒᆞ엿ᄂᆞᆫ듸</u> 그 대강만 말ᄒᆞ여도 그 머리가 다 둥글고 큰 것도 잇스며 좁고 긴 것도 잇스며 머리가 쎳족ᄒᆞᆫ 것도 잇스며 두 쑬이 난 것도 잇스며 ᄒᆞᆫ 쑬은 길고 ᄒᆞᆫ 쑬은 졀은 것도

잇스며 코는 길고 쓸은 ㅎ나만 길게 된 것도 잇스며 맛치 스슴에 쓸 갓흔 것도 잇스며 륙디에만 다니는 것도 잇스며 물노만 다니는 것도 잇고 또 몸의 불근 빗치 나는 것도 잇나니 미국에는 그런 버러지가 잇스되 길이가 흔치 가량이나 되고 그 목 뒤에는 불근 빗 나는 거시 잇고 두 날기 밋헤 불근 빗 나는 거시 잇셔셔 밤에 날아다닐 쩍에 보게드면 흡스히 무삼 등불을 켠 것 갓흔 거시 잇는듸 그런 버러지가 흔이 암컷은 불근 빗치 나고 숫컷은 빗치 업는듸 미양 암컷이 숫컷을 불으랴면 그럿케 빗치 나나니라.

11월 29일: <전호 련속> 버러지 즁에 기암이는 그 죵류가 슴을 네 가지가 잇스니 아미리가 디방에 열여둛 가지가 잇고 아세아 디방에 네 가지가 잇고 구라파 디방에 두 가지가 잇는듸 그 버러지들은 거의 다 짜 속에 구멍을 뚤코 그 구멍에 잇는듸 여러가지 기암이 즁에 흰긔암이가 잇나니 그것은 미우 이샹흔 것이라. 그 흰긔암이는 미국 디방에 잇는듸 그 죵류가 대단이 이샹흔지라 집은 무삼 탑 모양으로 짓는듸 아리는 둥글고 우희는 쏐쪽ㅎ게 ㅎ야 맛치 쥭슌이나 붓 씃 갓치 되엿는듸 놉기는 열즈이나 슴으즈 가량이 되게 짓나니 그 집 놉히를 그 긔암이 크기에 비교ㅎ게드면 오쳔여 갑절이나 되나니 그는 다 그 긔암의 입의 진익으로써 흑과 화합ㅎ야 뭉쳐서 놉히 싸하 올나가는 것인듸 큰 비가 올지라도 싀거나 문허지는 폐단도 업고 혹 그 집 우의 사름이 올나셔 짓발바도 문어지지 아니ㅎ나니라. (즁략)
이 우의 여러날 버러지 론란이 보는니에게 미우 우습고 슴거온 듯ㅎ여 그러ㅎ되 세샹 사름의게 당흔 학문이란 것은 모다 리치

를 궁구ᄒᆞᄂᆞᆫ 듸셔 다 긴요ᄒᆞᆫ 것이 업ᄂᆞ니 가량 심샹이 보는 사
름으로 말ᄒᆞ게드면 모다 아는 일인 듯ᄒᆞ되 남이 그 ᄌᆞ세ᄒᆞᆫ 리치
를 뭇게드면 아조 쉬흔 파리나 검의발이 몃치 되ᄂᆞᆫ 줄을 몰으ᄂᆞᆫ
사름이 잇ᄂᆞ니 이런 버러지 론란이라도 잠심ᄒᆞ야 보게드면 궁
리ᄒᆞᄂᆞᆫ 마음과 졍긴ᄒᆞᆫ 싱각이 미우 늘어셔 차차 지각 잇ᄂᆞᆫ 사름
이 되기도 ᄒᆞ고 ᄯᅩ 그런 미물의 일ᄒᆞᄂᆞᆫ 것을 보아 지각잇ᄂᆞᆫ 사
름의 일ᄒᆞ듯 ᄒᆞᄂᆞᆫ 것을 보게드면 감발격려ᄒᆞ야 유조ᄒᆞᆫ 일도 업
지 못ᄒᆞ니라.

◎ 론셜, 제국신문, 광무 4년(1900) 12.11. (동물학 연재)

12월 11일: 학문이라 ᄒᆞᄂᆞᆫ 것이 별 것이 아니라 각식 물건과 싱물
과 ᄌᆞ연ᄒᆞᆫ 리치를 ᄌᆞ세히 아는 것인듸 오늘은 외국인에 싱물학
을 론란ᄒᆞ야 학문샹에 유죠ᄒᆞᆫ 말을 긔지ᄒᆞ거니와 위션 싱물학
을 말ᄒᆞ건듸 싱물학 속에 세 가지 등분이 잇스니 첫ᄌᆡᄂᆞᆫ 금슈요
둘ᄌᆡᄂᆞᆫ 초목이오 셋ᄌᆡᄂᆞᆫ 금셕 등물이라. 오늘은 금슈붓터 말ᄒᆞᆯ
터인듸 금슈도 자라고 살고 죽고 초목도 자라고 살고 죽으나 금
슈ᄂᆞᆫ 초목과 달은 것이 움작이며 ᄭᅵ달으며 싱각이 잇거니와 초
목은 그것이 업고 즘싱은 걸어도 단이며 날아도 다니거니와 초
목은 … (중략) 그런 고로 너와 우리가 모다 싱물학 금슈부에 들
어나니라. (미완)

12월 12일: 론셜 〈동물학 젼호 련속〉 사름이 음식 먹고 잠자고 숨
쉬고 살고 죽기를 달은 즘싱과 갓치 ᄒᆞ며 사름도 ᄭᅧ가 잇고 불

근 피가 잇슨즉 싱긴 것은 즘싱과 갓흐나 사름은 싱각ᄒ기를 즘싱과 달니ᄒ야 사름의 힝실과 경계와 의리와 도리찻기를 즘싱보다 몃만비를 낫게 ᄒᄂ 고로 금슈부 속에ᄂ 사름이 데일 가ᄂ 싱물이라 우리가 금슈에 든 것을 죠금도 실례라고 알 것이 안이라 지금 우리가 말ᄒ 바 즘싱들이 다 비스름 비스름ᄒ야 모다 네 발 가지고 털 잇ᄂ 즘싱들이어니와 ᄯ 알은 즘싱을 의론ᄒ 것이 잇나냐 시즘싱도 잇고 싱션도 잇소. ᄯ 그밧게 무엇이 잇나냐 비암도 잇고 기고리도 잇고 도마비암도 잇소, 그 세 가지ᄂ 학문샹에 말ᄒ기를 긔ᄂ 즘싱이라 우리가 그것은 챠챠 셜명ᄒ려니와 두 발 가진 시 즘싱이나 긔ᄂ 즘싱이나 물고기가 다 ᄶ가 잇고 불근 피가 잇ᄂ 즘싱이라. 그 즘싱들은 우리가 부르기를 등ᄶ 잇ᄂ 즘생이라 ᄒ나니 등ᄶ라 ᄒᄂ 것은 목뒤에서 시작ᄒ야 길게 나려가ᄂ 골졀인듸 여러 마듸가 흠의 련ᄒ야 되엿ᄂ듸 손으로 만져보면 가족 속으로서 등으로 나려가며 연쥬갓치 가온듸 잇ᄂ 것인듸 (중략) 그런 고로 셰계샹에 잇ᄂ 즘생들이 다 그 네 가지 죵류에 ᄲ지ᄂ 것이 업ᄂ지라. 데일 잔등줄기 잇ᄂ 즘생은 우리가 이왕 말ᄒ엿거니와 그 즘생들은 ᄶ가 잇고 불근 피가 잇스며 ᄯ 그런 즘생 즁에 다셧 가지 분별이 잇스니 첫지ᄂ 졋먹ᄂ 즘생 둘지ᄂ 새즘생 셋지ᄂ 비암갓치 긔ᄂ 즘생 넷지ᄂ 물과 흑에서 다 사ᄂ 즘생 다섯지ᄂ 물속에서 사ᄂ 즘생이라.

12월 13일: <동물학 젼호 련속> 졋먹고 사ᄂ 즘싱 속에ᄂ 믹양 네 발 가진 즘싱들이오 털 잇ᄂ 즘싱들이라. 그런 즘싱들은 싀기를 낫케드면 그 싀기들을 졋을 먹여 살니ᄂ 것이오 새즘싱이란 것

은 두 발 가진 즘싱이오 날기가 잇스며 입에 불이가 잇는 것이
오 즘싱 즁에 더운 피 파기고 찬 피 가진 즘싱이 잇스니 그것을
분간ᄒ기는 첫번에는 어려올지라 셜혹 긔는 즘싱 즁에 도마비
암은 발이 넷이 잇고 비암은 발이 ᄒ나도 업고 쟈라는 당즈기
갓흔 겁질 속에 들어 잇스며 모양과 형용은 다 달으되 죵시 우
리가 그 즘싱들은 긔는 즘싱이라 ᄒ니 엇지 분간ᄒ기가 어렵지
안이ᄒ리오, (중략)

12월 14일: <동물학 젼호 련속> 졋먹는 즘싱 속에 박쥐도 들엇스니
혹 몰으는 사름은 박쥐를 새 종류로 알듯ᄒ나 그럿치 안은 것이
박쥐를 잡아 가지고 즈세히 보게드면 박쥐 몸에 머리털 갓흔 털
은 잇슬지언뎡 새털 갓흔 털은 업스며 귀가 둘이 분명이 잇스니
그럿케 귀 가진 시는 보지 못ᄒ엿스며 ᄯᅩ 그 입속을 들여다 보
면 니가 잇스니 니 잇는 새는 보지 못ᄒ엿스며 날기는 잇스되
날기에 깃이 업스며 날기 싱기기를 얄븐 가족이 부치살 모양으
로 ᄶᅧ로 싱긴 살 우희 붓혓는듸 그 ᄶᅧ를 자세히 상고ᄒ게드면
손가락 갓치 싱겻스나 다만 길기만 ᄒ고 ᄯᅩ 얄븐 가족이 안과
밧그로 다 붓허 젼신에 련졉ᄒ야 다리와 ᄭᅩ리ᄭᅡ지 다 련속ᄒ엿
스니 그런 날기는 새 즘싱 종류에 업고 ᄯᅩ 낫에는 히빗흘 됴하
ᄒ지 안는고로 컴컴ᄒ고 그늘진듸 들어가 숨어셔 ᄌᆢ르 자다가
져녁이면 나와셔 버러지와 물것들을 잡아먹고 ᄯᅩ 겨을이면 모
다 ᄶᅡ속으로 들어가셔 먹지도 안코 마시지도 안코 몃둘 동안을
지닉다가 일긔가 더워지면 나와셔 살되 인간에 해가 업스니 사
름이 박쥐를 보호는 홀디언뎡 해롭게는 ᄒ지 안을 것이라 ᄒ고
ᄯᅩ 고솜돗치가 그 종류에 들엇는듸 (중략)[고슴도치, ᄶᅡ 두더지,

호랑이, 고양이]

12월 15일: <동물학 젼호 련속> 스즈란 것은 이푸리가 짜와 아세아 디방에 셔남간에 잇는듸 호랑이 갓치 사롬을 보면 즈조 덤베지 는 아니흐나 달은 즘싱을 만이 잡아먹는 고로 법국 속디 이푸리 가 알제리아라 흐는 나라에셔는 그 나라에 잇는 스즈 흔 마리가 일년에 잡아먹는 즘싱이 팔쳔원 가량어치를 잡아먹는다 흐고 표범이란 것은 호랑이 죵류나 가족의 검은 줄이 업고 검은 뎜이 박혓는듸 그것도 혹 사롬을 샹흐는 폐단이 잇스니 호랑이 갓지 는 아니흐며 표범이나 스즈가 동셔양에 잇는 것이 달나셔 엇던 곳것은 슌흐고 엇던 곳 것은 사나오니라. (하략) [숨, 개, 이리, 여호, 산의개, 곰, 흰곰, 검졍곰, 개암이먹는 즘싱]

◎ 론셜, 제국신문, 광무 4년(1900) 12월 20일

무론 동셔양흐고 사롬의 지식과 공교흔 직조가 날노 늘고 둘노 진보흐야 이젼에 보고 듯지도 못흐던 일이 식로이 싱기는 것은 사 롬마다 짐작흐는 바어니와 이왕에 들은즉 셔양 사롬들이 무삼 물 건으로 사롬을 만들기를 연구흔다 흐더니 지금 미국 유욕 항구에 셔 물건을 가지고 텬연흔 사롬을 만들어 일용스 위샹에 쓰기에 미 우 긴요흐게 되엿다 흐는 그 스실을 샹고흐건듸 미국 육욕항구에 사는 폐류라 흐는 사롬이 십여년을 연구흐야 져 혼쟈 다니는 사롬 을 만들엇는데 그럿케 만든 사롬에 킈는 닐곱 즈 다숫치오 또 말을 능히 흐는지라. …

◎ 론셜, 제국신문, 광무 5년(1901) 1월 19, 20일

이 시기 서양 천문학을 번역 소개함

1월 19일: 세샹 학문이 ᄎᄎ 번셩홈으로 사름의 지식이 졈졈 널버지고 사름의 지식이 붉음으로 ᄉ업이 ᄯᅩᄒᆞᆫ 달나지고 ᄉ업이 달나짐으로 고금 력ᄃᆡ의 졍치가 ᄯᅩᄒᆞᆫ 다른 거시라. 이졔 텬문학 ᄒᆞᆫ가지를 말홀지라도 이젼과 지금이 크게 ᄀᆞᆺ지 아니ᄒᆞ니 녯젹 사름의 말은 하늘이 ᄯᅡ을 돌나싸고 도라ᄃᆞ니ᄂᆞᆫᄃᆡ 달과 ᄒᆡ가 동ᄒᆡ 바다에 부샹이란 나무가지로좃차 올나오고 셔ᄒᆡ바다에 약목이란 나무로좃차 드러간다 ᄒᆞ며 일식과 월식이 큰 변괴라 ᄒᆞ고 ᄯᅩᄒᆞᆫ 별의 출몰홈을 보아 셰계샹에 화복을 뎜치ᄂᆞᆫ 이도 잇고 ᄯᅩᄒᆞᆫ 일월노 부부라 ᄒᆞ며 형뎨라 ᄒᆞᄂᆞᆫ 이도 잇고 ᄒᆡᄂᆞᆫ 양이오 ᄃᆞᆯ은 음이라 ᄒᆞ며 <u>북아ᄆᆡ리까 사름이 ᄋᆡᆨ스길라 씨</u>의 말은 태초 샹고젹에 ᄒᆞᆫ 녀ᄌᆞ가 잇셔 잔치연석에 나아갈ᄉᆡ 등뒤에셔 엇더ᄒᆞᆫ 남ᄌᆞ가 말ᄒᆞ되 내가 너를 ᄉ랑홈으로 네게 쟝가들고쟈 ᄒᆞ노라 ᄒᆞ거늘 그 ᄯᅢᄂᆞᆫ 맛춤 어두온 져녁이라 그 녀ᄌᆞ가 말ᄒᆞᄂᆞᆫ 사나희가 누구인지 알고져 ᄒᆞ야 손으로 화덕의 ᄭᅳ름을 취ᄒᆞ야 그 사나희 ᄒᆞᆫ편 쌤에 칠ᄒᆞ고 인ᄒᆞ야 등불을 붉히고 본즉 쌤에 검은 표가 잇ᄂᆞᆫ 쟈ㅣ 곳 ᄌᆞ긔의 오라비라 크게 놀나여 도망ᄒᆞ야 ᄃᆞ라나니 그 오라비가 ᄯᅩᄒᆞᆫ 뒤를 쫏차 오거늘 그 녀ᄌᆞ가 하늘가와 ᄯᅡ 굿ᄒᆡ 니르러 홀연이 텬공으로 올나가 변화ᄒᆞ야 ᄒᆡ가 되니 그 오라비가 ᄯᅩᄒᆞᆫ 올나가 ᄃᆞᆯ이 된지라 이 ᄃᆞᆯ이 흉샹 ᄒᆡ를 쫏차 도라ᄃᆞ닐ᄉᆡ 그가 검은 쌤으로 이 셰샹을 향ᄒᆞᄂᆞᆫ ᄯᅢᄂᆞᆫ ᄃᆞᆯ빗치 업셔

금음밤이 된다 ᄒ엿고 아셰아 녯젹 사름의 말은 일월이 다 녀즈의 음덩이오 무수ᄒ 별들은 들의 아들과 쏠이라 틱초 째에 … 녯젹 사름들의 말영된 말을 밋지 아니ᄒ리니 그 사름의 지식과 수업이 쏘ᄒ 고인과 드르지 아니ᄒ며 정치샹 규모인들 엇지 고금이 다르지 아니리오. 반다시 이젼 학문의 쓸딕업ᄂ 거슨 다 ᄇ리고 실디샹 수업을 공부홀진뎌.

1월 20일: 우리가 텬문학 ᄒ가지로 녜젹 사름의 학문을 요젼 십삼호 신문에 긔직ᄒ엿거니와 오늘은 지금 사름의 문견을 대강 말ᄒ야 고금이 엇더케 다란 거슬 분별ᄒ노라. 지금 션비의 말은 짜덩이가 둥글며 쥬야로 흥샹 해롤 에워싸고 도라간다 ᄒ고 해ᄂ 흔덩어리 큰 불이니 그 젼톄가 둥글고 크기ᄂ 짜덩디보담 일빅이십륙만비가 된다 ᄒ고 짜에셔 해까지 올나가ᄂ 샹거ᄂ 삼만일쳔 팔빅오십말리라 ᄒ며 쏘 굴ᄋ듸 여듧 기 큰 황셩별이 잇셔 모도 해를 에워 싸고 도라가니 슈셩과 금셩과 디구셩과 화셩과 목셩과 토셩과 텬왕셩과 히왕셩이라. 목셩은 짜덩이보담 일쳔삼빅여비가 더 크고 토셩은 짜덩이보다 칠빅여비나 크고 히왕셩은 구십여 비요 텬왕셩은 칠십여비가 되ᄂ지라. 그런 즉 이 짜덩이ᄂ 여듧 힝셩 즁에 ᄒᄂ이오 ᄒ로 밤낫 동안에 쏘ᄒ 해를 에워 ᄒ번식 도라오나니 짜덩이 ᄒ 편은 해를 향ᄒ야 낫이 되고 ᄒ편은 해를 등져 밤이 되며 일년 동안에 쏘ᄒ 히빗슬 바로 밧ᄂ 쎄ᄂ 여름이 되며 긔후가 덥고 히빗슬 젹게 밧아 겨을이 된 쎄ᄂ (중략)… 이로좃차 보건듸 사름은 불가불 새학문을 빅와야 될 줄 아ᄂ니다.

◎ 론셜, 제국신문, 광무 5년(1901) 6월 25, 26일

언의 신문에 말한바 쌍덩이된 형상과 돌아단이는 힝셩의 리치
의론란이 미유 유리ᄒ기로 자에 번역ᄒ노라.

<디구론>

우리가 눈으로 디구 쌍덩어리의 물건됨이 엇더한가 슬펴보니 물
잇는 곳도 잇고 혹 잇는 곳도 잇도다. 혹 잇는 곳인즉 초목도 만히
나고 크고 널은 바회와 험한 돌이 만히 잇스니 이거시 샹교젹브터
이 모양이뇨. 디리학쟈는 굴ᄋ듸 그러한 거시 아니라 다 변하야 된
거신듸 이 디구것 겁덕이가 맛치 귤겁덕이와 흡ᄒ하다 ᄒ올지니 가
히 둑겁지 아니한 우혜 큰 바회와 큰 돌이 만하 혹 불에 녹아셔 된
돌도 잇고 혹 물노된 돌도 잇스니 물노 된 돌인즉 돌 우혜 돌이 텹
텹히 싸혀 잇는 거슬 ᄌ셰히 보고 …

<달의 론>

밤에 보이는 달이 별보다 커 보이나 실샹은 미우 젹어서 적도의
리수가 불과 륙쳔 ᄉ빅 팔십리니 ᄉ십구비가 되여야 능히 디구를
당ᄒᄂ니라. …

◎ 론셜, 제국신문, 광무 6년(1902) 8월 10일

소년의 젼졍을 긔약홀 일: 세계 대학교 즁에 가장 큰 곳슨 흔 집
에 학도가 삼ᄉ천 명이오 교ᄉ가 슈삼 빅명이라 학교 즁 범빅 ᄉ무

를 거의 다 주쥬ᄒ야 <u>정부에서 찬조는 홀지언정 별로 간섭은 젹으</u><u>믹 학스들의 졸업증서 쥬는 권리와 범과ᄒ는 쟈의 다스리는 직판</u><u>권리가 다 학교 쥼에 잇셔 학교 쥼 졍ᄒ 쟝졍 규칙을 싸ᄅ 임의로</u><u>쳐판</u>ᄒᄂ니 민국의 교육 슝상ᄒ는 본의와 국셰의 흥왕ᄒ는 근본이 이에 잇슴을 가히 알깃도다.

　영국에 <u>악스포득과 미국에 예일 대학교</u> 등은 비록 데일 크다 홀 슈는 업스나 가쟝 오랜 학교요 쏘ᄒ 량국 스긔에 유명ᄒ 제왕들과 세계에 들어난 졍치 대가와 문쟝학스며 현인 군ᄌ와 교스도스며 각싴 굉쟝ᄒ 스업쥬들이 다 이 학교들에서 만히 싱긴고도 각국에 유명ᄒ야 유람ᄒ는 쟈ㅣ 구경치 못ᄒ면 불힝히 넉이며 안져듯는 쟈ㅣ ᄒ번 보기를 원ᄒ더라. …

　ᄌ데들의 가라치지 못흠은 부형에 칙망이라 ᄌ질 둔 이들은 맛당이 교육을 힘써 믹가 육졍이라도 ᄒ야 공부 식이는 날은 만리쟝뎡에 노자 쥬는 것시오 소년 ᄌ데된 쟈ㅣ 학식을 구ᄒ는 것시 만리쟝쳔에 날긔잇음 갓흔지라. 일본에 지금 쥼흥공신 된 이들에 스젹을 보면 당초에 외국 유학을 원ᄒ야 혹 남에 고용인도 되며 혹 외식을 남에게 붓치고 셔양에 가셔 풍상을 무릅쓰고 공부ᄒ 사ᄅᆷ들이라. 오날 신고를 무릅쓰고 학식을 엇는 거시 ᄌ긔에 일싱 경영만 될 뿐 아니라 나라의 견정이 쏘한 이 한가지에 잇스니 우리나라 소년ᄌ데들을 위ᄒ야 권면ᄒ노라.

◎ 론셜, 제국신문, 광무 6년(1902) 12월 14, 15, 17일[42]

셔양에셔 동으로 벗는 형셰: 오대쥬를 통히 비교홀진듸 유롭쥬가 가
쟝 젹은지라. 그 안에 큰 나라이 여섯시오 젹은 나라이 십여국이라.
그러나 그 힘이 죡히 온 셰계를 다 졔어ᄒ야 에쉬 아푸리가 아메리
카 오스트렐랴 등 네 쥬에 잇는 모든 나라들은 혹 속디를 만들거나
혹 그 보호를 밧게 만들엇ᄂ니 지금 형편으로 볼진듸 온 디구가 다
유롭쥬 사ᄅᆷ의 보호를 밧는다 ᄒ여도 ᄯᅩ흔 가ᄒ깃도다. (하략)

◎ 론셜, 제국신문, 광무 6년(1902)
12월 20, 21, 22, 24, 25, 26, 27일 7회 연재[43]

대한 근일 졍형: 대한 속담에 등잔 밋치 어둡다 ᄒ며 외국인의 속
담에 론돈(영국 셔울) 소문을 들으려거던 픠리스(법국 셔울)로
가라 ᄒᄂ니 대한 소문을 들으려거던 일본을 가야 ᄌ셰히 들을
지라. 우리는 미쳐 듯도 못흔 일을 날로 들어ᄂ여 신문 잡지 등
에 날마다 나는 거시 깁흔 궁즁에셔 흔둘이 비밀히 의론ᄒ는 말
이나 졍부에 몃몃 관인이 감안히 운동ᄒ는 소문을 낫낫치 젼하
ᄒ는듸 실로 긔괴망칙ᄒ야 대한 사ᄅᆷ이라고는 얼골이 ᄯᅮᆺᄯᅮᆺᄒ
야 ᄎᆷ아 보지못홀 말이 만흔지라. 실로 협긔 잇는 쟝부는 …근
쟈에 미국 학ᄉ 아더 쑤라운 씨가 대한에 와셔 일삭 가량을 유

---

42 셔세동점의 형세를 설명한 논설.

43 미국 학사 아더 브라운이 일본에서 대한 유람기를 썼는데, 그 가운데 일부를 번역
   등재한 것임.

람호고 도라가 유람긔를 역어 대한 정치 사정을 기즁에 대강 말
호엿는듸 관계가 젹지 안키로 련일 번둥홀 터이니 우리나라 샹
하관민간에 (하략)

◎ 科學論, 張膺震, 太極學報 제5호, 광무 10년(1906) 12월 24일[44]

吾人 人類의 居生호는 地球가 雖云 廣大노 彼 無窮히 廣濶혼 宇
宙에 對比호면 滄海의 一粟이 莫如호고 吾人의 一平生 生活호는
時間이 雖云 百年이노 彼 無限히 永遠혼 時間에 比호면 一瞬萬年
의 比가 아니라. 비록 吾人 人類가 地球上에 栖息혼 以來로 今日
신지 年代로 셰도 彼 無限히 永遠혼 時間에 比호면 一秒億億萬年
에 比가 아니로다. 如此히 廣濶혼 宇宙間에 如此히 永遠혼 時間中
에 千態萬象으로 變化호는 奇奇妙妙혼 無限의 自然的 現象을 吾
人의 有限혼 頭腦와 知識으로써 一一의 眞相을 窺破코져 홈은 到
底 期望키 難홈쑨 不啻(불시)라. 吾人이 비록 如何혼 腦力으로써
如何혼 精力을 盡홀지라도 其 億億萬分의 一을 窺知치 못호리로
다. 然이노 人類는 地球上에 靈物이오 生物界의 霸王이라. 精神이
特出호고 智力이 發達호야 地球上 萬物을 統御호며 自然界의 現
象을 可及의 程度신지는 研究 利用호야 自己에 生活을 功進호며
種種의 便利혼 規範을 製定호야 人類 共同의 幸福을 維持 向上케

---

44 〈태극학보〉 회장이자 편집인이었던 장응진(백악거사, 백악생 등으로 글을 쓰기도
함)의 논설. 학문의 체계와 목적, 과학의 특징(관찰, 분류, 설명)을 설뎡하였다. 특
히 우주 전체의 원리를 설명하는 학문 분야로 '철학'의 가치를 설명하고자 한 점이
특징이다. 철학은 우주 전체의 원리를 설명하는 것을 목적으로 하나, 주관적이고
불완전하여 인간의 두뇌가 한계를 갖는 것인지 반문하고 있다.

홈이로다.

上 所謂 自然的 現象이라 홈은 如何흔 者를 指홈이뇨. 此는 宇宙間 萬物이 天然的으로 互相間에 起作ᄒᄂ 事實을 謂홈이니 日月星辰은 空際에 懸ᄒ야 運行 不息ᄒ고 晝去夜來ᄒ며 春夏秋冬은 一定흔 法則으로 互相 交代ᄒ니 春節에 草芳花香ᄒ면 鳥兒蝶童은 此間에 飛吟ᄒ고 夏節에 雷鳴이 殷殷ᄒ면 陰雨가 靡霏(미비)ᄒ고 秋節에 風霜이 瑟瑟ᄒ면 木葉이 黃落ᄒ고 冬季에 北風이 凜烈ᄒ면 白雪이 皎皎ᄒ며 淸泉이 化氷ᄒ고 獸羣은 野에 走ᄒ며 鳥類는 空中에 飛ᄒ고 林檎은 地上에 落下ᄒ며 風船은 空際로 上昇ᄒ고 水는 高處로붓터 低處로 向下ᄒ야 如此흔 自然的 現象(事實)은 一一히 枚擧키 難ᄒᄂ 此等 現象에 對ᄒ야 吾人의 知識이 經驗上 大概 一定흔 法則으로 從出홈을 推想홀지니 此等 種種의 現象을 吾人이 事實로 硏究ᄒ야 此間에 一定흔 共通의 法則을 發見ᄒᄂ 者를 自然科學 或 事實科學이라 稱ᄒᄂ니 天文學, 地理學, 博物學, 物理學, 化學, 心理學, 其他 種種의 區別이 有ᄒ고 또 吾人 人類가 社會生活上 必要흔 種種의 規則(規範)을 製定ᄒ고 標準을 立흔 後에 種種에 事實을 此等 標準에 對照ᄒ야 善惡 正不正 好不好 等에 區別을 精神上으로 判斷ᄒᄆ 此等 學을 規範的 科學이라 稱ᄒᄂ니 倫理學, 政治學, 美學, 論理學 等은 다ㅣ 規範的 科學이라. 倫理學은 子가 其 父母에게 對ᄒ야 孝道을 盡치 아니치 못홀 理由를 吾人에게 敎示ᄒ며 國民되여는 其 國家를 愛ᄒ고 人類는 人類를 相愛ᄒ며 人을 殺害ᄒ고 物을 盜홈은 惡이라 ᄒ고 弱者를 扶護ᄒ며 病者를 憐恤ᄒ야 博愛에 道를 行홈은 善이라 ᄒ야 如此히 一個人이 世上에 處홀 時에 家族에 對ᄒ야 如何흔 行爲를 如何히 行ᄒ며 國家와 社會에 對ᄒ야는 如何히 行홀 것을 規範的

으로 硏究ᄒᄂᆞᆫ 者요, 政治學은 人類의 團体 行動에 對ᄒᆞ야 規範的
으로 硏究ᄒᄂᆞᆫ 者니 卽 人類ᄂᆞᆫ 政治的 團体를 作ᄒᄂᆞᆫ 者라, 如此
ᄒᆞᆫ 團体가 如何히 組織될ᄂᆞᆫ지 如此ᄒᆞᆫ 團體가 如何히 行動ᄒᆞᆯ 것슬
規範的으로 硏究ᄒᄂᆞᆫ 者요, 美學은 物의 美醜를 硏究ᄒᆞ고, 論理學
은 事實의 眞僞를 確定ᄒᄂᆞᆫ 學이니 科學을 大別ᄒᆞ면 以上 名稱下
에 大畧 包含ᄒᆞ깃도다. 然이나 科學이라 ᄒᄂᆞᆫ 것슨 如何ᄒᆞᆫ 性質을
俱備ᄒᆞᆫ 然後에 謂ᄒᆞᆷ인지 換言ᄒᆞ면 如何ᄒᆞᆫ 要件을 俱有ᄒᆞᆫ 然後에
科學의 要件을 滿足ᄒᆞᆯ고 ᄒᆞ면 左擧 三條를 俱備ᄒᆞᆫ 然後에야 實로
科學의 性質을 盡備ᄒᆞ엿다 謂ᄒᆞ리로다.
　一. 觀察
　二. 分類
　三. 說明

　此例를 天文學에 擧言ᄒᆞ면 吾人이 天文學을 硏究ᄒᆞᆯ 時에ᄂᆞᆫ 몬
져 日月星辰 諸天体가 如何히 互相의 位置를 變ᄒᄂᆞᆫ 것슬 精密히
觀察ᄒᆞ고 次에ᄂᆞᆫ 此等 諸天体를 其 運行ᄒᄂᆞᆫ 度와 其他 性質에 從
ᄒᆞ야 分類ᄒᆞᆷ이니 太陽系와 他恒星의 諸系統을 區別ᄒᆞ며 遊星과
衛星을 區別ᄒᆞ민 太陽의 周圍를 運行ᄒᄂᆞᆫ 者ᄂᆞᆫ 遊星이니 地球 等
이 是也요, 地球에 周圍를 運行ᄒᄂᆞᆫ 者ᄂᆞᆫ 衛星이니 太陰 等이 是
也라. 如此ᄒᆞᆫ 事實을 精密히 觀察ᄒᆞ고 如此ᄒᆞᆫ 事實을 其 特性에
從ᄒᆞ야 區分ᄒᆞᆫ 後에 다시 精細ᄒᆞᆫ 說明을 用ᄒᆞᆫ 然後에야 비로소 科
學에 意義를 盡ᄒᆞ나니 大抵 某現象을 說明ᄒᆞᆫ다 ᄒᆞᆷ은 此 現象을 生
ᄒᆞ게 ᄒᄂᆞᆫ 全條件의 構成上 如此ᄒᆞᆫ 現象이 生치 아니치 못ᄒᆞᆯ 理由
를 明示ᄒᆞᆷ이라. 吾人의 經驗ᄒᄂᆞᆫ 凡般 現象은 各其 全体가 一躰系
를 作ᄒᆞᆷ이니 躰系的 全躰를 造成ᄒᆞᆫ 各部分의 互相 關係를 明知ᄒᆞᆫ

然後에야 비로서 全軆의 條件을 盡ᄒ깃다 謂ᄒ깃도다. 假使 吾人이 吾人의 手를 說明ᄒ을 時에ᄂ 몬져 手가 身軆 全軆의 官能上으로 思考ᄒ고 手 以外 諸機關과 凡般의 關係를 明確히 ᄒ야 身軆 全軆에 對ᄒ 手에 意義를 說明ᄒᄂ 者요 決코 身軆 以外에 手 一個를 獨立으로 硏究ᄒ을 者이 아니니 萬一 一手를 身軆 以外에 分離想求ᄒ면 必竟 意味가 無홈에 終ᄒ을지라. 此와 갓치 天軆에 現象을 說明홈에도 몬져 太陽系의 組織을 觀察ᄒ고 ᄯ 太陽系 中 諸部分의 互相 關係와 其 運行의 法則을 確測ᄒ야 一定 時間 內에 吾人의 住居ᄒᄂ 地球의 部分이 太陽의 方面에 廻轉ᄒ야 來臨ᄒᄂ 것슬 說明치 아니ᄒ면 日出 日沒의 現象은 十分 說明치 못ᄒ깃고 ᄯ 日食 月食ᄒᄂ 現象은 上古 口未開時代에ᄂ 다못 災變의 兆라 ᄒ야 此를 神秘로 歸ᄒ엿스ᄂ 今日은 太陽 太陰 地球 等의 位置와 其 運行上 路程의 關係로 不得不 有치 아니치 못ᄒ을 理由를 說明ᄒᄂ니 大抵 事實에 觀察 或 分類ᄂ 吾人의 常識으로도 可認ᄒ을 者 不少ᄒᄂ 一一의 現象을 說明홈에 至ᄒ여ᄂ 科學的 知識을 待ᄒ 然後에애 可期ᄒ리로다.

以上 說來ᄒ 數多에 科學으로 硏究ᄒᄂ 各種에 現象은 個個 特殊ᄒ 意義를 有홈이 아니라 其間에 互相 深密ᄒ 關係가 有ᄒ믹 結局 此等 現象界에 總 範圍를 다ㅣ 包含ᄒ야 一大 軆系 卽 宇宙 全軆가 組成된 것시니 <u>此 宇宙 全軆를 軆系的으로 說明홈은 實로 哲學의 目的이라. 各 科學의 硏究ᄒᄂ 軆系ᄂ 定限ᄒ 範圍가 有ᄒᄂ 哲學에 硏究ᄒᄂ 軆系ᄂ 全宇宙를 包容ᄒ야 各 科學의 究極的 說明을 供給ᄒᄂ 者니</u> 此로써 觀ᄒ면 哲學은 科學 以上의 科學이라 稱ᄒ리로다. 然이ᄂ 哲學의 硏究가 哲學의 領域에 達ᄒ연 其 理也ㅣ 玄妙ᄒ고 其 義也 深遠 無窮ᄒ야 古來 幾多 哲人 明士의 腦漿을 絞搾

不絶ᄒᄂᆫ 者ᄂᆫ 所說이 都是 主觀的 思想에 不過ᄒ고 其 玄玄ᄒᆫ 秘
密은 依然黑暗 中에 伏在ᄒ니 吾人의 不完全ᄒᆫ 頭腦와 不完全ᄒᆫ
感官이 到底 宇宙에 秘密ᄒᆫ 眞相을 窺破ᄒᆯ 能力이 無ᄒᆫ가.

◎ 奇書, 新舊學會同說, 皇城新聞, 광무11년(1907).
　 1월 8일(옥천 창학교내 옥동 유재우)

　盖 世界에 學問을 論ᄒᄂᆫ 者ㅣ 互有 扞格(한격)ᄒ니 新舊之別이
東西에 名創ᄒ야 歐亞의 交에 會遇ᄒᆫ 故로 習熟生 新의 異가 有ᄒᆷ
으로 …謹以新舊學 合同ᄒᆯ 必要로 愚見을 略陳ᄒ노니 舊學問
者ᄂᆫ 自唐虞의 典謨와 殷周의 詩禮로 及 孔孟程朱의 所以傳授ᄒᆫ
遺經이라. …

이 시기 학회 또는 단체 조직 상황: 만세보 1907.3.30 논설을 참고하면
42개의 단체가 존재하였음

(전략) 近日 我國 民族의 智識이 漸次 開進ᄒᄂᆫ 現狀이 有ᄒ야 各
般 社會를 組織ᄒᆷ이 雨中竹筍과 如ᄒ니 其名目을 略擧ᄒ건듸

自彊會, 一進會, 國民敎育회, 東亞開進敎育會, 萬國基督靑年會,
懿法會, 西友學會, 漢北學會, 同志親睦會, 法案硏究會, 普仁學會,
大東學會, 天道敎會, 天主敎會, 基督敎會, 淨土敎會, 佛宗會, 神籬
敎會, 眞理敎會, 神宮敬奉會, 婦人學會, 女子敎育會, 國債報償會

(各種), 養正義塾討論會, 普專親睦會, 實業硏究會, 殖産獎勵會, 商業會議所, 手形組合, 農工銀行, 漢城銀行, 天一銀行, 韓一銀行, 合名彰信會社, 湖南鐵道會社, 東洋用達會社, 紳商會社, 少年韓半島社, 夜雷雜誌社, 朝陽雜誌社, 大東俱樂部, 官人俱樂部

◎ 論說, 舊學問과 新知識의 關係, 황성신문, 광무 11년(1907) 5월 11일, 12일[45]

我國現出盛行之名詞에 有兩句語ᄒ니 曰 舊學問與新學問이라.

夫學問者ᄂ 本無新舊之可別者也라. 今我讀上古之歷史ᄒ야도 其所讀者ᄂ 雖舊代史나 吾將以舊史로 發吾之新知오 今我考究儒之學說ᄒ야도 其所考者ᄂ 雖舊儒說이나 吾將以舊說로 闡新理니 謂之新而可棄언딘 舊史舊說도 皆可不觀이오 昨日에 有某人이 刱一新法ᄒ니 吾將學之ᄒ리라 ᄒ면 即 吾所學者ㅣ 是新而非舊乎아. 曰否라. 自今日觀之ᄒ면 昨日이 已舊日이오 上午에 有某人이 造一新械ᄒ니 吾將效之ᄒ리라 ᄒ면 即吾所效者ㅣ 非舊而是新乎아. 曰 否라. … 故로 <u>學問者ᄂ 因舊而生新ᄒ고 除舊而布新ᄒ야 法無一不舊로딘</u> 我心은 無時不新이오 … 今觀國內現象에 盟見이 各殊ᄒ고 衆口가 不齊ᄒ야 或曰 ①<u>我自有我法ᄒ고 彼自有彼法</u>ᄒ니 我何必效彼리오 … 或曰 五帝가 不同禮ᄒ고 三王이 不同樂ᄒ니 古今이 殊宜에 …②<u>舊學으로 爲體ᄒ고 新學으로 爲用ᄒ야 以</u>

---

45 이 시기 구학문과 신학문에 대한 다양한 태도를 비판하고, 청년들의 학문하는 자세를 역설함. 당시 신구학에 대한 태도를 다섯 가지로 정리함. 신구학의 구별보다는 시의에 적합하고 지식 계발을 가능하게 하는 학문 태도가 중요함을 역설함.

彼之長으로 補我之短이라 ㅎ니 … 或曰 優勝劣敗는 天演公例라 舊代學術이 固不適宜於今日이오 舊時代人物이 固不適月於今時니 … ③頑固思想과 腐敗學問은 一切摧陷而廓淸之ㅎ야 無復遺蹟之可尋이라야 此國此民을 庶可拯救라 ㅎ니 … 或曰 ④舊學은 有舊學之特長ㅎ고 新學은 有新學之特長ㅎ니 於舊於新에 斟酌損益ㅎ야 以定一代之新規ㅎ면 … ⑤其他 或者는 謂今之可取가 只有器械而已라 ㅎ며 或者는 謂今之可取가 只有法律而已라 ㅎ며 或國家亡이언정 道不可亡이라 ㅎ며 或者는 以頭可斷이언정 髮不可斷이라 ㅎ야 千流萬波에 或東或西ㅎ며 …

於是에 全國 靑年은 益倀倀不知所適ㅎ야 聞諸東家之老丈ㅎ면 …茫茫四顧에 吾將何適고. …

學問은 本無新舊之可別이라. 只是適合時宜者를 可謂學問이오 只是啓發智識者를 可謂學問이로딕 現今有志學問者ㅣ 便曰 何者는 是舊學問이오 何者는 是新學問이라 ㅎ니 其所謂 新者ㅣ 果新乎며 其所謂 舊者ㅣ 果舊乎아. …

若論時代ㅎ면 彼康德[46], 斯賓塞[47], 諸賢은 固近代어니와 如梭格納底[48], 栢拉圖[49]는 皆與孔孟老莊으로 同時者니 其可曰 近代乎며 彼拿破崙, 華盛頓 諸傑은 固近代어니와 如該撒[50], 亞歷山大[51](馬基頓[52]王)는 皆與齊桓晋文[53]으로 同時니 其可謂近代乎며

---

46 강덕(康德): 칸트. (?)
47 사빈색(斯賓塞): 스펜서.
48 사격납저(梭格納底): 소크라테스.
49 백납도(栢納圖): ???
50 해철(該撒): ??
51 아력산대(亞歷山大): 알렉산더.
52 마기돈(馬基頓): 마케도니아.
53 제환 진문(齊桓晋文): 중국 춘추시대 제환공과 진문공.

若論地勢ᄒ면 東西對峙에 無中無外ᄒ니 不可謂亞細亞ᄂ 是中 而 歐羅巴ᄂ 是外也오 …嗚呼라 昔我檀君紀元之後와 三韓對峙之際에 鴻荒이 始破ᄒ고 人文이 肇闢ᄒ야 東西大陸에 聖哲이 輩出ᄒ니 其言 倫理道德者ᄂ 東方之孔孟과 西方之梭格納底, 亞里士多德[54]諸哲也오 其外政治法律之家와 技藝方術之派가 星列林立에 多不勝擧니 是皆上古前哲이 講眞理之所在ᄒ고 求生民之幸福ᄒ야 … 卽歐洲 中古以來로도 羅馬敎會之專制와 學術門經之褊狹이 實有令人興唱者러니 經此黑闇時代 數百餘年에 幸有培根[55], 達爾文之徒[56]가 崛起其間ᄒ야 開思想自由之門ᄒ고 導文明風潮之源ᄒ니 於是乎 黃金世界에 茶錦生涯가 爛漫於東西全球어날 奈我 一般同胞ᄂ 尙且掩耳閉目에 甘守舊株ᄒ야 深衣幅巾으로 閉門自守ᄒ야 曰吾所衣者ᄂ 先王之法服이라 ᄒ며 …

古人之言에 曰 日新이라 ᄒ며 曰 新民이라 ᄒ며 曰 窮則變變則通이라 ᄒ니 盖學問者ᄂ 因舊而生新ᄒ며 由舊而趨新者어늘 泥古而不通ᄒ며 固陋而自安ᄒ고 曰 此吾-先王先聖之舊也라 ᄒ면 適足以亡國囚家而已니 豈先王先聖之本意哉아.

顧我同胞ᄂ 務新學ᄒ며 發新知ᄒ며 造新國ᄒ며 作新民ᄒ야 以立於新世界ᄒ고 無但作守舊之鬼哉어다. (完)

---

54 아리사다덕(亞里士多德): 아리스토텔레스.

55 배근(培根): 베이컨.

56 달이문지도(達爾文之徒): 데카르트.

◎ 論說, 舊學 改良의 意見, 황성신문 융희 3년(1909) 1월 30일

　　주자학과 격물치지학에 대한 논란 속에서 일본의 中江藤樹, 熊澤蕃山, 大奧後素, 吉田松蔭, 西鄕南洲, 東鄕平八郎 등과 같이 王學의 徒로 維新의 大業을 건설한 것을 본받아 학문을 할 것을 역설한 논설.

◎ 論說, 舊學 改良이 第一 着手處, 황성신문 융희 3년(1909) 2월 13일

　　유림 사회의 구학을 개량하여 태서나 일본과 같이 유신을 해야 한다는 입장의 논설. 이 시기 일본의 유신사를 지속적으로 연재한 점도 특징임.

◎ 新舊學辨, 朴海遠, 『대한흥학보』 제2호, 융희 2년(1908) 3월 25일

　　客이 有過而問曰 近世爲學者ㅣ 言必稱 新舊ᄒ니 未知커라. 此說之顚末를 可得聞乎아. 余應之曰 此ᄂ 無乃古人溫故知新之義歟아.(下略)

◎ 學問의 目的, 硏究生, 『太極學報』 제17호, 융희 2년(1908) 1월 24일

　　吾人이 學問을 從事ᄒᆞᆷ은 何故를 因ᄒ며 學問의 目的은 果然 何

에 在ᄒ냐 問홀 것 ᄀᆺᄒ면 이ᄂᆞᆫ 너무 平凡ᄒᆫ 疑問이라고 爲言홀 人
도 有홀가 未知어니와 實際上에 在ᄒ여ᄂᆞᆫ 決코 如許히 容易ᄒᆫ 事
가 아니라. 此 目的이 明白치 못홈을 因ᄒ야 敎育의 方針도 往往
히 動搖ᄒᄂᆞᆫ 弊가 有ᄒ고 國民이 學問에 對ᄒᄂᆞᆫ 程度에도 屢屢히
消長ᄒᆫ 事가 有ᄒᄂᆞ니 故로 吾人은 明白히 그 目的이 何에 在홈을
硏究코져 ᄒᄂᆞᆫ 바로다. 勿論 敎育이라ᄂᆞᆫ 거슨 複雜ᄒᆫ 거신 고로 學
問을 從事ᄒᄂᆞᆫ 動機ᄂᆞᆫ 決코 一件에 止치 아니홀 터히나 然ᄒᄂ 그
動機가 幾許던지 有ᄒ다 홀지라도 其中 第一位를 占ᄒᄂᆞᆫ 者가 何
인지 此를 決定홈이 甚히 肝要ᄒᆫ 事가 되리로다.

吾人은 何故로 多數의 時間과 高額의 金錢을 費用ᄒ면셔 小中
大學의 敎育을 受ᄒᄂᆞᆫ가. 其中에ᄂ 全혀 優遊度樂ᄒ기를 目的ᄒ
ᄂᆞᆫ 者도 有홀 터히ᄂ 大体上 多大數ᄂᆞᆫ 學問으로ᄡᅥ 職業을 得ᄒᄂᆞᆫ
逕途이라고 爲思홀지니 分明히 말ᄒ쟈면 人은 將來 社會에 立ᄒ
야 衣食의 資를 得ᄒ랴고 今日 學問을 從事ᄒ다 홈이니 올토다.
斯言이여. 文明 各國에서는 學問 잇ᄂ 人텨럼 比較的 高等 地位를
占有ᄒᄂᆞᆫ 者가 無ᄒ 고로 優勝劣敗 競爭場에 立코져 ᄒᄂᆞᆫ 者ㅣ 學
問을 專修홈이니 今日 뎌 專門敎育과 如ᄒ 거슨 分明히 人에게 職
業을 敎授홈이라 云ᄒ여도 關係치 아니홀지라. 此로ᄡᅥ 普通敎育
에 至ᄒ기ᄭᅡ지 立身 出世의 最高ᄒ 手段이라고 思홈도 別數업ᄂ
順序이ᄂ 世上의 父兄되신 이도 其 子弟의게 學을 修케 홈에 當ᄒ
여ᄂ 무슴 鐵道이ᄂ 會社에 資本을 늬는 것 ᄀᆺ치 녁여 學資를 給
與ᄒ고 學校便으로 見홀지라도 最先 卒業生에 立身의 途를 與ᄒ
者ᄂ 必也 繁榮을 得ᄒ다 ᄒᄂᆞ니 此ᄂ 分明 我國 現今 學問界의
趨勢이라. 然則 學問의 目的이 果然 此處에 在ᄒ냐.

余ᄂ 學問과 立身出世의 間에 密接ᄒ 關係가 有ᄒ다 홈은 勿論

承認홀지언뎡 此가 學問 動機의 第一位라고는 思惟치 못ᄒ노니 萬一 父兄이 子弟의게 學資를 給與ᄒᄂ 目的이 그 子弟의 立身으로뼈 主要를 숨으면 高等敎育을 受혼 者의 數가 非常히 增加ᄒᄂ 日에 彼等이 職業을 得ᄒ기 困難홈을 見홀 時ᄂ 父兄은 子弟를 爲ᄒ야 其 資本을 投ᄒ야 機會를 待홈에 至홀진뎌. 今日은 僥倖 高等敎育을 受혼 者가 少數이밉 그 地位를 得홈에 容易홀 터히나 他日 學問이 如許혼 效力이 無홈에 至ᄒ면 螢雪의 勞를 積홀 者ㅣ 漸次 減少치 아니홀가. 男子敎育에ᄂ 論을 暫止ᄒ고 女子敎育에 對ᄒ야 저윽히 思論코져 ᄒᄂ 바가 有ᄒ노니 近來 我國에 女子敎育說이 唱出혼 以來로 幾許間 蒙牖를 初開ᄒ엿스ᄂ 아직 男子敎育에 比ᄒ면 더욱 微微ᄒ야 聞料가 一無ᄒ니 然則 何故로 女子敎育이 振興되지 못ᄒ나뇨. 此에 種種 色色혼 理由가 有ᄒ다 홀지라도 余ᄂ 斷言ᄒ기를 此ᄂ 他故가 아니라 學問을 立身出世의 必要혼 手段으로 思考혼 거시 必也 그 重要혼 原因이라. 多數혼 女子에ᄂ 職業이라ᄂ 거시 必要업고 또 立身出世라ᄂ 거슨 흔히 他 理由로 從來ᄒ난 거시밉 學問의 動作이 아니라. 然혼즉 婦人의게 學問을 從事케 홈은 決코 資本을 投出홈이 아니오, 거의 拋棄ᄒ난 同樣이니 俗言에 云혼 바 "會計가 틀닌다"ᄂ 말이 卽 女子敎育에 適用홀 말이라. 그런고로 世上의 여러 父兄씌셔들도 女子敎育에ᄂ 너무 熱心치 아니ᄒ거니와 女子 自身도 敎育으로뼈 고마온 것이라고 思惟치 아니ᄒ나니 余 前日에 經驗혼 바를 暫論ᄒ건듸 一 女子ㅣ 京城셔 某 女學校를 卒業ᄒ고 地方 某家에 嫁入ᄒ밉 靑山流水갓흔 英語ᄂ 半句도 相交홀 機會가 無ᄒ고 其他 物理 星學 論理 等 諸學問은 日常生活上에 需用홀 수가 無ᄒ밉 비로소 屢屢히 嘆息ᄒ야 友人의게 學問의 無益을 說明ᄒ고 또 그 媤妹의 留學을

百般 妨害흔 事가 有ᄒ니 <u>學問에ᄂ 實利가 直伴ᄒᄂ 것으로 思ᄒ</u>ᄂ <u>者</u>ᄂ 반다시 以上에 陳述흔 것과 갓치 失望이 될 거슨 難免의 事라. 學問이 實狀 貴重흔 거시로딕 裁縫이라 洗濯이라 炊事 等의 實利를 婦人의게 與ᄒᄂ 거슨 아니니 萬一 學問의 目的이 職業이나 立身出世라ᄂ 實利에 在ᄒ다 ᄒ면 學問의 不必要를 醒覺ᄒᆯ 者의 數가 增加치 아니ᄒᆯ가. 故로 余ᄂ 立身出世로뼈 學問의 目的이라 흠에 對ᄒ야ᄂ 期於 反對ᄒᄂ 바로라.

然則 學問 目的은 <u>社會를 爲ᄒ야 盡衷흠에 在</u>ᄒ니 別言ᄒ면 社會를 有益ᄒ게 흠에 在흠과 何如ᄒᆯ고. 此ᄂ 一身의 名利를 求흠에 比較ᄒ면 高尙ᄒ고도 可히 忖想ᄒᆯ 要說이라. 大抵 吾人은 社會의 一部를 形成ᄒ여 잇ᄂ 者이니 然則 社會에 對ᄒ야 害를 與흠이 可ᄒᆯ가, 或은 益을 與흠이 可ᄒᆯ가. 此 兩者에 不出ᄒᆯ지니 故로 吾人은 社會에 盡衷ᄒᆯ 바가 有ᄒ다고 學問을 從事흠이요 반다시 <u>一身의 名譽利達을 求ᄒᄂ 거시 아닌즉 余ᄂ 勿論 此로뼈 學問을 從事ᄒᄂ 動機의 一位로 計數ᄒ노라. 然ᄒ나 此로뼈 目的의 最先位에 置흠은 敢히 贊成치 못ᄒᄂ니</u> 何則고. 此說도 亦是 幾許間 學問의 目的을 實利에 置흔 所以니 萬一 社會를 益ᄒᄂ 거시 學問의 目的이라 云ᄒ면 社會를 益ᄒ게 못ᄒᄂ 者ᄂ 學問을 勤修치 안터릭도 妥當ᄒᆯ 事가 아닌가. 余ㅣ 일즉 美國 聾啞院談을 聞ᄒᆯ 時 一個 珍奇흔 靑年이 有ᄒ엿소. 彼ᄂ 二三歲 頃브터 聾啞될 쑨 아니라 盲者도 되여 그 聽官과 視官을 失흔 고로 但只 觸官만 依賴ᄒᄂ딕 그 靑年을 敎養흠에 特別히 一人의 敎師가 잇셔 普通科를 敎흠이 歷史 地理의 大意를 知ᄒ고 數學도 算術 分數까지 修了ᄒ엿다 ᄒ니 今에 余ᄂ 뎌 病身 靑年의게 學問을 從事흔 目的이 何에 在흔 것을 思考ᄒ여 學問의 目的이 決코 立身出世도 아니오 社會에 盡

衷홈도 아닌 거슬 斷言ㅎ노니 諸君은 뎌 病身 靑年이 學問을 修得
ㅎ엿다고 獨立生活을 管得홀 것은 到底히 信認치 아니홀 터히ᄂ
美國에셔 如彼흔 靑年을 敎育홈은 何를 爲홈인가. 或은 뎌 靑年을
敎育홈으로뻐 無益흔 事가 되리가 ㅎᄂ 다만 美國人이 彼를 敎育
홈은 彼로 心理學上의 硏究 材料를 삼기 爲홈이니 然則 諸君의 近
親 中에 萬一 如許흔 不具者가 有ㅎ다 假定ㅎ고 想像홈에 其人이
到底히 獨立生活을 不作ㅎ며 社會上 有益흔 事를 未能흔 理由로
써 諸君은 其人을 無學흔 裡에 全埋ㅎ겟ᄂ뇨. 余ᄂ 決코 如許히
不人情흔 事를 作爲치 아니홀 줄노 信ㅎ노니 然則 如許흔 不具者
의게라도 敎育을 施치 아니치 못홀 理由 中에ᄂ 學問의 目的이 包
含ㅎ여 잇지 아니흔가. 左에 漸次 說明ㅎ리라.

　學問의 最大흔 <u>目的은 自己의 能力을 十分 發達식힘어 在ㅎ니</u>
立身出世던지 或은 社會를 益ㅎ게 ㅎᄂ 거슨 다만 此를 隨伴ㅎᄂ
바 事物쑨이라. 根本브터 吾人 人類의게ᄂ 天稟의 能力이 有ㅎ니
此를 十分 發達식힘이 自己의 目的으로던지 쏘는 將來 社會의 目
的으로던지 當然히 홀 바이오 余가 只今 云ㅎᄂ 바 能力이라 홈은
心意에 關흔 것쑨 아니라 体力도 其中에 加入되난 거시니 今日 普
通으로 唱論ㅎᄂ 智育, 情育, 体育을 十分 善行홈은 卽 吾人의 能
力을 十分 發達식힘이니 만일 學問의 目的이 此에 在ㅎᄃ ㅎ면 癲
癇(나젼), 白痴 外에야 誰가 學問에 從事치 아니홀 者ㅣ 有ㅎ리오.
立身出世와 學問이 必然 相伴홀 거스로 思考ㅎ게 드면 貴族과 富
豪間에ᄂ 學問을 尊重히 홀 必要가 無ㅎᄂ니 何故오. 無他라. 彼
等은 職業을 求홀 必要도 無ㅎ고 더욱 其 手段으로 學問을 從事홀
必要가 無홈이니 余ᄂ 我國 富豪 貴族 中에ᄂ 有名흔 學者가 無홀
거슬 一種 遺憾으로 넉이노라. 大抵 學問에 從事ㅎ야 世人의 <u>尙今</u>

發見치 못흔 眞理를 發見흔다 홈은 다만 社會를 有益케 홀 쑨 아니라 其人 自身에게도 此 以外의 快樂이 更無ᄒ겟스나 然ᄒ나 學問을 從事홈에 不少흔 時間과 多大흔 金錢을 要ᄒ야 學問 程度가 一國에 卓越흔 大學敎授 中에도 金錢의 魔力을 不勝ᄒ야 長久흔 時間을 犧牲에 供ᄒ고도 多少內職을 未免흔다 ᄒ니 然則 貴族과 富豪는 衣食으로 因ᄒ야 其心을 因勞홀 必要가 無ᄒ겟슨즉 一身을 終日 學界에 投홀지라도 別노 困難흔 일이 無홀지니 일노써 見ᄒ건듸 貴族과 富豪 中에도 一世를 絶驚홀 大學者 大發明家의 現出을 企望홈이 無理흔 事 아니것만 全國內 數多흔 貴族 富豪 中에셔는 學問에 從事者가 鮮出홈이 果是 異常흔 現象이 될가. 余는 貴族 富豪의 腦力이 普通 人民에게 劣下되여 然ᄒ다 아니ᄒ노니 然則 그 理由는 學問을 職業 或 立身 處世의 一 手段으로 思ᄒ는 國民의 誤謬됨에 在ᄒ다 홀지라. 萬一 貴族 富豪 中에 學問의 目的을 眞正ᄒ게 解得ᄒ는 者가 有ᄒ면 泰西 諸國과 如히 彼等 中에셔 大學者 大發明家 大探險家를 見홈이 不遠에 在ᄒ다 ᄒ노라.

富豪 貴族 中에 學問이 隆盛치 못ᄒ는 것과 又치 勞働者間에도 學問을 修ᄒ는 者가 鮮홈은 亦是 同一흔 理由로 生흔 것이니 彼等은 手足을 만히 働作ᄒ야 衣食의 途를 得ᄒ는고로 學問으로써 身을 立흔 바가 아닌즉 學問의 目的이 人에게 衣食을 與홈에 在ᄒ다 ᄒ면 勞働者는 全혀 學問을 從事홀 必要가 無홀 거신즉 玆에 至ᄒ여는 余의 初言과 又치 學問은 自己의 能力을 發達홈으로써 第一의 目的을 作홈에 不在ᄒ면 勞働者가 學問을 欣修홀 時機가 到達치 아니홀 듯ᄒ도다. 人이 或言ᄒ기를 勞働者의게 學問을 從事식힘은 畢竟 無益의 事라 ᄒ고 或은 云ᄒ되 勞働者는 勞働이 甚劇ᄒ야 學問을 修得홀 勇氣가 無타 ᄒ나 그러ᄂ 國民 全體의 進步를

圖謀코져 ᄒ면 勞働者라고 排除ᄒ지 못홀 거시오 ᄯ 勞働者ᄂ 終日 体力만 使用ᄒ고 腦力은 比較的 少用ᄒ 고로 彼等이 다만 學問의 目的을 了解홈에 至ᄒ여ᄂ 夜更이라도 一二時間을 學問에 費用ᄒ기가 別노 困難ᄒ 事가 아니니 然則 學問 目的의 明白 與否가 國民 全体의 進步 發達에 大關係가 有ᄒ도다.

歐美 文明 諸國에셔ᄂ 何處던지 學問이 隆盛ᄒ지마ᄂ 同一ᄒ 文明國 中에도 多少 趣意가 殊異ᄒ 處가 有ᄒ니 뎌 英美國人은 學問을 實際上 事物에 應用ᄒ야 利益을 收홈으로 目的을 숨고 德國人은 學問은 學問이라 ᄒ야 修ᄒᄂ 고로 其 結果가 如何ᄒ 거세 너무 注意치 아니ᄒ니 <u>英美人은 學問으로 實利를 收ᄒ고 德國人은 珍器 什寶와 如히 思ᄒ야 學問을 修ᄒ즉 余의 所見으로ᄂ 英美의 學問이 振興치 못ᄒ리하 홈은 아니로ᄃ 到底히 德國人에 未及홀 事勢요 德國人은 學問을 貴重ᄒ게 思ᄒᄂ 所以로써 學問에 非常히 忠實ᄒ고 熱心하ᄂ니</u> 大抵 德國人은 人으로 比肩ᄒ쟈면 上品의 國民이 아니오 ᄯ 自慢ᄒ며 金錢에ᄂ 貧乞에 不過ᄒ야 足히 欽羨홀 바가 無ᄒ되 敎育에 熱心ᄒᄂ 거슨 驚歎치 아닐 수 업도다. 彼等은 英美人과 如히 富裕치 못ᄒ 고로 衣食住에ᄂ 極히 儉畧ᄒᄂ 子弟의 敎育에ᄂ 金額의 多少를 不顧ᄒ고 費用을 出補ᄒ나니 然則 彼等은 子弟의 立身을 希望ᄒ여 然ᄒ가 아니라 全혀 學問을 主寶로 녁여 人生의게 有케 ᄒ고져 홈이로다.

余ㅣ 只今 德國人의 代表되시ᄂ 德國 皇帝의 事蹟을 陳述코져 ᄒ노니 皇帝ᄂ 아직 少壯ᄒ신 君主ᄂ 貴人으로ᄂ 世界 中에 如許히 多藝多能ᄒ 者가 更無ᄒ 줄노 思ᄒ노라. 政治上에ᄂ 더욱 말홀 必要가 無ᄒ고 軍人, 文學, 音樂, 畵家의 各種 非凡ᄒ 技量을 備有ᄒ엿ᄂ 中에 音樂에 最多 興味를 付ᄒᄂ 고로 皇居의 隣近에ᄂ 皇

室로 一 演劇場을 置ᄒ고 時時로 行啓ᄒ야 玩賞ᄒᄂ 고로 玉座를 爲設ᄒ엿고 余의 聞ᄒ 바를 按ᄒ건ᄃᆡ 皇帝 親히 오페라(演劇)를 作ᄒ야 役者로 使演ᄒ고 觀賞ᄒ 事도 有ᄒ며 ᄯᅩ 露國 皇帝게 增送ᄒ 一幅 寓意畵ᄂ 全혀 親히 立案ᄒ야 畵家로 執筆케 ᄒ엿고 ᄯᅩ 일즉히 쎄리츠[57]라 稱ᄒᄂ 學者를 宮中에 招聘ᄒ야 皇后 皇太子 大宰相을 召集ᄒ고 其 講義를 聽ᄒᆞᆯᄉᆡ 쎄리츠ᄂ 古物學者라 一日 은 巴比倫[58] 思想의 基因된 쓰라이 思想[59]이라ᄂ 問題를 出ᄒ야 講ᄒᄆᆡ 皇帝ㅣ 興味津津ᄒ야 潛然히 細聽ᄒ 後 再次 쎄리츠를 宮 中에 招ᄒ야 그 講義를 復聽ᄒ 後 皇帝 親히 此 問題에 關ᄒ야 自 由討論을 起演ᄒ엿다 ᄒ니 一國의 君主로서 政治學과 軍隊의 事 를 硏究ᄒᆷ에ᄂ 別노히 驚嘆ᄒᆯ 事가 아니ᄂ 音樂 繪畵 文學 等事에 도 熱心 勵烈ᄒ심은 實노 嘆驚의 事이로다.

一步를 更進ᄒ야 皇帝ㅣ 其 皇子를 敎育ᄒᆷ에 如何ᄒ 方針을 用 ᄒᄂ지 暫間 陳敍ᄒ건ᄃᆡ 德國 學問의 價値가 如何ᄒᆷ을 明白히 知 ᄒᆯ지니 第一 第二 皇子ᄂ 陸軍이오 第三 皇子ᄂ 海軍이오 第四 第 五 皇子ᄂ 伯林(德京)[60]서 近地되ᄂ 프렌 農學校에서 農業에 從事 ᄒᆞᆯᄉᆡ 二 皇子 外 六人의 同窓生을 爲ᄒ야 幾坪畝(기평무)의 土地를 買有ᄒ고 耕作物은 穀類와 菜蔬며 其外에 乳牛 二頭를 養ᄒᆯ 만ᄒ 牧場이 有ᄒ며 鷄鳩 其他 家禽을 畜養ᄒᄂᄃᆡ 二皇子와 朋輩ᄂ 專 門家 敎導하ᄂ 아ᄅᆡ 農業에 關ᄒ 實際의 智識만 得ᄒᆯ ᄲᅮᆫ 아니라 經濟上 其 事業의 成效를 期ᄒᄂ 고로 耕作地에서 生産ᄒ 거슨 皇

---

57 쎄리츠: 미상.
58 파비륜(巴比倫): 바빌로니아.
59 쓰라이 사상(思想):
60 백림(伯林): 베를린.

居에 送ᄒ면 皇帝ᄂᆫ 相當ᄒᆫ 市價로 買取ᄒ되 萬一 生産品 中에 其
質이 劣等되난 者ᄂᆫ 關係업시 其價를 減下홈으로 皇子ᄂᆫ 全力을
用盡ᄒ야 培養 勤勉히 ᄒ다가 額頰(액협)에 汗流가 浹下(협하)ᄒ며
飮食을 要ᄒ 時ᄂᆫ 彼等은 耕作地 內에 構設(구설)ᄒ 小屋에 入ᄒ
야 珈排[61]를 飮ᄒ며 或은 麵麭(면포)를 食ᄒ나 그 器皿은 粗惡ᄒ
陶土製를 用ᄒ다 ᄒ니 何方面으로 見ᄒ던지 德國 皇室의 敎育은
學問으로 立身出世의 要具를 作치 아니ᄒ고 貴重ᄒ 寶貝로 舍아
此를 修ᄒ다ᄂᆫ 方針이 昭然ᄒ니 德國의 隆盛이 果然 基因ᄒ 바가
有ᄒ도다.

余ᄂᆫ 學問으로써 寶에 比ᄒ엿거니와 此ᄂᆫ 多少의 說明을 要ᄒ
지니 大凡 家에ᄂᆫ 日用物品 外에 必要ᄒ 物品을 卽 寶라 稱ᄒ나니
假令 金屛風이ᄂ 珍奇ᄒ 椀具며 古代브터 其 家에 傳來ᄒᄂᆫ 古物
이ᄂ 然하ᄂ 此等 寶貝ᄂᆫ 一年에 一二度外에ᄂᆫ 常用치 아니ᄒ고
倉庫에 藏置ᄒᄂ니 만일 實用의 標準으로 말ᄒ쟈면 此等 珍器ᄂᆫ
全혀 無價値의 物이것ᄆᆫ은 世人이 此等 寶를 持有ᄒ면 滿足히 아
ᄂ 것은 何故뇨. 元來 人은 平時에 備有ᄒ 것보다 急處에 用意를
預備ᄒ 것으로써 必要를 舍ᄂ니 世上 持寶者의 心志를 探見ᄒ면
分明히 不時의 需를 應ᄒ 거스로 一 動機를 作홈은 昭然ᄒ 事이요
一年 一度 珍客을 招待ᄒ 時에 家具를 繁飾홈은 虛榮에 不過ᄒᄂ
主人된 者에난 左右間 滿足을 自抱ᄒᄂ니 此와 如히 學問을 多大
히 修得ᄒ 者도 此를 應用ᄒ 機會ᄂᆫ 小ᄒ지라도 心中에 一種 難言
의 滿足이 抱持된 거슨 昭然ᄒ리로다.

只今 他 方面에서 視察을 垂下ᄒ면 學問은 廣大無邊ᄒ 宇宙를

***

吾輩의 小腦髓에 壓積홈과 如흔딕 吾人은 日日 外界를 接ᄒ야 其
美를 探ᄒ고 眞을 究ᄒ나 眞善美의 實相은 吾人의 心中에 求홈이
可ᄒ니 外界의 眞美ᄂ 往往히 全隱ᄒᄂ 수가 有ᄒ나 內界의 眞美
ᄂ 永永 吾人과 共存ᄒᄂ 者니 只今 卑近흔 實例를 取言ᄒ면 老人
이 漸次 그 視力 聽力을 失홈에 至ᄒ여 外部의 世界ᄂ 恰然히 消
滅됨과 ᄀᆺ흔딕 此로 從遠코져 홈에 當ᄒ여 彼의 幸不幸은 彼의 內
界의 如何를 從ᄒ야 定홈이니 壯年時代에 山河 風景을 廣覽흔 者
ᄂ 老項[62]에 達홀지라도 往往히 前日 觀覽物을 再想ᄒ야 壯快홈
을 感得ᄒᄂ 거슨 實相 吾人의 想像으로도 相及지 못ᄒ난 것이니
學問의 價値ᄂ 此와 如흔 者이민 그 廣大홈을 形言키 難ᄒ겟도다.

　人生의 目的은 何에 在흔가. 此ᄂ 容易히 答辯키 不能흔 問題나
多數 學者의 所言을 據ᄒ건딕 自己와 他人을 總括ᄒ야 그 幸福을
求흔다 홈이 吾人의 目的이 될 거슨 明白흔 事이니 勿論 幸福이라
ᄂ 거슨 快樂보다도 高尙흔 意義로 解析흔 거시민 完全흔 딕셔 出
生흔 것으로 思홀지니 <u>然則 最多의 幸福을 受ᄒᄂ 人은 最多 完全
의 域에 近着흔 人인즉 學問은 이 多大흔 幸福을 與ᄒᄂ 者</u>니 吾人
은 엇던 事情을 因ᄒ야 職業을 守爲홀 必要가 無흔 수도 有ᄒ고 ᄯᅩ
職業을 得爲치 못ᄒᄂ 境遇도 來홀지니 然則 職業이나 社會를 爲
ᄒ야 盡衷흔다ᄂ 거슨 一時 附隨에 不過ᄒ나 學問은 決코 不然ᄒ
야 吾人 人類 發達에 必要흔 者도 되고 ᄯᅩ 永久히 持續홀 者도 되
거늘 만은 靑年이 學校 卒業 後에 學問을 棄廢ᄒᄂ 事가 常有ᄒ니
此ᄂ 學問의 價値를 了解치 못흔 所以로다. 비록 <u>如何히 職業에 繁
忙흔들 學問 懶惰홀 理由가 何에 在ᄒ며 如何히 公共事業에 奔走</u>

<u>62</u> 노항(老項): 노경(老頃)의 오식으로 보임.

<u>혼들 讀書를 廢호 口實</u>이 何에 在호랴. 職業이던지 公共事業갓혼 一時的 物에 熱中호야 人生으로 必爲홀 責務를 忘域에 置홈은 實노 本末을 誤錯호는 行動이 아닌가. 余가 玆에 學問의 目的을 論혼 거슨 速速히 好學風이 我國에 勃興호기를 望호는 所由로라.

◎ 科學의 急務, 金英哉, 『태극학보』 제20호,
　　 융희 2년(1908) 4월 24일.[63]

　吾人이 知悉호는 바 科學은 卽 實學이니 空理空論도 아니며 想像도 아니오 <u>實際의 學問이니 此를 實際上에 應用호면 國家 社會의 各種 事業을 發達케 호는 同時에</u> 一般 國民의 常識을 發達케 홀 基礎가 되나니 大盖 科學이 發達 普及호면 個人으로는 各自의 事業 經營이 完全히 成行호고 富力이 增殖호야 堅實혼 思想上에 發展을 計圖홈으로 國家 事業上에 現著혼 進步를 成致호야 鞏富혼 基礎를 建立홈은 自然의 結果요 國民의 常識을 發達혼다 홈은 個人은 勿論 其然호려니와 國家 全体를 觀論홀지라도 亦是 必要홀 거슨 世界 萬國의 輿論이라. 米國 有名혼 哲學者 하리스[64]의 <u>金言을 據호건딕 國民의 常識을 發達케 홈은 科學普及에 在호다</u> 호엿스니 果然인가 偶然인가. 歐米 諸國에도 常識 發達에 對호여는 大段 苦心 硏究혼 結果에 依然히 科學 普及이 最上 开要處로 歸着호엿스니 所以로 普及을 計圖키 爲호야 苦心혼 結果로 思想

---

63 이 논설은 '과학=학문=실학'이라는 등식 아래 국민 상식과 과학 발달을 위해 노력할 것을 주장한 논설임. 미국 철학가 해리스의 주장을 소개한 점이 특징임.

64 하리스: 미상.

이 普及ᄒ고 趣味를 鼓吹ᄒᆯ식 或은 著書 或은 雜誌, 講演 等 各 方面으로 勸勵 努力ᄒ야 有益ᄒᆫ 出版物이 多大히 流行ᄒ니 此 一事로 見度ᄒᆯ지라도 科學 普及에 多大ᄒᆫ 注意를 惹起ᄒᆫ 거시 分明ᄒ도다. 常識의 發達과 科學은 以上과 如히 歐米 各國만 不啻(불시)라. 我國과 如ᄒᆫ 新進國도 先進 諸國과 激甚ᄒᆫ 舞臺를 比踏ᄒᄂᆫ 以上에야 其 主要가 一二에 不止ᄒ겟거늘 今日ᄭᅡ지 <u>我 韓人은 哲理政治에만 熱心을 奔馳ᄒ고 科學 實學上에ᄂᆫ 輕向을 妄置ᄒ야 學問이라 言ᄒ면 治國平天下만 但思ᄒ여 法律, 政治 等 學問만 修得ᄒ기에 熱中ᄒ고 實業은 捨而不顧ᄒᆷ으로</u> 實際와 實力을 未樹ᄒ고 空理와 空論에만 浮動ᄒ미 國民 子弟가 無非空論家를 馴成ᄒ야 悲慘ᄒᆫ 現象을 演出ᄒ엿나니 此ᄂᆫ 國家를 衰弱케 ᄒ고 國力을 退守케 ᄒᆯ 뿐 아니라 國家 社會의 公賊이 되리니 嗚呼라. 今日을 目睹ᄒᄂᆫ 有志 人士여. 如何ᄒᆫ 感想을 抱有ᄒ며 如何ᄒᆫ 手段을 將取ᄒ겟ᄂᆫ가. 要策을 研究컨디 學者나 民間 有力者나 諸般 人士를 總而勿論ᄒ고 力量을 相合ᄒ여 科學 普及을 力效ᄒ고 常識 發達을 用意ᄒ야 堅實ᄒᆫ 思想을 養成ᄒ고 事業의 興起와 實業의 發達을 促進ᄒ야 所謂 富國强兵의 基礎를 確立ᄒ면 國家의 發展이 不遠自期라 ᄒ노라.

以上 所言을 摘要ᄒ면 今日은 國民의 常識을 急急히 獎勵 發達ᄒᆷ이 可ᄒᆫ디 此를 實行ᄒ쟈면 空理空論을 沒數排斥ᄒ야 實學을 尊尙ᄒ라. <u>實學은 卽 科學이니 故로 科學의 普及이 今日 急務라 謂ᄒᆯ</u>지라. 近來 各郡에 學校 設立이 搖搖 蜂起ᄒ야 少年 國民과 有志人 社會間에 芳美ᄒᆫ 大觀念을 相交ᄒ니 亦是 鎖古의 主義를 比肩ᄒ자면 幸福됨이 無量ᄒ지만은 此ᄂᆫ 普通學 卽 言論上 學問 뿐이오 實際上 進展이 아닌즉 余의 所見으로는 急急히 實學을 鑽

究ᄒ고 科學을 發達홀 目的으로 特殊主義의 實學校가 多數 設立
ᄒ기를 企望ᄒ노라.

◎ 哲學初步, 學海主人,『태극학보』제21호
　융희 2년(1908) 5월 24일[65]

一. 緒論

大凡 哲學은 其義 甚廣ᄒ야 古來 許多ᄒ 學者가 各樣 不一의 定
義를 提出ᄒ엿스니 到底 吾輩의 遽定키 難ᄒ 바인즉 玆어 事物의
原理를 考究ᄒᄂ 學이라ᄂ 漠然ᄒ 定義로써 滿足히 定코져 ᄒ노
니 所謂 別般의 抵礙가 無ᄒ을 因ᄒ이라. 大抵 物體 運動의 理를
說ᄒ은 物理學이라 云ᄒ고 分子化成의 理를 說ᄒ은 化學이라 云
ᄒ고 實物의 長廣厚와 數量을 說ᄒ은 數學이라 云ᄒ고 日月星辰
의 理를 說ᄒ은 天文學이라 云ᄒ고 動植物 生存의 理를 說ᄒ은 生
理學이라 云ᄒ야 此等 諸科의 總稱을 科學 或은 理學이라 又 稱ᄒ
니 其 科目을 分括ᄒ면 其 範圍가 廣大ᄒ 듯ᄒ나 不然ᄒ 者 二件
이 有ᄒ니 第一은 一方에 偏在ᄒ 故로 全体를 摠括ᄒ야 其 原理를
考究키 不能ᄒ고 第二ᄂ 但只 客觀을 主張ᄒ야 主觀을 不問ᄒ니
事物의 蘊奧를 考究키 不能ᄒᄂ니 假令 第一 物理學 中에ᄂ 社會
의 進化 興亡之理를 不論ᄒ엿스며 化學 中에ᄂ 運動의 定則을 不
說ᄒ엿스며 數學 中에ᄂ 血液循環의 理를 不說ᄒ엿슨즉 此가 一

---

65 학해산인이라는 이름으로 게재한 철학 이론. 철학의 개념과 어원, 범위를 논하고,
철학하는 기본적인 자세를 논술함. 철학하는 자세로는 '공간, 시간, 물질, 운동, 세
력 등의 현상을 우러러 볼 것', '물질의 불멸'과 '운동의 단속(斷續)'에 관해 주목할
것 등을 제시하였음.

方에 偏僻홈이 아니며 第二 物体에 現出ᄒᆞᄂᆞᆫ 光線이 網膜의 映照홈은 解論ᄒᆞ엿스나 物의 眼目으로 見解ᄒᆞᄂᆞᆫ 所以ᄂᆞᆫ 不說ᄒᆞ엿스며 點이 有ᄒᆞ고 線이 有ᄒᆞ며 時間이 有ᄒᆞ고 空間이 有ᄒᆞ며 勢力이 有ᄒᆞ고 物体가 有홈은 說明ᄒᆞ엿스나 其 所有를 決定ᄒᆞᄂᆞᆫ 觀念은 何物인 거슬 不說ᄒᆞ고 觀念의 原理ᄂᆞᆫ 捨之不顧ᄒᆞ엿스니 其 各自의 一部만은 考究ᄒᆞ엿스듸 客觀에 對ᄒᆞᆫ 主觀과 物体에 相對ᄒᆞᆫ 精神은 不說ᄒᆞ엿스니 故로 理學으로ᄂᆞᆫ 一定則을 但說ᄒᆞ고 原理를 考究홈은 到底 不能ᄒᆞ나 然ᄒᆞ나 哲學은 不然ᄒᆞ야 理學의 諸科를 摠括ᄒᆞ고 一定의 法則을 解說ᄒᆞ야 宏大ᄒᆞᆫ 宇宙와 微少ᄒᆞᆫ 分子며 永久ᄒᆞᆫ 古今도 一一히 應用ᄒᆞ야 無誤無錯의 原理를 說明ᄒᆞᄂᆞ니 然則 哲學은 理學 諸科 以上의 高尙ᄒᆞᆫ 地位를 占領ᄒᆞ고 天地萬物의 原理를 網羅ᄒᆞ며 過去 現在 未來의 事變을 包括ᄒᆞ엿스니 故로 左記 二種의 功用을 有ᄒᆞᆫ 者라 稱홀지로다.

第一. 哲學은 心意를 發達케 ᄒᆞᄂᆞ니 大抵 宇宙間에 最 貴重ᄒᆞᆫ 者ᄂᆞᆫ 吾人이요 吾人의 最 貴重ᄒᆞᆫ 者ᄂᆞᆫ 心意인듸 哲學이 此 貴重ᄒᆞᆫ 心意를 發達케 ᄒᆞᄂᆞᆫ 者인즉 其 功用의 貴重ᄒᆞᆫ 바를 確知홀 바이오

第二. 哲學은 前陳과 如히 諸科學을 總合ᄒᆞᆫ 者니 心理, 倫理, 論理, 法理, 政治, 社會, 歷史 等 諸學의 根源이며 此等 諸學을 確乎鮮明ᄒᆞ야 完全ᄒᆞᆫ 基礎를 確定ᄒᆞ엿스니 此가 哲學의 功用이라.

然則 哲學의 範圍ᄂᆞᆫ 如何ᄒᆞ뇨. 此ᄂᆞᆫ 前述의 大略으로 足히 說明홀 듯ᄒᆞ나 大抵 哲學이 有始 以來로 今日ᄭᅵ지 諸家의 唱論이 區區

不一ᄒ여 確定을 未及ᄒ엿스니 今日 以後에도 亦是 確定키가 容易치 못ᄒ지라. 故로 哲學 名稱의 起源을 先陳ᄒ야 其 範圍에 說及코져 ᄒ노라. 最初에 希臘人 쎌니드[66]가 哲學의 端緒를 創開ᄒ니 當時에ᄂ 其 名稱도 知者가 鮮少ᄒ엿고 其後에ᄂ 에피다쏠라스[67] 時代에 至ᄒ여 哲學과 哲學者의 言語를 稍用ᄒ엿고 속클나틔스[68] 時代에 至ᄒ여ᄂ 哲學의 基礎가 完全ᄒ 地境에 殆近ᄒ엿스며 아리스로텔스[69] 時代에 至ᄒ여ᄂ 完全ᄒ 基礎를 造成ᄒ엿ᄂ딕 哲學의 原語 필로쏘피(希臘語로 哲學이라ᄂ 語)는 元來 智識을 愛ᄒ다ᄂ 稱義요 哲學者의 原語 필로솝퍼ᄂ 智識을 愛ᄒᄂ 者라ᄂ 意義이나 但只 智識을 愛ᄒ고 智識을 愛ᄒᄂ 者라 稱ᄒ으로ᄂ 遺憾이 不無ᄒ다 ᄒ야 當時 一般 學者가 種種의 語義를 唱出ᄒᆯ시 피사쓸나쓰[70]가 哲學이라ᄂ 語義에 定義를 如左히 先唱ᄒ엿스니

　　哲學이라 云ᄒ음은 智識을 愛ᄒ음이니 天道 人事를 考究ᄒ며 萬有의 存立을 考究ᄒᄂ 學

---

66 쎌니드: 미상.

67 에피다쏠라스: 엠피도클레스.

68 속클나틔스: 소크라테스(Socrates). 고대 그리스의 철학자(?B.C.470~B.C.399). 문답을 통하여 상대의 무지(無知)를 깨닫게 하고, 시민의 도덕의식을 개혼하는 일에 힘썼다. 신(神)을 모독하고 청년을 타락시켰다는 혐의로 독배(毒杯)를 받고 죽었다. 그의 사상은 제자 플라톤의 ≪대화편(對話篇)≫에 전하여진다. (표)

69 아리스로텔스: 아리스토텔레스(Aristoteles). 고대 그리스의 철학자(B.C.38∠~B.C.322). 소요학파의 창시자이며, 고대에 있어서 최대의 학문적 체계를 세웠고, 중세의 스콜라 철학을 비롯하여 후세의 학문에 큰 영향을 주었다. 저서에 ≪형이상학≫, ≪오르가논≫, ≪자연학≫, ≪시학≫, ≪정치학≫ 따위가 있다.(표)

70 피다쓸나스: 피타고라스(Pythagoras). 고대 그리스의 철학자·수학자·종교가(?B.C.580~?B.C.500). 수(數)를 만물의 근원으로 생각하였으며, '피타고라스의 정리'를 발견하여 과학적 사고를 구축하는 데에 큰 구실을 하였다. (표)

이라 ㅎ엿고 속클라티쓰이 門徒 프레트[71]는 云ㅎ되 哲學은 不變不動의 事理를 考究ㅎ는 學이며 實際의 事物을 考究ㅎ며 所有의 人力으로 神雲을 模倣ㅎ는 者라 ㅎ엿고 피다쓸나쓰가 哲學者라는 語에 對ㅎ여 定義를 提出曰 人生은 오림픽 祭(希臘에셔 四年 一回式 執行ㅎ는 大祭名)의 遊戲와 恰似ㅎ니 其中에 利益을 圖謀ㅎ는 者도 有ㅎ며 名譽를 求ㅎ는 者도 有ㅎ나 哲學者는 此 兩者 以外에 卓出흔 者니라 ㅎ고

프르테가 哲學者라는 意義를 唱出ㅎ여 曰 哲學者는 實質을 究極ㅎ는 者라 稱ㅎ엿스니 피다쓸나쓰의 哲學은 唯物論을 主張ㅎ엿고 속클리라틔쓰의 哲學은 倫理의 一方으로 偏向ㅎ엿스며 프레트는 觀念만 爲主흔 傾向이 有ㅎ엿스니 以上 諸人의 意見으로써 哲學의 範圍를 定키는 到底 至難의 事라. 故로 아리스토텔의 主論으로써 第一 哲學이라 命名ㅎㄴ니 其 唱論에 曰 哲學은 事物의 終極의 原理를 考究ㅎ는 學이라 흔지라. 後人이 形而上學이라 改稱ㅎ엿스며 알력산듸아 學派에 至ㅎ여는 哲學의 範圍를 一層 確定ㅎ고 形而上學 卽 實体學, 心意學, 合理神學, 世界形質學을 包括ㅎ고 倫理學, 審美學, 論理學 等을 附屬ㅎ엿슨즉 星霜의 經過흠을 從ㅎ야 哲學과 形而上學이 同一흔 意義로 傾行ㅎ엿더라. 爾來 形而上學을 純正哲學이라 別稱ㅎ엿스나 英國 碩學 쎄콘[72]이 實驗哲學(實物에 徵明흠으로 爲

---

71 프레트: 플라톤(Platon). 고대 그리스의 철학자(?B.C.428~?B.C.347). 소크라테스의 제자로, 아카데미를 개설하여 생애를 교육에 바쳤다. 대화편(對話篇)을 다수 쓰고, 초월적인 이데아가 참실재(實在)라고 하는 사고방식을 전개하였다. 철학자가 통치하는 이상 국가의 사상으로 유명하다. 저서에 ≪소크라테스의 변명≫, ≪향연≫, ≪국가≫ 따위가 있다.(표)
72 쎄콘: 베이컨.

主홈)을 主唱혼 以來로 同國 學者 록[73], 스펜사[74] 等 諸氏가 此派에
屬ᄒ고 德國學者 칸트, 피히티[75], 셸링, 헤-쎄[76] 等 諸氏가 佛國 中
興哲學者 쩨카-트[77] 派에 屬ᄒ야 形而上學(論法으로 由主홈)을 奉
崇ᄒ야 旗職를 各堅相爭ᄒ엿스니 形而上學은 헤-쎌에 至ᄒ야 極點
에 達ᄒ엿스며 實驗學派ᄂ 스펜사에 至ᄒ야 極點에 至ᄒ엿슨즉 兩
氏 哲學의 相反이 東西와 恰似ᄒ도다. 然則 德國 哲學은 形而上學
을 爲主ᄒ엿고 英國 哲學은 形而下로브터 形而上에 進及크져 ᄒ엿
스니 其 弊害를 論及ᄒ건ᄃ 英은 비록 着實ᄒ나 卑陋혼 方向에 流去
키 容易ᄒ겟고 德은 비록 高尙ᄒ나 空漠혼 方面에 陷入키 容易ᄒ겟
스니 一得이 有ᄒ면 一失이 更有ᄒ여 今日에 至ᄒ여서도 畢竟 其 範
圍가 未定되엿도다.

[註] 英國 哲學은 純正哲學과 心理學 倫理學 等을 摠括혼 者니 스펜사의 所說
을 依據컨ᄃ 哲學은 左記와 如ᄒ니
哲學은 理學을 槪括혼 者이미 理學 範圍 內에 包在혼 者ᄂ 勿論 其 範圍
內에 陷入ᄒ되 神의 性質과 宇宙의 無限有限은 其 範圍 外에 在혼 者인
고로 劃論홀 餘地가 無ᄒ니라.

ᄒ엿스니 槪要를 擧論컨ᄃ 스펜사의 主意ᄂ 哲學을

哲學原理(卽 哲學의 原理를 槪論혼 者)

---

73 록: 로크.
74 스펜사: 스펜서.
75 피히티: 피히테.
76 헤-쎄: 헤겔.
77 쩨카-트: 데카르트.

生物學(卽 動植物의 原理를 論호 者)

心理學(卽 人生의 原理를 論호 者)

社會學(卽 社會을 組織호 人生의 原理를 論호 者)

倫理學(卽 文明에 最頂點에 達호 人生의 原理를 論호 者)

此 諸者로 分列호엿도다. 本編에 哲學의 範圍를 別定호 바는 無호나 以上 諸家의 唱說을 依호야 其 大意를 左에 揭載코져 호노라.

一客이 希臘 哲學者 아리스테파스의게 門曰 君의 哲學을 勤修홈은 何以뇨. 答曰 宇宙萬物을 利用코져 홈이니라.

內에 其質이 無호고 外로 其文을 學홈은 脂를 畵호며 水를 鏤홈과 恰似호야 時日을 空費호되 其功만 虛損호느니라.

앗타쎌니 氏는 云호되 宗敎를 不信호는 者는 不穩의 生活을 常作호느니라.

포-프 氏는 云호되 吾人은 人生의 大洋을 漂流호느니 道理는 其 羅針盤이요 情慾은 其 颶風(구풍)이니라.

모-루 氏는 云호되 予는 官職도 不求호며 黃金도 不願호고 有價値호 無量의 閒隙과 機會를 尊貴히 忖度호느니 故로 黃金을 爲호여는 些少호 時間이라도 用費코져 아니호노라.

◎ 哲學初步, 學海主人, 태극학보 제22호 융희 2년(1908) 6월 24일

論據

(第一) 空間, 時間, 物質, 運動, 勢力

(第二) 物質의 不滅

(第三) 運動의 斷續

◎ **勸學論, 日本 大敎育家 福澤諭吉 古記, 金鴻亮 譯, 태극학보 제 25호 융희 2년(1908) 10월 24일.**

해설

일본의 개화 지식인이자 민권 운동가였던 후쿠자와유키지[福澤諭吉]의 학문론을 간추려 소개하였음. 후쿠자와는 이 시기 죽었음. 번역 소개된 부분은 제1편으로, 다른 부분은 학술지의 종간으로 인하여 게재되지 않음.

第一編

西哲이 有言曰 <u>人은 上에 人을 造치 아니ᄒ며 人의 下에 人을 造치 아니ᄒ다 ᄒ여스니 誠哉라 此言이여. 天이 人을 生홈에 반다시 各各 其 同等의 地位를 點有ᄒ여 貴賤과 上下의 差別이 無ᄒ며 다만 萬物의 靈되ᄂ 身과 心의 働으로써 天地間에 萬物을 資用ᄒ여 其 衣食住의 用을 達ᄒ며 自由自在로 互相 他人의 妨害를 不作ᄒ고 各其 安樂으로 此世를 渡去케 ᄒ신 本意라.</u>

然이나 此 人間世界를 觀察홈애 賢者도 有ᄒ며 愚者도 有ᄒ며 貧賤者도 有ᄒ며 富貴者도 有ᄒ야 其 現態가 殆然히 雲泥의 階級을 作홈은 何故오. 人이 學이 無ᄒ면 智가 無ᄒ며 智가 無ᄒ면 卽 愚者니 此ᄂ 人類 創造 以來로 其 歷史의 實驗을 依ᄒ면 足히 明確不變의 證據를 可得홀지라. 然則 賢愚의 別은 學홈과 學지 아니홈에 在ᄒ며 且 世間 萬事에 重難ᄒ 事도 有ᄒ고 容易ᄒ 事도 有

ㅎ야 其 重難흔 事를 經營ㅎ는 者면 指ㅎ야 身分이 重흔 者라 名
ㅎ며 容易흔 事를 經營ㅎ는 者면 身分이 輕흔 者라 名ㅎᄂ니 盖
其 心慮를 要ㅎ는 事ᄂ 重難흔 事이며 手足의 力을 要ㅎ는 事ᄂ
容易흔 事이니 故로 醫者와 學者와 政府의 役人과 及 農商 諸業에
對ㅎ야 夥多흔 奉公人을 使用ㅎ는 者ᄂ 其 身分이 貴重흔 者라 謂
흘지니 貧賤흔 者로써 較見ㅎ면 到底히 不及흘 事實이나 然이나
其 本源을 究尋ㅎ면 其人의 學力 多寡를 從흠에 不過흠이오 天定
의 約束에ᄂ 不在흠이니 諺에 曰 富貴를 人의게 與치 아니ㅎ고 다
만 其人의 働에 與흔다 ㅎᄂ니 然즉 人이 生ㅎ는 同時에 貴賤貧富
의 別이 無ㅎ고 다만 學問에 勤ㅎ야 事物을 善知ㅎ면 貴子가 될지
며 學이 無ㅎ고 事物에 暗昧ㅎ면 賤者가 될지라. 然則 <u>學問이란</u>
<u>者ᄂ 何如흔 者뇨.</u>

　學問이란 者ᄂ 다만 難解의 文字를 多知ㅎ며 難解의 章句를 多
讀ㅎ며 詩歌를 能吟能作ㅎ는 等 無實의 文學이 아니라. 此等 文學
도 人心을 喜悅케 흠에 一介 助械ᄂ 될지나 古來 儒者 等의 論흔
바와 如히 貴重흔 者라 謂치 못할지니 此等 無實의 虛學은 一方에
棄置ㅎ고 專혀 心血을 注ㅎ야 務흘 바ᄂ <u>人生의 日用 事物에 普用</u>
<u>ㅎ는 學問</u>이니 其例ᄂ 枚擧키 不能흔 故로 省略ㅎ거니와 此 日用
事物에 應用되ᄂ 最近 <u>實學을 先習</u>흔 後에 更進ㅎ야 學흘 바 種類
ᄂ 甚多ㅎ니 卽 地理學은 自己의 國中은 勿論ㅎ고 世界 萬國의 風
土와 路程의 引導者이며 究理學은 天地萬物의 性質을 發見ㅎ야
其 働을 知解ㅎ는 者이며 歷史學은 年代記의 詳細흔 者인ᄃ 萬國
古今에 形便을 詮索ㅎ는 者이며 經濟學은 一身一家의 經濟로브
터 天下의 經濟를 說解흔 者이며 修身學은 天然의 道理를 述흔 者
이라. 此等 學問을 學習흠에 對ㅎ야 可及的 其 實地의 應用을 精

求ᄒ야 日用에 供홀지라.

右는 人生 普通에 實學인되 人된 者는 貴賤 上下를 勿論ᄒ고 悉皆 習得지 아니키 不能홀 쑨 不是라 習得지 아니ᄒ면 不可ᄒᄂ니 此를 習得ᄒ 然後에 士農工商에 各其 分을 盡ᄒ야 公共ᄒ 事業을 營ᄒ며 其身을 獨立ᄒ며 其國을 獨立홀지니라.

學을 修홈에 對ᄒ야는 第一에 其 分限을 知홈이 肝要ᄒᄂ니 人이 生홈에 不繁不縞(불번불호)ᄒ야 各其 自由自在ᄒ 者어니와 但 自由自在만 唱ᄒ고 分限을 不知ᄒ면 任意放蕩에 陷入키 容易ᄒᄂ니 卽 其 分限은 道理로 基를 作ᄒ고 更히 人情을 從ᄒ야 我 一身의 自由를 達홀 同時에 他人의 妨害를 不爲홈이라. 自由와 任意의 分界는 他人의 妨害를 爲ᄒ며 爲치 아니홈에 在ᄒ니 假設 自我의 金銀을 費ᄒ야 行ᄒᄂ 事爲면 雖曰 酒色에 沉溺ᄒ야 放蕩에 馳盡홀지라도 自由自在라 홀지나 決코 不然ᄒ니 一人의 放蕩은 他人의 標本이 되야 世間의 風俗을 亂ᄒ며 人의 敎理를 妨害ᄒᄂ 故로 其 所費의 金銀은 自己의 物이 될지나 其罪는 他에 許歸키 不能홀지라. 盖 自由 獨立의 行爲가 一身上에만 在홀 쑨 아니라 國家 全体에 響及ᄒᄂ니 此에 一國이 有ᄒ야 古來 鎖國主意를 固守ᄒ고 自國 以外에 國으로는 交를 結치 아니ᄒ고 獨步로 自國의 物産만 衣食ᄒ다 홀지면 世界 各國이 皆其 鎖國主意를 固守ᄒᄂ 時代에 在ᄒ며는 如此ᄒ 行動이 其 效果의 違反이 無ᄒ려니와 今日과 如히 國과 國의 交易이 頻頻ᄒ 開放時代에 在ᄒ여는 到底히 其 欲望을 不遂홀 쑨 不是라. 世界의 一大 障害物이 되야 其 撲滅을 目睹홀지오 一國家內에 一個人을 論홀지라도 同一ᄒ 天地를 戴踏ᄒ며 同一ᄒ 一月을 照眺ᄒ며 同一ᄒ 空氣를 吸ᄒ며 同一ᄒ 歷史를 持ᄒ야 情意가 相同ᄒ 人民은 其 不足을 相補ᄒ며 便利를 相

計ᄒ야 幸福을 相祈ᄒ며 交結을 親密히 ᄒ야 理에 對ᄒ여는 阿弗利加 黑奴라도 我가 恐ᄒ지며 道에 對ᄒ여는 英吉利의 軍艦이라도 我가 懼치 아니ᄒ고 國家에 恥辱이 有ᄒ 時에는 國民된 者ㅣ各其 生命을 棄ᄒ야 國家의 威光을 汚落치 아니케 홈이 可謂 自由獨立의 人이라 홀지며 自由獨立의 國이라 홀지니 大則 世界에 對ᄒ 國과 小則 一國家에 對ᄒ 個人이 互相 自我의 自由를 建홀 時에 全体의 妨害를 不作홀 뿐 不是라. 其 共同의 幸利를 力圖홀지니 如此ᄒ 自由 實踐의 行動에 對ᄒ야 無理不道의 妨害를 加ᄒ는 者 有ᄒ면 雖是 絶對의 威權을 執ᄒ 者라도 我가 맛당히 身을 挺ᄒ야 天理와 人情의 相當ᄒ 議論으로 一命을 抛홀지라도 不屈홀지니 此가 卽 一國 人民된 者의 分限이라 홀지니라.

前條에 陳ᄒ 바와 如히 一身과 一國이 天理를 基ᄒ야 不覇 自由ᄒ 者인 故로 만일 此 一國의 自由를 障害ᄒ는 者 有ᄒ면 世界 萬國이 皆 我의 敵이 될지라도 足히 恐홀 바 無ᄒ며 此 一身의 自由를 妨害ᄒ는 者 有ᄒ면 政府의 威迫이 臨홀지라도 足히 恐홀 바 無ᄒ고 但 天理를 從ᄒ야 自我의 負擔ᄒ 責任을 盡키 爲ᄒ야 相當ᄒ 才德을 備치 아니면 不可홀지오 才德을 備코져 ᄒ면 事物의 理를 知치 아니키 不能ᄒ며 事物의 理를 知코져 ᄒ면 學을 學지 아니면 不可ᄒᄂ니 此가 卽 學問의 急務되는 故이라. 現今은 如何ᄒ 國을 勿論ᄒ고 其 才德에 相當ᄒ 準備가 有ᄒ 人이면 階級의 上下는 莫論ᄒ고 相當ᄒ 地位에 採用되는 法門이 已開ᄒ여스니 自我의 身分에 重大ᄒ 思顧ᄒ야 卑劣ᄒ 行動을 夢想間이라도 不作홀지라. 此 世界上에 可憐ᄒ 者는 無智 文盲ᄒ 者며 可惡ᄒ 者도 無智 文盲ᄒ 者라. 智가 無ᄒ 極에는 恥를 不知홈에 至ᄒᄂ니 或者는 自己의 無智를 因ᄒ야 貧窮에 陷ᄒ며 飢寒에 迫ᄒ면 其過를 自

己에 反치 아니아니ᄒ고 徒然히 傍人을 怨ᄒ며 甚至於 徒黨을 結ᄒ야 國家에 亂禍을 作ᄒᄂᆞᆫ 者ㅣ 有ᄒ니 如此輩ᄂᆞᆫ 恥도 不知ᄒ여 法도 不恐흠은 姑捨ᄒ고 天下의 法度를 賴ᄒ야 其身의 安全을 計ᄒ며 其家의 渡世를 營ᄒᄂᆞᆫ 者가 되야 自己의 私欲을 爲ᄒ여ᄂᆞᆫ 此를 障害ᄒ며 此를 撓破ᄒ니 如此 前後 不合理의 行動이 何에 在ᄒ리오. 或者ᄂᆞᆫ 相當ᄒᆫ 地位에 處ᄒ야 金錢의 貯藏이 多홀지라도 子孫의 敎育은 不知ᄒ니 敎育이 無ᄒᆫ 者면 其 愚劣ᄒᆫ 地位에 落下흠은 亦無怪ᄒ거니와 終來에 遊惰放蕩에 流ᄒ야 先祖의 遺業을 一朝에 蕩盡ᄒᄂᆞᆫ 者 不少ᄒ니 若此ᄒᆫ 愚民을 支配흠에 對ᄒ여ᄂᆞᆫ 專혀 道理로써 覺悟케 ᄒ기 不能ᄒᆫ 故로 威儀를 用ᄒ야 畏服케 홀 而已라. 故로 西諺에 曰 愚民의 上에 苛政府이 有ᄒ다 흠은 正이 此를 謂흠이니 政府가 苛酷흠이 아니오 愚民이 自招흠이라. 然즉 愚民의 上에 苛政府가 有ᄒ면 良民의 上에ᄂᆞᆫ 良政府가 有흠은 理所固然이라. 故로 何國을 勿論ᄒ고 其 政府의 善惡이 其 人民의 程度를 從ᄒᄂᆞ니 假令 人民의 德義가 衰ᄒ야 無學 文盲ᄒᆫ 地位에 落下ᄒ면 政府의 法令도 更一層 嚴苛홀지며 若人民이 皆其學問에 志ᄒ야 事物의 理를 知ᄒ며 文明의 域에 赴ᄒ면 政府의 法令도 漸次 寬仁大度의 域에 至홀지니 法의 苛寬은 但 其人民의 德不德을 由ᄒ야 正比例의 差가 有ᄒᄂᆞ니 誰가 苛政을 好ᄒ고 良政을 惡ᄒ며 誰가 自國의 富强을 祈치 아니ᄒ고 外國의 侮蔑을 自甘ᄒ리오. 此ᄂᆞᆫ 卽 人類의 常情이라 吾人이 此世에 生ᄒ야 其國을 報코저 ᄒᄂᆞᆫ 者ᄂᆞᆫ 期必코 苦身焦慮에만 在치 아니ᄒ고 唯一의 大切ᄒᆫ 者ᄂᆞᆫ 몬저 一身의 行爲를 正히 ᄒ며 志를 學問에 注ᄒ야 事理를 博通ᄒ며 身分에 相當ᄒᆫ 智德을 準備ᄒ면 政府ᄂᆞᆫ 其政을 施흠에 易ᄒ며 諸民민은 其政을 受흠에 苦가 無ᄒ야 政府와 人民이 互相

其所를 得ᄒ야 國家를 太平에 護去ᄒ지니 余輩의 學을 勸ᄒᄂ 趣
旨도 專혀 此에 在ᄒ도다. (未完)

◎ **哲學과 科學의 範圍, 李昌煥, 대한학회월보, 제5호,**
　융희 2년(1908) 6월 25일.

哲學이라 흠은 形而上 卽 無形흔 思想과 心理學과 갓튼 거시요,
科學이라 흠은 形而下 卽 有形흔 物理學과 理化學과 가튼 거시니
上古學術이 發達치 못ᄒ얏슬 時代에ᄂ 宇宙의 所有흔 現象은 極
히 神奇ᄒ고 極히 異常ᄒ야 凡人의 智識으로ᄂ 能히 解釋치 못흘
줄노만 知ᄒ야 物理學과 化學 가튼 것도 一種의 哲學으로만 知흔
지라. 假令 譬喩흘진듸 火가 燃燒흠도 人의 智識으로 知치 못흘
神秘的 現象이라 ᄒ더니 近世 科學의 進步됨을 因ᄒ야 火가 燃燒
흠은 炭素라ᄂ 것과 酸素라ᄂ 거시 化合흔 거시라고 解得흠과 如
히 百般의 現象이 神秘的 或은 哲學的 說明을 脫ᄒ야 科學的 說
明을 得흠이라. 過去 二三世紀에 歐洲 智識 發達의 歷史를 究見흔
즉 特히 科學이 哲學에 比ᄒ면 幾十倍ᄂ 進步되ᄂ 줄을 確信흘지
로다. 從來 哲學의 部類에 屬ᄒ야 잇던 거시 科學의 發達됨을 從
ᄒ야 分岐흠이 非常히 多大ᄒ니 此로 因ᄒ야 觀흘진듸 哲學者ᄂ
一家의 主婦와 如히 一家內 事務를 總히 處理ᄒ다가 其后 料理ᄂ
或 裁縫을 分割 傳任흠과 갓치 從來 哲學者가 統轄 研究ᄒ던 現象
을 各種 專門學者가 一部分式 分擔ᄒ여쓰니 然則 哲學의 範圍ᄂ
科學의 分擔을 因ᄒ야 狹小케 되야다 云흘지로다.
然이ᄂ 科學의 依ᄒ야 說明치 못흘 部分이 無限ᄒ니 假量 比較

ᄒᆞ야 말ᄒᆞᆯ진ᄃᆡ 家庭에서 下男下女가 各其 料理ㄴ 裁縫이ㄴ 其他 諸般 勞働은 ᄒᆞᆯ지라도 家庭 一切 事務를 다한다고 못ᄒᆞᆯ지니 그 나마지 事務는 主婦가 主掌 處理ᄒᆞᆷ과 갓치 科學에서 說明치 못ᄒᆞᆯ 거슨 다 哲學의 領分이 되ᄂᆞᆫ 고로 <u>科學의 進步를 因ᄒᆞ야 哲學의 範圍가 狹小타고 ᄒᆞ기보담 차라리 哲學이 科學의 母라 ᄒᆞᆷ을 得ᄒᆞᆯ지</u>로다. 然而 希臘文明의 常時로브터 近世에 至ᄒᆞ도록 天然現象과 精神現象(卽 科學과 哲學)을 全然히 區別ᄒᆞ야 硏究ᄒᆞ야쓰ᄂᆞ 十九世紀初로브터 學術의 進步됨을 싸라 哲學과 科學과ᄂᆞᆫ 非常히 密接ᄒᆞᆫ 關係가 生ᄒᆞᆷ이라. 假量 말ᄒᆞᆯ진ᄃᆡ 哲學者가 其硏究를 確實히 ᄒᆞ기 爲ᄒᆞ야 科學으로 基礎를 삼고 或은 科學者가 但히 科學으로마ᄂᆞᆫ 滿足히 解釋치 못ᄒᆞᆯ 거슨 哲學者로 ᄒᆞ여곰 解釋ᄒᆞᆷ과 如ᄒᆞ도다. 然則 科學은 卽 機械的으로 說明ᄒᆞᆯ 만ᄒᆞᆫ 物理學이ㄴ 化學과 가튼 거시요 哲學은 卽 機械的으로 說明치 못ᄒᆞᆯ 思想이ㄴ 心理學 가튼 거슨 確然이 知ᄒᆞᆯ지로다. 以上 陳述ᄒᆞᆷ과 如히 科學의 進步ᄒᆞᆷ을 從ᄒᆞ야 益益히 範圍가 擴張된다고 云ᄒᆞᆷ을 得ᄒᆞᆯ지로다.

◎ **諸學釋名 節要, 서북학회월보 제1권 제11호, 융희3년 4월(1909.4.)**

○ 科學英語 사이엔쓰

科學이란 것은 系統的 學理를 有ᄒᆞᆫ 學問을 謂ᄒᆞᆷ이라. 人智가 發達되ᄂᆞᆫᄃᆡ로 事物을 硏究ᄒᆞᄂᆞᆫ 法이 漸次로 進步ᄒᆞ야 凡百 智識이 더욱더욱 正確ᄒᆞ게 攄得(터득)되여가ᄂᆞᆫᄃᆡ 이 가장 步ᄒᆞᆫ 硏究法을 應用ᄒᆞ야 得ᄒᆞᆫ 條理 잇ᄂᆞᆫ 智識이 科學이라 謂ᄒᆞᄂᆞᆫ 것이니 곳 다만 經驗ᄒᆞᆫ 事物을 蒐集ᄒᆞᆯ 쑨만도 아니오 또 確實치 못ᄒᆞᆫ 假定說

를 基礎ᄒ야 推測홈도 아니라. 그 事實의 說明에 屬호 것이면, <u>當該 事實을 精密히 檢察ᄒ야 그 原因結果의 關係를 硏鑽ᄒ야 統一的으로 說明호 知識이오</u> 그 理法의 硏究에 屬호 것이면, 公認된 原理와 쏘 最 根本的 事實에셔 正當ᄒ게 究去ᄒ야 必然홀 地에 到着호 知識이 是라. 그럼으로 科學上에 必要호 硏究法은 일은바 <u>歸納的 硏究法</u>이니 此法은 恒常 一貫호 論理와 實存호 證據가 具存ᄒ야 그 理論에는 矛盾 撞擊이 含在홈을 許치 아니홈으로 阿某에게라도 普遍히 說示ᄒ야 明瞭히 認知케 홀 수 잇고 쏘 <u>適宜允當ᄒ게 記述</u>홈을 得홀지라.

世上이 進步되는 딕로 伊前에는 科學이 아니든 것도 今日에 至ᄒ얀 쏘호 漸次로 科學이 되야 科學의 種類가 갈스록 增加되는데 今日로만 ᄒ야도 一般이 公認호 科學이 그 種類가 자못 尠少치 아니ᄒ니라.

科學은 宜當 모든 것을 다 한 主觀의 系統으로 統合歸一케 홀 것이로딕 硏究의 分掌으로 因ᄒ야 便宜上과 밋 必要上으로 幾多의 部門에 細別ᄒᄂ니라.

○ 科學의 分類

科學의 分類는 古來로 그 法이 多ᄒᄂ 가장 簡便ᄒ고 允當호 法은 몬져 그 對象으로써 大別ᄒ고 다음 그 性質로써 細別ᄒᄂ 것이니라.

對象으로써 大別ᄒ면

精神的 科學

自然的 科學

兩部에 分ᄒ니 일은바 「精神的 科學」이란 것은 精神 곳 心意의 作爲에셔 生ᄒᄂ 諸般 現象을 硏究의 對象으로 ᄒᄂ 것이오 일은바 「自然的 科學」이란 것은 自然의 物質的 現象을 硏究의 對象으로 ᄒᄂ 것이라. 心理學, 倫理學, 論理學, 政治學, 法律學, 社會學, 敎育學, 筭學, 經濟學, 史學 等은 精神的 科學에 屬ᄒ고 物理學, 化學, 動物學, 植物學, 地理學, 生理學 等은 自然的 科學에 屬ᄒ얏ᄂ니라.

그러나 數學은 他科學과 特殊ᄒ 理想的 性質이 잇스니 他科學에 在ᄒ야ᄂ 實際에 업ᄂ 事物을 論홈은 無用ᄒ 일이ᄂ 數學에 在ᄒ야ᄂ 그러치 아니ᄒ야 都大體 思惟ᄒ 수 잇ᄂ 일이면 經驗과 相合ᄒ거니 相左ᄒ거니 總히 論究홈으로, 四나 或 其 以上의 方位를 가진 空間 갓흔 것을 論究ᄒᄂ 일이 잇ᄂ지라. 이러케 數學은 吾人 經驗의 對象에 關ᄒ야 다만 그 形式的 方面에만을 論ᄒᄂ 겻이 됨이르 前項 列擧ᄒ 모든 科學과 分別ᄒ려ᄒ면 이를 「形式的 科學」이라 홈도 無妨ᄒ고, 이미 形式的 科學이란 別名이 生ᄒ 以上에는 外他 諸學은 「實質的 科學」이라 ᄒ든지 「經驗的 科學」이라 홈도 無妨ᄒ지라. 於是乎에 科學이 形式的과 實質的으로 兩分ᄒᄂ니라.

그리ᄒ야 科學 總體ᄂ 形式, 實質 兩部로 分類되고 實質的 科學은 다시 前記홈과 갓히 精神, 自然 兩部로 分類되ᄂ데, 다시 그 性質ᄃ로 現狀論的, 發生論的, 組織論的 三部에 類別ᄒ야 百科學을 그 色目ᄃ로 各派에 分隷케 ᄒ 수 잇스니 表로 示ᄒ면 左와 갓흐니라.

左記호 分類는 운트[78] 氏의 說을 採錄홈.

科學	形式的 科學(純粹호 數學)		
	實質的 科學	精神的 科學	現象論的(物理學, 化學, 生理學)
			發生論的(宇宙論, 地質學, 生物發生學)
			組織論的(鑛物學, 動物學, 植物學)
		自然的 科學	現象論的(心理學)
			發生論的(史學)
			組織論的(法理學, 經濟學 等)

이 中에 原理와 純粹호 理論에 屬호 學은 參入호지 아니호니 이는 理論(日本 近時의 學者가 「哲學」이라 호는 것)에 屬홈인 故ㅣ니라.

學理的 論說은 그 讀法이 別有호니 저 政治的 社會的 論議와 갓히 泛泛히 看호고 朗朗히 誦홀 뿐이면 아모 所用이 업슬 뿐 아니라, 오히려 無益호게 思惟되기 쉬운지라 모름직이 細細히 讀호고 深深히 思繹호야 늙은 本義가 잇도록 홀지니라.

◎ **論說, 哲學爲羣學的頭腦, 황성신문 융희 3년(1909) 2월 26일.**[79]

大抵 干雲의 巨木은 其根이 深固호고 放海의 淵泉은 其源이 活

---

78 운트: 분트. 독일 심리학자.

79 학문을 두뇌적 학문과 기술적 학문으로 나누고, 철학의 가치를 두뇌적 학문으로 간주함. 철학은 심성의 원리와 신분의 품행과 인류의 본분을 밝히는 학문으로 규정하고 이 시기 학문이 기술적 학문에 치중하여 도덕 붕괴 현상이 나타난다고 개탄함. 후쿠자와유키치의 수신 29조가 붕괴된 데서 일본의 도덕 전괴 현상이 나타났다고 하였으며, 우리 학생들이 학문의 본의보다는 졸업 후 실익만을 추구하는 현상을 비판함. (철학=수신과 동등의 관계로 인식한 점이 특징). 서양 철학가의 격언을 수집하여 교과로 제공한다는 의견이 있었음.

潑ᄒᄂ니 吾人의 學問도 必 其頭腦的 學問이 確立ᄒ여야 好個事
業을 做得ᄒᄂ 結果가 有ᄒᆯ지라. 若其 頭腦的 學問이 無ᄒ고 技術
的 學問만 有ᄒ면 反히 寇兵을 藉ᄒ고 盜賊을 藉ᄒᄂ 材料가 되고
國家와 社會의 福祉를 增進치 못ᄒ고 或 害毒을 反胎ᄒᄂ 弊가 有
ᄒ지라. 是故로 敎育界에 第一 要領은 頭腦的 學問이니 頭腦的 學
問은 維何오. 哲學이 是라.

盖 哲學者ᄂ 心性의 原理와 身分의 品行과 人倫의 本務를 講明
ᄒ고 實踐ᄒᄂ 根本的 學問이니 從古以來로 東西洋 大學問家와
大敎育家가 無不惓惓于是ᄒ며 孜孜于是ᄒ야 其所以硏究發揮ᄒ
야 口傳心授者가 殆無餘蘊矣라. 今夫 日本의 社會 程度로 觀ᄒ면
種種 識者의 言論이 社會上 技術이 偏重ᄒ고 道德의 全壞ᄒᆷ을 憂
慮ᄒ지라. 盖 福澤諭吉 氏의 修身 要領 二十九條로 觀ᄒ건ᄃᆡ 氏의
敎育主義가 實로 頭腦的 學問으로 用力ᄒᆷ이 深切ᄒ거늘 但其 後
進界에서 漸次 福澤 氏의 眞意를 失ᄒᆷ으로 至于今日ᄒ야 道德 全
壞의 嘆이 有ᄒᆷ이로다. …

然이나 近日 學界 情況을 觀察ᄒ건ᄃᆡ 技術的 學問이 未及發達
ᄒ야 道德上 性質이 先己破壞ᄒ야 種種 欠點이 不一而足ᄒ니 或
何許學生은 若干 外國語나 通辯ᄒᆯ 만ᄒ면 卒業을 不待ᄒ고 飜譯
主事를 圖得ᄒᆷ으로 滿足ᄒ 功名을 삼고 筭術의 加減乘除와 體操
의 左向右向이나 略解ᄒ면 地方學校 敎師의 四五十圜 報酬를 獲
得ᄒ기로 爭趍ᄒ며 或 許多 學生은 言ᄒ되 地誌와 歷史ᄂ 必要ᄒ
課程이 아니라 ᄒ며 或何許學生은 肆然發然ᄒ야 曰 我國은 孔孟
의 道를 崇尙ᄒ다가 遂亡ᄒ엿다 ᄒ니 其悖道無理가 亦不甚哉아.
… 近日 某某 氏가 此를 憂慮ᄒ야 西洋哲學家의 格言至論을 蒐集
ᄒ야 特別히 一種 敎科를 供給ᄒ야 頭腦的 學問을 授與ᄒ기로 注

意흔다니 盖其 哲學이 發明되어야 學生界의 完全흔 人格이 多出
흐고 敎育界의 完全흔 結果가 必有홀 줄노 思惟흐노라.

◎ 我國將來에 必有大學問家出, 황성신문
　　융희 3년(1909) 2월 26일[80]

　夫學術者는 天地를 開闢흐고 世界를 左右흐는 能力이 有흔 者
라. 近世 西洋歷史로 觀흐면 歌白尼[81]의 天文學과 倍根, 笛卞兒[82]
의 哲理學, 孟德斯鳩[83]의 萬法精理와 盧梭[84]의 天賦人權論, 富蘭
克令[85]의 電學과 亞丹斯密[86]의 理財學과 伯倫知理[87]의 國家學과
達爾文[88]의 進化論과 奈端[89]의 重學과 連挪士[90]의 植物學, 康
德[91]의 純全哲學과 皮里士利[92]의 化學과 黑拔[93]의 敎育學과 約翰

---

80 학문 발달이 국가 발달의 기초가 됨을 서양 역사를 통해 증명하고, 우리나라의 세
　 학파(성리학, 사장학, 과거학)의 한계를 지적하며 대학문가가 출현하기를 촉구하
　 는 논설임.

81 가백니(歌白尼): 갈릴레오.

82 적변아(笛卞兒): 데카르트.

83 맹덕사구(孟德斯鳩): 미상.

84 노사(盧梭): 루소.

85 부란극령(富蘭克令): 프랭클린으로 추정됨. 미국의 과학자·문필가·정치가(1706~
　 1790). 출판 인쇄업으로 성공하였고, <u>피뢰침 발명, 번개의 방전(放電) 현상의 증명</u>
　 등 과학 분야에 공헌하였으며, 고등 교육 기관, 소방대, 도서관, 병원 등을 세우는
　 데 이바지하였다. 1787년 제헌 의회에 참석하여 미국 헌법의 기초를 만들었다.
　 (다음 백과사전). 1908년 2월 20일자 논설에서는 芙蘭具麟으로 표기함.

86 아단사밀(亞丹斯密): 미상.

87 백륜지리(伯倫知理): 미상.

88 달이문(達爾文): 다윈. 진화론 연구자.

89 내단(奈端): 뉴턴.

90 연나사(連挪士): 린네(Carolus Linnaeus. 1707. 5. 23 스웨덴 스몰란~ 1778. 1. 10
　 웁살라. 스웨덴의 식물학자·탐험가.(다음 백과사전)

彌勤94의 論理學 政治學과 斯賓塞95의 羣學96 等이 皆博深精明
혼 學識으로 燦爛揮赫혼 大光線을 放出ᄒ야 新文化를 發展ᄒ고
新世界를 造成혼 能力을 發表혼 者오 其他 文學家ᄂ 法國의 福錄
特爾97와 日本의 福澤諭吉과 俄國의 托爾斯泰98 諸賢이 皆 高尙
혼 思想과 美妙혼 文章으로 民志를 鼓發ᄒ고 國運을 再造혼 能力
이 有혼 者니 其 精神의 發達과 福利의 長久로 言ᄒ면 成吉思汗99
의 武强과 梅特涅100의 權術과 拿破崙의 霸業으로 比擬치 못ᄒᆯ
者로다.

我韓은 東洋 半島에 處ᄒ야 山川이 秀麗ᄒ고 風氣가 溫和ᄒ야 民
族의 知慧와 人才의 産出이 他邦에 不讓ᄒᆯ지며 況又檀箕 以來로
倫敎가 夙闡ᄒ고 文學을 素尙혼 國이라 學理의 發明이 彼 西洋 希
臘 等 國에 不下ᄒᆯ지어늘 何故 今日에 大學問家가 廖廖無聞ᄒ가.

三百年前 學問家의 歷史로 言ᄒ면 退栗 諸賢의 性理學과 花潭
의 物理學과 柳磻溪의 政治學과 金錫文 氏의 地球 發明과 涵虛堂

---

91 강덕(康德): 칸트.

92 피리사리(皮里土利): 조지프 프리스틀리(Joseph Priestley, FRS, 1733년 3월 13일~
1804년 2월 6일)는 영국의 화학자, 성직자, 신학자, 교육학자, 정치학자, 자연철학
자였다. 그는 자유주의 정치학, 종교, 실험 과학 등 다방면에 기여했다. 산소의 발
견자로 가장 널리 알려져 있지만, 프리스틀리 스스로는 자신을 과학자라기보다는
성직자로 생각했다.[1] 그의 사상은 신학적으로는 유니테리언, 정치적으로는 자
유주의, 철학적으로는 유물론을 표방했다.(다음 백과사전)

93 흑발(黑拔): 헤르바르트. 교육학자.

94 약한미근(約翰彌勤): 라이프니츠.

95 사빈색(斯賓塞): 스펜서.

96 군학(羣學): 사회학을 의미함.

97 복록특이(福祿特爾): 미상.

98 탁이사태(托爾斯泰): 도스토예프스키 또는 톨스토이 중의 한 사람으로 추정됨.

99 성길사한(成吉思汗): 칭기즈칸.

100 매특열(梅特涅): 미상.

의 佛經演釋과 許浚 氏의 醫鑑 著述과 其他 文學家가 固磊落相望
ᄒ고 … 盖 由來學問家의 三派가 有ᄒ니 曰 性理學과 曰 詞章學
과 曰 科擧學이라. (하략)

◎ **學問自由를 終不可得乎, 황성신문 융희 3년(1909) 4월 13일.**[101]

(전략) 彼 西洋諸國은 十九世紀 以來로 自由主義가 大昌於世ᄒ야
人民 社會에셔 寧其生命을 抛棄ᄒ지언정 自由를 不失ᄒ야 思想
自由와 言論 自由와 著述 自由와 行爲 自由와 學問 自由가 人皆
有之홈으로 其 智能의 靈巧가 日出不窮ᄒ고 事業의 擴張이 日進
不己ᄒ거늘 我 東洋 諸國의 人民 社會는 所謂 思想 自由와 言論
自由와 著述 自由와 行爲 自由는 莫論ᄒ고 至於 學問界에도 諸般
制限을 被ᄒ야 自由를 不得ᄒ니 尤其不悲哉아. …(하략)

◎ **學問 硏究의 要路, 竹圃生, 서북학회월보, 제1권 제14호,**
　　융희3년 7월(1909.7.)

本報 敎育部欄 內에 號號히 學科에 要說과 精神敎育 及 學科의
大綱을 敍述홈이 多ᄒ엿기나 此를 實踐ᄒ는 要路는 記홈이 無ᄒ
엿도다. 然則 學生 諸君 及 本報 愛讀ᄒ시는 諸公은 此에 對ᄒ야
躊躇를 不己ᄒ엿을지로다.

---

101 사상 자유, 언론 자유, 저술 자유, 행위 자유는 막론하고 학문 자유마저 제한을 받
　　는 현실에서 궁극적으로 학문 자유를 얻어야 함을 촉구한 논설임.

學課가 如此히 複雜ᄒ고 學問이 如此히 廣大흔 以上은 必竟 此에 達ᄒᄂ 捷徑이 無치 못ᄒ리라 ᄒᄂ 觀念이 不可無ᄒ야 飢者의 食을 求흠과 渴者의 飮을 求흠과 無異ᄒ야 晝夜로 思ᄒ며 四方에 求ᄒ고 先生에게 問ᄒ며 同類에게 質ᄒᄃ 것이 本號에ᄂ 述海에 羅盤針과 如히 顯ᄒᄂ도다.

雜談의 筆은 玆에 伏ᄒ고 原論에 入ᄒ야 眞正흔 佳境을 記코져 ᄒ노니 心을 留ᄒ야 汎聽치 勿ᄒ며 道에셔 聽ᄒ고 道에셔 說흠과 如히 흠이 無흠은 此를 記ᄒᄂ 人의 心願ᄒᄂ 바로다. 錦과 如ᄒ고 繡와 如흔 此 二十世紀에ᄂ 智識의 競爭이 大進ᄒ야 東西가 大通에 黃白이 相混ᄒ고 轟樂이 造作에 萬舞가 方張ᄒ야 風雲이 日로 變幻ᄒ고 文運이 時로 發展ᄒᄂ니 此時를 當ᄒ야 吾儕가 此 競爭場裏에 立코져 ᄒ면 엇지 智識의 發揮흠이 必要치 아니리오.

神聖ᄒ다 智識이여. 爾가 엇지 如此히 靈妙흔가. 爾를 崇拜ᄒ며 爾를 求ᄒᄂ 者에게ᄂ 無限흔 福利를 與ᄒ야 自由 康樂의 大道에 蕩浴케 ᄒ며 爾를 不伴ᄒ고 爾를 斥ᄒᄂ 者에게ᄂ 無數흔 困窮을 與ᄒ야 萬層牢囚의 地獄에 永沒케 ᄒ니 爾가 엇지 如此히 判決이 自明흔가.

吾儕도 自由 康樂의 大道에 蕩浴을 嗜好ᄒᄂ 同時에 不可不 智識을 崇拜ᄒ며 智識을 崇拜ᄒᄂ 同時에 智識의 子學問을 不可不 尊이오, 學을 不可不 敬이오, 科學에 至ᄒ야ᄂ 二子를 有ᄒ니 形式的 科學 及 實質的 科學이 是라. 實質的 科學이 又 二子를 有ᄒ니 精神的 科學 及 自然的 科學이 是오, 形式的 科學은 純粹흔 數學이라. 更히 支派가 無ᄒ고 精神的 科學 及 自然的 科學이 幾多의 子를 各有ᄒ엿시니 心理學, 社會學, 敎育學, 倫理學, 論理學, 政治學, 法律學, 筭學, 經濟學, 史學 等은 精神的 科學에 屬ᄒ고

物理學, 化學, 植物學, 動物學, 地理學, 生理學 等은 自然科學에 屬ᄒᄂ니라.(此에 詳細ᄒ 部分은 本報 第十一號 敎育部欄 內에 諸學釋名을 參照ᄒ라)

科學의 種類ᄂ 此外에도 不無ᄒ나 一一히 枚擧키 難ᄒ 故로 玆에 省略ᄒ엿시나 科學의 現象이 如此ᄒ고 學問의 關係가 如此ᄒ딕 硏究의 要路를 不由ᄒ고 他路에 誤入ᄒ면 徒費 腦精ᄒ고 勤勤 做去ᄒ여도 功效ᄂ 難奏ᄒ리로다. 故로 左에 學問 硏究의 要路를 略記코저 ᄒ노라.

古來로 <u>學問 硏究 方法</u>에 就ᄒ야 議論이 各殊ᄒ엿시나 現今 普通되ᄂ 簡便ᄒ 方法은 二道에 不出ᄒ나니 則 <u>演繹方法으로 推理를 主張ᄒᄂ 理論學派 及 歸納方法으로 實驗을 主張ᄒᄂ 事實學派가 是</u>라. 然則

推理 及 實驗이 先後가 有ᄒᆫ가. 曰 否라. 兩者가 互相 先後ᄒ나니 智識 程度가 尙低ᄒ 時ᄂ 演繹的 推理의 識想이 無ᄒ 故로 但히 其 目前에 最近ᄒ 各問題만 取ᄒ야 其 利害得失을 硏究ᄒᄂ 故로 實驗이 先ᄒ고 推理의 理論이 後ᄒ나 然이나 此等 理論은 十의 八九ᄂ 誤謬됨을 難免이오, 智識이 稍進ᄒ야ᄂ 事事에 其 公例를 求ᄒ며 學學에 其 原理를 探ᄒ야 公例와 原理를 旣知ᄒᆫ즉 此로 推ᄒ야 羣學 種種의 現象에 及ᄒᆷ으로서 其樊를 破ᄒ고 其是를 求ᄒᆯ지니 故로 理論이 先ᄒ고 實驗이 反後ᄒᆷ은 理에 當理ᄒ 바오.

推理 及 實驗이 優劣이 有ᄒᆫ가. 曰 否라. 理論은 其 範圍가 廣遠 高尙ᄒ나 其 目的을 達ᄒᆷ에ᄂ 實驗을 不依ᄒ면 施用ᄒᆷ을 不得ᄒ야 空地에 徒歸ᄒᆯ 것이오, 又 實驗은 理論을 不依ᄒ고 決코 成立ᄒᆷ을 不得ᄒᆯ지니 故로 二者 其一을 缺ᄒᆷ이 不可ᄒᆷ은 理에 當然ᄒ도다.

此에 對ᄒ야 先後 優劣이 無ᄒ즉 更히 此를 論ᄒ 必要는 無ᄒ고 其 意義에만 就ᄒ야 一言코져 ᄒ노라.

演繹的 方法이라 홈은 實驗에 不依ᄒ고 單히 眞理로써 事物을 說明ᄒᄂ 者니 例言ᄒ면 石을 投ᄒ즉 반다시 地上으로 落下ᄒ다 云홈은 實驗에 不依ᄒ고 但히 地球의 引力으로 因ᄒ야 諸物體ᄂ 共히 地上으로 落ᄒ다 ᄒᄂ 眞理로 基ᄒ야 石을 投ᄒ든ᅎ 彈丸을 發ᄒ든지 皆 地上으로 落下ᄒ 者 됨을 推論ᄒ지며,

歸納的 方法은 種種 現象을 綜合ᄒ야 硏究홈으로써 眞理를 發見ᄒᄂ 者니 前者의 反對라. 前例에 依ᄒ야 說明ᄒ즉 石을 投ᄒ야도 地上으로 落下ᄒ고 彈丸을 發ᄒ야도 地上으로 落下ᄒᄂ 實驗으로 因ᄒ야 地球의 引力으로 地上諸物은 皆 落下ᄒ다 ᄒᄂ 眞理를 發見ᄒ얏다 ᄒᄂ도다.

天下의 事 如何홈을 勿論ᄒ고 硏究를 試코져 홀진뒤 此에 不適ᄒᄂ 者 無ᄒ야 高尙ᄒ기가 宗敎와 如ᄒ고 淵遠이 哲學과 如홀지라도 適合치 아님이 無홀지라. 然則 歸納的 方法에 依ᄒ야 實驗上의 原理를 知得ᄒ고 演繹的 方法에 依ᄒ야 同種類의 現象에 推及홈이 至當ᄒ다 ᄒ노라.

玆에 更히 一言코져 ᄒᄂ 者는 演繹的 方法 及 歸納的 方法의 差異니

第一 演繹的 方法은 眞理를 先히 ᄒ고 實驗을 後에 ᄒ되 歸納的 方法은 實驗을 先히 ᄒ고 眞理의 發見을 後에 ᄒ며

第二 演繹的 方法은 人은 理想이 有ᄒ야 此 理想으로븟터 如何ᄒ 結果 則 目的을 達ᄒ다 ᄒ되 歸納的 方法은 人의 作爲홈으로 因ᄒ야 必竟은 一結果가 生ᄒ얏다 ᄒ나니 演繹的 方法에ᄂ 更히 細別ᄒ면 自然科學派, 心理學派, 人性學派 等이 有ᄒ고 歸納的 方

法에는 分析學派, 歷史學派, 比較學派 等이 有ᄒ나 此에 論홀 必要가 無ᄒ기로 玆에 省略홈.

此 方法은 東洋에셔도 學問을 硏究ᄒᄂ 者ᄂ 屢施ᄒ든 바 其 一例를 擧홀진딘 程朱의 學은 演繹的 方法에 屬ᄒ 者라. 格物致知로 誠意正心에 及케 ᄒ엿시나 王明學은 歸納的 方法에 屬ᄒ 者라. 誠意正心으로 格物致知에 及케 ᄒ여시니 是 엇지 古來로 學問 硏究의 要路됨이 分明치 아니리오. 記者ㅣ 斯學에 萬一을 未鮮ᄒᄂ 者라. 엇지 敢히 長惶히 妄論ᄒ리오.

◎ 物理學, 朴漢榮, 譯述, 서북학회월보, 제1권 제16호, 융희3년 10월(1909.10.)

序論

單位

一. 基本 單位(FUNDAMENTAL UNITS): (中略)

二. 長의 單位(UNITS OF LENGTH)

◎ 化學, 白成煥, 述, 서북학회월보, 제1권 제16호, 융희3년 10월 (1909.10.)

硝子(琉璃) GLASS

◎ 國民의 科學的 活動을 要홈, 挽洋生 韓興敎, 대한흥학보
제11호, 융희4년(1909) 3월 25일.

해설

이 논설은 이 시기 의학, 농공상업계의 현실을 비판하고 이를 타개할 방법
으로 '출가적(出稼的) 활동'(대외 활동)을 할 것을 촉구한 논설임. 국권 상
실 이전의 의학, 농학, 상업에 대한 현실 인식이 반영되었으며, 실용주의적
학문관을 바탕으로 함.

現下 國內 情況을 或目으로 睹ᄒ며 或 耳로 聞흔 者ㅣ 誰가 生
活難 生活雜이라ᄒᄂ 話柄을 作치 아니ᄒ며 ᄯᅩᄒ 實例를 證ᄒ야
도 우리 二千萬 家族 社會 中에도 此等 狀態에 陷치 아니흔 者ㅣ
幾個나 有ᄒ뇨. …(중략)… 帝國 同胞ᄂ 特히 此點을 容納ᄒ시고
今後로붓터 同志 僉彦은 共히 此 問題를 잘 解決ᄒ기를 滿腔熟誠
으로 渴望ᄒ노라.

第一 保守的 主義

此에 就ᄒ야 人人個個히 各其 職務의 當行홀 바를 行ᄒ며 當守
홀 바를 守ᄒ야 멈처 自家를 善良히 保存ᄒ며 밋 自國을 永遠히
維持케 홀 主義인데 此를 具體的 方面으로 論及ᄒ건디 大槪 如左
ᄒ니

(가) 醫學界(醫農工商의 順을 從홈): 此ᄂ 現時 狀態로셔 觀홀진
디 아즉 萎靡不振ᄒ야 殆히 擧論홀 바이 無ᄒ나 不侫도 將

來에 此 醫學界로써 活動코져 ᄒ며 ᄯᅩᄒᆫ 自量ᄒᆞ되 我韓 目下 急務로셔도 醫學의 右에 出ᄒᆞᆯ 者 殆無ᄒ다 ᄒ야도 過言이 아닐 줄 信ᄒ노니 斯界에 從事ᄒᆫ 僉彦의 特히 注意ᄒᆞᆯ 바ᄂᆞᆫ 何에 在ᄒ뇨. 愚論을 待치 아니ᄒ야도 明瞭ᄒ려니와 現今 外國으로븟터 本邦에 渡來ᄒᆫ 空囊客들이 往往히 一攫千金의 手段으로 京鄕 要塞處에 所謂 醫院이니 藥舖이니 ᄒᆞᄂᆞᆫ 것이 到頭에 相望ᄒ야 非理의 利益과 不法의 行動을 逞ᄒ니 我邦人은 맛당히 此에 反ᄒ야 高尙ᄒᆫ 資格과 眞正ᄒᆫ 目的으로써 一層 改良ᄒ야 誠心 做去ᄒ면 其勢가 반다시 我掌中에 歸ᄒᆞᆯ 것이 分明ᄒ니 以上은 醫學家의 責務요

(나) 農學界: 農이란 것은 從來 我邦에서 第一大本으로 知ᄒᆞᆷ으로써 此에 對ᄒᆞ얀 多少間 發達ᄒᆫ 點도 有ᄒ고 ᄯᅩᄒᆫ 我邦의 首位를 占ᄒ얏스나 現世 新發明된 農學이 按出ᄒᆫ 바 되야 그 精密ᄒ고 完全ᄒᆫ 法이 自來 經驗的 模範에 比ᄒᆞᆯ 바이 아님으로 隣邦의 農戰隊가 삽을 荷ᄒ며 鎌을 橫ᄒ고 續續 來襲ᄒ야 地를 拓ᄒ며 民을 殖코자 ᄒ거든 我邦人은 此에 一層 奮勵ᄒ야 假令 外人이 一畝(일무)를 耕ᄒ거든 我ᄂᆞᆫ 十畝를 耕ᄒ면 쟝찻 大成功과 好結果를 得ᄒ리니 以上은 農業家의 責任이오(此外 水産, 鑛産 諸業도 亦然ᄒᆞᆷ)

(다) 工業界 … 此際를 當ᄒ야 東西 各邦으로븟허 精巧ᄒᆫ 工藝品이 輻輳竝進ᄒᆞᆷ에 全國의 經濟가 迨히 此를 因ᄒ야 罄竭(경갈)ᄒ니 엇지 痛嘆치 아니ᄒ리오. …

(라) 商業界 …所謂 商戰隊의 勢力이 日노 盛ᄒ야 是로써 他民族을 奴隷로 使ᄒ며 他邦國을 領土로 認ᄒᆫ 者ㅣ 其例不少ᄒ니 그 엇지 可懼可畏ᄒᆞᆯ 事이 아니리오. …

第二. 出稼的 主義

(가) 醫農工 三 學界는 아직 幼稚ㅎ야 別노 出稼的 方面ㅼ지 進
行ㅎ 餘地가 無ㅎ기에 此는 省略흠
(나) 商學界: 此에 就ㅎ얀 不可不 以上 兩方面으로 並行ㅎ 必要
가 有ㅎ니 何者를 謂흠이뇨. 大抵 商業은 ᄒ갓 一國 經濟에
만 制限ㅎ 뿐 아니라 國際間 貿易 卽 輸出 輸入에 大關係가
有ᄒ거든 況此時 갓히 金融이 枯渴ㅎ고 經濟가 恐慌ᄒ 地
境을 當ㅎ야 第一 重大ᄒ 責任을 雙肩上에 擔荷ᄒ 商業家
卽 經濟家되고야 엇지 內國에 在ㅎ야 다만 保守的 主義에
만 傾向ㅎ 싸람이리오. …(하략)

2. 국문과 교육

2.1. 교육 보급을 위한 국문 사용론

◎ 繕用我文, 황성신문, 광무2년(1898) 11월 16일
◎ 國文原流, 황성신문, 광무3년(1899) 5월 2일 ~ 5월 3일
◎ 제국신문, 광무 4년(1900)년 1월 17일
◎ 論說, 言語可整, 황성신문, 광무4년(1900) 10월 9일.
◎ 論說, 國文宜潤色, 광무5년(1901) 6월 10일.
◎ 論說, 國文學校 設立 瑣聞, 광무6년(1902) 2월 13일.
◎ 論說, 國文宜擴張, 광무 6년(1902) 2월 14일
◎ 國文一定意見書, 李能和, 황성신문 광무 10년(1906) 6월 1일, 2일
◎ 池氏 意見書, 황성신문 광무 10년(1906) 12월 21일
◎ 國文硏究會 趣旨書, 광무 11년(1907) 1월 12일
◎ 國文委員 選定, 융희 원년(1907) 9월 21일
◎ 論說, 國文硏究會, 융희 원년(1907) 10월 5일
◎ 雜報, 國文硏究所 規則, 융희 원년(1907) 10월 12일
◎ 雜報, 先敎國文, 융희 원년(1907) 12월 22일
◎ 敎育者 討伐隊, 홍촌라생, 대한학회월보, 제3호 융희 2년(1908) 4월 25일
◎ 論說, 勸告三南文學家, 융희 3년(1909) 2월 16일
◎ 論說, 國文機械 新發明, 황성신문 융희 3년(1909) 7월 21일
◎ 論說, 我韓 學生의게 歐米語의 修養을 勸홈, 황성신문 융희 3년(1909) 7월 31일
◎ 淸國 簡字學堂에 對ᄒ야 比較的 思想, 황성신문 융희 3년(1909) 11월 27일
◎ 雜報, 學部의 韓日語 講習, 황성신문 융희 4년(1910) 3월 5일
◎ 論說, 國文發達을 注意홈, 황성신문 융희 4년(1910) 4월 29일
◎ 今日我韓用文에 對ᄒ야, 李光洙, 황성신문 융희 4년(1910) 7월 24일, 26일, 27일

2.2. 처세법과 독서술

◎ 愉快ᄒ 處世法, 李勳榮, 태극학보 제8호, 광무11년(1907) 3월 24일
◎ 華盛頓의 日常生活 座右銘, 李勳榮, 태극학보 제10호, 광무11년(1907) 5월 24일
◎ 讀書法, 李春世, 기호흥학회월보 제11호, 융희 3년(1909) 6월 25일

◎ 讀書法, 李春世, 기호흥학회월보 제12호, 융희 3년(1909) 7월 25일
◎ 論說, 贊勉漢語學校生, 만세보, 1906.12.15.

※근대 계몽기 국문론은 하동호(1987)에서 35편, 허재영(2009)에서 67편을 정리한 바 있다. 여기에서는 허재영(2009)에 수록하지 않은 것들을 정리하였다.

2.1. 교육 보급을 위한 국문 사용론

◎ 협성회 회보, 1898.1.1.-1898.1.8.(2회)

본회 셜립흔 후로 토론흔 문졔가 삼십삼인듸 여좌홈
一. 국문과 한문를 석거씀이 가홈
五. 녀인들을 늬외 식히지 아님이 가홈
二十二. 각항 문즈를 왼편에셔 시작ᄒ여 씀이 가홈
二十五. 군듸에 호령ᄒᄂ 말을 본국 말노 씀이 가홈

◎ 협성회 회보, 1898.3.12. 늬보

청국 샹히 미화셔관에서 유지흔 션비들이 만국공보라 ᄒᄂ 칙을 믜삭 흔 번식 발간ᄒ여 국민의 유죠흔 말을 만히 ᄒᄂ듸 그 즁에 유지각흔 쟈 말ᄒ엿스되 한문이 지극히 어려워 청국 빅셩에 남녀을 다 ᄀ명ᄒ쟈면 한문을 가지고는 홀 수 업다고 우리나라 언문 모

양으로 시로 글을 만드러 주셰히 닉엿눈디 주모음을 분별ᄒ여 주형이 영주도 굿고 국문도 굿ᄒ여 미우 군식히 ᄆᆫ드럿스니 우리나라에ᄂ 이런 정묘ᄒᆫ 국문이 잇셔 남녀가 리로옴을 밧으니 과연 션왕에 셩덕을 치하ᄒᆯ너라.

◎ ᄆᆡ일신문, 1898.4.20. 잡보

우리나라에셔 주리로 군수를 외국말노 교련ᄒᆡ 병뎡들이 비호기도 편리치 못ᄒᆯ 쑨더러 나라에 슈치도 얼마큼 되더니 요수이 군부에셔 우리나라 말노 구령을 만드러 ᄀᆞᄅ치련다 ᄒ니 군졍대톄에 미우 합당ᄒᆫ 일이더라.

◎ ᄆᆡ일신문, 1898.5.30. 잡보(법률 국문번역)

황해도 장연군 인민들이 셔로 의론ᄒ기를 우리가 죄를 범ᄒ더리도 엇더ᄒᆫ 죄에 엇더ᄒᆫ 률을 당ᄒ여야 올흔지 알 슈 업스니 지금붓터 나라에셔 쟉뎡ᄒᆫ 법률 셰측을 국문으로 번역ᄒ야 공부를 도져히 ᄒᆫ 후에 관장이 주긔 임의디로 빅셩의게 원통ᄒᆫ 일을 힝ᄒ거던 쥭기로쎠 쏘화가면셔라도 법밧곗일은 아니 밧곗다고 ᄒ엿다니 우리나라 빅셩들이 모다 장연 빅셩굿치 열닐 디경이면 기명이 속히 될 터이라. 우리ᄂ 장연군 인민들을 디ᄒᆞᆷ야 간졀히 치하ᄒ노라.

◎ 미일신문, 1898.9.3. 론셜(교사 글 읽기)

텬하 픔류의 번셩흔 것과 싱업의 길이 흔가지가 안이로되 다시 유익흔 것을 지으나 그 공이 능히 급히 싱직가 못되는 것은 맛치 흔 동리에 학교 교수 갓흔 것이라. 이젼에는 사름이 일기를 즁히 넉이지 안이흐야 글즈 아는 쟝공과 샹고가 흔즈 모로는 쟈로 더부러 가쇼흔지라 고공 식이는 쥬인이 써 흐되 글을 익는 동안어 공작에 방히로와 오날날 학교 잇는 것이 이젼 업는 것만 못흐다 홀지니 그 째를 당흐야 교수의 공이 곳 희가 다 이르지는 못흐나 반드시 무익흐다고는 홀지라 엇지 과연 무익흐리오. 특별이 그 싱직흐는 공효가 낫흐나지 안이흠이라. 지금 문고가 날노 흥흐야 사름마다 글 일거 가히 귀흔 것을 알미 비로소 교수가 국계와 민싱에 리흘이 젹지 안이흔 것을 밋는지라 대기 글 닐거 유익흠을 의론흐면 거샹대고만 그러홀 쑌 안이라 아릭로 담부흐는 소민신지 이러히 흔가지 기예라도 무음과 힘이 아울너 씨이지 안이흠이 업슨 즉 능히 <u>글즈를 알고 산법을 아는 쟈는 반다시 싱업흐는 되 유익흠이 잇스니</u> 그러흔즉 사름을 도예로 써 가르치고 총명으로 써 붉히는 스승에 공이 엇지 부국흐는 도에 깁히 유익흐지 안이흐리오. (하략)

◎ **繕用我文, 황성신문, 광무2년(1898) 11월 16일.**[102]

漢城 郵遞司 主事 李宜泰 氏가 本社에 편지흐엿기로 左에 記載

---

[102] 우체 규칙에서 외국 문자를 국문으로 번역 기재하도록 하였는데 그것을 지키지 않아서, 우체부가 잘못 배송하는 일이 많으므로 국문 번역 기재를 하도록 촉구한 글.

호노라.

大凡 郵遞로 出付호는 郵遞物은 出付人과 領受人의 姓名과 居住를 昭詳히 記載호여야 發送과 分傳에 錯誤홈이 無홀지라. 이런고로 大韓郵遞規則內開에 外國文字 書信이라도 國文으로 飜記호야 分傳키 便易케 호라 호엿거늘 現今 國內 郵遞가 日就 興旺호여 無遠不到호고 無僻不傳이라. 內而 漢城總司와 外而府郡港司에 集分發着이 日計 幾千通이오 月計幾萬通인디 外國人의 出付호는 郵遞物도 每日 十居其一이나 表面에 居住와 姓名을 外國文字로만 記載호고 國文으로 飜記치 아니호얏신즉 郵官은 或 外國文字를 粗解호느니가 잇셔 發送 分傳을 隨現 指揮호나 遞夫 等인즉 一日 內에 幾百通을 分傳호라 東西閃忽호야 足不履地혼 즁에 外國文字에 至호야는 全昧 耳目호야 (중략) 大韓 國文으로 飜載호야 發送 分傳에 便易케 홈을 望호노라 호엿더라.

◎ 國文原流, 황성신문, 광무3년(1899) 5월 2일 ~ 5월 3일.

○ 吾東의 有國以來를 爰溯(원소)호건디 曰鰈域(접역)이니 曰九夷神市니 다 鴻蒙未開에 付호고 檀君의 肇基홈에 言語와 文字가 略具혼듯호나 雅馴이 無徵호고 箕疇의 徂東홈으로 仁賢의 化ㅣ 開호야 其俗의 撲素純質홈이 葛天時代와 髣髴혼지라 孔子ㅣ 曰호샤디 道不行이라 乘桴浮于海호야 吾居九夷矣라 호시니 其艶慕歸依호심을 可證홀너라. 而호야 三韓의 區分홈과 新羅 百濟 高句麗의 爭雄홈에 詐力이 增長호고 强覇를 好尙호다가 高麗時代에

及ᄒ야 統合之功이 著ᄒ고 開進之運을 現ᄒ엿고 迄于本朝ᄒ야는 吾道가 居東ᄒ고 人文이 大開홀시 我

世宗廟씌옵셔 乃聖乃神ᄒ옵고 乃文乃武ᄒ옵셔 禮를 制ᄒ고 樂을 作ᄒ시며 三綱行實을 發明ᄒ시미 弊와 倫이 攸敍(유서)ᄒ고 北擒滿住ᄒ오며 東戢馬島(동집마도)ᄒ시고 於是에 國民之聲을 定ᄒ샤 國音의 古初를 昭釋ᄒ야 國文을 作ᄒ니 其字形은 篆書의 古法을 倣ᄒ얏고 其字體는 子母의 反切로 成ᄒ얏고 其字音은 梵書의 聲韻을 따(협)ᄒ얏더라 降ᄒ여 中葉에 垂ᄒ도록 學士大夫가 國文을 尊尙ᄒ는 者ㅣ 無幾ᄒ고 曰호듸 諺文이라 ᄒᄂ 婦孺와 黎庶는 國文을 愛好性이 頗有(파유)ᄒ얏고 退溪 栗谷 二先生에 至ᄒ야 七書를 釋ᄒ야 解ᄒ미 名ᄒ여 曰호듸 諺解라 ᄒ여 思想殿訓義를 仍成ᄒ엿고 而ᄒ야 四百有餘載于玆에 我

大皇帝陛下씌옵셔 中興의 運을 膺ᄒ옵시고 獨立의 基礎를 建ᄒ옵시며 自主의 權을 秉ᄒ옵시고 萬國에 平等한 尊을 享ᄒ옵셔 祖宗의 烈을 揚休ᄒ실시 國文으로 漢文을 互用ᄒ야 公車文字를 行ᄒ시니 國音이 於是乎一ᄒ엿고 國文이 於是乎興ᄒ오며 國民의 學이 於是乎 簡易홈을 基ᄒ엿도라

東亞의 語類를 溯巧ᄒ건듸 各其邦國에 土音이 本有ᄒ듸 我國의 語類는 梵音이 最多ᄒ얏고 蒙古 韃靼(달단)의 土音도 間雜ᄒ엿스며 其 文語믄(文字로 語時에 並行ᄒᄂ 類) 支那의 漢文을 專行ᄒ고 日本의 語音도 其源이 相近ᄒ더라.

○ 五音이 宮商角徵羽의 屬으로 變徵와 變宮을 合ᄒ야 七音을 作ᄒ니 牙音은 ㄱ ㅋ ㆁ 三聲이니 角에 屬ᄒ고 舌音은 ㄷ ㅌ ㄴ 三聲이니 徵에 屬ᄒ고 齒音은 ㅈ ㅊ ㅅ 三聲이니 商에 屬ᄒ고 喉音은

ㅇ ㆆ 二聲이니 宮에 屬ㅎ고 半舌音은 ㄹ 一聲이니 變徵에 屬ㅎ고 半喉音은 ㅿ 一聲이니 變宮에 屬ㅎ얏스니 今에 至ㅎ야 ◇ㅇㅿ 此 三聲은 喉脣이 遲鈍不淸ㅎ야 失亡흔 듯ㅎ나 五洲의 語音을 合ㅎ고 보면 此音도 從ㅎ야 顯할 것시오 부 者는 부우의 間音이오 수 者는 수우의 間音이오 위 者는 이우의 重音이오 화 者는 하오의 重音이오 他에도 初聲에 此와 如흔 終聲을 合한 者는 此를 倣함이라

角爲牙音ㅎ니　誠出至牙ㅎ야　縮舌而躍ㅎ니　張齒湧吻ㅎ고
通圓實樸ㅎ야　平出於前ㅎ고
徵爲舌音ㅎ니　聲出至舌ㅎ야　齒合脣啓ㅎ니　回緩舒遲ㅎ고
迭振以起ㅎ야　自邪降出ㅎ고
商爲齒音ㅎ니　聲出至齒ㅎ야　口開齶張ㅎ니　騰上歸中ㅎ고
明達堅剛ㅎ야　雖出若留ㅎ고
羽爲脣音ㅎ니　聲出至脣ㅎ야　齒開吻聚ㅎ니　淸微廻亮ㅎ고
飄振以擧ㅎ야　若留而去ㅎ고
宮爲喉音ㅎ니　聲出於喉ㅎ야　合口而通ㅎ니　鹿大沈雄ㅎ고
舌則居中ㅎ야　自內直上ㅎ고
變徵가　爲半舌音ㅎ니　開口發氣ㅎ야　半響於舌而舌帖ㅎ며
逆升於喉而舞ㅎ고
變宮이　爲半喉音ㅎ니　齊齒發氣ㅎ야　起響於喉而喉靜ㅎ고
輕出於喉而舌搖ㅎ니라

初聲 終聲을 通用ㅎ는 八母字는 ㄱ(其役) ㄴ(尼隱) ㄷ(池末) ㄹ(梨乙) ㅁ(眉音) ㅂ(非邑) ㅅ(時衣) ㆁ(異凝) 其尼池梨眉非時異 八音은 初聲에 用ㅎ고 役隱(末)乙音邑(衣)凝 八音은 終聲에 用ㅎ고

(末)(衣)(箕) 幷只用俚釋)

初聲 獨用ᄒᄂᆫ 八子字ᄂᆫ ㅋ(箕) ㅌ 治 ㅍ 皮 ㅈ 之 ㅊ 齒 ㅿ 而 ㅇ
伊 ㅎ 屎 中聲 獨用ᄒᄂᆫ 十一字ᄂᆫ ㅏ 阿 ㅑ 也 ㅓ 於 ㅕ 余 ㅗ 吾
ㅛ 要 ㅜ 牛 ㅠ 由 ㅡ 應(不用終聲)·思(不用初聲)
此母音과 子音을 合ᄒᆞ야 反切로 成ᄒᆞ얏스니 가나다라마바사아자
차카타파하의 文을 讀홈에 梵音 性質을 含有홈을 悟解ᄒᆞᆼ깃고 過
此以往ᄒᆞ야 國民의 聲音이 開明ᄒᆞ여 갈소록 此子母音의 隨時變
質ᄒᆞ기가 涯候가 無ᄒᆞ여 字乳ᄒᆞ야 浸多홉너라

◎ **제국신문, 광무 4년(1900)년 1월 17일.**[103]

　우리 대한국문의 편리ᄒᆞ고 졍긴홈을 일젼에도 대강 셜명ᄒᆞ엿거
니와 한문으로 말홀진ᄃᆡ 우리가 한문이 아름답지 아니ᄒᆞᄂᆫ 것도
아니오 한문을 일시에 다 업시ᄒᆞ고 각항 문부를 다만 국문으로만
쓰는 것이 됴타는 것도 아니로다ㅣ 근일에 한문에 유익ᄒᆞ다는 사
름의 힝위를 볼 것 ᄀᆞᆺ흐면 ᄉᆞ물상에 젼혀 몽미ᄒᆞ고 의리에 버셔나
는 일이 만히 잇스니 그것이 엇지ᄒᆞᆫ 신닭인고 ᄒᆞ니 어렷슬 ᄯᅥ브터
빅발이 셩셩ᄒᆞ도록 금조각 ᄀᆞᆺ흔 셰월을 칙샹 압혜셔 다 허비ᄒᆞ고
무슴 ᄉᆞ업을 경영ᄒᆞᆫ다던지 셰틱와 물졍이 엇더케 변ᄒᆞ여 가는 것
은 도모지 ᄭᅮᆷ속으로 알고 다만 필묵ᄉᆞ이에 골몰이 지나가니 ᄌᆞ연
이 ᄉᆞ물샹에 몽미홀 수 밧게 업고 사름마다 한문 공부 홀 ᄯᅢ에 넷

---

103 이 시기 국문의 중요성을 강조한 논설 가운데, 한문과 비교하여 논설한 글이 다
　　수를 이룬다. 제국신문 1900년 1월 10일자 논설에서는 국문의 중요성을 역설하
　　였으며, 1월 17일자 논설에서는 한문의 폐단을 논설하였다.

적 셩현의 말슘을 본밧어 언힝과 동졍을 아모됴록 츙의로 힘쓰쟈
는 사름은 몃치 못되고 흔이 싱각ᄒᆞ기를 궁벽ᄒᆞᆫ 문자와 이상ᄒᆞᆫ 스
젹을 흉즁에 만히 간직ᄒᆞ얏다가 친구간에나 편지 릭왕ᄒᆞᆫ 듸와
음풍영월홀 졔 글귀를 쓰다가 허문만 슝샹ᄒᆞᆫ 것으로 기양을 삼
을 ᄯᆞ름이요 인의례지와 오륜삼강에 실샹으로 붉어 힝홀 ᄆᆞ음은
츄호도 업시니 그러코 보면 비록 날마다 셩경현젼을 닑을지라도
ᄯᅩ흔 무슴 실디샹 공부가 잇스리오. 진소위 글은 글듸로 나는 나듸
로 되엿슨즉 아모리 형싱을 손에셔 칙을 놋치 아니ᄒᆞ여도 그 힝스
는 의리에 버셔날 수밧게 업도다. 그ᄲᆞᆫ 아니라 한문은 근본 쳥국 글
인고로 만권셔칙이 다 쳥국 폭원에 곡슘 력듸 스긔를 긔록ᄒᆞ야 한
당째에 엇던 님군은 영걸지쥬요 엇던 신하는 츙직지신이며 송나라
와 명나라 째로 말홀지라도 누구는 님군을 위ᄒᆞ야 나라일에 립졀
스의ᄒᆞ고 누구는 불괴지심을 먹어 님군을 빅반ᄒᆞ고 나라를 해롭게
ᄒᆞ엿다는 말만 잇스니 젼에는 우리나라이 쳥국으로 더부러 엇지홀
수 업는 난쳐흔 경우가 잇셧신즉 오히려 의론홀 것 업거니와 지금
은 동양 셰계에 다 ᄀᆞᆺ치 황뎨국이 되엿신즉 교린ᄒᆞᆫ 졍의가 친밀
치 아닌 바는 아니로되 쳥국도 ᄯᅩ흔 우리 대한의 니웃 나라이라. 니
웃 나라 스젹도 만히 아는 것이 됴키는 됴치마는 대한 사람들이 누
구던지 ᄋᆞ히째브터 쳥국 스긔만 외오고 졍작 본국 스긔는 보고 듯
는 것이 업스니 이 닐은바 놈의 집 보학은 모를 것이 업스되 졔 죠
샹의 릭력은 알지 못ᄒᆞᆫ 격이라. 님군의게 츙셩ᄒᆞ고 나라를 ᄉᆞ령
ᄒᆞᆫ 의리가 어느 곳으로 좃차 나리오. 그런 고로 향곡에 여간 식ᄌᆞ
ᄒᆞᆫ 우밍들은 지금도 오히려 쳥국을 ᄉᆞ모ᄒᆞ야 언필칭 대국이라
ᄒᆞ며 서로 탄식ᄒᆞᆫ 말이 우리나라는 어느 째던지 대국셔 도아쥬
어야 셔양 각국에 슈치를 면ᄒᆞ리라 ᄒᆞ야 쳥국 군ᄉᆞ 나오기를 쥬야

로 옹츅ᄒ니 이것은 다른 연고가 아니라 그 사름들의 이둔 목견이 다만 쳥국 ᄉ긔쑨인고로 사름마다 싱각ᄒ기를 세계에 데일 광대ᄒᆫ 나라이 쳥국이요 데일 부강ᄒᆫ 나라이 쳥국으로만 아는 ᄭᆞᆰ닥인즉 엇지 한심치가 아니리오. 지금 쳥국 형판을 의론컨대 졍치가 문란ᄒ고 민심이 리산ᄒ야 그 광대ᄒᆫ 토디가 미구에 삼분 오렬이 될 모양이오 그 번셩ᄒᆫ 인물이 쟝ᄎᆞᆺ 다 유리ᄒᆞᆯ 디경에 니르럿ᄂᆞᆫ디 즈긔 나라도 능히 보존치 못ᄒ거늘 어느 겨를에 다른 나라를 도아줄 힘이 잇스리오. 그런즉 갑오 경쟝ᄒᆫ 이후에 학부에서 인민 교육ᄒ기를 힘쓰는 관인들이 우리나라 ᄉ긔를 긔간ᄒ야 민간에 반포ᄒᆫ 것이 잇셧스니 그 고명ᄒᆫ 식견을 치하치 안는 것은 아니로되 오히려 칙권이 간략ᄒ야 우리나라 오빅여년 동안에 셩군 명왕의 거륵ᄒᄭᆞᆫ신 졍치와 츙신 렬ᄉᆞ의 탁월ᄒᆫ 졀의를 쇼샹이 긔직치 못ᄒ야 족히 당셰 인민의 츙의를 격발키 어려온즉 당셰의 유지ᄒᄭᆞᆫ신 쳠군ᄌᆞ들은 아모됴록 진심갈력ᄒ야 본국 이젼 ᄉ긔를 더 확쟝ᄒ야 민심을 쟝려ᄒ고 교육샹 각항 학문을 심디로 슝샹ᄒ야 한문의 허문만 슝샹ᄒᄂᆞᆫ 폐단을 업시ᄒ면 긔명샹에 크게 유익ᄒᆞᆯ 듯.

◎ **論說, 言語可整, 황성신문, 광무4년(1900) 10월 9일.**[104]

雨燈夕話에 云ᄒ되 我國 言語가 本是 土語와 漢語와 印度語 等 三種을 交用ᄒᄂᆞᆫ디 語品이 各殊ᄒ야 士大夫의 語品은 極히 華美

---

104 이 시기 각 지역의 말투, 어휘 변화, 속어 표현 등을 예시하고 말의 통일이 필요함을 역설한 논설. 음변화와 어휘 변화, 속어 생성 원리 등을 살필 수 있는 자료임. '변을 다는 것'은 새로운 말을 만들어 내는 것을 의미함.

淸麗ᄒ며 北村 語品은 滑鷔(골오: 거침)에 近ᄒ며 南村 語品은 敏捷에 近ᄒ며 上村 語品은 恭敬에 近ᄒ며 中村 語品은 倨傲에 近ᄒ며 下村 語品은 頑撲에 近ᄒ며 一門 外에ᄂ 風土가 不甚相遠이로딕 語韻이 懸殊ᄒ고 圻內 語品은 淺俗ᄒ고 關東 語品은 淳朴ᄒ고 嶺南 語品은 亢直ᄒ고 湖西 語品은 外飾이 多ᄒ고 湖南 語品은 內巧가 多ᄒ고 海西 語品은 少華ᄒ고 關西 語品은 剛悍ᄒ고 關北 語品은 過實ᄒ다 ᄒ니 此ᄂ 風氣를 鐘出ᄒ야 聲音이 各殊흠이 似或 然矣로딕 俗語에 謬訛ᄒ 者ㅣ 多ᄒ야 高等 語品이라도 亦 謬言을 尋常 使用ᄒ니 如 鐘路를 죵녜라 掌樂院을 지관이라 成均館을 셩민관이라 廣通橋를 광츙교라 彰義門을 자문이라 ᄒᄂ 語品은 改正키 極難ᄒ며 俗語에 岐貳흔 者ㅣ 多ᄒ야 一句 話가 三變 四變 五六變에 至ᄒ야 下等 言語에ᄂ 率 多用之ᄒ니 如 죽ᄂ다ᄂ 語를 或 녹앗다 或 올나갓다 或 식엇다 或 녹쵸불넛다 ᄒᄂ 語品은 均一키 極難ᄒ며 俗語에 邊쓸다ᄂ 者ㅣ 多ᄒ니 如 耳를 기우리라 目을 졉지라 而貌를 틱라 金哥ᄂ 끠비쇠라 李哥ᄂ 화쵸쇠라 一은 불토라 三은 불경이라 ᄒᄂ 諸般 邊套ᄂ 所用이 或 秘密에 關흠인즉 不用키 亦難ᄒ며 俗語에 常言이 多ᄒ되 下賤輩 話頭에 第一 要用ᄒᄂ 네미라 ᄒᄂ 一句ᄂ 全國에 疾病이 된 方言이라 容易 革去키 極難ᄒ며 俗言에 讖言이라 ᄒᄂ 者ㅣ 多ᄒ니 如 鍾峴에 敎堂鐘을 다랏나니 車洞에 停車場이 되얏나니 ᄒᄂ 것이 偶然 適合이라 準信키 亦難ᄒ니 今之學言語者ㅣ 本國 言語에 各種 弊習을 硏究ᄒ야 精美흔 聲韻을 一致케 흘지어다.

◎ 론셜, 제국신문, 광무4년(1900) 11월 30일. (국명 표기 혼란상)

일젼에 통샹약됴를 뎡ᄒ랴고 시로 나온 비국 젼권 대신 방갈 씨의 죠회를 인ᄒᆞ야 외부 대신 박졔슌 씨가 젼권대신 위임을 당ᄒᆞ야 근일에 통샹약됴를 협샹타 뎡ᄒᆞᆫ다ᄂᆞᆫ 말은 이왕 긔지ᄒᆞ엿거니와 황셩신문의 긔지ᄒᆞᆫ 것을 상고ᄒᆞ건딕 비국이란 나라는 영어로 벨지음이오 한문으로 비리시라고도 ᄒᆞ고 혹 흑빅이의라고도 ᄒᆞᄂᆞᆫ딕 그 나라이 구라파 셔북방에 잇ᄂᆞᆫ딕 디방 면젹이 영국 리슈로 일만일쳔삼빅여 방리오 인구ᄂᆞᆫ (하략)

◎ 제국신문, 1900.11.30. 잡보(번역과)

: 궁ᄂᆡ부 번역과쟝 현상건 씨ᄂᆞᆫ 광산학교쟝을 겸임ᄒᆞ엿다더라.

◎ 論說, 國文宜潤色, 광무5년(1901) 6월 10일.[105]

我國之國文이 字甚簡略이로딕 子母之相生이 甚繁ᄒᆞ야 千字萬語를 無不述ᄒᆞ고 音甚憂澁이로딕 半切之相變이 甚明ᄒᆞ야 五聲八音을 無不錯ᄒᆞ야 *種傳史策이라도 解之甚詳而甚易而用之甚繁ᄒᆞ니 可謂 天人吉祥之眼目이오 古今絶妙之屑舌이니 眞

大聖人神智之所及이라. 豈用人俗乎와 所可尋常而論之리오 마ᄂᆞᆫ 國文之草創以後只今 累百年之久에 一無潤色ᄒᆞ야 不能至於盡著而

---

105 국문 창제 이후로 국문을 다듬은 적이 없어서 국문 사용에 한계가 많음을 지적하고, 국문을 다듬어야 할 필요성을 제기한 논설임.

盡美者ㅣ 恐 或 一二存焉이라. 假令漢文則凡於碧覓句讀之際에 …
(중략)… 此는 國文之徒以半切로 成音이오 本無高低故也ㅣ라. 或謂
國文은 可以譯言語也라 ᄒ되 國以韓言語之文도 方言이 居半이오
漢文이 居半ᄒ야 以成言語라 徒以國文으로 譯其音聲使不知漢文者
로 見之컨딕 殊不解其語意者ㅣ 多矣러니 何以譯言語事리오. 所謂
國文은 偏用也오 不可以全用也니 何以則完成全用耶아. (하략)

◎ **論說, 國文學校 設立 瑣聞, 광무6년(1902) 2월 13일.**[106]

近日 國文學校를 師範學校 內에 設立ᄒ다는 事는 本報에 己載ᄒ
얏거니와 其 設立된 原因을 縶聞ᄒ즉 醫學校長 池錫永 氏가 該 校
舍 修理時에 適左右 兩個 泥匠이 相詰ᄒᄂ딕 一個는 晧晧老翁이오
一個는 靑年 小者라. 移時論詰ᄒ다가 翁이 忽滿吐一口氣ᄒ고 …

◎ **論說, 國文宜擴張, 광무 6년(1902) 2월 14일.**

> 해설

국문학교 확장과 관련된 논설. 세종의 국문 창제 이후로 말소리의 변화에
대한 정비가 없어 국문의 가치가 충분히 논의되지 못했으나 동서양 어느
나라든지 말소리 변화에 따른 문자 정비 과정이 있으므로 국문학교 확장과
함께 국문 정비가 필요함을 논함.

---

106 사범학교 내에 국문학교를 병설하게 된 과정을 설명하고, 국문 연구의 필요성을
제기함. 의학교장 지석영 관련 고사를 소개함.

夫環球諸國이 無不各隨其方域風土語音之殊ᄒ야 配其國音ᄒ야 另造一段便用的文字ᄒ야 行其國內者를 謂之國文이라 ᄒᄂ니 如 支那之漢文은 支那之國文也오 希臘之古文은 希臘之國文也로딕 惟我韓은 疆域이 與支那密接ᄒ야 古代에 不曾自製國文ᄒ고 借用 支那漢文故로 其方言語音이 與其文字로 各自迴別ᄒ야 致有言自 言文 自文之殊ᄒ니 所謂學文字者ㅣ 有寠澁齟齬之患ᄒ야 非費屢 十年工夫면 不能得其彷彿ᄒ니 彼人民之換許多生世事業者ㅣ 惡 能錯首鉛新에 傲一儒老博士而已乎아. (중략)

世宗二十八年 丙寅에 始製諺文ᄒ야 名曰 訓民正音이라 ᄒ시니 自是로 我韓에 創製國文而其字ᄂ 因子母生生之數ᄒ야 互相支配 故로 文極簡便ᄒ고 其音은 演五聲自然之變ᄒ야 較正國音故로 語 亦體備ᄒ야 於是全國之民이 雖愚夫愚婦라도 悉能容易悟解ᄒ야 無言不通ᄒ며 無意不達ᄒ니 其比漢文之深奧難曉者則不啻開營 之津筏이오 抑敎育之捷徑也로딕 第恨其淸濁聲音之轉이 或不能 無遺憾於疑似之間而本朝訓民之術이 亦未有良法故로 其學士儒 紳之從事漢文者ᄂ 只從經書諺解中ᄒ야 巧其音讀而已오 未嘗有 實地究解ᄒ며 其匹庶婦女之僅該國文者ᄂ 因訛傳訛에 只從兎間 冊傳授故로 無論學士與民庶ᄒ고 一律訛誤ᄒ야 或를 字로 作를 字ᄒ며 或이 字로 讀리 字ᄒ야 淸濁을 不分ᄒ며 字音을 互桀ᄒ기 豈不由敎課之無法歟아. 蓋隨時通變에 訂訛改良ᄒ야 以之損益而 完備者ᄂ 亦東西洋列國文通行之規也라. 日聞近日淸國人士도 亦 以其文字之深奧難通으로 議欲創造一簡易文字ᄒ야 爲敎習國民 之計라 ᄒ니 漢文은 是自家日用語言之文이로딕 尙有難通之煥커 ᄂ 況風土語音이 相去秦越之吾邦乎아. 迨此 國文學校設立之日ᄒ 야 變其淸濁聲音之轉變ᄒ야 訓習子弟ᄒ며 譯佈書籍ᄒ야 蒙陋焉

啓牖ᄒ며 錮閉焉劈開ᄒ야 發達靈智之竅ᄒ고 鼓勵文明之化ᄒ야 使斯民으로 無有言自言文目文之獘면 誠吾邦之美福이어니와 至 其訂訛改良之術에도 亦不可不留心講究ᄒ야 函宜擴張國文學 然 後에 始成完備之文矣리니 此ㅣ 吾輩之所深切期望於國文學校中 諸君子也로다.

◎ 국문기정, 대한매일신보, 1904년 9월 16일.

직작일에 련동 예수교회당에 셔양 목ᄉ 모모 졔씨가 회동ᄒ엿다 가 대한 국문의 기정ᄒᆯ ᄉ를 연셜ᄒ엿ᄂᆫ디그 기정ᄒᄂᆫ 긔의를 드 른즉 국문 반졀 즁에 동음으로 두셰 가지 되ᄂᆫ 거슬 한가지 음만 두기로 산뎡ᄒ엿다더라.

◎ 池氏 意見書,황성신문 광무 10년(1906) 12월 21일.[107]

醫學校長 池錫永 氏ᄂᆫ 原來 學識이 膽富ᄒᆫ 名不士인디 昨日에 學部大臣의게 提出ᄒᆫ 意見書가 如左ᄒ더라.

我東國文은 世宗大王께셔 創造 頒行하신 訓民正音이온디 當時 에난 初中聲의 合音과 平上聲의 區別이 分明하더니 世遠敎弛하

---

107 지석영의 '신정 국문'은 <구한국관보> 1905년 7월 25일에 실려 있다. 이 의견서 는 <국어독본> 편찬 과정에서 자음 첩용과 평상 무별 현상에 대한 의견을 제시한 것임. 이 의견서는 만세보 1906년 12월 22일에도 게재됨.

야 眞締有失키로 邇來敎習이 轉轉訛誤하야 現用反切一百五十一字[108] 中에 疊音이 三十六字요 且 平上聲이 無別하야 夜栗이 混義[109]하고 東動이 音同하야[110] 苟非原於漢文이면 無從￢別일새 常爲有志者의 慨歎이러니 何幸昨秋에 自本部로 上奏 新訂國文하와 旣蒙裁可이온바 <u>今聞 國語讀本을 行將 刊布이온딕 字音의 疊用과 平上의 無別을 依舊仍用云하니</u> 伏想緣於敎課之急하야 未遑釐正이오나 當此刷新之日하야 因循襲謬가 似屬欠點故로 不嫌濫猥하고 敢陳管見하니 俯賜鑑亮하소셔. 大抵 書籍을 一經 印刷하면 改正이 甚難이온즉 不若迄草釐正이온바 該書가 今旣纂輯成編矣라. 其字音中에 上聲과 倣語 中에 曳聲만 加點 校正하쟈면 不須曠日이요 且 謄寫費用이 亦不夥多이옵고 譯栗以밤 者가 得一點而爲밤 譯動以字가 得一點而爲동 하야 曩之混同이 不待衂誨하고 瞭然自解하야 凡諸牖蒙에 影響有及을 執契可待하리니 幸勿以人棄言하시면 敎育幸甚.

◎ 國文硏究會 趣旨書, 광무 11년(1907) 1월 12일.[111]

文字는 言語의 符號라. 符號가 無准ᄒ면 言語가 無規ᄒ야 以至凡百行에 記事論事가 悉皆差誤ᄒ야 使人擧捉無所ᄒ리니 由此觀

---

108 반절 일백오십일자(反切 一百五十一字): 훈몽자회의 반절 수를 의미하는 것으로 보임

109 야율(夜栗)이 혼의(混義): 사성이 혼란스러워짐에 따라 '밤[夜]'과 '밤[栗]'의 뜻이 섞여 혼란스러움

110 동동(東動)이 음동(音同)하야: 동(東)과 동(動)의 음이 같아서

111 이 국문연구소는 지석영, 조경구, 이병욱, 조완구, 김명수가 발기인이 되어 결성한 국문 연구 단체임.

之면 文字之於生民에 關係誠大哉로다. 我 世宗大王이 深察此理
ᄒ시고 始製訓民正音 二十八字ᄒ야 頒行 中外ᄒ시니 大聖人의
裕後 啓蒙ᄒ신 至意가 東土 四千年에 創有ᄒ신 弘業이어늘 噫라
遠世敎弛ᄒ야 後之學者가 不思對揚ᄒ고 一任抛棄故로 御製二十
八字 中에 此 ㅇ ㅿ ㆆ 三字 初聲은 失傳已久ᄒ야 模擬不得ᄒ고
現用 反切一百五十一字에도 疊音이 爲三十六字ᄒ니 曷勝悚嘆이
리오. 今 我國民의 言語 文字가 每多岐異ᄒ야 天을 '하늘'이라도
ᄒ며 '하늘'이라도 ᄒ며 '하눌'이라도 ᄒ야 無一定 規例故로 凡屬
言語의 動輒如右者가 十之五六이라. 由是로 國語가 無准ᄒ고 國
文이 無法ᄒ니 雖欲使吾人으로 入於文明之域이나 其可得乎아.
有自國之字典 辭典 然後에야 可以敎國民이오 國民을 以自國文字
로 敎導之然後에야 可望其自國精神을 注于其腦也라. 欲做此等事
業인딘 不得不 先究國文之源流故로 迺與同志로 發起意見ᄒ야 欲
糾合高明ᄒ야 組織國文硏究所ᄒ오니 有志君子는 幸勿以人棄言
ᄒ시고 惠然賜臨ᄒ야 協同 贊成ᄒ심을 盥手(관수) 頂祝ᄒ나이다.

發起人池錫永, 趙經九, 李炳勗, 趙玩究, 金明秀

◎ **國文委員 選定, 융희 원년(1907) 9월 21일.**

學部에서 國文硏究所 委員을 選定ᄒ는딘 李鍾一, 李億, 尹敦求,
柳芚根, 安綺用 五氏가 入格된 故로 昨日 學部에셔 內閣에 照會ᄒ
되 合格 委員의 勅諎를 送交ᄒ라 ᄒ얏더라.

◎ 論說, 國文硏究會, 융희 원년(1907) 10월 5일.[112]

我韓國의 國文이 十分 完全타 謂키 不可ᄒ지라. 其 缺點됨이 一端에 不止ᄒ즉 一一히 枚陳키 不遑ᄒ거니와 惟 第一 發音의 高下淸濁을 不分흠으로 名詞의 間에 混淪非便의 憾이 有ᄒ고 且 其 文字의 組製흠이 狹隘ᄒ야 象形의 區域이 錯雜흠으로 閱讀ᄒᄂ 者ㅣ 上下의 次序와 句讀의 斷續에 先後 文意를 瞭解키 難便ᄒ야 一通을 閱覽ᄒ 後라도 其 中間에 何旨何意를 裁斷指摘ᄒ기 不能ᄒ니

此其 最大 缺點이라. 然흠으로 其 行用에 對ᄒ야 頗히 不便의 遺憾이 有흠은 一般 世人의 鳴言ᄒᄂ 바라. 然則 其 完全히 改良ᄒ 方法을 宜亟亟(극극) 硏究ᄒ야 此를 實行케 ᄒ 것은 眦論를 不俟(불사)ᄒ지라. 今에 政府에셔 多事흠을 不顧ᄒ고 國文硏究會를 設立ᄒ야 高明ᄒ 紳士로 委員을 選定ᄒ야 國文의 硏究어 着手ᄒ니 吾輩ᄂ 實로 感賀흠을 不勝ᄒ노니 此ᄂ 諸公이 當汲汲改良ᄒ야 一日이라도 早速 實行흠을 希望ᄒᄂ 바어니와

雖然이나 此ᄂ 國家의 大事오 敎育의 重務라. 其改良흠을 當ᄒ야 宜十分完全ᄒ도록 硏究ᄒ야 前日 不便의 弊害를 革除ᄒ지니 旣是硏究會를 設立ᄒ고 改良에 着手ᄒ진딕 不得不 其範圍를 擴張ᄒ고 習慣을 解脫ᄒ야 根本的 改良을 斷行ᄒ 然後에 前日 弊源을 除去ᄒ고 眞實 完全히 改善ᄒᄂ 方法이 될지라. 吾輩ᄂ 此를 希望ᄒ노니

盖我國의 傳來ᄒᄂ 說이 元來 國文의 字體를 新羅의 薛聰이 印

---

112 국문연구소와 국문연구회에 대해 〈대한매일신보〉에서는 크게 취급하지 않았던 것으로 보인다. 〈황성신문〉에서는 이에 대한 기사와 논설이 보이는데, 이 논설도 정부의 국문연구소 창설과 관련된 논설이다.

度의 字를 模倣ㅎ야 略干 行用ㅎ더니 我 世廟朝에 至ㅎ야 天縱의 聖旨로 成三問 等 鴻儒碩學의 協贊을 賴ㅎ야 印度 蒙古 二國의 文字를 參互ㅎ야 此 國文을 刱造ㅎ심이라 ㅎㄴ니 今에 其必然與否는 未詳ㅎ나 旣是國文을 改良ㅎ 境遇에는 不可不 印度나 蒙古나 且 西洋諸國의 文字를 參考ㅎ 必要가 有ㅎ니 此等 各國 文字를 通解ㅎ는 者를 要求ㅎ지오

且 其 七音의 聲律을 皆支那 漢文에셔 取用ㅎ이라. 初中終 三聲을 合倂ㅎ야 一字를 成ㅎ으로써 若其聲音의 變遷 沿革을 考ㅎ진딕 不得不 漢文의 音律과 變俗에 通曉ㅎ는 者라야 其 弊病의 根源됨을 可知ㅎ지니 此等 恣格이 完備ㅎ 者도 參與ㅎ 必要가 有ㅎ지라.

如此히 博採精巧ㅎ 後에 可히 根本的 改良에 着手ㅎ지오 若 但히 合音의 高下로써 略干 辨別ㅎ을 爲ㅎ야 改定코져 ㅎ진딕 吾輩의 所陳ㅎ 바 不便의 弊害를 盡革키 不能ㅎ진니 然ㅎ즉 何必 研究會를 設ㅎ고 委員을 廣選ㅎ리오. 一二 紳士의 研究ㅎ 意見만 採用ㅎ야도 足ㅎ지라. 此 重要ㅎ 文學上 問題에 對ㅎ야 草草히 改定ㅎ을 不要ㅎ고 到底 完全 精美ㅎ도록 改良ㅎ을 苦望ㅎ으로 委員 諸公에게 一言을 勸告ㅎ노라.

◎ **雜報, 國文研究所 規則, 융희 원년(1907) 10월 12일.**[113]

學部內國文研究所 委員덜니 其 研究에 對ㅎ야 規則을 繕定ㅎ

---

113 국문연구소 규칙은 유인본 '국문 연구안'(역대문법대계 3-9) 권1에 수록되어 있으며 모두 12조로 구성되었다. 그런데 권4에 수록된 규칙에서는 위원장 관련 조항1을 추가하여 13조로 구성하였다.

이 如左호더라.

第一條 本所에셔는 國文의 原理와 沿革과 現行 行用과 將來 發展
　　　　等의 方法을 研究홈
第二條 本所의 位置는 學部內로 定홈
第三條 本所의 事務를 處理호기 爲호야 學部大臣이 學部 奏判任
　　　　官 中으로 幹事 書記 若干人을 臨時로 홈
第四條 本所 開會는 定期로 호되 每月 十日 二十日 末日 三回로
　　　　時限은 午後 一時로 定홈
　　　但 一. 休暇日되는 時는 其 翌日에 開홈.
　　　　　二. 緊要호 事項이 有호 時는 臨時 開會홈을 得홈
第五條 研究호는 方法은 第一條에 基因호야 研究 問題를 議定호
　　　　야 次第로 各 委員이 研究案을 提出 論決호되 其 順序는
　　　　左와 如홈
　　　　　第一回 問題를 委員長이 提出호되 各 委員의 意見을 要홈
　　　　　第二回 各 委員이 研究案을 提出호거든 各案을 收集호야
　　　　　　　　每 委員에게 配付호야 參互研究케 홈
　　　　　第三回 各 委員이 參互 研究案을 提出호거든 委員長이 收
　　　　　　　　集 閱覽호야 評訂案을 具홈
　　　　　第四回 委員長이 參互 研究案에 評訂案을 添附 提出호야
　　　　　　　　討論 議決호되 可票의 多數를 從홈
　　　　　但 可票의 多數를 要호되 出席員 三分二 以上으로 홈
第六條 問題는 間 一回에 提出호야 鱗次 研究케 홈
第七條 問題 及 議決案은 新聞에 揭載호야 一般 學識家의 意見을
　　　　廣徵호야 博採適用에 供홈

第八條 國文에 對ᄒ야 別히 意見이 有ᄒ 人은 何時를 不拘ᄒ고 意
　　　見書를 本所에 提出홈을 得홈
第九條 本所에셔 研究ᄒᄂ 始末을 一切 記錄 成編ᄒ야 後日 參巧
　　　를 備케 홈
第十條 本所 費用은 學部에셔 臨時 支撥홈
第十一條 本所則의 改定 或 增刪은 委員 三分二 以上의 同意를
　　　要홈
第十二條 本規則은 學部大臣 認准을 承ᄒ야 施行홈

[참고] 권4의 규칙
第一條 本所에셔ᄂ 國文의 原理와 沿革과 現行 行用과 將來 發展
　　　等의 方法을 研究홈
第二條 本所의 位置ᄂ 學部內로 定홈
第三條 本所의 事務를 處理ᄒ기 爲ᄒ야 學部大臣이 學部 奏判任
　　　官 中으로 幹事 書記 若干人을 臨時로 命홈
第四條 委員長은 各委員의 研究案을 參考ᄒ야 議案을 提出ᄒ기
　　　爲ᄒ야 委員 中 三人을 指定홈
第五條 本所 開會ᄂ 定期로 ᄒ되 每月 十日 二十日 末日 三回로
　　　時限은 午後 一時로 定홈
　　但 一. 休暇日되ᄂ 時ᄂ 其 翌日에 開홈.
　　　二. 緊要ᄒ 事項이 有ᄒ 時ᄂ 臨時 開會홈을 得홈
　　　三. 開會ᄂ 半數 以上으로 홈
第六條 研究ᄒᄂ 方法은 第一條에 基因ᄒ야 研究 問題를 議定ᄒ
　　　야 次第로 各 委員이 研究案을 提出 論決ᄒ되 其 順序ᄂ
　　　左와 如홈

第一回 問題를 委員長이 提出호되 各 委員의 意見을 要흠

第二回 各委員에게 硏究案을 配付흠

第三回 各 委員이 參互 硏究案을 提出ᄒ거든 委員長이 收集
閱覽ᄒ야 評訂案을 具흠

第四回 議案을 討論 議決흠

但 可票난 多數를 要흠

第七條 問題는 每回에 提出ᄒ야 鱗次 硏究케 흠

第八條 問題 及 議決案은 新聞에 揭載ᄒ야 一般 學識家의 意見을
廣徵ᄒ야 博採適用에 供흠

第九條 國文에 對ᄒ야 別히 意見이 有흔 人은 何時를 不拘ᄒ고 意
見書를 本所에 提出흠을 得흠

第十條 本所에서 硏究ᄒ는 始末을 一切 記錄 成編ᄒ야 後日 參巧
를 備케 흠

第十一條 本所 費用은 學部에서 臨時 支撥흠

第十二條 本所則의 改定 或 增删은 委員 三分二 以上의 同意를
要흠

第十三條 本規則은 學部大臣 認准을 承ᄒ야 施行흠

◎ **雜報, 先敎國文, 융희 원년(1907) 12월 22일.**[114]

農商工部에서 各地方 郡守에게 發訓ᄒ되 切惟 國力의 鞏固흠

---

114 농상공부 훈령으로 국문 교육 방침을 시달함. 국문 교습 방침에서 시헉 결과 적절
한 성과가 없을 경우 벌금에 처하는 방침을 제시한 점은 이 시기 특별한 경우에
해당함.

과 實業의 發達홈은 京鄕間의 愚夫愚婦를 開導홈에 在흔 바 其 <u>開
導ᄒᆞᄂᆞᆫ 道ᄂᆞᆫ 必先文字</u>를 <u>通曉ᄒᆞ야 簡易흔 書籍과 緊要흔 新聞誌
를 讀閱ᄒᆞ야 其聞見을 擴張ᄒᆞ고 智識을 開發홀지어날 我國</u>의 婦
人과 勞動ᄒᆞᄂᆞᆫ 社會가 類皆 蠢蚩(준치) 無識ᄒᆞ온딕 其中 農家가
尤甚ᄒᆞ와 老死에 至ᄒᆞ도록 姓名을 記ᄒᆞ고 事情을 通치 못ᄒᆞᄂᆞᆫ 者
가 不少ᄒᆞ니 웃지 農理를 通解ᄒᆞ야 作業의 興旺홈을 望ᄒᆞ리오. 本
職이 農業의 主務를 猥當ᄒᆞ와 開進홀 方針을 熟講ᄒᆞ온즉 本國 農
民이 其 幼少흔 時에 學校의 敎育이 旣無ᄒᆞ야 深奧흔 文理를 急迫
히 透解ᄒᆞ기 甚難ᄒᆞ온즉 <u>其 便宜흔 方法이 我 國文을 學習케 홈에
不外홈으로 其 敎授에 關흔 各節을 左開ᄒᆞ노니</u> 貴府尹 郡守ᄂᆞᆫ 分
憂의 責任을 旣擔ᄒᆞ야 農政의 刷新을 宜圖홀지라. 本 事件에 對ᄒᆞ
야 拾分 注意ᄒᆞ고 辦法을 另究ᄒᆞ야 期於實施ᄒᆞ되 農家뿐 아니라
一切 大小 人民에게 普徧 行用ᄒᆞ거니와 文明을 啓導ᄒᆞ고 幸福을
增進케 ᄒᆞ라 ᄒᆞ얏ᄂᆞᆫ딕 其 條件이 如左ᄒᆞ니

一. 我國에 通用ᄒᆞᄂᆞᆫ 國文은 雖僻鄕曲巷이라도 一二人의 能解
   ᄒᆞᄂᆞᆫ 者가 必有홀지니 其 人으로 敎師를 另定ᄒᆞ야 男子ᄂᆞᆫ
   男敎師로 女子ᄂᆞᆫ 女敎師로 敎訓ᄒᆞ되 女敎師가 無ᄒᆞ거든 男
   子 中 年老흔 者로 擇定홈

一. 男女의 老少를 勿論ᄒᆞ고 各其 作業ᄒᆞᄂᆞᆫ 餘暇 或 飯後에 幾
   時式 就學케 홈

一. 我國 風俗에 中等 以上의 女子ᄂᆞᆫ 男子에게 受學코자 아니홀
   지니 下等 女子를 先敎ᄒᆞ야 通解ᄒᆞᄂᆞᆫ 境에 至ᄒᆞ면 中等 以
   上의 女子가 必皆自恥ᄒᆞ야 向學ᄒᆞᄂᆞᆫ 心이 發生케 홈

一. 敎習이 實施된 後 에 視學員 一人을 實ᄒᆞ야 敎課를 視察ᄒᆞ

되 家諭戶說홀 것이 아니라 大概 國文의 字句로 行路ㅎ는
男女에게 試問ㅎ야 對應 不能ㅎ면 該村里의 敎師와 不學흔
男女는 相當흔 罰金에 處흠

◎ **敎育者 討伐隊, 홍촌라생, 대한학회월보,**
   제3호 융희 2년(1908) 4월 25일.[115]
   (夢遊故國記)

隆熙 二年 三月 十九日은 卽 陰曆 戊申年 二月 十七日이라. 當
夜에 江戶 旅舍에서 讀書타가 聞鐘報 十一時하고 乃罷讀就褥터
니 偶成一夢이라. …

諸君 암만히도 討伐ㅎ는 수밧게 업소. 吾等에겐 ‘國文’도 아니
分配ㅎ야 주는 져 所謂 敎育者, 암만ㅎ야도 討伐홀 수밧게 업소.

大抵 學問이란 것은 天下의 公器이지 決코 一人一國의 能私홀
바이 아니요, 我國이 自光武 維新 以後로 兩班이니 常漢이니 ㅎ는
亡國的 階級이 打破되던 同日에 前日갓치 少數 階級者의 學問 專
有ㅎ던 惡俗이 一變ㅎ얏소. 洞內 常漢의 嘲笑를 避홀 凶計로 科學
臨時면 裸다리지고 中路에서 彷徨ㅎ다가 日字 經過 後면 輒歸壯
言ㅎ던 그 土班兒輩의 學問 專有ㅎ던 弊가 다 一去ㅎ얏소. 그쑨
아니라 또 四書三經 再三讀ㅎ고도 片紙一張 祝文 一式 못쓰던 그

---

115 몽유고국기라는 부제가 붙어 있는 비판적 사설. 당시 교육자들이 ‘국문’ 교육을
등한시하는 것을 비판하고, ‘국문’ 청구와 ‘국문’ 지득을 의무로 여겨야 함을 역설
함. 이 시기 교육 정책과 교육 풍토를 비판한 글의 일종임.

글은 다 秦始皇 文庫에 깁히 藏置ᄒ고 … 吾輩는 年過 二三十ᄒ고
ᄯ 糊口ᄒ기에 汲汲한 者인즉 普通學校에 다닐 수도 업고 ᄯ 如彼
한 比較的 큰 글을 敢望ᄒᄂ 者이 아니지마는 旣爲 大韓 同胞의
一人되야 餘年이 尙多 四五十ᄒ즉 이 餘年 다ᄒ기까지는 國家事
에 盡瘁ᄒ 義務가 自有ᄒ거늘 彼 所謂 敎育者가 我等에겐 ‘國文’
도 分配ᄒ야 주지 아니ᄒ니 我等은 何로 由ᄒ야 愛國의 眞意를 知
ᄒ며 處分의 義務를 盡ᄒᄂ지요.

我等이 渠輩에게 ‘國文’을 請求ᄒ 權利만 有ᄒ 것이 아니요 渠輩
가 同胞된 義務로 ᄒ던지 先覺者된 義務로 ᄒ던지 當然히 吾에게
‘國文’을 知得케 ᄒ 義務가 잇소 ᄒ거늘 …

◎ **論說, 勸告三南文學家, 융희 3년(1909) 2월 16일.**[116]

本朝 五百年間에 文學家 歷史를 論ᄒ건되 京鄕 以外에ᄂ 嶠南
과 湖西와 湖南이 最其彬彬可觀ᄒ 歷史가 有ᄒ얏고 以其地勢로
言ᄒ면 釜山과 木浦와 馬山과 群山 等 各港의 開通이 已久ᄒ야 外
洋의 輪舶이 聯絡ᄒ고 京釜鐵路의 千里 長線이 中心을 橫貫하얏
스니 外國 文物이 觸於耳目ᄒᄂ 者가 他道보다 尤其懇繁ᄒ 것이
오 以其 人物로 言ᄒ면 儒先薰陶의 化와 聰明才俊의 産이 從古不
乏地오 以其財力으로 言ᄒ면 土地膏沃ᄒ야 農産과 物品이 最히
豊富ᄒ 鄕이니 期於文化開進에 眼孔이 先開ᄒ고 用力이 頗易ᄒ
지어날 反히 他道보다 遲緩不及의 歎이 有ᄒ믄 何也오. 抑其泥舊

---

116 국문을 천시하는 습관을 비판하고 삼남(교남, 호서, 호남) 학자들에게 국문 중시
　　를 촉구한 논설.

의 偏見으로 求新을 厭惡ㅎ야 然홈인가. 文弱의 積甚으로 奮發을 不能ㅎ야 然홈인가. 種種 病痛이 固結不化흔 者ㅣ 多ㅎ거니와 第一 彰著흔 者는 文學家에서 漢文을 專尙ㅎ고 國文을 賤視ㅎ는 習慣이 是라. 盖 漢文은 言文相離의 苦難이 有흔 故로 普通敎育에 不合ㅎ고 國文은 言文一致의 便易가 有흔 故로 普通敎育에 適合ㅎ느니 故로 國文의 勢가 發達치 못ㅎ고난 又化開進이 決無可望흘지라. 乃近日 三南地方에 文學家들이 國漢文의 利害가 何如흔 것을 初不硏究ㅎ고 但 國文을 賤視ㅎ야 曰 此는 婦女와 賤人輩나 學흘 것이라 ㅎ며 或曰 近日 新聞文字가 純漢文을 不用ㅎ고 國漢文을 交用흔 故로 閱讀을 不欲ㅎ노라 ㅎ니 噫 其 誤解의 甚이 何其至此오. 大抵 國은 何以强고 ㅎ면 民이 智ㅎ여야 强흔 것이오 民은 何以智오 ㅎ면 讀書識字라야 智ㅎ는 것이니 彼歐美 各邦의 程度를 觀ㅎ라. 其 國民이 百人 中에 識字가 九十六七人이오 日本은 百人 中에 識字가 八十餘人이니 其民이 何以不智며 其國이 何以不强이리오.

我韓의 漢文程度로 觀ㅎ면 識字가 萬人 中에 十人에 不過ㅎ니 民何以智며 國何以强이리오. 以此觀之면 我國에 簡明便易흔 國文의 敎가 無ㅎ고난 畢竟 地球上 歷史에 大韓 民族이라 大韓 國家라 ㅎ는 名詞를 保存키 難흘지니 其爲關係가 果何如哉아.

嗚呼라 諸君이 皆 孔子의 敎를 崇信ㅎ며 誦法ㅎ는 徒가 아닌가. 孔子ㅣ 在楚에 以其方言으로 十二經을 繙ㅎ셧고 詩經과 論語와 孝經과 春秋를 齊儒魯儒가 皆其方言으로 解讀ㅎ얏거늘 今日 諸君이 國文을 賤視ㅎ고 漢文을 純用코져 홈은 孔子의 法門과 違反흔 者오 我國 古史로 觀ㅎ면 新羅時代에 薛弘儒가 九經의 義를 方言으로 解譯홈이 有ㅎ고 本朝에 金思齋가 三綱行實과 鄕約과 農

書와 醫書 等을 國文으로 刊行홈이 有ᄒ얏거늘 今日 諸君이 國文을 賤視ᄒ고 漢文을 純用코져 홈인 또ᄒᆫ 先儒의 方法과 背馳홈이로다. 彼 西洋諸國의 文學으로 觀ᄒ면 希臘과 拉丁[117]의 字로뼈 上等의 才를 敎ᄒ야 稽古를 資ᄒ고 英法德 各國의 方言으로 뼈 通常의 才를 敎ᄒ야 通今을 資ᄒᄂ니 彼若希拉古字만 專用ᄒ고 各國 方言을 不用ᄒ면 讀書 識字가 我國보다 加多치 못홀지니 其國의 文明 程度가 또ᄒᆫ 我國과 同等에 不過ᄒ얏슬지로다.

然則 今日 我國에 文明發達이 專히 國文發達에 在ᄒᆫ 것이 若是 其明瞭ᄒ거늘 諸君은 何故로 國文을 賤視ᄒ야 文化開進에 一大 障碍를 加ᄒᄂᆫ가. 萬一 諸君이 偏見을 固執ᄒ고 誤解를 不破ᄒ야 國文 發達에 注意치 아니ᄒ면 三南 山川은 長是黑暗洞天에 在ᄒ야 文明 精釆를 發現홀 日이 無홀지니 此를 誰의 責이라 謂ᄒ며 誰의 罪라 謂ᄒ리오. 大抵 國文 工夫는 雖至愚至鈍之人이라도 多不過一朔의 光陰을 費ᄒ야 卒業을 得홀 것이오 漢文 工夫는 雖聰明才俊之人이 數十餘年 星霜을 經홀지라도 卒業의 限이 無ᄒᆫ 것이니 現時代에 各種 學術과 各種 事業이 日以複雜ᄒ고 日以紛劇ᄒ거날 若其簡明便易ᄒᆫ 國文의 學을 捨ᄒ고 艱澁若難ᄒᆫ 漢文의 學을 專用ᄒ다가는 許多 學術과 許多 事業을 做得홀 歲月이 無홀지니 此其 利害는 智者를 不待ᄒ고 可以識破홀 者라. 幸其惕然省悟ᄒ야 國文 發達에 十分 注意ᄒ야 普通敎育이 一致用力홀지어다. 此等 誤解의 病痛은 三南 人士가 最其甚焉故로 特別히 勸告의 意를 表ᄒ노라.

---

117 납정(拉丁): 라틴.

◎ **論說, 國文機械 新發明, 황성신문 융회 3년(1909) 7월 21일.**[118]

北美 桑港에 居留ᄒᄂᆫ 我 同胞社會에서 發行ᄒᄂᆫ 大道報를 據ᄒ 則 學生 李振 氏ᄂᆫ 元來 機械學에 有志로 年前 紐約市에 在ᄒ야 自動車 使用法을 見習 卒業ᄒ엿스며 又 我國의 國文을 利用ᄒᄂᆫ 機械를 硏究ᄒᆫ지 四五星霜에 비로소 成功을 奏ᄒ얏ᄂᆫ딗 其方法이 非常히 奇妙ᄒᆫ지라 我國 將來에 多大ᄒᆫ 需用을 供ᄒᆯ 줄노 人 皆確信ᄒ다 ᄒ얏스니 此ᄂᆫ 海外同胞의 輸入文明ᄒᄂᆫ 一大 光明이오 我國 文化 前途에 緊要ᄒᆫ 機關이니 吾儕於此에 十分 攢賀를 不能自已ᄒ거니와 因ᄒ야 我同胞人士를 爲ᄒ야 勤勉의 意를 畧陳ᄒ노라.…

◎ **論說, 我韓 學生의게 歐米語의 修養을 勸ᄒᆷ,**
　　황성신문 융회 3년(1909) 7월 31일.

이 시기 아국 학생들이 배우는 외국어가 오직 일본어에 국한됨을 염려하여 구미어를 배울 것을 촉구한 논설임

嗚呼라 目下 韓國은 腐敗 破裂ᄒᆫ 邦國이라. 我 建國 鼻祖 檀君의 遺業을 繼續ᄒ야 韓國 民族의 威信과 名譽를 保存코져 ᄒᆯ진딗

---

118 재미 동포 이진(李振)이 국문을 사용하는 기계를 발명하였다는 북미 상항(桑港: 시애틀)의 대도보(大道報 : 대동보로 추정) 기사를 바탕으로 이에 대한 기대감을 서술함.

完全無缺흔 第二國家를 建設치 아니치 못하리니 此重大흔 責任은 我 最敬最愛ᄒᄂᆫ 靑年 諸君의 兩肩上에 荷擔흔 것이 아닌가. 然則 諸君의 志氣가 不可不 偉大이오 思想이 不可不 高尙이오 不可不 遠大라. 此等 要素를 具備完實코져 ᄒ면 諸君의 修養 如何에 在하ᄂ니 修養時代에ᄂ 諸君의 一生 浮沈의 大關係가 有흔 最要時代라 可謂ᄒ리로다. 故로 諸君의게 最高 希望을 屬흔 我 同胞ᄂ 晝夜로 諸君의 修養 如何에 注目치 아니ᄒᄂᆫ 者ㅣ 殆無ᄒᄂ니 是ᄂ 卽 諸君의 掌握 中에 韓國의 將來 運命을 左右ᄒᄂᆫ 權能이 有흠으로 由흠이니라.

現今 韓國의 學生界 風潮를 觀察ᄒ니 所謂 語學은 日本語에 不過ᄒᄂ데 是를 略解흠에 至ᄒ면 外國語를 能通흠으로 自處ᄒᄂ 弊害가 有ᄒᆯ 듯ᄒ니 是何怪底事오. 決코 是ᄂ 日本語를 排斥ᄒᄂ 것은 아니라 今日에 如許히 兩國의 交際가 密接흠에 至ᄒ얏스니 我韓人이 되야 日本語를 修ᄒ야 日本의 國性과 歷史와 慣習을 精究흠이 可ᄒ나 日本語ᄂ 外國語 中의 一科目으로 認定흠이 正當ᄒᆯ 쑨 아니라 今日 日本 文明의 根源은 歐米에서 模範흔 것이라 萬一 科學上 智識을 探究코져 ᄒ면 歐米語를 學ᄒ야 歐米 文明의 眞相을 觀破치 아니치 못ᄒᆯ 것이어늘 東洋에 一文明國으로 容認흠에 止ᄒᄂ 日本國의 語學을 硏究흠으로써 平生 能事를 삼아 官立學校ᄂ 勿論ᄒ고 各私立學校ᄭ지라도 日語로써 外國語의 中心点을 삼고 文明의 鼻祖되ᄂ 歐米 各國의 語學을 置之度外ᄒ니 然코 엇지 世界的 智識을 養成ᄒ야 現世 活動 舞臺에서 活劇의 演을 得ᄒ리오. 事已至此者ㅣ 其原因이 政府의 敎育方針과 韓國의 國情에 在 흔 것은 世所共知라. 學生 諸君을 探責ᄒᆯ 道理ᄂ 無ᄒᄂ 將來 建設者로 自信흠 쑨 아니라 一般 國民이 亦是 如許히 認定ᄒ

는 地位에 處흔 學生 諸君은 此點에 注意ᄒ야 今日 主義에 滿足치
아니ᄒ고 恆常 遠大흔 理想으로 써 宇大的 精神을 涵養ᄒ야 他日
에 天下 列國人과 交際ᄒ야 一面으로 自國의 艱難國步를 光復ᄒ
며 一面으로 世界 文明 發達에 貢獻흠이 當然底權義어늘 不取此
道ᄒ고 一個 東洋 文明國의 語學으로써 文明 學問의 基礎로 自認
ᄒ야 全國 靑年의 思想이 擧皆如此흠에 至ᄒ면 是는 참 世界人의
評論과 갓치 韓人은 事大根性이 有ᄒ 쑨이오 世界的 活動을 能做
흘 國民이 아니라 ᄒ는 罵言을 免치 못ᄒ리니 엇지 自覺지 아니리
오. (하략)

◎ 作文專習, 대한매일신보 잡보, 융희 3년(1909) 11월 13일.

某某 敎育家 諸氏가 徽文義塾 內에서 作文 專習所를 設립ᄒ고
漢文 及 作文法을 專門으로 敎授혼다더라.

◎ 敎科 檢定의 種目, 황성신문, 1909년 3월 20일.

敎科 檢定의 種目: 學部에서 編纂흔 敎科用圖書 種目은 如左ᄒ
니 修身書, 國語讀本, 日語讀本, 漢文讀本, 理科書, 圖畵臨本, 習
字帖, 筭術書 等類오
學部에서 檢定흔 敎科用圖書의 種目은 如左ᄒ니 新撰地文學,
中等鑛物界敎科書, 大東文粹, 筭術敎科書, 東洋史敎科書, 新撰小
物理學, 新編動物學, 萬國地理大要, 初等植物學 等類오

學部에서 認可ㅎㄴ 教科用圖書의 種目은 如左ㅎ니 法學通論,
商業大要, 簡易商業簿記學, 新編銀行簿記學, 新式筭術教科書, 初
等大韓地誌, 大韓文典, 農業初階, 商業學, 初等衛生學教科書, 初
學用簡明物理學教科書, 新訂算術, 萬國地誌, 大韓全圖, 世界全
圖, 新撰小物理學, 初等地理教科書, 中等生理衛生學, 新編博物
學, 新編化學, 最新經濟學, 初等算術教科書, 中等萬國新地誌, 啓
蒙編, 類合, 孟子, 論語, 大學, 高等小學理科書, 新撰地化學, 中等
用圖畫法, 中等生理學, 中等筭學, 新訂教科算術通編, 新撰算術,
簡明教育學 等類러라.

또한 같은 신문 1909년 3월 31일자에는 "新選化學, 初等物理,
新編生理學 等 教科書와 新編小學教授法, 應用商業簿記學 等도
急爲認可ㅎ다는 說"이 있다고 보도하였다.

◎ 淸國 簡字學堂에 對ㅎ야 比較的 思想,
　　황성신문 융희 3년(1909) 11월 27일.[119]

夫 國家에 文明 發達은 教育普及에 在ㅎ고 教育普及은 全體的
國民으로 ㅎ야곰 無一不讀書識字케 ㅎㄴ 方法에 在흔지라 … 是
以로 現世 文明 各國은 各其 國文을 利用ㅎ야 簡易흔 教育을 施
흠으로 全體的 國民이 普通學識을 不得흔 者ㅣ 無ㅎ고 新聞 雜誌
를 不讀ㅎㄴ 者ㅣ 無ㅎ도다. 支那ㄴ 東洋의 中心點이오 … 近日에

---

119 중국에서 간자 학당을 설립하고자 하는 운동에 대해 우리나라도 간이한 국문 중
　　심의 교육을 해야 한다고 역설한 논설. 특히 한문의 습성에 젖은 유생들이 국문
　　서적과 신문 잡지를 절대 보지 않으려고 하는 상황을 강하게 비판함.

簡字學堂을 設立ᄒ야 艱深難解ᄒ 字類는 削除ᄒ고 簡易ᄒ 文字
로 敎科를 編定ᄒ야 普通國民이 無不受學ᄒ고 …

我韓의 敎育도 簡易ᄒ 國文을 利用ᄒ야 全體國民으로 ᄒ야곰
不讀書不識字者가 無케 홈이 第一 方法이어늘 所謂 漢文學의 習
性이 固結ᄒ 儒生들은 國文을 賤視ᄒ고 國文의 雜誌와 國文의 書
籍은 絶不掛眼코져 ᄒ니 …

◎ **雜報, 學部의 韓日語 講習, 황성신문 융희 4년(1910) 3월 5일.**

학부 차관의 권고에 따라 학부 관리를 대상으로 '한어 급 일어 강
습회'를 조직하고, 한국어 강의는 현헌(玄憲), 이완응(李完應)이 맡
고 일본어 강의는 다카키[高木善人]와 [隈部一男]이 맡기로 했다
는 기사임

◎ **論說, 國文發達을 注意홈, 황성신문 융희 4년(1910) 4월 29일.**

我國의 國文은 讀習에 簡易홈과 酬用에 便利홈이 世界에 無等
ᄒ 文字라 婦女童穉와 下等社會의 慧*라도 若個日의 工夫를 下ᄒ
면 <u>便能曉解ᄒ고 便能作用ᄒ야</u> 世界의 學識을 硏究ᄒ고 天下의
事物을 酬應홈에 適當을 不得ᄒ 바 無ᄒ니 我國의 文明 發達을 要
求ᄒ진된 國文 發達을 注意홈이 第一 緊要ᄒ 方針이라 謂ᄒ지며
且 本國의 <u>國文을 使用ᄒ는 民族은 國性의 原素가 特有ᄒ</u> 故로 世
界 各國이 <u>各其國文의 發達ᄒ는 範圍로써 國力의 發達ᄒ는 程度</u>

를 比較ᄒ느니 西洋의 英法 文字와 東洋의 支那 文字가 皆 其 最
大ᄒ 範圍를 占ᄒ 者요 其他 小國의 國文은 其 使用의 路가 ᄯ한
狹小ᄒ 範圍에 止ᄒ지라. 若使我國으로 世界最强國의 地位를 得
ᄒ면 世界 各國人으로 ᄒ야곰 我國文 範圍 內에 爭趍ᄒ야 學識을
要求케 ᄒ 것은 必然ᄒ 勢이나 但 國力이 發達치 못홈으로 最簡易
最便利ᄒ 國文의 光輝가 日就暗澹(암담)ᄒ니 豈不悲哉리오.

　噫라 前此時代에ᄂ 我國 風習이 漢文을 崇尙ᄒ고 國文을 賤視
ᄒ 結果로 全般 國民에게 普通 學識을 均配치 못ᄒ야 文明 敎育의
普通 發達을 不得ᄒ 缺憾이 有ᄒ얏고 比年 以來로 一般 識者가 國
文 發達에 稍稍 注意ᄒ야 新聞 雜誌와 書籍 等에 國文을 使用홈
이 頗히 增進ᄒᄂ 狀態를 呈ᄒ더니 近日에 至ᄒ야 遽然히 挫折의
影響을 更受ᄒ얏도다. 報界에ᄂ 國文으로 發行ᄒ던 新聞도 停止
된 者가 有ᄒ고 學部에ᄂ 國文硏究會도 廢止되니 噫라 斯文의 厄
이 胡地於此오.

　我韓 人士ᄂ 此를 엇지 薄物細故로 認ᄒ야 活然看過ᄒ리오. 其
發達方針을 益加注意ᄒ야 我國民으로 ᄒ야곰 普通敎育의 便利를
多得케 ᄒ며 國性의 原素로 ᄒ야곰 衰滅을 不得케 홈이 實로 目下
大關係라 ᄒ노니 勉哉어다 我韓人士여.

◎ **今日我韓用文에 對ᄒ야,** 李光洙,
　황성신문 융희 4년(1910) 7월 24일, 26일, 27일.

　今 我韓에 무삼 一定ᄒ 것이 잇스리오. 過渡時代에 잇ᄂ 나라의
過常으로 무엇이든지 地方地方이 다 달으며 個人個人이 다- 달은

것은 免치 못홀 바이라. 故로 余ㄴ 이러흔 現象을 그닷이 悲觀ᄒᆞᄂᆞᆫ 이ᄂᆞᆫ 아니오 다만 將次 엇더케 될ᄂᆞᆫ지 ᄒᆞᄂᆞᆫ 것이 근심이로라. ᄯᅩ 언제ᄭᆞ지든지 이ᄃᆡ로 갈 수ᄂᆞᆫ 업스니 이 근심은 決코 無用흔 근심은 아닐 ᄯᅳᆺᄒᆞ도다. 就中 文章으로 말ᄒᆞ면 諸般 것 中 가장 重要흔 것이니 그 文의 엇덤으로 ᄡᅥ 足히 其國의 將來의 文化를 占홀 수 잇깃스며 그 榮枯를 判斷홀 수 잇을지라. 昔日에도 오히려 그러ᄒᆞ얏깃스니 ᄒᆞ믈며 今日일ᄭᆞ.

昔日에ᄂᆞᆫ 一日 百里의 徒步로도 오히려 餘裕가 잇셧거늘 今日에ᄂᆞᆫ 一日 千里의 汽車로도 오히려 奔忙ᄒᆞ며 昔日에ᄂᆞᆫ 數十餘年을 文字 ᄇᆡᄒᆞ기에 虛費ᄒᆞ셧스나 今日에ᄂᆞᆫ 一年을 文字 ᄇᆡ홈이 虛費ᄒᆞ야도 오히려 밧븜이 잇ᄂᆞᆫ도다. 如斯히 忽忙흔 今日에 잇셔셔 엇지 貴重흔 時日을 文字만 ᄇᆡ홈에 虛費ᄒᆞ고야 競爭에 劣敗者 아니 되기를 엇으리오.

然ᄒᆞ거늘 今日의 新聞 雜誌의 用文을 보라. 名은 비록 國漢文이나 其實은 純漢文에 國文으로 懸吐흔 ᄃᆡ셔 지나지 못ᄒᆞ며 ᄯᅩ 其用語ᄂᆞᆫ 康熙字典이나 펴 노코셔 골나내엿ᄂᆞᆫ지 數十年 漢學에 修養잇ᄂᆞᆫ 이고야 비로소 아를 만흔 難澁흔 漢字쓰기를 競爭삼아 ᄒᆞ니 我韓 國民이 모다 相當흔 修養이 잇고만 보면 其或 몰느깃스되 實則不然ᄒᆞ야 大多數ᄂᆞᆫ 그런 修養이 업ᄂᆞᆫ지라.

故로 如斯흔 新聞 雜誌ᄂᆞᆫ 極히 적은 部分에 밧게ᄂᆞᆫ 닑이우지 못ᄒᆞ니 엇지 其 效力의 넓히 밋츰을 바라며 ᄡᅡ로혀 報舘의 職務를 다흔다 ᄒᆞ리오. ᄯᅩ 今日은 다토아 他를 模倣ᄒᆞᄂᆞᆫ ᄯᅢ라 가장 靑年 學生들은 一定흔 文法을 배호지 못흠으로 體를 新聞이나 雜誌에 밧으려 ᄒᆞᄂᆞᆫ 이 만흐며 彼等도 如斯흔 文體 쓰기를 죠아ᄒᆞ며 ᄯᅩ 難澁

흔 文字를 만히 써서 有識흔 체흐기를 名譽로 알게 되니 그러면 漸次로 자리가 잡히어 아조 이런 文體 아니고는 아니 쓴다 흐게 될지며 쏘 識者로 이런 文體로 쓰지 아닌 것은 文章이 아닌 것갓치 싱각흐게 되리니 萬一 이러케 되면 其 損益이 果然 엇더흘까.

이것이 利益이 된다 흐면 다만 贊成흘 쓰름이오 쏘 깃버흘 쓰름이오 勸獎흘 쓰름이라. 그러면 이것이 果然 益이 되깃느냐 흐면 누구시든지 常識이 苟有흔 이는 아니라 흐리라. 그러면 損될 것이 아닌가. 其 理由는 右에도 얼마큼 말흔 것이오 쏘 必要도 업슬 쏫흐도다. 然則 엇던 文體를 使用흘까.

純國文인가 國漢文인가.

余의 마음딕로 흘진딕 純國文으로만 쓰고 십흐며 쏘 흐면 될 줄 알되 다만 其 甚히 困難흘 줄 알음으로 主張키 不能흐며 쏘 비록 困難흐드릭도 此는 萬年大計로 斷行흐여야 흔다는 思想도 업슴이 아니로딕 今日의 我韓은 新知識을 輸入흠이 汲汲흔 쎠라. 이쎄에 解키 어렵게 純國文으로만 쓰고 보면 新智識의 輸入의 沮害가 되깃슴으로 此 意見은 아직 잠가두엇다가 他日을 기다려 베풀기로 흐고 只今 余가 主張흐는 바 文体는 亦是 國漢文併用이라. 그러면 무엇이 前과 다를 것이 잇깃느냐고 讀者 諸氏는 疑問이 싱길지나 그는 그럿치 아니로다.

右에도 조곰 말흔 것과 갓치 今日에 通用흐는 文体는 名은 비록 國漢文幷用이나 其實은 純漢文에 國文으로 懸吐흔 것에 지느지 못흐는 것이라. 今에 余가 主張흐는 것은 이것과는 名同實異흐니 무엇이뇨. 固有名詞나 漢文에셔 온 名詞, 形容詞, 動詞 等 國文으로 쓰지 못흘 것만 아직 漢文으로 쓰고 그 밧근 모다 國文으로 흐쟈 홈이라. 이것은 實노 窮策이라고도 홀 슈 잇깃스나 그러나 엇지 ᄒ리오. 境遇가 이러ᄒ고 또 事勢가 이러ᄒ니 맛은 업스나 먹기는 먹어야 살지 아니ᄒ깃는가.

이러케 ᄒ면 利益될 것은 余의 贅言을 기다리지 아니ᄒ고 讀者 諸氏의 잘 아르실 바ㅣ니나 말ᄒ던 次이니 大綱 말ᄒ고쟈 ᄒ노라.

이러케 ᄒ면 著者 讀者 兩便으로 利益이 잇스니 넓히 읽히움과 理解키 쉬은 것과 國文에 鍊熟ᄒ야 國文을 愛尊ᄒ게 되는 것이 讀者便의 利益이오, 著作ᄒ기 容易홈과 思想의 發表의 自由로음과 複雜ᄒ 思想을 仔細히 發表홀 슈 잇슴이 著者便의 利益이며 ᄯᅡ로혀 國文의 勢力이 오를지니 國家의 大幸일지라. 이만ᄒ면 余의 主張도 그닷 沒價値일 것은 아닐지라.

如斯히 ᄒ면 毋論 少數의 漢文 熟練ᄒ 讀者에게야 얼마큼 릴기 어려오리마는 多數를 爲ᄒ야 將來를 爲ᄒ야 不得不 犧牲이 되여야 홀지며 그러나 그 犧牲은 오릭 갈 것은 아니오 멀어도 二朔만 지나면 自由로 릴게 될지니 걱정홀 것은 업슬지며 ᄯᅩ 作者로 말ᄒ야도 漢文으로 짓더니들은쳐음에는 如干 困難치 아님도 아닐지나 報筆 줍은 者의 큰 責任을 싱각ᄒ며 二는 其 困難의 길지 아닐 것을 싱각ᄒ야 此를 實施ᄒ여야 홀지라. 本論은 이믜 右의 갓쵸앗스나 두어 마듸 붓쳐 말홀 것이 잇스니 듯는 次에 좀 더 들으시라.

我國人은 아직도 複雜ᄒ 思潮에 너븐 적이 업슨 緣故인지 感受性이 甚히 鈍ᄒ야 무슨 말을 듯든지 別노히 感動됨이 업스며 ᄯᅩ 잇드라도 다만 그럿치 홀 ᄯᅡ름이오 此에 贊成도 아니ᄒ고 反對도 아니ᄒ고 ᄯᅩ 마암으론 贊成ᄒ드릭도 내입 더홀 싱각은 아니ᄒ니(아니ᄒ는지 못ᄒ는지) 엇지 進步나 改革ᄒ기 쉬으리오. 그런 則 讀者 諸氏는 이를 볼 ᄯᅢ에 만히 싱각ᄒ사 이러ᄒ 弊端이 업게 ᄒ시기를 바라며 쏘 흔 마듸 붓쳐 말홀 것은 此編은 全혀 報筆 잡는 諸氏에게만 對흔 것 갓흐나 此는 다만 例를 들어 말홈이 지나지 못ᄒ며 쏘 報紙는 가장 重要흔 것인 故로 此를 例로 쓴 것이나 決코 報筆 잡는 이들에게만 對홈이 아니오 敎育家와 靑年 學生을 머리로 ᄒ야 一般 讀者에 對홈이로라.

2.2. 처세법과 독서술

◎ 愉快흔 處世法, 李勳榮, 태극학보 제8호,
　광무11년(1907) 3월 24일.[120]

　○ 人에게 對ᄒ는 法

　愉快흔 生活을 送ᄒ랴 ᄒ면 一定흔 法이 有ᄒ고 術이 有ᄒ니 此 要訣을 知行ᄒ면 定코 處世上에 成功이 不難이로다.

　몬져 何人을 對ᄒ여서든지 親切을 極盡히 ᄒ면 이것이 卽 人心을 收攬ᄒ는데 第一 秘法이니 此에 要ᄒ는 費用은 低廉ᄒ나 其 所得은 極히 偉大ᄒ야 金錢으로 買得치 못할 것이라도 親切흔 行爲로 因ᄒ야 此를 獲得ᄒ는 일이 有ᄒ니라.

　他人을 說服코져 ᄒ면 强力에 訴치 말고 親切에 訴ᄒ라. 强力은 人이 恐ᄒ고 仁愛는 人이 親ᄒ는 고로 暴力으로 人을 壓伏흔 者 不無ᄒᄂ 此로써 人을 心服케 흔 者 古往今來에 一人도 無ᄒ도다.

---

120 '처세'는 관계를 맺고 살아가는 방법을 의미하는 것으로, 근대 계몽기 화법과 관련한 논설임.

○ 言動上의 作法

人의 信任을 博ᄒᄂᆫ 道 亦 處世의 大法이라. 如何흔 學識과 如何흔 才能이 有홀디라도 他人의 信任이 薄ᄒᆞ면 容世키 難ᄒᆞ도다. 信用을 得ᄒᄂᆫ 道ᄂᆫ 正道를 步ᄒᄂᆫ 데 在ᄒᆞᄂᆞ라.

他人의 心事를 忖度ᄒᄂᆫ 것도 亦 處世의 活法이라. 勿論 他人의 思치 못흔 處ᄭᆞ지 忖度ᄒᆞ라ᄂᆫ 것은 아니라. 人의 欲言難言흔 處를 忖度ᄒᆞ라 云홈이로다. 誤度은 處世의 大敵이나 善意의 推察은 處世의 親友라. 正理에 反ᄒᆞ고 正道에 不背되ᄂᆫ 程度ᄭᅡ지ᄂᆫ 無端히 人意에 悖흔 言을 發홈이 不可ᄒᆞ도다. 世上에 逢着ᄒᄂᆫ 스람마다 對ᄒᆞ야 其意에 悖흔 說을 ᄒᄂᆫ 者 不無ᄒᄂ 此ᄂᆫ 處世術의 暗昧흔 徒로다. 他意의 悖ᄒᆞ면 무슴 利益이 有ᄒᆞ리오. 畢竟 相互間에 不快흔 感情이나 抱홀 ᄲᅮᆫ이로다.

○ 人을 觀ᄒᄂᆫ 法

人을 輕蔑이 여기ᄂᆫ 것도 亦傲慢의 一種인듸 人의 意를 害ᄒᄂᆫ 點에 至ᄒᆞ야ᄂᆫ 스스로 誇矜ᄒᄂᆫ 것보듸도 又 一層 忌홀 것이라. 他人은 自誇ᄒᄂᆫ 者에 對ᄒᆞ야ᄂᆫ 恕홈이 有홀지라도 他人을 輕侮ᄒᄂᆫ 者에 對ᄒᆞ야ᄂᆫ 恕키 難ᄒᆞ도다. 大蓋 後者ᄂᆫ 直接히 他人 名譽에 關홈을 因홈이라. 自己에 長所特點을 誇矜ᄒᄂᆫ 權利ᄂᆫ 有ᄒᆞ듸 ᄒᆞ야도 此를 爲ᄒᆞ야 人을 輕侮ᄒᄂᆫ 權利ᄂᆫ 無티 아닌가.

如何흔 人을 見ᄒᆞ든지 自己의 友人으로 斷言홈에 誤錯과 갓치 ᄯᅩ 如何흔 人을 見ᄒᆞ든지 仇敵으로 思홈도 謬見이라. 友人이라고 思ᄒᄂᆫ 中에라도 仇敵이 在홈과 갓치 仇敵이라고 思ᄒᄂᆫ 中이라도 友人이 有ᄒᆞ도다. 自初로 何如흔 人이든지 仇敵으로단 視ᄒᆞ면 他人과 交키 難ᄒᆞᄂᆞ라.

○ 交際上의 大禁物

口論이라 ㅎ는 것은 社交上의 一大 禁物이라. 口論은 危言激語를 發키 易ㅎ고 坐興을 破ㅎ기 容易ㅎ니 人은 口論의 恒常 勝利를 得ㅎ랴 ㅎ야 論戰에 見敗ㅎ야도 此를 自由키를 不肯ㅎ야도드. 不得已ㅎ야 口論홀 際라도 可成的 簡單明瞭흔 言을 用ㅎ고 對手로 ㅎ야곰 其 言코져 ㅎ는 ㅂ를 言케 ㅎ는 同時에 自己도 其 贊同홀 만흔 ㅂ에는 贊同ㅎ기를 躊躇치 말지어드.

○ 他人과 談話홀 時

談話術은 社交上에 가장 必要흔 것이라. 그러ᄂ 其 要訣을 知ㅎ는 者 實노 鮮少ㅎ도다. 談話홀 際에ᄂ 決코 스스로 判決치 말고 他人의 意見을 聽ㅎ라. 他人의 語ㅎ는 ㅂ를 一一 批評ㅎ는 者 有ㅎ나 此ᄂ 誤謬홈이라. 自己ᄂ 單히 同情의 有無를 表ㅎ얌즉혼 言을 ㅎ면 足ㅎ고 是非의 評은 此를 他人에게 位ㅎ라. 設或 他人이 批評을 請ㅎ랴ᄂ 時라도 輕率흔 擧動을 作치 말고 談話時에ᄂ 可成的 黙黙히 聽ㅎ고 恭敬ㅎ야 點頭ㅎ는 것이 最良의 策이니라.

傾聽은 談話보드도 難흔 줄노 思ㅎ라. 大抵 스람은 獨히 스스로 言ㅎ고 他人의 言은 毫末도 耳를 傾ㅎ는 者 少ㅎ여 他人의 語홀 餘地까지라도 授與치 안는 者 有ㅎ나 此ᄂ 談話術에 拙흔 者라. 些少흔 處에라도 他人에 惡感情을 起치 말ᄂ. 愚者를 對ㅎ야 愚者라 ㅎ고 無學者를 見ㅎ고 此를 輕蔑ㅎ는 것은 禮에 合ㅎ는 것이라고 謂치 못홀지니 憤怒흔 人을 接ㅎ는 데 憤怒로쎠 ㅎ면 憤怒흔 人은 漸益 怒氣를 增加홀지니 溫和흔 言動으로 彼의게 接ㅎ라.

米國 一 大統領으로 又 建國의 祖되는 죠-지 화성돈은 武人으로 政治家로 偉大흔 功績을 不朽의 垂ㅎ야슬 쑨 아니라 眞是 世界

有數의 偉人이오 靑年 模範的 人物이라. 彼 恒常 一身을 律홈에는 極히 嚴謹ㅎ나 對人ㅎ면 寬大를 不失ㅎ고 世에 處ㅎ야는 圓滿ㅎ나 事에 對ㅎ야는 用意周匝(용의주잡)을 不缺ㅎ지라. 果是 模範的 人物노 缺點이 無ㅎ되 庶幾타 云홀지라. 吾人은 今에 彼의 生活法을 善히 說明흔 座右銘을 得ㅎ야스미 左에 揭ㅎ노라. 美國에는 寸鐵 敎訓 中의 金剛石갓튼 靑年은 論홀 것도 업거니와 政治家 實業家라도 此를 寶物갓치 譬홀되 업시 珍重히 여긴다 ㅎ니 我國 現代 靑年 子弟에 對ㅎ여서도 譯ㅎ야써 好箇 處世的 規箴을 ㅎ는되 足ㅎ리로다.

○ 華盛頓[121]의 日常生活 座右銘

一. 多人 數間에 立ㅎ야슬 씨는 一擧一動을 現在 出席者 全體에 對ㅎ야 尊敬의 標徵을 홀지라.

二. 他人之前에는 스스로 高聲吟唱ㅎ거ㄴ 或 指든지 足으로 床上을 踏ㅎ지 믈지어다.

三. 他人이 現今 語홀 際에 眼치 믈며 他人이 立ㅎ야슬 時에 自己뿐 座치 말나. 沈默을 守홀 時에 語치 말나. 他人이 止홀 時에 自己뿐 獨步에 語티 믈지어다.

四. 他人이 語ㅎ는 際에 自己에 背를 他人에게 向치 듣며 他人이 讀ㅎ든가 書홀 時에 机를 搖動치 믈지어다. (하략)

---

[121] 화성돈(華盛頓): 미국 초대 대통령 워싱턴.

◎ **華盛頓의 日常生活 座右銘, 李勳榮, 태극학보 제10호,**
　광무11년(1907) 5월 24일.

十六. 他人이 如何흔 事에든지 盡力흔데 對ㅎ야는 設或 失敗ㅎ
　　여슬지라도 此에 非難을 加ㅎ는 等事를 말지어다.

十七. 他人에게 忠告를 ㅎ든지 或 譴責을 흘 時라도 此를 公然
　　이 흘가 或 秘密이 흘 것을 思ㅎ고 또 如何흔 時期에 ㅎ며
　　如何흔 言語로 흘 것을 熟思ㅎ라. 假令 叱責ㅎ야도 怒氣
　　를 帶치 말고 溫和 淸爽흔 顔色을 示ㅎ라.

　(이하 생략: 모두 52개 조항으로 이루어진 좌우명임)

◎ **讀書法, 李春世, 기호흥학회월보 제11호,**
　융희 3년(1909) 6월 25일.

해설

이 논문은 독서의 가치와 독서의 방법을 주제로 한 과학적인 논문임. 이춘
세는 기호흥학회 회원으로 융희 2년(1908) 1월 회계 검정 위원으로 피선
됨. 〈기호흥학회월보〉 제1호에 '객의 문'이라는 논설에서 교육의 중요성
을 강조하였으며, 제2호에 '경고 기호동포'라는 논설을 게재하기도 하였
다. 제6호, 제7호에는 곽포사(霍布士: 1588-1679. 영국의 철학자 토마스
홉스를 의미함)의 정치학설을 번역 소개하기도 하였다.

〈참고〉 토머스 홉스 [Thomas Hobbes, 1588.4.5~1679.12.4] 영국의
　　철학자. 성악설을 전제로, 각자의 이익을 위해서 사람은 계약으로

써 국가를 만들어 '자연권(自然權)'을 제한하고, 국가를 대표하는
의지에 그것을 양도하여 복종해야 한다고 보았다. 그리고 전제군
주제(專制君主制)를 이상적인 국가형태라고 생각하였다.

(다음 백과사전)

讀書의 利益

人이 萬物에 最貴홈이 되고 三才에 最靈홈이 됨은 敎育이 其 要
領이니 賢愚의 分흔 바와 敏庸의 別흔 바ㅣ 皆 敎育의 如何홈을
視홀지로다. 盖 敎育은 吾人 天賦의 智能을 發達케 ᄒ나니 人이
智識이 苟無ᄒ면 不獨 社會上 幸福의 地位를 得占치 못홀 쑨 不是
라. 且 一日이라도 世에 處키로 不可ᄒ니 法國學者 陸修富克[122]
氏가 言ᄒ되 心의 智識이 身의 康强과 同一ᄒ니 智識의 必要홈은
多言을 不待홀지라. 故로 書籍者는 吾人 最良의 師友가 되야 吾人
의 智識을 授ᄒ는 者라 ᄒ얏고 伊國 詩人 佩特拉克[123] 氏가 書籍
의 功能을 說ᄒ야 曰 余는 最良흔 師友가 有ᄒ노니 此 師友 中에
는 古人도 有ᄒ고 今人도 有ᄒ며 本國人도 有ᄒ고 異國人도 有ᄒ
야 各各 赫赫흔 偉業을 樹ᄒ야 卓然히 有名흔 者라. 余가 彼輩로
交홈을 得홈이 此에셔 樂홈이 更無ᄒ니 凡 余의 所請을 彼가 不應
ᄒ는 바ㅣ 無ᄒ며 且 余를 大慰홈이 特有ᄒ니 余ㅣ 感之佩之ᄒ노
라. 抑 彼等이 余의 感흔 바를 釋홀 쑨 안이라 余의 問을 常答ᄒ며
밋 余의 問치 못흔 바도 指示ᄒ고 或 古代의 事蹟을 語ᄒ며 或 宇
宙의 幽玄 生死의 故를 說ᄒ며 或 快흔 言論으로 余의 憂를 釋케

---

122 육수부극(陸修富克): 프랑스의 학자.
123 패특납극(佩特拉克): 이탈리아의 시인.

ᄒ며 或 吾의 義勇을 鼓舞ᄒ며 或 吾의 情欲을 抑制ᄒ며 或 吾의 自由 不羈의 精神을 發揚ᄒ야 余로 ᄒ야금 萬般의 智識을 發ᄒ며 機를 當ᄒ야 立斷ᄒ고 應홈이 不當홈이 無케 홈은 皆 此 師友의 力이라 ᄒ얏고 米國 文學家 汀能古[124] 氏 曰 世界의 何物이 能히 書籍의 效能과 如ᄒ랴 ᄒ얏스니 書籍者ᄂ 獨을 慰ᄒ며 憂를 去ᄒ야 余의 樂趣를 發ᄒᄂ니 兩大陸의 富를 合倂ᄒ기로 엇지 書籍이 我의 利益을 餉홈을 能及ᄒ리오. 丁抹[125] 文學家 而特陵[126] 氏 曰 書籍이 無ᄒ즉 精神이 闕ᄒ며 正義가 黷[127]ᄒ며 科學 進步가 塞ᄒ야 哲學은 跛ᄒ고 文學은 聾ᄒ야 萬物이 闇黑ᄒ 中에 永永理沒홈을 將見ᄒ리라 ᄒ니 彼 古今 諸名人의 異口同誇로 書籍을 贊揚ᄒ 者ᄂ 何耶오. 實로 讀書로써 吾人 幸福의 宏 利益을 付授홈이 有ᄒ다 홈이라. 吾人이 今日에 一室에 幽居ᄒ야 千百載의 變態와 地球 萬國의 特情을 能知ᄒ며 凡 事物의 道理 原則을 靡不講究홈이 書籍의 賜가 안이면 是誰의 賜홈이뇨.

讀書의 快樂

書籍者ᄂ 吾人을 指導 訓誨ᄒ야 吾人의 圓滿ᄒ 幸福의 生涯를 永保케 ᄒᄂ 者니 讀者ㅣ 少許의 煩苦로 多大의 快樂을 旣得ᄒᄂ 바이로다. 吾ㅣ 世間 事物의 其時 其地를 觀ᄒ건ᄃ 盛衰가 容有ᄒ

---

124 정능고(汀能古): 미국 문학가.
125 정말(丁抹): 덴마크.
126 이특릉(而特陵): 덴마크의 문학가.
127 독(黷)ᄒ며: 더럽혀지며. 탁해지며. 어지러워지며.

것마는 獨 書籍은 宏大흔 效益이 有흠으로써 自古로 少衰치 안이
ᄒᆞᄂᆞᆫ도다. 英國 詩人 德瑪士富蘭128 氏 曰 當汝在外ᄒᆞ야 遊戱無
事터니 退ᄒᆞ야 汝ㅣ 書齋에 坐ᄒᆞ야 身의 韋衣와 心이 貞直흔 古人
을 友ᄒᆞ면 彼等이 汝를 將優待ᄒᆞ야 種種의 效益을 付與ᄒᆞ리니 不
亦樂乎아 ᄒᆞ얏고 英國 政治家 利偸特古蒲騰129 氏 曰 余ㅣ 社會
種種의 狀態를 目擊ᄒᆞ건ᄃᆡ 余心의 放蕩을 不覺홀지라. 因ᄒᆞ야 職
業上 少許의 樂趣를 求ᄒᆞ야 抵制코져 홀식 各 方面으로 余心을 奮
起홀 方法을 曾試ᄒᆞ다가 今 乃得之ᄒᆞ얏기로 汝等을 爲ᄒᆞ야 是告
ᄒᆞ노니 無他라. 卽 此普世界人이 皆當書籍을 涉獵흠이 是ᄅᆞ. 吾人
이 爐를 圍ᄒᆞ야 卷을 握흠에 千古의 哲人 偉人을 得友ᄒᆞ야 歡然히
晤語흠이 眞交를 是稀흠과 如ᄒᆞ니 何事가 此樂에 過홀가 ᄒᆞ얏고
佩特蘭克 氏가 又 嘗曰 彼等 異齡 異國의 人이 余와 期치 안이코
도 種種 余의 好를 投ᄒᆞ며 余의 悶을 釋ᄒᆞ거늘 我의 彼를 奉酬ᄒᆞ
ᄂᆞᆫ 바ᄂᆞᆫ 一椽敞屋으로 彼等 靜息의 場을 作흠에 不過ᄒᆞ고 此外에
ᄂᆞᆫ 要求ᄒᆞᄂᆞᆫ 바가 無ᄒᆞ얏다 ᄒᆞ얏고 法國 文學家 輝乃侖130 氏 曰
地球 諸大國 赫赫흔 王冕으로써 余의 最親最愛ᄒᆞᄂᆞᆫ 書와 讀書癖
을 易코자 ᄒᆞᄂᆞᆫ 者ㅣ 有ᄒᆞ면 余ᄂᆞᆫ 直將其冠을 蹴ᄒᆞ야 擲ᄒᆞ겟다 ᄒᆞ
얏고 英國 歷史家 吉命131 氏ㅣ 曰 讀書ᄂᆞᆫ 余生의 最愉快흔 生涯
라 雖全 印度의 富라도 此와 易ᄒᆞ기 不足ᄒᆞ다 ᄒᆞ얏스니 諸家의 說
을 觀ᄒᆞ건ᄃᆡ 讀書의 意味를 可히 推知ᄒᆞ리로다.

---

128 덕마사부란(德瑪士富蘭): 영국의 시인.
129 이투특고포등(利偸特古蒲騰): 영국의 정치가.
130 휘내륜(輝乃侖): 프랑스의 문학가.
131 길명(吉命): 영국 역사가.

◎ **讀書法**, 李春世, 기호흥학회월보 제12호,
　융희 3년(1909) 7월 25일

讀書의 **定則**

吉明 氏 曰 吾人의 讀書은 一定훈 方法을 當用홀 것이오 又는 吾人이 勉學ᄒ야 可達홀 目的點을 先正홀지니 盖 <u>讀書는 吾人 巧力의 不足훈 바를 補充홈</u>이나 然이나 讀書의 用이 <u>讀홈에 不在ᄒ고 思홈에 在ᄒ니</u> 其思를 善코져 ᄒ면 不得定法을 遵據ᄒ야 其心을 一點에 聚ᄒ여야 光明훈 境에 易至어늘 今日 學生의 讀書ᄒ는 狀態를 顧觀ᄒ건디 新奇를 徒境ᄒ며 多讀을 且貪ᄒ야 規律 次序는 全然히 不顧ᄒᄂ니 其 善讀치 못홈을 因ᄒ야 書의 一得홈도 無흔디 遂至ᄒ야 其心은 反紛ᄒ고 其身은 益瘁ᄒ니 엇지 可惑홀 者ㅣ 안이리오. 人의 腦力이 有限ᄒ야 隨讀隨記를 不能ᄒᄂ니 多多훈 見聞을 貯藏ᄒ랴면 一定의 法則으로 整齊ᄒ고 貫串ᄒ야 其 記憶을 堅케 흔 然後에야 得濟홀지니 故로 規律과 次序는 可缺치 못홀 바이라. 英國 文學家 煞彌而約翰森[132] 氏 曰 靑年이 每日에 五時間만 讀書ᄒ야 智識을 求홈이 合當ᄒ니 此 時間을 先定ᄒ고 其餘에도 一定훈 方法으로 各科 理由를 硏究 發見ᄒ면 先哲의 學을 解識ᄒ며 自己의 實驗에 補益됨이 不尠ᄒ리로다. 英國 哲學家 陸克[133] 氏가 諸大家의 說을 詳採ᄒ야 讀書者의 詳細훈 法則을 定ᄒ야스니 今에 其 最著훈 者 諸條를 左에 据ᄒ건디

---

132 설미이약한삼(煞彌而約翰森): 영국 문인.

133 륙극(陸克): 영국의 철학자 로크. 유근의 '교육학 원리'에서도 같은 차자 표기가 나타남.

一, 有益흔 書籍을 精選ㅎ야 專攻흠을 務홀 事
二, 著者의 文詞에 拘拘치 말고 其 意義를 瞭解키를 力求홀 事
三, 其 識論의 有無 紕繆(비무)을 玩味홀 事
四, 其 讀書能力(卽 理解력, 思巧力, 註意力, 記憶力)을 培養
  홀 事
五, 疑惑處가 有ㅎ거든 識者에게 立質홀 事
六, 序, 跋, 凡例는 其書의 內容을 發明흔 者이니 當先細讀홀 事
七, 題目과 論說 中 適要의 思想과 關係의 思想과 關係의 輕
  重을 區別ㅎ야 何如흔 依据가 有흠을 推究홀 事
八, 諸科의 書籍을 幷讀홀진딕 其 連絡흔 意義가 有흔 者에
  當就ㅎ야 先後의 次序를 以爲홀 事
九, 力의 能讀홀 者라도 多讀흠를 當勉홀 事
十, 心氣가 平和ㅎ고 精神이 健爽홀 時에 當讀홀 事

  右는 一般으로 常히 留意홀 事項을 略示흠이오 其 詳別은 次章
下에 發明ㅎ노니 盖 讀書의 法則은 讀者 效力의 一定 方法을 指示
흠에 不外ㅎ니라.

讀書法의 沿革

  太古 結繩의 代에는 文字가 無흠으로 書籍이 無ㅎ얏스니 讀書
法의 未作은 知者의 論을 不待홀지어니와 文字가 旣興ㅎ야 著述
이 漸行ㅎ나 書籍은 猶少흔 此 時代에도 所謂 讀書法이 尙히 今日
의 要大흠과 未如ㅎ고 一人이 一書를 著述흔 則 謄寫를 幾十幾百

回에 至ᄒ야 能히 暗誦홈에 至ᄒ얏ᄂ니 羅馬 政治家 塞乃加[134] 氏
ᄂ 古今의 書籍을 博覽ᄒ되 其得훈 바ᄂ 熟讀과 著述을 好에 在ᄒ
도다. 凡 著書를 善히 ᄒᄂ 者ᄂ 皆 勤讀으로 自來ᄒ야 一回을 既
終ᄒ면 因ᄒ야 復始ᄒᄂ니 雖然이나 此等 先哲의 謄寫, 復習, 暗
記, 精選 等 諸訣이 讀書法의 講論과 多少의 關係가 有ᄒ얏ᄂ니
特別의 硏究가 안이면 今日의 標準을 足爲치 못홀지도다. (未完)

◎ 論說, 贊勉漢語學校生, 만세보, 1906.12.15.[135]

世界에 國權이라 論훈 大議論大文章이 一二가 不是로딕 國權
의 眞相을 擧述홀진딕 學問과 言論과 心志에 一이 欠ᄒ야도 不備
홀 者이라.

日昨 本記者가 官立漢城漢語學校에 歷覽ᄒ다가 同校 學生의
作文하ᄂ 科程 時間을 値ᄒ얏ᄂ다ㅣ 同敎官이 考閱ᄒ야 一二三
班에 各 一篇式 居甲者를 選取ᄒ니 其問題ᄂ 國權이라. 其三學員
의 論述훈 바를 揭ᄒ노니 (하략)

---

134 색내가(塞乃加): Seneca the Younger. BC 4경 스페인 코르도바~ AD 65 로마. 로
마의 철학자·정치가·연설가·비극작가. (다음 백과사전)
135 관립한어학교에서 학생들이 '국권'을 주제로 작문한 내용에 대한 찬성 논설. 이
시기 관립학교의 작문 수업의 실제를 확인할 수 있는 자료임.

찾아보기

지은이 | **허재영**

[현재] 단국대학교 교육대학원 교육학과(국어교육) 조교수

국어 문법사를 전공하고, 국어 교육사 및 한국어 교육사 연구에 힘쓰고 있음.
『우리말 연구와 문법 교육의 역사』(2008, 보고사), 『일제 강점기 교과서 정책과 조선어과 교과서』(2009, 경진), 『통감시대 어문 교육과 교과서 침탈의 역사』(2010, 경진) 등의 저서가 있으며, 『월간잡지 조선어』 6책(2004, 역락), 『건국 과도기의 국정 중등 교과서』 8책(2011, 역락), 『계몽 운동 문자 보급 자료 총서』 8책(2012, 역락), 『조선어독본』 5책(2010, 강진호 공동, 제이앤씨), 『통감시대 교과서 자료』 8책(2011, 경진), 『근대 계몽기 교육학 연구와 교과서』(2012, 지식과 교양) 등의 자료집을 내기도 하였다.

한국 근대의 학문론과 어문 교육

초판 인쇄 | 2013년 10월 30일
초판 발행 | 2013년 11월 6일

저　자　　허재영

책임편집　윤예미

발 행 인　윤석원
발 행 처　도서출판 지식과교양
등록번호　제 2010-19호
주　　소　서울시 도봉구 창5동 262-3번지 3층
전　　화　(02) 900-4520 (대표)/ 편집부 (02) 900-4521
팩　　스　(02) 900-1541
전자우편　kncbook@hanmail.net

ⓒ 허재영 2013 All rights reserved. Printed in KOREA

ISBN 978-89-6764-034-7　93810　　　　　　　　**정가** 31,000원

이 도서의 국립중앙도서관 출판도서목록(CIP)은 e-CIP홈페이지(http://www.nl.go.kr/ecip)에서
이용하실 수 있습니다. (CIP제어번호: CIP2013022337)